王志国关外三朝长篇系列

三燕王朝

王志国 著

北方联合出版传媒（集团）股份有限公司
春风文艺出版社
·沈阳·

图书在版编目（CIP）数据

三燕王朝 / 王志国著. —沈阳：春风文艺出版社，
2018.11（2021.1重印）
ISBN 978-7-5313-5547-2

Ⅰ. ①三… Ⅱ. ①王… Ⅲ. ①长篇历史小说—中国—
当代 Ⅳ. ①I247.5

中国版本图书馆 CIP 数据核字（2018）第 226988 号

北方联合出版传媒（集团）股份有限公司
春风文艺出版社出版发行
http://www. chunfengwenyi. com
沈阳市和平区十一纬路25号　邮编：110003
永清县晔盛亚胶印有限公司印刷

责任编辑：姚宏越		责任校对：于文慧	
装帧设计：袁小童		幅面尺寸：185mm×260mm	
字　　数：450千字		印　　张：22	
版　　次：2018年11月第1版		印　　次：2021年1月第2次	
定　　价：68.00元		书　　号：ISBN 978-7-5313-5547-2	

镜鉴需常拭

老 藤

　　与志国先生相识，是在辽宁省作家协会为他的长篇历史小说《大辽悲歌》举办的研讨会上，我记得那次研讨会是来自国内的著名文学批评家以《大辽悲歌》为例，来研讨如何讲好辽宁故事。会上，专家们对志国先生的创作给予充分肯定，认为《大辽悲歌》充满民族特色的宏大叙事和细致入微的人物刻画是对历史小说创作的一次创新，为章回体小说创作赋予了许多新的元素，对于讲好辽宁故事，进而讲好中国故事有一定的借鉴价值。或许是受到了评论家们肯定的原因，研讨会开过不到一年，一部厚重的《三燕王朝》即将付梓，让我暗暗惊讶于志国先生的执着与勤奋。

　　利用国庆长假，我认真拜读了这部书稿，掩卷深思，心中颇有感悟。书中波澜壮阔的历史场景，栩栩如生的历史人物，跌宕起伏的故事情节和荣辱悲欢的情感纠结，令我久久不能平静。书中引人入胜的故事需要读者自己开卷感悟，这里我不再复述，如果要对志国先生这部长篇历史巨著说点读后感的话，我想到了这样三句话：全景散点透视；实虚相得益彰；磨镜意在照今。

　　全景散点透视，是说小说的叙事结构。前燕、后燕、北燕，八十五年历史，再加上前期历史铺垫，挥洒描绘的是一部长篇历史画卷。对于这样一部史诗性著作，作者采取了散点透视的结构写法，驾驭起来得心应手，如同他的《大辽悲歌》一样，章回体的结构方式，颇有《三国演义》的风格。志国先生在漫长的历史关键节点上细数年轮、解剖纹理，选取重大历史事件及其主要人物命运轨迹的本质属性，由此以点带面，设计经纬，将浩瀚的历史长河如练在舞，掉阖有致，达到一种太极境界。应该说这种结构方式被很多写者所忽视，认为不够先锋和时髦。岂不知既然成为传统，自有它流传的道理。有些学者几十年反传统，到头来才明白抛弃传统的最大后果是被大众所疏远，因为老百姓喜欢传统，古典名著的魅力谁能否定得了？

实虚相得益彰，是说小说的写法。历史小说需要处理好虚与实的关系，不实，读者不信。小说毕竟被认为是一个民族的秘史，许多正史中没有记载的东西，需要文学的记录加以补充，所以很多作家都以忠实地记录历史为己任。不虚，故事不美，毕竟是距今一千五百多年前的事情，其中具体情节谁能说得清？这就需要作家合乎逻辑地想象和加工。《三燕王朝》很好地处理了虚与实的关系，历史主干清晰坚实，所有的传说传奇都如同枝叶一样疏密有致，慕容氏家族的主要人物性格鲜明，一个个立马挥鞭、跃然纸上。这是小说的成功之处。实，是小说勾勒出的天地人物；虚，是人与人相互间的命运和爱恨情仇。实与虚，构成了一幅气势恢宏的三燕江山万里图。

磨镜意在照今，是说志国先生的创作动机。我想，任何创作都不是没有目的的散打，志国先生的创作动机至少有两个：一是以笔当锄，犁开历史的尘封，将辽西大地曾经的辉煌重新呈现给世人，免得三燕历史被淹没，这是一种故乡情愫自然发酵的持续冲动，是一个本土作家以"立言"的方式回报家乡的最佳选择；二是古为今用，以笔为巾，拭擦历史的镜鉴，让今人于三燕兴衰沉浮的镜鉴中照出当下的得失。"以史为镜，可以知兴替。"我想，作为在农村基层工作多年，却时刻关心着国家和民族命运的志国先生，这才是他创作《三燕王朝》最为重要的现实用意。

以史为镜，这话已成老生常谈，但真正敢立于镜鉴前检视自己尊荣者有几人？所以黑格尔才说，人类从历史中得到的教训就是人类从来不记录历史教训。镜鉴需要常拭，古今方能贯通。比如说，很多人知道经济繁荣的北宋亡于军备的松弛，北宋是吃军队经商恶果的第一朝，这样一个刻骨铭心的教训却被今人遗忘了，结果一段时间内兴起一股令人匪夷所思的军队经商热。有人说，现实往往是历史的重演，那么《三燕王朝》中慕容氏的悲剧会不会在现实中重现？其中预防因素固然有许多，但关键的要素是治国理念，是文化。文化是民族的血脉，文化在，死可复活；文化灭，虽生犹死。这恐怕是志国先生这本《三燕王朝》给我们的另一种启示。

（作者为辽宁省作家协会党组书记、辽宁省作家协会主席）

目　录

三燕王朝

002

引　言

　　一部长篇小说《三国演义》，向人们展示了东汉末年天下大乱、诸侯混战、群雄逐鹿，最后三国归晋的那段历史，生动地再现了英雄豪杰们揭竿而起、驰骋沙场、斗智斗勇、气壮山河的壮丽画卷。书中那些鲜活的人物形象，至今仍活跃在中国文艺的舞台上，有的已深深地扎根在人们的心里。

　　然而，从西晋"八王之乱"到东晋灭亡，在这一百二十多年的时间里，同样是一段纷纭复杂的历史，同样是天下大乱、诸侯混战，同样是群雄并起、中原逐鹿，同样演绎出许多威武雄壮的活剧，留下了许多美丽动人的传奇，但却并不为大多数人所熟知，并且随着时光的流逝，逐渐消失在人们的记忆里。其实，那段历史比三国时期更精彩、更悲壮、更有特殊性。今天回味起来，对于我们建设一个多民族的强大国家，仍然具有极为重要的现实意义。

　　翻开那一时期厚重的历史，我们就会惊奇地发现，那个时期发生的许多人和事，确实与其他历史阶段截然不同，有着自己独特的魅力。那时候东晋政权偏安江南，中国北部天下大乱。匈奴、鲜卑和羯、氐、羌等许多少数民族乘势崛起，他们从草原大漠中走来，分别在东北、西北、陇西和内蒙古等地发展壮大，接着很快挺进中原，相继占领了中国北部，并且先后建立起国家政权。他们匆匆地来，又匆匆地去，像走马灯一样，在历史的舞台上轮番上演，留下了许多民族绝无仅有的、对于大中华来说极为珍贵的活剧。

　　匈奴人刘渊在公元304年建立汉国，攻破洛阳，灭掉西晋，而这个政权只存在了十四年，到公元318年就灭亡了；匈奴人刘曜在公元318年推翻汉国，建立前赵，但前赵只维持了十一年；羯族人石勒在公元319年自称赵王，建立后赵，到公元351年灭亡，后赵政权存在了三十二年；氏族人苻洪于公元350年建立前秦，公元394年灭亡，立国四十四年；羌族人姚苌崛起于陇西，在公元384年建立后秦，雄踞关中三十三年，到公元417年也灭亡了。只有拓跋氏鲜卑人立国时间较长，而且最终统一了中国北方，他们于公元386年建立北魏，到公元557年东魏和西魏先后灭亡，政权存在了一百七十多年。此外还有前燕、后燕、南燕、西燕和北燕，前凉、后凉、南凉、北凉和西凉，以及成、夏和翟魏、冉魏，等等。这些短命的王朝同三国时期的魏、蜀、吴一样，像一颗颗耀眼的流星，曾经在历史的长空中闪闪发光，但是很快就消失了，给后人留下无尽的遐想。

在我的家乡辽西，慕容氏鲜卑人从内蒙古哈古勒河畔走来，在龙山脚下兴旺和崛起，进而统一关东，挺进中原，先后建立起前燕、后燕和北燕三个国家。前燕在公元337年建国，公元370年被前秦所灭，立国共三十三年；后燕在公元384年建国，公元407年灭亡，立国二十三年；北燕从公元407年建国，公元436年被北魏所灭，立国共二十九年。前燕、后燕和北燕虽然立国时间都很短暂，但都曾经是当时中国北方最为强大的国家，其疆域南北数千里，东西上万里，地域辽阔，经济发达，古都龙城是天下人人敬仰的地方。

本书所讲述的故事，发生于两晋十六国和南北朝时期，选择的是建立在辽西的前燕、后燕和北燕三个国家，依据的是那一时期的历史主线和民间传说，描写的是慕容氏鲜卑人从崛起、兴盛到衰亡的过程，展示的是一段三起三落、跌宕起伏、威武雄壮而又荡气回肠的历史，品味的是流传千年之久的那些脍炙人口的传说。走进那段历史，与书中人物一起体会酸甜苦辣，相信会让你眼前一亮并深受启迪。

大燕国的许多杰出人物，如慕容廆、慕容皝、慕容恪、慕容垂、慕容德和慕容跋（冯跋）等人，他们均雄心勃勃又能征善战，比之三国时期的曹操、刘备和孙权等人毫不逊色；他们的超凡勇略和卓越的军事才能，完全可以与孔明、周瑜和司马懿等人相媲美；他们留下的那些辉煌的战例，至今仍受到许多业内人士的称赞。但是缺乏政治远见、缺少文化内涵，也使他们犯下了许多战略性错误。特别是他们的继任者们昏庸腐败、祸国殃民，又比之任何朝代有过之而无不及。匆忙建立起来的帝国大厦，本来就因为先天不足而基础不牢，又因为极度腐败而迅速轰然倒塌，使我们今天回顾起来仍然为之扼腕叹息、痛心不已。

掩卷思考，我们不难得出这样一个结论：仅仅依靠秣马厉兵，没有先进的文化理念做支撑，虽然能够迅速攻占天下，但是坐不稳江山；虽然能够很快建立起一个国家，但是不知道怎样去治理这个国家；虽然当上了万民之主，但是不明白怎样去顺应民心；虽然任命了文武百官，但是不懂得怎样去管理他们。没有先进的文化理念做支撑，会使人目光短浅、缺乏政治远见；没有先进的文化理念做支撑，会使人醉生梦死、昏庸腐败；没有先进的文化理念做支撑，不但一个国家不会长久，一个民族也会逐渐消亡。我们不妨回过头来冷静思考，如今匈奴、鲜卑和羯、氐、契丹等古代少数民族还存在吗？因此，重温这段历史，品味历史传奇，对于我们实现中华民族的伟大梦想具有十分重要的现实意义。

作者于 2017 年 12 月

第一回　乾罗被贬离天界　白翎获救续仙缘

传说很久很久以前的一天，明媚的阳光照耀着大地，和煦的春风吹过原野，辽阔的内蒙古科尔沁草原上，绿荫似锦，繁花盛开。苍莽的鲜卑山如一块巨大的翡翠，白云缭绕，紫气升腾，在太阳的照射下闪闪发光；清澈的哈古勒河像一条洁白的哈达，穿山越岭，一路欢歌，滋润着它心中的天堂。山这边，缠绵的河水留恋这美玉般的峰峦，绕了一个很大的弯，留下了一片晶莹的湖泊，波光如镜，一碧万顷，倒映着蓝天白云，绿树山川，像一块硕大无比的琥珀，蕴含着天上人间；山那边，连绵的草场上点缀着墨玉般的森林，空旷辽远，伸展到茫茫的天际，成群的牛羊骡马在悠闲地游弋，像散落在绿毯上的一块块宝石。无数的蜂蝶在花草间飞舞，清风送来一阵阵草香、花香和奶香；苍鹰在蓝天上翱翔，时而俯冲下来，又箭一般欢叫着钻入高空，消失在飘动的云彩里。

巡天神将乾罗这一日骑着白马，提着银枪，徜徉在天河之旁。他见那些恶龙水怪都未出来作乱，天河上水波不兴，一片平静，于是便把目光投向下界。4月的人间，天晴日朗，万物复苏，气象万千，生机勃勃。跳跃的群山似巨龙飞舞，奔腾的河流如玉带飘旋，纵横的阡陌若挂画般绚丽，高挂的长虹像锦缎般多彩。乾罗见之不禁心旷神怡，兴致勃发。于是，他降下云头，驻足观看，欣喜不已，感叹这人间美景胜天上多矣！忽然，他的视线被吸引住了，竟然一时意乱神迷，不知不觉飘落到一片小树林里。

原来在那座翠玉般的鲜卑山下，在那一汪琥珀般透明的湖水之旁，九个如花似玉的少女正在湖边嬉戏。她们时而在草地上追逐，时而在清波上漂荡，时而在低空中飞旋，时而在湖畔起舞。她们那一个比一个俊美的容颜，一个比一个曼妙的体态，一个比一个轻盈的舞姿，一个比一个高雅的气质，让乾罗惊叹不已。他虽为神将，在天宫见过嫦娥、圣母和无数仙女，但他从来未见过人间的姑娘。他觉得这几个少女，比天上任何一个神女还要姣好。她们穿着紫、黄、橙、金、蓝、绿、赤、青、白不同颜色的衣裙，却舞着同样的动作。她们的歌声像银铃一样好听，她们的舞姿如凤凰一样优美，惹得成群的彩蝶飞来飞去，使得水中的鱼都跟着跳跃起舞。

这九个姑娘舞了一会儿，大概有些累了，又跳进湖中去洗澡。她们平躺在明镜般的水面上，像九条美丽的金鱼，在蓝天白云间游荡；她们浮在碧波之中，又如同一队南来的天鹅，轻吻着久违的故乡。乾罗发现，在这九个姑娘当中，穿紫色衣裙的那个总在前头走，好像领头的大姐，而那个穿白色衣裙的总在最后，倒像是众位的小妹。这个小妹容颜最美，红红的脸像三月的桃花，柔软的身段像春天的柳条，乌黑的秀发如纯洁的墨玉，飘动的衣裙似山间的白云。乾罗觉得她舞得最好看、唱得最动听，他从来没见过这么清纯美好的姑娘。

专注地观看良久，乾罗发现，那九个姑娘大约在水中玩够了，一个个飞上岸来，在湖边的草地上叽叽呱呱地笑着、追打着，长发和衣裙松松的、飘飘的，像一群彩蝶在轻舞。乾罗感到奇怪：她们的头发和衣服怎么没有湿呢？

忽然间听到一声低吼，乾罗扭头一看，见一群恶狼从森林中蹿出，张牙舞爪地向那群姑娘扑去。九位姑娘猝不及防，本能地忽地飞起，逃向空中。而那位穿着白色衣裙的少女，由于离树林这边最近，虽然也已经腾空飞起，但还是被一头恶狼抓了一下，大叫一声，飞出不远就摔倒在草地上。二十头恶狼目露凶光，蜂拥而上，眼见得那姑娘万分危急。

乾罗见此，情不自禁地大喝一声，一纵身从树林中飞出，那杆银枪顺手掷去，化作一道白光飞向狼群，跑在前面的几头恶狼立时脑浆迸裂，倒地而亡。吓得后面的十几头恶狼突然收住脚步，嘴里发出恐怖的呜呜声。乾罗手一甩，一把袖箭抛出，十几只恶狼全被射中，死的死，伤的伤，有六七头嗷嗷叫着，一瘸一拐地逃跑了，草地上又恢复了往常的平静。只有那十几头恶狼的尸体和斑斑血迹，证明这里曾经发生过巨大的危险。

乾罗急忙跑到那少女身边，发现她蜷曲在草地上，衣裙撕破，乌发散乱，洁白的裙摆上浸着鲜血，白玉一般的脸庞上双目紧闭、眉峰微蹙，小巧的樱桃唇边，流下一缕缕血丝，呼吸时而微弱，时而急促，很显然她已经昏过去了，而且伤得不轻。

乾罗轻轻地蹲下身来，小心地撕开她的衣裙，发现她的背部被恶狼抓得很重，伤口很长很深，正在汩汩地流血。他急忙打开随身携带的宝囊，取出止血药粉给她敷上，撕下她的一块裙摆给她包扎好。然后用干净的宽草叶舀来一些湖水，慢慢地给这位少女喂下去。

也许是这药粉神奇的疗效，不大一会儿，这位白衣少女就从昏迷中醒来。虽然是死里逃生、惊魂未定，但她的眼睛一旦睁开，立刻显得眉清目秀、光彩照人，给人一种羞涩的、异样的美。乾罗见她醒来，轻声告诉她："方才您被饿狼抓了一下，伤得很重，不过现在没事了，我已经给您用药并包扎好了，很快就会痊愈的。"那少女听了以后，苍白的脸上泛起红晕，嘴角微微地动了几下，连声道谢，声音很轻很柔但是很好听。说完之后她想坐起来，但只是挣扎了一下，就疼得哎哟一声，又晕过去了。

乾罗持枪牵马守护着这位少女，不时给她喂些清水，期望她快些醒来，也希望她的那些姐妹尽早回来相助，因为天色已经不早了，若是误了巡视天河和晚报的时间，他会受到天宫的惩罚。但他暂时还不能离开这里，否则恶狼去而复来，那就糟了，也许此时它们正在森林的某一角落窥视这里。

三燕王朝

006

等这位少女再次醒来的时候，太阳已经西落，灿烂的晚霞给群山镶上了一层金色，晶莹的湖水泛起彩色的波澜，草地上吹来醉人的晚风，空气中飘荡着一股甜甜的香味。那位白衣少女睁开双眼，这才看清了面前站着一位白袍白甲、白马银枪的雄壮少年，是他救了自己，而且还一直像天神一样守护着自己，这让她非常感动。于是她挣扎着站起来，跟跄了一下，又险些跌倒，乾罗一把扶住了她。那少女向乾罗轻施一礼："多谢这位将军搭救了我！真不知道怎么报答您才好。请问您叫什么名字？怎么会在这里遇见我们？"

乾罗听这位白衣少女发问，一时竟不知道怎么回答才好。于是他淡淡地说道："谢什么呀？谁还没有个遭难的时候？我只不过偶尔路过这里，出手相救也是理所应当，人之常情。请问这位姑娘，我怎么觉得您有些面熟呢？好像在哪里见过您。您的家住在哪里呀？我送您回去吧！"

听乾罗如此说，那位白衣少女没有直接回答他的问话，似乎是在喃喃自语："是呀，我也觉得我们似曾相识。不过，这怎么可能呢？"于是她再次向乾罗施礼，说："我刚才是一时惊吓，又受了点伤，才晕过去了，耽误了您大半天的时间，难得您的一片好心。现在敷了您的药，我没事了，可以自己回去了。如果有缘，我们还会相见。请记住我的名字，我叫白翎儿。"

"什么？您叫白翎儿？"乾罗一听，不觉愣住了。"白翎儿"这个名字，好像唤醒了他一个遥远的记忆。他急切地问道："您叫白翎儿？真的叫白翎儿？"

还没等白翎儿回答，二人只听得空中一声响，随着一阵香风吹过，一群美丽的姑娘从天而降，正是头晌在湖边嬉戏的那几位少女。她们一个个面带焦急的神情，见小妹白翎儿安然无恙，又纷纷转忧为喜，围住她叽叽喳喳地说个不停。好一会儿，才一齐转过身来，向乾罗行礼致谢。

原来这几位少女被恶狼惊飞之后，一阵急驰，只顾着往家赶了，谁也没觉察到缺了哪个。待她们回到龙山之后，惊魂未定的姑娘们互相一看，才发觉少了九妹白翎儿，顿时惊慌万分，不知所措，一个个好像傻了一般。

她们原本是龙山之上修行多年的九只仙鹤，今天趁着圣母去南海会观音不在祥云古洞，便相约出来游玩。也是姐妹们一时玩得高兴，出去得远了，不知怎么就来到了这鲜卑山下的圣水湖边，立即被这里的美丽景色迷住了。于是又唱又跳，又游又舞，正在尽兴之时，不想祸从天降，一群恶狼袭来。受些惊吓好说，竟然丢了九妹，这还了得？大伙儿急匆匆跑进祥云古洞去找圣母，可凤凰姐姐告诉她们，龙山圣母还没有回来。怎么办？等是等不得了！大姐紫翊儿当机立断："我们赶快回去把九妹找回来，不然就不是挨处罚的事了！"姐妹们心急火燎，又赶忙从龙山飞回圣水湖，见白翎儿虽然受伤，但并无大碍，一个个顿时高兴万分。

九妹白翎儿把她的八位姐姐一一介绍给乾罗。大姐紫翊儿、二姐黄翙儿、三姐橙翀儿、四姐金翅儿、五姐蓝翼儿、六姐绿翔儿、七姐红翯儿、八姐黑羽儿分别与乾罗见面并行礼致谢，乾罗谦恭地一一还礼，并向她们告知了自己的名字。九姐妹与乾罗依依惜别，顷刻间消失在灿烂的晚霞里。

乾罗伫立在圣水湖边，呆呆地张望，一直目送九位少女踪影全无，才骑上白马驾起云头回天庭去。一路上他心不在焉，满脑子都是这九位少女的倩影。"她们到底是哪里的人呢？究竟是人还是仙？特别是那个白翎儿，面孔咋那么熟悉呢？自己在哪里见过她呢？"乾罗百思不得其解。

回到天庭已经很晚了，显然是错过了"申报"的时间，获罪已是不可避免。根据天宫的规定，像乾罗这样的巡天神将，每天都要"点卯"和"申报"，即在每天的卯时到来之时，到南天门去报到画押，谓之"点卯"；每天的申时结束之前，回天王殿禀报一天的巡视情况，谓之"申报"。如果耽误了"点卯"和"申报"，轻者受到惩罚，重者丢掉性命。乾罗这一天回来时，整整晚了一个时辰，当值天王问其情由，乾罗不敢隐瞒，只好实话实说。

玉帝闻报大怒："大胆乾罗，竟敢私自下界，误了申报时辰，如此玩忽职守，岂能容忍？虽然是做了一件善事，但却坏了天庭的规矩，如不严惩，法度何在！来人哪，给我绑到望乡台上去，七七四十九天不准吃喝！你不是贪恋红尘吗？让你看个够！"

两旁的金瓜武士闻言一拥而上，七手八脚把乾罗五花大绑，捆在望乡台的廊柱之上。太白金星与一班文武百官，听说乾罗违犯天条事出有因，均深表同情，但见玉帝震怒，便吓得谁也不敢作声了。

　　乾罗被绑在望乡台上，一点也没有感到意外。因为他知道私自下界，违犯天条是要处斩的，自己没死已是万幸。对于乾罗来说，犯下这样的罪已不是第一次了，但那次与这回却有很大的不同。他的记忆如眼前的白云，匆匆地来，又匆匆地去，虽然时断时续，但却相当完整。

　　乾罗还清楚地记得，他原本是龙山之上修行千年的一条白蛇，一次趁着大雨滂沱之夜，随着白狼河水进入东海，一跃而成为一条白龙。又由于勤奋忠诚深得龙王赏识，被推荐到天庭，成为一名巡天神将。短短的时间内一步登天，让他有些忘乎所以，终于酿成大错，险些丢了性命。

　　原来在他进入天庭后不久，就有同伴告诉他说，王母娘娘的蟠桃园里，蟠桃就要成熟了，据说吃一枚即可以长生不老、万世为仙，几个巡天神将都想去冒冒险。经不住一再撺掇，乾罗也就跟着去了。他同几个伙伴趁当值天王不注意，偷偷地西去昆仑山，飞入蟠桃园，见满园桃树一片葱茏，树上的蟠桃挤挤压压、青里透红，不禁一个个喜出望外、垂涎欲滴。正在伸手要摘之际，就听轻轻一声断喝："何人大胆，擅入桃园？偷摘蟠桃，可是死罪！"乾罗与伙伴们低头一看，见一队戎装少女，英姿勃发，一个个柳眉倒竖、杏眼圆睁，真个是嗔得俊美、怒得可爱，因此并没有放在心上，一个个边挤眉弄眼、笑笑嘻嘻，边伸手去摘桃。不承想那队少女发一声喊，一条条捆仙绳如天罗地网从天而降，乾罗的那几个同伴见状，嗖嗖嗖，纷纷落荒而逃，只有他这位新来的小仙，傻乎乎地不明就里，动作缓慢，被老老实实地生擒活捉。那些少女见他是一条小龙，立即用困龙索将他缚住，关在蟠桃园门外的沙滩之上。一个少女冷笑着对他说："馋嘴的家伙，活到头了！蟠桃你也敢偷，看等王母回来，不剥了你的皮！"然后扬长而去。

　　乾罗这一回可真是吓坏了！他四外张望，空无一人，真是叫天不应、叫地不灵。他想试着挣脱捆他的绳索，可是越挣越紧，险些勒进肌肉里，疼得他实在受不了了，便不再挣扎，这样反而好受一些。正午的阳光照在沙滩上，燥热无比，似同火炉，让乾罗饥渴难耐、五内俱焚。他想，照这样下去，不用王母杀我，一会儿我就得热死了。谁让咱如此无知呢？蟠桃倒是不少，是咱这样的小仙该吃的吗？自作自受哇！乾罗闭目等死。

　　忽然一阵清风吹来，让乾罗浑身一爽。随着隐约的脚步声响，一股股沁人心脾的异香翩翩而至。乾罗贪婪地吸吮了一番，不由自主地睁开双目，顿觉眼前一亮：一位美妙无比的白衣少女提着一篮蟠桃，娉娉婷婷地向园外走来。乾罗见四下无人，大着胆子轻声喊道："这位姐姐，救救我吧！给我一口水喝吧！我就要渴死了！"那位白衣少女闻声一愣，向前走了几步问道："你是哪里来的？怎么被绑在这里?"乾罗情知必死,撒谎无益,于是一五一十地讲了经过,末了他流着眼泪说道:"我初来天庭,不懂规矩,犯下大罪,死而无怨,只求姐姐给口水喝,我就知足了。"说罢叩头不已。

那位白衣少女听完乾罗的话,踌躇片刻,欲走又停,想不答应他的请求,但见他那可怜的模样、哀求的神情,一时怜悯心起,顺手拿起一枚蟠桃递到他嘴边,说道:"王母将来贵客,命我来摘蟠桃,看你这般可怜,我就送你一枚吧!"然后风一般走了。

乾罗接过蟠桃,急不可待地狠咬了一大口,未及细细咀嚼便囫囵吞枣地咽了下去,立时感到周身通泰,热意全消。再吃一口,头清眼亮,筋力倍增,浑身骨节咔吧咔吧直响,似觉有用不完的劲儿。三口下去,浑身轻松,四肢急长,困龙索自行脱落,这让乾罗喜不自禁、高兴万分,才想起应当感谢恩人哪!可当他抬起头来观看之时,那位白衣少女已经走得很远了。于是,他大声喊道:"你叫什么名字呀?我可怎么感谢你呀?"那位白衣少女头也没回,只听到清风中传来一串好听的声音,好像是"我叫白翎儿"几个字,接着就连人影也看不见了。

"对!就是白翎儿!"沉思中的乾罗一声大喊,把看守他的两名武士吓了一跳,以为他得了什么神经病了,可乾罗此时的头脑清醒得很。他忽然明白:"我说在圣水湖边见到她,咋那么面熟呢?一定是她,就是白翎儿!可她不是在王母身边吗?怎么又到人间了呢?"乾罗百思不得其解。

009

一晃乾罗被绑有三十多天了。这些天来他水米未进,一会儿清醒,一会儿昏迷,一会儿觉得在天上,一会儿又感到在地下。他已经没有了难受和痛楚的感觉,似乎只有具躯壳还留在这里,他的灵魂已经飘走了。

昏迷中,他依稀记得,那次去蟠桃园逃回以后,他没有被王母娘娘斩杀,却没有逃脱玉帝的处罚。玉帝命武士严刑拷打,要乾罗说出他的同伙,但他咬紧牙关,什么都没说,气得玉帝要剥掉他的龙鳞、抽去他的龙筋。是来做客的西天佛祖救了他一命,佛祖说,此仙暂不能杀,将来还有大用,才使他幸免于死。但他已被吓得魂飞魄散,从此每日里战战兢兢、如履薄冰,再也不敢越雷池半步,整天在这天河边守着那些恶龙水怪,真是烦死了、闷死了。他觉得这为神为仙的日子,倒不如在下界的大山里快活。

通过这两次劫难,乾罗已经对天庭心灰意冷。他觉得这天上只有冷冰冰的仙家法度,没有一丝热乎乎的人间温暖。他甚至认为这天庭实际上就是地狱,而人间才是幸福的天堂。且不说玉帝和王母等大仙们如何冷酷,就连自己平素的伙伴们也很无情。就说这一次被罚,一个个都离得远远的,竟没有一位敢来看望他,哪怕说几句同情和体贴的话也好。这让他伤心至极。

当然也有他高兴的时候，那就是每当他想起那位楚楚动人的白衣少女，他的心里就感到暖暖的、甜甜的，一种从未有过的幸福感很快溢遍全身，有时候他会不由自主地叫出她的名字。而每当他说出这个名字的时候，那位白衣少女立刻就出现在他的眼前，好像在用那双玉手轻轻地抚摸着他的额头，擦去他脸上的泪水。于是他就陶醉了，感觉比吃了那枚蟠桃还要好很多倍。

　　被绑在望乡台上，望着下边的世界，他觉得那里才是真正的天堂。他不仅十分留恋那里的大好河山，无比羡慕人间的生活，更非常想念那个白衣少女，那位叫作白翎儿的姑娘，不知道她现在怎么样了？她的伤痛彻底好了吗？她现在居住在哪里呢？他在天宫一天也待不下去了，他要到人间去找她，哪怕只做一个平常的人也好。

　　乾罗被绑在望乡台的廊柱上七七四十九天，几次都险些死去。不知是因为他吃过蟠桃，还是因为他心中不灭的信念，反正他顽强地挺过来了。处罚期满，当两名武士把奄奄一息的乾罗押上灵霄宝殿之时，乾罗没有叩头谢恩，这让两侧的文武群臣十分惊奇，也让高高在上的玉帝有些不解，于是怒声问道："大胆的乾罗，难道你还不服罪吗？"

　　乾罗挺起头来，朗声答道："我服罪，怎么不服罪？但我受够了这份罪了！我不想再当什么巡天神将，宁可下凡为人。哪怕是过一天遂心的日子，也强似在这里受非人的折磨。无论你准与不准，我都决心要走了！"

　　玉帝一阵冷笑，然后缓缓说道："有多少人千方百计、费尽心机想上天庭为仙，你这不知好歹的东西，竟想要下界做人，你可知道做人的艰难？难道你真的要舍却多年的修行？你就不会后悔吗？"

　　乾罗斩钉截铁地说："决不后悔！心甘情愿！"

　　太白金星和几位天王过来劝他，乾罗笑着说："你们还来劝我？说实话，难道各位就没有待够吗？"说得几位无法作答，悄然退下。

　　玉帝气得一甩长袖，"随你吧，你可要好自为之！记住，我不会再帮你。"

　　乾罗冷笑地回敬一句："多谢你的帮助，我已经受够了。"说罢起身头也不回地走了，令玉皇大帝和满朝文武瞠目结舌。

　　乾罗牵着他的白马，提着他的银枪，毫不迟疑地离开了灵霄宝殿，高高兴兴地来到了人间，他要去找他心中的女神，那位可敬可爱的白翎儿姑娘，他要去解开心中的疑团：她到底是不是天上的那个"白翎儿"，她会不会就是自己的恩人呢？

　　那天在圣水湖边与九位姑娘相遇，他只知道她们的家住在大山的南边，好像很远很远，但具体在什么地方，他还一无所知。但乾罗并不失望，他相信一定能找到她们的，不然怎么会遇到她们？这本身就是缘分哪！

乾罗骑着他的白马，东去大海之滨，西至青藏高原，北临草原大漠，南抵长城脚下，到处打听那九位美丽的少女和一位叫白翎儿的姑娘。苍鹰为他带路，鸟儿伴他远行，饿了吃些野果，渴了喝口山泉。一连九九八十一天，他跑遍了大半个关东。他的嗓子喊哑了，他的宝马累垮了，但还是没有打听到白翎儿的消息。那个神奇的圣水湖边，他记不清去过多少次了，始终没有见到白翎儿的踪影，却遇到了一群恶狼，气得他一顿神枪怒射，把它们杀得一干二净。然后筋疲力尽地爬上了马背，信马由缰向前走去。不一会儿，他就迷迷糊糊地睡着了。

且说那天在圣水湖边找到了白翎儿，姐妹们一起飞回祥云古洞，即受到了龙山圣母严厉的斥责。圣母说："你们九姐妹原来都是根基很深的上仙，皆因触犯了天条律令被贬到人间，是我好心收留你们，希望你们能够悉心修炼，将来再有升腾之日，多为百姓做些好事，如今一晃也有几百年了。尔等虽属珍禽异类，但已修成人形，练就了奇功，正应该百尺竿头、再图进取，岂可半途而废、功败垂成？如何趁我不在之机，外出游逛？这般贪玩任性，怎能修成正果、涅槃成凤？"九姐妹一齐叩头说："弟子知错了，请圣母责罚。"

龙山圣母摇摇头说："责罚就不必了，但你们须在古洞之内练功七日，闭门思过，不得外出。如果下次再犯，我就把你们撵下山去。"

九姐妹齐声说："弟子不敢了，定当痛改前非。"

龙山圣母转嗔为笑，"看把你们的九妹吓的，幸亏有惊无险，否则罪莫大焉。"她一边说着，一边爱怜地双手扶起白翎儿，"你就不必去练功了，安心地在屋里养伤，黑羽儿你去陪她吧，有什么事情再来找我。"说完转身出去了。紫翎儿再次领着姐妹们叩头施礼，向着师父的背影致谢。

白翎儿回到天龙池边的住所，一头就扎在木床之上，郁郁寡欢，一言不发。黑羽儿以为她心有余悸或伤口疼痛，一个劲儿地问寒问暖，体贴备至，又是沏热茶，又是拿干果，忙个不停。其实白翎儿自己明白，她的伤敷上乾罗的药粉，已经好得差不多了，但她的心里却新添了一道伤痕，勾起了她逝去的伤心和回忆。自打她在圣水湖边见过那位白衣白甲的少年将军，他的那双眼睛就一直浮现在她的脑海，萦绕在她的心间。她总觉得似曾相识，那么她在哪里见过他呢？想着想着，黑羽儿递给她的几粒干果还没有嚼碎，她就含着它们进入梦乡。

朦胧中，白翎儿觉得自己是在天上，在蟠桃园里，在王母身边。为了准备召开蟠桃大会，王母下令摘下所有的桃子。最后在清园的时候，发现少了一枚，王母勃然大怒，厉声质问那枚蟠桃哪里去了，吓得白翎儿和八个姐妹战战兢兢一齐跪下。王母命人把她们拖下去，各重责一百大板，这一百大板若是打完，不死也得半残。为了不连累姐妹们受苦，白翎儿一五一十地向王母坦白了自己的过错，末了她说："是我一时心慈面软，见那条小龙渴得要死，就送给他一枚，奴婢知罪了。要打要罚，我来承担。"

王母一听，冷笑连声："你倒是好心的菩萨呀！拿着我的蟠桃送人情，你当我心里没数吗？这蟠桃园里有多少棵树，每棵树坐下多少果，由始到终我是清清楚楚的，岂容你来蒙蔽？这有数的蟠桃，连天上的大仙们都不够分，是你们这些下人该吃、该想的吗？你私赠仙桃，罪责当死，念你多年跟随我的分儿上，下凡托生去吧！"遂顺手一掌，把白翎儿打下凡尘。"啊！"白翎儿大叫一声，从梦中惊醒。

黑羽儿一听疾步赶来，见她满面惊恐，脸色煞白，一边用湿巾给她擦去额上的汗水，一边心疼地说："又做噩梦了吧？不怕，不怕，有八姐在呢！恶狼不会再伤到你了。"

白翎儿惊醒之后，就再也睡不着了。她不论睁眼闭眼，满脑子都是那条小龙和那位少年的双眼，他们长得那样像，那眼波、那神情，简直就是一个人。难道他就是它？不过这怎么可能呢？

春归夏至，暑去秋来，一晃几个月过去了。一日正午，伤已痊愈的白翎儿正与八姐在屋内小憩，忽然一阵清风吹来，她似乎听到远方传来呼喊的声音，仿佛在叫着自己的名字。她侧耳细听，这声音时大时小、时高时低，但却并不间断，真真切切是在呼唤自己，她不禁有些疑惑："在这大山之中，自己无亲无故，这会是谁呢？"于是她推了一下黑羽儿："八姐你听，我怎么觉得有人在喊我呢？"

黑羽儿转过身来，用手指一点她的额头，笑嘻嘻地说道："你呀！就别自作多情啦！是不是又想你那位白衣少年了？哪来的人喊？那是秋蝉！"

白翎儿假装生气地说："不理你了！还八姐呢，净拿人家开心。你再听听，是不是有人喊我？"

白翎儿这样一说，黑羽儿就认真了，她马上走出门去循风细听，觉得是真有人在呼喊着白翎儿的名字，于是她回头说："九妹你等着，我去去就来。"说完腾空而起。

且说乾罗在圣水湖边信马由缰一路前行，不知怎么就来到了龙山。等到迷迷糊糊地睁开眼睛一看，他乐了。

"这不是白狼河吗？我到家了！"他高兴得像个几岁的孩子，又跑又跳，多少天来的辛苦疲劳一扫而光。他仰望着这熟悉的秀丽山峰，俯视着这蜿蜒流淌的河水，忽然灵机一动："白翎儿会不会就住在这里呢？"这不正是圣水湖畔的南方吗？自己这些天来，就是这个地方没有跑到。于是他立即沿着河边奔跑起来，一边跑一边呼喊。空旷的山谷荡起阵阵回响，像有千万个乾罗在大声呼唤，"白翎儿"三个字响彻云霄。引得林中的鸟飞来又踅去，惹得水中的鱼腾起又落下。

忽然，乾罗发现一只黑羽仙鹤从山边飞来，在他的头顶上盘旋飞舞。他喊一声，那仙鹤也叫一声，仿佛是在和他对话，接着又迅速地俯冲下来，"嗖"的一声在他的眼前飞过，转眼就消失在蓝天里。

黑羽儿收拢翅膀，降下云头，轻轻落在天龙池边，见白翎儿正在倚门相望，不禁笑着说道："太奇了！太巧了！还真让你说着了！"一边说一边往屋里走，急得白翎儿拦着她说："怎么奇了？怎么巧了？到底咋回事啊？"

黑羽儿一口气喝下一碗凉茶，喘着气说道："九妹你真的神了！还真是那位白衣少年来了，在河边喊你呢。"

白翎儿一听，二话没说，"嗖"的一声腾空而起，向南飞去。急得黑羽儿追出门去大喊："你干什么去呀？得先禀报圣母啊！"可哪里还有白翎儿的踪影？弄得她无可奈何地摇了摇头，急匆匆地向祥云古洞跑去。

再说乾罗见到那只黑羽仙鹤飞来飞去，在他头顶上盘旋数周才欢叫着离去，似觉有异，因此一直盯着它看，直到踪影全无，还在向北边的天空张望。突然，他又发现一只白色的仙鹤从北边飞来，转眼间唰地掠过头顶，但很快又踅了回来，好像在围绕着他飞翔，不一会儿又不见了。急得乾罗左顾右盼，目不暇接，正在无可奈何之际，忽然眼前一亮：在那白狼河边的大柳树下，在自己的宝马良驹之旁，正站着一位身穿白色衣裙的美丽姑娘，不正是自己朝思暮想的白翎儿吗？于是他抑制不住强烈的心跳，两步并作一步跑上前去。两个人几乎同时喊出："你怎么会在这里？"未及对方回答，又几乎同时问道："你是天上的白翎儿吧？""你是那条小白龙吧？"说完两个人相视一笑，四只手紧紧地攥在一起。经历了这天上地下两番的劫难，他们有太多的话要说了，产生了这一次又一次的奇遇，他们有无尽的思念要倾诉。风轻轻地吹，河水悄悄地淌，四周围静得一点声音都没有，时间和空间好像都凝固了一样。

忘记了自己身在何地，不知道时间过去了多久，当西坠的红轮带来满天晚霞，觅食的鸟成群回归的时候，龙山圣母带着白翎儿的八位师姐，乘着香车玉辇，捧着美丽的鲜花，满面笑容地向他们走来了，慌得二人连忙见礼。

乾罗跪地叩头，说道："尊贵的圣母在上，请受家乡晚辈乾罗一拜！"

龙山圣母走前一步双手扶起，笑着说："看来你们早就认识，只有我是初次相见。起来吧孩子，你的事情我已知道，难得你一片痴情，舍却天堂神位，下界来与翎儿相会。多少年来，这三界之中，充满着虚假和欺骗、利用和伪诈，到处物欲横流、金钱至上，纯洁和信任比黄金还稀少，真诚和善良比生命还宝贵，正可谓若得一日真情、胜似百年为仙哪！乾罗，我且问你，你真的愿意丢掉千年修

乾罗被贬离天界　白翎获救续仙缘

行，与白翎儿一生相守吗?"

乾罗斩钉截铁地说:"我虽不知人间的艰难，却晓得天堂的凄苦。翎儿对我有救命之恩，又因我来到人间，我愿舍弃一切与她相守，一生不渝，万年不悔!"

龙山圣母又转过头来问白翎儿:"翎儿，你愿意吗?"

白翎儿泪流满面，给圣母叩头说:"翎儿只凭圣母做主。只是不愿意离开您老人家。"说完饮泣连声。

龙山圣母抚摸着白翎儿的面颊，为她抹去脸上的泪水，笑着说道:"你这个孩子倒是孝顺，我也有些舍不得你。但天地之间，万事万物，有来有去，有因有果。无缘的强求不来，有缘的挥之不去。其实我早就知道，你们俩当有三世的缘分，你们互有救命之恩，天生是一段奇缘，我就顺天应人，成全了这桩好事，为你俩做个主婚。祝愿你们百年好合，多生贵子，兴我华族，造福众生!"

紫翙儿等众姐妹闻听圣母之言，欣喜异常，一齐拜谢圣母之德，并给白翎儿和乾罗施礼祝福。

乾罗和白翎儿当即跪地叩头，一拜天地养育之恩，必当衔环重报;二拜圣母教诲之德，毕生不忘师言;三拜姐妹同窗之谊，今后永不忘怀。拜毕，二人饮泣低头，长跪不起。

龙山圣母扶起二人，若有所思，"你们相识于蟠桃园边，再会于圣水湖畔，鲜卑山与你们有缘，大草原对你们有义，到那里去吧! 也许那里就是你们的天堂哟!"说完深情地望了二人一眼，领着众姐妹回祥云古洞去了。

至此，乾罗和白翎儿离开了龙山，来到圣水湖畔，他们在这里定居下来。两个人种田织布，打猎捕鱼，牧羊放马，栽桑养蚕。白天，两个人一起劳作，晚上，小夫妻共度良宵。他们生育了许多儿女，一代又一代地在这里繁衍起来。他们常去看望龙山圣母，八姐妹也常来看望他们。他们的子孙在这里越聚越多，逐渐形成了一个独立的部族。这个部族的男人都长得像乾罗一样威武健壮，这个部族的女人都生得像翎儿一样聪明俊美，受到周边牧民们的尊重和羡慕。因为他们住在鲜卑山下，人们习惯上称他们为鲜卑族。鲜卑族的后人们家家都供有乾罗和白翎儿的灵位，他们都知道自己是天神的后裔，是正宗的龙的传人。

第二回　历波折几度兴衰　平反叛一朝崛起

　　且说乾罗和白翎儿的后人们在鲜卑山下男耕女织、放牧打猎，一直过着安定和谐的生活，周边的许多牧民和弱小部落纷纷来投，使他们的部族逐渐成为草原上一支不可小觑的力量。几百年来虽没有惊天动地、叱咤风云的壮举，但也出现了几位英雄人物。他们像耀眼的流星一样，曾在中华历史的长空中闪闪发光，留下了浓墨重彩的一笔。鲜卑族的大英雄檀石槐，就是其中的一位。

　　檀石槐出生和活动的年代，正是东汉王朝桓、灵统治时期。那时候社会矛盾尖锐，农民起义频发，中原战乱频繁，百姓流离失所，关外的许多部落也乘机恃强凌弱、烧杀抢夺，一度平静的大草原也开始陷入动乱之中，檀石槐就是在这个时候降生人世。

　　檀石槐的父亲是鲜卑族部落的首领，称为"大人"，已是三代单传。到他这一辈上，五十岁了仍然膝下无子，夫妇二人十分焦急。一日夫人托地去圣水湖边游猎，当夜梦感飞鹰入怀，继而有孕。十四个月以后生下一个男婴，哭声响亮，极似鹰叫，招来毡房外数百只苍鹰盘旋飞舞，三日后方才离去。

　　部落"大人"老来得子，附近的族人们都来道贺。为图个吉利好养活，老"大人"取三个最先来的邻居的姓，给孩子起名为"檀石槐"。这孩子生来健壮，一岁多就能轻易跳上父母的肩头，三岁多即能跨上飞奔的烈马。四岁以后，竟然自己出入山林草原，而且不分昼夜，想走就走。别人都晚上睡觉，而他每到夜间，两只大眼睛比灯烛还要明亮。与孩童们玩耍，胆子大，下手狠，常有被打者找上门来，父母说之不听，无可奈何。五岁时被龙山圣母派人接走，跟随师父黑羽儿学习儒家文化和武艺功法，才逐渐走上正路。

一晃八年，檀石槐刻苦学习，大有长进。十四岁时，父亲去伊犁贩马，被乌孙部首领哈木多暗算杀害。檀石槐告别师父下山，急行数日，只身一人潜入伊犁乌孙部老巢，乘哈木多酒醉入寝之机，从房梁上飞身而下，将其杀死，并拧下头颅挂于营门之外，同时留下一个飞鹰标记悄悄离去。乌孙部大营几万人马上百名侍卫，直到第二天正午才发现，一个个望着死尸上的飞鹰标记目瞪口呆。

檀石槐回到鲜卑山下，召集族人，安葬父亲，与部落中的长辈们见面。这时族人们才发现，那个少不更事的檀石槐已经今非昔比。只见他生得身高体瘦，双肩特宽，两臂奇长，二目如灯。又听说他只一人单闯乌孙部大营，杀死哈木多为父报仇，真是少年有为，胆略过人，于是一致拥戴他接替其父原职，做鲜卑族的首领，承袭"大人"之职。檀石槐也毫不推辞，他在父亲的灵前发誓：要振兴鲜卑，造福草原。

檀石槐袭位之后不久，五年一度的赛马大会即将召开。这本是乾罗在世的时候，与邻近的部族组织的一项游乐活动，以后世代流传下来。上一届得胜的部落为五部落的盟主，是下一届比赛的举办部落。檀石槐的父亲是草原上有名的神箭手，如今老盟主死了，这一届大赛是否举行？一日邻近五部落的"大人"们在鲜卑山下聚会，那几位长者毫不隐讳地问檀石槐："今年的赛马大会还办吗？"

檀石槐斩钉截铁地说："必须办！按期举行。"

那几位长者又纷纷说道："你行吗？你办得起来吗？"

檀石槐一口喝下 碗烈酒，"行不行，到时候看，办好办坏自见分晓！"

四部落的"大人"们似信非信，带着轻蔑的微笑扬长而去。

经过一番精心的准备，赛马大会如期举行。比赛那天，晴空万里，风和日丽。鲜卑山下的青马岭前，花香四溢，树木葱茏，歌声此起彼伏，人流涌动如潮。前来观看的牧民们从四面八方赶来，超过十万之众。青马岭前的高坡上，修有一座宽阔的将台。松枝扎起的牌楼上彩旗招展，红绿相间，煞是好看；兵士排成的方阵中铠甲鲜明，刀枪闪亮，熠熠生辉。台上五部"大人"一个个正襟危坐、趾高气扬；台下参赛骑手一队队摩拳擦掌、跃跃欲试。人们明显感到，这一届比赛的气势胜于往常。

比赛的内容分为三项，分别是"一马三箭""百丈三铃"和"立马三杆"。每个部落连"大人"在内，各出二十名骑手，最后取得胜利的部落，将成为五部落的盟主。新盟主可以在五部落中任选一位最美丽的少女为妻，并可以获得一百张貂皮和一百匹良马的奖励，因此历届比赛都十分激烈。当檀石槐的母亲托地夫人代替老盟主宣布比赛开始的时候，全场欢声雷动。

第一轮比的是"一马三箭"。这对于从小在草原上长大的牧民们来说，好像稀松平常。可比赛要求骑手们要在五十丈之外连发三箭，箭箭命中靶心，才算合格，这就不是件容易的事了。五部落一百名骑手按照抽签的顺序，依次进入第一轮比赛。

骑手们均是各部落精选出来的射箭高手，表现都非常出色，看场上人声鼎沸，赛场内高潮迭起。第一轮下来，只有十六名骑手遭淘汰，余者皆顺利通过。尤其是随后上场的几位"大人"个个箭法精绝、臂力过人，赢得了看场内外一阵阵欢呼之声。乌桓部"大人"蹋达伦，竟然在五十丈之外连发五箭，箭箭射中靶心，令众人称奇。多数观众认为，恐怕没有人能赶上他了。

可是，意外的事情发生了。正当几位"大人"登上将台，微笑着互相祝贺的时候。檀石槐上场了。他因为是东道主，年龄又小，因此主动把几位前辈让在前头，自己最后一个出场。只见他骑着一匹无鞍的黑马，没见他背着弓，手里却拿着一把箭。说是箭，倒比别人用的平常的箭长一倍、粗一倍，像一杆杆小投枪，众人见之，都觉得十分奇怪，那位蹋达伦"大人"则露出了鄙视的微笑，心想射箭不用弓，我看你能玩出什么花样？

不过你还真别说，这"一马三箭"还真是让檀石槐玩出了花样。只听得发令的锣声一响，檀石槐飞马而出，在离靶标约有六十丈的时候，只见他在马上飞身跃起，长臂一挥，"嗖、嗖、嗖、嗖"连发数箭，如大鹏展翅、白鹤高翔，一眨眼的工夫，手中的长箭全部掷出，打马趸回将台前。验靶的士兵跑前观看，不敢相信自己的眼睛，竟像傻了一般，比赛的主管带几人过去察看，也一时目瞪口呆。只见那靶标的中心，如一把筷子一样，抱团插着五支长箭，而另外五支，则呈一朵梅花形状，紧挨着插在它们的周围，奇妙至极，高超至极，简直令人难以置信。良久，全场才发出惊天动地的欢呼声，人们被这位少年怪异而神奇的箭法折服了。

第二轮要比"百丈三铃"，即是在百丈距离的草地之上，等距离摆上三只拴着红绸的铜铃，骑手们要在飞驰而过的同时，弯腰伸手或镫里藏身，捡起草地上的三只铜铃，才算完全过关，才有资格进入第三轮。

在第一轮比赛中获胜的八十四名骑手陆续登场，他们个个精神饱满、信心十足。这个项目他们从小就玩，在部落内也多次练过，因此自觉是老太婆擤鼻涕——手拿把掐，没承想一上阵才感到力不从心。由于这一日天气无风，草又较深，那红绸飘不起来，在碧绿的草地上只看到三个小红点儿，不仔细瞧都看不清楚。发令者一鞭下去，骏马飞驰而出，许多骑手虽都有俯身拾物的本事，但丢下一个或两个铜铃的还是不在少数。一场过去，竟有三十六名骑手垂头丧气败下阵来。蹋达伦等三部"大人"也因身高体胖，动作笨拙，功夫已不及当年，虽算勉强过关，但均有些力不从心，一个个大汗淋漓，气喘吁吁。柔然部"大人"檀多黑瘦敏捷，身手矫健，看得出是个精于此道的高手。他命人在百丈之内再加上两只铜铃，竟然轻松过关，毫不费力。真个是轻如飞鸟，敏若猿猴，令场内外观众赞叹不已。

檀石槐出场了。他命人取出十只铜铃，每十丈就摆上一只，这让场内外许多人感到十分惊奇："多少年也没见有谁这样做过，这怎么可能呢？"将台上的几位"大人"也议论纷纷："还是年龄太小，只知道争强逞能。""那铜铃摆上容易，捡起却难！一会儿失败了，我看他咋收场！"当然也有人说："没有弯弯肚，不吃镰刀头。想必真有本事，你就瞧好吧，兴许出奇迹呀！"

果然，奇迹出现了！锣声一响，骑着黑马、穿着孝衣的檀石槐像一只白色的苍鹰，从马上飞起又落下，落下又飞起。他的两条腿好像粘在马身上，他的右手如同啄米的公鸡，左手却好比擎着一朵朵鲜红的花儿，随着那匹马越跑越快，他左手的花朵越来越大，越来越多。终点到了，他轻松地跳下马背，双手高举起那十只拴着红绸的铜铃，向场内外观众致意。四面八方立刻爆发出雷鸣般的欢呼之声。将台上的几位大人看得目瞪口呆。柔然部"大人"檀多由衷地佩服，他说："此人功夫胜我十倍，多少年来还从未见过这样的高手，真是后生可畏呀！"

第三轮比赛叫作"立马三杆"，是草原上牧民们的基本技能和传统项目。即在一个方圆约三百丈的草场之内，突然从圈栏内放出三百匹烈马，骑手们要在一圈之内，从快速奔跑的烈马中，陆续用套马杆套住三匹头马，并把马群乖乖引入圈栏之内。这个项目看似平常，其实最难，因为它有距离、时间和数量的限制。四十八名骑手接连上阵，不一会儿就有四十二名败下阵来。其中有三人当场被马群踩死，十八人受了重伤，其余的也都摔得鼻青脸肿，嗷嗷怪叫着到旁边上药去了。

轶翰部"大人"轶先是套马的好手。他骑着那匹枣红马像一团火球在马群中飞翔，转眼间跑到了马群的前面，一伸手，好像毫不费力就套住了跑在中间的那匹头马，然后立在马背之上，左右手轮番动作，两根套马杆很快套中了跑在侧面的两匹头马，引导着它们绕场一周，轻轻松松把马群带回圈栏之内，像做完了一场好玩的游戏，令所有观众拍掌叫绝。

蹋达伦等三位"大人"自感技不如人，不愿意在众人面前献丑了，自动弃权不比，只剩下檀石槐没有吭声，那几位"大人"都用征询的眼光看着他。轶先更是快人快语，直截了当地说："请问贤侄，你还要下场吗？你已经赢了两轮，差不多了吧？！"

檀石槐轻声一笑，"下场试试吧！毕竟我年龄还小，比输了也没人笑话我！"说完下台准备去了。

蹑达伦轻声说道："输了也好！省得他不知道深浅，一个劲儿地逞能！"

场外的观众则十分期待，他们希望这位天才少年有更精彩的表演。果然，檀石槐一下场，观众立即报以雷鸣般的掌声，转而大家又感到十分惊奇。

原来檀石槐的手中没有拿套马杆，只是在左边的臂弯里挽着一团绳索，巍然立于黑马之上，不知又要玩什么绝活儿。众人只听几声锣响，那三百匹烈马从圈栏内呼啸而出，直如排山倒海，风驰电掣。说时迟，那时快，只见檀石槐纵马飞奔，紧随其后，忽然从马背上腾空跃起，踩着那些奔马的身体，如一只白色的苍鹰，在马群的上空飞翔，转眼间就立在了那匹头马的脊背之上，手一抖，一根绳索飞出，极为准确地套住了那匹头马的脖子，立即控制了马群奔跑的方向和速度，然后又"嗖、嗖"两下，甩出两根绳索，套住了两侧的两匹头马。檀石槐手持三条绳索，像牵着三条马缰，驾驭着一支庞大的车队隆隆前行，极为平稳地把群马引导进圈栏之内，轻飘飘地落在地上，并向观众致意。场内外观众全看呆了。檀多和軏先齐声赞道："哎呀！太了不起了！真是人中之龙、草原神鹰啊！"许多人立即随同呼喊："人中之龙！草原神鹰！""人中之龙！草原神鹰！"欢呼之声惊天动地，草原沸腾了！

三项比赛结束之后，按照程序应该举行结盟仪式，祭拜长生天，参见新盟主。几位部落"大人"皆已四五十岁年纪，如今却要听命于一个十四五岁的少年，嘴上说不出，心里不得劲儿，一个个面面相觑，默不作声。铁力部"大人"赫连陀沉不住气了，大声嚷道："三项比赛结束，石槐小侄全胜，马上功夫了得，我们无话可说。但不知你真正上阵，打斗起来的武艺怎么样？将来你做了盟主，哪个部落若出点事，能立马横枪，出面摆平，也叫我们这些老家伙放心！"

他这么一说，另外几个人立即附和："是呀！是呀！当盟主可不是闹着玩的事，那得有真本事啊！"

檀石槐听四人如此说，立即明白了他们的用意，但他装作不懂，笑着拱手说道："不知列位叔伯当是何意？莫非哪位想与侄儿走几招吗？"

赫连陀快人快语："正是此意！如果你能赢得了我手中这根浑铁大棒，我便彻底服了你。怎么样，你敢吗？"

檀石槐笑着说："叔父既如此看得起我，侄儿敢不从命？只是望老前辈手下留情，怜悯我们孤儿寡母才是。"于是走下台去，立马等候。

围观的牧民们见将台上迟迟没有动静，不但没有举行结盟大典，反而又见铁力部"大人"赫连陀纵马舞棒向檀石槐杀来，众人不解其意，一时议论纷纷。

有明白的人悄声说道："这少年三场皆胜，看起来这几位'大人'不服气呀！这不，又要打斗了，有好戏看了！"

也有的人担忧地说:"这赫连陀一根大棒一百六十斤重,不但威震河西,连草原上的勇士们也都闻风丧胆,这一回檀石槐凶多吉少啊!"

鲜卑族的牧民们围拢在托地夫人身旁,人人的脸上都充满着关切的神情。托地夫人双手合十:"长生天保佑,鲜卑神护主。是虎豹总要出山,是苍鹰就要高翔。是福不惧祸,该输不会赢,由他去吧!"

可是众人向檀石槐望去,却见他面带笑容,端坐马上,手揽丝缰,气定神闲,好像毫不在乎。这时只见赫连陀黑人黑甲皂罗袍,骑着黑马,像一片黑云,唰地向檀石槐压了过来,手中那根浑铁大棒,以力劈华山之势,向下猛砸。棒到半路,又忽然改变方向,似风卷残云,向马上的檀石槐横扫过去。这一招太阴太狠了,真是把这少年往死里整啊!众人吓得皆"妈呀"一声,心想这少年完了!防不胜防啊!

但见那檀石槐却不慌不忙,待赫连陀的大棒即将挨身,根本无法收势之际,嗖地从马上侧身飞出,手一抖,那根一丈多长的皮鞭像一条巨蟒,立刻牢牢地缠在赫连陀的脖子上,檀石槐双脚落地,顺势一拉,赫连陀仰面朝天,"扑通"一声摔在地上,两手拼命地撕扯缠在脖子上的皮鞭,那张黑脸憋得如一块猪肝。檀石槐急忙上前扶起,连声说:"小侄得罪啦!还望叔父见谅。"羞得赫连陀无地自容。

经过这一番打斗,那四部"大人"均无话可说。正当那位司礼官即将宣布结盟大典开始的时候,檀石槐说不忙,他知道这四位"大人"此刻心里想的什么,为了今后能当好这个盟主,他必须让这四位"大人"真正服气。于是他笑着拱手施礼:"反正天还没黑,各位前辈不妨共同上来一试。小侄再陪你们走几趟,如何?"

此话一出,那四位"大人"立刻炸了:"这小子也太狂了!赢了几场也就算了,竟然得理不让人,还想以一敌四,太不把我们放在眼里了!今天若不把他拿下,以后在草原上何以服众?"蹋达伦一声:"抄家伙!"几个人怒气冲冲走下台去,顷刻间披挂整齐,立于台前。

场内外围观的牧民们全蒙了:"怎么会这样啊?你一个人打不过,就上来四个跟人家干。你们四个加一块都快二百岁了,欺负人家一个十四五岁的孩子,羞不羞哇?真是作孽呀!"

也有的人说:"这孩子是自找的,谁让你不好好在家为父守孝,出来比什么功夫?让你当盟主,人家不服气呀!哎!"

听着人们议论纷纷,檀石槐不以为然。望着雄伟的鲜卑山,对着高远的长生天,一股豪情从心底升起。他想我今天必须慑服他们,不然就不配做天神的子孙,不然就对不起黑羽儿师父的教诲。见几位"大人"怒气冲冲,他笑了:"列位前辈不必拘礼，有什么家伙尽管往侄儿身上招呼！来吧！"话音未落，四个人发一声喊，把檀石槐围在垓心。

那位乌桓部"大人"蹋达伦使的是一柄大砍刀，虽不及关王爷力大刀沉，但也有六七十斤重，人称"催命鬼使"，有万夫不当之力。柔然部"大人"檀多使用的是一杆长枪，神出鬼没，人称"索命神枪"。那轵翰部"大人"轵先手持一根枣木神槊，打法怪异，套路离奇，专爱攻打对手的下三路，每每得手，人称"夺命怪侠"。这三位"大人"各施绝技，再加上铁力部"大人"赫连陀的浑铁大棒，真个是把檀石槐围得风雨不透，招招致命，眼见得这位少年十分危急。

檀石槐见这四人来势凶狠，用心歹毒，不禁心中冷笑。他凭借在龙山之上跟随黑羽儿师父练就的超凡轻功，腾挪闪跳，连让三招，然后大喝一声："看招！"嗖地从马背上飞身跃起，足有两丈多高，趁着四人一愣神之机，手中那条长鞭"唰"的一下，自上而下横扫过来，只听得"哗啦啦、咣当当"几声响亮，四个人的兵器全被长鞭卷住裹在一起，随后又一齐掉在地上。四位"大人"均感到有些莫名其妙，只觉得自己的胳膊好像被一股大力拉了一下，兵器不知怎么就不翼而飞了。

檀石槐回落到马背上朗声一笑道："再跑一圈！""啪啪啪"一连几鞭，抽得那几匹战马皮开肉绽，暴跳狂奔，把毫无准备的四位"大人"立刻仰面朝天摔下马来，让围观的牧民们好一阵哈哈大笑。

四位"大人"摔得鼻青脸肿、盔歪甲斜，一个个灰眉土脸、呲牙咧嘴被兵士扶起，满面羞愧地回到将台之上，再也没人敢说半个不字。他们异口同声地对天盟誓："长生天主在上，鲜卑山神做证，我等愿奉'草原神鹰'檀石槐为五部盟主，生死相依，患难与共，如有二心，神人共戮！"于是五个人喝血酒，行大礼，折箭为誓。草原上十几万牧民见之欢声雷动。从此"草原神鹰"这个名字蜚声遐迩，一时八方来投。

赛马大会结束以后，檀石槐没要任何奖赏。他在自己的部落之内，亲自挑选了两千名精壮的勇士，从伊犁河购进了五千匹良马，组成了一支精干的马队，由他自己直接训练，亲自率领，平时护卫自己的家园，有事维护联盟的稳定，真个是哪方有难，招之即到，一时声名鹊起，好评如潮。

一次居住在松嫩平原的扶余国王派人求助，说高句丽王高伯固恃强凌弱，攻城略地，抢走大批牛羊、财物和妇女，还扬言要与鲜卑部落见个高低。族人们觉得扶余不在五部联盟之内，多一事不如少一事。但檀石槐认为人家既然来求，就当义不容辞。因此亲率一千铁骑，只一天一夜就来到高句丽王老巢——丸都城外，趁着天亮之前对方并无防备之机，只身爬上城楼，打开城门，一举偷袭成

021

功，将睡梦中的高句丽王高伯固擒获，逼着他写下血书，不再侵犯扶余，退回所有抢来的牛马、奴隶和财物。扶余王对此无限感激，立即带着周边十几个部落加入檀石槐的五部联盟，从此这一带几十年间没有战事。

还有一次，活动在贝加尔湖畔的丁零部首领萨满多趁柔然部内乱之机，发兵侵袭，一下子掠走人口两万之众、牛羊五万余匹，柔然部"大人"檀多病危，其子亲来求救。檀石槐闻听二话没说，只带五百将士，每人两匹战马，昼夜兼程，马不停蹄，只用了十天十夜就抵达了丁零部的大营。傍晚时分，雪花飘落，旷野上风乍起，越来越黑，丁零部的大营中却灯火通明，亮如白昼。刚刚掠夺了十几个部落，满载而归的萨满多，正领着众将官喝酒庆功。只听一人说道："大汗此番出兵，神明相助，威加漠北，所到之处无不望风披靡，真我丁零部之洪福也！"

萨满多踌躇满志，得意扬扬，"这话我爱听！来呀，给我大碗喝酒！"

这时，一位谋士模样的人站起来说道："大汗天威，万邦敬畏。别的部落好说，只是这柔然部却与鲜卑有军事同盟。檀多虽然老谋神勇，但如今已成病猫，不足为虑。只是那檀石槐，却非等闲之辈，我们还是小心防范才是。"

萨满多闻听此言，有些不悦，"檀石槐再有本事，如今也在几千里之外。我倒要看看，他能把我怎么样？等哪天老子我高兴了，就把他一起收拾喽！"众人一听皆哈哈大笑。

笑声未落，只听有人高声喝道："大胆狂徒！不知天高地厚。你就不怕风大闪了舌头？"众皆一惊。接着又听"当啷"一声响亮，不知何物飞来，萨满多手中的酒碗应声落地，摔得粉碎。未及众将反应过来，一个白色的身影嗖地飞进大营，转眼间落在了萨满多的身后，一手卡住他的脖子，另一只手顺势拔下他的腰刀，其动作之快，令人猝不及防。距离萨满多座位最近的两员大将见首领被擒，迅速拔出佩剑，飞步向前，被来人唰唰两鞭打翻在地。二人疼得翻身打滚，嗷嗷怪叫。

大营内的众将官欲待动作，耳边只听得"噗、噗、噗"数声响过，靠门口的所有侍卫全被杀死。随着一阵寒风吹来，数十名身强体健的鲜卑武士闯进大营，其中一人高声喊道："草原神鹰在此。快快跪下受死！"吓得丁零部众将一个个扑通扑通全跪在地上，哆里哆嗦，不敢仰视。

这时候檀石槐松开左手，一脚把萨满多踹下台阶，朗声说道："尔等边陲小部，不思偏安一隅，却要异想天开，不与邻里和睦相处，非要恃强凌弱，夺人财物，奸人妻女，岂非狼心狗肺、罪大恶极？明知老'大人'已经病危，却要血洗柔然，岂非不仁不义？早知柔然与鲜卑结盟，却敢大逆不道，口出狂言，岂非不知深浅、自取灭亡？来人哪！给我剁了他！"吓得萨满多屁滚尿流，连声求饶，丁零部众将皆默不作声。

只有一个谋士模样的人好像有些骨气，他一拍两手，站起来说："不知神鹰'大人'驾到，有失远迎，还望恕罪。我家大汗一时愚蒙，冒犯了邻里，伤害了百姓，已知错了。尚请'大人'高抬贵手，给我们一个改正之机，如此丁零部将不胜感激！"

萨满多此时方知檀石槐的厉害，也连忙叩头不迭，"小部情愿臣服纳贡，与周边四邻永结盟好，还请'大人'息怒。"

檀石槐收起长鞭，微微一笑，"我又不是皇上，你也不是诸侯，说什么臣服纳贡？就不必了！但你说的与四邻结好，此话当真？"

萨满多磕头滴血，"如有假话，天诛地灭！"

"那好！"檀石槐一声大笑，声震寰宇，"把客人请进来！我们当即结盟！"

话音一落，柔然等邻近十三部落的首领们鱼贯而入。一个个虽身带寒气，风尘仆仆，但却精神饱满，喜笑颜开。

原来在抵达丁零部大营之前，檀石槐就派人去请这些"大人"了。事情安排得如此精到细致，令丁零部上下皆目瞪口呆，尤其让萨满多佩服得五体投地，当即与这些部落握手言和，退回所有抢来的女人和财物，并共推檀石槐为军事盟主，相约互不侵犯，永结盟好。檀石槐在北海盘桓数日，方尽兴而归。

此时檀石槐领导的军事同盟，东临渤海，西至高原，北达贝加尔湖，南抵长城脚下，对稳定当时的社会秩序发挥了重要作用。又由于中原战乱，大量流民涌入，带来了先进的生产经验和技术，有力地推动了关东地区经济和文化的发展。

东汉光和四年（181）檀石槐病故，其子和连继位。和连虽忠厚老实，但因为有其父打下的基础，又维持数年和平的环境。及至和连之子骞曼继任"大人"，联盟内就开始骚乱不断，加之骞曼本人荒淫无能，不负责任，强大的军事联盟很快分崩离析，关东又回到动荡不安的局面。

东汉末年，辽东、辽西和右北平郡的乌桓部落强大起来，占据柳城（今辽宁省朝阳市）为政治中心，史称"三郡乌桓"。乌桓是东胡的一支，与鲜卑亦为姻亲近族，其中以蹋顿部最为强大，是三郡的首领。蹋顿联合河北袁绍消灭了公孙瓒，袁绍将女儿嫁给蹋顿为妻，并假借汉献帝的名义封其为大单于。官渡之战以后，袁绍兵败，其子袁尚、袁熙逃往乌桓，企图联合举兵东山再起，收回冀州。曹操为除后患，率大军北征乌桓，在白狼山（今辽宁省喀左县）大败乌桓军队，首领蹋顿被张辽斩首。曹操乘机拆散并迁徙关外各部族，乌桓及鲜卑各部由此土崩瓦解。

以檀石槐的后人们为主体的鲜卑族各部流落到长城以北，后来在辽西又集聚起来，其中以轲比能为首领的部族最为强大。轲比能文武双全，极有头脑，又力大无穷，十分神勇，是鲜卑族又一英雄人物。据说他只身力搏猛虎，如戏家猫；在山林中抓住黑熊，立即在石头上摔死。去许昌谒见曹丕，见殿前新筑的一只千斤大鼎，七八个武士还抬不起来，轲以双手举过头顶，轻轻放回原处，丕甚奇之。又恰遇南方新进贡一头成年大象，体形庞大，人不能近，轲却能执象鼻在手，令大象俯伏动弹不得。一时名震中原，被称为天下第一勇士。

蜀汉章武三年（223）刘备病死，曹丕大喜，商议起兵伐蜀，司马懿献计让轲比能带十万精兵，从旱路取西平关。轲比能因为伐蜀有功，被封为归义王，遂乘机兼并各部、扩大地盘，其控制的区域大体与檀石槐时期相同。轲比能死后，鲜卑各部内乱迭起，又陷入分裂之中。

直到曹魏中期，居住在辽西的鲜卑族才逐渐形成三大部落，即宇文部、段部和慕容部。当时最为强大的是段部，其次是宇文部，而慕容部最为弱小。但慕容部却是乾罗和白翎儿的后裔，祖上曾出现过檀石槐和轲比能这样的英雄人物。他们每家都供有先祖的灵位，珍藏有祖先的神龛和画像。那么他们为什么以慕容为姓呢？这里边还有一段传说。

原来自鲜卑部逐渐强大以后，曾经有许多牧民和弱小部落来投，部族的成分日渐复杂起来。乾罗和白翎儿的子孙们自感与别人不同，他们派人去祥云古洞，请圣母慈悲赐姓，以承其宗。龙山圣母笑着说："百姓千家，皆为一统，九州万民，尽中华一脉。取个姓氏嘛，这样也好。你们的祖先是'慕天地二仪之德而生，容日月星三光之义而合'，乃天之骄子、地之精英，我看就取姓慕容吧！"因而繁衍日盛，流传至今。是真是假，不得而知。

慕容氏部落虽较弱小，但内部却十分团结。传到莫护跋做首领的时候，又开始兴旺发达起来。莫护跋从小随父贩马，经常出入中原地区，接触了许多汉族文化，又读过几年儒学，可谓见多识广，很有思想。而且跋生得身高八尺五寸，壮如铁塔，天生神力，能"横推八匹马，倒拽九头牛"，在草原上传为佳话。手中一百八十斤重的狼牙大棒，威震八方，无人能敌。莫护跋又善于团结族人，因而兵强马壮，声望日隆。

曹魏景初二年（238）夏天，魏主曹叡派司马懿统兵四万出长城，到辽东讨伐公孙渊。公孙渊原任辽东太守，自恃文韬武略、兵精粮足，于三年前自称燕王，不听朝廷号令，妄图割据一方。鲜卑部首领莫护跋奉司马懿之命，随军同征。

大军到达襄平（今辽宁省辽阳市），恰逢连日大雨，辽河之水猛涨，粮草运送不济。公孙渊又据城坚守，以逸待劳。魏军虽数次进攻，均因城高墙固，毫无进展。将军们率众攻打城门，不是被乱箭射退，就是被礌石打回，司马懿虽足智多谋，但气候不佳，天时、地利均不占，因而束手无策，焦急万分。

三燕王朝

莫护跋见此情景，主动请战。他命兵士推来一辆篷车，用棉被、毛毡、牛皮等物洇湿盖好，然后自己身披重甲推起车子向城门冲去。这种篷车是草原上的游牧民族搬家的时候用的，粗辕重轮，很宽很大，平时在干地上也要用八匹马来拉。方才覆完棉被的时候，十几个壮士曾经试图推走，但终因道路泥泞，寸步难行，而莫护跋推起来却健步如飞。尽管城头上箭如飞蝗，石如落雨，公孙渊还命人射下火箭，终因车上覆盖之物尽用水浸过，既射不透，又烧不着，干瞪着眼睛让莫护跋推着篷车，闯入城门洞。门洞内道路干爽，莫护跋顺势鼓劲儿，猛力一推，众兵将只听哗啦啦一声巨响，襄平城门竟被莫护跋撞开，小檩子粗的门杠被撞断，啪嚓嚓城门歪向一边。莫护跋大喝一声，宛若炸雷，率先攻入襄平。城上守军均以为是天神下界，一个个惊得目瞪口呆。司马懿乘机率大军一拥而入，活捉公孙渊当即处斩，辽东乃平。

司马懿亲见莫护跋之神勇，极为喜欢，回朝后表奏魏主，封莫护跋为率义王，赏黄金一千两、锦缎两千匹。莫护跋审时度势，顺时而动，以谢恩为由，带族人一千多人，良马两千多匹，牛羊五千多头，貂皮一千多张，虎、熊、豹、鹿等名贵皮张一千多件，名贵药材和关东特产共四十驮，赶着骆驼队浩浩荡荡向魏明帝曹叡和司马懿献礼，得到了朝廷的隆重接待，一时名满天下。

次年秋天，莫护跋得急病身亡。其子慕容木延继位。木延出兵助魏国大将毌丘俭征服高句丽，因有功被封为大都督、左贤王。木延死后，其子涉归继位，被晋武帝司马炎封为鲜卑单于，总理关外鲜卑事务。

西晋太康四年（283）秋，涉归病重，遗命其子慕容廆继位，请其三弟慕容耐及四位老臣辅之，言毕气绝身亡。年仅十五岁的慕容廆在母亲和亲友的帮助下，张罗着给父亲操办后事，殊不知巨大的危险已经向他袭来。

原来在涉归病重的时候，慕容耐就已产生了不臣之心，几次想动手均未得逞。如今见其兄已死，自觉良机到来，乃召集四位老臣一起商议。四人见慕容耐手按宝剑，眼露凶光，廊下武士执刀持枪，杀气腾腾，吓得四人把道义良知全抛到九霄云外去了。他们密谋在夜半时分下手，除掉慕容廆和他的母亲，并假借为老单于发丧的名义，在全城戒严，只等按时举事。不料被一倒茶侍女听到，并悄悄溜出告诉了慕容廆的母亲。

慕容廆的母亲段氏夫人虽然身材柔弱，但是性格刚烈，遇事不慌。她急召慕容廆过来商议，让他带上弟弟吐谷浑化装成巡更的卫兵，拿着单于亲赐腰牌混出城去。慕容廆不肯丢下母亲和妹妹们自己逃走，几乎悲痛欲绝。眼见得二更天已经过了，气得母亲段氏夫人打了他一顿耳光，大声骂道："你还是天神的子孙吗？你还配做龙的传人吗？如此婆婆妈妈，怎成大事？如何能兴我鲜卑大业？不如我先死了算了！省得看着你憋气！"

母亲的一番话让慕容廆顿时清醒，他含着眼泪拜别了亲爱的母亲，换好衣甲，领着弟弟，乘着黑夜的掩护混出了棘城。在两位发小儿密友多珪和多琰的帮助下，跨上快马，直接奔辽东去了。

段氏夫人知城内戒备森严，一起走就是一块儿死，如今见二子逃出，心中一块石头落地，照样在宫中烧香守灵，一副什么事情也没有发生的样子。慕容耐安排的巡更人员往来穿梭，没有发现任何异常。

凌晨刚过，慕容耐带四位老臣闯入灵堂，见人就砍，唯独不见慕容廆兄弟的踪影，急令四下搜查。段氏夫人冷笑道："不用查了，我儿已走。你兄尸骨未寒，你竟下此毒手，真是狼心狗肺，禽兽不如！你就不怕老天打雷活劈了你！老娘我先走了，去陪我的夫君。怕是你也快了，但你得下地狱！"说罢拔刀自刎。

慕容耐恼羞成怒，一顿乱刀，将慕容廆的三个妹妹及几十个侍女一齐砍死。接着又下令各处关隘严加盘查，撒出大批人马四处追杀，务必要斩草除根。次日天刚亮，慕容耐即召集群臣，登上宝座，自称大单于、左贤王。同时表奏朝廷，称其兄病故，遗命由他继位。晋武帝司马炎不明就里，数日后下诏，同意其继兄之职，仍领关外鲜卑事务。

且说慕容廆等四人急不择路，大黑的天儿，只顾顺着平坦的大道跑了。快到天亮时，才发觉方向跑错了，眼前竟然是徒河（在今辽宁省锦州市）关口。守将慕与兰是慕容耐的死党，见慕容廆等一行四人化装而来，情知有异，正在盘问，忽见北边路上尘土飞扬，慕容耐派来的追兵已至，远远地就高声大喊："大单于有令，截住他们！"徒河关口的将士们一听，马上拔刀挺枪，将他们四人团团围住。

慕容廆仰天长叹："上苍无眼哪！何故助纣为虐，苦苦相逼?!"

一言未毕，只见平地里忽地一阵风起，一时间刮得飞沙走石，天昏地暗，人马皆站不住脚、睁不开眼。慕与兰急得大喊："快拿住反贼！别让他们跑了！"可是他的喊声如同蚊子在叫，谁还听得清楚？谁又顾得过来？他自己话没说完，背上就着了一块飞石，"啪嚓"一声被打翻在地，再也爬不起来了。

慕容廆初时只觉得被一股大力托起，被卷到半空中，接着就觉得迷迷瞪瞪、身不由己，不知向何方飘去，只感到耳边风声呼呼作响。好大一会儿，他觉着风声渐无，双脚也似乎落到了土地之上，耳畔传来哗哗的水声。揉眼一看，方知已来到一条大河之旁，身边只有多琰一人，弟弟和多珪不知哪里去了。正在急得四下张望，忽然高空中一个声音传来："前面不远，就是平郭（今辽宁省盖州市附近），正觉书院，内有高人。你们投他去吧！"二人抬头一看，见一黑衣女侠立在半空，正朝着他们微笑，方知她是救命恩人，于是赶紧叩头施礼。及至礼毕抬头看时，那女侠已不知去向。

慕容廆带着多琰，在一位老渔民的引导下来到正觉书院，找到了书院的座师徐慧老人。徐慧的祖上曾师从孙武，历代为将，父亲徐庶乃一代名儒，与诸葛亮和崔州平皆为好友。徐慧为庶之幼子，从小随父饱读诗书，习学兵书战法。徐庶死后，徐慧遵父所嘱不入仕途，为避中原战乱，又躲到辽东来设座收徒，传经授典。今见慕容廆二人到来，极为高兴，未及慕容廆说明来意，即笑着说道："两位之事，我已尽知。龙山黑羽儿师父已有交代，你们尽管放心住下，他们是追不到这里来的。其他的事情，我来谋划。"

慕容廆见老人鹤发童颜，声音响亮，步履矫健，反应机敏，知是世上高人，立即产生了一种极为信任的感觉，崇敬之情溢于言表，"既来老伯之处，就凭老伯安排。只是大仇不报，寝食难安！"说罢泪如雨下。

徐慧老人双手将慕容廆扶起，"我这里有一爱徒名叫封存，家住沈水之南，与辽西相距不远。我这就让他去打探消息，见机行事。放心吧贤侄，我会尽力帮助你的，我不能忘记黑羽儿师父的重托。"

自此慕容廆和多琰在书院住了下来，每日里习文练武，研讨兵法。徐慧老人膝下无子，老夫妻收养了一个女儿，姓段名娴，字芝兰，刚满一十四岁，十分聪明美丽，慧洁温婉，常陪伴他们一起学习，令满腹心事的慕容廆增加了许多温馨和乐趣，减少了许多孤寂和烦恼。

且说慕容耐篡位以后立刻原形毕露，整日里穷凶极恶，花天酒地，不理政事，杀人如麻。大醉以后随意进出族人家里，奸人妻女，抢人财物，稍有不满，即挥刀乱砍，不到半年时间，竟无辜被他杀掉八百多人，部族内民怨沸腾。

次年（284）清明佳节来临，族人们照例齐聚在鲜卑山下，祭拜祖先。当慕容耐燃起九炷长香，插入香炉，刚刚跪下磕头的时候，忽听得青马岭上仙乐响起，各种鲜花从天而下，一群金甲神人簇拥着一位白衣武将而至，只见他银盔银甲素罗袍，手执银枪，面如满月，高高在上，顶天立地，正是先祖乾罗。人群中不知谁轻呼了一声："先祖显圣了！先祖显圣了！"十几万牧民抬头仰视，扑通通跪了一地。

慕容耐偷眼观看，将信将疑。正在他随着众人跪下之际，只听一位金甲神人高声喝道："我们鲜卑部族，乃是天神后裔，多少年来和睦相处，兴旺发达。岂容逆贼横行，自相残杀？今日除之，以谢天下！来人哪，把慕容耐给我砍了！"

一言未尽，只见两名勇士嗖地跃起，唰唰两刀，已把慕容耐斩为三段。众人尚未看清，只听那金甲神人又说道："慕容廆乃正宗龙的传人，当为部族之主。"言罢红光一闪，青马岭上众神消失，清风吹来，先祖之言犹在耳边，族人们复叩头不止。

　　清明节后，族中将领慕容豹、慕容阳受全体族人之托，率十位八旬老人来到平郭，迎请少主慕容廆返回棘城（今辽宁省义县西北），遵先祖之意，拜慕容廆为部族之主。廆归来知母亲惨死，弟弟又下落不明，乃悲痛欲绝。一方面重新厚葬父母，祭拜死亡亲友，处理族中大事，一方面亲写奏折，向西晋朝廷陈诉冤情。晋武帝司马炎得知情由，大为同情，正式下诏封慕容廆为鲜卑部大都督、大单于，总理关外鲜卑事务，并派司马崔赞为特使，到辽西来宣布圣旨，吊唁慕容廆之父母。一时慕容部鲜卑在关东地区声望顿起，荣耀至极。

　　从此封存奉老师徐慧之命，离开正觉书院，到慕容部鲜卑来赞襄大事。至于清明节那天乾罗显圣是怎么回事，已经不得而知。

第三回　讨仇敌慕容雪恨　施良策前燕奠基

少年慕容廆虽然心遂所愿，当上了部族的首领，但短期内父母双亡、亲人被害，使他连日来一直郁郁寡欢、闷闷不乐，茶不亲，饭不想，思弟之情尤甚。一日上午他正在营中与人议事，忽有侍卫来报，说有一女子求见，言有要事相告，廆急命人请入。

那来人进营后并不施礼，只是说道："谁是少王爷？"当得知慕容廆即是她要找的人时，立即"扑通"一声跪下来说："哎呀！我可算找到你啦！快去救救他吧！"言罢泣不成声，众人皆感到莫名其妙。

慕容廆见来人虽然衣衫破旧且剐坏多处，秀发凌乱且沾满杂草，满面灰尘且泪水横流，但从那双秀眉俊眼和匀称的身材，仍能看得出是一位俊俏而又健壮的少女。于是他亲自端来一碗凉茶，轻轻地说："请姑娘不必悲伤，有话慢慢讲来，如果遇到了什么困难，我会全力帮你。"

那少女接过茶水一饮而尽，然后一抹嘴说："是多珪哥哥让我来的，他太可怜了，你们快去救救他吧！去晚了他兴许就没命了！"说完后泪流满面。

慕容廆一听到多珪的名字，立刻联想到会有弟弟的消息，他情不自禁地一把抓住那少女的双手，急切地问道："多珪怎么了？他在哪里？他和谁在一起？快说呀！"

在慕容廆急切的询问下，那少女讲述了事情的经过：

"那还是去年冬天的事。一日雪过天晴，我随父亲到山林中下套子，刚出村子不远，就见两匹快马从山北飞驰而来，两名骑手一边嗷嗷大叫，一边催马扬鞭，马的后边用绳索拖着两个人，看样子即使没死也早已昏迷，任凭那两匹马连拉带拽，既不挣扎也无动作，只在草地上留下两道长长的拖痕和斑斑血迹。

"父亲一见气愤地说，这又是宇文部那帮坏种在杀人了，不然谁能用这种阴损狠毒的招？我们跟上去，说不定人还没死呢，救人一命，胜造七级浮屠。

"我和父亲策马悄悄跟随。刚转过村南那片小树林，忽然一阵风起，刮得树枝树叶咔咔作响，刮得雪糁雪块满天乱飞，在那雪天相连之处，一只大鹰从天而降。那只大鹰的两只翅膀有一间房子那么宽，一双巨爪比人的脑袋还要大。猝然间只听得两声惨叫，那两个骑手的头颅被大鹰抓碎，像烂梨一样被扔在雪地里，尸身仍骑在马上跑了一段才停下来。我眼瞅着那只大鹰在一位被拖者的身边落下，用巨嘴衔起那位白衣少年并把他放在马背之上，然后扇起翅膀赶着马向西边去了。

"我和父亲看得胆战心惊不敢上前，直到那只大鹰飞远了，才急忙赶到另一位被拖者的身边，只见他衣服已成碎片，浑身血肉模糊，四肢似已折断，呼吸极度微弱。虽然脸上已辨认不清模样，但能看得出也是一位十几岁的少年。

"我和父亲把他抬到马背上，安放在密林旁的一个山洞里，那山洞虽然很小，但很深很隐蔽，是父亲打猎时常来休息和临时存放猎物的地方，根本没有别人知道。父亲见那少年伤势严重，立即拿出随身携带的一丸草药，嚼碎了给他喂下去。我明白那是猎人们应急自用的'救生丹'，救命疗伤颇有奇效。喂完了那丸药，父亲告诉我说，他要回家去再取些草药来，这少年兴许能够救活，他叮嘱我常给那少年饮些雪水，然后匆匆下山去了。

"我遵照父亲所嘱，用双手捧些积雪，依靠手掌的温度将雪融化，然后一滴一滴地喂给他。大约喂了有几捧雪水，我见那少年的嘴唇嚅动了几下，呼吸的状态也比方才强多了。

"我在山洞里等着父亲归来，等得心急如焚，坐立不宁。左等不来，右等不来，到了傍晚了仍然不见父亲的踪影，却听到宇文部的兵丁们嗷嗷叫着搜山，一拨儿又一拨儿地从密林旁经过。我预感到父亲可能出事了，因为我的心一直咚咚狂跳不停，脑袋一阵阵疼痛。

"天黑以后我摸回家中，见院门和房门都大敞四开，屋子被翻得稀烂，我情知不妙，点上蜡烛一看，果然是父亲被害了。他就仰躺在堂屋的地上，胸口插着一把短刀，身边还有五具宇文部兵丁的尸首。我的脑袋嗡的一下就炸了，眼前一黑，就什么都不知道了。

"等我从昏迷中醒来的时候，那根蜡烛已经快烧尽了。随着身上一阵一阵发冷，我明白自己应该为父亲报仇，父亲是为了救那位少年而死的，我一定要把那位少年救活，于是我的头脑冷静下来。我见父亲的右手握着一把砍刀，左手似乎指着西边的某个方向。我顺着父亲的指向看去，见西墙上供着一座神龛，神龛的里面挂着一张先祖乾罗的画像。我恭恭敬敬地摘下那张画像，发现墙洞里放着一个木匣，里边装的正是我家的祖传秘方和一部分珍稀草药。于是我明白父亲的意思了，他是让我把草药拿走，把那个受伤的少年救活，才不愧是先祖的子孙后代。

"我含泪埋葬了父亲，然后一把火烧掉了那间草屋，带着先祖的画像和草药回到了那个山洞。幸亏我来得及时，那位少年已经奄奄一息了。我连灌药带外敷，忙乎了好大一阵子，才把他从死神那里抢回来，累得我都直不起腰来了，天也大亮了。

"那少年虽然捡了一条命，但他却彻底残废了，他的胳膊和腿全断了，胯骨也已摔碎，脸上也是面目全非。开始的时候他一直昏迷不醒，后来明白了也一句话都不说，但我能看得出来他的脑袋并没有摔坏，他的神志非常清醒。

"我叫他哥哥，他叫我妹妹。后来时间长了，我才知道他叫多珪，是少王爷的密友。他还告诉我说您是大命之人，您肯定还活着，二少主吐谷浑一定也活着，由于有了这个坚定的信念，他说他不会死，一定要见到您的面，一定要为您的部族报仇。他要我留心外边的动态，想办法打听您的消息。直到前些日子，我才在几位牧民的口中得知您回来了，还做了鲜卑部落的首领，就急急忙忙地赶来了。我虽然在山洞里留下了不少食物和水，但这已经都十多天了，真不知道多珪哥哥是死是活呀！"说罢放声大哭。

慕容廆一听就急了，二话没说，点起一百名勇士，乘夜色悄悄进入宇文部地界，用马车把多珪接了回来。七日后，多珪从昏迷中再次醒来，看到慕容廆坐在自己的身边，一咧嘴就乐了，"我就知道您福大命大造化大，什么事都不会有，这种信念一直支撑着我，所以我不会死。"说着眼中已经噙满了泪水。

慕容廆拉着多珪的手，安慰地说："回来就好！我们都不会死，该死的是他们，那帮丧尽天良的人！二弟吐谷浑是怎么回事？你们俩又怎么跑到了宇文部那里？"

多珪一听就哭了："我现在也不知道二少主是死是活了。当初我俩随着您逃到徒河，被一阵大风刮散之后，落在了一大片草地上，到邻近的村落里一打听，才知道那里是扶余地界。我一听就蒙了：扶余离咱家有一千多里路，咋就刮到这里来了呢？这可怎么办哪？二少主虽然比我小，只有十二岁，但主意却很正，他说父亲在世的时候，扶余国与咱们部落素有往来，两家关系很好。既然我们被刮到这里来了，不如就去投奔他们，反正这里离咱家也很远，料那帮坏人也追不到这里来，先躲上一阵子，避避风头再说。我听二少主说得有道理，只好同意了。

"我们俩一路沿街乞讨，一路打听着向北走，走了十多天，终于遇上了一个哨卡，那个带兵的校尉听说是鲜卑部落的二少主到了，而且还要见国王，便似信非信，不敢做主，放我们走又怕承担责任，于是派五名士兵跟我们同行，说是护送，实际上和押解没有什么两样，吃饭睡觉走路甚至连撒泡尿都得由他们管着。

"到了扶余国都，二少主讲清了我们的遭遇，诚恳地表明我们要在这里避难，那位扶余国王依虑用怀疑的眼光看着我们，没说什么，只让我们下去沐浴、更衣、吃饭和休息，事情容后再议。我们俩也实在是累得不行、饿得不行也脏得不行了，匆匆地跟随着仆人洗了澡，换了衣服，正在狼吞虎咽地吃饭，就见一位老妈妈过来说道：'孩子！别吃了！你们的大单于派使者来了，要抓你们，国王已答应斩草除根。我见你们太小了十分可怜，就趁他们吃酒的时候跑出来透个信儿。'我和二少主一听，吓出一身冷汗，顾不得别的了，给老妈妈磕个头就往外跑。出得房来，恰好有几匹战马拴在门口，我俩解开缰绳一跃而上打马疾驰。门口的卫兵一见，立即大喊大叫起来，大概是进屋通报去了。不一会儿，后边有大队骑兵吵嚷着追来，而且越来越近。我们俩放马疾驰、急不择路，没承想竟然跑到一片悬崖之上，收拢缰绳已经来不及了，连人带马跌到了悬崖之下。

"追兵们来到悬崖边哈哈大笑，'这两个小崽子必死无疑了，我们向国王复命去吧！'说完放了一通箭就走了。我们俩当时虽已吓得魂飞天外，但他们的话我俩却听得清清楚楚。

"也许是我俩命不该绝，也许是先祖乾罗在暗中保佑，反正我俩都被挂了崖边的树枝上，虽然受了些轻伤，但是并无大碍。等那些追兵走远之后，我俩慢慢地爬了下来，顺着沟底向南走去。

"古语说'福无双至，祸不单行'，这话一点不假。正当我们俩暗自庆幸逃出魔掌的时候，在一片草地上，遇见了宇文部围猎的兵丁，他们像发现了什么珍奇猎物一样，'嗷'的一声扑上来，为首的一人青面独眼、虎背熊腰，正是首领黑熊。他认识二少主，扬起马鞭一声狞笑：'小崽子！撞到我的刀口上了。这就怨不得我了，你家单于早已下令，让我们截住就杀了你们，到阴曹地府找你的三叔慕容耐算账去吧！来人哪，给我绑在马后，活活拖死他们！哈哈哈哈！'言罢又是一阵狞笑。

"几个如狼似虎的兵士不容分说，上来就把我和二少主捆上了，又把我俩分别用很长的绳索拴在了马后，两名宇文部兵丁一鞭下去，二马疾驰，拖着我俩在草地上狂奔。开始的时候，我还能拽住绳索，尽量保护自己的头部和脸，后来只觉得万刀割身，肢体断裂，不一会儿就什么都不知道了。

"后来我听冬梅说，是他们爷儿俩救了我，老伯还因此被害了。至于二少主，被那只大鹰救走了，不知是死是活。但我在冥冥中感到，二少主必有神助，他一定还活着，你们都是命大的人，活着可要为死去的人报仇哇！"说罢抱住慕容廆的双腿放声大哭，但已经没有眼泪了，好像狼在干号。

慕容廆听罢怒火万丈，唰地抽出腰刀，将一张檀木桌砍为两半，"可恨那扶余国王和宇文黑熊，助纣为虐、落井下石，真是狼心狗肺、禽兽不如！我必杀了他们，为父母报仇，为二弟报仇，为我的好兄弟多珪报仇，为所有死难的亲友报仇！"随即命慕容豹、慕容阳点齐一万人马，明日出发。

封存听完连忙劝道："少王爷息怒！逆贼所为，确实可恨，兴兵讨伐，理所应当。但如今老单于和夫人新丧，我主刚刚登位，部落内人心未稳，各部族亦在观望。此时只宜稳定大局，收拢人心，积蓄实力，静候良机，如因一时义愤贸然出兵，必遭朝廷疑忌和各方偷袭，于我部族大不利也！请少王爷三思。"

慕容廆怒气未消、眼含热泪，"兄长之言，极为正确，个中利弊，我岂不知？但大丈夫生于天地之间，有仇不报，岂可为人？和行尸走肉又有什么两样！"

封存再谏说："君子报仇，十年不晚。少王爷要谋大事，岂在乎一朝一夕也？"

慕容廆双拳紧握，决绝地说："慈母惨死，二弟失踪，亲人遇害，挚友致残，让我如百爪挠心，度日如年，我等不得了。此仇必报！封兄不必劝了。"言毕大踏步走了出去，封存无奈地长叹一声，摇了摇头。

次日慕容廆亲率一万铁骑、两万匹战马，昼夜兼程，如一阵旋风般向宇文部扑去。隔日傍晚，他们悄悄接近宇文部的大营，只见一片灯火之中，仅有几名兵丁在松散地游荡，院子里不断传来喝酒行令的吵闹声，显然他们对即将到来的危险浑然不知。

果然宇文部的头领们正在喝酒作乐，庆贺连日来抢掠的成果，一个个嗷嗷怪叫着向首领黑熊敬酒。这时只听大将达罕说道："启禀大汗，恭喜大汗！慕容耐毒兄弑嫂，篡位夺权，也算给我们出了一口恶气。涉归那个老贼也是罪有应得，谁让他多年来总是瞧不起我们！但最近我听说慕容耐死了，他的侄子做了大单于。我们帮助慕容耐杀了那么多人，这小子恐怕不会善罢甘休哇！我们应该小心防备才是。"

黑熊端起酒杯一饮而尽，用刀子挑起一块兽肉说道："涉归在日我都不怕，早想杀了这个老贼。如今慕容廆乳臭未干，一个黄嘴丫子还没褪净的小毛孩子，他能把我怎么样？哪天大爷我一高兴，把他们都灭喽！让他们去根！"众人一听皆哈哈大笑。

笑声未闭，只听"嗖嗖嗖嗖"一阵乱箭射进大堂，不少蜡烛随风熄灭，四下里杀声顿起，喊声震天，一群身着白衣白甲的鲜卑勇士从天而降，在场的许多人还没明白是怎么回事，就被砍死在乱刀之下。宇文黑熊见事不好，一扬手甩出酒碗，顺势拔出腰刀，正欲上前迎战，被对面的慕容廆一镖飞出，击中右臂，腰刀当的一声掉在地上，吓得他扭头就跑。慕容豹率众紧紧追赶，但由于天黑太乱，加之达罕等人死命护主，还是让恶贯满盈的宇文黑熊逃跑了。慕容廆抢夺了大批牛羊马匹等财物返回棘城。

这一战使宇文部损失惨重、元气大伤，他们不敢兴兵报复，只能向朝廷告御状。晋武帝司马炎闻报大怒，令幽州刺史张华领兵五万兴师问罪。张华乃慕容廆父亲涉归的老友，对慕容廆的遭遇非常同情，也深知宇文黑熊是一个十恶不赦的贼酋，此番被袭是他咎由自取，没死就算便宜了他。但迫于朝廷之命，不得不出兵围住棘城，暗中却使人给慕容廆报信，让慕容廆率众从北门逃走。张华只是虚张声势地带兵追了一阵，然后奏报朝廷了事。

慕容廆率众逃进科尔沁草原，待朝廷兵退风头过后，复又返回棘城，并于西晋太康六年（285）二月，趁北国冰封未开之际，又发兵扶余。慕容廆这次只带五千精兵，一人两骑，马不停蹄，人不卸甲，只用两天时间就赶到了扶余。当他们神不知、鬼不觉地于夜半出现在国都城下的时候，扶余国的军民皆在梦中。慕容廆命人爬上城墙，潜入城中，悄悄打开城门放下吊桥，五千名鲜卑勇士一拥而入，将扶余王宫团团围住。依虑国王措手不及，来不及抵抗，与手下一百多名嫔妃及子女全部被捉。慕容廆以此为要挟，迫使城中的扶余军马放下武器，悉数投降，只有出门在外的王子依罗带部分大臣逃往沃沮（今吉林省延边地区），并紧急向朝廷求救。

等坐镇襄平的西晋东夷校尉鲜于婴得到消息，派兵援助之时，慕容廆已经满载而归，回棘城去了。晋武帝司马炎极为震惊，一是对慕容廆的不听招呼、为所欲为不能容忍；二是对鲜于婴的镇抚不力大为不满，遂下诏申饬慕容廆擅行征伐之罪，免去鲜于婴所任各职，令幽州刺史何龛出兵征剿，并助依罗复国。

何龛得令之后，明里派校尉贾沈带一万精兵送依罗回国，暗里自率五万人马出长城，过徒河，偷袭鲜卑的大营棘城。慕容廆接到朝廷的申饬并不服气，他听说依罗又要回国，即派大将孙丁和齐猛带骑兵五千去中路拦截，两军在沈水之北的龙首山下相遇。贾沈遵何龛之计，只带四千人马在正面迎敌，且战且退，把鲜卑的五千骑兵引入一个谷口，然后埋伏在两侧密林中的六千精兵一齐杀出，前后夹击，令鲜卑军大败，大将齐猛被乱箭射死，所带军马折伤大半，孙丁只带几百名兵士拼命逃回。

慕容廆听说前方兵败，正待发兵报复，忽听得城外金鼓齐鸣、杀声震天，朝廷的五万人马已将棘城团团围住，顿时大惊失色。他深知棘城兵微将寡、无险可守，自己根本不是何龛的对手。幸亏师兄封存多了一个心眼，他在上次张华兵围棘城的时候，就预感到如果再遭此厄，就没有这么幸运了，于是暗中使人挖地道直通城北密林，并派慕容豹带一军驻在密林中随时接应，同时在科尔沁草原营地囤聚了大量的粮草，此番还真就派上了用场。慕容庞在白天率领众将士坚守了一日，夜间率众人悄悄从地道里溜走，一口气跑到科尔沁草原深处去了。待到次日天明，何龛率众将轻易攻进南门的时候，却发现这里已是一座空城，他只好一面派军留守，一面亲自上折向朝廷禀报。

且说慕容庞率众逃进科尔沁草原，虽然未伤元气，但也悔恨交加，连日来忧心忡忡，闷闷不乐。他觉得如今虽说大仇已报，但棘城被占领，族人被控制，不知下一步何去何从，难道就蜗居在这莽莽荒原上，有家不能回吗？他向众人问计，大家一时面面相觑，无言以对。他又把目光投向封存，希望这位智多星能拿出好的办法。封存暗想，你当初若是相信我说的话，怎么会有今日之祸？我现在就是拿出办法来，你也未必能信，因为他深知这位少王爷的执拗性格。想到这里，封存两手一摊，似很无奈地说道："事情闹到这般地步，我一时也想不出什么好的办法，不如我们一起去趟正觉书院，请徐慧老师给我们拿个主意吧！"慕容庞一听，觉得也只能如此，于是把人马委托给慕容豹、慕容阳掌管，与封存带上几个人，悄悄地奔平郭去了。

几个人风尘仆仆地赶到正觉书院，恰巧徐慧老师不在家，听芝兰师妹说，父亲前几日受好友之邀，赴东岳泰山讲学去了。这让满腹心事的慕容庞大失所望，一下子像泄了气的皮球一样，坐在椅子上一言不发。封存偷偷地给师妹递了一个眼色，聪慧无比的段芝兰立刻心领神会。

于是芝兰师妹给慕容庞倒上一碗清茶，微微一笑说道："什么事情让师兄如此愁容满面？不妨说来与小妹听听，父亲虽是不在家，我或许能够给你指点一二。有道是观棋胜对弈，局外看得清嘛！"

慕容庞呆呆地望着阔别一年的书院，不由得感慨万端。想当初他避难到此，是徐慧老师设下奇谋，让他重返家园、荣登大位。如今自己一意孤行，陷入困境，于万般无奈之中才来向老师求助，怎么好意思向师妹开口？但事已至此，容不得他顾及什么脸面了，于是他苦笑了一声，向师妹讲述了事情的全部经过。

芝兰师妹听完后沉思良久，给慕容庞和封存又各续上一碗热茶，然后才缓缓地说道："你这一年来的所作所为，从心情上可以理解，但道理上不敢赞同。当初父亲助你，一来是受黑羽儿师父所托，义不容辞；二来是看你能成大事，寄予厚望。你替父母报仇、为亲人雪恨本来无可厚非，天经地义，问题是看你在什么时机、用什么方法去做，才不至于影响你的宏图大业。在我看来，你报仇事小，但大业如天，一切均应从长计议，不知你心里赞成吗？"

见慕容廆默然颔首，芝兰师妹接着说道："现在你出于义愤，贸然出兵，深仇大恨倒是报了，但你诛杀的不仅是仇人，又有多少无辜者被害？你不单是结下了冤家，还给这里带来了动荡和不安，让大晋王朝的后院起火，朝廷岂能容你？不追杀你才怪！"

慕容廆一口喝下一碗清茶，"我已后悔当初不听封存之劝。这些天来反思良久，我已知道错了。但现在木已成舟，棘城被占领，族人被控制，我们被迫撤进科尔沁草原，有家不能回，有路不能走，我应该怎么办？还请师妹明示。"

芝兰师妹理了一下鬓边的秀发，看着慕容廆一字一板地说道："你虽被围草原，但并非身陷绝境，看似有些被动，也不是一筹莫展。依我看来，朝廷虽是兴兵问罪，不过是想宣示皇权、彰显天威，并非想要赶尽杀绝。试想如果真要斩草除根，那你在科尔沁草原就待得住吗？晋帝要的不是你的脑袋，要的是你的顺服，他不过想维护这里的稳定局面罢了！"

芝兰师妹停顿了一下，接着说："古往今来，但凡成大事者，莫不是审时度势，顺乎民心，把握良机，顺时而动。春秋五霸，皆因尊周室而自重，得民心而雄视天下。曹操父子，也因挟天子以令诸侯，从而占据了大半江山。如今朝廷刚灭孙吴，国力空前强大，天下已成一统。国家求稳定，百姓盼安宁，已成为总的历史潮流。谁要是在这个时候擅动刀兵，一违朝廷之意，二背百姓之心，无异于以卵击石、自取灭亡，纯属倒行逆施也。"

慕容廆听至此，心中一震："照师妹说来，我当迷途知返，马上回头，尊朝廷而自重，择良机而再起。但现在两军交战，势同水火，如何才能扭转局面？怎样才能化险为夷？我却心中没数。"

封存此时插嘴说道："这有什么难的？你现在不还是鲜卑部落的大都督、大单于吗？是名正言顺的一镇诸侯，朝廷又没有免你的职，你完全可以亲自上折，陈诉衷曲，或上殿面君，临朝请罪，定可以冰释前嫌、峰回路转，重新获得朝廷的信任。这种以退为进的策略，一定会扭转目前的被动局面。"

芝兰师妹拍掌笑道："师兄说得极是。你若示软归顺，上朝负荆请罪，司马炎断不会为难。然后你再广施仁政，收拢人心，善待牧民，结好邻里，重用贤才，暗蓄实力，则困境可脱，大业可成矣！"封存连声叫好。

慕容廆听罢忽地站起，情不自禁地拉住芝兰师妹的双手，激动地说："师妹之言，高瞻远瞩，令愚兄茅塞顿开，我知道应该怎么做了。让我不解的是，师妹在书院，怎么对时势这般清楚，而且分析得头头是道？"

芝兰师妹挣脱双手，笑着说："辽西与平郭并不遥远，从你走后，父亲一直关注你，你的近况他早知道。方才我说的一番话，不过是重复他老人家的意思罢

三燕王朝

了！父亲走的时候一再叮嘱，说你一定会来的，让我好好接待你。果然盼着盼着，你就来了。"说完脸上竟泛起两朵红云。

慕容廆不由得感慨万千，"老师高明，胜我千里，今生今世，学之不完，报之不尽，弟子定不会辜负您的厚望！"说完对着泰山的方向三叩首，与芝兰师妹洒泪而别，踏上归途。

慕容廆回到科尔沁草原，立即修书一封，派封存带厚礼面见幽州刺史何龛，言明服罪之意，请他高抬贵手，网开一面。然后又亲率五百人，备貂皮、大珠、人参和鹿茸等贵重物品，到洛阳拜见晋武帝。慕容廆赤膊裸背自缚荆条，跪伏于丹墀之下，向皇帝和满朝文武大臣陈诉衷曲，言明父母被奸人所害，自己一时出于义愤，才兴兵雪恨，酿下过错，请陛下重责，言罢痛哭流涕，叩头不止，令在场之人皆十分感动，连晋武帝闻之也嗟叹不已，命侍卫扶起到驿馆休息。

大臣王导密奏道："我观慕容廆相貌奇伟，目光如炬，小小年纪竟能韬光养晦，屈身事理，不是天生奇才，就是有高人指点，不会久居众人之下，留着恐怕是个后患，不如及早杀之为好。"

晋武帝司马炎长叹一声说道："爱卿之意我岂不知？慕容廆绝非等闲人物，将来辽东等地非他莫属。他兴兵雪恨虽然有罪，但为母报仇情有可原。且负荆长跪，其意至诚，厚礼贡奉，表示顺从，我若此时诛他，岂不落下千载骂名，万人耻笑？算了吧！留下他，关东会有一个较长时间的安定。将来怎么样，我也管不了那么多了！我的儿子们，如果有一个像他这样就好了！"

次日早朝，晋武帝司马炎对慕容廆的忠直坦诚大加褒奖，不但没有降罪，反而一直好言抚慰，并当着满朝文武大臣的面，再次明确他为鲜卑部大都督、大单于，总理关外鲜卑一切事务，协助幽州刺史和辽东太守维护社会稳定，有事可直接向朝廷报告。同时赏给他锦缎一千匹、战袍五百领。慕容廆忐忑而来，高兴而归。

从洛阳归来以后，慕容廆又亲自去拜访了幽州刺史何龛和辽东太守刘悝，除带去丰厚的礼品之外，态度也是谦恭至极。这两位大员早得到朝廷谕旨，自然乐得奉迎。从此慕容部鲜卑与地方官府的关系又恢复了正常。

当年八月中秋，由龙山祥云古洞黑羽儿师父做媒，恩师徐慧把他的养女段娴许配给慕容廆为妻。迎娶之日，不仅关东地区的大小部落首领悉数到场，而且由幽州刺史何龛和辽东太守刘悝共同主婚，甚至连朝廷都派特使前来道贺，让慕容部族的上上下下欣喜异常、顿感无上荣光。婚后小两口夫唱妇随、珠联璧合，令鲜卑部族的事业蒸蒸日上，一时在草原上传为佳话。

一日晚饭后，夫妻二人在河边策马闲聊。夫人段娴对慕容廆说道："如今我们虽然得到朝廷的信任和部族的拥戴，但若想长期站稳脚跟，尚须内练精兵，外施仁政，广积粮草，多修善事，方能够抓住良机，成就大业。兵在精而不在多，多了不但会加重部落的负担，而且会引起朝廷的猜忌。我看日常以养一万精兵为好，用以维护部族的安全和秩序，其他的则靠经常的比武和训练，把他们编成军队的建制，留在民间，到用时召之即可。"慕容廆闻之大喜，以手抚其背曰："夫人真乃我的军师也！"遂命其负责操练军马。段娴很快从部族中精选出一万名壮士，每人配备三匹战马、两套兵器，并亲自传授黑羽儿师父教给她的搏击之法，一支草原奇兵神不知鬼不觉地建立起来。

西晋永熙元年（290），辽西地区发生洪涝灾害，许多村庄被冲毁，大量农田被淹，十几万百姓流离失所、无家可归。慕容廆和夫人段娴除亲自带人去救灾，帮助灾民重建房屋、修复道路之外，还立即下令开仓放粮。不论是本部族还是外部族，不论是汉人还是胡人，只要是有难就同样救助，一口气放出存粮十几万斗，极大地缓解了严重的灾情，使许多灾民免受饥寒之苦，同时也使慕容廆夫妇贤名远扬，一时归附者甚众。

洪灾过后，盗贼蜂起，抢劫之风日盛。慕容廆一方面派出官员和军队去维护秩序，另一方面惩办首恶，劝解胁从，给吃不上饭的流民发放钱物，进行安抚。宇文部的屈云和素延两个部族，不听劝告，各纠集起四五千人的队伍，四处烧杀抢劫，掠夺财物，甚至去骚扰朝廷的边关哨卡，气焰十分嚣张。幽州刺史衙门委托慕容廆代行征剿。慕容廆即命大将多琰率五千铁骑奋而击之，在屈云部那帮恶徒正在沙延部放火烧房的时候，将其围住，但只诛杀首恶三人，余皆放还。还有一次得知素延部在抢掠之后，大摆酒宴，慕容廆乃亲率五百人突袭，将贼首可可木兰提当场擒获，所劫财物尽皆退还，极大地震慑了滋事的恶徒，抢劫之风渐止。

西晋永熙元年晋武帝司马炎病死以后，其子司马衷继位。由于司马衷是个白痴，朝政尽由皇后贾南风把持，贾南风又极其阴狠淫荡，因而西晋政局进入一个极为混乱时期。

先说说司马衷白痴到什么程度。有一次他在后花园里玩，听到有蛤蟆在叫，于是便问宫人："蛤蟆是为公叫还是为私叫？"宫人糊弄他说："在官地里的为公叫，在民地里的为私叫。"司马衷听后非常满意，还奖赏了这位宫人。还有一次听说许多地方闹饥荒，老百姓吃不上饭活活饿死，他觉得不可理喻，于是对许多人说："他们为什么不吃肉粥呢？"

再说说贾南风的阴狠和淫荡。贾南风是武帝宠臣贾充的女儿，生得黑胖矮小，由于自己不能生育，听说哪个嫔妃怀孕了，就暗下毒手，不是剖腹就是鸩杀。有一次她在花园中游玩，看到一个宫人肚子大了，立即抢过侍卫手中的长戟，狠狠地刺进那个宫人的肚子里，后来才知道杀错了。贾南风虽然生得丑陋，却与朝中多名大臣和侍卫私通，还经常派人去洛阳城中暗寻美少年拉来侍寝，一时社会上许多人以能和皇后睡觉为荣。

就是这两个活宝统治西晋二十来年，导致了史上有名的"八王之乱"。赵王伦诛贾后，齐王冏反赵王，许多王公贵族卷入，中原到处燃起战火。辽东也不例外，追随齐王冏的辽东太守庞本与归附于赵王伦的护东夷校尉李臻交火。居住在辽东的素喜连部和木丸津部乘机作乱，攻州打县，抢劫财物，人民又陷入苦难之中。

慕容廆见之忧心忡忡，茶不思饭不想。夫人段娴说道："如今八王混战，天下大乱，朝廷已无暇顾及地方的稳定。我们可乘机平定内乱，一得民心拥戴，二为朝廷认可，三能彰显实力，可谓一举三得也！"慕容廆闻言大喜，即派大将慕容豹和慕容阳分别带五千人马前去讨伐。二将所率领的均是慕容部的久练精兵，上阵之时能以一当十，而素喜连和木丸津部的人马皆为乌合之众，一触即溃。慕容廆很快平定了内乱，并派出人马巡视关东各地，使百姓免遭战乱之苦，深得当地人民的拥戴。

西晋永嘉五年（311），匈奴族建立的汉国皇帝刘聪派兵攻破洛阳，晋怀帝司马炽被俘，皇亲贵族被杀的被杀，逃跑的逃跑。而在逃往江南的西晋五王中，只有琅邪王司马睿志向远大、才华出众，在王导和王敦的帮助下屯兵建邺（今南京），建立了割据政权。

当时西晋名存实亡，匈奴的刘汉王朝正在南进而无暇北顾，许多大臣和将领劝慕容廆自立为王，独霸关东。夫人段娴劝曰："乱世莫出风头，明主择机而动，否则必成众矢之的，于大业宏图大不利也。不如依然尊晋勤王，可以得外援而自重，刘汉亦不敢小觑矣！"

谋臣鲁昌也乘机劝道："我主何不乘机向司马睿劝进，以表相敬之意、归附之心？这对当前和以后皆有利也。"

慕容廆十分赞许二人之言，当即亲自修书一封，派谋臣王济为使渡江来到建邺，奉上慕容廆与北方汉族大地主和贵族官僚等一百八十多人的联名上书，劝司马睿称帝，言辞十分恳切真诚，令司马睿极为感动。虽然因为当时晋怀帝被俘未死，司马睿还不能称帝，但他已对慕容廆产生了极好的印象。

说起来这个司马睿与鲜卑人还有一份渊源。睿字景文，是司马懿的曾孙，琅邪王司马觐之子。传说当年司马懿经营天下的时候，得知流传的谶书《玄石图》上，有"牛继马后"那样的话，使他忧心忡忡，夜不能寐，心想自己费尽心机、辛辛苦苦赚来的江山，岂可将来被别人夺走？于是对他认为可能成为后患的牛姓之人大开杀戒，还用特制的酒具毒死了身边的大将牛金，这才放下心来。

没承想司马懿之孙司马觐袭封琅邪王，其妃夏侯氏淫荡成性、妖冶非常，竟与其小吏牛氏私通而怀孕，于西晋咸宁二年（276）在洛阳生下司马睿，睿实为牛姓血统。而那位小吏牛氏正是牛金的后裔，也同样是鲜卑人的子孙。后来司马睿果然当了皇帝，应了"牛继马后"之说，是真是假不得而知。但他对鲜卑部族有好感却是真的，在东晋大兴元年（318）三月登基之后，立即封慕容廆为龙骧将军、大单于、昌黎公、辽东公，连慕容廆自己都感到有些不好意思。自此他的部族在关东实力大振，威望空前。

慕容氏部族在短期内取得这样耀眼的成就，不仅在于他们有着敏锐的政治眼光，实施了正确的对外策略，还在于他们有很强的经济头脑和得力的用人措施，从而使他们迅速地强大起来。

"八王之乱"使中原战火连年，几十万人丢掉性命，上千万人流离失所。而慕容氏统治的辽西地区，由于社会相对稳定和靠近长城，就成了这些流民的首选和"世外桃源"。面对流民的大量涌入，慕容廆和段娴不像其他部族那样，视之为洪水猛兽，全力驱赶，而是大力欢迎、妥善安置，帮助他们开荒种地、植桑养蚕或饲养禽畜、开办作坊，使归附者日众，十年间部族人口竟扩大了十几倍。慕容廆根据流民来自不同的地区，还把他们分区安置，分别成立了冀阳郡、成周郡、营丘郡和唐国郡。流民的涌入不仅使劳动力大量增加，而且带来了先进的生产经验和科学技术，极大地推动了辽西地区经济和社会的发展。

流民中五行八作、三教九流，官员、学者、艺人、工匠等什么样的人都有，其中不乏优秀的人才，慕容廆和段娴皆如获至宝，尊崇备至，因人而用，各得其所。一些有政治抱负的士大夫，在腐败的中原得不到施展，到其他部落又得不到赏识，到这里却能如鱼得水，备受重用，南阳人裴嶷就是一个很好的例子。

裴嶷为人清廉方正，很有谋略，曾经担任昌黎太守。他的哥哥裴武担任玄菟（今辽宁省新宾满族自治县一带）太守。西晋永兴元年（304）秋日，裴武病死任上。裴嶷受托携其侄儿裴开护送其兄的灵柩回故乡，途经辽西时，慕容廆主动出迎，置酒相待，持礼极为谦恭真诚，并赠送不少金银布帛。待灵柩进关时，却因战乱封堵道路不通，裴嶷无可奈何，即想回辽西投奔慕容廆。其侄裴开有些不解，问道："故乡在南方，故主在别处，我们为什么要投奔他？"裴嶷长叹一声说道："良禽择木而栖，贤臣择主而事。你看朝廷那帮当官的和辽西这些首领，哪一个有深谋远虑、宏图大志？慕容廆则不同，他不仅有远大志向，而且有伟略精韬，必能成就一番大事业。我们去投奔他，既能够保全家小，又可以成名立业，是如今天下我等文人立足之地也！"叔侄二人遂双双投奔辽西。

慕容廆用人不分亲疏，唯才是用，使其各得其所。

南阳人裴嶷、代州人鲁昌、庐江人黄泓、北平人阳耽等人善谋远虑，用为幕僚或谋士，言听计从；

平原人宋该、安定人皇甫岌、兰陵人廖凯鼓、昌平人刘斌等人饱学多识，用为机要秘史，掌管重要文书；

广平人游邃、北海人封羡、北平人西方虔、西河人宋爽等人忠厚仁义，在社会上有广泛的影响力，即用为重要大臣，参与朝政；

平原人刘赞、襄阳人独孤云为一代名儒，即用为东庠祭酒，主管办学，教授官宦子弟读书。

慕容部鲜卑蒸蒸日上，让平州刺史崔毖寝食不安，认为是对自己地位的最大威胁。他蓄谋良久，于东晋永昌二年（323）春天，秘密串通段氏鲜卑、宇文部鲜卑和高句丽三部联合起来，欲一举消灭慕容廆部，答应事成之后，由三部平分其人口、财产和疆域。三部共拼凑了二十七万大军，以泰山压顶之势，突然包围了棘城。而当时慕容廆部只有六万军马，形势看似十分危急。

大敌当前，兵临城下，慕容廆急召众人商议对策。谋臣裴嶷认为："敌军貌似强大，但乃乌合之众，表面上气势汹汹，实际上各怀心事，不足惧也。只要我们坚守城池，以逸待劳，寻找机会，分而击之，必会获得全胜。"夫人段娴赞同他的观点，并提出破敌四计，看来胸有成竹，慕容廆遂依计而行。

一为离间计。当三路大军分别围住棘城东、北、南三面城门时，慕容廆派鲁昌带酒肉、肥羊及蔬菜果品，于傍晚时出城去拜会宇文部，并奉上慕容廆的亲笔信。这让宇文部"大人"悉独倌一头雾水、莫名其妙，不知道是什么意思。而这一场景却让崔毖安插在宇文部中的密探发现，急忙报与崔毖知道，令崔毖顿生疑心，怀疑宇文部与城中交往定有私情，提醒段部和高句丽部格外小心。

二为美人计。段娴派出数十名女兵化装成牧人，假意在城外放羊，故意让段部士兵捉住。慕容廆素知段部"大人"达虏昌奇淫，必会见色起意。果然这些女兵被士兵们带回去之后，达虏昌见一个个貌美如花，喜不自禁，即命她们先来陪酒然后侍寝。没想到这些女兵酒量奇大，将达虏昌灌得烂醉，然后在营中放起数把大火。慕容廆则在此时派出两千铁骑出城偷营，一时间火光冲天，杀声四起，慕容部的勇士们如虎入羊群，砍瓜切菜，杀得段部人马哭爹喊娘，屁滚尿流，急从北门退出五十里开外，方扎下营来。到天明时虽见城中军马已撤，但仍不敢贸然进兵。

三为围魏救赵之计。慕容廆依夫人之见，派二子慕容仁率五千铁骑，偷袭高句丽的老巢王城丸都。慕容仁率众疾驰，于次日夜抵丸都城下，先派少数人攀入城中，打开城门，放起大火，随后率大军杀入王宫，吓得王太子和众大臣弃城逃跑。高句丽王闻讯后气急败坏，赶忙回兵去救，却不料在回军的途中，在徒河以东遭遇慕容翰和慕容昭的伏击，被杀得丢盔卸甲，狼狈而逃，损失三万多人马败回丸都去了。

四为出其不意之计。正在宇文部闻听高句丽王已经撤兵，"大人"悉独倌左右彷徨之际，慕容廆亲率五万大军，以迅雷不及掩耳之势，忽然从城中杀出，吓得毫无准备的悉独倌掉头就跑。宇文部八万大军自相践踏，死伤惨重，丢下大量车马辎重，一口气被追出二百里开外。

已经被咬过一口的段部"大人"达虏昌闻两路人马俱撤，再也不听崔毖的说教，头也不回地撒丫子就跑，气得崔毖大骂连声、暴跳如雷，无奈只得向高句丽方向逃去，不幸半路被伏击回营的慕容翰大军截住，死在慕容翰的神箭之下。至此，平州刺史崔毖的阴谋彻底破产。慕容廆表奏朝廷，请治崔毖兴兵作乱之罪。司马睿照准并诏告天下，封慕容廆为安北将军、平州刺史、车骑大将军、大单于、昌黎、辽东二公。慕容廆成了名副其实的"东北王"。遂立四子皝为世子，设置文武百官，每日升朝议事，俨然就是一个国家。

第四回　梦佛陀单于归天　见真龙燕王立国

　　打败三部联军，又得到朝廷封赏和百姓拥戴，慕容廆的事业如日中天，许多大臣劝他立国称王，师兄封存也认为时机成熟，此事可行。慕容廆有些拿不定主意，便去征询夫人的意见。段娴沉思良久，然后说道："大丈夫立于天地之间，当存鸿鹄之志，效法尧舜所为，以求造福万民，流芳千古。因此立国称王无可厚非，但关键是如何审时度势，把握良机。夫君经营辽西几十年，之所以能够站稳脚跟并发展壮大，全在于不为角逐天下，只替百姓着想，因而才外得朝廷认可，内受部族拥戴。如今东晋政权偏安江南，中原地区陷入战乱，如果此时立国称王，必将失去朝廷声援，招来强敌入侵，导致部族危亡、百姓涂炭，请夫君三思。"

　　慕容廆觉得夫人说得有道理，便放弃了立国称王的想法。

　　东晋咸和四年（329）秋天，北风忽来，天降大雪，许多牛羊被冻死。有噩耗从平郭传来，恩师徐慧去世，夫人段娴悲痛欲绝，大病不起。慕容廆日夜陪护，煎汤熬药，心情也是难受万分。连年的征战和过度的劳顿，又受此沉重打击，使他本就虚弱了的身体雪上加霜，自觉食不甘味、夜不安眠，精神状态已大不如前。经常感到头晕目眩、腿脚沉重，夜间常被噩梦惊醒，思母想弟之心日甚，常在群臣面前提起。

　　一日慕容廆与群臣在营中议事，谋臣裴开对他说："臣闻近日河西走廊青海湖南新建一个国家，名字叫作吐谷浑，竟与二少主的称谓一点不差，难道我主的二弟真的还活着？这个国家就是他所建？"

　　慕容廆闻之忽地站起，"真有此事？我怎么不知？快去打探，速来报我！"

数日后得知裴开所言是实，慕容廆又惊又喜："真的是他！果然是他！真是想死我了！"急派长子慕容翰和老臣多琰，携自己亲笔书信，带将士五百人，备千匹良马、千匹锦缎、千块茶砖、千两黄金等一应厚礼，赴吐谷浑拜谒国王陛下，邀请他回家乡与家人团聚，共叙兄弟情义。可当慕容翰一行几千里跋涉，风尘仆仆赶到吐谷浑王城，见到该国君臣的时候，那位满脸疤痕、目光如炬的国王态度却十分冷漠，毫无半点热情，只是草草地看了一下书信，然后缓缓地说道："多谢你家大单于的美意了。时隔几十年，地远上千里，怎么又突然旧事重提、想起兄弟了？是不是他做梦了？这些年他都干什么去了？告诉你们，我虽是鲜卑人，但不是二少主，我们都是神鹰的后代，神鹰是我们心中的图腾。请回吧，捎去我这份迟来的问候。"说罢解下腰间玉佩，递与多琰，请他转交给慕容廆，所带礼品一概谢绝："高原乃圣地，青海有天湖，人间之物，应有尽有。你们送我的，啥也不缺，我这里缺少的，你们那里也早就没有了。"说完之后退堂而去。

慕容翰和多琰在驿馆又住了数日，几次请求再见国王，都被婉言谢绝。二人无奈，只好默默而归。

慕容廆听完了翰、琰二人的描述，又反复观看了那只玉佩，不禁泪流满面、哽咽连声："果然就是二弟！他是在埋怨我呀！四十多年了，只顾大业，没去找他，这都怨我呀！可我又何曾一日忘怀？二弟呀！当初你让我到哪里去找你呢？"说罢痛苦不已，晕倒在地，众人急忙救起。

慕容廆决心亲自去接二弟，鲁昌裴开急忙劝道："大单于兄弟情深，足以感动天地，求得早日相见，也是人之常情，但此时天寒地冻，道路难行，何况我主又圣躬违和，怎么非要现在就去？待过些时日春暖花开，岂不更好？如今二少主已立国称王，功成名就，这是好事，何必如此悲伤？"众臣也一齐跪劝，但慕容廆执意不听，下令做好出行的准备。

次年二月刚过，春寒料峭，北风扑面，慕容廆就迫不及待地踏上了西行的路。由于天冷路滑，时有风雪，因此行进的速度很慢。慕容廆年老体弱，每日颠簸不堪，又兼心急如焚，吃不下饭，睡不好觉，不幸于中途偶感风寒，发病时忽冷忽热、忽晕忽醒。随行医官为其诊治，但由于药品所带数量不多、品类不全，一时不能治愈，慕容廆的病躯日趋沉重，随行的慕容翰和多琰经过商议，只好原路返回。

慕容廆回到棘城以后，虽经多方调治，风寒已经治愈，但他的心病却越来越重，身体状况一日不如一日，经常不能上朝议事，政事多由夫人审阅、群臣办理，虽然一切如常无碍大局，但朝野上下均十分担忧。

东晋咸和八年（333）春天，慕容廆的病体日渐沉重，经常昏迷不醒，处于朦胧之中。一日在室中入眠，忽然见眼前金光一闪，一尊顶天立地的佛陀骑着金龙从天而降，直接来到他的床前，以手抚其额曰："单于功德已满，宜当早升天界。赐汝八句真言，子孙受益无穷！"说罢口诵数遍而去，转眼已不见踪影。

慕容廆急得满头大汗从梦中惊醒，见面前并无佛陀和金龙，只有夫人段娴手抚其额在给他擦汗，但梦中场景仍历历在目，佛陀所嘱，言犹在耳。于是他把梦境讲给夫人和大臣们听，众人皆感到惊奇不已。鲁昌说道："见佛陀而梦金龙，乃我主大吉之兆、飞升之喜，暗喻我主将登基也！"众臣闻之一齐道贺。慕容廆也感到自己浑身轻松，头清眼亮，竟能下地行走，与众人谈笑风生，似同平日，而且在傍晚时还食用了一碗米粥。宫中内外皆高兴不已，唯独夫人段娴闷闷不乐、默默无言。

果然至次日凌晨，慕容廆病情加重，口虽能言，但手脚已不能动了，乃召夫人段娴、诸子和几位重臣入宫，托付后事。慕容廆缓缓地说："佛陀昨日谕我，今生功德已满，当离尘世而去。临行前嘱我八句真言，子孙受用，众且记之：'礼佛敬儒，善待众生，百年三代，建都龙城。梦龙而起，见龙而兴，驱龙而衰，弃龙而崩。'尔等当牢记佛陀圣谕，须臾不可忘怀。我死之后，由世子慕容皝继位，伏望精诚团结，共襄大业，我身虽去，其魂也安矣！"言罢手攥夫人段娴十指，瞑目而逝。

慕容廆在位四十九年，终年六十五岁，为慕容氏鲜卑一代英雄、无冕之王，是大燕国百年江山的奠基之主，其功在辽西，德昭凌水，得到当地人民世代称颂。

夫人段娴含悲忍泪，率领诸子及众位大臣为慕容廆料理后事，同时表奏朝廷，周知各部。东晋朝廷极为重视，钦派冯吉为特使前来吊唁，并诏告天下，由世子慕容皝承袭其父所有职爵。周边各部族也都闻风而动，前来致哀。办完了这件大事，她又与众位大臣操持重典，扶助慕容皝继承大位，时为东晋咸和八年（333）六月也。

慕容皝兄弟八人，他排行第四，上有慕容翰、慕容仁、慕容昭三位兄长，下有慕容评、慕容幼、慕容军、慕容汗四位弟弟。他之所以被立为世子，是因为他乃慕容廆原配夫人段娴唯一的儿子，即所谓嫡生之子。段娴在西晋太康四年（283）与慕容廆在平郭正觉书院相识，次年与慕容廆喜结连理，但婚后十年不育。西晋元康五年（295）春天，段娴随慕容廆游览龙山，夜宿佛寺，朦胧中觉得有玉帝、王母召见，赐御酒，食蟠桃，不觉昏昏入睡，似有金龙入怀，醒后方知是梦，而且是梦中之梦，甚觉奇异，就说给慕容廆听，慕容廆也感到非常奇怪。但更奇异的是回来不久，段娴便觉腹中有异，经郎中检视，方知有孕。于次年阳春三月，便生下一子。这孩子生得手脚奇大，身量特长，哭声极为响亮，通体有

第四回　梦佛陀单于归天　见真龙燕王立国

鳞片状花纹，慕容廆甚奇之，乃根据夫人梦中之兆，感谢玉皇之光、天地之德，取名为皝。慕容皝是段夫人唯一的孩子，自然视若珍宝，慕容廆也喜爱非常。慕容皝自小健壮聪明，学啥都快，而且极为孝顺乖巧。三岁时，忽有一僧人拜访，说他愿到府上教公子读书，分文不取。段娴见此僧鬈发高鼻，黑面长身，动如轻风，识见非凡，问其名曰"鸠摩罗卫"，是一位天竺高僧，此番专程赶来，知是世外高人，欣然应允。鸠摩法师从基本功开始，既教他习文，也教他练武，既教他钻研儒学，又领他诵读佛经。一晃九年过去了。

十二岁时，慕容皝随父去山中打猎，忽遇一群猛虎，几位兄长吓得转身就跑，十几位将官也紧紧护住父亲不敢上前。慕容皝拎着双拳走上前去，突入虎群，如戏家猫，不一会儿将其全点翻在地，而自己却毫发未损，惊得父亲和众将士目瞪口呆，一时在草原上传为佳话。

鸠摩法师见慕容皝功夫已成，遂在一月夜不辞而别，只给他留下一本经书《地藏菩萨本愿经》。母亲段夫人觉得他年龄还小，于是又送他去龙山祥云古洞，随黑羽儿师父学习了五年轻功，于十七岁时才回到母亲身边。这时的慕容皝已练得武功卓绝、识见过人，其谋略常常得到父母的赞许和采纳。十年前慕容部以少胜多击败三部联军，夫人段娴曾连献四计，其中就有慕容皝的功劳。但慕容廆和段娴二人却从来不让他直接参战，除了爱子之情，当然另有深意，我想诸公不难得知。

慕容廆的夫人段娴人如其名，不但娴静高雅，而且温婉善良。婚后因多年不孕，乃亲自做主为慕容廆纳妾三人，先后生下七子。这七个孩子虽然非夫人亲生，但却视若己出，不仅教他们习文练武，而且教他们如何做人，所以这七兄弟个个武功高强，见识不凡，人人都有远大的志向。慕容廆晚年在位的时候，由于他们陆续长大成人，就已经让他们各领一军，历练他们领兵打仗的能力。因此，这八兄弟人人都有一支队伍，各有各的一套体系，这就为后来生乱埋下了伏笔。慕容廆在世时，个个都俯首帖耳、规规矩矩，如今父亲去世，人人都蠢蠢欲动，所以风波就纷至沓来。

先是慕容翰一人不服。慕容皝承袭大位，他表面上风平浪静，背地里牢骚满腹。当年父亲被封为昌黎、辽东二公，慕容皝被立为世子，他就气得几乎投了白狼河，是好友封奕劝住了他。如今父亲去世，使他旧愿重发、欲火复燃，幻想能有次出头的机会，没承想四弟登基，承袭大位，使他怒火冲天，不能自制。八兄弟一起为父亲守灵，他却在背地里经常饮酒浇愁。部将郭炎、孙猛对他说："我主虽非嫡出，却是长子，子承父业，天经地义。何况我主文韬武略，哪个不知？谁人不晓？比他慕容皝又差什么？难道就甘心一辈子受制于人吗？"

慕容翰端起酒碗，一饮而尽，大声说道："想我慕容翰二十多年来南征北战，东讨西杀，为父亲立下了多少功劳？为部族流下了多少血汗？但是这有何用？谁让咱投错了娘胎呢？慕容皝他干什么了？却无功而登大位，老天不公啊！罢！罢！罢！咱既是庶出，我就不在这里受窝囊气了！"几名部将随声附和，当晚率所部一万军马悄悄出城，投奔段辽去了。

接着是慕容仁和慕容昭二人起事。慕容翰出走以后，段夫人和慕容皝十分震惊，急派人四下寻找，劝其归来，也引起朝野上下议论纷纷。慕容仁和慕容昭表面上心急如火，帮助寻找大哥的下落，背地里却经常饮酒密谋，商议对策。慕容仁在八兄弟中最为高大魁伟，膂力过人名扬关东，但也最为简单粗暴，点火就着。这时他喝下一碗烈酒，大声嚷道："兄长已经走了，我们再待无益。既然都是后娘养的，咱们也各奔东西吧！到哪儿还不干一番大事业？"三弟慕容昭瘦小精明，极善权变，"我看不然，寄人篱下，受人白眼，终究不是办法。如今大哥走了，我们拥有两路人马，你又勇冠三军，老四虽然厉害，但他孤掌难鸣，四位小兄弟未必会帮他，顶多是隔岸观火。不如我们自己举事，夜入内宫，杀了四弟，囚禁段母，拘捕重臣，然后拥戴你做大单于，岂不更好？"

慕容仁听了一抹嘴唇，"三弟说得极是，我何尝没有想到？只是段母待咱甚好，如何下得去手？"

慕容昭一声冷笑，"不是她教导我们要从小立志，善谋大事吗？二哥如此优柔寡断，秉此妇人之仁，早晚要成为老四砧板上的鱼肉。罢！罢！罢！算我没说，还是回家睡觉去吧！"说完扭头就走。

慕容仁"啪"的一拳擂在桌面上，立时把三寸厚的松木茶桌砸下半边，"哪个狗娘养的不想起事？事不宜迟，今晚下手，你看如何？"

"这就对了！大丈夫当断不断，必遭后患，就这么定了。"慕容昭刚才不过是想激他一下，两人当即商定夜半动手，说完各自分头准备去了。

古语说"要想人不知，除非己莫为"，"世上就没有不透风的墙"。就在慕容仁和慕容昭兄弟二人密谋的时候，早已被端茶的一位侍女听得清清楚楚，把她吓得出了一身冷汗！心想老单于尸骨未寒，这哥儿俩就想谋反，他们对得起谁呀？段夫人那是多么好的人哪！何况嫡子承袭父业，这是祖上留下来的规矩，怎么能怪老四慕容皝呢？自己绝对不能让他们的阴谋得逞。于是趁夜静更深，悄悄溜出慕容仁的府第，来到大单于的住所，向老夫人段娴报告了一切。

老夫人段娴闻报大惊，急召慕容皝和多琬商议对策，悄悄撤出内宅，布下伏兵，但再三叮嘱慕容皝，切不可伤了老二和老三的性命。她长叹一声说道："我不能让你的父亲在天上看着心寒哪！"

当夜三更刚过，慕容仁和慕容昭各领一千精兵，自以为神不知鬼不觉地接近了大单于府邸，轻而易举地就闯进了府邸大院，二人以为对方毫无防备，遂下令见人就砍，一个不留。兵士们冲进正殿和后宫居室，一阵乱砍乱剁，发现不是穿着衣服的草人就是卷在一起的被褥，根本看不到一个人影，急向兄弟二人报告。二人情知有异，正在疑惑之中，忽听一声锣响，顿时杀声四起、火光冲天，大墙上上万名勇士拈弓搭箭，蕴势待发，正门外数十名大将手持兵刃，虎视眈眈。正中一员大将，金盔金甲绿罗袍，手持丈八长槊，威风凛凛，杀气腾腾，正是老四慕容皝，吓得二人立时目瞪口呆，不知所措。两千名士兵战战兢兢，乱作一团。

这时只听慕容皝高声喝道："良宵宝贵，夜静更深，二位兄长不在家中安寝，跑到这里来干什么呀？难道是想谋反吗？"

"这……这……这……"慕容昭平日口齿伶俐，此时竟忽然无话可说，急得他抓耳挠腮，不知如何是好。

慕容仁则手中大刀一横，两眼一瞪高声嚷道："你说反了，就是反了！凭什么做小弟的就能当单于？难道我们就不是爹生娘养的吗？来呀！既然你有准备，咱就拼个你死我活！弟兄们，别听他的，跟我冲上去，剁了他！"言罢率领数百人向门口扑去。

大墙上所有的弓箭手立即万箭齐发，封住去路，立时有数十名士兵中箭死伤，哭爹喊娘，满地翻滚。

慕容皝一摆手，弓箭顿止，遂笑着说道："二哥此言差矣！我们鲜卑族嫡承父业，古早有之，先祖规矩，岂容更改？谁当单于，既要合乎祖传旧制，又要有父亲的遗命，是你想当就能当的吗？我还就不信了，慕容部的将士们会跟着你谋反？谁若是天神的子孙，就把刀枪放下，自己走出来回家睡觉，我绝对既往不咎！"

语音刚落，院中的那些兵士噼里啪啦，多数人都把兵器放下了，气得慕容仁哇哇怪叫，挥刀连砍了好几个士兵，破口大骂："白养了你们这帮白眼狼了，算我瞎了眼了！"说完提刀想往上冲。

慕容昭低声劝道："二哥莫急，形势不利呀！识时务者为俊杰，不如我们认错投降吧！留得青山在，不怕没柴烧！"

慕容仁闻言大怒，"你这个软骨头！癞皮狗！当初若不是你摇唇鼓舌，哪有今日之祸？现在你倒想退缩了，告诉你吧，晚了，要死也得拉着你做个垫背的！"

慕容昭一看情况不妙，若负隅顽抗，则必死无疑，于是嗖的一下，向门口蹿去，一边跑一边大喊："是老二要谋反，我是被逼的呀！"令院内外所有人都为之一愣。

眼瞅着慕容昭就要跑到门外去了，慕容仁一声冷笑："该死的家伙！你就不配做兄弟！"说完右手一甩，一支袖箭应声而去，"扑通"一声，慕容昭倒地而亡，就死在慕容皝脚前两三步远的地方，令匆匆赶来的老夫人段娴大惊失色，急忙大声喊道："仁儿，我的孩子！你要干什么呀？你怎么下得去手？"说完俯下身去，把死去的慕容昭揽在怀里，失声痛哭。

慕容仁不冷不热地说："对不起了，段妈妈，是你告诉我们要树雄心，立大志，我实在不甘心屈于老四之下。孩儿要走了，就此别过。"说罢手舞大刀，率数十名兵士向门外冲去。将官们一声呐喊，欲上前阻拦，慕容皝低下头来，一摆手说道："不必追赶，由他去吧。"慕容仁遂率数十人呼啸而去。

众将和群臣多有不解，但谁也没有吱声。十五岁的慕容俊憋不住了，悄声问道："二伯和三伯起兵谋反，分明是前来杀我们的，父亲为何却放了他呀？"

慕容皝抚摸着儿子的头，长叹一声说道："天要下雨，娘要嫁人，虽为手足，但人各有志。他有灭我之心，我却不能杀他，因为他毕竟是我的二哥呀！"说完已是热泪盈眶，众人闻之皆十分感动。

且说慕容仁一口气跑出棘城，马不停蹄直奔平郭，投奔其娘舅辽东太守孙兰。孙兰是崔毖的内弟，因其姐夫死在慕容氏之手，与慕容廆结下深仇。自打调任辽东太守之后，早想寻机报复，苦于没有机会。此时见慕容仁来投，不觉心中暗喜，便想借机把慕容氏内部搞乱，然后从中渔利，除掉慕容皝和段娴，重新雄霸关东。于是他极为热情地接待慕容仁一行人马，帮助他们恢复休整，招兵买马，聚草屯粮，并不断地煽风点火，鼓动他们拥兵自重，另立门庭。慕容仁自然感激不尽，每日里只想着西进复仇。

慕容皝得知慕容仁逃到平郭，便亲自修书一封，派四位弟弟一同前往，带肥羊美酒到孙兰处去见慕容仁，想通过兄弟之情去打动他，从而使慕容仁迷途知返。不过慕容皝想得太天真了，四位弟弟一齐拜见二哥，慕容仁连座位都没让，反而冷笑一声说道："你们是替老四来当说客的吧！想都别想！开弓哪有回头的箭？我是不会向老四屈服的！二哥要另立门户，兄弟们谁若想跟着我，请留下，咱们共襄大计，谁若是不想留下，就免开尊口。肥羊美酒我留下了，你们呢？愿留就留，愿走快滚！"说完把慕容皝的信件撕得粉碎，头也不回地走出大营。

瞧把这四个弟弟气得呀，一个个怒火冲天！他们万万没有想到二哥如此不讲情义和不可理喻，在返回的路上怨声不绝。恰好右司马佟寿带兵巡哨，几个人一合计："莫不如咱们几个出其不意，把二哥抓回来，岂不甚好？"于是和佟寿带着这一千人马悄悄接近孙兰的大营，"嗷"的一声冲进去。岂料这一切早被孙兰看在眼里，做好了安排。原来在四兄弟来见慕容仁的时候，早有兵士报与孙兰知道，孙兰便派人暗中监视四人的动向，待他们突然返回，图谋劫人的时候，孙兰就已经布好了伏兵。因此四兄弟当冲进慕容仁大营的时候，就立即被团团围住，一千名士兵多数被乱箭射死，佟寿的部将刘力羽当场被杀，四兄弟左冲右突，只有慕容评、慕容幼带数十骑逃了出来，而两位小兄弟慕容军和慕容汗，则被他们的二哥亲手活捉，投入了平郭大牢。

此战大胜，让慕容仁信心百倍、兴奋异常。在孙兰的一再怂恿下，慕容仁自称辽东公、大单于兼平州刺史，意在承袭父爵，与慕容皝相对抗。由于慕容仁据有辽东大部分地区，又有孙兰支持，因此段辽部、宇文部和高句丽等部也都看风使舵，遥相呼应，关东地区一时剑拔弩张，山雨欲来。

慕容皝先是听到慕容评和慕容幼回来哭诉，说四人劝说无果，两位小弟被捉，接着又听说慕容仁公然自立，与自己分庭抗礼，不由得怒火万丈，就想立即带兵踏平辽东，以解心头之恨。

参军封奕劝道："此事万万不可。慕容仁背族叛主、倒行逆施固然可恨，收服他们是早晚的事，但若此时起兵，于我方却大不利也。方今天下大乱，诸侯混战，我主虽是受朝廷册封，名正言顺，但晋政权偏安江南，我们根本得不到支援。赵（后赵）在中原攻州打县气势正盛，大有夺取天下之意。辽东地区目前虽数我们强大，但慕容仁有孙兰支持，得段辽部、宇文部和高句丽暗中策应，正在蠢蠢欲动。如果我们此时进兵，即使不至于被他们打败，也急切难以取胜。倘若赵石虎乘虚而入，其他部族趁火打劫，则棘城必失，部族危矣！"封奕乃是封存之子，自小熟读兵书战策，极有谋略，一番话说得句句在理，令众人十分信服。

慕容皝亦点头称是，转而问道："那么为今之计，依你看来，我们当如何动作？"

封奕胸有成竹："慕容仁分庭抗礼，我们可以不加理睬，反正朝廷不认可他，百姓不拥戴他，时间长了，滋生骄慢之气，内部出现问题也未可知。到时候我们一举图之，必可胜也。"

封奕停顿了一下，观察了一下大家的反应，然后一字一板地说道："目前要紧的是扫清外围、巩固后方。在我们的周边，还有许多独立的部落，他们表面上安分守己，暗地里窥伺时机，一有风吹草动，就会对我部进行骚扰，破坏棘城地区的稳定。因此，收服他们才是当务之急。"

慕容皝征询众人的意见，大家都认为封奕说得很有道理，于是他决定依计而行，从次日起兵分四路，同时进发，务求速胜。

第一路由慕容皝亲自率领，西取白狼（今辽宁省喀左县）老城。大军以迅雷不及掩耳之势，突袭木提部鲜卑大营，活捉首领阿布罗，将其所属一万多军队散编入自己名下，把两万多户居民迁往棘城，令大将张泓在此驻兵镇守。

第二路由慕容评率所部一万铁骑，北扫平刚（今内蒙古自治区宁城县），包围乌丸部的营垒，活捉其部落"大人"悉多侯，将其所部南迁至白狼河畔，置于慕容部的控制之下。

第三路由慕容皝之弟妻段飞燕率领鲜卑女营一万人马，深夜突袭柳城粮栈，控制了所有粮草和城外水源，迫使段辽部守将弃城南逃，城中三万多户居民悉数归顺于慕容名下。东部既平，皝留下段飞燕驻兵镇守。

第四路由封奕率兵南出徒河（今辽宁省锦州市）。封奕围住段辽部守军大营之后并不开战，他命人拦住徒河之水，蓄而积之，然后突然放开，将驻扎在河边低矮之处的守军营盘全部淹没，迫使其不战自溃，封奕率军乘势击之，一直把对方撵到长城脚下，从而控制了这一带地区，留下慕容松率军在此镇守。

不到两个月的时间，慕容皝连战连捷，不仅收服了四方的部族，而且扩大了自己的疆域，不仅增加了粮草和兵源，而且促进了辽西的稳定。据此，慕容皝上折表奏东晋朝廷，派皇甫真携重礼去建邺觐见。晋成帝司马衍十分高兴，敕封慕容皝为辽东公、大单于、平州刺史，都督幽平二州之军事，并诏告天下各部周知。高句丽和扶余等部见皝得到了朝廷的认可，立刻转而同慕容部密切往来，辽东太守孙兰也立刻蔫得像泄了气的皮球一样，慕容仁逐渐孤立起来。

且说慕容仁从打自称大单于、辽东公之后，手下又招收了一些人马，自觉身价百倍，不禁得意忘形，渐渐飞扬跋扈起来。仁虽武功卓绝，万人不敌，但其气量狭小，有勇少谋，酒后常常鞭打士卒，动手杀人也是常有的事，身边的谋臣们劝之不听，连孙兰的话也不放在心上。久而久之，上上下下颇有微词，不满之言不绝于耳。慕容仁闻之大怒，不是责打，就是杀掉，闹得内部关系十分紧张。

东晋咸康二年（336）春，鲜卑部大单于慕容皝自感兵强马壮、粮草充足，部族稳定、士气高昂，于是上折奏报朝廷，决意代天行狩，征讨慕容仁部，以平辽东，很快得到东晋朝廷的恩准。大军行动之前，慕容皝派王富为使，再次到辽东劝降，希望慕容仁迷途知返，悔悟归来。慕容仁不但一句不听，反而一顿臭骂，如果不是王富等人跑得快，恐怕连命也得丢了。慕容皝听罢并没有生气，只是轻轻一笑。同时下令传檄段辽、宇文和高句丽等部，此番进兵是替天行狩、讨伐叛逆，请好自为之，不可擅动。

慕容皝一切安排妥当，即召集众人商议进兵之策。大将宋晃、平熙齐声说道："如今我主上得天时，下占人和，以正义之师讨伐叛逆，必能旗开得胜、马到成功，辽东兵不堪一击也！"不少将领亦随声附和。封奕则说："我看不然，还是谨慎一些为好，轻敌的想法是万万要不得的！"

这时慕容皝的四儿子慕容恪正站在父亲身旁，见大家一时没有拿出什么明确的意见，于是看了父亲一眼缓缓说道："以我所知，二伯那边的兵力与我们不相上下，如正面硬拼，我们虽然未必失败，但也是歼敌一千，自损八百。何况他们熟悉地形地物，若与我们周旋起来，恐怕我们也急切中难以取胜。不如我们兵分两路，一明一暗，一虚一实。陆路以五万大军大张旗鼓，从正面进攻，摆出一副与之决战的架势，吸引辽东军的主力，把他们牢牢地拖在平郭以西。另一路则出一万人马，悄悄入白狼，过辽水，绕道辽南从历林口（今属辽宁省营口市）登陆，从后路袭取平郭，此为釜底抽薪之计，迫使辽东军主力回援后撤，然后我们东西两路分进合击，将辽东军消灭在辽水河畔，则叛逆可平、二伯可擒矣！"

慕容恪小小年纪，竟如同一位身经百战的大将军一样运筹帷幄，侃侃而谈，胸有成竹，决胜千里，令所有在场之人惊讶不已，唯独其父慕容皝似在意料之中，频频颔首，微笑不语。因为他知道此子从小随祖母段娴习文练武，尤爱钻研兵书战策，经常在家中看地图、摆沙盘，演练各种阵法，对行军布阵颇有天赋，深得祖母段娴的喜爱，因此今天能说出这样一番话来，也就不足为怪了。

众人听了慕容恪的一番高论，顿觉十分佩服，更无异议。封奕情不自禁地赞道："小小年纪，见识不凡，真乃我慕容氏大兴之兆哇！"

同年四月初，春寒未去，天降小雪。依照统一部署，封奕带慕容恪率陆路五万大军，出昌黎，越过间山，过辽水，直取襄平。

慕容恪挑选了一个身材和长相都酷似其父的军卒，骑红马，持长槊，穿绿袍，披金甲，威风凛凛，杀气腾腾，俨然一副大单于大驾亲征的模样。恪又使人在大军后面带两万匹战马，插三万面旌旗，一路浩浩荡荡，蜿蜒十几里，宛若十几万大军出征的架势。大军所到之处，势如破竹，辽东守军望风披靡，短短几天就连丢了几个州县，告急文书如雪片一样飞往平郭。

慕容仁得知大军压境，不敢怠慢，急调周边守军共八万多人到平郭聚集，然后委托太守孙兰带一万人马守城，自己率主力离城三十里下寨拒敌。

得到辽东兵到来的消息，慕容恪对封奕说："辽东守军连日惨败，士气低落，今日主力聚于城外，必欲大胜一仗，以振军心。明日我先上阵，败他几将，二伯性急，必亲自出马。以他的膂力和武功，我们都不是他的对手，但他有勇无谋，性如烈火，我们可以假败诱他，且战且退，每隔十里设一伙弓箭手埋伏，激怒他一路直追，只要他追出五十里开外，我们就大功告成了！"

封奕感叹地说："贤侄之谋，正合我意。汝真旷世之奇才也，慕容仁遇到你，他的末日就算到了。"

次日一早两军对阵。慕容军铠甲鲜明、阵容齐整，辽东兵人马众多、杀气腾腾。门旗开处，慕容仁手舞大刀，纵马向前，高声喝道："老四你听着！早不来晚不来，今天你终于来了，让二哥我盼得好苦哇！这几天我的手心就一个劲儿发痒，大刀放在架上也铮铮有声，想必是让我开杀戒了。今天你若是个英雄，咱就不用别人动手，省得双方血流成河，造成无谓的牺牲。咱俩就一对一决一死战。你若赢了，我死而无憾，你若输了，别怪我手下无情，怎么样？"

慕容仁连喊数声，跃跃欲试，可那位"慕容皝"却只端坐马上，微笑不答。慕容仁正待发火，却见慕容恪拍马上前，嘿嘿笑道："二伯一向可好？真是想死你了！侄儿这边有礼了！"说着把长枪挂在马鞍桥上，双手作揖给慕容仁见礼。

慕容仁长臂一摆，高声喝道："黄口小儿，你少跟我贫嘴，快叫你父亲过来搭话。"

慕容恪并不生气，依旧嘻嘻笑道："破鼓何须重槌？杀鸡焉用牛刀？我听说二伯几年来招兵买马，手下上将千员，能人肯定不少，不妨出俩人跟侄儿走上几趟，如何？看有没有不怕死的。"

慕容仁刚想回话，却早激怒了身边一员大将郭开，只见他纵马挺枪，疾如闪电，嗖地从帅字旗后面蹿出，一杆长枪如毒蛇吐芯，直奔慕容恪的咽喉刺来，双方的将士们见了都不禁"啊"的一声，倒吸了一口凉气，心想这杆枪来得也太快了！不由得都替这位少年将军捏一把汗。没想到慕容恪不慌不忙，待那枪尖将到之时，稍一侧身，将头躲过，顺手以枪为棒，"啪"的一声，打在郭开的后背之上。"扑通"一声，郭开口吐鲜血，翻身落马。

慕容恪哈哈大笑，"这等手段，也来上阵？真替二伯害臊！还有敢上的吗？"

辽东兵阵内一片哗然，数十员将领摩拳擦掌，欲得一搏。慕容仁正要点将，忽然一人纵马而出，手舞双刀，如一阵旋风般扑了过去。众人视之，乃是大将李胜。李胜以马快、刀快在辽东素享盛名，号称"无敌双刀"。这时候众人只见一匹快马、一团白光，转眼间已飞到慕容恪的马前。慕容恪见躲闪不及，在马上侧身飞出，让李胜扑了个空。李胜正待折马杀回，不想被慕容恪翻身跃起，顺手一枪，挑在背后的甲环之上。慕容恪"嘿"的一声，一甩手，把李胜挑起两丈多高，摔出五丈之外。李胜顿时口吐鲜血，倒地而亡。

慕容仁一见勃然大怒，正想亲自上阵，左右又有两将飞出，乃是郭仁、李贺，二人正是方才两位败将之弟，如今见兄长伤亡，怒不可遏，急欲上阵复仇。此时慕容恪钢枪挑李胜，打马折回，正背对着辽东兵的方向，李贺、郭仁见有机可乘，就想偷袭。辽东兵那边人人暗自庆幸，慕容军这边却一片惊呼。当郭仁、李贺的一双大棒眼瞅着要砸下来的时候，慕容恪不慌不忙，右手一甩，两粒龙山飞石应声而出，"啪、啪"两声，均打在二将的护心宝镜之上，二人立即仰面朝天摔在地下，那两匹战马惊得咴咴叫着，跑向远方去了。

慕容仁见连败四将，再也按捺不住自己的情绪，怒吼一声如同炸雷，挥舞着大刀向慕容恪杀来。慕容仁那把大砍刀有一百二十斤重，上阵以来从未遇见过真正的对手，众人无不替慕容恪万分担忧。但慕容恪好像并不在意，他笑嘻嘻地连让三招，然后说道："二伯虽是叛逆，却是我的长辈，侄儿不敢跟你过招，我怕爷爷在天上看了生气。"说完又施一礼，打马跑回本阵去了。

慕容仁余怒未息，猛扑过来，大将宋晃和平熙怕他伤着慕容恪，急忙出阵前来接应，没想到三马相交，"当嘟嘟"，二将的兵器碰上慕容仁的大刀，皆被震飞至两丈开外，四只手的虎口皆流出血来，吓得二人打马就跑。慕容仁紧追不舍，又有孙猛、张刚、陈强三位小将挺身来截，未及两个回合，同样被杀得大败而逃。慕容仁大刀一挥，辽东兵蜂拥而上，一齐掩杀过来，慌得那位"慕容皝"急急率众向西面逃去。

及至追出十里开外，眼瞅着那位慕容皝和慕容恪等人就在眼前了，慕容仁喜出望外，大喊一声："给我抓活的，杀呀！"那些辽东兵都想立功，皆踊跃向前。没想到话音未落，忽听到两侧林中锣响，无数只弓箭如暴风雨般射来，顷刻间数百名辽东兵应声倒地，哭叫不绝，而那位慕容皝眼见得又跑出老远去了，气得慕容仁哇哇大叫，打马又追，看看即将追上，又被一阵乱箭射回。几番追击下来，辽东兵损伤数千人马，慕容皝仍是没有追到，直气得慕容仁七窍生烟，怒火万丈，大刀一挥，把一棵几百年的老松拦腰斩断，"我若不抓住慕容皝，誓不为人！"但由于天色已晚，只好下令扎营。

封奕和慕容恪且战且退，见已把慕容仁诱骗至五十里开外，便也依山下寨，暂且休息。慕容恪对封奕说："二伯急于获胜，现在心急如焚。白天没有如愿，晚上必来劫营，我们只需如此，说不定可以活捉了他，那可就替父亲省事了！"封奕依计而行。

果然慕容仁扎营以后，怒火未熄，在连饮了八碗烈酒之后，他决定夜半袭营。将军窦官和谋臣徐冠均劝他不可莽撞行事，那慕容恪诡计多端，必有准备，但慕容仁执意不听，二人叹息而去。

三更刚过，慕容仁亲率五百名壮士，皂衣轻骑，悄悄接近慕容皝的大营。他们隐藏在黑暗之处，待巡营的队伍过去之后，偷偷溜进大营，直向中军大帐扑去。

一行人摸进去不远，即发现灯火闪亮、人影幢幢，一大片白色的帐篷如众星捧月，拥着一个黄毡搭就的宽大军帐。军帐两侧有数十名卫兵持枪而立，呈雁翅儿排开，大帐中间端坐一人，绿袍金甲，手捧长髯，正在秉烛夜读，目不斜视，瞧那面貌神情，确是慕容皝无疑。慕容仁不由得心中大喜，"对不起了，老四，今

三燕王朝

晚就送你见爹去，你的大单于我来当吧！"想到此处，他兴奋至极，不由得大叫一声，率众扑过去，眼瞅着就已经来到大帐门前。

慕容仁万万没有想到，这是封奕和慕容恪给他设的套，坑早就给他挖好了，就等着生擒活拿了。正当慕容仁挥舞着大刀，已经劈向那位"慕容皝"的时候，只听得"扑通通""哗啦啦"几声巨响，他便觉得连人带马忽地就沉了下去，紧接着灰尘土屑纷纷落了下来。他本能地一揉眼睛，发现自己掉进了陷马坑里，坑边的士兵们手持长枪，正在向他刺来，急得他大喝一声，如炸雷震响，以长刀撑住坑沿，两腿夹紧马肚，人借马力、马借人威，竟然从陷马坑中一跃而起，顺势砍倒几名士兵，呼啸着跑回大营去了。

这一番偷营未果，五百名壮士一个没回，自己还险些搭上性命，直吓得慕容仁魂飞魄散，再也不敢贸然进兵，只是小心与其对峙。但慕容皝那边好像也束手无策，两军相持数日，毫无进展。

且说真正的慕容皝亲率水路一万大军，出徒河、奔辽南，从历林口（今属辽宁省营口市）登陆，悄悄地直扑平郭，一路上没有遇到任何抵抗，于一日夜半抵达平郭城下。城上守军还以为是自家军马，竟糊里糊涂地把他们放进城来，慕容皝率军轻而易举地包围了太守府邸，活捉了辽东太守孙兰，并俘获了慕容仁留守的全部人马。天亮以后，皝亲自上街出榜安民，所带军队秋毫无犯，并开仓放粮，救济贫民，城内立刻一片欢腾。

次日上午，慕容仁得知慕容皝兵不血刃轻取平郭，如五雷轰顶，大惊失色，急忙带兵东撤，意在夺回平郭。但将士们听说平郭已失，亲友家眷们俱在城中不知死活，一时军心大乱，四处逃奔，不一会儿竟已跑掉一大半。慕容仁无奈领残兵败将一路东行，没想到背后封奕和慕容恪领兵追来，杀声阵阵，已是不远。待仓皇逃窜至辽水之滨，又见前方烟尘滚滚，旌旗蔽天，慕容皝率得胜之军转眼已到跟前，辽东兵吓得不是倒地装死，就是举手投降。慕容仁被败兵裹挟着东奔西跑，不知怎么就拐进一片滩涂里，战马陷在冰凌和烂泥中前进不能后退不得，急得慕容仁手足无措。

正着急间，只听西岸上一人高声笑道："二伯，侄儿给你选的这个地方怎么样？快下马投降吧！"

慕容仁抬头一看，见慕容恪和封奕正向他招手大笑，不远处慕容皝亦策马而来，两岸上成千上万的将士在看着自己。落到如此境地，他自觉悔恨交加无地自容，遂拔出佩剑，长叹一声："天不助我，如之奈何？"乃自刎而死。

慕容皝大获全胜，留下小弟慕容汗率军镇守平郭，自己领着得胜之师回击段辽部和宇文部。他决心一鼓作气，铲除后患，统一关东地区鲜卑各部，完成先祖和父亲的遗愿。

且说慕容翰于东晋咸和八年出走，领一万铁骑投奔了段辽部，被首领段兰封为大将军，于次年九月曾同段兰一起进攻柳城，击败慕容汗，掳走大批人员和牛马。这次乘慕容皝兵进辽东，他又怂恿段兰偷袭棘城，被老夫人段娴设计击退，半路上遇到慕容皝班师的大军，又被杀得大败而逃。段兰向南逃进密云山，慕容翰无奈又投奔了宇文部。

宇文部"大人"木多根痛恨慕容翰反复无常，欲设宴诱而杀之，幸亏慕容翰事先得知，装疯卖傻，吃屎喝尿，才保住一条性命。慕容皝听说兄长遭此厄遇，无比心痛，悄悄派人接回，派医官精心诊治，不久康复。但慕容翰得的是心病，经常饮酒浇愁，牢骚满腹。后来虽在消灭段辽和宇文部的战役中立下大功，终因郁郁寡欢，酗酒而死，慕容皝与众位小弟哭送并厚葬之。

东晋咸康三年（337）九月，慕容皝率大军返回棘城，途经龙山时见秋高气爽，气象万千，满目斑斓，风光如画，一时心情开朗，游兴大发，遂命大军停下休息。正游览间，忽有军士来报，说龙山中现黑白二龙，请大单于速去观看。慕容皝率众趋而视之，见果然有二龙相戏于峰峦之间，久而不去，急率群臣叩头礼拜，并以最隆重的太牢之礼祭之，两条巨龙才双双飞去。谋臣皇甫真奏之曰："真龙现身，亘古罕闻，此乃大吉大利之兆也！"裴开说道："削平辽东，万众欢腾，二龙现身，彰显天意，此乃我主立国称王之良机也！"群臣闻之，皆跪拜劝进，三军将士亦呼声遍野。

慕容皝心中大喜。此时恰有一群燕子忽地从北边趓来，在众人头上欢叫数声，又向南飞去。封奕趁机说道："燕子乃世间良禽，吉祥之鸟，居北方而又南飞，天下莫不在其翼中矣！此时突来，莫不是要我主立国称燕？"众皆赞同，但慕容皝笑而不答。

回到棘城以后，慕容皝征得母亲段娴的同意，又拜访了部族中的民间"三老"，认为时机已经成熟，遂决定自称燕王，国号为燕。追封其父慕容廆为武宣王，封其母段娴为武宣后，立世子慕容俊为太子，任封奕为相国，韩寿为司马，裴开为奉常，阳鹜为司隶，王富为太傅，李洪为大理，杜群为纳言令，皇甫真、阳协为散骑常侍，宋该、刘睦、石琮为常伯，宋晃、平熙和张泓为将军，封裕为记室监。四位弟弟皆封为将军镇守四方重镇。以太子慕容俊为大将军掌中军，四子慕容恪为上将军掌前军，五子慕容霸为上将军掌后军，全国各路人马皆隶属在三军帐下。

封赏礼毕，满朝欢呼，一片赞誉之声。司隶阳鹜出班奏道："方今燕王立国，当创万世基业。但国都棘城，地势平常，无险可守，不如选一龙兴之地，营建新

三燕王朝

都，则必于江山社稷大有利也！”众臣亦皆赞同，慕容皝遂下诏命阳协、封高二人为使勘查新址。

　　阳协、封高二人带着风水大师走遍辽西，最后停留在龙山脚下、凌水之滨，认为柳城这个地方依山面水，聚气向阳，地势高阔，龙盘虎踞，是绝佳的建都之所，遂奏报燕王恩准，在此营建宫殿，维修城墙，于东晋咸康八年（342）工程竣工。迁都之日，燕王慕容皝想起父亲所遗八句真言，恍然大悟，方知此处乃是龙兴之地，遂下令将柳城改称为龙城，将新修的宫殿称为和龙宫，并在黑白二龙盘旋的地方，修建了一座龙翔佛寺，以纪念自己的启蒙恩师鸠摩罗卫法师。从此，这座千年古城就揭开了辉煌历史的新篇章。

第五回　破强敌威震河北　扫残云雄霸关东

　　慕容皝立国以后，即与群臣商议进取之策。相国封奕奏曰："方今我大燕虽已立国，并得到东晋朝廷的认可，但那帮贵族士大夫偏安江南，不思进取，不仅没有北伐之志，而且自身难保。中原赵国势力强大，兵精粮足，地域广阔，我们无法与之争锋。关东各部虽然表面上臣服，但背地里皆存异心，尤其是高句丽和扶余两家，甚至脚踩三只船，一方面假意与我们客客气气，一方面向晋和赵国暗送秋波。段辽部虽然逃聚密云，宇文部也已躲进草原，但他们随时可能东山再起、卷土重来。为今之计，我们应该先剪除段辽部和宇文部，彻底消灭后患，然后再用兵高句丽和扶余，使他们彻底臣服。这样就可以以长城为界，与赵和晋形成三足鼎立的局面，到时候再寻机南图，则大业可成矣！"

　　燕王大喜，高兴地说："相国之言，正合我意。但段辽此时藏在密云，此乃是赵王石虎的势力范围，我们当如何动作方能既消灭段辽，又不伤及赵？"

　　司马韩寿出班奏道："段辽逃往密云拥兵数万，既是我们大燕的宿敌，也是后赵的心头大患，不如我们与赵合兵，两家联手消灭段辽，此为借刀杀人之计，不知大王意下如何？"

　　燕王慕容皝征询群臣的意见，多数人认为此计可行。于是皝亲自修书一封给赵王石虎，约定双方一起出兵，南北夹击段辽，成功后在蓟城会师，并派司马韩寿为使，赴后赵与石虎具体商议。

　　后赵政权是羯族人石勒所建，定都襄国（在今河北省邢台市附近）。东晋咸和八年七月石勒病死，其子石弘继位，石弘执政不到一年，即被权臣石虎所废。石虎乃石勒之侄，以膂力过人、作战勇猛著称，手下有一帮共患难的战将，因而得以篡权登位。但石虎也以杀人如麻、荒淫无耻闻名，极其凶恶残暴，阴狠歹毒。即位之后，即杀其亲叔石勒的妻子和亲族数十人，同时强抢民女三千多人入宫，供其蹂躏，又随意出入王公大臣家中，肆意奸人妻女，众皆敢怒而不敢言。石虎还是一个变态狂，经常把美姬玩弄后杀掉，把头颅洗净放在托盘里，上朝时让大臣们欣赏，吓得文武百官皆战战兢兢。

石虎还有一个暴君的通病，就是喜欢听阿谀奉承之言，谁若是违背他的意愿，就有杀头的危险。这一日早朝他召见了燕使韩寿，看过了燕王慕容皝的书信，对群臣们说："如今燕王向我称臣，约定与我们合兵消灭段辽，不知众卿意下如何？"

侍中石瑾出班奏道："段辽是燕国的宿敌，多年的对手，与我们却是往日无冤，近日无仇，我们何必替他人出气？称臣合作恐无诚意，借刀杀人才是真心！请大王三思。"

石虎转过脸来问韩寿，韩寿微笑着说："今陛下雄踞中原，威加四海，天下莫不臣服，百姓无不称颂，迟早问鼎九州，统一华夏，我主燕王极为敬服，言陛下乃当世之真英雄也！今段辽兵藏密云，聚众滋事，骚扰的是您赵国的江山、陛下的基业，与我们燕国毫不相干。以陛下之虎威，怎能容忍几个跳蚤在身边乱蹦乱咬？我主提出合兵灭段，不过是想助陛下稳定社稷，顺便也出自己一口恶气，岂有他意？如此这般一番好心，却有人说三道四，真是不可理喻！罢！罢！罢！我就打道回国，反正这也不是我们燕国的事，走了！"说完韩寿扭头就走。

赵王石虎急忙喊道："燕使莫走，请留步！"原来韩寿这一番话语，说得石虎心里甜丝丝、热乎乎的，浑身上下十分舒服。他想燕国虽小，还有人才，我们赵国虽大，咋就没有这样的能臣呢？于是不容分说，就答应了两家合兵消灭段辽的事情，而且还设盛宴款待燕使，席间还一个劲儿地给韩寿敬酒。那些后赵的臣子一个个目瞪口呆，无可奈何。

东晋咸康四年（338）一月，石虎发兵五万进攻段辽。段辽此时据有燕蓟部分地区，手下也有几万人马，但都是乌合之众，遇到后赵这些虎狼之兵立刻闻风丧胆，土崩瓦解。渔阳（在今河北省迁安市附近）太守马鲍、代相张牧、北平相阳裕等纷纷投降。段辽弃令支（在今河北省迁安市）向山中逃命，石虎派大将麻秋、郭太率众追击，在密云山中活捉了段辽的母亲、妻子和儿女。段辽在山洞中被围困十几天，水米未进，无奈派儿子乞特真向石虎投降。石虎大获全胜，迁段辽部两万多户并入司、雍、兖、豫四州，并掠走了大批牛马。

且说慕容皝听了韩寿的回报，得知后赵王石虎出兵以后，亲率大军三万出辽西抵达长城脚下，静观其战。当得知赵军已经获胜，这才趁机袭取了蓟城和令支部分地区，将大批人口、牛羊和财物迁到棘城，并未与赵军会师，悄悄班师回朝去了。

石虎闻报大怒，派使者石瑾前去责问，慕容皝好言相慰，执礼甚恭，亲自给石瑾让座斟茶。相国封奕却说道："天下土地，唯有德者居之，乃为万民之福。但若落在虎狼之辈手中，岂非百姓之灾、上苍之罪？何况我主英明天纵，德比尧舜，又怎么能向桀纣之人称臣？石虎真好比三岁顽童，把别人的谦恭之词都当了真！请问，两国有何协议？二主有无盟约？还敢理直气壮地前来问罪，真把我们当成赵国的臣民了吗？"

石瑾一听拍案而起，气愤地说："虽无协议盟约，但司马韩寿还在，难道他说的话都不算数吗？"

韩寿微笑着缓缓说道："侍中大人不必生气，当初我若不那样说，石虎怎肯出兵，段辽怎会灭亡？古往今来，两国交往是要遵礼仪、讲信誉，但对于虎狼之人、昏庸之主讲何信誉？那岂不是自讨苦吃？我主并非不想会师，是真怕引狼入室啊！"

石瑾一听瞠目结舌，无言以对，遂拂袖而去。

赵王石虎听了石瑾的一番叙述，不由得怒火万丈，恼恨地说："燕王小儿，竟敢耍我！真把我当成病猫了！看我不踏平辽西，把你抽筋扒皮，到时候你还有什么话说？"

不过石虎虽如此说，但他还是比较谨慎，因为他深知慕容皝绝非等闲之辈。因此在动兵之前，他派人四处招附燕国的臣民，给予高官厚禄，让他们当参谋、出主意、打前站。燕国成周内使崔焘、居就令游泓、武原令常霸、东夷校尉封抽和护军将军宋晃等人皆禁不住重金的诱惑，先后投入了石虎的怀抱。

后赵建武四年（338）三月，石虎准备妥当，亲率三十万大军伐燕，一路上锣鼓齐鸣、旌旗蔽野，可谓气势汹汹，志在必得。燕王慕容皝闻报不敢怠慢，急召众臣商议对策。

以太史令刘泓为代表的一部分文官主张议和，兑现称臣纳贡的承诺，许以金帛财物珍宝和牛马，以保住燕国一时的安全，度过眼前的危机，根据是燕弱赵强，"留得青山在，不怕没柴烧"，话一说完，立刻遭到多数大臣的反对。

相国封奕等人认为敌强我弱，军力相差悬殊，应该先避锋芒，退进草原，利用熟悉的地理环境和战略纵深与之周旋，待赵军疲惫后再寻机反攻，可获全胜。此计获得绝大多数大臣的赞同，但燕王慕容皝没有点头。

上将军慕容恪和慕容霸此时按捺不住激动的情绪，一齐站了出来。慕容恪趋前一步说道："我大燕立国，已经两年，政通人和，万民拥戴。今大敌当前，兵临城下，不思良策，先讲议和，把大片江山奉与对手，将大批财产献给仇敌，其卑躬屈膝与卖国何异？怎么有颜面见家乡父老？岂是我慕容氏英雄所为？暂避敌锋，退进草原，保存实力，寻机反攻，不失为一条万全之策。但我们把社稷国都、祖宗陵墓全部放弃，让几十万牧民受强敌蹂躏，我们还怎配称天神的子孙？我们的良心怎么能得到安宁？"

说到这里，慕容恪停顿了一下，又道："古语云兵来将挡，水来土掩，赵军虽是虎狼之辈，但我们也不是待宰的牛羊，赵军多达三十万之众，而我们只有八万人马，但兵在精而不在多，将在谋而不在勇，自古以来不乏以少胜多的先例。如果我们一仗不打就先撤退，不但丢了士气，而且失了民心。何况赵军犯我，不得人心，先失天时；进入我境，情况不熟，又失地利；再加上石虎残忍暴戾，独断胡行，必失人和。而我方则君正臣忠，兵精将勇，万众一心，同仇敌忾，各种有利因素皆备，如调配得当，谋划得好，则赵军可破、石虎可擒矣！"

燕王慕容皝闻之大喜，高兴得拍掌而立，"这才是我的儿子，慕容氏家族的后代呀！"

在场的群臣听了慕容恪精辟的分析，也都为之一振，共同报以热烈的掌声。

燕王慕容皝见恪儿说得头头是道，遂询问其用兵之策，慕容恪似胸有成竹，连献四计。

一为诱敌深入之计。凡是赵军所要经过的地区，一律实行坚壁清野，把人员和财物撤入山林。同时以小股军队稍作抵抗，即且战且退，给他们留下一片片空地，一座座空城。造成我方不堪一击、只好撤退而赵军所向披靡的假象，把他们吸引到棘城之下；

二为釜底抽薪之计。以一小股精兵绕道山林，暗出徒河，越长城而至蓟县之南，抄敌后路，断其粮道，占据令支，烧其粮草，使赵军因缺粮草而不战自溃。此事必须由五弟慕容霸去做，方保万无一失；

三为据守疲兵之计。以全军主力加全城百姓，深沟高垒，据守棘城，另派两支骑兵在城外隐蔽处扎营，待赵军攻城时即从后面策应并进行骚扰，再以小股士兵昼夜扰之，使之不得休息，时间一久，赵军必然疲惫不堪；

四为出其不意之计。待五弟慕容霸得手之后，敌必因缺少粮草而恐慌，我方可乘机派出精兵夜袭敌营，四处放火，赵军必乱，城中大军可乘势出城掩杀，如此则赵军必败、石虎可擒矣！

慕容恪不慌不忙，侃侃而谈，俨然如诸葛孔明在排兵布阵，令众臣大为佩服，连主张投降的文官们也投来赞许的目光。慕容皝十分高兴，遂依计而行。

且说石虎大军一路长驱直入，如入无人之境，不到一个月的时间，沿途三十六座城堡皆被赵军占领，地方官吏俱望风而逃。偶有小股军队抵抗，也如螳臂当车，不堪一击。四月中旬，石虎大军已经兵临棘城。进展如此顺利，战果这般辉煌，让石虎欣喜不已。大将姚弋似觉不对，提醒石虎说："慕容皝乃当代英雄，绝非碌碌无为之辈。自我方进兵以来，即实行坚壁清野，有序撤退，以臣观之，绝非败亡之兆，恐其有诈，实行的是诱敌深入之计。况我军长驱直入，粮草运输路途遥远，补给十分困难，值此阳春时节，地无可食之物，时间一长，恐于我军大不利也！请陛下三思。"

没等石虎回答，长史张豺接上话说："大王威震天下，哪个不知？大军摧枯拉朽，全在意料之中。慕容皝是个大英雄，但若与陛下这条真龙比较起来，他不过是条小蛇而已，不然怎么会写信向陛下称臣？将军不必忧虑，我看胜利指日可待。"

石虎闻言大喜，遂不纳姚弋之言，姚弋长叹一声而退。

次日太阳刚刚升起，石虎就率大军将棘城团团围住，命将士搭浮桥、架云梯，发起全面进攻。殊不知棘城虽小，城墙却是黄土加糜粥浇筑，由段娴夫人亲自监造，因此十分牢固，加之城中军民万众一心，同仇敌忾，士兵们守城作战，百姓们送水送饭，士气极为高昂，所以赵军一连几日攻之不下，城下尸体堆积如山。

大将冉闵提出火攻，奈因护城河壕宽水深，靠近不得，城上箭如飞蝗，急切难以奏效。有两次好不容易把火点着，却不知怎么突然改变了风向，反烧了赵军自己，几百名士兵葬身火中。

石虎焦躁不安，气急败坏，连日来亲自上前督战，有后退者立斩不赦，已砍杀了官兵数十人。赵军被驱赶着正攻得起劲儿，忽听后面杀声震天，有两支燕国的骑兵飞驰而来，见人就砍，见帐就烧，一时赵国的兵士们措手不及，被砍死很多人。石虎见状，只好下令暂停攻城，转而迎击这两支燕军，不料刚一接战，这两支骑兵掉头就跑，转眼间无影无踪。石虎喘息未定，刚下令再次攻城，那两支骑兵复又杀了回来。如此这般折腾多次，弄得赵军进退两难，气得石虎嗷嗷怪叫，下令拨出五万人马，由姚弋率领追击骑兵去了。

白天进攻不顺，晚上也不得安宁。赵军刚刚埋锅造饭，便听四处金鼓齐鸣，杀声阵阵，黑暗中不知有多少燕兵杀来，出营迎敌时又不见人，一切归于平静。刚刚入营安歇，便又有数支火箭飞来，营中多处火起，四处喊声不绝。弄得赵军一连数日不得休息，人困马乏。

且说慕容霸得兄长之命，带三千人马，悄悄出徒河，入长城，沿山路进入赵地。慕容霸虽然只有十四岁，但因从小便随祖母段娴习文练武，又与四哥慕容恪一起，拜黑羽儿师太为师学过八年，因此文韬武略不在其兄慕容恪之下，而且胸怀大志，武功奇绝，俨然是个文武双全的少年将军。

进入赵地以后，慕容霸率二百人换上赵军服装，冒充后赵巡哨的军马，先后接近令支、蓟城两处粮草营地。于夜间突然放起大火，令守营将士乱成一团，又趁赵军全力救火之机，率三千将士突入营中，将五千守军全部杀死。然后让士兵全换上赵军的服装，清理营地，掩埋尸体，只说是前线归来催粮的部队，继续接纳南来的粮草，暗中却派马车悄悄运往山林之中掩藏起来，而给棘城的石虎大军运送的上千车粮草，全换成了野草和沙土。慕容霸得手之后，派人潜回棘城向燕王报告。

燕王慕容皝得知霸儿偷袭成功，极为高兴，即刻下令慕容恪开始行动。慕容恪亲自挑选了三千名壮士，臂缠白绸为记，在拂晓前赵军最为疲惫之时，悄悄打开城门，突入敌营，四处放火，往来驰骋，喊声不停。赵军数日来屡被骚扰，这一夜稍微安稳，睡得正香，殊不知祸从天降。石虎因粮草被换成了沙土和野草，大军严重缺粮，气得七窍生烟，昨晚上多喝了几碗烈酒，睡得正死，忽闻杀声震天，一片大乱，推门一看，火光四起，士兵们争相逃命，不知有多少燕兵杀来。

慕容恪带着三千壮士如天神下凡，左冲右突，见人就砍，一边大喊着："杀石虎哇！""石虎死啦！""快逃命啊！"一边向中军大帐飞来。赵军将士一时不明真相，纷纷各自逃命。赵王石虎久经沙场，并不畏怯，于仓促中顶盔掼甲，慌忙上马，手提狼牙大棒抢出辕门，不幸被慕容恪迎头一箭，射中左耳，顿时血流如注，气得他大喝一声，一棒向慕容恪头上砸去，却被慕容恪轻松躲过，回手一刀，剁死了他的战马，吓得石虎不敢再战，撒丫子就逃，但被燕军团团围住，一时难以脱身。幸亏大将姚弋仲、姚苌父子舍命相救，才得以脱身上马，但被随后追来的慕容恪连发数石，打折右臂，击碎后心宝镜，吓得半死，匆匆哀叫着逃命去了。

慕容皝见营中火起，即刻打开城门，率五万大军奔涌而出，直扑敌营，其势如排山倒海，其状如虎入羊群，杀得赵军哭爹喊娘，血流成河。此时天已大亮，石虎见后边杀声震天，如迅雷将至，两侧又有伏兵跃起，似潮水冲来，头上的矢箭若飞蝗一般遮天盖地，吓得他没命地奔跑。赵军的将士们见状，也都恨爹娘少给了两条腿，争相逃命而去。燕王慕容皝率军一口气追出二百多里，上将军慕容霸又从令支前来截击，两下夹攻，赵军一败涂地，不可收拾，死伤十几万人，跑散了十几万人，石虎只带着几千名残兵败将逃回邺城，立马疗伤去了。

此战燕国大获全胜，缴获粮草和军械无数，所失城堡尽皆收回，而且还攻取了令支和蓟城地区。燕王喜不自禁，将士们奔走相告，连百姓都高兴万分。慕容皝上朝下诏，论功行赏，同时派五子慕容霸镇守蓟城，观察动向，严阵以待，谨防赵军卷土重来。

后赵建武六年（340）夏天，伤痛痊愈的石虎咽不下这口恶气，大将姚弋仲、姚襄、姚苌父子和桃邀、桃豹兄弟以及猛将冉闵等人也都心中不服，尤其听说竟败在慕容恪和慕容霸两个少年手下，更是怒不可遏，于是君臣不谋而合，异口同声决定再次伐燕。

据守蓟城的燕国上将军慕容霸得到消息，立即派信使飞报棘城。燕王慕容皝闻报急召群臣商议。相国封奕认为，上次石虎吃了大亏，此番举全国之力，与咱决战，绝对不可轻视，再用上次的办法恐怕不行了，我们也必须把全民动员起来，在咱们的国土上跟他决个高低，相信有老百姓的支持，我们还会打胜仗的。

上将军慕容恪不同意他的看法，委婉地说："与敌决战，非死即伤，即使我们有百姓的支持最后打赢了，国家也变成了一块焦土。我主张兵分两路，一明一暗，主动出击，伺机破敌。只要我们打掉了后赵军的粮草营地，我们就将不战而胜。"

众位大臣听了都有些疑虑，散骑常侍阳协担忧地说："上次我们已经烧了赵军的粮草并因此获胜，难道这一次他们不会严加防范吗？一样的当怎么会连续上两次，这可能吗？"

慕容恪从容地说："水无常态，战无常形，一切都有发生的可能。让石虎这样的笨蛋吃亏两次，我有这个把握。退一步说，如果我们不主动出击，再把敌人放进来，这个仗恐怕就没法打了！"

燕王慕容皝同意先发制人、主动出击的策略，自领六万大军出辽西、奔蓟城，摆出一副拒敌于国门之外，要与赵军决战的架势。赵王石虎闻报果然信以为真，急派大将冉闵率五万骑兵先奔蓟城，自己率四十万大军随后跟进。

待燕王慕容皝出兵以后，慕容恪和慕容霸兄弟俩只带百人左右，化装成从漠北向高阳贩马的马帮，赶着五百匹良马，带着上好的人参、貂皮等特产，出辽西、过徒河，从碣石过长城，以参、皮等名贵特产贿赂后赵守边将士，悄然进入赵地，然后趁夜色直抵安乐（今北京市密云区附近），以追赶惊马为由，闯入赵军粮草营寨，把准备好的松油、硫黄等易燃之物撒进寨内，放起几十处冲天大火，将石虎精心搜刮而来的五十万斛军粮烧得精光。

在粮草营地的一片混乱之中，慕容恪和慕容霸兄弟俩率众跑出安乐，令士兵换上赵军服装，以驰援前线、传达军报为由，骗过赵军数道盘查，又从背后烧毁了冉闵的大营，令赵军不战自乱。此时燕王慕容皝见赵营火起，遂率五万骑兵发起攻击，赵军大败。冉闵虽勇冠三军，但他已约束不了自己的部众，只好随败兵向南逃去。燕王慕容皝遂乘胜追击，轻而易举地攻破武遂津（今河北省保定市徐水区附近），攻入高阳（今河北省高阳县），将后赵的五万多人口和大批财物掠回关东去了，气得石虎口吐鲜血，几乎昏了过去，从此再也不敢提伐燕之事。

击败后赵之后，燕国军威大振，士气高涨。燕王慕容皝让百姓和军队休整了两年，于东晋咸康八年（342）春，亲率大军征讨高句丽，他要实现统一关东的梦想。

高句丽国位于辽东，是公元前37年由扶余人朱蒙所建。朱蒙是扶余国王侧妃绿珠所生的儿子，因是庶出，虽然文武双全，才能出众，但仍经常受到歧视，有几次在宫廷争斗中险些丧命，遂一气之下，携大量金银珠宝，带所部三千人马逃入长白山，后在丸都（约在今吉林省集安市附近）建国，经历代经营，逐渐成为一个比较强大的部族。受中原王朝册封以后，经常恃强凌弱，欺侮周边的弱小部落。慕容氏崛起之后，高句丽时臣时叛，不断骚扰辽东诸郡，东晋建武三年（319）还曾协同宇文部和段部进攻棘城，一度十分嚣张。

燕王慕容皝向群臣询问破敌之策。上将军慕容恪说："高句丽兵英勇善战，不可与之硬拼。不然我们的六万大军与他们的五万精兵相搏，虽然可以取胜但必定损伤严重，所以此战必须智取。可由我率先锋铁骑两万，从北路出沈水越长白，正面进攻，以旌旗五万面，战马两万匹，一路敲锣打鼓，拖枝扬尘，造成旌旗蔽天、烟尘遮日的假象，吸引敌军主力。另一路由慕容霸领军一万，从南部进兵，悄悄绕至丸都山城之东南，从东面兜后路，夜袭丸都。然后东西两下夹击，则高句丽主力可灭，国王可擒矣！"

燕王慕容皝从其计谋，率主力大军随后策应。

且说上将军慕容恪率两万大军逼近高句丽边关，守关大将盖卢急报与国王故国原。那故国原不敢怠慢，急率五万大军来迎，两军在关前摆开阵势。高句丽王故国原马鞭一指，首先问道："你我两家相安多年，今日为何无端犯我？请燕王出来答话！"

慕容恪纵马向前，朗声说道："无耻之辈，反复无常，不断扰我边境，经常欺侮弱小，还敢上前发问？找我的父王，你还不配！"说罢跃马挺枪，直奔高句丽王而去。

守关大将盖卢见状迎了上来，二马相交，枪刀并举，慕容恪寻机腾出右手，摘下钢鞭，顺手向盖卢的后背打去，吓得盖卢一激灵，身体本能地前倾，但那根竹节钢鞭还是落在了马鞍桥上，把那只马鞍桥的后半部砸得粉碎，盖卢的那匹坐骑疼痛难禁，大叫一声蹿出，立时把它的主人掀翻在地。盖卢惊得一个翻滚，回到自己的阵前，但已经被吓得魂飞天外。

高句丽王故国原勃然大怒，右手一挥，一员大将嗖地飞出。只见那人一袭灰衣，手执禅杖，脚穿麻鞋，项挂佛珠，如一股轻风忽地站在慕容恪的面前，众人定睛一看，乃是一个头陀。只见他弯腰屈背，双手合十，向慕容恪略施一礼，然后一个转身，突然腾空而起，挥舞着禅杖，向慕容恪砸来。这头陀虽然未骑战马，但一蹦老高，腾挪闪跳，极为轻巧，一根禅杖神出鬼没，招招不离慕容恪的要害，看起来是个轻功奇人、武林高手。慕容恪骑在马上，倒显得比人家笨了许多，不过他并未着急，一边一招一式谨慎应对，一边暗自寻找对方的弱点。

一来一往，两个人战了十几个回合，不分胜败。高句丽营中有人阵阵呼喊，故国原也发出一连串的叫声，大概是为这个头陀加油鼓劲。那头陀有些急了，越发卖力，一根禅杖使得如蛟龙出海，怪蟒出山，呼呼生风，迅猛异常。同时趁着慕容恪专心防守的工夫，一扬手，把一个物件甩了出去。那物件闪着红光，带着风声，"唰"的一下向慕容恪的脑袋飞去。慕容恪本能地摆头侧身去躲，但那物件似有灵性或像长了眼睛一样，竟拐弯随后追来，险些就刮在他的脸上，惊得慕容恪脚下用力，身体嗖地飞出，离开战马有一丈多高，顺手摸出龙山飞石，向那位头陀的脑袋打去。

这一连串的动作来得也太快了，令人防不胜防啊！那头陀本以为这一串佛珠打出去，慕容恪非死即伤，因为这一招"杖里夹珠"是师父教给他的看家本领，多少年来从未失手过，没想到今天就不灵了。就在他暗自庆幸艰难取胜的时候，一颗龙山飞石"啪"的 声打在他的额头之上。可怜这和尚的脑袋，怎禁得住石头砸呀！那头陀立即应声倒地，幸亏他的头上有一道护法的金箍，不然他就脑袋开瓢、魂归佛国了。慕容恪双手合十，一声："阿弥陀佛！"然后轻轻地说："和尚怎么也会上阵杀人？罪过呀！罪过！"身子一纵，落在马背之上。

高句丽王故国原见状大惊失色，心想这盖飞龙大师乃是威震八方的高手，今天竟败在这少年手下，看来这大燕国确有能人，绝对不可轻敌呀！正在他思忖下步让谁上阵之时，几个高句丽兵卒七手八脚，把那位未死的头陀抢回，同时身边又一员将领纵马飞出，仔细一看，正是自己的女儿，高句丽国的公主盖银花。

高句丽王故国原一见急了，银花公主可是他的掌上明珠哇！怎么能够让她上阵？可现在说什么都晚了，都怪自己平素管教不严，干什么她都要跟着。这孩子历来争强好胜，尤其有个不服输的劲头，今天万一失手了怎么办？急得他有如二十五只老鼠入怀，百爪挠心哪！

可是银花公主不这么想，她在父亲身边观察很久了，见这位燕国少年将军英姿勃发，面如满月，武艺高超，身手不凡，临阵之时从容镇定，言语之间幽默诙谐，在冷峻中有一种男性的阳刚之美，不经意间流露出一股慑人的魅力，不由得陡生爱慕之情，心想我们高句丽咋就没有这样标致的人物呢？不如把他擒拿过来，招为驸马岂不甚好？刀架在脖子上，不信他不怕死，见了我这般美貌，不信他不动心。想到这里，银花公主不由得心花怒放，脸上竟绽放起两朵红云，遂不向父王请命即纵马飞出。她从小在长白山长大，随莲花圣母习武，自信拿住这位白脸少年还没有什么问题。

但是银花公主想错了，这位白脸少年可不是常人，他是黑羽儿师太的高徒、大燕国文武双全的一流人物、燕王慕容皝的四公子、少王爷、叱咤风云的燕军统帅，岂是你想拿就拿、想抓就抓的吗？

且说慕容恪见眼前飞来一位女将，着白袍，骑白马，持银枪，披银甲，身如杨柳，脸若桃花，飘飘然似水中白莲舞，轻悠悠同神女下天涯，正待问话，却见那女将柳眉倒竖、杏眼圆睁，像一阵旋风一般冲上前来，挺枪便刺。慕容恪闪身躲过，大喝一声："好男不跟女斗，英雄不斩红颜。快快回去，换人来战！"

可那女将并不答话，枪枪紧逼，招招要命，直欲置慕容恪于死地。慕容恪连让五招，正待还手，忽见那女将一扬手，一张红绒套索如天罗地网，从上往下撒了过来，眼瞅着就将罩在慕容恪的身上。那红绒套索乃是精丝所织，上面挂满了金钩银刺，谁若是被罩上根本挣扎不得，必被活捉无疑。

067

慕容恪心中一惊，心想这个小丫头怪歹毒的，还想要活捉我！幸亏我在龙山之时，跟师太练过飞绳绒索，知道破解之法，不然今天就真的成了俘虏了！于是他不慌不忙，舞起长枪顺势一搅，那张红绒套索全缠在枪头之上，复就劲儿一拉一拽，那位银花公主猝不及防，立即被拖离马背，摔在草地之上，如同一朵被大风吹散的白莲花。因为那张红绒套索挽在她的手腕之上，急切之间解不下来，她因之弄巧成拙，倒成了燕军的俘虏。那帮燕国士兵见主帅活捉了一员女将，嗷的一声冲上前去，把银花公主抢回大营去了。

高句丽国王故国原见之大惊，跃马挺枪，三军齐动，就想过来抢人，没想到慕容恪帐下的燕军训练有素，早熟知危急情况下的拒敌稳阵之法，一时万箭齐发，射得高句丽将士人仰马翻，又自相践踏，损失惨重，灰溜溜地撤回大营去了。

第一日作战连输三阵，女儿银花公主又被捉去，让故国原恼怒万分，急召众将商议对策。有人提出即使决一死战，也要把公主救回来，但故国原投鼠忌器，怕公主有个好歹，不赞同这种做法；有人提出明日再战，暗地里使人放冷箭，只要打伤或者活捉了那位少年将军，我们就可以把公主换回来，但多数将领认为，这样做也无多大把握，因为那位少年将军的武艺实在太高超了，恐怕我们谁也打不赢他；又有人提出明日休战，派人与燕军和谈，愿以金银财宝换回公主。故国原无可奈何，认为只有这个办法稳妥，于是决定派参军朴俊为使，到燕军大营谈判。

次日高句丽大营挂起免战木牌，参军朴俊奉命来到燕营，向慕容恪讲明了国王故国原的意愿。慕容恪闻之微微一笑："大燕国缺的不是金银珠宝，要的是美妙佳人，这银花公主还真是娇嗔可爱，许多将领要娶她为妻呢！"气得朴俊无言以对，转身就走。

高句丽国王故国原听了朴俊的描述，更加着急，真若是公主有个好歹，王妃还不得活吃了他？这故国原天不怕地不怕，连爹娘都敢骂，就是怕王妃，有几次被王妃吓得尿了裤子。听朴俊说，公主被绑在燕军的辕门之外，已经处于昏迷状态，心疼得几乎晕了过去，一急之间愿出两座城池换回公主，让参军朴俊再去面谈。

但那位燕军主帅慕容恪根本不开面，他说，燕王兴兵要的不是两座城池，而是高句丽国的全部土地，你们的国家必须向大燕国臣服，否则大军过后，玉石俱焚，定会把高句丽国全部拿下，到时候恐怕后悔也就晚了！

两次谈判不成，高句丽王无计可施，满面愁容，唉声叹气，几员大将坐不住了。盖飞龙的弟弟盖飞虎本来暗恋着银花公主，几次想上门求亲，如今见事情弄到这个程度，愤怒地说："我还真就不信了！我们高句丽几万人马，竟救不回一个公主。请大王放心，我一定为您出这口气！"说完走了出去。

当晚夜半时分，由朴俊带路，盖飞虎等三名将领率五百名士兵，偷偷地溜出营门，悄悄地摸向燕军大营。月黑风高，群星隐去，山林中偶见鬼火飘来，头顶上时而传来瘆人的猫头鹰叫，吓得一行人心惊肉跳。及至摸进燕军大营，远远地就看见成串的灯笼随风摇曳，一队队巡逻的士兵脚步匆匆，不时有巡夜的梆子声响起，而公主就被绑在中军大帐之外。盖飞虎一见不及细想，"嗷"的一声就率众扑了上去，没承想刚刚跑出几步，耳听得一阵阵"扑通""扑通"的声音，还没明白是怎么回事，就稀里糊涂地掉进了陷马坑里，大多数士兵被捉，少数人连滚带爬跑回去给高句丽王报信去了。

原来是慕容恪料到高句丽王明着要人不成，可能会暗地里偷营，因此在辕门外挖了许多陷阱，并扎了一个草人，穿上那位银花公主的衣服当诱饵，没想到还真就派上了用场。

高句丽王故国原三计不成，怒不可遏，正想破釜沉舟与燕军大战，忽有兵士来报，说都城丸都失守。其消息如五雷轰顶，令他即刻冷汗顿出，瘫软在地，急令全军撤退，回救丸都，几万人马匆匆拔寨而去。

原来慕容霸率军从南部迂回至丸都城东，在山林中隐蔽好军马，使百名士兵化装成砍柴的樵夫，随当地百姓混入城内，夜间举火为号，打开城门。慕容霸率大军突然杀来，高句丽国世子高丘夫措手不及，只带少数人弃城而走，其余王公大臣和妃嫔侍从全部被俘。慕容霸命人封闭王宫，囚禁大臣，看押被俘将士，然后出城设伏于回城要道，与慕容恪前后夹击，高句丽军大败，故国原逃入山林，气得大病不起。燕王慕容皝随后率大军入城，安抚百姓，发放钱粮，释放大臣，归还盖银花等所有被俘人员，招抚世子高丘夫，令他继续监国，至此高句丽彻底臣服。

东晋永和二年（346）春，燕王慕容皝命太子慕容俊挂帅，五子慕容霸为先锋，带兵两万攻打扶余。慕容俊心细如发，精于谋划，出兵前不发布任何消息，群臣一概不知。突然于一个月黑风高之夜出发，一人两马，带足草料食物和水，长途奔袭，于第三日凌晨突然出现在扶余城下。慕容霸率猛士数十人首先飞上城头，杀死守军放下吊桥，大军一拥而入，顷刻间包围了扶余王宫。扶余王王玄从睡梦中惊醒，急令关上宫门，全力抵抗，无奈几百名侍卫挡不住一个慕容霸。只见慕容霸纵身跳起，状如飞鹰，从扶余侍卫们的头顶上掠过，瞬间持刀逼住了王玄，王玄只好下令投降。

慕容俊夺取扶余王城以后，命令将士们严守军纪，不得骚扰当地百姓，所有居民、商号均秋毫无犯，只把王玄带回了龙城。燕王慕容皝立即召见了王玄并好生抚慰，将其封为镇国将军，并把侄女慕容夏雨许配给他，护送他仍回扶余为王。王玄回国以后，将都城迁往农安（今吉林省农安县），正式向燕国称臣，年年纳贡，岁岁朝觐。

东晋建元二年（344）秋，宇文部首领宇文归投入后赵的怀抱，企图借重石虎的力量东山再起，时常骚扰燕国的南部边境。东晋永和二年（346）秋，上将军慕容霸受命打击宇文归部。慕容霸只带两千人马，以好友封言为内应，里应外合，一举击溃宇文归部，并把他一直赶到漠北，致其冻饿而死，从此宇文部被彻底消灭。

东晋永和二年（346）冬，段辽残部首领段三在后赵的支持下，率五千多人突袭令支，抢劫当地百姓，燕王慕容皝闻报大怒，当即派慕容霸率兵征讨。慕容霸引兵来到令支，段三部人马闻风丧胆。慕容霸率几十人飞上城头，打开城门，如入无人之境，城中百姓又来相助，段三惊慌逃命，余者全部投降。至此段辽部彻底荡平，其部族全部迁入慕容氏的版图。

第六回　励农耕奖勤罚懒　倡儒学富国强兵

慕容皝统一关东以后，不禁有些志得意满，自觉如今大功告成，乃每日饮酒闲游渐多，慢慢地连上朝也去得少了，母亲段娴看在眼里记在心上。一日早饭以后，老太后亲邀儿子出去秋游，慕容皝欣然应允。

母子二人乘着小轿首先来到龙山，在古佛洞旁停下来，一边慢慢地行走，一边浏览着身边的景色。九月的龙山，风光如画。放眼望去，只见群山跳跃，紫气飞腾，秋阳照在峰峦上如玉璧金镶，白云轻飘在林海卜似哈达起舞；近观眼前，千沟万壑一片斑斓，大小山林皆同醉酒，肆意散发着好闻的果香和秋收的喜悦。燕王慕容皝不由得感慨万端，激动地说："龙山秋景，天下无双，只因多年戎马倥偬，从未览其真容，不知山顶又是怎样一番景致！"

老太后段娴接上话说："天无尽头，山有顶峰，人生在世，须不断攀登，方能踏众山于脚下，览无限之风光啊！"慕容皝闻之沉思良久，似有所悟。

下得山来，母子俩又来到白狼河边，只见那滔滔河水，从远处飞来，如一条巨龙，奔腾咆哮，又烟波浩渺，一泻千里。老太后段娴似有感而发，手臂向东一挥对慕容皝说："你看这白狼河水，源自条条小溪，越过千山万谷，不辞辛苦，日夜奔腾，是因为它有个远大的目标，它心中向往着辽阔的大海。人若是有这种情怀就好了！"

燕王慕容皝闻之全明白了，这老母亲哪是在与他闲游，分明是在点拨他呀！于是急忙双膝跪倒，感动地说："老母年届八十，还在忧心国事，儿子明白您的意思了，当奋发有为，不断进取，不辜负母亲的厚望。"

老太后段娴双手扶起慕容皝，高兴地说："我儿能有此心胸和志向，乃先祖之德，万民之福哇！"

段婳远眺群山，接着又说："我儿南征北战，继承父业，算来也快二十年了。如今关东一统，社稷平安，我们与晋、赵两家势同比肩，三分天下有其一，短期之内，谁也灭不了谁，就看谁的政局长期稳定，谁的经济更加繁荣，谁的国力相对强大了。比如战国时期的嬴政，为什么能够吞并六国？三国时期的曹魏，为什么能够击败吴、蜀，最后由司马氏取得了天下？莫不是因为他们重视农耕、兴学办教、延揽人才、富国强兵，此乃自古王霸之道也。先祖开创的宏图大业，虽已日上三竿，尚须加倍努力，方能够辉煌于天下，造福于万民也！我儿当思之虑之。昨日与黑羽儿师太聊起，她也对你寄予厚望，希望你能为众生多做点事，大家都在看着你呀！"

"儿子知错了，母训必牢记在心。"慕容皝听后如醍醐灌顶，茅塞顿开，遂磕头致谢。

次日早朝，燕王慕容皝处理完闲杂政事，即与群臣商议强国之策。丞相封奕提出："立国之本，在于安民，安民之道，重在农耕，古往今来，强国之道莫不如此。方今我大燕境内，流民甚多，他们无地可耕，无房可住，四处游荡，艰难度日，乃社会不稳定之因素也。若是帮他们盖起房来，又分些地种，既可以稳国本，又可以增赋税，于国于民皆大为有利。臣斗胆建言，王公贵族们的猎场和花园很多，闲着也是荒废，不如让给流民耕种，可以生产很多粮食，为国家积蓄大量的财富哇！"

侍中裴开极会算账，他说："我粗略估算了一下，全国荒废的猎场和花园有上百万亩，如果全分给流民耕种，国家与他们八二或七三分成，这笔收入非常可观哪！"

记室参军封裕不赞成裴开的说法，他分析道："如果国家要那么大的比例分成，种田的人就没有积极性了，我看对半即可。"

燕王慕容皝高兴地说："众卿的意见极为可贵，我想既是让利于民，就大点儿步子好了。我看前五年分文不要，然后再三七分成就可以了，一定要让农民得大头。使用官牛和种子的，再对半分成。愿意多种多耕的，由官府提供耕牛、种子和农具。无论有无耕牛、种子和农具，都要让流民有房住、有地种、有衣穿、有饭吃。"

早朝以后，燕王慕容皝遂亲拟诏令，在全国范围内清点户籍和人口，明确规定：按人口平均分配土地；大力支持农民开荒、植树、栽桑、养蚕和饲养牛羊，国家帮助建立圈舍和草场；要求各级官府都要为流民修建住房，并在较大集镇设置街肆和交易场所；责成丞相封奕牵头，研究治理山川，防止因旱涝造成大灾。慕容皝还首先让出皇家猎场和花园两万多亩，裁撤后宫侍卫和宫人三分之二，令其回乡种地、成家立业。立时全国上下欢声一片。

诏令中还规定，地方官吏奖励农耕有功的，要予以重赏或提拔，做得不好的要进行责罚或免其职务，欺压百姓破坏农耕的要砍头治罪。并责成尚书令和御史台下去巡察，考评官员的落实情况，看有无弄虚作假的行为，由此制裁了一大批无所作为和贪赃腐化的官员，农业生产得到了很大的发展。

燕王慕容皝还继承了其父的优良传统，真诚而又广泛地延揽人才，特别是大胆起用有才能的汉族官吏，让他们为国家建言献策。他还在自己的寝宫门前，立下一块"纳谏之木"，每天路过的时候都会看到它，时时提醒自己要善于听取群臣的意见，特别是反面的指责和批评，这对于一个拥有文治武功又到晚年的封建帝王来说，是十分可贵的。

在鼓励发展农耕的同时，燕王慕容皝还遵母所教，诏令全国大办教育，特别提出要聘请有才能的人教授儒学。慕容皝言传身教，率先垂范，在龙城第一个办起了一座书院，名为"龙城东庠"，专门招收城中的贵族子弟读书。各地官府纷纷效仿，许多有识之士也闻风而动，一时全国出现了办学兴教的热潮。慕容皝还亲自编写了教材《太上章》和《内诫》等十五篇，多次到龙城东庠去授课，面对面地与学生进行交流，听他讲课的学生逾万人。慕容皝还直接参与出题考试，对成绩优异的学生予以奖励或破格提拔重用。在他的影响下，许多朝廷重臣也纷纷到东庠讲授儒学，极大地鼓舞了学生们的求学热情，有效地推动了人才培养和社会文化的发展。

老太后段娴虽然年事已高，但是也不闲着，她帮助孙儿慕容恪和慕容霸在城东办起了一所武术学堂，专门讲授兵书战策，传授武功技法。一时来者如云，传为佳话。

燕王慕容皝统治关东时期，佛教已传入中国四百多年，但在战乱频繁的情况下，流传并不广泛。因此在推崇儒学的同时，他下令在龙山修建了一所皇家寺院，取名为"龙翔佛寺"，用以缅怀他幼时的老师鸠摩罗卫，纪念双龙显灵和燕国的兴起。在寺院选址、奠基、竣工和庆典之日，他都曾亲自到场祝贺，并在一块万吨巨石上写下"龙翔佛寺"四个大字，同时勒碑留念。由此龙翔佛寺声名鹊起，僧人很快达到一千多人，出现过昙无成、昙无竭等许多高僧大德，使其成为东北地区最为著名的佛教圣地。

乱世之中，军队的建设是万事中的大事，它时刻决定着国家的生死存亡。因此燕王慕容皝牢记母亲的教诲，决心要训练出一支战无不胜的铁军，他把这个艰巨的任务交给了太子慕容儁，让四子慕容恪和五子慕容霸做太子的助手。慕容儁只管总体规划和进程，不愿意做具体的事情，就把日常训练的任务交给了四弟慕容恪，而这正是慕容恪的长项和最爱，他利用这个舞台，按照自己的意愿训练和指挥这支军队，创造出许多出奇制胜和以弱胜强的神话，在4世纪中叶中国北方战争史上，演出了一幕幕精彩的活剧，从而使他像诸葛孔明一样，作为智慧的化身而流芳百世。

慕容恪按照祖母段太后的意图，在五弟慕容霸的帮助下，亲自训练出八支劲旅，号为八营铁骑、草原奇兵，每营五千人，每营分十队，营营有特色，队队有绝招。这八营分别是：

一为铁弓营。挑选的都是全国一等一的射箭高手，每个人都有开三百斤硬弓和百步穿杨的本事，每个人带一张硬弓、一把连弩、一百支雕翎箭和三十支袖箭，每个人都能在半刻钟内发出一百支箭，既能进攻，也能防守，长短距离，运用自如。这支队伍一出现，顷刻间箭如飞蝗，任何强敌也抵挡不住，故曰"飞蝗队""铁弓营"。特点是远距接敌，出手极快，杀伤力大，战无不胜。

二为飞镖营。由于草原上的牧人们从小放牧牛马，几乎每个人都有飞石圈群的本事，许多人练得本领高超、百发百中。慕容恪在全国精选五千人组成飞镖营，每个人携带一百颗龙山飞石、一百粒铁莲子，外配一把大刀。这龙山飞石就是在溪流旁或河边上捡的鹅卵石，坚硬光滑，十分好看，都有小酒盅般大小，用起来十分顺手。这铁莲子则是旧的马掌或铁钉废物利用，打造成指甲盖大小的飞镖，状如莲子，故曰"铁莲子"。若两军对阵，二十丈之内能够弹无虚发，着之非死即伤，威力十分强大。由于使用时满天皆是，防不胜防，故被慕容恪称为"天女散花"。特点是快捷、密集、凶狠，攻无不克。

三为长枪营。慕容恪与慕容霸在全军精选了身高、臂长、体壮和身手灵活的壮士五千人，组成了长枪营，每日里持长枪、练奇阵、教怪招、传技法。这种枪长一丈八尺，几乎比正常的钢枪长一倍。两军对阵之时，人未到枪先到，敌未动先阵亡，用于冲敌阵脚、抑敌攻营颇有奇效。取乎怪蟒出山，意在于以长制短，被慕容恪称为"枪林铁阵"。特点是占尽先机，先发制人，攻如巨浪，守若磐石。

四为大刀营。慕容恪在全军中挑选出刀法纯熟者五千人，每人配长短大刀各一把，专门习练各种刀法，人人能做到长刀短刀，各有绝招，刀中有刀，刀刀致命。舞起来如风雨不透，寒光闪烁，只闻其声，不见人影，冲上去似冰雹骤至，飓风袭来，杀气腾腾，势不可当。慕容恪把它称为"大锅炖肉"，在偷营劫寨、围歼顽敌方面，有独到的功效。特点是刀长、刀重、刀狠、刀快，风驰电掣，防不胜防。

五为套马营。草原上的牧民最擅长用的就是套马杆，每年各个部落都有套马比赛活动，有许多技术精湛的高手，慕容恪从中精选出五千人，准备了特制的套马杆。这种套马杆不仅长而重，顶端还有尖，可以当枪使。他们用这种套马杆进行专门的训练，不仅练套马，而且练套人，不仅练活擒，而且练搏击，上阵时用这种方法御敌，取上将之首如套匹劣马，手到擒来，令人望而生畏。这些士兵既可以上阵单挑，也能够蜂拥而上，既能擒马上之人，又可套人下之马，战法奇特，令人猝不及防，被慕容恪戏称为"塞翁擒马"，听之趣味益然，见之胆战心寒。

六为铁甲营。慕容恪委托慕容霸在全军挑选了五千名身体强壮的兵士，又挑选了五千匹最为健壮的良马，人和马皆按身形体态配以特制的铁甲，进行特殊环境下的负重训练并演练各种变阵之法。上阵之时可以不惧刀枪矢石，横冲直撞，宛若钢军铁阵，无坚不摧；防守时可以岿然不动，半步不移，直如金戈铁马，不倒长城，让敌人一筹莫展。特点是守营掠阵，不可阻挡，气势磅礴，马到成功。

七为火枪营。被选入火枪营的士兵要求最为严格，既要矫健灵活，又要周密细致。慕容恪给每名士兵配备两匹战马，携带足够的火硝、硫黄和燃油等引火之物，每人硬弓一张、火箭若干和一杆油枪，上阵之时专司火攻，在三十丈之内对敌方阵地和城楼营寨进行毁灭性打击。士兵们先以油枪喷之，然后再发火箭点燃，顷刻间可致大火熊熊威震敌胆，是攻城夺寨和劫运粮草的绝佳选择，被慕容恪称为"火上浇油"。特点是每攻必克，每战必胜，但安全隐蔽等方面须高度注意，弄不好会被敌人利用。

八为骁骑营。此五千名壮士皆为草原上一等一的驯马高手，对于镫里藏身、马上奔跑、飞身上马、马上三箭等驭马技术娴熟无比，在马上搏击，挪腾闪战，如履平地，忽上忽下，视同儿戏。上阵之时皆用镫里藏身，远远地只能看见一群战马驰来，如惊涛骇浪，奔腾的洪流，到近前将士翻身上马，手起刀落，如同索命的魔鬼。真可谓出其不意、攻其不备，防不胜防啊！特点是快速、隐蔽、凶狠，极适于追击顽敌或突袭敌营，可以说马到成功，旗开得胜。

慕容恪和慕容霸兄弟俩亲自挑选和训练了这八支劲旅，他们冬练三九，夏练三伏，摸爬滚打，一晃两年。成功之日，慕容恪请燕王慕容皝、太子慕容俊和满朝文武检阅。大家饶有兴味地观摩了一天，无不高度赞佩、暗暗称奇，对慕容恪的治军才能钦羡得五体投地。燕王慕容皝喜出望外，高兴万分，情不自禁地说道："太子挂帅，功不可没！恪儿奇才，大燕之福！我有了这八营劲旅，中原可图、大业可成矣！"遂褒奖太子慕容俊，重赏慕容恪和慕容霸兄弟二人，宣布自任这八营统帅，八个儿子各领一营，并规定调动任何一营，都必须有燕王的手令，以防好事做糟，意外生变。

慕容皝几年来厉行改革，发展农耕，重用贤才，兴学练兵，使国内日趋稳定团结，综合国力日益强大，便想寻机南图，兵进中原。东晋永和四年（348）秋天，他带着慕容俊、慕容恪、慕容霸及几位大将到长城脚下勘察地形，筹划进军路线，因攀上爬下，餐风饮露，十分劳累，途中偶感风寒，自觉四肢沉重，不能行走。回来后一病不起，时冷时热，咳嗽不止，经医官多方诊治，用药一月有余，已经大为缓解，但他稍愈后便旧习不改，秉烛夜读，导致又生反复。一天夜里他正在靠床读书，忽觉一阵冷风吹来，蜡烛熄灭，眼前金光骤起，把寝宫照得明亮，一位天神银盔银甲，面带微笑，频频向他招手。觊急视之，见正是先祖乾罗，身后跟着一群神将，自己的父亲武宣王慕容廆也在其中，急忙爬下床来跪地磕头。但还没等他行完大礼，金光已去，先祖和父亲都不见了，燕王慕容觊急得大喊。侍女闻声跑来点燃蜡烛，见燕王已经昏迷不醒，抖成一团，晕倒在床旁，急召太医救治。

次日燕王慕容觊虽然苏醒，但两腿已经不能动了，他知道自己归期已到，便下令把诸子、群臣召来托付后事。丞相封奕诧异地说："大王春秋正盛，偶感小疾，旬日可愈，何必早早托付大事，让臣等心情惴惴不安？！"

燕王慕容觊微笑着说："生死有命，岂可由人？昨夜先祖现身，召我前去，定是天意，怎能违拗？只是老母尚在，尽孝未终，大业未成，心有不甘，心中有一点遗憾罢了！"

燕王慕容觊咳嗽了一下，喝了一口侍女递过来的热茶，接着缓缓说道："我去之后，先不要告诉太后，她老人家如此年纪，恐怕经受不了这个打击了，俊儿、恪儿你们找个合适的机会，再委婉地告诉她吧！你们八兄弟要替我好好地孝敬她，老人家是咱大燕国的奠基人哪！"

"我去以后，由太子慕容俊继承王位，"慕容觊说到此，眼睛环视了一下诸子和群臣，"以慕容恪为大将军，都督内外诸军事，以慕容霸为虎威将军，赞襄军务，其余诸子仍各领一营军马，由慕容俊担任统帅，一切旧制绝对不可偏废。"

说到这里，慕容觊把眼光落在了封奕的身上，长叹一声，有些忧伤地说："你我一同长大，情同手足，我们曾为大燕国的今天同甘共苦，你为国家立下了巨大的功勋。如今我要走了，你要辅佐太子，经营天下，帮助他们兄弟成就大业，我先致以衷心的感谢！"

封奕听到此处，已经泣不成声，他白发叩地，咚咚有声，哽咽着说："燕王知遇之恩，必当以死相报！臣定当鞠躬尽瘁，死而后已！"

听了封奕的话，燕王慕容觊高兴起来，脸上竟泛起了两片红色，声音清朗地说："我还有几句话要嘱咐你们，百姓仍在受苦，所以还要富国强兵，伺机南图，完成祖宗遗愿，报答天下众生。但切记要兴儒学、施仁政，顺乎民心而动，靠孝义德行天下，切不可倒行逆施，违背百姓的意愿行事，否则必遭万民唾弃而失败也！"

励农耕奖勤罚懒　倡儒学富国强兵

燕王慕容皝喝下几口热茶，接着又说："二是你们要牢记佛陀留下的八句真言，按照先祖的意愿做事。先父梦金龙而慕容兴，我在龙山见双龙而大燕起，都应验了这真言其中的两句话。我去之后，尔等还宜据守龙城，打牢根基，巩固城防、永不放弃，绝对不可妄言迁都，动我慕容家的王气。如同蛟龙离不开大海，我们的部族也离不开龙城，能南图则稳进，不能进则自保，不可一意孤行、为所欲为也！"

燕王慕容皝说到这里有些激动，一阵剧烈的咳嗽让他的脸色涨得通红，有些上气不接下气，神志也似乎不太清醒了，诸子和几位重臣一阵急切地轻轻地呼唤，才使他又逐渐平静下来。他让慕容恪和慕容霸扶他起来，半靠在床头，转头对一个侍女说："你去取一把筷子来！"

待那个侍女把筷子取来之后，他亲自发给八个儿子及几位重臣每人一根，让他们用力折断，诸子和重臣们虽不解其意，但都依言而行，稍一用力，手中的筷子立刻折为两段。

燕王慕容皝又令侍女取来一把筷子，亲自用细绳把它们捆在一起，然后递给诸子和重臣们，让他们依次用力去折，这回筷子纹丝未动，一根折断的也没有。诸子和重臣们面面相觑，燕王的意思他们都已经明白了。

这时燕王慕容皝让诸子和重臣们跪下，喘着粗气对他们说："自古以来，皇室更迭、王权交接，最常见的就是兄弟相阋、骨肉残杀，大臣从中挑唆，朝廷乱象顿起，造成国家衰微、百姓涂炭。先父和我继位之初，都没有逃脱这个厄运，我去之后，最放心不下的就是这件事了。希望在俊儿继位之后，也包括下一代继位之时，再也不要发生这样的事。我相信你们兄弟八人和全体大臣，都能够精诚团结，同舟共济，共襄大业，万众一心，不会互相猜忌，各怀异志，萌生不良企图。记住，嫡长继承大位乃是先祖旧例，绝对不可偏废。你们几个当对天盟誓，谨遵祖训，永不变心！"

燕王慕容皝说罢，诸子和重臣们一齐叩头起誓："谨遵祖训，永不变心！"一连几遍，叩至滴血。

燕王慕容皝听到这里，微笑着说："这样我就放心了！"话未说完，又是一阵剧烈的咳嗽，一大口鲜血噗地喷出，转瞬间气绝而亡。诸子及重臣们皆号啕大哭，一时哀声惊天动地。

慕容皝在位十五年，终年五十二岁，乃是一位有为有道的立国之君，虽抱憾而去，却名垂青史，好评不绝，龙城百姓皆哭而悼念之。出灵之日，全国同时举哀，上百万人挂孝，送行的人流有几十里长，白云为其遮日，长空飘下雪花，令国人皆哀伤感叹不已。

第七回　石虎亡后赵生乱　冉魏起前燕进兵

东晋永和四年（348）深秋，燕王慕容皝病死，太子慕容俊继位。慕容皝一生有妻妾四人，正妃段氏乃是老太后段娴的亲侄女，温婉贤淑，知情达理，为慕容皝生下了慕容俊、慕容恪、慕容霸三个儿子。因此慕容俊虽为次子，但却是嫡长子，在慕容皝立国称王之后，即被立为王太子，如今也有十一年了。

慕容俊身高八尺二寸，身材精干，风姿俊美，面容清秀，仪表不凡，有一种超乎常人的气质，更兼温文尔雅，沉稳持重，深得燕王夫妇的喜爱。慕容俊自小随祖母段娴熟读诗书，胸怀大志，思虑缜密，心性甚高，虽天生不太喜爱习武，却非常钟情于帝王之学，极其崇拜秦始皇和汉武帝，是个城府很深的人。继位之时，慕容俊适逢而立之年，正是年轻有为、意气风发的时候，因而踌躇满志，意在统一中原。

但古语说"金无足赤、人无完人"，白玉尚且有瑕，何况世之俗人？慕容俊也不例外，他和许多帝王一样，自诩清高，气量狭小，喜闻阿谀奉承之语，厌听忠心逆耳之言。他自小深知谋不及恪、武不如霸，二人虽为他的嫡亲兄弟，但仍常怀嫉妒之心，对父王常在众人面前赞扬恪之谋略、霸之神勇十分不满，心想你俩再有才能，早晚也要在我的控制之下。因此他在继位之后，马上就做出了两件令人不可思议的事情，足以说明他的胸襟和性格。

第一件事是燕王慕容皝在托付后事的时候，当着众人的面，已经明确在慕容俊继位以后，由慕容恪任大将军，都督内外诸军事。但在燕王慕容皝去世以后，慕容俊第一次上朝议事之时，就公然改变了父亲的决定，宣布任命慕容恪为侍中上将军，把军事大权自己统统拿走了，明显是不信任四弟慕容恪，令满朝文武一片狐疑、莫名其妙。但是慕容恪心知肚明，一清如水，只是微微一笑，行礼谢恩，什么话都没说。

第二件事是燕王慕容皝在位的时候，慕容俊就看不上五弟的做派，对慕容霸的盖世武功恨得要死、气得要命，尤其是对慕容霸那种小小年纪就无所畏惧、神采飞扬，好像什么事情都不在乎的那股劲儿嗤之以鼻。继位之后有一次，他在朝堂上说："五弟你不要再叫慕容霸了，那么霸气十足干什么呀！让人听着就不舒服，你就改名叫慕容垂吧！谦虚一点有什么不好？"群臣闻之一片愕然，慕容霸听了也极为不满，甚至有些愤怒，心里说名字乃是父母所赐，儿臣个人岂能选择？你有什么权力更改？但他想到父王的嘱托，表面上却是微微一笑，"多谢大王恩典，对慕容垂这个名字我非常喜欢，它将让我受益终身啊！"

慕容俊继位当上燕王，虽不及其父慕容皝雄才大略、文武双全，但此时前燕国力强大，兵精粮足，文有封奕、裴开和皇甫真等一班能臣，武有慕容恪、慕容霸和慕容德等众多良将，一时人才济济、强手如云，更兼麾下有八营铁骑，盖世无双，因此时刻想伺机南进，夺取中原。

恰好此时后赵发生了内乱，给慕容俊带来了可乘之机。我们在前边已经说过，后赵的国君石虎是开国皇帝石勒之侄，靠诛杀太子石弘篡权夺位，是个杀人如麻、禽兽不如的暴君。东晋咸康三年（337）六月，石虎一怒又杀掉太子石邃和太子妃张氏以及其子女二十六人，把他们塞在一个大棺材里埋掉。东晋永和三年（347）九月，石虎为求长生不老，命太子石宣率十万大军到全国各地的名山大川为其祈福。不久，又派皇子石韬到秦雍一带为他求仙问药。石韬出行的规模浩大，仪仗和声势均超过了石宣，这令石宣勃然大怒，认为石韬不把他这个太子放在眼里，有僭越之罪，遂派人拆掉了石韬所建的宫殿，并派亲信杨怀和牟成把石韬杀死。

石虎听说太子石宣背着自己，竟敢毁殿拆屋并杀死石韬，立即怒火万丈，心想还真是反了天了，自己还没死，就敢做出这样的勾当，这还了得！于是在万分悲痛之中，以赐宴的名义，把太子石宣骗进内宫关押起来，然后在宫中堆上干柴，泼上燃油，令太子石宣的两个亲信郝稚和刘霸分别扯着石宣的头发和舌头，强行拖到柴堆之上，又命刘霸挖出石宣的眼睛，掏出石宣的肠子，剁掉石宣的双手和双腿，然后点燃柴堆把石宣烧死。

石宣变成灰烬之后，石虎仍不解恨，又命人把石宣的妻子和儿女九人全部杀掉。当时，石宣最小的儿子才四岁，抱着石虎的大腿喊着爷爷请求饶命，连行刑的刽子手都有些心软了，但是石虎还是毫不犹豫地把他抱起来扔在火堆上。这种令人发指的兽行，让在场的所有人皆战栗不已、痛哭流涕。石虎也由此噩梦连连，一闭上眼睛就见石宣前来索命，有几次竟然掏出肠子甩在他的脸上，吓得他大叫而起。紧接着被他无辜诛杀的许多冤魂也纷纷围上了他，阎罗王已多次派黑白无常请他下地狱对质，石虎从此一病不起。

石宣被石虎烧死以后，立谁为太子就成了首要的问题。当时太尉张举认为，石遵和石斌在诸子中年岁较大，又都握有重兵，在朝中也有一定的威望，可以在二人中任选一个，但石虎却不喜欢他们。石虎靠在病床上感叹说："这些年我已被他们折腾够了，我怎么会生下这些孽种？有时候我真想用五斛石灰把自己的肚子冲刷一下，再生一些好的儿子出来！唉！一切都为时过晚了。"

戎昭将军张豺闻听石虎之言，立即趁势说道："选择年岁大、有威望的皇子立为太子，固然有道理，但他们手握重权，主意又正，也容易作乱滋事，比如说石邃和石宣，教训不为不深刻也！请陛下三思。"

原来张豺是受人之托，想把十岁的石世立为太子，自己也将从中得利，成为辅政大臣。石世是石虎最小的儿子，母亲刘皇后是前赵国君刘曜的女儿安定公主。当年石虎率军攻破上邽（甘肃省天水市），见安定公主如花似玉，立即弄到后宫强娶为妃，后来生下石世。石世聪明伶俐，石虎十分喜欢，视为掌上明珠。

石虎因为杀了太子石宣生病在床，刘皇后在身边侍候，听石虎议论重立太子之事，认为有机可乘，于是与心腹张豺密谋立嗣之事。张豺见有利可图，这才见缝插针，对石虎说了方才那一番话，意在提醒石虎弃长立幼。

果然石虎听了张豺的话，立即有所醒悟，说："对呀，这些个已经成年的家伙个个不听召唤，成事不足败事有余，与其让他们胡作非为，莫不如找个小的平安稳妥。就立石世，他现在只有十岁，等他到二十岁的时候，我也该去世了。"遂决定立石世为皇太子。

第二天在朝堂上一宣布，立即招致许多大臣的反对，认为弃长立幼，必生祸端。但张豺也据理反驳，认为立长未必无祸，事实一再证明，立幼未必不妥，皇上已下决心。大臣们都惧怕石虎心狠手黑，谁也不敢深劝，徒惹灭门之祸。皇子们知道石虎无情无义，动辄杀人，谁也不敢再争。表面上看来风平浪静，但清流之下，旋涡早起。

东晋永和五年（349）四月，石虎病情加重，已经不能上朝理事，遂立下遗嘱，让石遵、石斌两个儿子和戎昭将军张豺，共同辅佐太子石世继位，遗诏写好，保存在刘皇后手中。

刘皇后对石虎的遗嘱非常恐惧，她知道石斌、石遵都曾经是太子的候选人，因为没有选上肯定心怀不满。如今石遵领兵在外，石斌坐镇京城，手握重兵，一旦石虎去世，石斌一定会向他们母子发难，到那时则悔之晚矣！于是和张豺密谋除掉石斌，以绝后患。

　　次日刘皇后派人到襄国（河北省邢台市）对石斌说："陛下病情已经好转，请你暂时不必回到邺城（河北省临漳县）了。现在春暖花开，景色宜人，你何不趁机休息几天，到山林中去游猎，也缓解一下疲惫的身心？"

　　石斌这人从小就喜欢打猎，头脑又极其简单，还以为刘皇后是一番好意，就高高兴兴地到山中游猎去了，一时玩得高兴，许多天都没有回来，早把石虎的死活忘到九霄云外去了。刘皇后见石斌中了圈套，便让张豺在石虎的病床前狠狠地参了一本。石虎一听，果然怒不可遏，以不忠不孝的罪名，派人把石斌抓了起来，由张雄带人把他关押在后宫的一座房子里。

　　石斌的部下们闻听主将被抓，一时吵吵嚷嚷，愤愤不平，有知情者说石斌是被皇后和张豺所害，就关在后宫的小房里。一人挑头，千人呼应，上百名将领带着一大群士兵，拉拉扯扯一齐来到后宫门前，后宫的侍卫阻挡不住，他们竟然闯进了院子，闹着要找皇后评理。

　　石虎在昏迷中醒来，听到院子里吵吵嚷嚷，喊声不绝，急忙挣扎着坐起，由侍女搀扶着推开宫门，见满院子都是将士，一个个脸上布满激愤的神色，便不解地问道："你们来到这里做什么？有什么事情要说吗？"那些将领说："陛下龙体欠安，应该由燕王掌管军队！"有人说："陛下应该立燕王为太子，怎么反立了石世？"还有的直接问石虎："为什么把燕王关起来，他犯了什么罪吗？"

　　石虎一听勃然大怒，以颤抖的手指着众将说："石斌许多天不来看我，犯的是不忠不孝之罪，关他几天有什么不对？难道你们是来逼宫的吗？我还没死，你们就想造反吗？给我退下！"

　　众将还想申辩，但此时张豺、张雄闻讯赶到，几千名禁卫军已将后宫团团围住，吓得他们只好知难而退。

　　石虎经此一惊一吓，病情加重，回到内宫后，不大一会儿就人事不知，未挺到夜半，已经气绝身亡。

　　石虎死后，由于石斌被关押，石遵在外地，其余几位皇子也大多不在京城，朝中即由张豺牵头，拥立太子石世登位，并率领群臣为石虎料理后事。石世继位为帝，但因年龄太小，权且由刘太后临朝听政，处理国事。刘太后任命张豺为辅政大臣，张雄为京城镇守使，统领军队，其他大臣也都各有擢用，按功行赏。一时感觉平安无事，高枕无忧，殊不知巨大的危险已经向他们袭来。

　　原来石虎之子彭城王石遵此时正在河内（河南省沁阳市），他是奉石虎之命，率大军到这里来剿灭梁犊的农民起义军的，刚刚想班师回朝，就听到石虎死亡、石世继位的消息，不由得怒从心起，大骂连声："堂堂中原大国，适逢乱世之中，父皇那么多成年的儿子不用，却非让一个十岁的孩童当皇帝，还要找一个小妈来垂帘听政，这不是开玩笑吗！"

随军征战的大将姚弋仲、苻洪、石闵、刘宁、王午、石荣和王铁等人，都曾经跟着石虎征战多年，此时也都对后赵的前途充满忧虑。大将苻洪气愤地说："我们跟随先皇多年，难道高祖石勒打下的江山，就毁在这孩童和寡母的手上？先皇驾崩，石世继位，这肯定是张豺等人的阴谋，不会是你父皇的本意，是他老人家老糊涂了，被别人蒙骗了！谁不知你是先皇最优秀的儿子？何不趁机回师京城，夺回皇位？机不可失，时不再来！"

众将也一齐喊道："彭城王快下决心，你还等什么呀！"

石遵在众将的鼓动之下，一咬牙，即刻下达了起兵的命令，并派人告知京师，传檄天下，名为奔丧，实为夺权。十万人马浩浩荡荡，举哀挂孝赴京城而来。

刘太后和张豺闻之惊慌失措，急令张雄引兵拒之，不料将士们说："先帝去世，其子奔丧，悼灵守孝，天经地义，何况全军举哀而来，我们有什么理由拒之门外？又有什么借口与之开战呢？岂非有悖情理、丧尽天良？"不但没听张雄的命令，反而主动打开城门，列队以待，吓得张豺、张雄兄弟俩抖成一团，无奈只好出城迎接。

石遵引大军来到城下，见了张豺怒从心起，二话没说，一声令下，将其绑到城中杀掉。接着，石遵亲率将士数千人通过凤阳门，闯进太武前殿，直接来到正在议事的朝堂，一把将石世揪下御座，宣布将其贬为谯王，迁出京都，大臣们吓得战战兢兢，不敢仰视。石遵当即登位称帝，当晚就令刘太后侍寝。刘太后当时刚刚年过三旬，虽不及当年如花似玉，却仍然风韵犹存，楚楚动人，石遵早已垂涎三尺。刘太后闻之愤怒地说："我是当今太后，你的庶母，汝何大逆不道、败坏人伦？你就不怕天打雷劈？"石遵冷笑着说："我们匈奴人子承父妾、弟纳兄妻，历来有之，何怪之有？天打雷劈还没到来，但我可以先劈了你。"说罢当着石世的面，强行扒光刘太后的衣裙，奸宿了他的庶母，气得刘太后边哭边骂："你个禽兽不如的畜生！你一定不得好死！"石遵竟无耻地说："不得好死我不知道，我先好受再说！"过了十几天觉得玩腻了，又把刘太后和石世一起杀掉。

小皇帝石世在位仅仅三十三天就身首异处，做了这场宫廷斗争的殉葬品，可怜十岁孩童，他有何罪？其母刘太后也惨遭蹂躏，受尽凌辱而死，这都是昏君石虎种下的苦果、埋下的祸端，但这场惨剧刚刚开始。

石遵杀掉石世称帝，手下有上将千员，大军十万，群臣莫敢不从，百姓莫敢不顺。石遵扬扬得意，大赦天下，封其兄石鉴为侍中，其弟石冲为太保、石琨为太尉、石昭为司马，将其身边大将姚弋仲、苻洪、石闵、王荣等七人皆封为上将军，所有文武大臣皆进俸一级。石遵又听从冉闵的建议，立石斌之子石衍为太子，因为石遵膝下无子，立石衍可缓和兄弟二人的矛盾。石遵以为他采取了这些措施，就可以稳稳当当地做他的太平皇帝了。

但是石遵想错了！后赵政权已病入膏肓，岂是小药疗得？后赵这座建立在沙滩上的大厦，本来就不太稳固，经石虎这么一折腾，早就摇摇欲坠了，岂是几根朽木能够支撑得住的？正当石遵自以为高枕无忧，放心大胆地当他的太平皇帝的时候，石遵的弟弟石冲起兵闹事了。

石冲近年来一直领兵镇守蓟城，是石虎比较信得过的少数几个皇子之一，听说石遵领兵入京，违背圣嘱，杀了石世，做了皇帝，不禁勃然大怒，张嘴就骂："无耻至极！卑鄙之尤！石门的败类，天下的逆贼！父皇尸骨未寒，竟敢违背遗命，弑君杀母，这还了得！来人哪！给我备马！"决计替天行道，带兵讨贼，即刻点齐五万大军，杀气腾腾奔邺城而来。

石冲率大军行至平棘（今河北省赵县），有士兵来报，说朝廷钦差到了。石冲遂停下军马，那钦差宣读了朝廷的诏书，并向石冲贺喜。石冲闻听石遵封他为太保，位列三公，比石虎在时对他强多了，马上犹豫起来，不但想打退堂鼓，而且想进京面君，以谋取更高的任用。他把这个想法跟众将一说，立即遭到了大家的反对。他的堂弟、大将石遏首先不同意，说石遵虚情假意，反复无常，说不定这是他的阴谋诡计，有可能大军就在前面。石冲半信半疑，只好又继续进军，但已有些无精打采了。

果然石冲的军马行到苑乡（今河北省邢台市东南），就被朝廷的大军挡住了去路。原来石遵听说石冲起兵谋反，一面假意照常宣诏去麻痹他，一面派大将石闵引兵相拒。石闵只带一万人马在路上等候，远远地见石冲大军缓缓而来，便一马当先，冲向前去，大刀起处，血肉横飞，挡之者死，碰之者亡，一瞬间十几名将官死在他的马下。石闵带来的将士们见到主帅如此威猛，也个个陡长精神，勇力倍增，一时如虎入羊群，不可阻挡。石冲见石闵持刀奔他而来，知道不是对手，吓得转身就跑，没承想他的坐骑没有人家石闵的马快，被石闵轻舒猿臂，生擒活捉。石冲的将士们见主帅被擒，跑的跑，降的降，五万人马顷刻间土崩瓦解，只有大将石遏带领少数人逃走了。

石冲被押往邺城，还抱着一丝生存的侥幸，没想到石遵眼都没眨，就下令将他斩首，把脑袋悬挂在城头之上。石闵由此立下大功，被封为大将军、关内侯。

石闵是石虎的养孙，为后赵当时第一勇将。石闵本姓冉，名闵，字永曾，小字棘奴，乃魏郡内黄（今属河南省）人，其父当过右积射将军，因战功被封为西华侯。石闵的父亲是汉族人，母亲为羯族人，他因而生得高大魁伟，身长九尺，腰阔十围，天生神力。九岁时，随其父陪石虎到山中打猎，遇一猛虎，众将皆大骇，不敢上前。石虎笑着说："此虎与我有缘，不能害它，只宜活捉！"但众将围了许久，仍然无可奈何。石虎正待发怒，忽见石闵从其父身后飞出，一跃而骑在虎背之上，连捶带打，如戏家猫，那老虎百般挣扎，终不得脱。最后石闵将虎一掌打昏在地，双手举起献给石虎。

石虎见之甚感惊奇，极夸其勇，竖起大拇指说道："壮哉！奇哉！少年勇士！真我赵国第一位英雄也。我的那些儿孙，有一个像你这样就好了！"

石闵的父亲极其聪明，反应特快，忙顺势说道："陛下既然喜欢，何不收他为孙，早晚也好聆听教诲？"

还没等石虎点头，乖巧的石闵赶忙跪下磕头，"皇爷爷在上，小孙儿给您行礼了！"语言铿锵，话音甜蜜，让人听了心里就舒服。石虎一时高兴，即抚摸着他的头说："起来吧！从今以后你就是我的孙子！反正我的孙子也多，也不差你这一个。"随后对他赐姓为石，称为石闵。

石闵长大以后，膂力过人，武功盖世，坐下一匹汗血宝马，手中一把双刃大刀，有万夫不当之勇。他那把大刀有一丈二尺多长，一百二十多斤重，力大刀沉，招法独特，在中原无人能敌，十几年来随石虎南征北战，东讨西杀，立下了许多大功，曾有人赞他是"项羽再世""樊哙重生"，在军中极有威望。此次以少胜多，一举击败石冲，虽属众人意料之中，但仍使石闵威名大震。

石遵称帝以后，中书令孟准曾进谏道："石闵虽为先帝养孙，却非我石家血统，长此下去，必生异志，且兼武功过人，骁勇善战，手中又握有兵权，早晚必成大患。倘若他反叛，恐怕无人能敌，不如趁早除之也！"石遵闻之虽觉有理，但还是有些犹豫不决。一是石闵曾随他多年，每战必克强敌，多次救他性命，终是有些于心不忍；二是他认为姓啥并不重要，石姓未必可靠，外姓未必可疑；三是石闵对他有拥戴之功，自己当了皇帝不该忘恩负义。但他禁不住孟准一再提醒，又加上其弟石斌、石琨和石昭等人都来劝说，由不得他不动心，于是便一起聚到郑太后的宫中商议对策。郑太后是石虎的正妻，石遵的生母，为人正直敢言，遂怒斥几人说："石闵是赵国的功臣，也是皇上的恩人，没有他的拥戴，哪来尔等的今天？做人岂可忘恩负义？为帝焉能枉杀无辜？小心天谴哪！"说得石遵唯唯而退，不敢再言。

石遵的又一个弟弟石鉴对自己既没当上皇帝，又没受到重用十分不满，现在看到有机可乘，于是便暗地里向石闵透漏了消息，让他加倍小心。

石闵听说石遵要杀他，不由得恨从心头起，怒火万丈，他觉得石遵恩将仇报，真是狼心狗肺、禽兽不如，自己为他抛头洒血，冲锋陷阵，肝脑涂地，却换来一个这样的下场，如不及早下手，将来必为其所害，于是当机立断，派心腹部将苏亥和周成带兵入宫，诛杀石遵。

当苏亥和周成带着三千铁甲勇士闯进后宫，石遵正在与一个宠妃下棋玩耍，见二人均是石闵的部下，于是惊诧地问道："你们俩要干什么？到底谁想谋反？"

周成微微冷笑，按照事先石闵教给他的话说："昔日的主帅，今天的陛下，对不起了！你好坏不知，良莠不分，图杀功臣，狼心狗肺！义阳王石鉴让我们来杀你，你到阴曹地府诉冤去吧！"

石遵惨然一笑，悲戚地说："我带兵多年，尚且如此，他能当得多久！"随即大骂石鉴和石闵。周成令部下一起放箭，把石遵射成了一个刺猬，靠在门旁而死。据说当初他在河内起兵时，曾对姚弋仲和石闵等一班武将起誓，功成之日必善待众位，如若负心，万箭攒身，不幸竟应了他昔日的誓言，令知情者扼腕叹息。石遵在位共一百八十三天，仅比石世多五个月，可悲至极。

石遵被石闵所杀，石鉴乘机称帝，封石闵为大将军、信阳王，都督内外诸军事，一时石闵权倾朝野。

石鉴虽表面上对石闵感恩戴德、言听计从，但背地里却心怀鬼胎、暗蕴杀机。他深知石闵树大根深，身边有一帮过命的兄弟，手下还掌握着十几万军队，不可能轻易得手。于是他以商议国事为由，请石闵到宫中饮宴，企图将其灌醉，然后除之。没想到石闵虽一莽夫，却粗中有细，竟自己带来一副银筷，喝酒吃菜都瞄着石鉴，十分小心谨慎，并且假意装醉，在酒席上就打起了呼噜，遂由侍卫搀着跌跌撞撞地坐上马车，回府睡觉去了。

石鉴本来想在酒菜中下毒，没想到此招不灵，一日便又与石闵喝起了大酒，开始时两人用杯，接着用碗，后来干脆一人一坛。石鉴酒量大得出奇，他这次以为石闵真的醉了，于是急召其堂弟、乐平王石苞和中书令李松入宫，对他们说："石闵虽勇，但现在已成醉猫，不足惧也！汝等可趁机闯入石闵卧室，将其乱箭射死，赶着正好是夜间，神不知鬼不觉的，明日众将知道也晚了！"二人领命而去。

殊不知石闵见石鉴有杀他之心，白天没有得逞，夜晚必来袭宅，因此早早就做好了准备。当石苞和李松率兵冲进府第，正欲动手之时，大门"吱"的一声就关上了，大墙上、房顶上，上千名弓箭手万箭齐发，可怜二人带来这一千名士兵顷刻间死于非命。石苞和李松拼命冲杀，凭着矫健的身手侥幸逃脱。

石鉴得知偷袭失败事情泄露，深恐石闵酒醒后前来报复，遂乘石苞、李松不备之机，将二人拿下，杀人灭口，正欲将首级送往石闵的府中，谎称二人谋反已被擒杀，石苞的内弟龙骧将军孙伏都带着五千人马赶来增援，请求一举消灭石闵。石鉴知孙伏都有些勇力，也是一员名将，趁着石闵酒醉未醒，或许能够成功，于是命孙伏都再去围杀石闵。

当孙伏都与士兵们喊着奉诏讨贼，杀入石闵府第的时候，他们的末日就已经到了。原来石闵早已严阵以待，大刀起处，血肉横飞，突入敌群如砍瓜切菜。那几百名守宅的勇士也从房顶上飞出，一个个如下凡的凶神，所向无敌，杀得孙伏都的将士们哭爹喊娘，大败而逃。孙伏都刚想上前来过招，就被石闵一刀斩为两段。

石闵杀了孙伏都，乘胜追击，一直把败兵撵进后宫，石鉴听外边吵吵嚷嚷，乱成一片，明白事情败露了，急忙迎出门来，想向石闵解释点什么，却被石闵劈头揪住，大骂连声："你这个忘恩负义的东西！千刀万剐的败类！石家怎么净出你们这种禽兽不如的蠢货，真是玷污了高祖石勒的一世英名啊！"说罢将石鉴双手举起，用力摔去，石鉴倒在地上，口吐鲜血，还在挣扎，石闵仍不解气，顺手拎起身边一只千斤大鼎，狠狠地砸去，石鉴当即被砸成肉饼。石鉴在位仅一百零三天，又死于非命，这是石虎去世后，第三个惨死的皇帝了。

石闵杀掉了石鉴，想试探一下朝野上下对他的态度，于是假意贴出告示，称"孙伏都谋反已被歼灭，如今一切恢复正常，有愿意留下来跟我干的，双手欢迎，有不愿意留下的，悉听尊便"。后赵的人民闻讯后，昼夜兼程回到邺城，表示拥护石闵这个汉族人当政，而那些氐、羯和匈奴等少数民族则扶老携幼，纷纷出城。石闵明白这是胡人对他不买账，于是下令："杀死一个胡人，士兵赏银十两，百姓赠田两亩，文官晋升一级，武官晋爵一等。"士兵们在重金的诱惑下，个个都丧失了理智，人人都成了杀人恶魔。几天的工夫，十几万胡人无辜惨死，至此胡人与石闵结下了血海深仇。

东晋永和五年（349）六月，就在石闵杀死石鉴的当天，有司徒申钟等四十多位大臣联名上书，劝石闵称帝。石闵假意推辞说："我们都是炎黄的子孙，晋朝的臣民，只能称牧、公、侯、守等爵位，岂可称帝？"

尚书丞胡睦出班奏道："石勒乃是塞外羯奴，尚能称帝，今大王德高望重，威震四海，又是大汉苗裔，怎么就不能称帝？"群臣也一齐高呼万岁，跪地劝进，石闵遂顺水推舟，宣布即皇帝位，改国号为魏。同时把自己的姓氏也改回来，称为冉闵，表示与石氏再也没有一点儿关系了。

在冉闵称帝后不久，石虎的又一个儿子石祗也在襄国称帝，并建元永宁，匈奴和羯、氐、羌等少数民族争相拥戴之，许多部落赶来相投。在石祗眼中，他才是石氏的正宗、合法的皇帝，你冉闵算什么东西？不过是个叛逆，也敢弑君称帝？遂派汝阳王石琨率十万大军讨伐冉魏。

石琨乃是石祗的堂弟，虽位居亲王，却志大才疏，根本不会带兵打仗，大军刚刚走出百里，即被冉闵派出的大将王泰引兵截住。冉魏的军队训练有素，随冉闵征战多年，素以勇猛凶狠著称，又加之大将王泰足智多谋，善于用兵，采取假装败退、诱敌深入的办法，把石琨的大军骗至伏击圈内，一战击溃，石琨带残兵败将落荒而逃。

石琨兵败，冉魏乘势进军。十一月初，冉闵亲率大军抵达襄国，石祇闻之惊慌失措，急向羌人姚弋仲和鲜卑部大燕国求救。

接到石祇求救的书信，燕王慕容俊简直欣喜若狂，哈哈大笑道："真是天助我也！良机终于来了！"遂命上将军慕容恪为大元帅，前将军慕容垂为先锋，领兵五万先行，自己率十万主力随后跟进，大军浩浩荡荡，于东晋永和六年（350）二月，正式挺进中原。

前部先锋慕容垂领兵一万到达三陉（今北京市北），后赵的征东将军邓恒闻风丧胆，不敢接战，焚烧了粮草辎重之后，放弃了安乐城（今北京市东北）向蓟城逃命。慕容垂紧追不舍，率领骁骑营五千壮士如摧枯拉朽，闪电般又攻克蓟城。石祇到此时方知是引狼入室，但是已悔之晚矣！

燕王慕容俊占据蓟城以后，当即亲率人马追击南逃的溃兵，没想到在半路上遇到了埋伏，被打了个措手不及，刚刚安营扎寨喘息未定，又被邓恒的部将鹿勃率五千多人偷营劫寨，慕容俊吓得面如土色，方知打仗并不是他想象的那么简单。是堂弟慕与根率大刀营突入敌阵，剁得敌人哭爹喊娘，大败而去，才使他幸免于难，只是虚惊了一场。

且说大元帅慕容恪率领的前部大军，一路上抢关夺隘，势如破竹，四月克安乐，五月取无终（今天津市蓟州区），六月下中山（今河北省定州市），七月入常山（今河北省正定县），沿途守军望风逃窜，大军很快占领了河北北部大片的土地。慕容恪亲手训练的铁弓营和火枪营，在攻城略地中大显身手，屡试不爽。慕容垂的超凡武功和骁骑劲旅无人能敌，燕军一时威名大震。

领兵围困襄国的冉闵听说后惊慌失措，进退两难，他深知燕军训练有素，慕容恪不是一般的对手，急切之间准备不足，不敢贸然应战，因此只能眼睁睁地看着燕军攻城略地长驱直入，而又无可奈何。

此时，驻守在关中的姚弋仲、姚苌父子也率羌兵三万，在西部攻城略地，袭扰冉魏。冉闵在三面受敌的情况之下，只好放弃了围歼石祇的想法，带领大军撤回邺城去了。

燕王慕容俊见大军旗开得胜，马到成功，转眼间就占领了河北大片地区，不由得有些晕乎乎、飘飘然了，看样子拿下中原指日可待。于是他下令让太子慕容晔镇守龙城，自己就率大军坐镇蓟城，在这里建都，以图迅速南下。随军的丞相封奕闻之大惊，忧虑地说：“祖宗创业，百战艰难，大燕国能有今天，谈何容易？先王生前一再叮嘱，不可妄言迁都，难道大王您都忘了吗？今我大军刚入中原，人心未稳，强敌在侧，随时都可能发生大战、恶战，蓟城地处要冲，乃兵家必争之地，风口浪尖之所，绝对不适宜在此建都，请大王思之、慎之。”

慕容俊听了生气地说：“丞相年高德劭，出言不恭也就算了，但请你不要动不动就拿祖宗来压我！如今我大军威镇中原，谁能奈何？彼一时，此一时也！我想若是父王还在，他也会做此明智抉择，请不必多言了！”遂不听封奕之劝。

封奕见燕王慕容俊得此小胜便忘乎所以，妄言迁都，而且还固执己见，不纳良言，不免十分担心。自己劝不了，就搬搬别人吧，于是他分别发信，给龙城的老太后段娴和前线的慕容恪传递了消息。

慕容恪、慕容垂见到丞相封奕的书信，十分震惊，兄弟俩星夜乘快马从常山赶回蓟城，二人流泪向慕容俊进谏说：“佛陀真言、先王遗嘱不可违也，仓促建都，上不符天时，下不合地利，中间没有当地人民的拥戴，即不占人和，于我军进取中原大不利也，不如缓行为好。”但慕容俊执意不听，气得两位弟弟含泪而去。

老太后段娴来信相劝，慕容俊不但不予采纳，反而产生了反感，他认为这些人不仅仅是小题大做，而且还有些不把他放在眼里。迁都蓟城有什么错？可以伸手得中原，抬首望江南，对夺取天下大为有利。他想自己不能受他人摆布，自己也不是阿斗，他不能丢掉燕王的威严，即使错了也要坚持下去。

老太后段娴得知慕容俊如此刚愎自用，固执己见，不听他人之劝也就罢了，现在连自己的话也不听了，不由得急火攻心，忧虑万分，长叹一声：“大燕国的辉煌，恐怕要毁在这个竖子的手里了！”从此郁郁寡欢，一病不起，不久溘然长逝。段娴一生，智慧贤淑，豁达大度，运筹帷幄，相夫教子，亲手辅佐了三代燕王，为我国历史上一位女杰，只可惜在晚年郁郁而死，令人嗟叹不已。朝野上下，哀声一片，村夫俗子，皆来送行，黑羽儿师太亲自为其诵经超度，并选址把她葬在了龙山脚下。

第八回　遇铁军冉魏蒙尘　得玉玺慕容称帝

东晋永和七年（351）二月，经历了一场兵败，又得了一场大病的后赵末代皇帝石祗，也像春天的野草一样开始还阳了。一日早朝，他对大臣们说："方今晋朝独占江南，燕国雄踞北方，唯我中原未成一统。冉闵这个恶贼，不仅弑君篡位，去年又犯我国都，妄图置我等于死地，我实在是咽不下这口恶气，不知众卿有何高见？"

太宰赵庶出班奏道："去年汝阳王石琨兵发邺城，一战即溃，非但未伤及冉魏一根汗毛，反招来他们兵围襄国，使社稷几成累卵之危，若不是燕、羌两家出兵相救，后果不堪设想。如今我军新败，士气低落，陛下又大病初愈，圣躬违和，因此只宜休兵坚守，聚草屯粮，观察动向，等待时机，不可以贸然出兵也！"

赵庶话音未落，大将军刘显即高声奏道："太宰何故长他人志气，灭自己威风？陛下乃皇家正统，冉闵是篡国逆贼，我以正义之师讨之，名正言顺，天经地义！何况陛下有十万精兵，四万铁骑，军力胜他一倍，有何惧哉？可恨那冉闵恶贼，屠杀我羯、氐、匈奴、羌等各部族人口十万之众，我等皆欲食其肉、抽其筋，方解心头之恨！微臣愿领一军，取冉闵首级献与陛下。"

石祗闻之高兴地说："将军之言，正合我意，就命你领兵十万，讨伐逆贼，有劳太宰赵庶督运粮草，我等就在襄国听你的好消息了。"

太宰赵庶见石祗决心已下，仍然忧虑地说："我军虽多，但皆是各部落整合之兵，恐大战之时，难成一统。魏军虽少，却是虎狼之师，久战之旅，战斗力极强。况冉闵勇猛，如项羽在世，我方何人能敌？此番决战，怕是凶多吉少，请陛下三思。"

刘显听完生气地说："太宰如此小心翼翼，怎能担纲国家大事？陛下若不出兵，冉闵也必来犯，到那时兵临城下，将至壕边，不知太宰有何良策？"

二人各执一词，石祗也没了主意。左司马石阳说道："陛下讨伐逆贼，理所应当，大将军主动请缨，勇气可嘉，但太宰说得也有道理。陛下莫不如仍请燕、羌两家出兵掣肘，使冉闵受其牵制，心存顾忌，然后我方再乘机出兵击之，或可胜也。"

石祗闻言大喜："还是爱卿想得周到！就是这个主意了！"于是亲自修书，并备下厚礼，分别委派使臣去燕、羌两处，面见燕王慕容俊和羌族首领姚襄，约定共同起兵，再伐冉魏。

冉闵闻听后赵军马来攻，急与众将商议对策。大将王泰说道："敌方势众，又挟仇带恨而来，士气正盛，我们可以放他们进来，避其锋芒，折其锐气，待其懈怠，再寻机击之，必可胜也。"

侍中王熙提醒道："我闻燕、羌两家亦蠢蠢欲动，若与赵军三方合力，成夹击之势，令我军首尾不能相顾，如之奈何？恐演去年之噩梦也！"

王泰说道："羌人姚弋仲、姚襄父子老谋深算，与陛下并无仇怨，轻易不会动兵，只可能象征性地策应罢了。燕王慕容俊倒是野心勃勃，贪婪凶狠，但他精于谋划，无利不起早，也不会首先出兵。我们可以以其人之道，还治其人之身，也派使者到燕、羌两家游说，两家必然会乐得看风景，坐山观虎斗，那我们消灭石祗的机会就来了！"

冉闵闻听大喜，赞曰："将军真吾张子房也！"乃听王泰之言，派王熙和韩导两个能言善辩之士，分别出使燕、羌两处，命王泰带王荣王铁领一万军马先行迎敌，自引两万人马随后出城，在邺城以北三十里扎下营寨。

且说后赵大军出襄国，过邯郸，一路上浩浩荡荡，势如破竹，冉魏守军触之即溃，望之即逃，因之很快深入魏地，逼近邺城。将士们乘胜前进，趾高气扬，人人奋勇，个个争先，都想与冉闵决一死战，为族人报仇雪恨。这一日大军行至明光殿，离邺城不到五十里了，主帅刘显命令停止前进，侦察敌情，勘验地形，然后再战，大军随即安营扎寨。

原来刘显有他自己的小算盘。刘显是匈奴人，乃后汉皇帝刘渊的后裔，自小有膂力，善骑射，野心很大。两年前凭武功当上了匈奴河南部的首领，趁冉闵屠杀胡人之机，投奔了石祗，带兵进入中原，被石祗封为大将军、河南侯。但他从见到石祗的那一天起，就没把石祗放在眼里，更没有想为石祗卖命，他认为石祗志大才疏，优柔寡断，绝非兴业之主，因此早就暗下决心，要自立门户，只是苦于没有机会。去年随汝阳王石琨出征，他为前部先锋，刚与魏军接战，他率众掉头就跑，导致全军溃败，事后把责任全推在石琨身上。此番主动请缨，他不过是想拥兵在外，与冉闵做个交易，因此兵近邺城之后，即命停止前进，扎下大营。

当晚，刘显亲自修书一封，派一心腹之人溜进魏军大寨，直接面见冉闵，呈上刘显的书信。刘显在信中说，他虽领兵前来，但并不想与魏军开战，他对魏王冉闵仰慕得很，情愿在其帐下称臣，如果魏王答应事成之后让他仍然坐镇襄国，他愿意以假败退兵，献石祇人头与陛下。

冉闵见了刘显的书信半信半疑，便召王泰过来商议。王泰高兴地说："这是天上掉下来的好事，不花钱买来的肉饼，陛下何不顺水推舟，助其成功？如若双方死战，我军虽可获胜，但必损失惨重。不如就答应他的条件，成则陛下一统中原，他必臣服，不成是他自寻死路，与我方何干？"

冉闵赞同王泰的看法，但他愤愤地说："我平生最看不起这种欺君背主之人！今日他能背叛石祇，明天他就能背叛于我，留着早晚是个祸害呀！"

王泰笑道："他若反叛，再杀不迟。陛下只要在他的身边多布些眼线就行了，想杀他，还不是手到擒来？"

冉闵遂从其计，重赏来人，并回书一封，许诺若刘显举事成功，必话兑前言，予以重用，云云。

次日清晨两军对阵，刘显骑在马上假意破口大骂："叛国逆贼，狼心狗肺！杀我同胞，禽兽不如！我奉皇帝之命讨你，快快下马受死！"遂拍马挺枪，直取冉闵。闵身边大将王荣挺身而出，举刀来迎，二人战罢十余个回合，刘显以枪为棒，把王荣打落马下。王荣之弟王铁见状，急舞双鞭来救，未及五个回合，又被刘显回身一箭，射落头上盔缨，吓得伏鞍跑回本阵去了。

刘显连胜二将，威风大长，长枪一摆乘势掩杀，八部胡兵蜂拥而上，挟仇带恨势不可当，吓得魏军将士连滚带爬，争相逃命，连续后退三十多里，一口气跑回城中去了。

当晚刘显在中军大帐摆下酒宴，犒赏八部胡兵首领，庆贺旗开得胜，首战成功，一个个皆开怀畅饮，夜阑方散。至后半夜，月上中天，众将正在酣睡，忽听一阵鼓响，接着号炮连天，杀声四起，战马嘶鸣如暴风骤雨，魏军呐喊似惊涛骇浪。冉闵率领的敢死军手舞大棒，一个个如凶神下凡，见人就砸，见马也打，吓得胡兵胡勇们掉头就逃。八部胡兵的首领们睡眼蒙眬，匆匆上马，未及赶到中军大帐，已见主帅刘显左臂中箭，正欲率众突围，便急忙合兵一处，仓皇后撤，被魏军追出一百多里，丢下车马辎重无数，损伤人马大半，灰溜溜地跑回襄国去了。

刘显带着箭伤逃回襄国，与石祇说魏军势大，早有埋伏，我们中了他们的奸计了，为保存实力，只好暂且退兵。石祇见刘显灰头土脸，狼狈至极，左臂上又带着箭伤，便把一腔怒火压了下去，嘴上说胜败乃是兵家常事，将军不必在意，回家好好养伤，内心里却对这次兵败感到有些蹊跷，密嘱太宰赵庶留心了解此事，谨防被人暗算。

但是石祗还是明白得太晚了！刘显回到家中以后，立刻召人密谋，当晚夜半时分，即命人在皇宫后院多处放火，待侍卫们吵吵嚷嚷忙着救火之时，刘显则打着勤王救驾的旗号，带兵闯入禁宫，还没等石祗明白是怎么回事即将其生擒活捉，并将其妃嫔及子女共一百多人全部杀死。太宰赵庶闻讯赶来救火，被抓个正着，刘显当即砍下石祗和赵庶的人头，连夜送往邺城，向冉闵邀功请赏去了。

冉闵见了刘显的书信和石祗的首级，不禁仰天大笑，心想自己不费一兵一卒，就除掉了心头大患，这真是老天的眷顾哇！石虎哇，石虎！是你们石家时乖运蹇，气数已尽，这就怨不得我了！心中一高兴，即命侍卫将石祗的人头挂在城楼上示众，昭示天下后赵已亡，敕封刘显为匈奴部大单于，领冀州牧，统率石祗原班人马，令其仍旧镇守襄国。满朝文武大宴三日，以示庆贺。

刘显得了冉魏的封赏，成为手握重权的一镇诸侯，初时高兴万分，甚至有些得意忘形，可是时间一长，便感到越来越不自在了。先是冉闵任命王珣为太宰，王铁为监军，时时处处监视他的行踪，接着是朝廷大员你来我往，说是巡视地方政事，实则暗地打探消息，再有就是冉闵每月必召他一次，询问军情政务，显然对他并不放心，每次都令他战战兢兢，如芒在背。他对这种低声下气、仰人鼻息的日子实在过够了。自己的祖上刘渊和刘曜都曾贵为帝王，为什么我就非得屈身于冉闵之下？于是在东晋永和八年（352）二月，刘显突然宣布自立为帝，设置文武百官，并亲率八部胡兵十万余众，声言为死难的族人报仇雪恨，浩浩荡荡向常山杀来。

按说刘显举正义之师，同仇敌忾，义愤填膺，应该能够获胜，但他不仅本人是个草包，文韬武略与冉闵根本无法比，而且八部胡兵首领因为没被封王，个个心怀不满，怨声载道，并没有谁真心前来拼杀。而冉闵这边则大不一样，他早早得到了王珣、王铁的密报，已经做好了充分的准备。冉闵本人身先士卒、勇冠三军自不必说，他手下的三千敢死军已随其多年，是他起家兴业的老班底，从将军到士兵不仅人人武功高超，而且人心很齐，待遇很高，几乎是需要什么冉闵给什么。冉闵与这些人感情很深，虽然当了皇帝，仍然经常同他们食同桌、寝同席，平时称兄道弟，战时生死相随，许多将士心甘情愿为冉闵卖命，因此这支劲旅是冉魏的军魂，战斗力极强。所以这场战役虽未展开，但胜负已经确定。

当两支大军在常山对阵之时，刘显这边声势浩大，甲胄鲜明，兵多将广，旗幡蔽天，号称有十五万人马；而冉闵这边呢，星星点点，稀稀拉拉，鼓不响，锣不敲，顶多有两万人马，两家的军力相差几倍。刘显不禁有些得意扬扬，一阵阵

遇铁军冉魏蒙尘　得玉玺慕容称帝

在黄罗伞盖下指手画脚，正欲进兵，忽听得一阵鼓响，魏营中万人齐呼，如炸雷当空，惊涛拍岸，摄人心魂，震人心胆。冉闵一马当先，冲入敌阵，大刀起处，血肉横飞，如入无人之境。三千敢死军皆黑人黑甲黑战马，手持浑铁大棒，如一群天神下凡，骁勇无比，凶狠异常，沾着即死、碰着就亡，往来驰骋，呼啸生风，根本无法阻挡。那些来自于草原上的胡兵胡将，哪见过这个阵势？一个个吓得掉头就逃。刘显见队伍已经控制不住，也只顾自己逃命去了。这一仗直杀得尸横遍野，血流成河。冉闵一路紧追不舍，把襄国烧成了一片平地。

就在冉闵与刘显鏖战之时，在一旁观敌掠阵的燕王慕容俊见时机成熟，即命慕容恪为大将军，慕容垂为前部先锋，慕容德为三军后卫，带兵五万，于五月初出蓟城，过安乐，下中山，连克数城，兵锋直逼冀州城下，守将星夜告急。

冉闵闻之气急败坏，愤怒地说："鲜卑小儿，无赖至极！每每乘人之危，暗下狠手，我必杀之，以雪心头之恨。"即命王荣、王铁点兵出征，准备迎敌。

大将军董闰、车骑将军张温劝道："我军刚刚打了一仗，虽是得胜之师，却已疲惫至极，而燕军蓄谋已久，气势正盛，不可与之争锋。何况慕容恪神机妙算，人称诸葛再世，领兵打仗，百战百胜；慕容垂骁勇无敌，如关王重生，冲锋陷阵，无人能挡。两人帐下八营铁骑，皆虎狼之兵，且训练有素，我军不是他们的对手，不如暂避锋芒，令其深入，再寻机破敌，方保无虞也。"

冉闵一生，身经百战，在战场上以一对一，从未输给任何对手，一柄双刃大刀，纵横中原，令世人闻风丧胆，人称"项羽再世"，他也自信天下无敌，今天听了董闰和张温之言，不由怒火万丈："慕容小儿，可恨至极！别人怕他，我何惧哉？我早就想拧下他们的脑袋了，以雪心头之恨！如今竟送上门来了，我当能放过他们？"

董闰和张温再次劝道："陛下兵击刘显，真如摧枯拉朽，但若与燕军交战，却如遇铁壁铜墙，昔日后赵石虎亏没少吃呀！陛下难道都忘了吗？慕容恪、慕容垂和慕容德人称塞北三雄，乃天下名将、当世豪杰，皆非一般之人可比，我们非要与之决战，那是送死呀！国家就有灭亡的危险，请陛下三思呀！"

冉闵听后怒不可遏，一脚踹倒两位贤臣："汝二人尽长他人志气，灭自己威风，听着好像燕国的说客，还算是魏国的忠臣吗？要死就死，别在我的面前装屄！"

董闰和张温仰天长叹："如此一来，魏国休矣！早晚是死，陛下，我们先去了！"然后一齐给冉闵叩头，礼毕拔剑自刎而死。群臣皆愕然失色，再也无人敢进谏了。

冉闵留下一万人马守城，点齐主力十二万大军，带上所有精兵良将，誓与燕军决一死战。两军在中山南面的魏昌（今河北省定州市南）相遇。冉闵见自己这边兵强马壮，军势极盛，三千敢死军个个精神饱满，斗志昂扬，十几万健儿甲胄

三燕王朝

鲜明，刀枪闪亮，跃跃欲试。而燕军那边呢，看样子也就两三万人马，而且多是骑兵，阵容松散，旗旌凌乱，瞅着就士气不振。冉闵不由得心中暗喜，一时竟以为胜券在握。

未及燕军阵中慕容恪开口，那冉闵立于黄罗伞盖之下，气势汹汹，马鞭向北一指，张嘴骂道："鲜卑小儿，无知鼠辈！无耻至极，无赖之尤！专门乘人之危下手，还知人间羞耻事吗？竟然不知天高地厚，三番五次犯我？让慕容俊出来答话！我让他葬身异国，有来无回！"

燕军中前部先锋慕容垂听罢一阵大笑，然后以长枪指之曰："汝为汉家后裔，却认羯奴为祖，有失人伦之本，是为不孝；既为石虎养孙，却又弑君篡位，有失人臣之礼，是为不忠；篡权而登帝位，擅杀无辜百姓，有失为君之道，是为不仁；残害忠臣良将，动辄斩草除根，有失同僚之谊，是为不义。如此不忠不孝不仁不义之徒，真乃虎狼之辈，禽兽不如！天下之人皆欲生喝汝血，生吃汝肉，每天都有千人唾、万人骂，你就不觉得脸上发烧、背上有刺吗？你还有什么脸活在人世上？我看你就是堆行尸走肉，生不如死！自己不知悔过赎罪，还竟敢在这里大言不惭，说三道四？！我呸！你就不怕老天打雷活劈了你！"

慕容垂的这一番话，直骂得冉闵黑脸变白、七窍生烟，气得他浑身哆嗦、哇哇怪叫，险些摔下马来，慌得身边的将领们赶忙上前扶住。

这时又听得慕容恪接着说道："我主燕王，替天行道，铲除叛逆，为民除害，上应天心，下合民意，必将旗开得胜，马到成功。汝要是懂事之人，就赶快下马受死，免得被擒后千刀万剐，不得全尸。将士们随汝多年，没有功劳，也有苦劳，难道就因为你作孽，让他们都跟着陪葬吗？怎么样？你早晚都是败，还打吗？"

慕容恪的这一番话，看似不紧不慢、不温不火，但却是字字千钧、入脑入肾，不但把冉闵气得要死，还在魏军中产生了强烈的反响。本来这些兵士对同燕军作战就心有余悸，颇有些闻风丧胆，听慕容恪这么一说，纷纷喊喊喳喳，交头接耳，议论起来没完，霎时士气明显下降。

冉闵一见勃然大怒，便欲纵马舞刀杀向燕营，身后勇将周成大喊："杀鸡焉用牛刀！陛下息怒，待我去擒他！"说话间飞驰而出，手持丈八长矛向慕容垂迎面刺来。慕容垂不慌不忙，闪身躲过，用左手执银枪架住长矛，右手悄悄摘下竹节钢鞭，待二马错镫之时，扭身一鞭，打在周成的后背之上，打得周成抱鞍吐血，跌于马下，不等魏营中人马来救，慕容垂掉转马头，用长枪挑起周成的甲环，把周成摔出去十几丈远，大喊一声："回去吧！"摔在魏营之中，亏得众将接住，捡条性命，吓得魏营的将士们目瞪口呆、大惊失色。

冉闵的部将苏亥，与周成是一对好友，多年来几乎形影不离、友谊甚深，如今见周成败阵受伤，不禁怒从心起，大喝一声："胡儿休要逞强，看我取你！"挥舞着大刀，呼地从冉闵身后蹿出。慕容垂此时刚把周成打发走，正好背对着魏营，知道苏亥来袭却佯装不知，还在不紧不慢地信马而走，但悄悄把银枪交在左手，右手暗自摸出一颗龙山飞石，在苏亥大喊着攻上前来，离他只有一丈多远，那把浑铁大刀即将落在他头上的时候，猛地大喝一声："嘿！"回手一镖，那颗龙山飞石带着好听的哨音，"啪嚓"一下，实实惠惠地砸在苏亥的护心宝镜之上，立时把那块护心宝镜砸得粉碎，苏亥仰面朝天，跌下马来，那把大刀飞在空中，被慕容垂用银枪接住，连舞数圈，如玩游戏，然后手一抖，大刀飞回魏营，砍在冉魏大军的旗杆之上，大旗"唰"的一声掉了下来，吓得两个执旗校尉面如土色。

那冉闵见慕容垂这般勇猛，不禁暗暗佩服，正想亲自上阵与之较量，身边王荣、王铁兄弟俩纵马飞出。二人是魏军中有名的勇将，曾跟随着冉闵身经百战，打过不少恶仗，特别是兄弟俩一齐上阵时，两把大砍刀配合默契，招法奇绝，令人防不胜防。燕军阵上不少将士看了，未免有些担心，参军阳骛见慕容恪仍然不动声色，着急地说："前将军有危险了，快增援哪！"

慕容恪一摇马鞭，笑着告诉他说："放心吧，他们两个人也不是五弟的对手。"

说话间，只见慕容垂一杆银枪如白蛇吐芯，枪枪不离王荣的咽喉，慌得王荣有些招架不住，刀法不免有些错乱，速度也顿时慢了下来。慕容垂趁机大喝一声，以左手持枪架住王荣的大刀，右手悄悄摸出几粒"铁莲子"，手一抖，"唰"的一声飞出，正打在王铁的战马头上，疼得那匹战马咳咳大叫，身躯完全竖了起来，立即把王铁掀翻在地。慕容垂迅速地扭身一枪，挑起王铁向王荣砸去，吓得王荣丢掉大刀，躲闪不及，一下子砸在后背之上，兄弟俩双双大叫一声，又一齐摔在马下，满地翻滚，惨叫不止，大概是摔折了肋骨。慕容垂拊掌大笑，并不诛杀，任由魏军将士七手八脚将其抢回。

冉闵见之大怒，再也不听别人的劝阻，抓起双刃大刀，手一挥，率先向燕军杀来，帐下的将士们见皇帝都上阵了，一个个"嗷"的一声，蜂拥而上，其势如排山倒海、迅猛异常。两军相距不过五十丈远，转眼间已快到跟前。

慕容恪微微一笑，并不惊慌，右手一挥，轻声喝道："铁弓营，给我上！"霎时间燕营中队形突变，几千名弓箭手一字排开，万箭齐发，状如飞蝗，遮天盖地，势同飓风，齐向魏军阵上刮来，冲在前面的人马啪啪啪啪纷纷中箭，无一幸免，后面的人马收势不住，又与前边的挤在一起，自相践踏，死伤惨重，一时人喊马嘶，乱成一团。冉闵虽大刀紧舞，拨落无数，但他的左臂上仍不幸中了一箭，气得他哇哇怪叫，一狠心用嘴将箭支拔出，立刻连皮带肉，血流如注。魏军全面败下阵来，燕营中一阵阵哈哈大笑，似乎在看一出好玩的游戏，只是起哄，并不乘势出击。

冉闵喘息稍定，见对方的慕容恪一副旁若无人的样子，越发愤怒无比，他觉得这不像在打仗，好像存心在羞辱自己，他不相信有什么常胜将军，更不相信魏军十几万人马，竟拿不下一个小小的慕容恪，于是发一声喊，再次向燕军发动进攻。这一次魏军吸取了教训，步兵在前，骑兵在后，人人手持盾牌，护住身躯，排成方队，稳步向前，气势汹汹，昂首阔步，像一道移动着的铜墙铁壁。

慕容恪目视长空，仰天大笑："真是上苍助我！大燕当兴啊！"原来此时正逢六月天气，方才还是南风，转眼间竟变成了西北风，而且一阵强似一阵。慕容恪喜不自禁，左手一扬："火枪营给我上！"一瞬间队形突变，五千名火箭手换到前排，接着几千杆油枪一齐喷出，几千支火箭随风飞去，刹那火上浇油，青烟骤起，平地里只听"嘭"的一声巨响，冲天大火呼地烧起，火借风势，风助火威，一时间火舌滚滚，浓烟漫漫，直烧得魏军扔下盾牌，满地打滚，直烧得人马皮焦肉烂，四处狂奔，后边没挨着火的也被浓烟熏得蒙头转向，涕泪横流。冉闵的十几万大军顷刻间被烧得跑拉暴跳，乱成一片，连他自己也被燎光了胡须、烧着了战袍，气得他无可奈何，率众奔逃。

冉闵领着残兵败将跑回大营，命人清点人数，竟然损失了两万多人马，不禁气上加气，怒火冲天，酒喝不进，饭吃不下，箭伤又一个劲儿地疼痛，他觉得这个仗打得实在太窝囊。大将王泰劝他说："胜败乃是兵家常事，陛下不必焦虑，尽管鲜卑小儿使些伎俩，使我军初战受挫，但我方的军力仍然胜他几倍。我们可乘燕军得胜放松之机，夜袭敌营，可获全胜。"

冉闵担心地说："以慕容恪之精明、慕容垂之谨慎，他们岂能料不到这一点？怎么会没有防备？"遂派人前去打探动静，果见燕营中漆黑一片并无灯火，似有伏兵暗藏，遂不用王泰之计。

王泰见一计不成，又献一计："燕军长驱直入，粮草为第一件大事，陛下可派人绕道劫其粮草，然后以放火为号，到时候我军再乘势击之，燕军可破也。"

冉闵闻之大喜，遂从其计，派部将邱能领三千人马，进山林走小路，悄悄绕到燕军背后，得手之后以放几处大火为号。邱能带人连夜出发了。

且说慕容恪率军火烧魏营，大获全胜，即下令犒赏三军，摆酒庆贺。参军阳鹜提醒他说："今日冉闵虽然战败，但是主力未损，须谨防实施夜袭报复我军，将军还是小心提防才是，毕竟我们是在人家的地盘上打仗啊！"

慕容恪端起酒碗，微笑着说："王泰虽然有谋，冉闵必不敢用，他知我谨慎，不会冒险，因此大家尽管吃饱喝足，熄灯睡觉，我保你们平安无事。"众人将信将疑。乃至天明，才知道真的一点动静都没有，众将对慕容恪佩服得五体投地。

早饭后中军议事，慕容恪对大家说："我军长驱直入，不可与之相持太久。我料冉闵必派人去劫我军粮草，然后以放火为号夹击我军，我们可以将计就计，一举将其歼灭。五弟慕容垂可带五千人马回去设伏，必须活擒或全歼敌军，不使一人漏网，然后以放火为号，让冉闵错认为他们劫烧粮草已经成功。今日我军与之对阵时，他必倾尽全力攻击，而我军则须假装败退，将魏军诱入山林，再以伏兵击之，则魏军可破，冉闵可擒也。"遂命大将慕容评在前军诱敌，要败得很像，不可露出任何破绽，又命慕与根、慕容军二将各领一军，去黑龙谷两侧设伏，多备些滚木礌石及易燃野草树枝，自己则亲率燕军主力，在黑龙谷深处等候。

天明对阵，冉闵见南风刮起，不禁哈哈大笑："我看你慕容恪还玩什么'火上浇油'？怕是烧了你自己！"他又把三千敢死军摆在最前面，自觉得胸有成竹，胜券在握。他对着燕营前的慕容恪，马鞭一指，高声喝道："今天你有啥坏招都使出来，我必与你决一死战！"言罢大刀一挥，冲上前去，直奔慕容恪杀来。

燕阵中慕容恪不动声色，两边有冯凯、张达二将飞出，三马相交，刀枪并举，二人根本不是冉闵的对手，未及五个回合，即被冉闵磕飞了兵刃，吓得掉头就逃。又有李忌、廖忠二将赶来相救，被冉闵大喝一声，形同炸雷，吓得稍一愣神的工夫，冉闵的黑马已到跟前，大刀一顺，以刀为棒，啪啪两下，将二人打落于马下，燕阵中兵士急忙上前，七手八脚抬回去了。

冉闵顷刻间连胜四将，趾高气扬，不可一世，魏军中一阵阵高声呼叫，助威喝彩，一时士气大振。燕军中大将慕容评有些憋不住了，纵马挺枪，直取冉闵。冉闵看似漫不经心，实则稳中有快，刀法突变，杀得慕容评只有招架之功，再无还手之力，未及十个回合，他的长枪碰上了那把双刃大刀，立刻被震得虎口破裂，鲜血直流，摇晃了几下，险些跌下马来，吓得他丢下长枪，败回本阵去了。

这一次冉闵不等慕容恪反应过来，即飞马狂奔，挥刀猛砍，眼瞅着已到跟前，三千敢死军哇哇怪叫，风驰电掣，转瞬已至。慌得慕容恪、慕容评掉头就跑，燕军将士们一个个争先恐后，撒丫子奔逃，一路上丢盔卸甲，屁滚尿流，哭爹喊娘，狼狈至极。

冉闵那双眼睛紧盯着慕容恪，一口气追出五十多里，缴获车马辎重无数，见燕军的残兵败将已经跑远，才下令停下来，命将士们安营扎寨，埋锅造饭，稍事休息。

大将王泰见天色已逐渐暗下来，遂对冉闵说道："今天燕军败了一阵，足见陛下神勇无敌，我军可乘他们喘息未定，夜袭敌营，一鼓作气将慕容恪擒获，如此则树倒猢狲散，燕军必大败矣。"闵从其计。

当夜三更时分，冉闵亲率王泰、王茂带三千敢死军，悄悄入山林，走小路，乘夜色摸近燕军大营，远远地见燕营中灯火明亮，人影憧憧，一队队巡逻的士兵持枪而过，连绵的军帐中不断传来嘈杂之声，遂偷偷摸上前去，发一声喊，一边杀人一边放火，一时杀声四起，火光冲天，燕营中一片大乱。

其实这一切，都是按照慕容恪的事先筹划进行的。白天他让一个小校穿起他的衣甲，假扮他的模样，随大将慕容评引军假败诱敌追击，傍晚又派一千多人马，扎下几百座营帐和几千个草人，摆出燕军主力在此宿营的样子，专门等候魏军前来劫寨，果然冉闵和王泰等人全上了他的当了。

且说冉闵率军冲入燕军营盘，接连砍翻数人，烧毁多处营帐，吓得燕军将士争相逃命，魏军则紧追不舍。人影错乱之中，冉闵发现前边一将绿袍金甲，手持长枪，正是燕军主帅慕容恪，于是快马加鞭，高声大喊："鲜卑小儿！哪里逃走？抓住慕容恪，赏金一千两！"三千敢死军闻听此言，个个争先恐后，奋勇向前，都想为魏军立下首功。

正当冉闵等人奋勇追杀之时，他们已经不知不觉地进入了黑龙谷，而且还在向纵深追击，越追越近，那位扮作慕容恪的小校躲闪不及，被王泰一刀劈死，魏军中立即有人大喊："慕容恪被杀了！你们快投降吧！"一时人人踊跃，个个争先，拼命地向前跑来，都想捉个燕将立功。顷刻间，魏军的主力部队全部进入慕容恪的口袋阵里。

冉闵立马阵中，正在与人辨认慕容恪的尸体，忽有军士来报，说北边很远处火光冲天，已经照亮了北半部天空。冉闵抬头一看，心中大喜，认为一定是部将邱能劫烧粮草成功，给他发来信号了，而这边正好斩杀了慕容恪，真是天助我也！于是他即刻命令打扫战场，稍事休息，只等天亮回营。

可是未等冉闵的话音落地，就听到号炮连天，杀声四起，有兵士来报，说东边出口已有燕军放起大火，封住了归路。冉闵闻之大惊，急驱往视之，果见燕将慕容垂跃马挺枪挡住去路，两旁数千名壮士拈弓搭箭，虎视眈眈，正欲上前攻打，却又听到两侧山上喊声顿起，无数滚木礌石如排山倒海，倾泻而来，一个个柴草火团似丹炉倾倒，飞腾而下，一时间火舌四起，浓烟漫漫，呛得魏军人人都喘不过气来，急得冉闵只好率军向西狂奔。刚跑出不远，忽然又听到一阵鼓响，火光之中一员大将，绿袍金甲，威风凛凛，正是燕军主帅慕容恪，此刻他已等候多时，率大军挡住了冉闵的去路，正在含笑向这边招手。冉闵这时方知道上当受骗了，不禁恼羞成怒，急挥刀向前冲杀，不想被一阵乱箭射回。魏军虽然人数较多，但此时不是中箭烧伤，就是呛得直不起腰来，一个个焦头烂额，俯伏在地，

097

多数都丧失了作战能力。那三千敢死军虽然勇不可当，但禁不住一阵阵乱箭飞石，打得他们皮开肉绽，射得他们人仰马翻。

王泰、王茂、王荣、王铁等十几员大将，保护着冉闵左冲右突，无奈被滚木礌石封住了路口，根本冲不出去，想往西侧山林里跑，那里已经烧成了一片火海。王荣、王铁被呛得蒙头转向，再一次被慕容垂生擒活捉，王泰、王茂两人因为替冉闵遮挡箭雨，先后受重伤跌下马来。

此时天已大亮，冉闵骑着他的那匹黑马，挥舞着双刃大刀，像一只被困在笼中的怪兽，发出一阵阵骇人的号叫，不断地向四面发起攻击。可是当他冲向哪边，哪边的燕军就哈哈大笑，又一阵乱箭将他射回，累得他气喘吁吁，气得他跳拉暴跳，最后无可奈何，瘫坐在草地之上，被燕军五花大绑，生擒活捉去了。

黑龙谷这一仗，魏军死伤七万多人，被俘四万多人，其主力几乎全部被歼灭。邺城守军闻听冉闵被捉，不战而自动出城投降。捷报传到蓟城，燕王慕容俊高兴万分，即刻率领文武百官驾临邺城，下令坑杀全部俘虏，将冉魏群臣悉数斩首。先锋慕容垂闻报大惊，急忙面见燕王慕容俊，并跪地谏曰："冉闵虽是恶贼，但士兵并无过错，群臣事之以忠，也是各为其主。我军刚入魏地，如果大肆杀戮，不仅有损我主贤德之名，对于占据中原伺机南图，也是大不利也！请燕王三思。"慕容俊因为正沉浸在胜利的喜悦之中，听了慕容垂的话，觉得也有道理，于是便暂时打消了大开杀戒的想法。

冉闵被押入皇宫大殿，见燕王慕容俊高高坐在他昔日的御座之上，不禁嘿嘿冷笑，侧目而视，一副不屑一顾的神情。慕容俊大喝一声："篡国逆贼，无知鼠辈！残暴凶狠，罪恶滔天！就你这副德行，如市井无赖，卖肉的屠夫，你也配当皇帝？真是不知天高地厚！如今已成阶下之囚，为何立而不跪？"

冉闵朗声答道："我冉闵平生上跪皇天，下跪后土，中跪父母长辈及有恩之人。尔等塞外胡奴，牛马之辈，算个什么东西？你等尚敢称王，我为什么不能称帝？我堂堂汉家天子，怎么会给你这胡儿下跪？真是天大的笑话！"

大殿两侧的武士闻言，一拥而上，他们按头的按头，踹腿的踹腿，强行要让冉闵跪下来，却不料被冉闵两膀一夯，浑身一抖，十几个武士纷纷跌倒在殿阶之下，如此五花大绑仍然有这般神力，令满朝文武皆惊诧不已。

慕容俊见状冷笑一声："纵然你有项王之勇，又当如何？还不是当了我们燕国的俘虏，你有什么不服气的吗？"

冉闵轻蔑地瞥了一眼慕容俊，"呸！不知深浅的东西！你不过是摊上了好爹娘，有几个好兄弟，捡了一个燕王做，你有何德何能，却在这里装腔作势？若无恪之谋、垂之勇，你连屁都不是！若不信咱俩比试比试，我一掌能打你入十八层地狱！"

冉闵之言冷酷刻薄，气得慕容俊七窍生烟，再也抑制不住满腔的愤怒，几步跨下殿阶，从武士手中夺过皮鞭，劈头盖脸地向冉闵打来。冉闵瞪大眼睛，挺直胸膛，任凭被打得皮开肉绽，鲜血横流，仍然眉眼不眨，冷笑连声。慕容俊连抽三百皮鞭，累得气喘吁吁，大汗淋漓，不得已停下手来，几欲摔倒。冉闵见之仰天大笑："就你这胸怀、这气度、这体格、这筋骨，也配到中原来当皇帝？大燕国的万里江山，早晚得毁在你的手里！"

慕容俊怒不可遏，挥挥手命武士将其推出，押回龙城斩首示众，以彰显他此番出征的赫赫武功。传说冉闵被押赴市曹，头颅被砍下来时，身躯仍然屹立不动，历三天而未倒，龙城百姓见而奇之。慕容垂不忍其暴尸街头，命人悄悄殓其尸首，秘密葬于龙山脚下。从此冉魏灭亡，燕国占据了中原的大片土地，成为当时最为强盛的国家。

燕王慕容俊近来心情特别舒畅，不到两年时间，他就带兵挺进中原，灭掉了后赵和冉魏，占据了黄河以北的大部分地区，实现了父王慕容皝毕生的梦想。每当他高高坐在蓟城的皇宫大殿之上，一种自豪之感就油然而生，他认为方今天下，除了东晋朝廷占据江南，大燕国就是北方唯一的霸主，什么氐族人在关中建立的秦国，拓跋氏在蒙西建立的代国，统统不在自己的话下。但是每每高兴之余，又总是有一丝遗憾掠过心头，他石虎和冉闵都能够登基，为什么我就不可以称帝？还是他刚刚被立为太子的时候，就暗暗立下雄心壮志，不能一辈子只当燕王，他要堂堂正正地当把皇帝，做个统御万方、至高无上的君主，这种欲望折磨他好多年了，近来竟烧得他食不甘味、夜不能眠。他虽然充分相信自己的权威和能力，但他也感到不能贸然行事，他要试探一下群臣的口风，听听兄弟们对此事的意见，不然这帮家伙反对起来，他这个皇帝也不好做呀！想到这里，不由得摇摇头一阵苦笑。

一日早朝，处理完日常政务之后，燕王慕容俊对大臣们说："昨晚上我做了个奇怪的梦，梦见一只金翅金翎的燕鸟，头顶上有三根银白色的冠羽，下颌部有一片红色的羽毛，从北方的大山中飞来，落在蓟城的正阳门上做窝，侍卫轰之久而不去，高叫几声从此定居下来，不知究是何意？请众卿帮我分析一下，如何？"

左司马皇甫真闻言出班奏道："燕王此梦乃大吉之兆。燕者，乃是春来北方、秋去江南的一种候鸟，居此不走，意为长住，在此筑巢，意为登基，乃暗寓我主登基称帝之意也！"

侍郎张希也急忙附和道："皇甫大人之言极是！燕王奇梦大吉大利，登基称帝乃是天意，可喜可贺！"

燕王慕容俊再用目光扫视群臣，见满朝文武并无人接着说话，心中已经明白，于是笑着对群臣说："如今天下虽乱，但朝廷仍为正统，司马氏才是名正言顺的天子，别人虽然强大，却只能屈居王侯，做个臣子，岂可妄言称帝？众卿此话今后不可再提。"

东晋永和八年（352）十一月，坐镇邺城的燕国大将军慕容恪，率军整顿邺城秩序，维修改造破旧的民居，有几名士兵在淘井时，意外地获得了一枚赵国的传国玉玺，立即派人送往蓟城。燕王慕容俊见这块玉玺玲珑剔透，造型精巧，五龙交会，寓意非凡，上刻"旻天之命、皇帝寿昌"八个大字熠熠生辉，引人遐想，遂把玩良久，爱不释手，竟半晌没有说话。左司马皇甫真见之急忙跪倒，大呼曰："燕鸟南飞，玉玺归来，祯祥频现，天意昭然，乃我主登基称帝之兆也！"

侍郎韩恒、宋说、张希等人也一齐跪倒，山呼万岁，然后异口同声地说："天意不可违也！我主理当称帝！"

燕王慕容俊心中大喜，表面上却不动声色，转头征询封奕和阳鹜的看法，二人相视之后说："臣愿意顺天应人，但燕王还是听听大将军的意见吧！"

慕容恪与慕容垂两人接到燕王的书信，得知他想要称帝的消息，不免心中一震，一种不祥的预感同时涌上二人的心头，但他们知道二哥的性格，于是联名在信中委婉地说："早称帝固然能够顺君心、遂臣意，但也会因此招风树敌，引来兵灾之祸；晚称帝则可固国本、得民心，进一步南图夺取天下，而成万乘之主。孰轻孰重，请燕王自酌，臣等唯鞠躬尽瘁、竭尽全力，以不负先王重托也。"

慕容俊读罢两位弟弟的书信，觉得也有道理，不免有些犹豫起来。下朝后回到后宫与王后谈起，可足浑氏提醒他说："妾闻五世同堂百口之家，也须由一人做主，千邦之国万乘之军，也须由一人决断，立国称帝这等震古烁今、流芳千载的大事，岂可顺从群臣、听命于外将？请大王思之虑之！"

燕王慕容俊听罢恍然大悟：这本来就是我自己该决策的事情嘛！为什么非要问别人？于是不听两位贤弟之劝，在次日早朝悍然宣布称帝，立国号为大燕，定都在蓟城，建元元玺，以东晋永和八年（352）为元玺元年，立慕容暐为太子，可足浑氏为皇后。封慕容恪为太原王、侍中、大将军，慕容垂为吴王、上将军，慕容德为范阳王、前将军，慕容评为汝阳公、后将军。任命封奕为太尉，阳鹜为尚书令，皇甫真为左仆射，张希为右仆射，韩恒为中书令，宋说为秘书监。以下群臣皆加官晋爵，同时大赦天下，传檄至各国、各部落周知。

此时恰好有东晋的使臣来到蓟城，宣布晋穆帝司马聃的诏令，慕容俊扬眉吐气地对他说："回去告诉你们的天子，我已被万民推为皇帝了，以后不要再以什么上国的礼节和朝廷的面孔来对待我。有什么不服气的话，我们在战场上兵戎相见吧!"气得东晋的使臣愤愤而去。

但同时也有高句丽、扶余和前秦、代国等北方的国家前来道贺，一时让慕容俊忘乎所以、喜气洋洋。

第九回　乘良机拓土开疆　再迁都穷兵黩武

　　慕容俊在蓟城称帝的消息传到建业（今南京），东晋朝野上下一片激愤之声，不少文官和将领议论纷纷，请求发兵讨伐叛逆。但此时的晋穆帝司马聃还是个十岁的孩子，什么事也做不了主，朝政全由尚书令何充和大将军司马昱把持。此二人不仅才能平庸，而且心胸狭隘，遇事优柔寡断，拿不出什么好主意来，所以尽管奏折纷纷，北伐燕国之事仍然议而未决。

　　恰好此时氐族首领苻健也在长安称帝，建立了秦国，史称前秦，占据了关中以西的广大地区，时常派兵骚扰晋朝的边境，掠夺财物，屠杀平民。不久镇守西藩的大将军庾翼病死，为防前秦入侵，东晋朝廷只好任命徐州刺史桓温为安西将军、持节、都督荆司雍凉冀宁六州之军事，兼荆州刺史。桓温上任以后，立即请求带兵北伐，但遭到何充和司马昱的共同反对，二人深知桓温虽有雄才大略，但是野心极大，如果权力过重，定会坏了朝廷大事，甚至连东晋的江山社稷都有危险。

　　东晋永和八年（352）初冬，朝廷派徐兖两州刺史、当朝褚太后的父亲褚裒任征讨大都督，率三万大军北伐。兵出彭城（今江苏省徐州市）不远，刚到山东地界，即遭到事先得到消息的大燕国吴王慕容垂的伏击，三万大军被燕国的五千铁骑打得落花流水，只剩下七千多名残兵败将逃回广陵（今江苏省淮安市），吓得缩在城里不敢出来了。

　　何充和司马昱得知褚裒兵败，又令扬州刺史殷浩带兵北伐。殷浩是个只会清谈的玄学家，一不会用人，二不会打仗，三没有自知之明，是靠着门庭关系当上的扬州刺史。东晋永和九年（353）十月，殷浩受命带兵七万，从安徽寿春出发，以羌人首领姚襄为先锋，率一万羌兵在前头开路。姚襄乃是历代将门之后，后赵大将姚弋仲之子，足智多谋，英勇善战，根本没把殷浩放在眼里，常常出言讥讽殷浩，或在行动之中掣肘，部下之人知二人有隙，便添油加醋，从中挑拨。

吴王慕容垂得到这个消息高兴异常，立即派两个能言善辩之士，携重金分别到殷浩和姚襄身边活动，使二人矛盾益发加剧。偏偏殷浩这人心胸狭隘，爱听谗言，他听身边人说，姚襄与大燕国早有往来，此次在前方带兵，已与吴王慕容垂秘密合谋，准备在前方伏击他的中军，然后带兵降燕。殷浩闻之怒不可遏，亲率大军从后面追击姚襄，下令活捉后赏银千两，献与朝廷，吓得姚襄落荒而逃，殷浩就一路紧追不舍。姚襄被赶得走投无路了，也是听信了身边之人的话，在山桑（今安徽省蒙城县）真的设下了伏兵，等毫无准备的殷浩大军到来时突然出击，六万大军被一万羌兵杀得丢盔卸甲，一败涂地，丢下车马辎重无数，回朝廷报告去了。

此番作战吴王慕容垂没动一兵一卒，只是运用离间之计来回挑唆，不仅击溃了东晋的大军，而且真正地策反了姚襄，真是高明至极、漂亮至极！气得后来醒腔的何充和司马昱破口大骂。桓温乘机上疏弹劾殷浩，再次请求带兵北伐。东晋朝廷无奈，只好下诏免去殷浩所担各职，贬为庶人，任命桓温为征北大将军，都督内外诸军事。桓温终于大权在握，如愿以偿。

东晋永和十年（354）二月，大将军桓温率步兵四万北伐。他知道大燕国慕容氏兄弟不好对付，于是出江陵，奔关中，先向前秦开战，在蓝田大败秦军，兵锋直逼长安附近的灞上。三辅郡县闻风来降，沿途百姓欢欣鼓舞，热盼晋军攻取长安，收复失地。但此时桓温担心长驱直入，粮草不济，若取长安，秦必死战，如果寡不敌众，晋军胜算不多，何况自己显示才能、提振声威的目的已经达到，没有必要再去冒险，因此下令撤兵，于当年六月回到江陵。

大燕国皇帝慕容俊见此时东晋与前秦开战，暂时没有余力向燕国用兵，而前秦那边，由于皇帝苻健新亡，其子苻生继位，朝廷内部不稳，根本无暇外顾，正是他拓土开疆的大好时机，于是派出三路大军，向晋朝的北部边境发起全面进攻。东晋兰陵（在今山东境内）太守孙黑、济北（在今山东境内）太守高柱和聊城（在今山东境内）太守高瓮闻风丧胆。孙黑说："慕容恪乃孔明再世，慕容垂是关王重生，谋略武勇无与伦比，帐下八营精锐之师皆虎狼之兵，连石虎和冉闵都不是他们的对手，我们若是抵抗，岂非以卵击石？"于是纷纷开城投降。燕国兵不血刃，就连下山东十几座县城，一时威名大震。

此时，在魏昌大战中侥幸逃生的冉闵部将吕护，纠集万余名散兵游勇，在鲁口（今安徽省寿县附近）一带活动。他们依仗熟悉地形，昼伏夜出，攻州打县，烧杀抢夺，残害当地百姓。范阳王慕容德奉朝廷之命，带兵进剿。大军未动之前，慕容德先派兵士数十人扮作樵夫，上山打柴，探准了吕护那伙人的行踪，然后突然在一个月黑风高的夜晚，带兵出击，把那伙人全堵在一个大山洞之内，一边喊话劝降，一边放火熏烟，没动一枪一刀，将那伙人全部生擒活捉。慕容德不但一个未杀，而且以好言相劝，愿意留下的编入燕军，不愿意留下的发给路费，一时欢声四起，范阳王慕容德仁义之名由此传开。

大燕国元玺四年（355）秋，东部鲜卑旧部段兰之子段龛趁冉闵被消灭之机，屯兵广固（今山东省淄博市），自称齐王，并派使者至燕地蓟城，谴责慕容俊称帝，用词极为刻薄阴冷，似有斥骂之意。慕容俊览信大怒，立即命太原王慕容恪率军东征，讨伐段龛，以雪心头之恨。

次年一月，太原王慕容恪率军两万进至淄水，与前来迎敌的段龛相遇。慕容恪未待段龛站稳脚跟列好阵势，即先以铁弓营射其将士，挫其锐气，再以飞镖营击其战马，乱其阵脚，立刻令段龛军人仰马翻，不能自制。没等他们喘过气来，慕容恪又派出大刀营全面出击，杀得段龛军屁滚尿流，一溜烟儿跑回城中去了。

慕容恪见段龛之军多是北方的鲜卑人，一种乡土之情油然而生，因此只下令将广固城围困起来，并不进攻，在城外与当地村民开荒种地，驻扎屯田，并经常派人去城中游说劝降。段龛见城中粮草渐绝，民心已变，遂在一年后开城投降。慕容恪带兵入城以后，不仅未杀一人，而且还安抚当地百姓，筹粮赈济饥民，帮助恢复生产，深受广固人民的欢迎。同时还根据大部分降卒的意愿，把他们安置在邺城附近，或直接送回北方老家，使这些鲜卑人不约而同地赞扬大燕国朝廷的恩德。

大燕国元玺五年（356）秋天，活动在河北西南部的石虎旧将李历、张平、高昌和上党太守冯鸯迫于慕容德强大的军事压力，率部陆续向燕国投降，但他们并未真正归顺，背地里仍与东晋朝廷秘密勾结，妄图里应外合，夺取邺城，杀害燕国君臣。殊不知大燕国皇帝慕容俊虽然在军事上并无才能，但在心机和权谋上却是高手，他早已秘密出重金、许高官，收买了多名眼线，就安插在那几个人的身边。所以四人稍微一有风吹草动，慕容俊就立即得到了消息，分别派慕容评、慕与根、悦绾和阳裕四人带兵各个击破。四队人马如饿虎捕食，将正在蠢蠢欲动的四将生擒活捉。慕容俊命将其属下人马分编至燕军各营，几座城池重新派大将镇守，从此河北、河南及山东大部分地区荡平。

经过几年的东征西讨和南征北战，到光寿元年（357）夏天，大燕国的疆域达到历史上最为广大的时期，总共占据了全国十二个州，一千五百七十九个县，辖区人口超过一千万人，其范围包括今天的河南、河北、山东、山西等省以及内蒙古自治区东南部和东北大部，与东晋和前秦鼎足而立，而在当时的三国之中，大燕国的国力和军力最强。

光寿元年（357）中秋刚过，一日早朝，陶醉在胜利之中的大燕国皇帝慕容俊对大臣们说："如今我大燕国挺进中原大获全胜，已经站稳了脚跟，坐住了天下。为方便征集兵员、调运粮草，伺机南图西扩，进而统一天下，朕准备迁都邺城，不知众卿意下如何？"

太尉封奕首先不赞成，他说："先王在日，曾留下八句真言，乃是佛陀所示，意味深长。告诉我们大燕国是梦龙而起，见龙而兴，驱龙而衰，弃龙而崩，提醒后代子孙不可离开龙山。如今经过多年创业，龙城经济繁荣，社会稳定，宫观殿宇齐全，城防设施完备，是铁打的后方，理想的皇都。三年前我们迁都蓟城已经欠妥，岂可再次迁到邺城？此事万万不可行也！"

尚书左仆射皇甫真也谏之曰："邺城虽为赵都，但遭连年战火，不仅百姓饥寒交迫，城垣宫观亦损坏严重。且此处周围多是平原，没有战略纵深，平日辐射能力不够，战时更忧无险可守，绝非理想建都之所。为今之计，莫不如就势回都龙城，请陛下坐拥故乡山水，得天地之灵气，受祖宗之庇佑，则必能龙体康安，社稷咸亨。中原这边，可由大将军领兵镇守，再伺机南图西进。如此一来，则回旋余地广阔，统一大业迟早可成也！"

但是尚书右仆射张希、中书令韩恒等人均善于察言观色、看风使舵，异口同声地顺着皇帝的意思说："邺城四通八达，掌控中原，抬眼能观吴越，伸手可得荆楚，关中腹地，早晚也在囊中矣！若能在此建都，于南图西进大有利也！我等对陛下的英明决策钦佩之至！"

慕容俊闻言大喜，遂不听封奕和皇甫真二人之劝，下诏迁都邺城，责令张希、韩恒牵头整修城墙、修缮殿宇，负责具体事宜。

消息传到前方大营，太原王慕容恪长叹一声："先王遗言，忘之殆尽。二哥一意孤行，大燕国的前途令人担忧哇！"

吴王慕容垂仰望夜空，手指天上："但愿我们大燕国的万里江山，不要像这颗划过的流星啊！"

二人沉思良久，伤感至极。

次年春天，迁都邺城的燕国皇帝慕容俊，听说东晋大将军桓温在讨伐羌人姚襄时身受箭伤，目前正在疗养，而关中地区秦国则刚刚发生了内乱，苻雄之子苻坚杀死苻生，自立为帝，朝中人心未稳，无暇旁顾，正是自己南图西进、夺取天下的大好时机，于是亲自制定了一个先灭秦国，再打东晋的五年规划，在朝堂上征求大臣们的意见。群臣见慕容俊语气坚定，咄咄逼人，谁也不敢轻易反对。

侍中、大将军、太原王慕容恪委婉地说："桓温虽然中箭受伤，但不影响带兵打仗，而且东晋有长江天险，军力也十分强大，贸然进攻恐不易得手；秦国虽然发生内乱，但那属于诛奸除暴、拨乱反正，苻坚比苻生更有韬略、更得人心。这两家目前都君正臣和，打谁我们都没有必胜的把握，如果两家联起手来，那我们就很危险了。因此进兵之事，尚需从长计议，只是我们要时刻注意观察动态，到时候把握住良机便是。"

太尉封奕和尚书左仆射皇甫真等多数大臣，也都同意慕容恪的看法，认为目前时机不够成熟，还是稳妥一些才好。别的大臣们虽然没有吱声，但也无人表示赞成。按理说这件事情，到此时应该撂下来了吧？但慕容俊却不是这样想，他认为如今自己是皇帝了，说话应该一言九鼎，这几年进军中原战果赫赫，不都是在自己的决策下取得的吗？这也不正好说明，自己才是高瞻远瞩、英明伟大的吗？秦始皇兼并六国，晋武帝统一东吴，不都是个人决定的吗？何况自己已经深思熟虑了，因此他决定不听众人的意见，他要趁自己年富力强，完成统一大业，建立一个独霸天下的大燕帝国，做一个统一万方的威名赫赫的君主，他要实现自己的梦想。

为达此目标，他提出在全国大量征兵，三丁抽二，五丁抽三，一定要凑够一百五十万军队，于明年底在邺城誓师，重拳直捣关中，一举消灭秦国。群臣闻之皆不同意，连平时最喜欢溜须拍马的韩恒和张希也感到不妥，一个劲儿地摇头。

慕容恪直言不讳地说："祖母和父王都曾说过，兵在精而不在多，将在谋而不在勇。我们这几年夺取中原，也无非常用五六万人马。军队一多，粮草太重，百姓必负担不起，由此必造成全国恐慌、人心浮动，那后果将会不堪设想！"

慕容俊听后生气地说："这么多年来我提啥事，你就没有赞成过！这也不行，那也不行，那你说怎样才行？这也顾虑，那也顾虑，什么时候统一天下？哪有现成的好事在等着我们？你们能等，我却不能等了！"遂不听慕容恪和群臣之劝，下诏强令征兵，由张希和韩恒具体承办。

征兵诏令一出，全国民怨沸腾，官员们骂声不绝，百姓们怨声载道，逃往山林荒泽躲避抓兵者日多。韩恒、张希无奈，一方面出重金、给赏钱，一方面施高压、下死令，严令各级官员强行抓兵，一时间搞得各地鸡飞狗跳，乱成一团。

大燕国光寿三年（359）十一月底，被征集的一百多万大军奉命到邺城集结，一时蜂拥而入，人满为患。城里住不下了，只好到城外去住，没有足够的房屋，只好到野地露营，粮食充足时，就吃几顿饱饭，一时供应不上，就得连饿几天。弄得将士们骂不绝口、怨气冲天，不少人吃不饱饭就去抢劫、闹事，甚至去杀人放火，吓得邺城的商家大白天都不敢开门营业。城外的情况更糟，几乎村村都有士兵闹事，夜夜都有大火烧起。由于兵员杂乱，良莠不齐，又缺乏必要的训练，因此将官约束不了士兵，朝廷也管束不了将官，连慕容恪这样的一代名将都无计可施，封奕和张希等人就更束手无策了，整个邺城乱成了一锅粥。

十二月初，皇帝慕容俊下令阅兵。当天清晨北风骤起，彤云密布，鹅毛大雪铺天盖地而来，帅字大旗的旗杆被"嘎巴"一声刮断。皇帝的马车只颠了一下，便轮散轴折，慕容俊只好换马前行。来到校场，见上百万的士兵身着单衣，冻得哆哆嗦嗦，如同困在暴风雪中的一群羔羊。上千名的将军赤裸着上身，唰的一声跪下，请求罢战，哭声震天。气得皇帝慕容俊脸色煞白，大叫一声，口吐鲜血，跌下马来，慌得众人连忙救起，找太医回宫中救治去了。

好半天慕容俊才从昏迷中苏醒过来，虽然仅仅过了两三个时辰，但是他好像换了一个人，往常神采飞扬目光如炬的大燕国皇帝，如今脸色苍白，嘴唇青紫，深陷的眼窝里流露出不安的神色，多皱的面颊中溢满了浑浊的泪水。在亲人和重臣们的一再呼唤中，他渐渐恢复了清醒，喃喃地告诉大家说，他方才做了一个噩梦，是祖母和父王把他召去了，当着先祖乾罗和白翎儿的面，狠狠地斥责了他一通，说他不该刚愎自用、一意孤行，不该不听兄弟们和群臣的规劝，甚至不把祖母的话放在心里，一再迁都，穷兵黩武，伤害了百姓，失去了民心，把父王的嘱托全忘到脑前脖后去了。他说父王越说越气，一怒之下，重打他三百皮鞭，让他悔过自新。他说我现在不仅皮开肉绽，而且心痛欲裂呀！侍女闻言轻轻脱去他的内衣，果见他的前胸膛和后背上血肉模糊，伤痕累累，似有无数道条状的鞭痕，众人皆感到十分惊奇。

封奕见慕容俊已经十分清醒，乘机问道："请示陛下，如今百万大军聚集京城，粮草难以为继，况且天降大雪，饥寒交加，该当如何处治？"

慕容俊有气无力地挥挥手说："都是我不听众卿之言，才有今日之错，散了吧！发些路费，让他们回家吧！"

封奕闻听此言，即刻去军中宣谕圣命，所有后来征集的士兵，全部就地解散回乡种田去了，一场闹剧，就此收场。表面上看事情已经过去了，但是大燕国的威望却已经损失殆尽，在中原地区严重丧失了民心。当时河南、河北一带就有民谣云："燕南飞，中原乱，没房住，无米饭，强拉民夫去作战，老天震怒一哄散！"此话不知怎的，竟然很快传入皇宫，慕容俊闻之越发急火攻心，一病不起。

大燕国光寿四年（360）一月，皇帝慕容俊病势转重，时冷时热，咳嗽不止，常有鲜血吐出，用了数十服汤药也不见效。慕容俊知道自己已经病入膏肓，将不久于人世，乃召亲人和重臣托付后事。慕容俊缓缓地说："父王去世以后，我在位一十二年，秉承父志，挺进中原。要说有功，乃是兄弟同心，诸臣效命，百姓出力，将士流血；要说有过，不听劝告，一意孤行，急于求成，弄巧成拙，皆我一人之错也！如今悔恨交加，酿成痼疾，说也无用了。我死之后，别无遗憾，只是秦晋未灭，大业未成，有负先王重托，心中愧疚至极。"

说到这里，慕容俊喘息了一会儿，以目视太原王慕容恪，一招手说："四弟，你到跟前来。昨夜父王托梦给我，让我把大位传给你，我明白他老人家的意思，是以国家大事为重。希望你牢记父王遗命，吸取为兄之鉴，抓住良机，以成大业，我相信你有能力带领燕国的臣民，完成这一伟大的使命。"话说至此，他的手掌紧紧地抓住慕容恪的左腕，眼中已经浸满了泪水。

太原王慕容恪闻听此言，急忙匍匐在地，叩头不止，哽咽着说："自从父王去世，臣弟始终牢记佛陀真言、折箸之誓，一天也不敢忘怀，唯愿鞠躬尽瘁、死而后已，以报父王重托。所谏之言、所做之事无非为陛下尽忠，岂有他意？太子乃国之储君，继承大位理所当然。陛下相信我有能力当个好皇帝，难道就不相信我有能力辅佐好太子，让太子当个好皇帝吗？您还有什么不放心的吗？"

慕容俊紧紧抓着慕容恪的手腕，眼睛却牢牢盯着慕容垂，有些激愤地说："兄弟之间，就别再装了！你是怎么想的，难道我能不知道吗？父王已经托梦，你们俩谁接都算正常，不然等我刚刚去了，你们就立即改弦更张，那样反而更加不好。五弟，你说是吗？"

慕容俊这番话一箭双雕，既刺激了慕容恪，把他逼到绝路上去了，又侧面敲打了慕容垂，让其不可乱来，真是机关算尽、煞费苦心，让封奕这些大臣听了都心里发毛。

慕容恪急得叩头滴血，指天发誓："父王虽有此心，但臣弟绝无此意。陛下放心地去吧！我必全心全意辅佐太子，若有异志，天诛地灭！"

慕容俊听四弟慕容恪如此说话，才慢慢地出了一口长气。他毕竟有私心哪！尽管父王托梦给他，让他把大位传给四弟或是五弟，但他还是希望自己的儿子当皇帝，这回他可以放心了。于是环视着众人说："五弟、六弟、八弟你们都在，太尉和丞相你们也在，晔儿，你过来，你刚才听见你四叔说的话了吗？你要凡事聆教、事之如父，朝中大事，尽由你四叔做主。你五叔、六叔、八叔和众位大臣，也会真心帮助你的，快过来磕头致谢！"

十二岁的太子慕容晔还是个孩子，听了父皇的话，唯唯诺诺，战战兢兢，咣咣咣咣，给几位叔父和列位重臣磕了一顿响头，然后似很懂事地靠在慕容恪的身边。慕容俊见状，苍白的脸上浮起一丝微笑，然后一阵剧烈咳嗽，一大口鲜血吐出，不一会儿就瞑目而逝。

慕容俊在位十二年，终年四十二岁，遗体被运回龙山，葬在清风岭下，称为

三燕王朝

龙陵，与其祖父慕容廆和父王慕容皝虽未葬在一起，但是距离不远。

太子慕容暐继位为帝，以慕容恪为太宰，慕容评为太傅，阳骛为太保，慕与根为太师，慕容垂为大将军，可足浑氏为太后，封奕、皇甫真等大臣仍官居原职。慕容暐虽然还是个少年，不懂得处理军国大事，但因为有慕容恪、慕容垂和慕容德等几位能干的叔父，再加上封奕和皇甫真等一班重臣悉心相助，大燕国一切极为正常，并未因先皇去世引起骚动。东晋和前秦也曾秘密派人来打探消息，但谁也未敢向燕国用兵。

一日散朝以后，慕容恪邀五弟慕容垂去家中小饮，兄弟俩回顾起随父兄征战二十多年，不禁感慨良多。慕容垂说："如今我大燕国看似风平浪静、政通人和，但我总觉得暗流涌动，前景堪忧哇！"

太原王慕容恪似有同感地点了点头，随后又像漫不经心似的问了一句："五弟指的是什么呢？不妨说来与为兄听听。"

慕容垂一口喝下半碗烈酒，充满忧虑地说："祖父和父王去世之前，皆嘱咐我们要据守龙城，说我们大燕国是梦龙而起，见龙而兴，这两句话可都应验了，那么后边的话呢？想起来就心惊胆战，那位佛陀的警示寓意非凡哪！我们在祥云古洞学艺的时候，黑羽儿师父也再三提醒我们，一定要记住这一点。如今我们已经离开了龙城，可别应了弃龙而衰这句话呀！"

慕容恪听后沉吟着说："你说的意思我也知道，但如今二哥刚刚去世，我们就马上迁都龙城，恐怕不太合时宜呀！不过我的心里也像压着块大石头，哪天找个机会，试探一下皇上再说吧！"

过几日慕容暐请几位重臣去宫中议事，在其他人散去之后，慕容恪似不经意地对慕容暐说："先皇定都邺城，是为方便南图，如今局势有变，动兵暂无可能。我观邺城南临大河，北无依托，没有回旋余地，一旦强敌压境，就有巨大危险。不如我们依遵祖训，回都龙城，这里有我和你五叔、六叔镇守就可以了，不知陛下以为如何？"

慕容暐说："四叔之言，高瞻远瞩，容侄儿考虑一下再说，行吗？"当晚回宫即向太后禀报了，可足浑氏冷笑着说："先皇刚刚去世，他们就要起刺，一旦拥兵在外，谁能控制得了？还有我们孤儿寡母的活命吗？"言语之间，根本不同意回都龙城。

第二天早朝过后，皇帝慕容暐把太后这番话，原封不动地告诉了慕容恪，然后说："别看我母后怎么说，大事还是请四叔拿主意，我听您的。"

慕容恪闻之摇了摇头："天意如此，恐不可违呀！"无可奈何地一阵苦笑。

慕容暐傻傻地站在那里，他感到有些莫名其妙。

第十回　除暴君苻坚登基　用贤才前秦崛起

为了说清后面的故事，现在我们回过头来，交代一下前秦的崛起。

前秦的第一位皇帝苻洪，生于西晋太康六年（285），原姓蒲，略阳临渭（今甘肃省泰安市东南）人，氐族，祖上世世代代都是西戎的酋长。苻洪生在富贵之家，从小就饱读诗书，胸怀大志，不仅反应机敏，头脑灵活，而且弓马娴熟，武艺高超，同时还豁达大度，仗义疏财，因而结交了一大批武林好友，很受当地部族的拥戴。十八岁时，苻洪被他的同族头领蒲光和蒲突等人推为盟主。

东晋大兴元年（318）年底，匈奴人刘曜建立前赵，定都长安，苻洪闻风即率众投靠，被刘曜封为率义侯。十年后，刘曜兵败被石勒所杀，苻洪审时度势，又带着他的人马返回陇山。

陇山虽然地势险要，易守难攻，但也没有给苻洪带来安全感。后赵延熙元年（333），石虎率大军前来攻打上邽（今甘肃省天水市），苻洪心知肚明不是对手，于是前行五十多里，带着两万多户居民和牛马向石虎投降。石虎兵不血刃就得到了陇山一带大片的土地，自然十分高兴，立即封苻洪为冠军将军，让他率部众驻扎长安。

一日苻洪对石虎说："陛下虽已收服陇西，但是把关中豪杰和氐、羌两族的部众仍留在原地，迟早会聚众闹事而成心腹之患，不如让他们远离故地，迁徙到关东来，这样朝廷才会高枕无忧。这件事就交给我来办，氐族人都是我的部曲，他们都听我的话，陛下您就放心好了。"

石虎一听觉得很有道理，于是就采纳了苻洪的建议，下令把陇西的氐、羌两族共十万多户迁到关东，任命苻洪为流民都督，去管理这些外来的居民，由此苻洪乘机掌握了这一地区的军政大权。

后赵皇帝石虎自小从军尚武，十分喜爱武功高超的将才。苻洪来到长安以后，在一次大型武术比赛中一举夺魁，与大将冉闵打成了平手，一时名震邺城，深受宠爱，与当地武林名流的交往逐渐多了起来，威望日益提高。

一日早朝后冉闵对石虎说："我观苻洪气度不凡，心机很深，目光闪烁，必有异志，更兼武功高强，极有勇略，是陇西有名的大漠苍狼，留之恐成后患，不如及早除之！"但石虎非常喜欢苻洪，认为冉闵是因为比武的事而嫉妒他，因此不但没有诛杀，反而更加信任苻洪，令冉闵无可奈何。

东晋永和四年（348）春天，石遵当了后赵皇帝，冉闵再次提出建议要杀掉苻洪，但石遵怕无端加害激起兵变，只是免去了苻洪的流民都督了事。苻洪敏锐地感到在后赵已经山穷水尽，于是转而投向了东晋朝廷，令晋穆帝司马聃大喜过望，立即封苻洪为征北大都督、冀州刺史、广川郡公。没过多久，苻洪感到这些官衔还不过瘾，又自立为大将军、大单于、三秦王。

当时后赵正在内乱，东晋偏安江南，苻洪得以在关东迅速发展。他自恃帐下有十万人马，兵精粮足，实力强大，在中原地区无人能敌。一次在早朝上，他自豪地说："不客气地讲，我带着这十万精兵，又占据着有利地形，可以毫不费力地消灭冉闵、慕容俊和姚襄父子，然后再与东晋一决天下。"但他壮志未酬，就因为小妾与军师麻秋私通，暗中在酒菜里下毒，被其害死。临终之前，他上气不接下气地对儿子苻健说："我之所以迟迟没有入关，是想逐鹿中原，夺取天下，现在被麻秋暗算，美梦已经破灭，你带兄弟们赶快西进关中，那里才是我们的家呀！"说罢气绝身亡。

苻洪虽死，军师麻秋取而代之的美梦也没有成真，他被及时赶来的苻健一刀砍死。苻健承袭了父位，没有忘记父亲的教诲，主动去掉三秦王的头衔，韬光养晦，继续向东晋称臣，以保存自己的实力。

苻健生于西晋建兴四年（316），传说是其母姜氏夜梦黑熊而孕，因而生得极其雄壮，善于骑马射箭，乃是关中地区百步穿杨的一流高手，而且头脑灵活，反应机敏，惯会看风使舵，很受父亲苻洪的喜爱，连后赵皇帝石勒和石虎都很喜欢他。苻健又很有心机，善谋实干，经常为氐族同乡化解急难之事，因此很受氐族百姓的拥戴。

苻健牢记父亲的嘱托，时刻未忘夺取关中，回归故里，作为立身之地。当时京兆人杜洪纠集一帮狐朋狗友占据长安，胡作非为，残害无辜，百姓恨之入骨。苻健决定首先向他开刀，伺机夺取长安。

于是苻健假意让人在枋头（今河南省浚县西南）修建宫廷殿宇，帮助百姓开渠种田，又亲自下去视察农耕，栽树造林，给杜洪那班人造成错觉，以为他要在关东长期驻扎下来。果然杜洪得到眼线的报告，信以为真，完全放松了戒备。

东晋永和七年（351）春，苻健命其侄儿苻菁率主力悄悄在盟津渡河，大军突然出现在潼关以西，令杜洪部下张也措手不及，一战而逃之夭夭。苻菁率大军紧追不舍，兵锋直逼长安。

张也逃跑以后，苻健为了稳住杜洪，又派使者给杜洪送信，说他此番进兵长安，是想拥戴杜洪为帝，共同成就大业。但是杜洪再傻也不信了，亲率大军出城抵抗，可他的酒肉之军不堪一击，一触即溃。这边刚出城不一会儿，那边的百姓就组织起来把城门关了，杜洪的败兵只好逃往山林。苻健在当地人民的欢呼声中进入长安。

军师贾玄硕乘机劝苻健自称大单于、秦王，苻健假意推辞。贾玄硕知道苻健的心思，乃召集当地民间"三老"，代表长安百姓联名劝进，苻健遂假惺惺地说："那就顺应民意吧！"于东晋永和七年（351）秋天，称天王、大单于，年号皇始。次年又嫌天王太低，在太极前殿举行了皇帝登基大典。

苻健称帝以后，有些不知天高地厚，说话办事极其随便，骄横跋扈，趾高气扬，引起许多朝臣不满，有一次还差点丢了性命。原后赵豫州刺史张遇被苻菁俘虏之后，押往长安，因投降被封为司空、殿前将军。张遇的母亲徐娘半老，但是风韵犹存，苻健一见倾心，立即拥入后宫封为昭仪，并且宠幸有加。苻健因之扬扬得意，经常当着群臣的面，戏称张遇说："这是我的儿子。"张遇初听此言时虽觉不快，但也没太在意，后来屡次受辱，便怀恨在心。皇始三年（353）秋天，张遇与中黄门刘贵合谋，在上朝的路上暗杀苻健，虽然没有把他杀死，但张遇的链锤重重地砸在苻健的背上，打得他吐血而逃，从此留下病根，经常咳嗽吐血，到皇始五年（355）年初已是一病不起。

苻健的侄儿苻菁手握兵权，骁勇善战，如今见苻健病重，遂起反心，企图杀掉太子苻生，然后再逼苻健立他为太子，以便继承帝位。他带兵闯进后宫，刚想杀人放火，没承想跟他来的那帮士兵随苻健征战多年，不愿谋反，见了苻健的面马上一哄而散，苻菁反而就擒被杀。苻健除掉苻菁之后，受到强烈刺激，病情越发严重，没过多久就一命呜呼了。

皇始五年（355）夏天，太子苻生继位，改元寿光。苻生继位时年二十二岁，正是兴家立业的大好年华，本应大有作为，但因他从小生就一只独眼，经常受到别人的嘲弄，长大以后又没有受到良好的家教，因此养成了孤僻暴戾的性格，甚至有些心理变态。

在他七岁的时候，有一次祖父苻洪当着许多人的面，开他的玩笑说："我听人

三燕王朝

讲瞎子哭的时候，只流一行泪，这是真的吗？"群臣闻之不明就里，便都跟着顺从说是。苻生听后，立即拔出佩刀，向自己的脸上划去，当时就有一行鲜血流出，苻生愤怒地回应说："这也是一行泪。"吓得众人瞠目结舌。

苻洪大怒，拽过鞭子就去抽他，但苻生毫不示弱，并不躲闪，反而大声地说："我受不惯鞭子，你还是用刀吧！"

苻洪更加气愤地说："你这个孩子怎么能这样！再胡闹下去，我就把你废为奴隶！"

苻生也立即针锋相对地说："我可没有石勒那么好的耐性，谁若是废了我，我就杀了他。"

苻洪闻之心中一震："这孩子早晚是个祸害，不如现在就除掉他！"

侄儿苻雄劝之曰："苻生还是个七岁的孩子，可塑性很强，何必就下此狠手？长大了会好起来的。"

苻生长大以后沉默寡言，但力大如牛，能徒步追赶狂奔的烈马，只身搏斗凶猛的虎豹，刀枪骑射在秦国无人能敌，而且骁勇善战，不惧生死，每次打仗都冲在最前面，在军中威望很高。皇始四年，太子苻苌在与东晋的交战中受伤而死，苻生却一人执战旗冲入敌阵，连续杀死十几员东晋将领，使秦军反败为胜。战后苻健一时高兴，把苻生立为太子。

苻健临终的时候，叮嘱过苻生许多话，但他别的全都忘了，只记得父亲告诉过他："大臣们谁若是不听招呼，就即刻杀了他，免得以后身受其害。"因此在苻生为君以后，就大开杀戒，常常无端杀人，弄得大臣们无所适从。大臣们谁若是违背了他的意愿，认为企图谋反，必杀；谁若是顺从了他的意愿，认为阿谀奉承，不怀好意，也杀。侍卫们武士们应声慢了，杀；妻妾宫女们玩腻了，杀。他的御座旁边放着许多杀人的工具，什么刀、剑、棍、锤、绳、索、石、锥等等应有尽有，甚至连木匠用的锛、凿、斧、锯也成了他杀人的工具。他有时在朝堂上杀了人，还下令把人的面皮剥下来，让众人观看，吓得群臣肝胆欲裂、面如土色。

苻生因为有生理缺陷，非常忌讳"单、独、少、缺、伤、残、毁、偏、无、双"和"不足、不具"等字眼，谁若是不小心说走了嘴，那他的小命也就到头了。有一次苻生得病了，请太医程延给他配药，问要用多少人参。程延连治病带开方忙乎忘了，顺口说出："臣已写明，照单抓吧！"苻生听后勃然大怒，立马下手挖掉了程延的一只眼睛，然后又把他杀掉。

苻生是个变态的酒鬼，天天喝得酩酊大醉。寿光二年（356），有一次在太极前殿大宴群臣，他命尚书令辛劳负责监酒。不一会儿，苻生站起来说："你这个监酒官是怎么当的？咋还有不喝的呢？"辛劳正想回答，被苻生一箭当场射死，吓得

113

群臣趴在那儿一个劲儿猛喝，谁也不敢抬头，一个个烂醉如泥，被抬出大殿，苻生方哈哈大笑。

太史令王鱼见苻生杀气太重，便想以天象有变来提醒他，说："近来帝星周围有客星出现，白光渐强，恐于帝星不利，陛下当谨言慎行，加强修养，闭其陋疾，张其神奕，自然帝星明亮，客星不敢侵也！"苻生笑着问道："客星是什么？"王鱼随口说出："无非是大臣和将军们也！"苻生从容地说："那好办！我若是杀了他们，周围的客星不就没了吗？"于是十几个文武重臣稀里糊涂地又成了刀下之鬼，悔得太史令王鱼险些自杀，吓得许多大臣纷纷告老还乡。

尽管已经杀人如麻，但是苻生还嫌杀得不够多、不够狠，不足以威慑天下，于是亲自下诏，贴出杀人布告，声称："我接受皇天之命，统御万民，为了管理天下，必须除掉一切叛逆，杀个千儿八百的有什么了不起？现在大街上并肩行走的人不是还很多吗？说明我杀得还比较少！今后我还要用各种严刑苛法大肆诛杀，看你们这帮朝臣有什么办法？"

此时奇怪的是，除了人祸之外，天灾也降临人间。大白天的，虎、豹、熊、狼等山林中的猛兽，成群结队地进入长安，在大街上横冲直撞，不吃畜生和战马，专门向人群袭击，不几天就已吃掉一千多人，京城人人恐慌。有朝臣向苻生报告了此事，请求派兵捕获，不想苻生哈哈大笑着说："这有什么大惊小怪的呢？被野兽吃掉的人肯定是作孽了，这是上天的惩罚，不然我也会杀了他的，罪有应得呀！"气得百姓怒火冲天，骂声不绝。

苻生的胡作非为激怒了所有的人，苻雄的儿子苻坚早就想干掉他，已经秘密布下了眼线，只是苦于没有机会。寿光三年（357）六月的一天深夜，苻生喝醉了酒，对一个侍女说："阿法和阿坚兄弟也不可靠，明天我就干掉他们。"说完呼呼进入梦乡。殊不知这个侍女正是苻坚的心腹之人，立即连夜把苻生的话传了出去。苻坚感到事不宜迟，立刻找到兄长苻法，当机立断，迅速带五百名大力士闯入禁宫。守门的侍卫们早已对苻生恨之入骨，不但不加阻拦，反而自动放下武器，充当苻坚他们的向导，把兄弟俩直接领进苻生的居室。苻生当时睡得正香，醉眼蒙眬地问道："什么人进来了？怎么不下跪？不下跪的全部杀掉！"话没说完，就被苻坚手下的壮士们拉到外间，砍头杀掉，时年才二十三岁。

苻生胡作非为，咎由自取，只当了不到两年的皇帝，就身首异处，而他的父亲苻健，也只登基四年，便遇袭因伤致死。苻坚的哥哥苻法明白在这乱世之中，皇帝不好当啊！自己论才能心智，哪方面都不是弟弟的对手，莫不如自己及早退让，免遭杀身之祸。于是他诚恳地对群臣说："吾弟苻坚乃嫡生长子，又兼聪明睿智，雄才大略，仁德慈善，武功高强，智慧和能力胜我十倍，当为秦国之主！"群臣亦有同感，深然其言，于是共同拥戴符坚即皇帝位，尊其母苟氏为皇太后，妻苟氏为皇后，子符宏为太子，同时大赦天下，赈济贫民，一时人心大顺。

符坚即位以后，就有了整顿国家、富国强兵、吞并群雄、一统天下的雄心壮志。但他深知，仅凭他个人的能力和现有臣僚的理政水平，这个愿望是无法实现的，他要不拘一格，重用贤人。他把振兴秦国大业的全部希望，都寄托在谋士王猛的身上了。符坚十分信任和器重王猛，把他倚为管仲、乐毅和孔明、周瑜，二人情同手足，共襄大计，给历史留下千古美谈。

王猛字景略，山东北海剧（今山东省寿光市）人，自幼家贫如洗，父亲早亡，他随病母艰难度日，稍长跟母亲读书认字，以扎笸篱卖簸箕为生。十二岁时遇奇人传授兵书战法，通晓天文、地理和琴棋书画，常以姜子牙和诸葛亮自居，希望能得遇明主建功立业。十八岁时随母迁居灞上，常常以诗文会友，在当地民间名气很大。

东晋永和十年（354）三月，大将桓温率军北伐，一战大胜，在邀请当地"三老"聚会之时，询问该地区有何贤才，可以擢升重用。有一老者当即提出王猛之名，说此人乃盖世之奇才也！桓温急派人携重礼登门邀请，在簸箕摊上才找到他。王猛来到桓温的军营，行色匆匆，一身臭汗，未及与桓温寒暄相见，即匆忙脱去破衣烂衫，边捉虱子边与桓温交谈。二人从政治谈到经济，从天下谈到人生，越谈越融洽，越谈越投机。

王猛一边"嘎嘣、嘎嘣"地嚼虱子，一边纵谈天下大势，有如子牙之论商汤，诸葛之论天下，其雄才大略溢于言表，令桓温佩服得五体投地。两个人交谈了半日，竟忘了吃饭喝酒，酒都温三次了尚未起杯。桓温喜不自禁，诚邀王猛随军晋营，与他共襄大计，夺取天下。但据王猛后来所说，他虽然知道桓温是真心实意，但观其外貌蜂腰鹤背，鹰眼钩鼻，虽为一时之枭雄，绝非旷世之雄主，故而婉言拒之，回乡去了。是真是假，不得而知。

有一次王猛与好友权翼、强汪和徐统等人喝酒，谈到桓温相邀之事，不禁有些怀才不遇、壮志难酬的惆怅，长叹一声说道："乱世之中，当谋大业，但好友易得，明主难寻哪！"

权翼接过话头说："我闻符坚倒是一个奇才，听说其母苟氏嫁给符雄时，五年不育，是符雄带着她春游漳水，祭拜西门豹祠堂，夜梦与神人交合而生，不知是真是假？"

好友徐统乃是三国名儒徐庶的后人，多年来行走江湖，对算命卜卦和抽签看相颇有造诣。他说："民间传说倒未必可信，但我观此人的确相貌不凡，生得身材雄壮，五官奇伟，双手过膝，上身奇长，两眼常放紫光，走路龙行虎步，举止温文大度，说话声如洪钟，确有王者之相也！"

强汪笑道："你说权翼的话未必可信，你说的话又有哪些根据？不过苻坚之人聪明睿智，好学博文，又弓马娴熟，疏财仗义，极愿结交天下英才，这倒是真的，在苻氏家族这一代当势者中，算是一个佼佼者。"

不久王猛经友人介绍，结识了苻坚。两人一见如故，相见恨晚，遂促膝长谈，彻夜不眠，推心置腹，成为挚友，从此王猛便在苻坚的府中留了下来，为其出谋划策。此番当机立断，诛杀苻生，假推真做，登基称帝，都是王猛的主意，王猛因之被苻坚任命为中书侍郎，一跃而成为朝中的高级幕僚。

苻坚称帝以后，向王猛询问富国强兵、统一天下之策。王猛胸有成竹，从容对曰："治豪强而固皇权，励农耕而壮国力，兴儒学而化万民，严军纪而练精兵，和四邻而安边陲，候良机而用奇谋，则天下可图，大业可成也！"

苻坚大喜，对王猛所陈六策赞不绝口，决定全部采纳。但不知他说得明白，干得怎样，于是任命王猛为始平令，想由此验证一下他的实践才能。

始平这个地方，郡治在今陕西省兴平市东南，当时是秦国贵族豪强们的老巢。许多人因为是关东移民时期的旧将，与苻坚的祖父苻洪曾经同朝共事，因而多数被封为特进（爵位同国公），安居故里。这些人自恃劳苦功高，在这里胡作非为，横行乡里，经常在光天化日之下强抢民女，掠夺钱财，当地州县的官员都不敢管，广大百姓更是敢怒而不敢言。

王猛刚刚到始平上任，屁股还没有坐热，就得到报告了，说有一豪强子弟当街强抢民女，并将其父母双双杀死，同时放火烧毁了人家的房屋，周边百姓气愤至极，听说朝廷新派了个官员来，便到衙门告状。王猛闻听立即下令，把那个豪强恶少五花大绑抓到郡衙，赏其三百皮鞭，将其活活抽死，并把他的脑袋割下来当街示众。

那个豪强恶少的父亲闻听此事，真如五雷轰顶，气得怒火冲天，连夜纠集了十几个豪强恶霸，一起联名把王猛告到了京城长安。主管刑律的尚书令高翼收了豪强们的银子，不问青红皂白，就把王猛抓来投进了大牢。

苻坚闻讯到长安大牢去探望王猛，责怪他说："君只知惩恶执法，却不懂随机权变，如今擅杀贵族子弟，已经激起众怨，让我如何处治？岂不为难？"

王猛闻之正色对曰："那恶少当街杀人，死有余辜，微臣执法诛恶，何为擅杀？陛下之言不妥！臣闻疗痼疾须用猛药，治乱世当用重典。苻生当政这几年，豪强们都狂到什么程度了？！他们占有大量的奴隶和田产，偷逃国家的赋税，又纷纷拥兵自重，划地为治，根本不把地方官员放在眼里，有时甚至对朝廷的诏令都不在话下，如不加以严惩狠治，朝廷的法度何在？皇帝的权威何在？国家岂能富强，社会怎会安定？老百姓怎能够安居乐业？说不上哪天他们一闹事，大秦国的江山社稷就丢掉了！陛下如果想创大业、谋天下，那就要痛下决心，除恶务尽，毫不留情！如果想保皇位，求平安，当个和事佬，那就不要得罪豪强恶霸，把我押赴市曹，斩首示众好了！"

符坚听罢恍然大悟，乃亲给王猛除枷去锁，并深施一礼，愧疚地说："是我错怪你了。你的话让我茅塞顿开，就按照你说的意思办。"随即解下佩剑，赠予王猛，作为尚方宝剑，嘱其代朕执法，令其放胆而为，随机处置，必要时可以先斩后奏。

氐族元老、特进樊世出身豪强世家，听说王猛铁面无私，专向贵族开刀，便气势汹汹地找上门来，不屑一顾地质问王猛："我们追随先帝出关中，打天下，身经百战，伤痕累累，没有功劳也有苦劳，作威作福、高人一等那也是应该的。你一个白面书生，寸功未立，凭什么向我们下手？你算个什么东西？是不是想找死呀？"

王猛冷笑一声答道："打天下你们是有功，但败天下你们也有过。欺压百姓就要受罚，不遵法度就要严惩，不信你就试试看。"王猛抽动一下尚方宝剑，接着说："你不是追随先帝的忠臣吗？我随时都能让你见先帝去。"

樊世闻言大怒："好小子！你等着，咱们走着瞧！我非把你的脑袋拧下来，挂在长安的城头上，看符坚能把我怎么样？别看他当了皇帝，他也是个后生晚辈呀！当年我跟随他的祖父打天下的时候，他在哪儿啊？"

王猛把樊世的这一番狂言转告给符坚，当时就把符坚气炸肺了："我必须杀了这个老贼，不然就无法治理这个国家了！"

特进樊世自觉德高望重，平日里骄横惯了，今天受了王猛一番奚落，自感一肚子委屈，理直气壮地到符坚那里去告状，没想到王猛也在场，正寻思着如何说话，却听到符坚先开腔了，他好像没有看到樊世进来，转脸对着王猛说："我想把女儿许配给杨璧为妻，你看这个人怎么样？"

未等王猛回答，樊世在一旁听见了即刻暴跳如雷："杨璧和我女儿早有了婚约，陛下怎能夺人之美？是不是故意让老臣难堪？"

王猛闻听讥笑他说："普天之下莫非王土，率土之滨莫非王臣，陛下乃是一国之君，想干什么就能干什么，难道还要问你吗？你这个老家伙贼胆包天，竟敢与陛下分庭抗礼，争什么杨璧做女婿，你还把皇帝放在眼里吗？"

樊世恼羞成怒，破口大骂，伸拳去打王猛，没有打着，顺手取下案上花瓶，向王猛砸去，那只珍贵的白玉花瓶顷刻间摔得粉碎。

"放肆！你活够了吗！"符坚大喝一声，令武士将樊世推出去斩首。

特进樊世被杀，豪强们兔死狐悲，群情激愤，聚在一起到太极前殿大哭，要求诛杀王猛，报仇雪恨，被苻坚一顿臭骂，多数人不敢作声了。有个别的还在吵嚷，被武士们一顿皮鞭，抽得皮开肉绽，抱头鼠窜，再也不敢来了。

豪强恶霸们公开斗不过王猛，就在背地里散布谣言，败坏王猛的声誉。有的说王猛是属狗的，咬人专看主人的眼色；有的说王猛是没有牙的婆娘，吃柿子专拣软的捏，人家国舅强德在长安街上欺男霸女，横行泰来，根本无人敢管，云云。王猛听在耳里，记在心上，了解到这个强德还真是个硬碴儿，他是先帝苻健的小舅子，当今皇帝的亲舅舅，多年来为非作歹，民愤极大，百姓敢怒而不敢言。王猛毫不犹豫，即刻派兵将其擒获，在长安街上砍头示众，同时与邓羌等人趁热打铁，在京城连杀二十多个作恶多端的豪强，让长安歪风骤转，民心大快，百姓一片叫好之声。

打击豪强恶霸的胜利，让秦国的朝野上下为之一振。王猛趁机建议苻坚，在全国排查户口，清点人数，把贵族豪强们多年侵占的荫户和奴隶解放出来，收回他们多占的土地，实行按人口和耕牛平均分配，并兴修水利、治理荒山、扶危济困、奖励农耕。国家实行的这些有力措施，极大地推动了农业生产的发展，使朝廷的赋税收入大幅度增加。

前秦甘露四年（362），苻坚亲下诏令在全国办学兴教，由国家和各级官府分级管理，朝廷要办好一所太学和三所书院，各地也都要因地设校，聘请有名望的儒学大师任教，同时鼓励私人办学。在京城长安兴办的太学和两所书院，学生加在一起有五千多人。苻坚自己博学多才，经常到太学给学生讲课，与学生面对面地交流，对于成绩优异、才能出众的学生，直接提拔重用。对于成绩稍差、表现一般的学生，则鼓励他们发奋学习，继续努力。一时青年学子蓬勃向上、效命国家成为一种潮流。侍郎王寔感叹地说："朝廷此举高瞻远瞩，颇有尧舜之德、孔孟懿风，大秦国当兴啊！"

在打击豪强、发展经济、兴学办教的同时，王猛还亲自帮助苻坚，训练出了一支能打硬仗的军队。大燕国的慕容恪讲究以仁治军、以巧治军，吴王慕容垂提倡以德带兵、以义服众，东晋大将军桓温主张上下一统、互相制约。而同为一代名将，王猛则力主以严治军、以律制胜，强调士兵对将帅必须绝对服从，对百姓必须秋毫无犯，奸人妻女者斩其头，盗人财物者断其手，战时不用命、不听令者处以腰斩并悬尸乡里，有立功者必奖赏同时通知家人和乡邻。我们通过一个很小的例子，可以看出王猛治军的严厉。

有一次他率军在渭水的河滩上演练，队伍在行进到河边的时候没有喊停步，再往前走就是很深的水了，随时有被淹死的危险。但大多数将士都昂首阔步，毫不迟疑地继续前进，只有一个将官稍微犹豫了一下，影响了他所带的这一支队伍。王猛立即下令将其处死，并昭示全军。从此秦国的军队号令如山，军纪严明，战斗力大大增强。

符坚从前秦寿光三年（357）即皇帝位，十年间没有打仗，内修德政，外和诸邻，取得了很好的舆论效果。由于他不时以关中特产和美女向邻国示好，赢得了各国普遍的尊重，连一向对前秦怀有敌对情绪的东晋朝廷，都十分满意。晋哀帝司马丕曾赞扬符坚说："这个胡儿比他的父兄都懂事哟！"但大将军桓温却十分忧心。

由于符坚听信王猛之言，实行友好的睦邻政策，令许多部族慕名来投，如匈奴左贤王卫辰，乌桓部"大人"独孤淳和西部鲜卑族首领没奕干等，都相继投入前秦的怀抱，连隔山跨水的高句丽和扶余国也主动派使者与之往来。一时八方仰慕，好评如潮，国力日盛，威望日隆。大燕国太宰慕容恪叹之曰："符坚得王猛辅佐，如猛虎陡生双翼，夺取天下的日子恐怕不远了！"吴王慕容垂也对秦国的韬光养晦、励精图治十分忧虑，提醒将士们密切注视动态，时刻做好迎战的准备。

第十一回　尽忠心玄恭辅政　设奇谋道业建功

且说大燕国皇帝慕容俊去世以后，太原王慕容恪谨遵兄长遗命，担当起辅政的重任，扶持年幼的侄儿慕容暐，内施德政，外御强敌，对稳定大燕国的政局发挥了至关重要的作用。他主要帮助慕容暐摆平了三件大事：

一是除内奸稳定朝野。慕容暐继位以后，封慕容恪为太宰，慕容评为太傅，慕与根为太师。慕与根自以为年高德劭，跟随前两任燕王征战多年，立下了许多大功，如今竟位列他们二人之下，心中极不服气，于是便想乘机鼓动叛乱，实现个人野心。

慕与根先请慕容恪喝酒，两人畅谈天下大势，开始时极为投机。酒席间慕与根极力吹捧慕容恪，说恪乃当世英雄，诸葛在世，理应建奇功，立伟业，名垂青史，又举出曹操和司马懿的例子，劝慕容恪顺应民心，废掉慕容暐，杀掉皇太后，然后临朝称帝。这样，外有吴王慕容垂为帅，内有他慕与根为相，则大燕必大兴，天下可得矣。

慕容恪看穿了慕与根的用意，乃意味深长地说："我宁愿做伊尹、霍光，也绝不当曹操和司马懿。今天你请我喝酒，就当你说的是一番酒话，否则你可是死罪呀！"慕容恪严厉斥责了慕与根的一派胡言，令慕与根感到十分难堪，于是由怨生恨，转而想置慕容恪于死地。

慕与根知道皇太后可足浑氏耳根子很软，喜欢听闲话，又与慕容恪和慕容垂兄弟历来不睦，因此拉拢慕容恪不成，就想一不做二不休，借助皇太后的手除掉慕容恪。于是他跑到可足浑氏那里，摇唇鼓舌，无中生有，诬告慕容恪有谋反之心，喝酒时曾想拉他入伙，废掉当今皇帝，除掉皇太后，然后自己坐天下云云。

说得可足浑氏信以为真，急召皇帝慕容暐商议，让他速下圣旨，派慕与根率兵诛杀慕容恪、慕容垂兄弟二人。

慕容暐年龄虽小，但对这件事看得却很明白，他说："二公都是先帝最器重的人，他们绝对不会谋反，想闹事的一定是慕与根。试想如果太宰想当皇帝，父皇临终的时候他就当了，怎么能轮得到我？就是现在他想为帝，咱们大燕国又谁能拦得住他？我们娘儿俩又能奈何？"遂不信慕与根之惑，乃召慕容恪入宫，把慕与根的话都转告给他。慕容恪勃然大怒，把慕与根请他喝酒企图谋反之事和盘托出。慕容暐亦怒不可遏，即刻下令诛杀慕与根，派皇甫真和付训带兵，将慕与根及其家属几十人全部擒获，按律当诛尽全家，后经慕容恪谏议，只杀掉慕与根一人，其余全部赦免。慕与根搬起石头反砸了自己的脚，给后人留下笑柄。

二是拒外敌稳定边疆。大燕国建熙二年（361）二月，据守在野王（今河南省沁阳市）的河内太守李固，暗中勾结东晋大将桓温，妄图里应外合，偷袭邺城。李固与邺城守将丁阳是同乡，丁阳因违犯军纪曾被慕容恪重责而心怀不满，遂被李固拉拢，愿意充当内应。东晋朝廷答应事成之后，封二人为王侯，但因桓温忌惮慕容恪之谋，密令二人设计先把慕容恪除掉，然后方可进兵。

丁阳与密友左金吾将军张布商议，决定在慕容恪上早朝之时，预先率人埋伏在必经之路的两侧，然后用乱箭将慕容恪射死。不想密谋之事被丁阳之妻柳桃知晓，柳桃深明大义，不愿意让丈夫干这种伤天害理的事，乃夜缚酒醉的丈夫，到慕容恪府上请罪。

慕容恪问明情况，对柳桃大加赞赏，决定将计就计，让丁阳继续与李固联系，对李固假称偷袭得手，诱其兵发邺城，慕容恪则在半路设下伏兵，将李固生擒活捉，并俘获其全部人马。然后又封锁消息，让李固修书给桓温，引诱其出兵三万来到野王之南，被慕容恪引五万铁骑围住，死伤惨重而归。慕容恪没有追究李固的罪过，建议慕容暐仍封他为豫州刺史，命他继续镇守野王。从此，李固真心实意为朝廷效力，不久在攻打洛阳的战斗中中箭而死。

大燕国建熙五年（364）四月，东晋大将桓温灭燕之心不死，又带兵五万出汝南，过许昌，大举进攻燕国。慕容恪闻讯之后，与吴王慕容垂一起，率五万铁骑，针锋相对，与桓温历大小二十余战，最后在悬瓠（今河南省汝南县）打败晋军主力，射杀桓温部下先锋徐泰，陆续攻破了许昌、汝南周围十几座县城，把两万多居民迁往冀州地区。

次年二月，慕容恪又与慕容垂一起，击败了在河南边境骚扰的晋军，一举攻占了洛阳，控制了崤山、渑池一线，并派重兵镇守，使晋军不敢再来进犯。

三是救灾民稳定社稷。大燕国建熙七年（366），邺城地区先旱后涝，灾情严重，不少百姓流离失所，饥寒交迫。慕容恪多次巡视州县，了解民情，奏请朝廷开仓放粮，赈济灾民，开设粥棚，资助孤老，共在全国放出粮食十几万石，开设粥棚一百多处，极大地缓解了灾害给百姓带来的疾苦。慕容恪又率先垂范，率领妻子儿女去看望灾民，送去粮食和衣物，由此带动各级官员很快掀起了捐赠的热潮，一时传为佳话。同时，他还组织将士们疏河治涝，帮助百姓们修建房屋，促进了生产的恢复和经济的发展。

终日的劳累和满腔的忧虑，严重地损害了慕容恪的健康，使他在灾情结束之后不久就病倒了。还是在先帝慕容俊刚刚去世的时候，黑羽儿师太就把慕容恪和慕容垂召去，责备他聪明一世，糊涂一时，只知个人名节在先，不以天下苍生为重，只想尽愚忠，不懂惜万民，指出既然父王已有明示，就该当仁不让，如今赚得仁义满堂，却已损害了万里江山，说他尽愚忠而丢天下，是真愚也！能继大位而惠万民，是真忠也！慕容恪这才恍然大悟，茅塞顿开，但事已至此，悔之何及？从此内心焦虑，抑郁成疾。在朝堂之上，虽然皇帝对他言听计从，但在后宫之内，太后却对他处处掣肘。让他壮志难酬，进退两难，大事难办，有苦难言，食不甘味，夜不能眠，身体日渐消瘦。此番救灾之时，见百姓饿殍遍地，苦不堪言，引发忧虑之情，故而旧病复发。

次年五月，慕容恪病势沉重，临终之前，皇帝慕容暐去看望他，问他有什么话要嘱咐。慕容恪上气不接下气地说：“我死后有两件大事，你必须牢记：一是必须回都龙城，邺城这里派人镇守即可；二是必须重用吴王，五弟才能胜我多倍。这两件事都办好，天下咸亨，大业可成；丢掉一件，危险到来；两件俱失，大燕国灭亡矣！”慕容暐泣之曰：“侄儿记下了。”待慕容暐走出去之后，慕容恪紧紧拉住五弟慕容垂的手说：“为兄与你从小学艺，追随父兄征战一生，风雨同舟，情意甚笃，两心相印，不分彼此。我去之后，恐生风雨，望贤弟好自为之，一定要以天下苍生为重，别再重犯愚兄的错误了。吾子绍儿，身体孱弱，虽聪明正直，但是不谙世事，还望五弟费心照料。”言罢喘气不迭，瞑目而逝，终年四十五岁。

噩耗传出，九州震撼。大燕国百姓自动举哀，全军将士为之挂孝，出殡之日，十几万军民一路送行。东晋大将桓温、前秦国军师王猛和高句丽、扶余等国均派特使前来吊唁。慕容恪乃是一代名将，是鲜卑民族的人中之龙，是关东千百万男子汉心中的偶像，北方各族人民都在以不同的方式、最隆重的礼节来祭奠他、怀念他。

慕容恪去世以后，前秦皇帝苻坚认为伐燕的良机已经到来，急欲兵发燕国，统一北方。军师王猛谓之曰：“陛下暂不必动兵，良机即将到来，统一北方的时日不会太远了。我观近年来东晋与燕国常有摩擦，此番慕容恪一死，东晋桓温必有动作。我们暂且坐而观之，待二虎相争之时，再寻可乘之机，择而击之，则其利可图，大业可成矣！"苻坚恍然大悟，遂从王猛之计，只派使者前去送礼问候，重申两家修好之意。

慕容恪一死，桓温去了一块心头大病。这么多年来，他受够了慕容恪的气，早就憋着一腔怒火，现今大燕国栋梁已折，北伐的良机已经到来，这次不仅要夺回被占的土地，还要把鲜卑人撵过长城去。经过一番周密的准备，于东晋太和四年（369）四月，率十万大军北上伐燕。出兵之前，他先给前秦皇帝苻坚写了一封信，说明此次进兵的目的，一不想消灭燕国，二不想夺取中原，只想收回被燕国侵占的许昌和洛阳等地，请秦国不必担心。苻坚这边也顺水推舟，给桓温回了一封信，说大将军只管随心所欲，攻城略地，秦国不会乘人之危，也不会夺人所爱，祝愿大将军旗开得胜、马到成功！王猛大笑之曰："桓温枉自聪明一世，此种做法愚蠢至极。慕容恪虽然去世，但他的雄兵猛将还在，何况吴王慕容垂绝非等闲之辈，陛下就等着看热闹吧！"

当年六月，桓温率水陆大军十万到达山东金乡，因天气干旱水位较低，难以通过水路运送军粮。桓温命令冠军将军毛福生率军开通巨野泽三百里，引汶河之水连接清水河，桓温再率水军由清水河进入黄河。出师之时，舳舻百里，旌旗蔽天，军容极盛，志在必得也。

参军郗超随桓温征战多年，熟知战法，素有谋略，担忧地对桓温说："从清水河入黄河，眼下几个月内通过没有问题，但如果大军速战不胜，渐至秋冬，到时候水少涩滞，船不能行，那么运粮就困难了。如果燕军与我们虚与周旋，避而不战，或往后拖延时间，粮食运输又不畅通，我们长驱直入的十万大军，就很危险了！不知大将军有没有想到这一层？"

桓温闻之，觉得有理，便问郗超有何妙计。郗超似很沉着地说："现有急缓两策，可任选其一：一为大军沿途不战，直扑邺城，与燕国决一雌雄，但求速胜，那是最好。二为今年暂且备而不打，只屯运粮草于河济之间，待明年准备充分的时候，再出兵作战，既可向北伐燕，也可向西伐秦，主动权操在我们自己手里，则胜算更大矣！"

桓温摇摇头说："你这两计皆不可行。一是直逼邺城太过冒险，急切之间难以取胜，若一旦被燕军缠住，那就可能抽不出身来，甚至连撤退都退不出来，到时候前秦再趁火打劫，抄咱们的后路，则我大晋朝危矣！积粮待时是个良策，但时间拖得太久，谁知道一年中会发生什么变化？眼下燕帅新丧，军无斗志，当是收复失地的大好时机，绝不应该错过！"遂不采纳郗超之策，仍坚持按原定方略，进兵枋头（今河南省浚县西南），徐图进取，摆出一副必须决战的架势。

东晋大军抵达枋头，兵锋直逼邺城，令大燕国皇帝慕容暐惊恐万状，急召群臣商议对策，没想到话音刚落，下边便吵吵嚷嚷，议论纷纷，你说我抢，争议不休，简直就乱成了一锅粥。

以太傅慕容评为首的一班新贵，认为敌强我弱，战则必败，不如让皇帝和太后避归龙城，派使者与东晋谈判，估计若是让出洛阳和许昌等地，东晋或许能够退兵，这样燕国的大局也算保住了。

以封奕和皇甫真为首的一群老臣，主张联秦抗晋，派使臣与苻坚约定，让他们在西南侧击晋军，而我军则诱敌深入，像当年燕王慕容皝打败石虎那样，把晋军引入太行山或长城一线，以地形之利寻机歼之，则社稷可保、晋军可破也。

范阳王慕容德认为两种意见都欠妥当，他提醒皇帝慕容暐说："四哥虽已去世，五哥尚在前方，何不请他回来拿个主意？"

皇帝慕容暐如梦方醒，急派人去前线军中传旨，请吴王慕容垂回朝议事。

慕容垂风尘仆仆地赶回邺城，对皇帝和大臣们说："迁都龙城是必须的，但此时却是不可行的，如果朝廷一撤，皇帝一走，势必人心撼动，军心动摇，则大燕国危矣！联秦抗晋意见也对，但恐怕只是画饼充饥，一厢情愿，氐族人只会隔岸观火，坐收渔利，谁能给你真卖力气？大敌当前，其志宜坚，不能指望外援，只能依靠自己。我观晋军虽貌似强大，气势汹汹，但大军长驱直入，粮草运输困难，必欲与我军速战。我军则利用地形熟悉与之周旋，拖延时间，避其锐气，乏其斗志，慢其军心，然后寻找机会，断其粮道，则晋军必慌，桓温必败矣！况我军多年来训练有素，战无不胜，攻无不克，此番保卫自家国土，必然士气高涨，斗志昂扬，何惧东晋南蛮之兵？待我打他一仗，揍他一回，陛下与诸臣供应好粮草便是。"

满朝文武听了吴王慕容垂的分析，有根有据，头头是道，不禁十分佩服，纷纷赞不绝口，甚至连主降派的大臣们也打起了精神。皇帝慕容暐方转忧为喜，呼出了一口长气，任命吴王慕容垂为南讨大都督、大元帅，领兵五万拒敌，范阳王慕容德为副帅，领兵两万负责督运粮草，并相机进行策应。

吴王慕容垂和范阳王慕容德经过认真细致地分析，决定拖住晋军主力，然后断其粮道，先挫其必胜的锐气，然后再乱其阵脚，击溃其中一部，迫其无奈退兵，于是做出如下具体部署：

由吴王长子慕容令领军一万，增援石门（汴口，在江西省瑞金市），死死卡住这个战略要地，使晋军无法通过汴口把黄河之水引进涴荡渠，令淮泗水路不能相连，一为阻其运送粮草，二为断其水军退路；

由吴王次子慕容宝和三子慕容农各领一万人马，迅速占据枋头东西两侧山林隘口，多准备滚木礌石、树枝柴草等物，准备伏击晋军，并让其各虚插旌旗一万面，虚张声势，迷惑桓温，使其轻易不敢从两侧迂回到燕军后面，避免造成被夹击之势；

由吴王慕容垂自领两万人马，作为燕军主力，在枋头以北二十里外安营扎寨，命令部下多扎营帐，遍插旌旗，摆出一副拥有十万大军的架势。在大营的北面，派出两名牙将带两千匹战马，拖着树枝树叶往来驰奔，弄得浓烟漫漫，飞尘蔽天，让晋军摸不清对面到底有多少人马；

由范阳王慕容德领一万人马，在主力后面二十里外扎营，打着黄罗伞盖和御用的龙旗，摆出一副大燕国皇帝御驾亲征的样子，表明要举全国之力与晋军决一死战；

在与晋军接触的正面，吴王慕容垂命将士们挖了许多陷马坑和擒兽阱，摆上了十几道坚固的鹿寨和木栅栏，堆放了不少荆棘和柴草等物，以阻滞和延缓晋军北进的速度。

且说桓温兵进枋头以后，为了慎重起见，他没下令立即贸然进攻，而是马上派出三路人马，完善他的部署。

一路是命令豫州刺史袁真率部进驻谯（今安徽省亳州市）、梁（今河南省商丘市南）一线，夺取荥阳（在河南省），打开石门（汴口），把黄河之水引进滆荡渠，再由滆荡渠下注汴渠，沟通淮泗水运，一为便利运送粮草，二为水军准备退路；

另一路是委派大将彭泰引兵五千，去枋头两侧山林之中侦察地形，看能否出奇兵从两侧绕到燕军身后，实行前后夹击，或直扑邺城，令对方主力不战自退；

再一路是派出几十名伶俐小校，换上百姓服装，化装成当地人的模样，混入北去的人流之中，到燕军的背后和邺城一带探听虚实，以便知己知彼，防止陷入盲目状态。

三路人马皆匆匆衔命而去。

吴王慕容垂率大军进至枋头，距晋军二十里外下寨之后，一方面加紧修筑防御工事，一方面暗中调配人马，观察晋军动态，并不主动向前方迎敌。那位东晋大将桓温因为迟迟没有等到三路人马的回音，因此北进的行动也十分谨慎，再加上燕军布下许多陷马坑和障碍物，清除起来不仅费时费力，还使他损失了上千的人马，弄得他十分生气。等到那几十名北去的小校可回信了，说大燕国皇帝御驾亲征，同仇敌忾，军马绵延行进有四十多里，看样子至少有二十万人马，这时已经耽误有十多天的时间了。及至赶到燕军对面，慕容垂又下令免战牌高挂，一连七天，并不开战。

东晋大将桓温派数名士兵叫骂，命骑兵数次冲击，都因为燕军严阵以待，毫无进展，他于无奈之中，甚至拿出了当年诸葛亮对付司马懿的办法，亲自写了一封书信，送上一身女人的衣服，但仍然没有效果，急得他和晋军将士们心神发乱，坐立不安，一连十几天又过去了。

吴王慕容垂得到长子慕容令和次子慕容宝等人的消息，知道火候已到，于是给桓温回信一封，约定明日开战。

次日清晨，两军对阵，桓温骑着高头大马，手执马鞭，在数百名大将的簇拥之下，比比画画，威风凛凛，颇有点大国名将的风采。他伫立于帅旗之旁，放眼向北边望去，只见燕军营垒的前面，队列整齐，旗幡招展，刀枪林立，铠甲鲜明，一排排鲜卑健儿如狼似虎；再向后边看去，不远处烟尘漫漫，营帐相连，人马如潮，旌旗蔽天，一座座大营之中，若藏万种杀机，看样子至少有十几万大军。最前排中间的一杆帅字大旗之下，上百名战将如众星捧月，衬托出一员大将。只见他戴银盔，披银甲，穿绿袍，骑红马，右手持一杆丈八长矛，左胯悬一根竹节钢鞭，面如重枣，目似朗星，五绺长髯随风飘荡，身如古柏，臂似老藤，胸前宝镜闪闪发光，真如关王再世、天神下凡，正是吴王慕容垂。

桓温见了不由得暗暗喝彩："怪不得大燕国兵强马壮，所向披靡，原来有这等英雄人物！"于是纵马向前，深施一礼："桓温见过吴王殿下！久闻大名，如雷贯耳，今日一见，三生有幸！殿下真当世之英雄也！以吴王这等盖世奇才，如今却屈居慕容暐小儿之下，未免委屈之至，抱憾至极！不如随我共助天朝，以成大业，功昭日月，名垂青史，不知意下如何？"

吴王慕容垂见晋军队伍看似随意松散，但却伸缩有致，暗藏阵法，对面的将士们虽非人高马大，但却个个神采飞扬，气势不凡，不免暗暗佩服桓温的治军才能，于是也趋前一步朗声答道："大将军骁勇善战，名冠中华，几番北伐均战果累累，这一次当不是为劝降而来的吧？"

桓温笑道："吴王明知故问，何须老兄多言？几年来你们鲜卑人攻州打县，占去我天朝多少土地？掳去我中原多少平民？抢去我国家多少财产？杀害我多少无辜的百姓？竟然还在这里装模作样，假冒斯文？今日天兵到此，利刃高悬，还是请你们交还城池，让出土地，回到你们的老家去吧！免遭灭国之殃、杀身之祸，如何？"

吴王慕容垂从容对曰："天下国土，本属万民，非为哪一家所专有，历来应由有德者居之，有义者治之，方天地和谐，众生欢畅。试问桓大将军，你们晋朝的土地是从哪里来的？那种卑劣的手段还用我说吗？骗来了天下又干了些什么？把一个神圣的古国乱成了一锅粥，不害臊吗？阴狠毒辣，残害良善，无端生战，祸国殃民，天下的坏事都让你们干绝了，还敢到这里来大言不惭，还知道人间有羞耻二字吗？"

桓温听了并不生气，仍然不温不火地说："你我各为其主，当然看法不同，也是常理。我敬吴王仁义武勇，乃关王再世，天下英雄，难道真的心中无数，没有自知之明吗？你这一仗如果打输了，天兵过后，玉石俱焚，覆巢之下，岂有完卵？殿下何去何从，下场岂不可悲？即或这一仗侥幸打赢了，又能怎样？你那两位孤侄寡嫂，那个小朝廷，针鼻大的心眼，虮子般的胸怀，能容得下你吗？也许功成之日，就是你身败之时。我说的这些话，你相信吗？"

慕容垂听罢仰天大笑："燕雀安知鸿鹄之志哉？溪流怎知大海之胸怀？我为万民而生，当为苍生而战，尔等蝇营狗苟之徒，岂能懂得？来吧！别在这里费话了，谁与我走上几趟？我倒要看看天朝大国，有何精兵良将，敢来我大燕国撒野？"

慕容垂话音未落，晋营中一将飞出，舞大刀直向慕容垂扑来。吴王第三子慕容隆急欲上前迎敌，被慕容垂拦住，范阳王慕容德也说："不劳五哥动手，待我擒他！"

慕容垂轻轻一笑，从容地说："不用了！举手之劳也！"

桓温视之，出阵之将乃是晋军骁骑校尉蒋龙，此人以一口三尖两刃大刀名震江南，桓温前两次北伐，进攻前秦之时，蒋龙曾一人斩杀七将，从而为西征立下大功，因此今日又首先飞出，桓温默默点头赞许。

吴王慕容垂对蒋龙来袭，仿佛视而不见，立马持枪，纹丝不动，待蒋龙离他不到十丈之远，姿势已经无法改变的时候，手一扬，一颗龙山飞石应声而出，带着强大的功力，"啪"的一声，打在蒋龙的护心宝镜之上，蒋龙立刻仰面朝天，扑通一声摔下马来，那把大刀带着风声飞出很远，扎在草地之上，坐下那匹宝马良驹，咳咳地叫着，一阵撒欢儿狂奔半圈，又踅回到主人的身边。蒋龙口吐鲜血，看来伤得不轻。

慕容垂捋髯微笑，并未动手杀人，十几个晋军士兵一拥而上，把蒋龙救回本阵去了。

桓温见了拊掌大笑："都说是吴王义比云长，宽厚武勇，今日一见，方知纯属谬传，差之千里。未及交锋就用暗器，令人可笑之至。何不走上几趟，再让我看看您的枪法？"

言罢一招手，身后一将纵马飞出，乃殿前将军、淮南侯、河北正定人赵常是也。此人一身银甲，一袭白袍，一匹白马，一杆银枪，人称子龙再世，江南无敌，是东晋有名的战将、用枪的好手，传说冉闵和苻洪都曾经败在他的枪下。

慕容垂一听笑了："大将军既然想看看我的枪法，那在下就献丑了！不过我不太会使枪，哪些地方不对了，还请大将军不吝赐教！"说罢纵马向前，挺起丈八长矛，面对赵常站定，并不伸手。

那赵常纵马舞枪，风驰电掣，转眼已到眼前，那杆长枪带着风声，闪着寒光，眼瞅着奔慕容垂的咽喉扎来。慕容垂本能地用长矛去拨打，不料想那杆银枪忽地又转位下移，向慕容垂的小腹刺去。慕容垂急忙侧身躲过，一瞬间那杆枪又变作一根大棒横扫过来，眨眼的工夫一变三招，真是令人防不胜防，神鬼难测呀！慕容垂一个急中生智，"唰"的一下镫里藏身，二马相交，错身躲过，但他已惊出了一身冷汗。

慕容垂见此人枪法诡秘，变化迅疾，不敢怠慢，小心应对，两个人一来一往，战过二十几个回合，仍然不分胜败，不过慕容垂虽然只是招架防守，没有发动进攻，但已从两人的对打之中，摸索出了对方的枪法和套路，于是在又一个回合的迎面之时，他突然抓起长矛，向对方掷去，待赵常伸出银枪拨打长矛之时，慕容垂已马到跟前，吴王慕容垂轻舒猿臂，款扭狼腰，一伸手，抓住赵常的襟甲丝绦，将其生擒活捉，单手举过头顶，"嘿"的一声怒吼，把赵常甩回本阵去了。赵常如同一只扎嘴的口袋，"扑通"一声落在晋阵当中，好在人多接住，没有生命危险。

晋营之中连输二将，桓温虽然仍旧不动声色，但已心中不悦，不知他回头说了几句什么，身后一将持双锤策马而来。此人黑衣黑甲黑战马，人也长得很黑，那两柄大铁锤也是黑的，个头很大，看样子每只至少有二百斤重，简直如天神下凡。

桓温笑着一扬马鞭，对吴王慕容垂说："此人乃江南第一勇士，名唤尉迟黑豹，天生力大无穷，小时叫作黑牛，十六岁时因徒手活捉过两只黑豹，故而扬名四海。吴王如果有兴趣，可敢试试他的神力？"

吴王慕容垂也笑着说道："大将军花样倒挺多，不知道怎么个试法？"

桓温说："凭对阵打斗，他恐怕不是你的对手，但若是比神力，那就不好说了，不知吴王意下如何？再不就换个人？"

燕阵中的将士们一看，这个黑炭头有一丈二尺多高，活像一尊黑铁塔，往那儿一站，就比别人高一半多，那匹他骑在身下的高头大马，倒像一头小毛驴。这家伙看气势力量肯定不小，若是单比这一项，吴王还真有可能不是他的对手，不免一阵阵喊喊喳喳，议论纷纷。

范阳王慕容德担心地说："五哥，打仗靠的是头脑，要的是成败，跟他比什么力气呀？不比！让我去上阵揍他一顿！"

对面的桓温见慕容垂有些迟疑，也笑着说："如果不比，那就算了！反正你们燕国也没有这样的黑脸金刚。不过我听说吴王武功天下无敌，看来也有怯阵的时候哇！也难怪呀！当年的关王爷还有走麦城呢！这一阵算输吧，怎么样？"

"算输吧！算输吧！"晋军中一阵大喊，然后哈哈大笑。

吴王慕容垂也笑了，"大将军何故出言挖苦？不就是比力气吗？这可历来是鲜卑人的长项，你且说怎么比吧！"

那位尉迟黑豹这回说话了："我的铁锤给你拿一只，咱俩一人一个，我们各打对方三锤，如果锤锤都能接稳，算是平手，谁若是接不住，或者跌下马来，那就算输，锤扔地下了也算输，怎么样，敢比吗？"

吴王慕容垂说："我明白了，那好！你先来吧！"说完接过一柄铁锤，骑在马上等候。

慕容垂拎着铁锤掂量了两下，觉得这家伙还真的有些分量，这位黑炭头不愧叫作黑豹，还真是有些力气。不过他心里有底，并不在意，暗示尉迟黑豹可以上手了。

尉迟黑豹纵马而来，运足力气，抡圆铁锤，自上而下狠狠地向慕容垂砸来，慕容垂从容举锤相迎，凭空里只听"当"的一声巨响，如同晴天霹雳，又似山崩地裂，震得双方将士头皮发麻，耳根发麻，一个个惊得目瞪口呆。

二马错过，复又转来，转眼间尉迟黑豹连击三锤，吴王慕容垂都平稳接住，而且脸不红气不喘，微笑而立，令晋军将士皆感惊诧，让尉迟黑豹也疑惑万分，他呆呆地看着慕容垂，不相信他有那么大的力气，但这一切分明又是真的。在江南这么多年，尚无人接住过他打的两锤，今天这是怎么了呢？自己也用力了呀！燕军阵中也有许多人疑惑不解，他们不知道慕容垂在少年之时，曾与四哥慕容恪一起，在龙山跟随黑羽儿师太学过八年，练过各种绝技，当然也包括举重和硬气功。慕容垂在十二岁的时候，就曾双手扳住牛角，一连摔倒过三头大犍牛，黑羽儿师太见他力大，教他练过一根二百多斤重的浑铁大棍，后来因为轻功和枪法都练得炉火纯青，不但能够举重若轻，而且能够举轻若重，就改用丈八长矛了。但他的神功却从未荒废，气力并未减弱，殿前那只千斤大鼎，就经常被他轻轻举起。因此，尉迟黑豹这两柄大铁锤，自然不在他的话下了。

轮到慕容垂出手了，他微笑着说："尉迟黑豹，我看你也是厚道之人，一个爽直的汉子，我便不用铁锤击你，我这杆纯铁打造的丈八长矛，也有百八十斤重，你能接住我一枪，就算你赢，怎么样？"

那尉迟黑豹倒也实在，他摇摇头说："那也不公平啊！那你不合算了，我占了便宜了！嘿嘿！"

吴王慕容垂说："这算什么？小事一件，你接着便是了！"说完抡起长矛，以枪做棒，向尉迟黑豹砸去，只听"啪"的一声巨响，正砸在那柄大铁锤的顶部，这在旁观的人看来，倒好像麻秆打巨石，根本没有啥事，可在尉迟黑豹觉得，却如同大山从天而降，遭到了灭顶之灾，他在马上晃了几晃，只感到手心发麻，胸口发闷，一阵阵天旋地转，那柄大锤啪嚓一声扔在地上，一口鲜血噗地喷出，勉强伏在马背上跑回本阵去了。

晋军将士一阵大骇，好半天鸦雀无声。少顷，又有两员大将唰地飞出，舞刀弄枪，直向慕容垂杀来。慕容垂以背对之，佯装不知，待二将飞马离他不到五丈远时，一甩手，一把铁莲子呈扇面飞出，二人猝不及防，立即头破血流滚下马来。

桓温见之大怒，在门旗影里拈弓搭箭，向慕容垂射来。桓温乃武将世家，武艺出众，箭法精绝，百步穿杨，无一不中，而且能力透坚铁，射穿厚盾。他发出的这支箭带着风声，直奔慕容垂的后背穿来，范阳王慕容德急得大喊："五哥，有箭！"燕营的将士们也一阵惊呼。

吴王慕容垂并不慌张，其实他在回手甩出铁莲子之时，就料到有人会在背后暗算他，但没想到会是桓温！堂堂东晋的大将军，竟用如此下三烂的手段，岂不可耻可笑！乃用眼睛余光看准，待箭到时侧身躲过，顺手一绰，抓在手里，复回身一甩，直奔桓温而去。

桓温料想其箭必中，正待准备挥军冲杀，没想到那支箭又飞了回来，一点儿思想准备都没有，这也太快了！吓得他大叫一声，本能地一低头，帅盔上的大红簪缨应声落地。晋军营中一片惊呼，以为主帅中箭受伤，及至看到桓温并未落马，才稍稍放下心来，但仍然心有余悸。

吴王慕容垂转身大笑："大将军不必惊慌，少要害怕！我不会射死你的！不过再有下一次，可就不好说了！你的招数已经用完，还是请回吧！"

桓温虽然久经沙场，临阵不惊，但他实在是气坏了，他再也按捺不住自己的情绪，于是情不自禁地发一声喊："给我冲啊！冲上去！灭了他们！"然后一马当先，率晋军蜂拥而上，一霎时如遮天盖地，排山倒海，势不可当，喊杀声若惊涛骇浪，震耳欲聋。

燕阵中将士们早有准备，只见慕容德一声令下，铁弓营万箭齐发，晋军中冲在前边的一下子倒下一大片，第二拨冲上来，又被飞镖营乱石打回，一个个鼻青脸肿，鬼哭狼嚎。晋军连冲几次，损失惨重，燕营这边仍岿然不动。桓温见对方早有充分准备，再打也是无益，无奈只好鸣金收兵。

当夜，慕容垂命诸将准备偷营。范阳王慕容德劝道："桓温乃天下名将，足智多谋，岂能不做防备？还是小心为上。"

慕容垂轻轻一笑："他料我知道他深谙战法，必不敢前去偷营，我却偏要去偷，打他个出其不意。这就是聪明反被聪明误哇！"

但慕容德还是不放心，仍秘密准备一军，在后面策应。

第一天对阵就连败五将，让桓温心中极为不快，没想到慕容垂如此武勇，阵

三燕王朝

势又如此严密，看来取胜并不容易。正思虑间，豫州刺史袁真派人来报，说已攻下荥阳，但石门由于燕军增兵，吴王长子慕容令亲自镇守，急切之间攻打不下。不一会儿，派去两边山林秘密探路的彭泰回来报告，说通过详细侦察，枋头两侧山林之中，皆有燕军把守，布下滚木礌石无数，树枝柴草更多，山谷中隐隐有不少旌旗出现，山路上常有小股的燕军行走，看样子埋伏有大队人马，从两侧迂回的可能性不大，桓温听后更加忧虑。

参军郗超提醒道："慕容垂不仅英勇善战，而且诡计多端，今晚应防备燕军偷营劫寨。"

桓温笑道："慕容垂知我善于用兵，必做充分准备，因此他不敢冒险前来偷营劫寨。我们今晚只管安心睡觉，明日天明早些进兵，骑兵在前，步兵在后，一齐杀出，我就不信撕不开他的阵脚。只要他们一处乱了，我们便算大功告成！"于是率众将吃饭喝酒，安心睡下。

当夜凌晨以后，晋军除了巡哨人马以外，余者全部睡得正香。忽听得嗖嗖嗖一阵风响，无数支火箭、油枪倾泻而来，顷刻间营地内烧起大火，一霎时烈焰冲天，浓烟漫漫，人喊马嘶，乱成一片。火光中一员大将，绿袍银甲，跃马挺枪，正是吴王慕容垂，身后跟着上万名鲜卑勇士，一个个挥舞大刀，如砍瓜切菜，冲入晋营，吓得晋军的将士们哭爹喊娘，争相逃命。

桓温因为昨晚多喝了两碗酒，睡得正香，等他被喊杀声惊醒，迅速披挂上马，郗超和众将已经围上前来。桓温下令军士放箭，阻敌前进，稳住中军，但由于天黑火大，浓烟四起，将士们被呛得昏头涨脑，四散奔逃，已经无法控制局面。桓温长叹一声，只好率众将向南败退，且战且走，到天亮时已撤出去一百多里。慕容垂追出二十多里后即刻停住，下令不必追赶，迅速打扫战场，回归本阵。范阳王慕容德问其故，慕容垂说："彼虽损失了三成军马，但人数仍是我们的两倍，若追急了，桓温领军做困兽之斗，则我方必损失惨重。何况秦国王猛的军队离此不过三十里了，何必让他收渔人之利？"众将乃服。

且说桓温率军一路撤退，到天亮时清点人马，损失接近三万，军械甲仗丢弃无数，自觉无脸回师江南，如果就这样灰溜溜地撤兵，岂不被他人耻笑？参军郗超劝道："胜败乃兵家常事，大将军何必挂心？现在将士们斗志已无，再战也是无益，何况来日方长，究竟鹿死谁手实难确定。我看慕容垂虽获大胜，未必是件好事，不但他那个朝廷不容他，秦国的王猛也未必放过他呀！我们走着瞧吧！"

桓温正在迟疑，忽有探马来报，说前秦的大军离此不到三十里了，正迅速向我方奔来，气得桓温破口大骂："氐贼可恶至极！专会趁火打劫，早晚收拾他们！"于是下令撤兵，率队徐徐有序地退回江南，此次北伐遂以失败告终。

第十二回　害功臣吴王出走　宠奸相前燕灭亡

枋头大捷的消息传来，令大燕国朝野上下欢欣鼓舞，皇帝慕容暐亦喜不自禁，急率群臣出城十里，迎接吴王慕容垂的凯旋大军。慕容垂命范阳王慕容德镇守枋头，自率五万将士缓缓归来。沿路百姓箪食壶浆，夹道欢迎，不少人喊着慕容垂的名字："道业神勇，关王再世！""吴王辅政，万民之福！"皇帝慕容暐率群臣在大路边等候，百姓并不理会，仍旧簇拥着慕容垂，欢呼不已。慕容垂见状急忙下马，与百姓携手而行，向百姓额首见礼，及至看到圣驾来临，急忙前行数步，跪行大礼。皇帝慕容暐双手扶起："吴王临危受命，出奇制胜凯旋，为国家立下大功，真乃我朝中流砥柱也！"

吴王慕容垂望着皇帝和文武百官，深情地说："枋头大捷，乃先祖庇佑，陛下洪福，将士用命，百姓相助，道业何功之有？无非尽力而已，怎劳陛下出城远迎，让微臣惭愧之至！"言语之间，谦恭至极，令慕容暐十分感动，群臣亦无不钦佩，唯独太傅慕容评心里头酸酸的，感到不是滋味。

慕容评心情忧郁地回到府第，茶饭不思，思绪烦乱，坐立不安。他不由自主地拿出前几日前秦密使送来的书信，越看越觉得王猛的话掷地有声。那还是在桓温刚刚撤兵的时候，王猛就派人携千两黄金、两双白璧来看他，并给他带来一封书信，信中说："枋头已经奏捷，吴王功高盖世，海内扬名，上下归心，必将如恪在之日专权辅政，揽朝纲于一人，早晚仿效魏王代汉和司马氏篡位的故事，废燕帝而自立也。太傅乃三朝老臣，身经百战，年高德劭，功在国家，真乃大燕国之栋梁，鲜卑人之奇才也！当年不幸被慕容恪辖制，已是万分委屈，今日岂能再居吴王之下，受仰息之气也！吴王不除，大燕必变，太傅亦永无出头之日，请三思之，自酌之，善处之。"慕容评越想越气，不禁妒火中烧，越烧越旺，辗转反侧，夜不能眠。他素知吴王慕容垂与太后可足浑氏不睦，于是决定连夜进宫，谒见太后。

太后可足浑氏见慕容评深夜前来，又惊又喜，二人先温存了一番，然后问慕容评道："太傅深夜前来，当不是专门与我欢会，一定是有什么大事吧？"

慕容评假惺惺地含泪奏曰："老臣深夜入宫，实为太后担忧，为皇上着想也。如今慕容垂得胜归来，兵权在握，威望空前，你没看到白天在郊外那个场面，老百姓早已认定他就是燕王，谁还把太后母子放在眼里？你们娘儿俩那还不是人家砧板上的鱼肉？想啥时候废了皇帝，害了你们，那还不是易如反掌？所以我心急如焚，睡不着哇！我和太后心连着心哪，是不是？故而深夜打扰，还请太后见谅！"

可足浑氏听了慕容评的话，觉得很有道理，于是急召皇帝慕容暐过来商议。慕容暐在酣睡中被叫醒，以为发生了什么天大的事，急三火四地跑过来，及至听了太后的话，才打着哈欠说："吴王忠义之心，可昭日月，太原王临终之前，一再嘱咐，不可背也，如若背之，大燕必亡，况如今他有大功在身，岂可再加陷害？大不义也！"

慕容评提醒他说："吴王论武功人品，没的可说，他是不会轻易谋反，但如果哪一天群臣拥戴，一齐劝进，效仿曹魏代汉的故事，那就不好说了，到时候陛下悔之晚矣！"

太后可足浑氏也乘势说道："自古道人心不可测也！吴王是胸怀大志之人，我们若不早做打算，根本就不是他的对手！不如及早除之，以绝后患！"

皇帝慕容暐本来就是个没有主意的人，两个人一唱一和，不由得他不听，不由得他不信，他觉得两人说的话也有道理，于是就默言无语，任由二人安排。三个人计议停当，决定天明由皇帝召慕容垂入宫议事，先在酒和茶水里下毒，然后再以慕容暐摔杯为号，由慕容评率刀斧手出而杀之。慕容评认为，就是吴王武功再高，他若是喝了毒酒或者毒茶，也只能束手待毙了，到时候再嫁祸给某个侍卫或宫女，由太后下谕旨杀人灭口了事。由此慕容评觉得此计简直天衣无缝，肯定十拿九稳。

说到这里，有人不禁要问，太后可足浑氏为什么对慕容垂怀有这么强烈的仇恨呢？话还须从头说起。

可足浑氏名巧奴，生在陇西一个酋长之家，父亲是匈奴人，母亲是氐族人。可足浑氏从小就生得明眸皓齿，皮肤奇白，一头金发，十分乖巧可爱，到十二三岁时已出落得花容月貌，美若天仙，更兼歌喉婉转，妖冶风流，惹得很多贵族子弟为之倾倒，并争风吃醋，大打出手，曾有三人为其决斗而死。

东晋永和四年（348）年初，慕容俊随燕王慕容皝西征奚多达部落时，俘获其父母及部族八百多人，见可足浑氏生得如花似玉，风情万种，当时就被迷住了，执意要娶之为妻。本来父王慕容皝是不赞成的，特别是祖母段太后坚决反对，指出可足浑氏的那一双媚眼，早晚会坏了国家大事，但禁不住慕容俊寻死觅活地央求，就没把她撵走。也是该着她有命为妃，次年就生下了慕容暐，因而被留了下来，并且母以子为贵，三年后被立为皇后。慕容俊去世以后，慕容暐继位登基，她也顺理成章地成了皇太后，由于慕容暐年幼无知，她得以参与朝政，一时大权在握。但由于当时有太原王慕容恪辅政，她对这个有勇有谋还一身正气的太宰十分敬畏，凡事还谨慎小心，不敢张扬。及至慕容恪因病去世，吴王慕容垂和范阳王慕容德都在前线，她就开始为所欲为，不把小皇帝和群臣放在眼里了。

可足浑氏对慕容垂的仇恨不是一日之寒，可谓由来已久。当年她入宫时，偶然在朝堂上看到年轻的慕容垂，见他生得身高八尺，肩宽臂长，面如重枣，目似朗星，长髯飘飘，英气逼人，真如关王再世，儒雅至极，看得她情动神迷，如醉如痴，目不转睛，几乎失态。后来又听说他忠义神勇，天下无双，立即为之倾倒，思恋之心愈炽，下决心千方百计据为己有。

有一次慕容垂奉命入宫议事，被可足浑氏看见，待慕容垂从皇帝慕容俊那里出来以后，她就悄悄地跟了过来，在后花园的过道上相遇。可足浑氏没话找话，眉目传情，扯着慕容垂的衣袖，动手动脚，挑逗不止，被慕容垂正色拒绝："皇后母仪天下，自重才好！皇宫禁苑之中，不比西戎酋邸，切不可坏了礼数！"然后拱手施礼，转身匆匆离去。弄得可足浑氏好不尴尬，但她并不甘心，思念之情更甚，只是苦于没有机会。

慕容俊去世以后，中年丧夫的可足浑氏寂寞难耐，欲火中烧，在一个大雪飘飞的冬日，她备好火炉暖酒、铜锅煮肉和几样小菜，让皇帝慕容暐派人请慕容垂进宫议事。可足浑氏见慕容垂仪表儒雅，风度翩翩，恨不得一口把他吃掉，于是借故支开皇帝慕容暐，把侍女们也撵到别的屋里去了。可足浑氏借着酒劲儿，百般挑逗，又要与吴王喝交杯酒，又要与吴王贴香腮，一会儿装醉了要倒在吴王的怀里，一会儿假摔倒要吴王搀扶，杏眼蒙眬，酥胸袒露，呼吸急促，情意绵绵，直欲与吴王成其好事。在吴王不予理睬之后，又搬出匈奴人兄亡之后，弟可娶嫂的风俗，脱衣要与吴王交欢，气得吴王慕容垂连说三声"无耻"之后，愤然拂袖而去。可足浑氏投怀送抱，竹篮打水，不禁恼羞成怒，由爱生怨。

太后可足浑氏勾引吴王没能得逞，又把目光投向了屯田令吕俨。吕俨生得高大威猛，极具男人气质，被可足浑氏借故引入后宫，一经交欢，立刻如胶似漆，如鱼得水，一刻也不忍分离。可足浑氏因此时常召其入宫，明铺暗盖，形若夫妻，不久又提拔吕俨为右司马，群臣皆心知肚明，但是无人敢言。吴王慕容垂知道以后，与太尉封奕二人同奏，请皇帝慕容暐诏准，迁吕俨为平郭太守，调他到辽东屯田去了。可足浑氏听说以后，如同摘心挖肝，悲痛欲绝，待知道是吴王慕容垂所为之时，更恨之入骨。

那么，太傅慕容评又怎么同太后如此默契呢？这里边也有故事。

太傅慕容评乃是当年鲜卑部大单于慕容廆的小儿子，是燕王慕容皝的胞弟，也是吴王慕容垂的老叔，是当今大燕皇帝慕容暐的叔祖父。他虽然才能平庸，但是身体强壮，是位身经百战的老臣，由于资深辈高，一直身居要职。太原王慕容恪在世的时候，他自知才能与之相比，直如天壤之别，因此不敢有什么非分之想，慕容恪去世以后，又把燕国的重任托付给了慕容垂，他便有些心中不平、寝食难安了。但他同样知道，自己同慕容垂也无法相比，论智慧论武功论人品，吴王如空中皓月，他连一颗星星都不是。但当他得知太后痛恨慕容垂之后，便觉得机会来了，于是抓住一切可能，在太后可足浑氏面前诋毁、攻击慕容垂，两个人一拍即合，并且很快成就了苟且之事。别看慕容评年过花甲，但是雄风不减，把个可足浑氏侍候得十分舒服，欣喜异常。但他毕竟精力有限，家中尚有十几个娇妻美妾，岂能天天到宫中上宿？于是他精心选来一个美童姜娈，令其扮成侍女模样，悄悄带入宫中，献与太后。这姜娈生得唇红齿白，面如傅粉，而且身体强壮，风姿俊朗，立即被太后视为无价之宝，爱不释手，朝夕享用去了。可足浑氏因此对慕容评的善解人意十分感激，把他引为忘年知己，几乎无话不谈。

太傅慕容评老来不仅妒心日盛，而且越发贪婪。他身为太傅，在朝中主管地方官吏考评，每有提携荐举，必须收取重金，那些贪官污吏寻求升迁，大多数都走他的渠道。东晋、前秦和高句丽、扶余等国的君臣，也都知道他爱财如命，每每通过他获取大燕国的重要情报。大燕国建熙八年（367），前秦陕城太守苻庾因为与苻坚不和，欲投燕国，发信请燕国出兵，他做内应，里应外合攻下长安。恰好此时前凉的张天锡谋反，王猛带兵前去进剿，正在陇西与张天锡和李俨作战，关中空虚，正是灭秦的大好时机，吴王慕容垂已经调兵遣将，做好了准备，但是由于慕容评事先收下了苻坚送来的千两黄金和三名美女，从中百般阻挠，又加上皇帝慕容暐优柔寡断，拿不定主意，最后被可足浑氏一道手谕搅黄。吴王慕容垂得知后长叹一声："大燕国早晚必败在此二人之手哇！"

皇帝慕容暐登位时才十二岁，现在已经二十多岁了，虽然已经长大成人，但他生性懦弱，遇事就慌，而且由于沉迷酒色，没见他长什么才干，却添了两个新毛病，动不动就哭鼻子、尿裤子，心胸也十分狭隘。当年慕容俊在世的时候，有一年春天与群臣在蒲池边饮酒闲聊，慕容俊突然问群臣："太子的能力怎么样？将来能不能继位呀？"

因为太子慕容暐此时就在旁边，众多大臣虽然心中有话，但是谁也没吱声，唯独侍中李绩心直口快，当着大家的面，毫不客气地说太子贪玩懒惰，不爱学习，皇帝慕容俊当即提醒太子必须改正。慕容暐虽然当时依照父命行礼感谢，但是心里却系下了一个大疙瘩。在他继位以后，别人都晋级提拔了，唯独李绩不升反降，把他贬到山西去了。慕容恪问这是何故，慕容暐咬牙切齿地说："我一生都忘不了他，当年曾当众羞辱过我，不杀了他就不错了。"由此可见慕容暐的胸怀、品质和气度。

这几年太傅慕容评对他俯首帖耳，言听计从，这让慕容暐十分满意，又加上慕容评请来道士方纯之，为他炼丹药谋长生，给他传授房中术，让他更是极为感激，因此对慕容评越发信任，把慕容评倚为国家栋梁，对慕容评提出除掉吴王慕容垂，不但没有一点儿反感，反而认为绝对是对他的耿耿忠心了。

次日皇帝慕容暐传令，召吴王慕容垂入宫觐见，说是要商讨封赏枋头大捷有功将士，慕容垂奉命准时到达。落座以后，皇帝慕容暐命侍女赐酒，以彰表吴王破敌之功。慕容垂忙起身致谢，抱歉地说："臣在作战时偶中流矢，箭头有毒，正在服药疗伤，遵医官所嘱不能饮酒，还请陛下见谅！"

慕容暐随意地说："五叔不能饮酒也罢，那就以茶代酒，聊表侄儿一片相敬之意！"说罢亲手捧过一碗香茶，哆哆嗦嗦地献与慕容垂，险些烫了自己的手。慕容垂忙双手接过，轻吹一口，放在桌上，随手取出一本花名册，对慕容暐说："这是枋头大捷有功将士名册，请陛下御览！"趁慕容暐接过花名册之时，慕容垂留心细看，发现慕容暐目光游移，双手发抖，下摆似有尿液流出，又见宫中侍卫行色匆匆，表情严肃，不似往常，立即感到情况有异，于是从容地对慕容暐说："陛下脸色不好，双手颤抖，似是贵体欠佳，臣当改日再来。"说罢起身告退。慕容暐本想按照三人事先的约定摔杯为号，但见慕容垂满身正气，一表威仪，吓得不知所措，没敢动手。慕容评及埋伏在两侧的刀斧手不知道怎么回事，未敢擅动，所以慕容垂得以全身而退。

太傅慕容评见皇帝慕容暐如此无用，气急败坏，急与可足浑氏再次密谋，欲在夜半时派兵包围吴王府，先放火，再放箭，然后趁人多时宣布太后手谕，诬陷吴王企图废帝自立，由太傅慕容评奉旨带兵除之。二人以为神不知、鬼不觉，只等着夜间动手了，没想到早被侍女齐蕊儿偷偷听到，马上密报给了吴王慕容垂。

吴王慕容垂平生谨慎，心细如发，又胆大周密，处事沉稳，深得祖父慕容廆和祖母段娴所喜爱，又是燕王慕容皝的掌上明珠，曾说过"道业是最好的为君之选"一类的话，因此引起了二哥慕容俊的嫉恨。父王和兄长当政之时，慕容垂不露声色，不事张扬，凡事恪尽职守，小心谨慎。慕容俊去世以后，他又跟随四哥慕容恪，言听计从，谦恭有礼，为保卫国家立下大功。

及至慕容恪离开人世，小皇帝昏庸软弱，慕容评与可足浑氏内外勾结，败坏朝纲，他就预感到情况不妙，心下十分忧虑，为了防备遭人暗算，于是便在宫中和军中广布眼线，安插心腹，以备应急之需。

这位齐蕊儿本是慕容垂在一次行军途中收养的孤女，九岁时送入宫中服侍慕容晔，几年的工夫出落得如清水芙蓉，又极其灵秀勤勉，被太后可足浑氏相中，选去做贴身侍女。昨晚齐蕊儿见慕容评深夜进宫，与太后和皇帝密谋了好长时间，几次听到好像提及恩人慕容垂的名字，于是今早就设法把消息传递了出去，使吴王慕容垂高度警觉，逃过一难。如今见太后等人一计不成，又生一计，必欲置吴王于死地，于是冒着生命危险，出来向吴王报告。慕容垂嘱其不要回到宫中去了，免遭迫害，就留在段氏身边吧！后来嫁与慕容农为妻，不提。

再说吴王慕容垂得到齐蕊儿的密报，急与家人一起商议对策。次子慕容宝年轻气盛，首先怒气冲冲地说道："父王如此忠心耿耿，反遭屡次三番加害，不如我们反了吧！这样的昏君不要也罢，反正父王威望素著，自立为帝也是顺理成章。"

长子慕容令摇摇头说："父王乃是大燕功臣，天下尽知，如废帝自立，虽然易如反掌，但是有辱一世英名，为天下人所不齿。不如我们静观其变，怕他怎的？朝中那班文臣武将，哪个是我们的对手？到时候再见机行事吧！"

王妃段氏深思熟虑，她说："反则不义，留则必死，到时候人家拿着圣旨行事，我们岂不被动？依我说，还是三十六计，走为上，回到老家龙城，给祖宗守陵去吧！我们身边有自己的人马，别人又能怎样？这叫作拥兵退守，先保命再图之乃上策也！"

吴王慕容垂说："爱妃之言极是！谋反不是我辈所为，我不能违背先帝的遗愿，向我的侄儿下手，我宁可让陛下负我，但我绝对不负陛下。既然他们决心除我，我也无法再辅佐他了，非是我无情无义不守承诺，是太后和太傅他们不容我，等来世再报答先帝的重托之恩吧！"言罢向龙城方向跪下，流泪对着祖先的宗庙三叩首，然后带领家人悄悄出城，向辽西进发。

太后可足浑氏半日多不见齐蕊儿的身影，心生疑惑，黄昏时候又得到守城将官的报告，说吴王慕容垂回乡祭祖去了，带着不少的人马和车仗，但无人敢问。可足浑氏闻报大惊，急召太傅慕容评询问，方知吴王慕容垂家已是人去楼空，定是闻讯出逃了。可足浑氏懊恼至极，立即下道谕旨，命慕容评率兵将其追回。

慕容评闻听又献上一计，说吴王素讲忠义，一诺千金，必不背先帝之托，我等可持先帝御影，带陛下圣旨和太后手谕，前去追赶，太后可速派人骑快马抄近路，命令平郭太守吕俨和龙城郡守刘铎，在前边引兵拦截，则慕容垂无路可逃，必束手就擒也！可足浑氏一一照准，命其速办。慕容评随即点起三千人马，向辽西疾驰而去。

且说吴王慕容垂携家带眷，本来就走得不快，再加上沿途遇到冻饿之人，不是给件衣服就是管顿饭，因之走走停停，速度很慢。两天以后，他们才到达邯郸城外，正想稍事休息，却被慕容评的人马追个正着。不一会儿，常山太守孙诚之率领的两千铁骑也奉命赶到，五千人马将停在路边的慕容垂一行围个严严实实，士兵们拈弓搭箭，将官们跃马挺枪，都摆出一副要杀人的架势。太傅慕容评则命皇宫侍卫捧着先帝御影，自己高举着皇帝圣旨和太后手谕，大声喊道："吴王慕容垂接旨！"

慕容垂留心细看，见官道四周平坦开阔，并无依托之物可以藏身；几千名士兵层层叠叠，将车仗已围得风雨不透，根本无法逃脱；黄罗伞盖之下，先帝慕容俊一身朝服，两眼平视，宛如生日；帅字旗旁，太傅慕容评鹤发童颜，手举圣旨，趾高气扬，不可一世。

吴王慕容垂的长子慕容令大呼："父王不要中了他们的诡计！慕容评等人分明是打着先帝的旗号来抓你，我们可千万不能上当啊！"

吴王慕容垂仰天长叹："大丈夫生在人世，当顶天立地，守诺如山。我宁可去死，也必不负先皇重托。如今既然是兄长驾临，又有陛下圣旨，我自当跟随他们回去。是死是活，悉听尊便。"说罢下马，跪伏在路旁候旨，众人见吴王如此，也只好一齐跪了下来。

太傅慕容评大声宣道："奉天承运，大燕国皇帝诏曰：朕闻为人臣者，必当效忠皇室，报效国家，而讲孝悌尊先人者，当以忠君爱民为上上也。今吴王乃国家柱石，朕之膀臂，真须臾不可离也。昨闻前秦有兵犯境，东晋桓温亦蠢蠢欲动，似有北伐迹象，朕心甚忧虑之。值此国家危亡之际，伏望吴王速归朝中议事。回龙山谒祖，姑且缓之，钦此！"

吴王慕容垂拜伏在地，领旨谢恩，一行众人也皆跪地行礼，慕容评趁机一个眼色，十几个彪形大汉一拥上前，就想将慕容垂擒住。慕容垂见之长叹一声："我不负苍天，苍天何故负我？难道大燕国的气数尽了吗？"说完闭上双眼，准备束手就擒。王妃段氏和几个儿子见慕容垂忠心至此，均无可奈何，一行人纷纷放下武器，等候发落。

就在那十几个彪形大汉拥到慕容垂的跟前，正准备动手的时候，忽听平空里一声炸雷，震得人们耳根发麻、头皮发麦，紧接着一阵狂风吹来，立刻飞沙走石，天昏地暗，刮得人们睁不开眼睛，站不稳脚跟，打得人们鼻青脸肿，满地呼号。慕容评被大风掀翻在地，一连滚了好几个跟头，头上被打出好几个大包，额头上已经流下血来，弄得他昏头涨脑，不知所措，手中的圣旨和手谕也不知刮到哪里去了。几千名将士一个个被打得焦头烂额，满地翻滚。等到耳静风轻，慕容评揉揉眼睛一看，哪里还有慕容垂的身影！难道这几百人都上天了吗？竟然一个都没剩？所见之处都是自己的残兵败将，在龇牙咧嘴地挣扎。他望望朗朗晴空，炎炎烈日，突然一阵恐惧涌上心头，这明明是老天在帮助慕容垂！难道自己真的做错了吗？他吓得不敢再往下想，爬起来一招手，领着那伙受伤之军，跌跌撞撞地回邺城复命去了。

且说吴王慕容垂正准备束手就擒，忽然一阵风起，自己不由自主地被一股大力托起，忽忽悠悠地随风飘荡，不知到了哪里。等到风停沙静，他觉得是落到了土地之上，睁开眼睛一看，发现自己的原班人马一个不少，整整齐齐地聚在一个小山坳里。抬头观望，依旧亮瓦晴天，风和日丽，哪有一点沙暴的影子！难道是神仙前来搭救了？慕容垂正在疑惑，忽见一青衣女侠林边而立，清爽爽如钻天玉竹，飘飘然有出世之姿，手执拂尘，向他微笑，正是黑羽儿师太。他急忙跪下行礼说："师太在上，徒儿想死您了！您怎么会在这里？莫非是您刚才救了我们？"

黑羽儿师太微微一笑说："起来吧！没事了，是我受师妹之托，救了你们。大燕国虽然遭遇磨难，但是气数未尽，你还有重任在身，应当忍辱负重，韬光养晦，伺机再起，拯救万民。师妹尚有一个香帕送你，拿去看吧，自当受益无穷。"说罢飘然而去，瞬间已不见踪影。

吴王慕容垂拿起香帕视之，见上面绣着两人，乃是先祖乾罗和白翎儿并肩而立，急忙高举于头顶之上，跪地行礼，望空而拜，叩谢先祖搭救之恩，众人皆一齐跪拜。慕容垂跪而泣曰："晚辈得先祖垂救，必不负先祖重托，光我慕容大业，造福天下苍生，自当鞠躬尽瘁，死而后已！"言罢流泪不止，段妃将其扶起。诸子询问此行何去，慕容垂说："先祖在香帕上留有四句真言：'暂避关中，伺机再起，玄恭有孙，抚育由你'，说得已经十分明白，我们就投奔苻坚去吧！先祖指给我们的一定是条明路！"慕容垂把香帕交给段妃保管，然后又说，"四哥临终之时，曾委托我照顾绍儿，如今出来匆忙，倒把这件事忘了，方才先祖告诉我们说玄恭有孙，让我好好抚养，一定寓意非常，应该赶快把四哥的后人都接出来！"

王妃段氏沉吟着说："我与四嫂常有往来，临出来前两日，还和她在一起闲聊，也没听说她有孙子啊！倒是两个孙女长得亭亭玉立，绍儿身体也不太好，先祖说的是怎么回事啊？"

慕容垂肯定地说："先祖谕示，肯定没错，我们照办便是！"他一招手叫过部

139

将刘文昭说：“你马上带五个兵士化装成百姓，返回邺城，把我这封信交给四嫂，然后雇两辆马车，悄悄地把他们全家迁到涿城，我那里还有一处宅子，四嫂知道，让他们全家先住在那里，等我在秦国安顿下来，再想办法去看她。你们此去就多带些银两，在涿城担当他们家的护卫吧！先拜托了！”说罢拱手施礼。

刘文昭激动地说：“吴王尽管放心，我原本就是太原王的属下，他们全家就交给我了。”说完领身后五人匆匆而去。

慕容垂让次子慕容宝带十人先行，前去秦国朝廷报信，自己随后带着车马渡过黄河，经洛阳奔长安去了。

前秦国皇帝苻坚接见了慕容宝一行，得知吴王慕容垂来投，立即喜笑颜开，高兴万分，情不自禁地仰天大呼：“真是苍天助我！大秦国必兴也！”随即下令命文武百官，一齐去长安城外迎接。军师王猛诡秘地一笑，对苻坚说：“吴王慕容垂仁义忠勇，武功绝伦，乃天下豪杰，盖世英雄，绝非久居人下之辈。今番来投，乃是万不得已，好比当年关云长之遇曹孟德也，早晚必弃陛下而去，不会真心为陛下所用。而吴王心中的宏图大志，又非关王可比，此人将来必与陛下逐鹿中原，争夺天下，何不乘机杀之，以绝后患？”

苻坚连连摇头，然后说道：“吴王虽是万不得已，却是千里来投，其诚心实意，世人皆知，我岂能乘人之危，落井下石？又怎会擅杀英雄，断我才路？留下骂名，被人耻笑？若是如你所为，今后谁还会再来投我，我又怎能够聚天下豪杰以成大业？还不都统统背我而去？！”遂不听王猛之言，率群臣去郊外迎接，王猛悻悻而退。

慕容垂的人马还未来到长安郊外，远远地就看见苻坚已率文武百官出城十里迎接，心下十分感动，及至得跟前，又要为慕容垂牵马引镫，恭敬之情溢于言表。慕容垂连忙施礼拜谢，诚恳地说：“道业虽为燕国宗室，但今已是无家之人，急难之中前来投靠，蒙陛下如此盛德重礼，实在感激不尽！”

苻坚执其手笑着说：“吴王忠勇，天下尽知，惜慕容暐不知人、不容人、不会用人也！如今吴王归附秦国，乃是我关中百姓万民的福分，大秦国朝廷的最大喜事，我必举朝野贺之！”当即命人献上御酒，为吴王慕容垂接风洗尘。

吴王慕容垂接过酒碗，正待要喝，却见秦国群臣中有一人递来眼色，并摇头示意，似在提醒，他仔细观之，乃是行军司马、大将姚苌。姚苌是羌兵首领姚襄的弟弟，为人仗义忠信，素知吴王的为人行事，心中十分仰慕，慕容垂与他也有过一面之缘，今见姚苌好意提醒，已解其意，于是端起酒碗朗声说道：“在下投秦，得遇英主，承蒙礼遇，不胜感激。陛下乃万乘之主，天之骄子，大秦国有今日之兴旺，都是上天的眷顾，故而此酒应该先敬上天，以谢天子之厚德也！”说完端起酒碗，向天上洒去，那酒液在空中被抛成一条优美的弧线，在阳光的照耀下，竟形成一道绚丽的彩虹，但瞬间落下，给人以无尽的遐想。

秦国君臣一见，不禁皆怒而视之。军师王猛跨步上前，拔剑喝道："汝何如此傲慢无礼？陛下赐酒，竟敢不喝，还巧言令色，谓之敬天，是何道理？"

慕容垂从容对曰："陛下贵为天子，所赐御酒，先敬上天，有何不可？况上天有眼，能辨忠奸，我若喝了，岂不违背陛下美意，中了你的奸计，坏了大秦国的名声？陛下请看！"慕容垂指着地上的野草告诉苻坚，那洒上酒液的野草已变成青黑之色，接着又牵过一个侍卫的战马，摘下嘴兜，使之舔食沾上酒液的野草，顷刻间那匹战马倒地而亡，众皆大惊失色。慕容垂又接着说："如果我喝了这碗酒，不明不白地就死了，岂非陷陛下于大不义也？"苻坚闻之，狠狠地瞪了王猛一眼，掉头就走，他知此事必是王猛所为。

当日苻坚在太极前殿大宴群臣，为吴王慕容垂接风洗尘，众人皆大醉方休。慕容垂被安排在西京驿馆休息，车马就停在院内。二更时分，慕容垂召王妃段氏及诸子说："苻坚虽诚心欢迎，但王猛已决心害我，今日长安城外若非姚苌贤弟提醒，我命已是休矣！我料毒酒之计未能得逞，王猛不会甘心，今晚必会再来偷袭。我们还是悄悄地走吧！待在这里防不胜防啊！"众皆点头称是，于是收拾行李，正欲出门，没想到馆外喊声顿起，灯笼火把亮成一片，上千名士兵手持长枪大刀，飞奔而来。慕容垂急忙上马，与诸子护着车仗，且战且走，后边的追兵虽然畏惧吴王神勇，不敢靠前，但也紧追不舍，而且越来越近。及至赶到城门口，又被守城的将官拦住，大声喝道："没有军师令牌，谁也别想出去！"吴王诸子皆跃马挺枪，急欲夺门而去。慕容垂说："我来投秦，寸功未立，怎忍再杀他的战将？"遂只用长矛将其打昏，率车仗出城门向东而去。秦军将士皆惧吴王神勇，无人再敢拦截。

不想刚刚走出十余里，忽听得前边林中几声锣响，嗖地蹿出一标人马，刹那间几千名士兵拈弓搭箭，将慕容垂一行人团团围住。他急回头观看，见来路上人喊马嘶，追兵也已快到跟前，火光中一人身穿鹤氅，手摇羽扇，正是王猛。只听他笑着说道："深更半夜的，不好好睡觉，吴王这是要到哪里去呀？既是前来投顺，就赶紧跟我回去吧！陛下还等着你呢！"

吴王慕容垂正要回话，诸子已经怒不可遏，皆欲上前厮杀，保护父母冲出去。王猛笑道："列位贤侄少安毋躁！我这里三千名神箭手已经张弓待发，他们虽比不上你们大燕国的铁弓营，但把你们射成刺猬还没有问题，你们死了倒无关紧要，吴王万金之躯岂不可惜？"说罢哈哈大笑。

慕容垂镇静地说："军师高才，天下尽知，道业也是钦佩得很！但你我并无冤仇，何故苦苦相逼？必欲置我于死地也？"

王猛笑道："吴王之心，你知我知，我之所想，吴王也知，何必明知故问？汝乃山中猛虎、水中蛟龙，今天我不除你，来日大秦国的万里江山，必将毁在你的手上。陛下乃仁德之君，爱才之心太诚，一时迷了双眼，但我岂能不管？又岂能不做？我们各为其主，请勿责怪！放心，我会给你留个全尸，并且厚葬于你。怎么样？下马就擒吧！我会放了你的妻子儿女，他们不足为虑，我不会斩草除根、滥杀无辜的！"

慕容垂仰天大笑："难为军师辛苦，真是机关算尽！看起来酒中下毒，驿馆放火，设伏追杀，都是你的杰作了？"

王猛笑着答道："正是！包括你被迫出走，也是我的离间之计。想必是你心里有鬼，不然御酒为什么不喝？驿馆不住为什么要走？我料城门口的将士截不住你，故而在此设伏等候。如今长安已远，朝中无人知晓，你就静悄悄地上路吧！天明了我再禀告陛下便是！"

三燕王朝

142

"谁要你来禀告？真是胆大妄为！"随着一声断喝，在一片火光簇拥之中，符坚轻装飞马，已到跟前，挽起慕容垂的手说："让吴王受惊了！此皆是王猛肆意所为，我实在不知，请休怪也！"说完又狠狠地拍了王猛一掌，说："汝险些让我背上害贤之名，坏了我的声誉！今后你再敢害他，就是害我，我绝不会轻饶你！"说完与慕容垂策马而行、并肩入城。连夜置酒为慕容垂压惊，并在次日早朝之上，封慕容垂为冠军将军、宾城侯，带领所部人马镇守灞上，抵御晋兵入侵。慕容垂谢恩而出。王猛望其背影长叹一声："灭大秦者，必此人也！"

且说逼走吴王慕容垂以后，太后可足浑氏无所顾忌，公然又命慕容评选来多名美男入宫，做其面首，并让多名宫女相陪，终日在后宫宣淫。大白天的成群捉对，恣意取乐，弄得宫中艳叫之声不绝，淫笑之声刺耳，混乱至极，不堪入目。

皇帝慕容暐近来也忙得不可开交，每天在道士方纯之的指导下，要服几遍金丹，"御"数次美女，不分昼夜修炼房中之术，探讨长生之法。他听取方纯之的建议，又在民间选三千名处女入宫，封为妃嫔或昭仪，一为取处女之经血提炼金丹春药；二为供其淫乐练功之用。由于太忙，因此十天里倒有八九天没工夫上朝，平日里大小事情悉由太傅慕容评处理。封奕、封裕父子和皇甫兄弟前去劝谏，慕容暐根本不见，几次都是让武士赶出宫门，四人皆大哭而去。尚书左宰上折痛陈时弊，指责太后乱宫、太傅乱政，被慕容暐下令命武士用金瓜击死，首级高悬于午门之外，吓得群臣皆敢怒而不敢言了。

太傅慕容评借机把持朝政，为所欲为，每日里只知巧取豪夺，搜刮钱财，他的屋子里放不下了，于是又专门修建了一座很大的地窖，里面装满了金银珠宝。

有知情者说，他家的财富比大燕国的国库不知要多多少倍。

秦国军师王猛得到眼线的密报，知道大燕国此时内贪外乱，一片腐败，伐燕的良机已经到来，于是建议苻坚出兵，以讨回拖欠的城池为借口，大举攻燕，统一北方，苻坚欣然应允。

原来在去年桓温北伐时，慕容暐曾听取可足浑氏的建议，与秦国相约击晋，如果东晋兵退，大燕国愿献出虎牢关以西三座城池，作为酬谢。后来由于有慕容垂挂帅，燕军大胜，秦国又没有出力，在战后秦国派使臣前去讨要的时候，就被慕容暐断然拒绝了。苻坚当时很生气，想打一仗又无必胜把握，因此只好忍气吞声放了下来，这一次作为进兵的借口，那就再好不过了。

前秦建元六年（370）四月，苻坚派王猛率兵出征。临行前，他握着王猛的手说："军师与我，情同手足，十年准备，在此一举，统一北部天下，汝可当机立断，汝去挂帅，似我亲征，不必事事派人报我！"说罢摘下佩剑，手捧金印，眼含泪水，情意绵绵。王猛跪下发誓："陛下知遇之恩，臣当以死相报！统一北方，瓜熟蒂落，臣当克日告捷，陛下就等着我的好消息吧！"

王猛、邓羌带着五万大军，出灞上、奔洛阳、取壶关，一路势如破竹，不可阻挡。洛阳守将慕容筑见了王猛的书信，知道抵抗也是无益，立即开城投降。壶关守将王越出城迎敌，被王猛设计诱出十里之外，出伏兵生擒活捉。秦将杨安攻打晋阳，由于城高墙固，急不可破。王猛派兵围之，假意日夜骚扰，转移守军的注意力，暗中使兵士挖地道，入晋阳。六月初，从城隍庙之内挖出，夜间突然从地道中钻出许多人马，四处放火，里应外合，一举拿下晋阳，太守吴荣弃城逃走，山西乃平。

王猛和邓羌两路大军逼近邺城，在邺南百里之外扎下营寨，吓得大燕国皇帝慕容暐乱作一团，又哭又尿，急令太傅慕容评率二十万燕军出城拒敌。但慕容评只知贪财，哪会打仗啊？在与秦军对峙之时，他还霸占着山中的水源，既卖水又卖木材，根本不去调兵遣将。将士们无饭吃，没水喝，去找慕容评讲理，却被大棒打出辕门。急得慕容暐来到中军，呼喊乱叫："我说叔祖父啊！等打完这一仗，退了秦军，国家的钱财都给你还不行吗？"但是说什么都无用了。

秦国军师王猛不慌不忙，在正面对阵的同时，悄悄派大将郭庆率领五千精兵，乘夜色急行军绕到燕军的背后，一把火烧掉了燕军的全部粮草，又设置若干处路障阻其回逃。天亮之前燕军尚未造饭，王猛突然带千员大将和五万虎狼之兵冲杀而来，燕军猝不及防，一触即溃。慕容评吓得屁滚尿流，急忙收拾起卖水得的钱财，领头逃命去了。

王猛率大军乘势追击，很快就包围了邺城。为了保护城内建筑，不伤及城中百姓，王猛下令围而不打，只是不断派人渗透入城，散布谣言，拉拢官吏，毁其军心斗志。此时城中虽仍有将士十万，粮草也能坚持半年，但怯死垂走，军中无魂，燕军威势已去，没有谁愿意再为这个朝廷卖命了，甚至连正常的上城守卫都不愿意去。这时的大臣们群龙无首，谁也拿不出什么好主意。皇帝慕容暐竟然相信道士方纯之的鬼话，让其到城楼上设坛作法，请天兵天将下凡退兵，折腾了好几日，天兵天将没请来，倒请来了一阵旋风，把方纯之卷到城下摔死了。当天夜半时分，王猛的内应、大燕国散骑常侍余蔚带人悄悄打开城门，迎接秦军入城。慕容暐得到城破的消息，率领文武百官及妃嫔们从北门逃往龙城，路过高阳时，被预先埋伏在那里的秦军捉住，押往王猛的中军大营。王猛率军入城以后，打扫战场，安抚百姓，整顿秩序，秋毫无犯，邺城遂一切如常。

慕容暐一行被押到长安，苻坚大喜，封其为无事尚书、新兴侯，并讽之曰："你我虽同为天子，但你统御无方，老百姓跟着你也是受罪，还是由我来管理吧！天下土地，本来就应有德者居之，你无德无才，就跟着我享福吧！你的妻妾、宫人照常用之，如何？"慕容暐竟喜笑颜开，叩谢而去。

王猛奉上大燕国国库库银及慕容评的财产账册，更让苻坚欣喜异常。慕容评在城破时与其爱妾藏在地窖里，被秦军俘获时已经饿死。从他家搜出的金银财宝，比大秦国三年的赋税收入还要多，而国家的库银，却连一万两都没有了。

还有一件让苻坚极为高兴的事，那就是他在燕国的俘虏中发现了两个无价之宝：一位是慕容暐的妹妹清河公主，正值花季年华，生得美貌绝伦，临幸之后，如得天人，立即纳入后宫，封为昭仪。另一位是慕容暐的弟弟慕容冲，生得唇红齿白，娇艳如花，真个是美若貂蝉，白如玉兔，苻坚见之爱不释手，同样纳入后宫令其侍寝。朝野上下皆议论纷纷，有民谣云："一雌复一雄，双飞入秦宫。欢愉能几日，早晚敲丧钟。"王猛闻之上折力谏，苻坚出于无奈，忍痛放慕容冲出宫，把他封为平阳太守。王猛劝道："封个闲职也就算了，何必给他实权，让他带兵？早晚是个祸害！"

苻坚听后有些不悦，不仅没有收回成命，反而又把慕容垂封为京兆尹，并让他去管理河北的土地。同时不再天天上朝，而是经常与清河公主在后宫玩乐。王猛为之深感忧虑，太史令张猛说："我主日生骄气，得意忘形，虽得燕地，却失明智，败象已现矣！"不少大臣也深有同感。

大燕国从东晋咸康三年（337），慕容皝在龙城称燕王立国，历经三帝，到大燕建熙十一年（370）灭亡，共三十三年，走过了一段从崛起、扩张到衰落的路程，其间虽短，却教训深刻，不但让大燕国的群臣痛定思痛，就连龙城的百姓也都嗟叹不已，为之痛悔和惋惜。当时龙城东庠书院的大儒独孤仁至曾有感而发，奏胡笳而作歌曰：

天神下凡兮历尽沧桑，
双龙现瑞兮照耀东方。
鲧王雄才兮大燕隆昌，
俊帝伟略兮南北扩张。
恪帅多谋兮智若武乡，
道业武勇兮义比云长。
昳帝昏庸兮断送家邦，
评相贪腐兮败坏朝纲。
太后淫乱兮道德沦丧，
大厦蛀空兮魂落八荒。
国破家亡兮心去何方？
鸿雁悲歌兮断我肝肠！
断我肝肠！

一时为北方各民族广泛传唱，不少人闻之潸然泪下。

第十三回　除隐患王猛尽忠　拒纳谏苻坚伐晋

前秦灭掉燕国以后，占据了东北、华北和西北的广大地区，国势空前强大。为了帮助苻坚建立霸业，军师王猛又运筹帷幄，出奇兵、设良谋，试图铲除一切内外隐患，为国家统一铺平道路。可谓鞠躬尽瘁，用心良苦。

前秦建元十二年（376），西凉归义侯张天锡受到东晋大将军桓温的挑唆，弃秦投晋，与苻坚翻脸，宣布不再接受秦国的封号，与其断绝一切关系，并且向据守在陇西的李俨发动进攻。李俨急忙向苻坚求救，苻坚当即决定派王猛和姚苌率三万大军增援陇西。二人首先设计击溃了羌人首领敛岐的军队，然后把西凉的都城姑臧（今甘肃省武威市）包围起来。

攻城之前，王猛首先给张天锡写了一封信，信中说："十年前汝兴兵作乱，割裂陇西，杀害百姓，罪恶滔天，是陛下宽厚仁德，非但没有降罪，反而封汝为平西公、凉州刺史，命汝镇守金州（今甘肃省兰州市），今又何故朝秦暮楚，出尔反尔？难道你是一个无知的孩子吗？大燕国二十万精兵尚且不堪一击，尔等乌合之众又岂是天朝大军的对手？如能放下武器，出城投降，仍可以既往不咎，饶你性命。倘若执迷不悟，负隅顽抗，则数罪并罚，定斩不饶！"并派参军阎负和梁殊前去送信。

张天锡见了王猛的书信，惊出了一身冷汗，急召众将商议对策。禁中将军席仂说："王猛乃军中奇才，历来战无不胜，十年前我等已经领教过了。如今挟得胜之师，士气正旺，西凉哪是他们的对手？不如开城投降，好生解释，或可以保持我们陇西的现状，请我主三思。"

席仂的话音未落，即遭到众将的强烈反对。大家一致认为，我们外有东晋支援，内有八万人马，怎么就怕了秦国的三万军队？不如与他们决一死战，拼个鱼死网破，或许能打出一片天下来，到时候我主做个陇西王，不比当个什么凉州刺史要强得多？

张天锡是个缺智少谋又没有主见的人，一时被众将的情绪所感染，竟然振臂一呼："坚决抵抗！血战到底！谁说投降我就杀了谁！"他下令斩杀了秦使阎负和梁殊，并立即派人向东晋求救。

王猛闻之怒不可遏，立即向姑臧发动猛烈进攻。还没等秦军登上城楼，那些西凉兵就望风而逃，他们深知秦军训练有素，以一当十，坚持抵抗就是等死，那些将领根本约束不住，秦国军队顺利地攻下姑臧，将西凉的八万大军全部俘虏。张天锡无奈，只好又一次向秦国投降。王猛对这个反复无常的家伙痛恨至极，就想一刀劈了他，但苻坚为了收买人心，还是又一次原谅了他，把他封为北部尚书、归义侯，令其迁到长安居住。陇西的大片土地，由此划入了秦国的版图，王猛派姚苌镇守。

灭掉西凉以后，大秦国西部的边疆算稳固了，但西北部还有一个代国，王猛认为它仍然是个安全隐患，于是率大军向代国进发，决心一鼓作气，彻底荡平。

代国是拓跋部鲜卑人于东晋咸康四年（338）所建，据有今内蒙古中南部和山西北部的广大地区，都城设在盛乐（今内蒙古自治区和林格尔县西北）。代王什翼犍身高九尺，体态魁梧，有勇有谋，有情有义，在国内很得人心。大燕国灭亡之前，代与燕国多年来十分友好，两家还是亲戚，代王爱妃慕容氏是燕王慕容皝的女儿。燕国灭亡以后，王猛曾派大将梁熙为使访问代国，名为修好往来，实为勘察地形，伺机进兵。作为回访和示好，代王什翼犍也派侍中燕凤出使秦国，并带去了许多珍贵的礼物。秦国皇帝苻坚非常高兴，设宴招待燕凤，席间试探着问道："代国多年来政局平稳，国家安定，代王是个什么样的人呢？他有什么过人的才能吗？"

燕凤一听，即刻明白了苻坚的用意，于是他骄傲地回答："代王宽厚仁爱，智略高远，乃当世之豪杰，一时之雄主，常有造福万民吞并天下之大志也！"

苻坚又说："你们是个马上的民族，没有稳定的居所和巩固的后方，打胜了就追，打输了就跑，连常规的坚甲利器都没有，靠什么吞并天下呀？是不是有些言过其实？"

燕凤笑着答道："我们北方民族，个个弓马娴熟，一人两马三刀，昼夜可行千里，不需要车马辎重，不用设营帐高垒，进攻时如疾风暴雨，所向披靡，撤退时若风入山林，无影无踪，取上将之首如探囊取物，破敌方军阵似春游踏青，真天下独一无二之铁军也！"

符坚又询问道："那你们代国有多少军队呢？"

燕凤回答道："少说五十万骑兵，一百万匹战马。"

符坚笑着说："有些夸张了吧？"

燕凤正色说道："夸张什么？这我还是保守的数字呢！真若打起仗来，代国全民皆兵，能有百万之众，那是真正的铜墙铁壁呀！"

符坚听了燕凤的话，沉吟良久，遂没敢对代国轻易用兵，两国又维持了七年和平的环境。

军师王猛虽然认为燕凤的话未必是真，但他也同样对代国的军力不敢小觑，他觉得若是真的死打硬拼，代国的几十万骑兵还真是难缠的对手，于是这一次进兵，他在代国的内部做起了文章。

王猛知道代王什翼犍已经五十八岁了，虽然智勇双全，但是体弱多病，其嫡生长子拓跋寔和弟弟翰都早已死亡，庶长子寔君和慕容妃所生六子虽都已长大成人，但是代王一个也不可心。他所相中的太孙拓跋珪倒是命相不凡，但是只有六岁。代王的侄儿拓跋斤是什翼犍四弟拓跋孤的儿子，因为父亲去世，失去了治理半个国家的权力，一直耿耿于怀，心中不满。王猛看准了这是个缺口，于是悄悄派人与拓跋斤秘密联系，除了送与大量金帛财物和美女之外，还具书承诺灭掉代国以后，仍让他掌管这块土地。拓跋斤信以为真，遂挑唆寔君说："如今代王病重，眼看要册立慕容妃的儿子了，打算把你杀掉，你没看人家弟兄几个日夜披坚执锐，不断地带兵巡逻吗？你若不早下手，就死定了！"寔君信以为真，突然在夜间带兵闯入大帐，将睡梦中的代王什翼犍和慕容妃诸子全部杀死。代国大乱，王猛乘机派大将李柔和张蚝发动突袭，一举灭掉了代国，活捉了拓跋斤和寔君，将他们解往京城长安。符坚见之一阵冷笑："这等不忠不孝、无情无义之人留有何用？"遂下令推出斩首，同时把代国的土地一分为二，分别划入河西、河东两郡管辖，至此秦国终于统一了北方。

扫除了外围的敌对势力之后，符坚有些志得意满，认为大功即将告成，只等着兵发东晋、统一全国了。但是军师王猛不这样看，他认为秦国最大的隐患不在外部，而在内部，其中最可怕的敌人就是慕容垂。他似乎冥冥中有一种预感，觉得迟早有一天，大秦国会灭在慕容垂的手上。因此尽管他之前曾经千方百计想擒而诛之，都被皇帝符坚阻止，但他并未死心，他发誓一定要报答符坚的知遇之恩，帮助朝廷把这颗钉子拔掉。于是他再设一计，想借此逼反慕容垂，然后再乘机将其杀掉。

原来王猛素知符坚好色，后宫娇妻美妾虽然不少，但仍四处猎艳寻鲜、摘花折柳，遇有绝色佳人，必欲图之而后快。王猛听说慕容垂的妻子段氏虽已徐娘半老，但仍美貌异常，因此假传朝廷苟太后谕旨，令段氏去福宁宫聚会。慕容垂当时驻军灞上，又经常巡视河北，因此家眷仍留在长安，这也是为了让朝廷放心，以免引起猜忌。段氏过去这几年也常奉命到太后或皇后宫中聚会，因此这一次她并未在意，只是简单收拾了一下，就随着传旨的侍女入宫了。到达畅春亭之后，那位侍女说要前去通报，让她在此等候，结果一等就是半个多时辰，段氏心中不免有些着急，也有一些疑虑。

段氏在此没有等到太后的召唤，也没有再看到那位侍女，却等来了大秦国的皇帝苻坚。原来在这日早朝之后，王猛留下对苻坚说："臣前些日子出兵代国，偶遇一位绝色佳人，立即命人小心侍候，已用香车接回长安，不知陛下可有兴趣？"

苻坚一听喜出望外："有这样的好事？你怎么不早说呀？如今她在哪里？快带我去见她！"

王猛故作神秘地说："这位佳人不比寻常，她乃是代王什翼犍的妹妹代国公主，不仅出身高贵，而且色艺俱佳，这一路颠簸，旅途劳顿，臣总得让人家沐浴休息，恢复得花容饱满，妙体生香，方能够侍候陛下不是。臣看今日风和日丽，天挂彩虹，陛下当有红鸾之喜，先致祝贺了！"

苻坚有些急不可耐，"哎呀！我的大军师，你就别卖关子了，她在什么地方呢？快告诉我呀！"

王猛笑着说："陛下快去吧！她已在畅春亭等候多时了！"

苻坚大喜，两步并作一步向畅春亭奔去，远远地就看见玉水湖旁，柳荫之下，一个绝代佳人身着白裙，亭亭玉立，正在翘首张望。那高挑曼妙的身姿如风中杨柳，那白里透红的脸庞若水上芙蓉，那轻移细动的脚步展现出青春的健美，那顾盼流转的眼神闪烁着迷人的星光，让人一看，有一种圣洁高雅和超凡脱俗的俊美，真好比九天的玄女和月里的嫦娥，把这个大秦国的皇帝看傻了、看呆了！他虽然贵为一国之君，见过无数个美女娇娃，但他从来没见过这样高洁美貌的女人，一时竟有些情动神迷，半晌都没有说出话来，过了好一会儿才近前施礼："苻坚见过代国公主，让您久等了！祝公主青春常在，妙龄永恒！"

且说段氏在畅春亭边等了好大一会儿，仍然不见那位侍女的身影，正在心中纳闷儿，猛抬头见一位身材壮硕的男子迎面而立，仔细一看，却是大秦国皇帝苻坚，不由得大感意外。段氏是认得苻坚的，但苻坚却不认识她，方才又听苻坚称她为代国公主，也只好将错就错地说："臣妾见过大秦国皇帝陛下，祝陛下江山永恒，春秋万岁！"说话之声，珠圆玉润，行礼之姿，风摇荷舞，看得苻坚心头撞鹿，喜得苻坚遍体生津，急忙弯腰去扶，顺势抓住段氏的玉手，并以眉目传情，邀请她去湖边游玩。弄得段氏有些不知所措，于是低声说道："臣妾奉太后之命，入宫觐见，侍女已去通报，一会儿就可出来，还是在此等候才好。"

符坚闻言笑道："非是太后相召，是我有意约你，听说公主美貌，天下无双，故求冒昧一会儿，共效于飞，不知公主意下如何？"

段氏一听，脸唰的一下就红了，她没有想到符坚会如此直截了当，厚颜无耻，一时竟不知如何应对。那符坚见段氏脸生红云，面若桃花，一颦一笑，风情万种，越发把持不住自己，竟然一把抱住段氏，连亲带啃，向她求欢。段氏明白今天自己是中了圈套、落入陷阱了，心爱的夫君却一无所知，不免悲从心起，忽然急中生智，从容地说道："陛下请勿着急，容我细细禀来。臣妾虽是草原中来，却也懂得人生乐趣，男女相合，贵在神交，鱼水之欢，乐在魂会。臣妾今日有红潮在身，恐有伤陛下雅兴，有污万岁龙体。大国之君，自有高风雅韵，神仙眷侣，必选吉日良辰，请陛下善保龙马精神，容臣妾三日之后再来相会，如何？"说罢挣脱撕掠，匆匆而去。

符坚兴致大发，正想去追，却见一群侍女迎面而来，无奈强压欲火，大声喊道："请公主三日之后如约而来，不然我会去找你的。"说罢悻悻地回宫去了。

且说段氏匆匆地回到家中，未及梳洗更衣，便急忙带上三名侍卫、两名侍女，坐着马车去找慕容垂。来到灞上住所，段氏泣不成声地向慕容垂讲述了事情的全部经过，气得慕容垂虎眉倒竖，红脸变黄，"唰"的一声抽出佩剑，把一张檀木桌劈为两半："我不杀老贼，誓不为人！这个黄土骚狐，欺人太甚！"说完就要点齐人马，杀奔长安，与符坚贼酋决一死战。段氏哭着劝道："夫君大任在身，百姓翘首展望，先祖之言犹闻在耳，岂可因之轻举妄动？如果我们同符坚撕破脸皮，眼下将无处可去，复燕大业又怎能完成？还望夫君三思。"

"这一定又是王猛的奸计！"慕容垂恨恨地说，"他是想乘机把我逼反，然后找个借口把我杀掉，以除其心头之患。这个奸贼，无所不用其极，简直丧失人性，坏得透顶，难道他就不怕报应吗？"

慕容垂喝下一碗烈酒，接着说道："我明知他要置我于死地，但也顾不了那么多了。大丈夫为人在世，上不能赡父母而下不能护妻小，还有何面目立于天地之间！爱妃不要劝了，这一次我绝对不会放过他们。"

段氏跪伏在地，双手抱着慕容垂的双腿哭道："若为夫君大业，臣妾死不足惜。当年范蠡为助越王消灭吴国，舍出西施而成大业，后来夫妻携手为商，泛舟江湖，成为千古佳话。今夫君乃云中皓月，雾里金乌，又非范蠡可比，早晚必会冲出云雾，光照人间。为此，臣妾愿效西施郑旦，保夫君眼下之平安，助夫君成千秋之大业，虽鞠躬尽瘁，死而后已！"言罢痛哭不已。夫妻二人相拥而泣，一夜未眠。

慕容垂这两日心如刀绞，苻坚却也是度日如年。自打那天在畅春亭见过段氏之后，他就像丢了魂一样寝食不安，上朝时无精打采，心不在焉，群臣皆以为圣躬违和，只有王猛暗自发笑。回宫后两眼发直，郁郁寡欢，三千粉黛他连理都不理，唯独那位代国公主总是浮现在他的眼前。他觉得那些妃嫔同代国公主相比，简直如同一堆树皮，因此连平日最宠爱的张妃同他说话，他都懒得搭理，大家都感到莫名其妙。

苻坚盼星星盼月亮，终于盼到了第三天头上，急得他起床后连早膳都没有吃，就匆匆地来到畅春亭。他自信身为一国之君，他想办的事情就一定能够实现，她一定会如约前来，也许她比自己还要着急。

果然辰时刚过，伴随着缕缕清风和满天的彩霞，她来了！她穿着一身淡蓝色的衣裙，发髻被高高盘起。露出玉石般美丽的脖颈，迈动着轻盈的脚步，扭着曼妙无比的身姿，就像刚刚凌波出水的洛神，那般美貌、纯洁而又高贵无比，同时又流露出一副凛然不可侵犯的神情，把苻坚彻底慑服了。这个统率过千军万马，又"驾驭"过无数美貌女人的大国之君，竟然拘谨得像个孩子，动作矜持而又语无伦次。而段氏则是大大方方，谈笑风生，与苻坚亭边漫步，湖畔长谈，品茶饮酒，吟花赏月，又携手入帏，共赴巫山。苻坚只觉如登仙境，似遇天人，欢快无比。自此一连数日不朝，昼夜在宫中与段氏欢会，可谓形影不离，如胶似漆。一日王猛入宫请安，见苻坚红光满面，神采飞扬，于是笑着问道："陛下近日龙腾虎跃，精神百倍，不知代国公主如何？"

苻坚执其手说："貌胜貂蝉，态如夏姬。得此至宝，不枉此生！我正琢磨着怎样重赏你呢！"

王猛诡秘地一笑，"赏就不必了，但愿陛下不怪罪微臣便是。"

苻坚诧异地说："军师大功，理当重赏，怎么还会怪罪于你？不知此话究是何意？"

王猛答道："陛下已与她欢会数日，难道真的不知道她是谁吗？"

苻坚越发糊涂了："你不说她是代国公主吗？怎么反来问我？"

王猛笑道："哪有什么代国公主？她是慕容垂的正妻段氏，北地第一美女，燕王慕容儁的妻侄女，陛下可是艳福不浅哪！"

"啊！"苻坚大惊失色，气急败坏地说，"你怎么想出这种损招？这不是逼慕容垂造反吗？让我如何是好？"

王猛不慌不忙，胸有成竹地说："这有什么呀？普天之下，莫非王土，率土之滨，莫非王臣。臣下对于君主，就如同子女对待父母，要命也得拿去，何况身外之物？夺了他的妻子怎么了？那是瞧得起他！他若起兵谋反，说明事君不忠，正好借机杀了他！他若逆来顺受，表明雄心已没，昔日的老虎已经变成了病猫，必然声誉扫地，威望尽失，也就没有什么可担心的了。"

符坚经过这数日的缠绵，已经与段氏难舍难分，如今王猛这么一说，觉得也有道理，于是乐得将错就错，到一边享受去了。王猛则在朝野上下，大肆宣扬段氏入宫之事，一时弄得京城内外沸沸扬扬，多数人都对慕容垂投来鄙夷的神色。但慕容垂视而不见，装作不知，依然一副忠心耿耿的样子。符坚由此心安理得地占有段氏，经常出双入对，尽情玩乐，不久又把段氏封为昭仪。段氏则经常在符坚枕边说慕容垂的好话，致使符坚对慕容垂的戒心全无，既赏金银又送衣帛，还增拨了一万精兵由其统率，使慕容垂成为坐镇一方的重要军事将领。

王猛除了处心积虑地算计慕容垂，也不忘千方百计地琢磨慕容恪。他十分仰慕慕容恪的军事才能，早就听说慕容恪得名人真传，有一部奇书叫作《兵法概要》，是东汉末年诸葛亮和司马徽、徐庶三人共同编著，早就想琢磨到手，苦于没有机会。秦灭大燕的时候，他就派随军长史、心腹张驯去邺城查找，发现慕容恪的家人早已搬走，不知迁到何处去了，遂撒下很多人马四处打听，也没探听到慕容恪家人的下落。这一次他设计把段氏骗进后宫献给符坚，暗中派人监视慕容垂的动向，却意外地发现了慕容恪家人的行踪，于是派张驯带百名兵士直接去涿城，扮作土匪和盗贼，于一深夜突然闯入慕容恪的家中，令慕容绍和全家措手不及，连老带少十三口人全被堵在院子里。慕容绍虽体弱多病，仍与刘文昭率卫士们拼力抵抗，斩杀秦国兵士五十多人，最后终因寡不敌众全部被害。慕容绍的妻子拓跋红柳此时怀孕待生，躺在内室中不能行走，幸得邻居猎户冯安相救，趁混乱之时把她背出涿城，并躲入山林，藏在一个隐秘的山洞里。张驯带领着兵士们翻遍了住宅的每一个角落，也没有找到那本奇书，只好垂头丧气地回长安复命去了。

前秦建元十二年（376）三月，慕容恪的儿媳妇、慕容绍的妻子拓跋红柳，在燕山（今河北省涞水县）的一个山洞里，生下了一个男孩。小家伙降生的时候，偏僻黑暗的山洞里红光骤现，如燃大火，初春的季节里似有百花盛开，异香扑鼻，经久不去，无数南来的燕子聚在洞前，欢叫不停，十几只仙鹤在山林之上盘旋，很久方才离去。冯安与红柳均感到十分奇异，遂给孩子取小名为燕鹤儿，大名以母亲姓氏中的"跋"字为意，叫作慕容跋，但由于担心秦国再派人加害，遂改作冯安的姓，也叫冯跋。这孩子是慕容恪这一脉唯一的后人，因此红柳极为珍爱。她与冯安为避灾祸，在山洞里一住三年，相依为命，从此结为夫妻。

王猛自打骗段氏入宫，虽觉了却了一件大事，但每每回想起来，常感心中不安。及至派张驯去慕容恪家，不但没有找到那本奇书，还灭了人家十三口，良心上更是受到极大的谴责，一连几日睡不好觉。有一天夜里，竟然受到了恩师的痛骂，说他违背初衷，丧失人性，由积善变成作恶，接着是慕容恪向他冷笑，家人们向他索命，吓得他大叫一声惊醒，方知乃是一梦。但从此他茶饭不思，彻夜难眠，身体日渐消瘦，终于一病不起，常常咯血不止。

符坚闻之惦记异常，每日必早晚两次探望，常常亲自煎汤熬药，令王猛十分感动。他在临终前对符坚说："臣本一山东贫民，少时得遇恩师，中年又获明主，本欲终生陪伴陛下，效忠国家造福万民，以期扫清寰宇，成就大业，奈因时乖运蹇，贱体生疾，恐不能随陛下于鞍前马后效劳矣，真是抱憾之甚！痛心至极！但天命难违，尚有三事相托，伏望陛下铭记：一为多听群臣之谏，做个有道明君，不可一意孤行，否则大业难成，还有杀身之祸，刘备、项羽皆为先例也；二是仍然要十分戒备慕容垂，他乃笼中之虎，早晚必为大患，此番夺妻尚能忍受，足见此人可怕得很！能除则果断除之，暂不能除也绝不赋予兵权；三乃不可轻言伐晋，那班文臣武将皆华夏人杰，又占地利，伐之必败，自取灭亡。"言罢紧握符坚之手，瞑目而逝，时年四十八岁。

王猛从寿光二年（356）来到前秦，在符坚身边出谋划策，东讨西杀，历时二十一年，为秦国的发展壮大立下大功，为一代名将。后来有人评价说他的才能堪比周瑜，但可惜的是符坚不比孙权，甚至连曹操的一半都赶不上。王猛去世令符坚悲痛万分，真如折其一股、断其一臂，许多天都哀伤不已，命厚葬在骊山脚下，并厚待其家属亲友。

前秦建元十八年（382）十月的一日早朝，符坚对大臣们说："光阴似箭，日月如梭，转眼间我已登基二十五年了，国家日益强大，北方已经统一，我也由一个二十多岁的青年变成一个五十多岁的老人了。人生苦短，时不我待，大业未成，寝食难安。如今十年未动干戈，伐晋的时机已经成熟，不知道众卿有什么见解？"

秘书监朱肜惯于察言观色、见风使舵，紧接着说："我主英明睿智，我军所向披靡，如今北方早成一统，国家实力无比强大，燕国尚且不抗一打，晋国小儿又岂在话下？还不是肥肉一块，小菜一碟？依臣之见，御驾亲征，速战速决，晋国指日可灭，胜利很快到来，一彰我主之德，二慰百姓之心，成我朝不朽之大业也！"

符坚闻之大喜，赞之曰："肜爱卿之言，甚合我意，实乃真知灼见也！"

但是尚书左仆射权翼强烈反对，他说："晋国和秦国相比，虽然看似较弱，但他们占据长江天险，拥有地理优势。晋帝司马曜虽然年轻，但是聪明睿智，尚书令谢安老谋深算，极有韬略，谢玄、谢石和刘牢之等一班武将又智勇兼备，几十万军马训练有素，斗志昂扬。况眼下君臣和睦，政通人和，未见有大错开罪于百姓，有恶行失信于万民，如果此时讨伐，我军师出无名，恐成不义之师，遭到天下人唾弃和耻笑。依臣之见，当等待良机，以为后图。"权翼的话，得到了多数大臣的赞同和支持，苻坚听了心中不悦。

太子左卫率石悦说得委婉一些，他是先扬后抑："主上伐晋乃是千秋之大计，万世之壮举，惠万民之功德，利社稷之大事，足见陛下深谋远虑，英明天纵，不愧天下之英主也！但现在伐晋，天时、地利、人和都不在我们这边，似应谨慎考虑才是！我劝陛下换个时机才好！"他讲的话，等于是对权翼的重复和补充，同样惹得苻坚心中不快。

由于大多数臣子强烈反对，本次朝会议而未决。在临退朝的时候，苻坚把大将苻融留下，希望他能支持自己的意见。苻融是苻坚的堂弟，文武双全，持重沉稳，被封为大将军、陇西侯，在朝中和军中都有一定的威望。苻融诚恳地说："如今我朝伐晋有三大不利：一是东晋没有挑衅，我们师出无名，在道义上先丢了分；二是百姓们盼和平，官吏们求安稳，在人心上没后盾；三是将士们士气低，队伍内无军魂，打胜仗没把握。王猛和邓羌都去世了，这对我们很不利呀！"

苻坚听了生气地说："我以为你是一个聪明的人，没想到你也这么迂腐！如今我大秦国有雄兵百万，一人丢一条马鞭，就可以阻挡江水顺流！你我皆身经百战，难道就不会打仗？难道没有了王猛和邓羌，我们就什么事都不干了吗？"

苻融也动了感情，哭着说："大燕国灭亡，是因为他们君腐臣贪，中了王猛的离间计，逼走了慕容垂，才使我们取得了意外的胜利，不然的话，我军有把握战胜慕容垂吗？枋头大败才十几年哪，难道陛下就忘了吗？桓温那是多么能打的战将，都不是慕容垂的对手，这也是王猛非要除掉他的全部原因。东晋眼下灭亡不了，这是明摆着的事，大秦国目前看似强大，其实隐患很多，鲜卑、匈奴和西羌都是我朝的宿敌，他们表面上虽已臣服，但是一有风吹草动，就会兴风作浪。如慕容垂这等武勇之人，我朝何人能敌？像姚苌这样有城府的战将，又有谁能防得？如果陛下率大军亲征江南，让太子带着老弱病残之兵监国，万一出了反叛大事，怎么弹压得了？王猛军师乃是一代人杰，有着超人的智慧，他临终前一再叮嘱陛下，不可轻言伐晋，否则自取灭亡，难道陛下就忘了吗？我们的话您可以不听，难道他的话您也不听吗？那可是临终遗言哪！"

苻坚越听越烦，越听越气，遂不理苻融，拂袖而去。

次日苻坚请来法华寺的住持道安大师，想征询一下他的意见。二人寒暄已毕，苻坚说："江南山水，天下奇观，若能得而览之，则今生无憾。我意欲邀请大师共游长江，漫步东海，拜谒虞陵，瞻仰禹墓，饮武夷之名茶，尝珠江之美味，岂非人生一大快事乎？"

道安大师闻听此言，顿悟其意，于是委婉地说："陛下坐拥北方，即可遥控江南，何须劳师远征，徒受戎马之苦？何况江南燥热潮湿，毒虫满地，水灾频发，瘟疫连连，虞舜和大禹去了，都没能回得来，陛下到那里去受什么罪呀？"

苻坚素敬道安之德，于是也温和地说："上天让我为帝，我当生为万民，活着就要为百姓谋福祉，把被晋统治下的人民都解救出来，建立一个强大的国家，让大家都过上安定的日子，有何不可呀？"

道安大师见苻坚执意要去，知不可阻，乃劝道："陛下要取江南，可择一将为帅，切不可御驾亲征，否则后果不堪设想，请陛下三思呀！"说罢起身告退，苻坚听后，仍不以为然。

晚上入宫休息，苻坚仍然念念不忘伐晋之事，于是便询问张妃的看法。张妃是长安义商张驰的女儿，传说是汉初三杰之一张良的后人，不仅生得美貌端庄，而且从小知书达理，凡事极有见解又温婉大度，因此深受苻坚的宠爱。她先给苻坚斟上一杯香茶，然后缓缓地说："臣妾听说世间万事万物，若想生存、发展和壮大，莫不成在一个'顺'字。日月之行，因为顺乎天时而永恒，大禹治水，因为顺乎地势而成功，植物生长，因为顺乎四季而繁衍，周王灭纣，因为顺乎民心而告捷，逆天而行，背民而动，什么事情都不会成功。至于我朝伐晋，是否顺其自然，臣妾不说，陛下自当心知肚明。民间又有谚语云：'鸡半夜鸣而不利出师，犬成群吠而宫室将空，兵器发声报征伐凶兆，厩马常惊寓军败不归。'我朝自去年入冬以来，这些异兆都出现了，恐不是什么好的迹象啊！"

苻坚一听就火了："真是头发长见识短，拿这套民间谶语来蛊惑我！"一怒之下泼掉香茶，转身走了。张妃含泪长叹一声："大秦国的厄运来临了，这也许是天意呀！"

苻坚的小儿子中山公苻诜生得聪明伶俐，一直深受宠爱，以为别人的话不听，他的话父亲准会听，于是大着胆子去劝苻坚，希望父亲能尊重群臣的意见。苻诜说："阳平公苻融乃当世名臣，具有远见卓识，已故军师王猛乃一代名将，具有超人智慧，他们都说伐晋不妥，父皇何必固执己见？况且晋有谢安、桓冲等江南豪杰，文武兼备，兵精粮足，岂可轻易伐得？不要酿成大错呀！"

"黄口小儿，乳臭未干，你懂得什么？捡点道听途说，也敢来教训于我?！"苻坚伸手要打，吓得苻诜一溜烟儿逃跑了。

因为朝野上下一致反对伐晋，苻坚连日来始终闷闷不乐。一天慕容垂回到长安办事，顺便到宫中看他，苻坚便问起慕容垂对于伐晋的看法。慕容垂当时没说什么，只是建议苻坚与他一起，登上御苑的最高峰，然后与苻坚比肩而立，指着下面一片片错落的楼阁说："陛下乃旷世英雄，远见卓识，岂是他人能比？就好比这登山看景，陛下是站在这顶峰之上，自然站得高，看得远，不仅全面，而且明了。至于那班大臣和妻子儿女们呢？他们都站在各自的角度想问题、谈看法，就如同站在这御苑中一些低矮的楼阁之上，当然有其片面性和局限性。何况家有千口，主事一人，男子汉大丈夫立于天地之间，要干成一件大事，岂能尽听别人七嘴八舌乱吵吵！当年晋武帝司马炎讨伐东吴，群臣也是坚决反对，不也一样大功告成吗？"

符坚立刻恍然大悟，高兴地拍着慕容垂的肩膀说："满朝文武大臣之中，唯有道业知我心也！"遂下定决心伐晋。

慕容垂得知符坚决心伐晋，心中暗喜，他安顿好灞上的防务，便以到河北巡察的名义，乘机去联络旧部，伺机举事。这一日在涿北大营，他正在与几个将军议事，忽有士兵来报，说辕门外有三个人求见。慕容垂一听急屏退众将，请来人相见，没想到竟是侄媳妇拓跋红柳，背后还跟着一个男人和一个小男孩。红柳一进门就给慕容垂跪下了："五叔公在上，侄媳妇拓跋红柳给您磕头了！"说着又拉过那个六七岁左右的小男孩："跋儿，快过来！这位就是我常跟你讲的五爷爷，给你五爷爷行礼！"那小男孩急忙跪倒，"咣咣咣"连磕三个响头，嘴里说："五爷爷在上，小孙儿慕容跋给您磕头了！"动作连贯灵敏，声音清脆可爱。

慕容垂见这个小家伙生得浓眉大眼，鼻直口方，两耳特大，双臂奇长，那模样和体态非常像儿时的四哥慕容恪，不免十分惊奇，正待发问，就听红柳说道："这孩子是您侄儿慕容绍的亲骨肉，他刚要降生的时候，父亲就被害了，亏得这位壮士冯安救了我们娘儿俩！"说罢泣不成声。

慕容垂这才恍然大悟："四哥家出事以后，我几次来找过你们，因为房屋已被烧光，尸首无处寻找，便以为全家都遇难了，没想到你们还活着，四哥有了这么好的一个孙儿，真是苍天有眼哪！"

红柳向慕容垂介绍了猎户冯安和他的状况，并讲述了事情的全过程，末了她说："孩子出生以后，我曾经想带他去投奔五叔公，但后来听说您也陷在危险之中，便暂时放了下来。这几年孩子逐渐长大了，知道了自己的身世，便整天闹着要认祖归宗。昨天在城里头卖山货，听说五叔公过来巡察，今天就领这孩子前来相见，没想到还真就见着了，真是巧得很，看起来我们慕容家的好运要来了！"

慕容垂沉吟片刻，接着说道："也许我们会时来运转，但是眼前还有危险，就委屈红柳在涿城再住些时日，将来情势回转我再派人去接你，也请冯壮士好生照顾她。至于跋儿，他已经长大了，需要去习文练武，既不能再待在你们身边，也不能到我那里去，这样不但耽误了孩子的成长，而且还存在很大的危险。我看就让他回龙山去，跟着黑羽儿师太拜师学艺。名字也暂时不用改，还是叫冯跋，这样更安全稳妥，我马上派人送他走，你看行吗，红柳？"

孩子还这么小就要离母远行，做母亲的如同摘心挖肝，红柳难过得痛不欲生，但她知道在目前的情况下，这已经是最好的安排了，于是含着眼泪点头同意。接着她又解下身上的包袱，对慕容垂说："这副藤甲、这把佩剑和这本奇书，是公爹生前所用，去世后留给绍儿和我，一直在邺城老宅的地下埋藏，才幸免于难，今天就一并交还给五叔公，这可是慕容家传的宝贵财富哇！"

慕容垂见到这三件东西，如同见到四哥之面，一时泪如泉涌，哽咽连声，拜伏在地："请兄长放心，我一定把您的孙儿抚养成人，继承您的遗愿！"说完把这三件遗物递给冯跋，郑重地说："你的祖父生前带着这三件东西，东讨西杀，名满天下，留下了许多盖世的传奇。希望你到龙山以后刻苦学习，发扬光大祖父的精神，实现你祖父未尽的遗愿！"随后派心腹之人立即把冯跋送走，自己也回到灞上去了。

建元十九年（383）阳春三月，苻坚请文武百官到灞上春游，边饮酒边对大臣们说："轩辕黄帝乃千古圣人，其仁如天，其智如神，尚且常常讨伐不听号令之人，何况桓温多次北侵，杀害我秦国多少将士？想起来我就恨之入骨！如今我有雄兵百万，踏平他们易如反掌！晋武帝若不伐吴，天下哪能统一？我决心已下，不再和你们讨论了！"权翼等众大臣听后皆愕然无语，心下却十分忧虑。

经过四个多月的精心准备，这年七月下旬，苻坚下令南下伐晋。根据当时朝廷的规定，每十个人出一人当兵，把全国二十岁以下的精壮青年都封为羽林郎，终于凑够了一百万大军。这一百万大军分别由属地将军们统领，从各自的家乡出发，一齐兵发江南，可谓全民动员，举国震撼。苻坚自领步兵三十万，骑兵二十七万，以大将苻融为前部元帅，浩浩荡荡离开长安。由于战线太长，兵力一时难以聚集，苻坚带兵到达项城时，西凉的人马才到咸阳，蜀汉的官军刚刚顺流而下，而冀州的军队还没有赶到彭城。

当年十月，前部元帅苻融率军攻取寿阳（今安徽省寿县），接着向硖石（在安徽）进发。当苻融从俘虏的口中得知硖石守军粮草缺乏、一片恐慌之时，立即向皇帝苻坚报告，让苻坚产生了晋军准备不足，可以迅速歼敌的错误想法。于是他把大军留在后面跟进，自己带着八千铁骑星夜赶到寿阳，与前部元帅苻融商讨进兵之策，这时候他已开始轻敌了。

苻坚到达寿阳以后，简单地了解了一下秦晋两军的基本部署，马上派尚书朱序渡江去劝降。朱序原来是东晋的一员大将，曾经带兵镇守洛阳，被王猛俘获后投降了苻坚，但始终身在曹营心在汉，时刻怀念家乡故主和妻儿老小，早就渴望回到东晋，与家人团聚。所以朱序见到谢石以后，立即诚恳地对谢石说："此战秦兵虽多，但是战线太长，如今还未全到，等过几日大军陆续到达，以上百万人马和我军对阵，那取胜就非常艰难了。趁现在只有他们的先头部队，而且还有些轻敌，加上求战心切，我们略施小计，将其击溃，必然导致其士气低落，军心大乱，到时候再乘胜击之，可获全胜矣！"谢石详细地询问了秦军的情况，与朱序合谋设定了破敌之法，然后率大军挺进淝水，在南岸安营扎寨，遍插旌旗，虚张声势，沿岸边布阵三十余里，与秦军对峙。

苻坚与苻融听了朱序的回报，答应次日决战，并马上通告全军。然后他身着便装，与苻融共同登上寿阳城楼，向对岸眺望。只见东晋军队营帐整齐，绵延数里，旌旗密布，杀气腾腾，在人喊马嘶之中，有一种斗志昂扬的景象，不觉心中大惊。他没有想到晋军人马如此之多，阵容如此之盛，眼睛越看越酸涩，视线越来越模糊，竟然觉得对面的山上好像都是人马在动，于是他用手一指问苻融："你刚才说的军情也不准哪！对面的山上怎么会有那么多的晋军？"

苻融一看扑哧乐了："陛下您看错了，那哪是晋军哪，那是八公山上的草木。"苻坚闻之方恍然大悟，这就是"草木皆兵"这句成语的来历。

走下寿阳的城楼，苻坚如怀揣小兔，心神不宁，他没有想到晋军如此强大，但既话已说出，就没有收回的余地，自己是大国之君，岂能出尔反尔？因此还是决定话兑前言，明日与晋军决战，但他再三告诉苻融，一定要重申军纪，稳住阵脚，确保初战的胜利。

苻融说："我们现在大军未到，是否再耐心等一等，到时候百万人马一齐上，百里战线一齐突，令晋军防不胜防，其胜算才大也。"

苻坚说："大国之君，其言如山，怎能朝令夕改？何况我有百战之师，攻之必胜，岂惧晋国小儿？不等了！咱们俩就领着先头部队先打一仗，以壮军威，以慑敌胆！今晚就犒劳将士，让大家吃饱喝足，只等明日旗开得胜，奏捷凯旋。"

苻融哭着说："兵者，诡道也，跟敌人讲什么言而有信？陛下如此迂腐，则大秦国危矣。"

"放肆！"苻坚大喝一声，拂袖而去，根本不听苻融的劝谏。

次日上午，东晋尚书令谢安率谢石、谢玄和刘牢之等一班大将立在淝水南岸，见秦军声势浩大，森严壁垒，整整齐齐地列在江边，一眼望去无边无沿，军容甚是齐整，突破确实不易，于是派猛将刘牢之乘一小船靠近秦营，对苻坚大声喊道："陛下远道而来，必想速战速决，但从您列的阵势来看，好像又要打持久战，这是何意？现在我们举全国之力在此等您，就想与您决一死战，斗个鱼死网破！您既是大国之君，就请您退让一下，后撤几里，让我们渡过淝水，然后一决高下，岂不甚好？不然我们两军隔水对阵，有什么意义？我们守家在地，还耗得起，请问您大秦国劳师远征，能耗得起吗？"

符融听了刘牢之的话，知其必定有诈，急忙对符坚说："此事万万不可！这恐怕是晋人的奸计。"

符坚似很大度地笑着说："晋邦小儿，我岂惧他？就让他们渡过河来，我军再将其赶下水去，有何不好？"

符融担心地说："陛下没听过兵法有云：'置之死地而后生'吗？如放他们过河，晋军必然死战，一人拼命，十人难敌，我军恐难以取胜也！"

符坚仍然自信地说："晋军渡河乃是背水一战，为兵家之大忌也，我军可乘其渡至过半时，万箭齐发，晋军必大败矣！"

秦军众将闻听符坚之命，均不赞成，一齐跪地而谏之曰："如今深秋已到，哪天北风过来，我军千帆竞发，蜂拥而上，一下子就能压垮他们，为什么非要今日决战？又为什么非要后撤数里？大军后撤，必然生乱，局面恐难以控制也。恳请陛下收回成命！"

符坚听了众将的话，正在迟疑，却听到刘牢之又大声喊道："这等小事，疑而不决，还是大国之君吗？真不如人家小邦之主！罢、罢、罢，我也回去了，你们就在这里耗着吧！"

刘牢之的这几句话大概是伤到了符坚的自尊，他那种死要面子的脾气又上来了，于是不听众将的劝告，右手一挥，命符融下令全军撤退。众将无奈，只好含怨执行。

没想到秦军原本没做撤退的准备，一听说后队变前队，前队变后队，后撤五六里，再整队列阵的命令，一下子就乱了起来。降将朱序根据事先和谢石设定的计谋，已用重金收买了自己带过来的上千名降卒，这时候混在营中四处大喊："快跑哇！秦军败了！快跑哇！晋军杀过来了！"正在后撤中的秦军不知真相，一人大喊，数人回应，一人逃跑，数人相随，一时锣声四起，喊声震天。

撤在前边的秦军以为后边真的败了，撒丫子就跑，后边的秦军见前边的跑了，也就紧紧相随，一刹那小撤退变成了大逃跑，又加之昨晚人人酒足饭饱，今天个个跑得飞快，谁也收不住腿了，没等晋军杀过来，秦军自己就乱了套，自相践踏被踩死、踩伤者不计其数，急得符融连声大喊，一口气砍翻了十几个逃兵，仍然无法控制局面，连符坚的亲兵卫队也跟着奔跑起来，真是皇帝和元帅管不了将军，将军和校尉们管不了士兵，士兵和战马们管不了自己的腿，全军乱成了一锅粥。

这时候东晋大军已经上岸，谢石、谢玄和刘牢之、桓冲等一班虎将带数万精兵，乘势追杀，他们突入秦阵，如虎入羊群，似砍瓜切菜，可怜许多关中大汉，稀里糊涂地就成了刀下之鬼。秦兵们鬼哭狼嚎，只恨爹娘少生了两条腿，没命地奔逃。前部元帅苻融因为连急带气，一时马失前蹄，被逃兵绊倒，不幸被赶上来的刘牢之一箭射死，可怜一代名将，竟惨死在乱军之中。秦军伤了主帅，逃之更甚，朱序乘机大喊："元帅死了！快逃命啊！"许多人跟着大喊，一时局面已无法收拾。

秦国的败兵四散奔逃，一口气跑出了几十里，后续的军马还没到前线，看见前方已经兵败，立刻掉转马头，向回奔跑，后来又听说元帅苻融已死，皇帝苻坚也不知去向，就更加谁也不管谁，一口气跑回原地去了。东晋大军分数路追杀，沿途百姓又跟着起哄，使逃跑的秦军惊慌失措，听到风声，就以为追兵到了，顾头不顾腚地乱跑，闻得鹤鸣，就以为是敌箭飞来，一个个吓得屁滚尿流，"风声鹤唳"这个典故就是从这里来的。秦国的百万大军，不到半天的时间就一哄而散，惜乎哉？悲乎哉？由于一人决策失误，又有多少人跟着无辜丧生？真是令人痛心疾首，扼腕叹息。

第十四回　失民心苻坚亡身　乘良机慕容复国

且说前秦皇帝苻坚淝水兵败，在亲兵卫队的拼死保护之下，一路仓皇北逃，虽然侥幸捡了一条性命，但由于谢玄和刘牢之等东晋将士紧追不舍，丝毫没有喘息的机会，一口气跑出去三百多里。开始时还有几千人相随，没想到在青岗又遭到朱序旧部的伏击，人马几乎损失殆尽，身边只剩下几十骑了，而且一个个弄得丢盔卸甲、狼狈不堪，马都跑不动了，人也坐不住了，听听身后已无喊杀之声，便都一摊泥似的趴在那儿不动了。

估计此时已近黄昏，又饿又累、神情沮丧的苻坚正垂头丧气地靠在一棵大树下小憩，几名贴身的侍卫领来一位山中的猎户，手中提着一只竹篮，给苻坚送来一小盆粗米饭，一小碟腌咸菜和一只肘子。饿得发慌的苻坚饥不择食，不及言谢，顷刻间一扫而光，吃完后命侍卫赏给那猎户白银百两，黄金十两，然而那猎户却坚辞不受，并且不屑一顾地说："黄金白银算得了什么？它买不来老百姓的情义！我之所以给你送饭来，不是图你的多少钱财，只是想告诉你一句话，你说你放着锦衣玉食的日子不过，千里迢迢地跑到这里来干什么？这难道不是天意吗？我们都是陛下的子民，陛下应当是臣民的父母，哪有子民奉养父母还需要回报的呀？只是以后别没事找事，让我们过几天安稳日子就好了！"

苻坚见那位猎户不要钱财，便问他叫什么名字，想封他一个官做，没想到那位猎户根本不告诉他叫什么名字，只是大声地说："陛下别问我叫什么名字了，天下的老百姓都是这么想的，你自己寻思着办吧！"说完头也不回地走了。

苻坚闻听此言感到羞愧万分，他流着眼泪对张妃说："悔不该不听你们大家的忠告，如今我还有什么脸面去治理国家呀？"

这时候淝水大战虽然仅过三天，但前秦的各路大军已经望风披靡，全部溃败，东晋迅速收复了江北的大片土地，只有慕容垂率领的三万人马败中有胜，顺利地攻下湖北陨城，非但没有任何损失，而且军纪如山，秩序井然。

慕容垂听说前方兵败，迅速派出十几路人马前去接应，苻坚听后极为感动，在淮北稍事休息以后，便带着几十名残兵败将来到慕容垂的大营。苻坚见大营中军帐齐整，戒备森严，将领们戎装待命，兵士们斗志昂扬，心中不免十分敬佩。慕容垂亲自为苻坚牵马引靷，一边走一边安慰他说："胜败乃兵家常事，陛下不必挂怀，当年曹孟德也有赤壁之失，然后来仍为天下雄主，最终孙吴不还是难逃灭亡？"

苻坚听后苦笑着说："这些天来，唯有道业这几句话，让我听起来心宽哪！"

苻坚来到中军大帐，慕容垂率领诸子众将和段夫人给苻坚行礼请安，并摆下酒宴为苻坚压惊洗尘。段氏夫人自王猛死后，就已回到慕容垂的身边，今日苻坚一见，再睹芳容，觉之复胜昔日，不觉心潮起伏，感慨万端，表情拘谨，不知所言。而段氏夫人则行若无事，处之泰然，仍与张妃情同姐妹，亲密无间。席间慕容垂频频敬酒，其意甚诚，苻坚也来者不拒，连连举杯。谋臣权翼一直跟在苻坚的身边，恐其中有诈，一再劝苻坚少喝，但苻坚根本不听，仍旧喝得半醉方休，当夜就睡在慕容垂的大营。权翼率领几十名卫士，秉烛持剑，在此守护了一夜。苻坚酒醒后找水喝，天已将亮，见权翼仍凝神守卫，一丝不苟，乃笑之曰："爱卿不必紧张，道业为天下义士，此时必不会害我，何须这般忧虑？"言罢仍大睡而去。

然而权翼的担心也不是多余的，就在酒宴结束以后，慕容垂的几个儿子及心腹将领全聚在中军大帐，建议慕容垂趁机杀掉苻坚，起兵成就大事。慕容垂摇摇头说："当年我在危难之时，苻坚仗义收留了我，也算对我有恩，而且王猛数次加害，必欲置我于死地，都是苻坚保护了我，做人岂可忘恩负义？何况苻坚目前正是背难之时，我若乘人之危害他性命，虽可得一时之逞，但却毁一世英名，岂不为天下人所耻笑？今后又如何取信誉于万民、布道义于天下？此事勿再提起，我必不为也。谁敢擅自动手，我当取汝之头！"吓得众人直吐舌头，段氏夫人也赞同慕容垂的观点，诸子和众将官才悻悻而去。

次日清晨，待苻坚一行人吃饱喝足以后，慕容垂主动提出，把他所带领的三万大军交还给苻坚。苻坚问这是何故，慕容垂诚恳地说："这些军队原来就是陛下的人马，理当还随在陛下的身边，如今此地离长安还有很远的路，可谓山重水复，多有凶险，陛下岂可手中无军？如果这三万大军跟着您走，我也就彻底放心了。"

三燕王朝

符坚有些不解地问道:"道业要去何方? 难道不随我到长安去吗?"

慕容垂泣而告之曰:"此地已近渑池,离龙城不是很远,我想绕道拜谒一下祖宗的陵墓,我已有多年没去过了。何况北方有些人听说陛下兵败,都在蠢蠢欲动,我担心他们趁机闹事,便想替陛下去安抚他们,这也是我这个京兆尹的责任哪!"

符坚一听,觉得这一番话于情于理都名正言顺,便信口答应下来。慕容垂当即拜别符坚,只率领数十人向北而去。

谋臣权翼望着慕容垂的背影,对符坚忧虑地说:"慕容垂是有远大政治抱负的人,行事风格绝非凡人可比!王猛生前一再叮嘱,将来灭秦者必是此人!我观此人北去必反,现在趁他身边无军,陛下可下令一鼓而擒之,就地斩草除根,以绝后患,机不可失,时不再来!"

符坚长叹一声说:"道业素有鸿鹄之志,必不会久居他人之下,且低调行事,心思缜密,多年相处,我岂不知? 但他乃是忠义之人,天下尽知,我今兵败至此,他能派人相救,足见其诚,若想加害于我,昨晚你我已休矣!现在他把三万大军交还给我,又为我去安抚北方的部族,足见其忠,这个时候我再杀他,岂非失大义于天下? 我还有何面目为君? 何况我已答应他了,怎好再出尔反尔? 哎!算了吧! 生死由命,兴衰在天,由他去吧!"

权翼仰天大呼曰:"陛下妇人之仁,必误大事! 将来悔之不及,从此则关东必大乱矣!"气得符坚狠狠地瞪了他一眼,猛抽几鞭,疾驰而去。

权翼却并不甘心就此罢手,他暗暗派出一军绕到慕容垂的前头,在其必经之路渑池桥两侧埋伏。可惜慕容垂早有察觉,没有经过渑池桥,从别的小路绕了过去,让权翼的精心谋划成了竹篮打水一场空。

且说慕容垂带领众人脱离了符坚,一路匆匆北行,三子慕容农有些不解地问道:"昨晚我们想杀他,您不同意也就算了,但今早为何又把大军交还给他? 留下来跟我们打天下,岂不更好吗? 也没有必要让他带回去呀?"

慕容垂笑着说道:"这些秦军成分复杂,不是氐人的旧部,就是关中的子弟,虽然已经跟我多年,但是并不同我们一心一意,带着他们还要时刻防着他们,要之何用? 不如做个顺水人情,让符坚放心而去,还我们一个自由之身。如果我们留一些军队,符坚必起疑心,于我们举事则大不利也!"众人才如梦方醒。

慕容垂率领众人来到邺城,先去拜谒太子符丕。符丕此番没有随父伐晋,而是带兵留守长安,乘机巡视各地,这几日正好驻在邺城。符丕见慕容垂只带几十个人,丝毫没起戒心,热情地安排他去驿馆住下,并告诉他休息几日之后,可一同北去巡视。

慕容垂住进邺城驿馆以后，立即秘密部署诸子及众将出城活动，联络旧部，收拢人马。邺城为燕国旧都，当年城破之时，不少部众四处逃散，多年来啸聚山林，如今听说吴王回来了，一个个欣喜异常，雄心复萌，纷纷进城来与慕容垂相会。慕容垂则嘱咐他们招兵买马，聚草屯粮，整装待命，听候举事的召唤。

这年初冬，匈奴丁零部首领翟斌背叛前秦，起兵进攻洛阳，苻坚闻之大怒，高声骂道："贼酋昔日见我，如同一只家犬，如今见我兵败，却来翻脸咬人，这等无义之徒，我必擒而杀之，以解心头之恨！"言毕写信给太子苻丕，命他派兵解洛阳之围。苻丕素知翟斌凶猛异常，手下也有五六万之众，而且个个英勇善战，别人去恐怕不是他的对手，因此决定派慕容垂领兵前往。

幕僚言萌劝之曰："慕容垂素有雄心壮志，如果授予兵权，如同放虎归山，必成大患，请殿下慎思之！"苻丕不以为然地说："前些日子父皇带兵伐晋，命他率本部三万人马攻取湖北郧城，不但马到成功，而且完璧归赵，把三万人马还给了父皇，可见其忠心耿耿，并无异志。"

言萌忧虑地说："这正是慕容垂的高明之处，也是可怕之处哇！殿下必须要小心才是！"

在言萌的一再提醒下，苻丕虽然并未怀疑慕容垂，但他还是多了一个心眼，他只派两千人马随慕容垂去洛阳平叛，同时命堂弟苻飞龙作为副手，率亲信骑兵一千人同行相助，暗中进行监视。他亲自嘱咐苻飞龙说："一旦发现情况有异，立即命铁骑围住慕容垂父子，乱箭将其射死，一个不留！"苻飞龙匆匆衔命而去。

且说慕容垂与诸子率军离开邺城，一路上打着勤王灭寇的旗号，大张旗鼓地招兵买马，聚草屯粮，那些昔日的旧部闻风而动，纷纷乘机相随而来。沿途所过州县的百姓，听说此番是吴王带兵，无不满心欢喜，踊跃来投。许多当地的青壮年，都是听着吴王的传奇长大的，当年的慕容垂击石虎、败冉魏、取邺城、退桓温的故事，几乎在中原地区家喻户晓，妇孺皆知。

在许多人心中，慕容垂的品格就像空中的皓月，而他的谋略武勇，则是战神的化身，不少的老兵乡勇，都以曾跟着吴王打过胜仗为荣。因此队伍迅速发展壮大，待十几天以后到达河内（今河南省沁阳市）时，已经有兵员几十万人，不少仁商义贾还慷慨解囊，捐款捐物，许多豪绅地主送来粮食和草料，一时在中原地区兵精粮足，威名大震。慕容垂下令把所有人马编为十营，由诸子和众将分别统领，并购置军械，昼夜训练，同时严明军纪，布告乡里，令将士不得骚扰百姓，还时常带兵去扶贫帮困，资助孤寡，因而大得人心，深受百姓的拥戴。

苻飞龙跟着慕容垂一路走来，见他只是热衷于招兵买马，并不提进军洛阳，而且在河内一住就是半月，颇有些疑惑不解，便问慕容垂这是何故，如此下去怎

三燕王朝

么向太子和陛下交代。慕容垂回答他说："太子殿下只拨给你我三千人马，翟斌的丁零部可是有五六万大军哪！他让你我只带这点儿人马去洛阳，这不明明是让咱们去送死吗？咱们如果不招兵买马，怎么能够打败翟斌？又怎么能够完成解救洛阳的任务？同样，怎么回去向太子殿下交代？"

符飞龙闻之瞠目结舌，无言以对，只好派人把消息密报到邺城。符丕得到报告以后，即刻派平原公符晖去河内督促。慕容垂不仅满腔热忱，据实相告，而且满口答应，立刻进兵，并亲自修书一封给太子殿下，说明情由，符晖高高兴兴地带着书信，放心地回邺城复命去了。

送走了符晖以后，慕容垂对符飞龙说："如今我们人多势众，离洛阳已经不远了，白天行军容易暴露目标，被翟斌部的探子们发现，不如我们白天宿营，晚上行军，以便出其不意，攻其不备，彻底消灭敌人。"符飞龙是个莽汉粗人，不知是计，听后欣然同意，何况他只是个副手，真正能调动的只有他这一千人马，他不听又能怎的？只好乖乖地跟着走了。

到了夜半凌晨，队伍走进一座山林，四周围黑乎乎的，什么也看不见，慕容垂的次子慕容宝领着本部两万人马在前边开路，符飞龙带着他的一千骑兵走在中间，后边是慕容垂率领的大队主力。走着走着，忽听得前后边都擂起了战鼓，鼓声就是动手的命令，慕容垂的人马忽地四下蹿起，把那一千名氐族士兵团团围住，这些士兵还没弄明白怎么回事，就被一个个五花大绑，像捆粽子一样缚在树上了。火光中慕容垂对惊慌失措的符飞龙说："念我在秦营中待过十三年，弟兄们对我十分尊敬，今天姑且不杀你们，只是委屈你们在这里多待一会儿，时间一长自会得救。符飞龙你是一个无辜之人，虽是受命监视于我，但也是忠心事主，我也不伤你性命，给你一匹快马骑上，回到邺城给符丕报信去吧！"但符飞龙怕回去受罚，骑上快马自己逃跑了。

慕容垂放走符飞龙，率领大军直逼洛阳城下。他一面派人给城中送信，通知说援军已到，一面又派人秘密与翟斌联系，约定共同合兵抗秦。翟斌闻之喜出望外，立即带兵归附了慕容垂，并主张立即攻取洛阳，劝慕容垂在洛阳称帝。

慕容垂摇摇头说："洛阳四面受敌，没有战略依托，何况王气外泄，不是称帝之所，不如我们北去邺城，只要夺取了邺城，就可以控制中原，窥伺天下。至于称帝嘛，那是万万不可以的事，我的侄儿慕容晖还活着，他才是大燕国当今的皇帝，二哥临终时把他托付给四哥和我，如今他在受难，我当救他出来，复兴燕国。"

翟斌无奈，只好随着慕容垂向邺城进军。兵至荥阳时，翟斌领着诸子和众将再次劝进，上万名将校齐刷刷跪下请吴王称帝。慕容垂无奈，只好向龙城方向九叩首，言明仍尊慕容晖为皇帝，自己只做燕王，说这样只为名正言顺，便于代天复燕而已，并无其他的企图，言罢热泪盈眶。众将皆有些疑惑不解，但都对他的忠义钦佩不已。

慕容垂率领二十万大军如摧枯拉朽，迅速地扫清了邺城的外围，于次年的二月，将邺城围成了一座孤岛。太子苻丕身陷孤城之中，兵微将寡，粮草不足，已经无计可施，只好把求生的希望寄托在慕容垂的忠义之上。他派参军姜让出城游说，请慕容垂念在旧情之上，悔过撤兵，不然等朝廷援兵一到，内外夹攻，恐重蹈当年燕国覆灭之祸，到时候再兵败被擒，悔之何及？

慕容垂大笑着说："彼一时此一时也！太子何至于愚蠢至此！想当年若不是王猛陷害、奸臣误国，你等氐兵羯将，岂是我的对手？又哪会让你等在此横行十几年？似汝这等直筒的蠢材，无知的傻货，已经到了穷途末路，又怎配到我这里来劝降？真是天大的笑话！赶快让出邺城，我会饶尔不死！"

姜让回城后将这一番话报与苻丕。苻丕听了后目瞪口呆，喃喃地说："慕容垂不是忠义之人吗？他怎么会说出这种话来？"急派人送信去长安求救。

姜让走后，慕容垂余怒未消，知道苻丕黔驴技穷，必向长安求救，于是他趁机修书一封，命一个秦军降将崔珏送与苻坚。慕容垂在信中说："本人才疏学浅，又受奸人陷害，致当年大燕国祸起萧墙，不能自控，徒遭灭国之灾，无奈投奔于你。你能够仗义收留，使我有栖身之所，又几次阻止王猛陷害，令我不能忘怀，故多年来勤勤恳恳，驻守边疆，防晋兵于灞上，阻强敌于国门，虽未立下大功，然已尽心竭力。去年淝水兵败，你投归我营，我仍还军与你，助你返回长安，重掌天下，此皆为报恩之作也。然汝身为一国之君，占我之妻，奸我皇妹，囚我之主，杀我之臣，占我大燕之土地而肆虐，役我数万之子民如牲畜，其恨又何其大焉?!洛阳翟斌造反，太子仅派两千人马让我去平叛，岂非让我以卵击石、白白送死吗？不仅如此，他还派人在暗中监视我，随时准备置我于死地，怎不让我肝胆凉透，伤心至极！及至洛阳城外，平原公苻晖又不让我进城，只让我军在露天宿营，在野外厮杀，真是逼得我走投无路也！非是我道业无情无义，实是你父子狼心狗肺！如今天下投大燕者如水流东海，滔滔不绝，大秦国已日薄西山，行将灭亡，此皆天数已定，人力不可违也！现在我军已围死邺城，攻取易如反掌，但因此地乃我之故都，不忍毁其砖瓦，伤及无辜，故望汝下令赶快投降，及早撤走！汝之末日已来，吾不忍再杀太子令汝绝后也！何去何从，请君自酌。"

苻坚阅之，气得口吐鲜血，哇哇大叫，捶胸顿足，懊悔不及，恨不得把慕容垂撕成碎片，以解心头之恨，但此时长安已是四面楚歌，根本无兵可派，只能由太子带兵坚守，顺其自然了。

匈奴丁零部首领翟斌是个见利忘义的粗莽之人，他投靠慕容垂是想趁机当上大单于和尚书令，乘势统一匈奴各部，雄霸北方，当他的草原之王，如今见慕容垂虽然拥兵几十万，但是迟迟不称帝，也不封官，自己的愿望一时半会儿也达不到，因而陡生反意，竟暗中与城里的苻丕勾结，企图里应外合，击溃燕军。慕容垂闻之大怒，果断除掉翟斌，其部下遂四下奔逃，一哄而散，只有翟斌的侄子翟真带着小部分残兵游勇，跑到邯郸去了。慕容垂没有追赶，而是下令让兵士们堵住漳水，以水灌城，围住东、北、南三面，只留西门让苻丕逃跑，由此顺利地攻下邺城。

慕容垂攻下邺城以后，立即命令发放粮食，安抚百姓，排除积水，修复道路，让士兵们在城外扎营，不得骚扰城内外的百姓，受到了当地人民的一致拥戴。当时有民谣云："黄金有价义无价，跟着燕王打天下，吃糠咽菜心欢洽，妖魔鬼怪咱不怕！"就反映了广大人民当时的那种心态。

前秦建元二十年（384）四月，正当燕王慕容垂围困邺城的时候，原大燕国皇帝慕容暐的弟弟慕容泓，从北地（今陕西省富平县）跑回关东故地，纠集了几千名鲜卑旧部在北方起事，响应慕容垂，推举慕容垂为丞相、吴王，自己则号称大将军、雍州牧、济北王，并趁机南进，占领华阴，队伍迅速发展到几万人。苻坚闻报大怒："这个鲜卑的败类、忘恩的贼徒！当年国破家亡之时我没有杀他，还封他做了北地长史，今天竟敢也来反我？可恶至极！"即刻派五皇子苻叡带兵六万前去讨伐。

苻叡带兵来到陕西华阴，因地理不熟，敌情不明，却又刚愎自用，急于取胜，被慕容泓派骑兵诱入山谷，中了埋伏，六万大军全面崩溃，自己也掉进了陷马坑被竹尖扎死。羌兵首领姚苌此战作为随军司马，屡劝苻叡而不听，导致了这场大败，自知责任难逃，于是派参军赵都到长安，代他向朝廷请罪。苻坚听说爱子阵亡，全军覆没，哀从心起，怒不可遏，当时就把赵都杀了。姚苌知道以后，明白苻坚不会再原谅他，于是立即扯旗造反，不几天就招募羌兵五六万人，并且迅速地占据了渭北。

苻坚正在为姚苌造反的事情感到头疼，又接到了慕容泓一封催命的书信，由于慕容泓现在手下有十几万人马，势大气粗，书信中的态度非常强硬，要求"立即把皇帝慕容暐送过来，两家以虎牢关为界，划疆而治，如其不然，将马上踏平长安，灭掉秦国，活捉苻坚，以谢天下。"苻坚气得浑身发抖，把那封信撕得粉碎，又即刻派人把慕容暐传进朝堂，一顿臭骂，吓得慕容暐磕头如捣蒜般地求饶。苻坚当即命他写信给慕容泓，劝慕容泓息兵罢战，进城投降。慕容暐迫于苻坚的淫威，表面答应，暗地里却联络长安城里的鲜卑人，想秘密举事，不幸事泄，被苻坚杀害。

慕容晊死后不久，同年五月，慕容泓在长子（今山西省长治市西南）称帝，设立了一整套官僚机构，任命了文武百官，史称西燕。但由于用人不当，发生内乱，于同年六月即被大臣高盖杀害。

慕容泓死后，他的弟弟慕容冲被推为皇太弟，带兵向长安进攻。慕容冲是前燕皇帝慕容俊的小儿子，因为生得唇红齿白，姿容俊美，十四年前国破被俘之时，曾数次遭到苻坚的鸡奸，后来虽然被外派为平阳（今河南省信阳市南）太守，但这种奇耻大辱几乎令他痛不欲生，一直想寻机杀掉苻坚报仇。建元十九年（383）苻坚淝水兵败，慕容冲立刻在平阳起兵，不料被前秦大将窦冲打败，带着八千多名骑兵流落到陕西、山西一带，后来又投奔了慕容泓，壮大了慕容泓的势力。

七月，慕容冲的大军占领阿房，拿下了周边地区的所有州县，九月逼近长安城下，吓得苻坚不敢迎战，闭门不出。次年一月慕容冲在阿房称帝，改元更始，接着把长安围了个水泄不通。

慕容冲虽已称帝，但因为年轻气盛，国恨家仇集于一身，因此每战必亲冒矢石，一次又一次发动进攻，杀掉了许多秦军的大将，逼得苻坚无奈只好亲自上前督阵。他见到慕容冲立即破口大骂："无耻小人，胯下娈童，不思报恩，却想造反，岂非无情无义，猪狗不如?!"

慕容冲立刻反唇相讥："厕坑的渣滓，人间的败类！你还有脸说话？如今你已经恶贯满盈，在劫难逃了，我要将你碎尸万段。"说罢率军猛攻，拼死向前，燕军勇如猛虎，秦军纷纷败退。苻坚身中数箭，遍体鳞伤，狼狈地丢下长安，向五将山逃窜，半路上被姚苌部下的羌兵捉住，活活勒死在山下的佛寺里。

慕容冲随即占领长安，出于报复心理，纵容部下烧杀抢掠，自己也整天吃喝玩乐，不理政事，不久被左将军韩延带人杀死。

且说燕王慕容垂进入邺城以后，见经过多年的战乱，昔日繁华的燕都如今已是一片萧索，到处是残砖碎瓦，满街是冻饿的灾民，老百姓的生活非常贫苦，一时半会儿难以恢复起来。由于故都龙城还没有收复，遂决定暂时定都中山，以图巩固中原，北伐关东，于次年二月在中山称帝，恢复燕国，史称后燕，立夫人段氏为皇后，次子慕容宝为太子，改元建兴，任命了文武百官。自此燕国中兴，北部中国又逐渐划入了大燕国的版图。

第十五回　施良策燕国中兴　设奇谋关东一统

　　且说燕王慕容垂暂时定都中山以后，没有忘记父皇的教诲，深知大燕国的根基在关东，在龙城，那里才是自己稳固的后方，于是在拿下邺城以后，迅速扫清了外围州郡，在中原地区站稳了脚跟，接着就把目光投向北方，连施六策，取得了辉煌的成果。

　　燕王慕容垂打出的第一张牌，是秘密命令皇太孙慕容会率领两万人北伐，从中山奔无终（今天津市蓟州区），过长城，走山路，涉凌水，先取龙城。大军出发前封锁消息，除燕王和皇太孙两人之外，谁也不知道这两万人马的行踪。临行之前，燕王慕容垂亲授密计，令部将冯安带领一千人扮作商贾，分若干批陆续北进，悄悄潜入龙城。等这些贩枣子、卖茶砖、趸食盐和倒丝绸的"客商"住下来，又详细地打探了城中的情况，并把这些消息传递给燕王以后，慕容垂才下令立即进兵。

　　预先潜伏在山林中的慕容会得令之后，率领大军星夜出发，于后半夜接近天亮时到达龙城郊外，城中的守军仍一无所知。五更时分，作为内应的"客商"们纷纷出动，四处放火，又骑着几百匹战马在城中往来驰骋，大喊大叫，敲锣打鼓，虚张声势，使守城的将士们不知发生了何事，惊慌失措，乱成一团。就在他们忙着救火的时候，冯安乘机带人潜上城楼，打开南门，放下吊桥，慕容会率两万大军蜂拥而入，顷刻间占领了城内的主要街道，向和龙宫进发。守城的余岩部"大人"拖云见大势已去，急匆匆带人从北门逃走。

　　皇太孙慕容会兵不血刃拿下龙城，立即命令将士们扑灭残火，打扫战场，并依照燕王所嘱，不准进入民房，不许惊动店家，不要骚扰城内外百姓，将士们一律在露天宿营。后半夜时，城中的居民们就听到喊杀声，但是没有人敢出来，也不知发生了什么事，天亮以后出来观看，见满街都是露营的队伍，原来是燕王的人马回来了，阔别了十七年的乡亲们不禁热泪盈眶，激动不已，一个个奔走相告，欣喜若狂。

拿下龙城以后，依照燕王所嘱，慕容会马不停蹄，迅速收复昌黎、大棘、和林和白狼（今辽宁省喀左县）等地，很快扫清了龙城的外围，并马上带领将士们加固城垣，修缮殿宇，平整道路，建造仓廪，清理垃圾杂物，加宽加深护城河，做好回都龙城的一切准备。

燕王慕容垂打出的第二张牌，是命令次子慕容宝率领两万大军，于夜间突然出兵，过渔阳（今北京市密云区附近）、奔令支（今河北省迁安市附近），越长城，在三日后的一个清晨，突然出现在今内蒙古大草原的东南部，来到今西拉木伦河边。这两万铁骑如天神般从天而降，让做梦都想不到的柔然部首领榻达罗大惊失色，丢下所有营帐仓皇北逃。

慕容宝依照燕王所嘱，下令不得追赶，不准杀戮，不许抢劫，不要随意征用当地牧人的牛马，不能干扰原住居民的正常生活，同时打开柔然部落的仓廪，给饥寒交迫的贫民们发放衣物和粮食。慕容宝还让将士们张贴和散发燕王亲自签署的告示，宣布不论是当地住民还是外来人口，一律按人数分给土地和草场，并帮助他们砍伐林木，修建房屋，让他们定居下来，还发下许多随军带来的种子和农具，让所有的牧民欣喜若狂。周边地区的人们则闻风而至，纷纷来投，贺兰部、达翰部和吐谷浑部等许多部族的首领前来归附，使这一带地区很快稳定和繁荣起来。

燕王慕容垂打出的第三张牌，是帮助拓跋珪平定叛乱，稳定西北边陲。拓跋部鲜卑也是东胡的一支，早年游弋在代北（今山西省、河北省北部及内蒙古自治区南部）地区。东晋咸康四年（338）十一月，十九岁的拓跋部酋长什翼犍自称代王，建立代国，封其妻慕容氏为王妃。慕容氏是燕王慕容皝的女儿，什翼犍是慕容垂的亲妹夫，因而多年来与燕国保持着非常友好的关系。前秦建元十二年（376），什翼犍被苻坚打败，代国灭亡，其部族和子孙仍在代西北一带游牧。

十年以后，也就是后燕建兴元年（386）正月，什翼犍的孙子拓跋珪在牛川（今内蒙古自治区西拉木伦河）大会诸部酋长，宣布恢复代国，自己即位为代王，年号登国，任命长孙嵩为南部大人，叔孙普洛为北部大人，分统各路人马，又命汉族人张衮为左长史，许谦为右司马，作为主要的谋臣。不久又迁都盛乐（今内蒙古自治区和林格尔县西北），同年四月改国号为魏，拓跋珪自称魏王。拓跋珪当时只有十六岁，按辈分是燕王慕容垂的外孙，他早看出慕容垂雄才大略，非常人可比，于是便积极向燕王靠拢，主动向燕国提供皮张和良马，两家的关系比较密切。

北魏登国元年（386）九月，拓跋珪的亲叔父，老代王什翼犍的小儿子窟咄与苻丕勾结，企图同前秦里应外合，推翻拓跋珪的统治。魏王拓跋珪见窟咄势力强大，人马众多，深知不是对手，一方面率众逃往贺兰部避难，一方面派使臣向大燕国求救。燕王慕容垂虽刚刚中兴建国，根基未稳，但考虑到如果让窟咄得逞，必将进一步与前秦的苻丕联手，对自己的西部边境造成极大的威胁，于是立即派五子慕容麟率领五万大军前去救援。

当年十月，慕容麟率领的五万燕军在高柳（今山西省阳高县西北）与拓跋珪会合。少年拓跋珪足智多谋，只率本部少数骑兵迎敌，假装溃败，将窟咄的大队主力诱至高柳西北，被埋伏在胡杨林中的五万燕军从两侧痛击，窟咄大败，一战而溃，向西北逃往匈奴铁弗部避难。后来拓跋珪派人用重金，收买了铁弗部的首领拖木雷，拖木雷用毒酒将窟咄害死，魏国的叛乱就此平息。燕王慕容垂遂命五子慕容麟率军镇守代北，西北部边境暂时太平无事。

燕王慕容垂打出的第四张牌，是清除本族败类，消灭西燕政权，迎回鲜卑旧部，凝聚燕国人心。西燕政权原本是燕王的侄子慕容泓，在前秦建元二十年（384）四月所建，但他只当了两个月的皇帝便被部下杀死，其弟慕容冲在战胜苻坚攻取长安以后，接替他在长安做起了太平皇帝，纵容部下抢劫，整天吃喝玩乐，引起了鲜卑部族的强烈不满。

这些燕国的臣民是在当年国破家亡的时候，被苻坚强行迁到关中来的，总共有四万多户二十余万人，十八年的时间他们虽然背井离乡，但人口却翻了一倍，达到了四十多万人，是一股强大的政治力量。这些人思念自己的家乡，离不开从小长大的草原，急欲返程东进，回归故里，慕容冲因为乐不思蜀，违背众愿，不久被左将军韩延杀死。后来的几位西燕王段随、慕容颛、慕容忠和慕容瑶皆顺从民意，率众东归，但陆续被慕容永施展毒计，阴谋害死。大燕国建兴元年十月，慕容永率众击败苻登，夺取长子（今山西省长治市西南），遂自称皇帝，改元中兴，与燕王慕容垂建立的大燕国分庭抗礼，而且还阻挠东进，屠杀族人，引起了东归部众的强烈不满。

慕容永与慕容垂虽然是同气连枝的堂兄弟，但二人的品格截然不同。慕容永阴狠毒辣，野心极大，又好色贪杯，寡廉鲜耻。在他打败苻登、攻下长子之后，见前秦杨皇后长得楚楚动人，立即拉其侍寝。没想到杨皇后刚烈不从，抽出慕容永的佩剑欲刺杀他，被慕容永抓住手腕，夺下佩剑，然后当着众人的面强行奸污，奸污数次以后又一剑刺死。慕容永还任意在族人中强抢美女入宫，玩够以后就将其杀害，有不从或反抗者，一律诛杀九族。这些东归的部众一个个咬牙切

171

齿，恨不得喝其血、啖其肉，他们推选出九位老者，偷偷地溜出长子，跋山涉水来到中山，请求燕王慕容垂发兵解难，清除这个鲜卑人的败类。

　　燕王慕容垂听完了九位老者的倾诉，怒火满腔，他深知这些燕国的臣民被迫西迁，同自己一样，备受国破家亡、颠沛流离之苦。如今前秦行将灭亡，大燕国已经复兴，自己的族人们还要受这个畜生的蹂躏，是可忍，孰不可忍！但当他与群臣商议对策的时候，也有不少大臣提出，慕容永毕竟是燕国的宗室，属于族人内部的事情，怎么好兵戎相见？还是以和解招抚为好。甚至有人提出，燕国连年用兵，军力疲惫，此时更不宜兴师动众了。

　　燕王慕容垂的小弟、范阳王慕容德见解不同，他说："东归的族人们多年来寄人篱下，受尽前秦豪强的欺侮，如今又陷入水深火热之中，每天都在遭受屈辱和杀戮，同为先祖的子孙，我们怎么能安下心来，看得下去？我们必须把他们解救出来，迎回自己的家园，这是每个有良心的鲜卑人都应该做的！何况天上只有一个太阳，大燕国岂能有两个皇帝？既然五哥已经称帝，我们大燕国方为正统，怎容他人另起炉灶、再搞一套？慕容永虽为同宗，但他狼心狗肺，行同禽兽，跟他讲什么和？招什么安？难道就让这九个老伯白来了吗？"

　　燕王慕容垂听完之后拍案而起："我完全赞同小弟的看法！想想我们历尽千辛万苦，复兴大燕国是为了什么？难道就眼瞅着百姓受难而置之不理吗？我们同为天神的子孙，难道能容忍慕容永为非作歹，玷污祖先的英名而坐视不管吗？"他扶起九位老者激动地说："放心吧！我一定会清除败类，诛杀毒虫，迎回族人，重返家园，争取早日进兵！"说罢折箭而誓。

　　大燕国建兴八年（393）冬，燕王慕容垂亲率大军先到邺城，在邺城西南五十里扎下营寨，一边调集人马，催运粮草，一边整理军械，修复山路，同时派出许多士兵到山林中去打探军情，摆出一副要从太行山大道向山西长子进军的假象。一连一个多月虚张声势，装模作样，人马虽然并未前进一步，却已经把慕容永吓得不轻。

　　慕容永听到探子的密报，得知慕容垂要从山路抄近道正面进攻，于是急忙下令，把防守在台壁（在今山西省）的军队全部调到轵关（今河南省济源市西），堵住太行山的出口，并拆除了山中的部分栈道，以断绝燕军的来路，防备万一。慕容永认为这样就可以高枕无忧，于是天天拥着美女娇娃，到营中喝酒作乐去了。

　　次年六月，燕王慕容垂通过派人详细打探，得知慕容永确已上套儿，乃悄悄率领人马从滏口（在今河北省邯郸市）经天井关（在今山西省晋城市南）到达台壁的南部。慕容永得到台壁守军的急报，立即命令驻守在太行山口的军队前去救援，但是已经晚了，在大燕国军队的重重包围之中，台壁守将刁云和慕容钟慑于

慕容垂的巨大威望，已经开门投降。慕容永一怒之下，下令斩杀了刁云和慕容钟的家小一百多口，引起了内部将士更加强烈的反感。

慕容永气急败坏地亲率六万大军驰援不成，正欲夺回台壁，忽见一队燕军从左前方飞驰而来，一律黑衣黑甲黑色战马，如一片乌云从天而降。慕容永一见怒从心起："不管你是干什么的队伍，先杀了你们解解恨！"随即一马当先冲了上去，六万大军紧紧相随，其势如排山倒海，不可阻挡，吓得那股巡营的燕军转身就逃。慕容永越想越气，紧追不舍，追得他们丢盔卸甲，屁滚尿流，已经有上百人举手在路边投降。慕容永仍不解气，一口气追出有八十多里，不知不觉间拐入一个狭长的山谷。山谷的两侧是连绵的山林，中间有一条清澈的溪流，转眼间前面的逃兵已经不知去向。

就在慕容永心生疑惑策马徘徊的时候，他手下的多数将士由于长途奔袭，人累马乏，已经纷纷到溪流边去饮水或洗脸，几万人马麇集在一起，人喊马嘶，乱象顿生。慕容永观察片刻，似觉有些不对，刚要下令撤退，忽听得一阵鼓响，四下里杀声顿起，山坡上滚木飞来，天空中箭如飞蝗，骤然而至，溪流边火团翻滚，浓烟冲天，烧得那些战马跑拉暴跳，呛得那些将士转向晕头，几万人马顷刻间乱成一团。火光中在那山冈的高阜之处，一员大将绿袍银甲，五绺长髯，手执长矛，威风凛凛，真如关王再世，天神下凡。只听他高声喝道："鲜卑族人听着！我乃燕王慕容垂，只杀败类，不斩家人，放下武器，跟我回乡！"慕容永的将士们闻之，纷纷放弃抵抗，跪在溪流边举手投降，六万大军几乎全部做了俘虏。燕王慕容垂命令他们脱下军服，交出武器，让他们立即回家，与族人收拾东西，准备东归。

慕容永在一瞬间遭遇兵败，悔恨交加，痛心疾首，在数十名卫士的保护下拼命奔逃，不一会儿就跑出山谷，直接向长子奔去。一路上还算顺利，没有遇到燕兵的截杀，待他马不停蹄地跑回长子，守城将士放下吊桥，打开城门的时候，慕容永立马在吊桥上仰天大笑："看来天不灭我！我必兴兵报仇！"

一言未毕，不知两队燕兵从何处蹿出，简直如从天而降，一眨眼的工夫，就来到吊桥的旁边。原来这是燕王慕容垂设下的伏兵，就隐藏在城门外不远的树林里，装作百姓在放牧或者打柴，守城的将士们根本没在意。慕容永一见，急忙挥手令城上的将士拉起吊桥，关上城门。没想到燕军中一将形同飞鹰，唰地从战马上腾空而起，倏地就落到了吊桥之上，手持利刃，噌噌两刀，砍掉吊桥上粗大的绳索，使那座升到半空中的吊桥，"啪"的一声巨响，又落了下来，惊得守城的将士们目瞪口呆，形同傻了一般。还没等他们缓过神来，那"飞鹰"转眼又落在城楼之上，吓得城上的将士们以为天神下凡，转身就逃，连城门也忘了关了。城外

173

的那两队燕兵乘机涌进城门，闯入大街，很快地就控制了长子南关。

顷刻间城门外马蹄声声，燕国大军如潮水般赶到，吓得慕容永如过街老鼠，东躲西藏，最后被东归的族人们抓住，在街头被老百姓活活打死，守城的将士们全部投降。

燕王慕容垂进城以后，一面立即开仓放粮，张榜安民，命令将士们打扫战场，清理街道，不得骚扰百姓；一面亲自去拜访燕国旧部和鲜卑族人，送去路费、食品和衣物，让他们收拾行囊，准备随军返乡，长子城顷刻间一片欢腾。

燕王慕容垂整顿好随行人马，留下骠骑将军慕容国镇守长子，正欲率众返邺，忽有军士来报，说辕门外有一老妇携女儿跪哭求见。慕容垂忙命请入营中叙话，方知是慕容国之内弟校尉张弘倚仗权势，擅入民宅，强奸民女，还把老汉杀死。燕王慕容垂听完哭诉，怒火冲天，立即命令侍卫捉拿张弘，将其五花大绑押至长子城菜市口，当着全城老百姓的面，令慕容国将其内弟斩首，并把他的头颅悬挂在城门口示众。慕容垂割下自己的一绺长髯，在街心长跪向长子百姓谢罪，以明其治军不严之过。一时叫好之声迭起，百姓无不叹服，从而使燕王慕容垂的仁义之名传遍中原。

燕王慕容垂打出的第五张牌是南稳东晋，西结姚苌。他先派三子慕容农出使东晋，带上人参、大珠、貂皮和鹿茸等贵重礼品，悄悄去拜访权臣司马道子，通过司马道子向东晋朝廷示好，以求稳定南部边陲。此时东晋名臣桓温和谢安等人均已去世，皇帝司马曜沉湎酒色，不理政事，朝廷大权尽由其弟、尚书令司马道子把持。而司马道子不但贪财如命，而且极好寻仙问药，终日与道姑妙音和妙月鬼混，吃喝玩乐，修炼房中之术。慕容农投其所好，给司马道子送去金丹数盒，春药若干，获得了司马道子的好感。司马道子怂恿孝武帝司马曜不但热情接见了慕容农，而且与燕国签下了互不侵犯和约，促使南部边界由此罢兵。

在慕容农出使东晋的同时，燕王慕容垂又修书一封，派四子慕容隆西去关中，拜见羌族首领姚苌。此时姚苌自杀掉苻坚以后，已经占据关中，进入长安，自立为王，建立了后秦。慕容垂在信中盛赞姚弋仲、姚苌父子之德，夸他们忠心耿耿，为前秦打天下立下了汗马功劳，又感谢姚苌在关键时刻仗义相助，救了他的性命，并替他除掉了仇人苻坚，表示愿意与姚苌永结盟好，共同消灭前秦余孽，今后关中和陇右之地，燕国绝不窥伺，皆姚苌仁兄之福域也！姚苌虽为羌人，但精通汉族文化，素慕燕王之忠义武勇，见信十分高兴，不仅热诚款待了慕容隆，给燕王捎去了很多礼物，而且立即秣马厉兵，频频出击，使前秦苻登父子几陷绝境。燕王慕容垂不动一兵一卒，既扫灭了仇敌苻氏，又稳定了西部边境，可谓一箭双雕、一举两得也。

此时大燕国的东西南北四方，只有高句丽和扶余两国还心存芥蒂，背后与东晋和前秦互相勾结、暗送秋波。当年大燕国兴旺的时候，它们都是俯首帖耳的属国，燕亡以后，他们先是归属了前秦，近几年又接受了东晋的封号。慕容垂中兴复燕之后，因为一直忙于战事，没有工夫搭理它们，它们也就妄自尊大，没有向燕国称臣。因此在一日早朝，慕容垂下诏，打出了第六张牌，命小将军冯跋为特使，完成招抚高句丽和扶余的使命。

且说冯跋自七岁时被燕王慕容垂送去龙山，师从黑羽儿师太习文练武，一晃就十年多了。十年的光阴过去，不仅让他从孩童长成了一个雄壮的青年，也使他满腹经纶并练就了一身卓绝的武功。半年之前他奉师命下山，回到了燕王慕容垂的身边，成为一名骁勇的战将。前些时候在攻取长子的战役中，他那超凡的轻功和敏捷的身手，令燕军的将士们拍掌叫绝，也让燕王慕容垂欣喜不已。但他的身世和底细，朝野上下却极少有人知道，只有燕王慕容垂暗自高兴，四哥慕容恪能有这样的嫡孙，是先祖的功德和慕容家族的骄傲啊！冯跋心里也明白，燕王是在有意培养和历练自己，这一次出使两国，就是对自己一场严峻的考验。

冯跋带人来到丸都，见过高句丽国王高伊连，献上燕王慕容垂的亲笔信。慕容垂在信中说："高句丽乃是燕国近邻，两国人民亦多年友好，其渊源已不下百余年矣！惜当年故国罹难之时，汝虽不能救人累卵，伸出援手，亦不该助纣为虐，落井下石，实乃过去一大憾事也。今我朝中兴，追思往事，众心仍常存隐痛，本欲兵戎相加，荡平丸都，以雪旧日之耻，但怜士兵流血，百姓涂炭，实不忍心其所为也！今大燕国威加海内，四方咸服，望汝能审时度势，做明智之抉择，何去何从，自酌自量，否则日月虽能常在，时光不会倒流，一旦酿成错事，恐悔恨亦晚之矣！"

那高句丽王高伊连是已故高句丽王高丘夫的幼子，虽不学无术，但阴狠毒辣，八年前因谋杀其父逼死其兄而登上王位。他看完燕王慕容垂的书信，又见使者是个十七八岁的青年，颇有些不以为然，于是一边把书信交给群臣传看，一边假惺惺地给冯跋看座让茶，并不提书信中所说之事，好像他根本不放在心上。而冯跋倒也沉着冷静，有一句无一句地与高伊连闲聊，似乎忘记了他此行是来干什么的。

过了好大一会儿，高句丽王高伊连似有些讥讽地说："燕王的书信我已看过，他的心意我岂不知？但过去之事非我高句丽无义，实乃大燕国无德，谁让你们立国才三十年就灭亡了呢？这又能怨得了谁呢？如今你们又建立了一个大燕国，有谁知道又能挺过多少年呢？人家晋国可是有上百年历史的天朝，兵精粮足，国势强大。我看哪，责怪别人不如强化自己，你说呢？"群臣闻之一阵哈哈大笑。

冯跋不慌不忙地说："日月之行，有升有落，四季因之分寒暑，苍天为之得阴晴，不能因为有起伏变化，而否认其光华也！鹰击长空，有高有低，入苍穹为之览八方，掠低空求之归大地，不能因为有落差升降，而说它不如家鸡也！大燕国是有过跌宕起伏，但不失其日月之光华，鸿鹄之壮志，这岂是燕雀所能知也！"

冯跋语音未落，就有一位左侧的文臣抢着说道："我主乃历沧桑之国君，燕王是新起事之邦主，他有什么资格说三道四、危言耸听呢？"

冯跋笑道："这位公卿大人提出的问题有些好笑！岂不闻古时候虽有千万个部族，但只有黄帝才是华夏的雄主，如今天下虽有众多的国家，只有燕王才是盖世的豪杰，岂是别人所能相比的！这是小孩子都知道的事啊！"

那位大臣有些尴尬，又有一人接着问道："那你说，燕王是个什么样的人呢？"

冯跋自豪地回答："雄才大略，德满天下，乃一时之雄主。"

这位大臣又说："那你说我们高句丽王呢？外边是怎么样评价他的呢？"

冯跋脱口而出："趋炎附势，坐井观天，乃误国之庸才也！"

"啊！"众大臣一片哗然，"这位使臣年纪轻轻，口无遮拦，怎么这般放肆？"

但是高句丽王并未生气，只是饶有兴味地看着冯跋，好像在精心地欣赏着一件宝物，露出一脸的惊奇。

另有一位文臣接过来说："你刚才讲燕王如此伟大，但你们的人民为什么流离失所？你诬蔑我们高句丽王无才无德，但我国的百姓却安居乐业，请问这又做何解释？"

冯跋笑道："高句丽国的子民们恪居自己的家园，是因为他们守护着祖先的坟茔，留恋着故乡的土地，非是因为国君有什么德能；大燕国的百姓南游河洛，西去关中，是跟着燕王同甘共苦、共赴国难，但时时如大雁南飞，始终不忘故土，刻刻若水流东海，热盼着回到燕王的身边，这等博大胸怀和远见卓识，岂是身居边塞僻野之人所能理解的！"

这位大臣也一时无言以对。

旁边有一位文臣还要发问，这时候高句丽王高伊连说话了："燕王已经年近七旬，还上得去马吗？"

冯跋朗声答道："老当益壮，不减当年，不仅勇武绝伦，而且深谋远虑，正可谓德服四海臣民，气吞万里如虎。"

高伊连接着说："如今关内兵戈正盛，燕国四面受敌，哪有余力顾及我们这些边塞小国呀？我知道燕王乃关公再世，忠义武勇，但他毕竟年老体衰，还能撑几年？诸子皆为平庸之辈，人所共知，谁知道将来会怎么样呢？何况我国多年来受晋册封，天下无不知晓，又岂可朝令夕改、朝秦暮楚？你一个白面书生，三言两语，就想让我们都听你的，是不是想得太天真了点儿啊？"

冯跋起身笑道："燕王帐下，豪杰云集，良将千员，谋臣济济，莫说指日可踏平辽东，就是夺取天下，也是迟早的事。我虽一白面书生，却是大国使臣，高句丽王说话如此刻薄，难道就不怕将来后悔吗？"

高句丽王顾左右而言他，笑道："你说燕王手下人才济济，想必你也是个人才了？看不出你有什么本事，拿出来，让我们这些异邦小国之人也开开眼界啦？"

冯跋似有些胆怯地说："我只是燕王帐下的一名小卒，实乃无名之辈，在燕国可以说名不见经传，既无才，又无德，只能做一些跑腿学舌传话打杂之类的事。但是到了你们这里，那就得另说了，说不定你们都得听我的！"

"啊！这牛吹得太大了吧？也不怕风大闪了舌头？知不知道羞耻呀？""我们为什么要听你的？你算个什么东西！"朝堂上议论纷纷，一片大哗，不断传来谴责之声。

但高句丽王高伊连还是没有生气，而是痛快地说："那好，你就说说怎么让我听你的吧！"

冯跋一本正经地说："请大王从御座上走下来。"

那高句丽王高伊连装作没有听见，冯跋连说三遍，高伊连才笑着答道："我不下去你又能怎样？"群臣一阵阵哄堂大笑。

冯跋并不着慌，而是接着说道："我没有办法让大王从御座上走下来，但我有办法让你从下面走上去！"

高伊连笑着说："你又在吹牛了，我倒要看看你怎么让我走上去。"说完不假思索地从御座上走了下来，面对面地站在冯跋的面前，一副扬扬自得的样子。

冯跋回过头来环视群臣，大声说道："怎么样？大家都看见了吧？大王是不是听我的话，从御座上走下来了？"

高伊连一下子脸红了。众大臣吵吵嚷嚷齐声说道："这不算，你使诈！"

冯跋摆摆手说："不算也好！不算也好！那大王你就站在这里别回去了，怎么样？"

高伊连心想，我为什么要听你的？我若是站在这里不动，就等于上了你的套儿，我偏不听你的，于是抬起腿来，毫不犹豫地走了上去，一屁股坐在御座上，笑盈盈地看着冯跋。

冯跋见之又回头大笑："怎么样？是不是又听了我的话，走回到御座上去了？"群臣一个个仔细玩味，于是皆红头涨脸低头不语，高伊连则觉得有些尴尬。

冯跋接着说道："这些个小把戏是燕国的小孩子玩的东西，你们都搞不明白，还怎么跟燕王斗？"众皆哑口无言。

冯跋抬起头来，见殿上有一只青铜大鼎，好像是商代的遗物，足有八九百斤重，于是对右侧的众将说："我观这只大鼎，乃是镇国之宝，可惜只有一只，还是从别处偷来的。燕王那里却有八只，取威震八方之意，每只皆有千斤以上，殿前几十名侍卫皆能举走如飞，别说那些大将军了。你们这里只有一只，我看也就是个摆设，不见得有人能拿得起来！不信你们谁举举看？"说完转身欲走。

忽听殿右一声断喝："燕使休得无礼！是看高句丽国无人了吗？我就拿给你看！"说着声到人到，只见一将身高过丈，虎背熊腰，眼似铜铃，面如锅底，几步走到大鼎跟前，双手抓住铜耳，"嘿"的一声抱起，接着双臂一伸，右腿前跨，将大鼎高高举起，又轻轻放下。众人视之，乃高句丽国第一勇士，大将军盖黑云是也。

冯跋转身笑了："怎么样？我说让你们大臣听我的，是不是又应验了？让你举你就举，好听话呀！真好像一个乖孩子！"弄得盖黑云黑脸变红，众人又是一阵大笑。

高句丽王高伊连见冯跋虽然身高体长，精干英武，但面皮白皙，文质彬彬，顶多十八九岁，不像是很有力气的样子，于是讥讽似的说："燕使何必见笑？你能拿得起来吗？"

冯跋装作有些害怕的样子，说："这倒没有把握，从来没敢拿动过。不过我想问一句，拿起来当怎讲？拿不起来，又当怎讲？"

高伊连呼地从御座上站起来说："如果你能拿得起来，我就听燕王的话，甘愿臣服！如果拿不起来，对不起，就别在我这里充什么大国的使臣了，回去给燕王捎话，我宁可与他兵戎相见！"

冯跋说："此话当真？"

高伊连说："千真万确！"

冯跋又追问一句："你不后悔？"

高伊连右手一挥："我愿折箭为誓！"

冯跋听高伊连如此说，随即右手一伸，撩起长袍前襟掖在腰间，轻轻地走到大鼎之前，以一手抓住其铜耳，另一手托住其一足，弯下身来，气沉丹田，双膀叫力，两腿收拢，"嗖"的一下，将青铜大鼎轻轻举起，绕朝堂大殿走了一圈，约行二百多步之后，又慢慢放在丹墀之上，面不改色，气不长出，复微微一笑，双手拱拳，向高句丽国君臣施礼。众皆瞠目结舌，很长时间没有人说话。

那高句丽王高伊连一言既出，不好反悔，无奈只好当众折箭为誓："从此向大燕国称臣纳贡，永不反悔，如若违约，身同此箭！"说着将一支雕翎箭一折两段，趁着冯跋不备，一甩手把那支半截的断箭向冯跋后背掷来。那金属的箭头带着好听的哨音，"嗖"地向冯跋的身后飞去。

说句公道话，要说高句丽王高伊连纯粹是想射死冯跋那倒未必，他是想试试这位燕使的反应能力，就此扳回点面子，不然今天高句丽国君臣的脸可就丢尽了！

没想到冯跋眼明手快，稍一侧身，把断箭抓在手中，复回手一甩，"啪"的一声，向高伊连抛去，吓得文武百官"妈呀"一声大叫，有几名武将已经拔出佩剑，扑上前来。

冯跋若无其事地拍拍双手，哈哈大笑："放心吧！我不会伤害他的！我是奉燕王之命前来结好的，怎么会要了他的性命？不过我不能少了大燕国使臣的礼数，这叫来而不往非礼也！"

众臣急忙趋而视之，见那支断箭竟然射下了高句丽王头上的金冠，而且把那顶金冠牢牢地钉在御座后边的屏风之上，好像那顶金冠原来就挂在那里。而高伊连呢？此时已吓得面如土色，浑身发抖，披头散发地坐在那里，一言不发，好像傻了一样。

冯跋一行圆满地完成了在高句丽国的使命，又马不停蹄地赶到扶余，扶余国王余蔚看了燕王慕容垂的书信，吓得诚惶诚恐、战战兢兢，又听说高句丽国已经臣服，于是敞敞亮亮地说："小王素知燕王忠勇，愿听燕王驱使。"然后热情地宴请冯跋一行，并送给燕王许多珍贵的礼物，以表相敬之意。

冯跋率人返回中山，面见燕王慕容垂，首先呈上两位国王表示臣服的书信，以及冯跋代表大燕国分别与高句丽和扶余签订的文书，然后又详细地禀报了出使的过程和两国目前的情况。燕王慕容垂听罢大喜，由衷地赞道："跋儿一行，其功甚伟，顶我十万大军也！真没想到事情办得这样好！四哥在天之灵，当可以欣慰了！"遂封冯跋为武威将军，命他与义父冯安、母亲红柳一起，先行回到龙城去，辅助皇太孙慕容会镇守北方。

至此，燕王慕容垂连出六策，均收到了十分明显的效果，不但顺利地扫清了外围，而且稳定了边疆，凝聚了人心，使大燕国又一次进入了一个辉煌的时期。其边境南至琅琊，东临渤海、西到河汾，北据关东，与前燕时期的疆域大致相同，而且政通人和，百姓安乐，君正臣忠，国力强大，仁德之名传遍天下，友好邻邦纷至沓来。

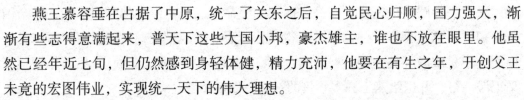

第十六回　用错人劳师伤旅　中毒计损将折兵

　　燕王慕容垂在占据了中原，统一了关东之后，自觉民心归顺，国力强大，渐渐有些志得意满起来，普天下这些大国小邦，豪杰雄主，谁也不放在眼里。他虽然已经年近七旬，但仍然感到身轻体健，精力充沛，他要在有生之年，开创父王未竟的宏图伟业，实现统一天下的伟大理想。

　　建兴十年（395）春天的一日早朝以后，燕王慕容垂大宴群臣，庆祝十年来的中兴伟绩。他自豪地对大臣们说："十年来我等南征北战，东讨西杀，诛逆贼而雪旧恨，得天助而顺民心，使得大燕国如日中天，蒸蒸日上，四方仰慕，八面来投，此皆众卿效力，百姓支持，将士用命之功也！如今晋偏安江南，不思进取，晋帝司马曜昏庸腐败，只图淫乐，奸臣司马道子胡作非为，不理政事，朝野上下松弛涣散，已经不足为虑。关中地区前秦虽有余孽，但是姚羌大军正在剿杀，也已经气息奄奄，无须挂怀。北方各小国及各部族，多已臣服，完全可以放心。现今对我大燕国构成威胁的，未来又可与我大燕国争锋者，只有西北方的魏国，我欲兴兵讨之，统一北方，然后再徐图南进，不知众卿意下如何？"

　　太子慕容宝首先响应，他说："十年来我大燕国五营铁骑纵横天下，所向无敌，正可以乘胜前进，扫平北魏，成父皇中兴之大业，圆祖宗百年之梦想，此为顺天应人之宏图也，必可一举奏捷。"几位皇子慕容农、慕容隆和慕容麟等先后奏议，一致赞同。燕王慕容垂颔首微笑，显然十分高兴，群臣见此皆互相观望，但并不开言。

　　范阳王慕容德是燕王慕容垂的弟弟，智略高远，武功过人，遇事沉稳，极有见地，很有点儿四哥慕容恪的做派，因此燕王慕容垂甚相依赖，把他封为丞相，镇守邺城，大事小情多愿与他商量。此时慕容德见群臣默不作声，又见燕王以目示意，明白是让他站出来讲话支持伐魏，但慕容德生性正直、坦率，从不趋炎附势、乱讲违心之言，可他又不好在朝堂上不顾燕王的面子，进行正面反驳，于是他靠近御座之前，轻声细气地对燕王说："我大燕连年征战，军心已倦，况百姓也需休养生息，不宜此时进兵，可缓个三年五载的，视其情势，再伐不迟，请皇兄三思。"

燕王慕容垂也低声说："贤弟之意，我岂不知？但我已年届七旬，来日无多，我若不在了，诸子中哪有顶天立地之人？皇太孙慕容会倒是个人才，冯跋也是个极好的帮手，但是我担心太子不能容他，至少不能很好地利用他们。我想趁我还在，让太子挂帅西征，就此历练一下，将来也好承担治理天下的重任哪！"

慕容德担心地说："皇兄这样想当然也有道理，但让太子挂帅，却是万万不可以的！魏拓跋珪十六岁就称王，虽非雄才大略，却也胆识过人，更兼阴狠残暴，诡诈多谋，太子绝对不是他的对手。除非皇兄御驾亲征，才有必胜的把握，就是让我挂帅，也未必会马到成功，诚请皇兄慎之虑之。"

燕王慕容垂笑而言曰："天有日出日落，人有生老病死，树大了必会分枝，鸟大了总要单飞。儿孙们成人了，就要让他们担当大任，我想让他们去打一仗，料无大碍，他们毕竟跟着我征战多年了，也应该有一定的经验。至于小弟之德才，自不必说，那是最合适的人选了，但要替我把住南门，守住中原，我才能放心地坐在中山。就让他们去吧！我想请昙猛去当军师，遇事可以出谋划策，小心一点也就是了。"

兄弟俩耳语了这么长的时间，燕王慕容垂的话说到这个程度，慕容德知道，他决心已下，再说也是无益了，于是忧心忡忡，不再言语，默默地回到宴饮的位置上来。

燕王慕容垂大声地说："方才我已同丞相商议过了，决心伐魏，平定北方，就让太子慕容宝挂帅，赵王慕容麟为先锋，起兵十万，近日启程，务望众卿同心协力，各尽职能，督运粮草，征集民夫，确保此战大获全胜！"

群臣虽叩首响应，声音洪亮，但都心存顾虑，面露忧容。

宴会结束之后，燕王慕容垂不辞劳苦，立即率领诸子赶奔龙山，前去龙翔佛寺拜会昙顺大师，聘请武僧院知事昙猛长老为军师，帮助伐魏。昙顺大师直言不讳地说："燕王一片盛意，又是远道而来，老僧心领神会，自当唯命是从。但佛门历来不务征伐，又岂能为杀戮者出谋划策？岂非违反戒律，愧对众生？"

燕王慕容垂诚挚地说："佛门宗旨我岂不知？但统一天下，造福万民，也是惠及众生的巨大功德。佛门虽是不务征伐，但战事每天都在发生，佛门何不声援正义，推波助澜，这难道不是释迦佛祖的心愿吗？"

昙顺大师有些无奈地说："没有先帝燕王的厚德，哪里来的龙翔佛寺？老僧心里清楚得很，昙猛入寺多年，曾经师从黑羽儿师太，精通兵书战策，武学高深，当个军师倒是绰绰有余，怕只怕主帅不听劝告，或乱行杀戮，反倒误了朝廷大事，因此还是不去的好！"

燕王慕容垂听后当即说道："大师不必忧虑，我自当授权与他，让他有临机决断的权力。"说完解下腰间佩剑，亲手赐予昙猛，意味深长地说："长老持剑而去，等于代我亲征，务必事事小心，不负我之厚望！"昙猛望了师父一眼，见昙顺大师已经点头，于是连忙跪下接剑，语气铿锵有力："燕王请放心，小僧当恪尽职守，不负圣命。"

燕王慕容垂当着昙顺大师的面，又让太子慕容宝和几个儿子给昙猛行礼，向佛祖盟誓。太子慕容宝频频点头，诺诺连声，表示一定要言听计从，遵从父教，完成出征伐魏的重要使命。

建兴十年（395）五月，太子慕容宝率大军十万，从中山奔无终（今天津市蓟州区），从无终奔平泉（今河北省北部），出长城，越群山，直奔河套草原，一路上耀武扬威，志在必得。军师昙猛劝告慕容宝不要着急，须步步为营，徐图进取，方保万无一失。慕容宝点头答应，稳步推进，开始时倒也十分顺利。

魏王拓跋珪听到燕军伐魏的消息，急与群臣商议对策。左长史张衮首先说道："燕王慕容垂聪明一世，这一次是老糊涂了，十万大军交与太子挂帅，岂非天大的玩笑？真该着我主时来运转，我们要打大胜仗了！"

魏王拓跋珪不解地问："长史所言何意？怎么我们会时来运转？还请细细道来。"

张衮拈着胡须，微笑着说："若是燕王慕容垂亲自挂帅，我们不是他的对手，只能纳贡称臣了。即或他不来，如果由范阳王慕容德领兵，我们也是凶多吉少。如今偏偏让慕容宝来，这个人志大才疏，少勇无谋，却又刚愎自用，妒心极盛，从未单独带兵打仗，缺乏临战经验。军师昙猛虽然熟读兵书，多谋善断，武功卓绝，处事沉稳，算是一位当世奇才，乃为黑羽儿师太的高徒，但必不为慕容宝所倚重。此乃天赐良机，助我大魏国成功也。"

魏王拓跋珪听完两眼放光，接着问道："看来爱卿已对燕军了如指掌，不知御敌有何良策？"

张衮胸有成竹地说："燕军远道而来，其致命弱点有三个，一是地形不熟，二是粮草紧张，三是主帅无能，我主可针对其三条弱点，采取三条妙策，必可置燕军于被动，令我军获大胜也！"

拓跋珪着急地问："是哪三条妙策，愿闻其详。"

张衮不慌不忙地说："一是利用其地形不熟的弱点，以少量精锐骑兵假充主力，诱而牵之，在广阔的草原上与他们藏猫猫、捉迷藏，让他们看得见，抓不着，打不成，干着急，拖累他们，拖乏他们，最后拖垮他们。主力大军则先避其锋芒，隐藏起来，伺机而动。二是利用其长途远征，粮草运送困难的弱点，实行有序撤离，坚壁清野，让我们的牧民把粮食藏起来，赶着牛马离开家乡，进入山林，或者迁到草原深处，让燕军得不到就地的补给，造成粮草紧张，粮草紧张军心必慌。三是据我所知，太子慕容宝与军师昙猛原来并不熟悉，我们就利用他嫉妒多疑的弱点，离间他同昙猛的关系。他和昙猛不熟，大王与昙猛却是同乡，可修书送与昙猛，尽叙同乡之谊，再送些金银礼品给昙猛，却故意让慕容宝的士兵抓住，此离间之计若成，离胜利已是不远矣！不过这信使可要选一个极为可靠之人。"

魏王拓跋珪闻言大喜，以手抚张衮之背曰："长史堪为国师，真乃吾之张子房也！"遂依张衮之计，命拓跋宗瑞率领一万名骑兵、三千匹战马，多带旌旗车仗，扮作主力，负责诱敌，告诉他时而对阵，时而逃跑，白天捉迷藏，晚上去骚扰，让燕军摸不着头脑。命右司马许谦率领群臣及地方官吏和部族首领，组织牧民们坚壁清野，躲进山林，或藏在草原深处。自己和张衮率领十万魏军主力，退入河南（今内蒙古自治区鄂尔多斯市附近），同时派出大批士兵，化装成牧民去刺探情报，寻找打击燕军的机会。

且说大燕国皇太子、元帅慕容宝率领大军刚刚进入魏地，便遇到一支军马拦住去路，为首一人金盔金甲赭黄袍，头上罩着黄罗伞，坐下黄骠马，手执马鞭，英姿勃发。身后旌旗林立，烟尘滚滚，似有数万军马，极有威势，两侧战将千员，一律骑着黑马，人人手持开山大斧，个个面貌恶似凶神。太子慕容宝正待发问，先锋官慕容麟首先说道："我见过拓跋珪，那个穿黄袍骑黄马的就是他！俗话说擒贼先擒王，我们冲上去抓住他，就可以大功告成了！"

军师昙猛定睛一看，对面之人虽然衣着打扮坐骑旌旗都是魏王的模样，但他根本就不是拓跋珪，又见迎面人马虽然精壮，但是明显人数不多，后面的旌旗好像是虚张声势，不像魏军主力的样子，怀疑其中有诈，因此听了赵王慕容麟的话急忙阻止道："元帅勿急，对面恐不是魏军主力，那个骑黄马的也不是拓跋珪，这其中一定有阴谋诡计，我们不要理他，只是徐徐推进，看他怎的。"

"九年前我就认识他！不是他是谁？"赵王慕容麟立功心切，一再催促，加上慕容宝从未单独指挥作战，很想露一手，于是马鞭一挥，大声说道："军师不必多虑，不管他是不是拓跋珪，都是我们的敌人，哪有遇见敌人不打的道理？何况我有五营铁军，还怕他怎的？来呀！都给我上！抓住拓跋珪，赏黄金一千两！

冲啊！"

赵王慕容麟一马当先，飞身而出，燕军的将士们紧紧跟上，万马奔腾，一霎时杀声震天，烟尘蔽日，燕国大军如惊涛骇浪，席卷而来，吓得对面的魏军不敢接战，掉头就跑，燕国的将士们则紧追不舍，咬住不放。两国的军队在辽阔的草原上，一前一后地驰骋，好像在进行一场赛马，头上的烈日和矫健的苍鹰，均投来好奇的目光，一直在跟着他们飞跑，好像在为这场比赛做个见证。在燕军的穷追猛打之下，魏军的将士们丢下许多车仗、旌旗和衣物，狼狈逃窜，在爬上土坡，拐过一大片胡杨林之后，就突然不见了。

第一日进入魏地，整整追了一天，虽然并未真正开打，但也已经累得人困马乏，眼见得很快夕阳西下，慕容宝只好下令安营扎寨，在这片胡杨林边埋锅造饭。

月上林梢，累了一天的将士们吃过晚饭刚想休息，忽然间听得战鼓咚咚，喊声大作，隐隐间似有不少魏兵杀来，树林边已有几处火起，营中的将士们一片惶恐。此时慕容宝正在与昙猛等人议论军情，商讨进军策略，闻声一齐跑出大帐，见四面火光闪闪，喊声阵阵。昙猛见此时天已大黑，不宜出战，急命各营据守营寨，稳住阵脚，见有人攻来，一律用弓箭射之，不可出战。众将领命而去。闹腾了好大一阵子，并不见魏兵来袭，刚一休憩，则鼓声又起，断断续续地折腾了一夜，弄得燕军的将士们谁也没有睡好。

次日清晨，疲惫无比的燕军将士们四下搜索，哪有魏军士兵的踪影？只看到一堆堆烧尽了的草灰。慕容宝领着大队人马在草原上寻找了大半日，除了天上的苍鹰和地上的野兔，什么都没有发现，别说魏国的士兵和人马了，连牧民们也不知道哪里去了。大家又饥又渴，只好再宿营休息。

可是这天晚上后半夜，燕军的将士们睡得正香，那种烦人的鼓声又阵阵响起，将士们都以为是魏军在虚张声势，谁也没有放在心上，却不料突然有一支人马冲了进来，碰着士兵就砍，看见帐篷就烧，在营地之中左冲右突，把燕军大营搅成了一锅粥。幸亏昙猛早有部署，让将士们各自为战，据守营帐，才没有造成大的混乱。这支魏军折腾了一大阵，又不知跑到哪里去了。

天亮时这支魏军又在不远处出现，燕军气愤至极，又是一阵猛追，虽然捡到了不少旌旗和车仗，但是连一个俘虏也没有抓到。一连多日，弄得燕军的将士们吃不好，睡不实，人人昏头涨脑，迷迷糊糊，连战马都打不起精神来，士气明显低落。昙猛感到这样下去不是办法，于是建议慕容宝选择有利地势扎下营寨，派出小股队伍出去打探消息，伺机待动。

一个月明星稀的夜晚，元帅慕容宝因为战事不顺，心生烦闷，正在大营中独坐饮酒，忽然有军士来报，说巡营的士兵们抓住一个奸细。慕容宝急命押来询问，发现那个人神色紧张，支支吾吾，什么都不说，后来经过严刑拷打，才知道那个人乃是魏王拓跋珪的特使，是专门过来给昙猛送信的，这次还没等见到昙猛的面，就被抓住了。士兵们经过仔细搜查，果然在他身上发现了用蜡丸封着的书信和两块白璧。

慕容宝打开书信仔细观之，发现这是一封拓跋珪写给昙猛的回信，信中说："同乡之谊，没齿难忘，多年陌路虽未重逢，但乡土之情始终挂怀。前日来信业已收到，大师苦闷，侄下已知。垂虽忠勇然已老矣！子虽众多而皆无用，尤其太子宝实一庸才也，大师说得极是，大燕国必不久矣！因之大师欲明珠亮投，心仪大魏，我甚喜也！如能得大师共谋，胜我得百万精兵，天下必迟早归我大魏也！成功之日，当拜为国师，筑黄金庙宇，早晚聆听教诲，不胜荣幸之至。如何进兵，容细商议，等我消息，再作良图，切勿急躁行动。侄下拓跋珪再拜致上。"

慕容宝看完书信，半信半疑，急召诸弟计议。三弟慕容农、四弟慕容隆皆认为这是魏国的离间计，说军师受命于父王，谋划在军中，与我们朝夕相处，未见异常，怎么会突然与魏王勾结？这也太玄了点儿吧？唯有赵王慕容麟嘿嘿冷笑，说虽然不能全信，但也不能不信，加点儿小心总是好的。

及至把昙猛找来询问，昙猛大笑着说："我乃出家之人，岂慕世间荣华？今受燕王重托，又感同师之谊，故而犯戒前来相助，岂有他图？况燕王赐我尚方宝剑，其信任之情，天高地厚，我当肝脑涂地，以死相报，又怎会认敌为友，卖国求荣？拓跋珪虽是与我同乡，但他与我年龄相差二十多岁，我们过去也只是见过一面，出家以后便再也没有往来，可谓素昧平生。如今两军交战，他用的是离间之计，明眼人一看便知，这种拙劣的伎俩能骗得了谁？元帅何意疑之，岂非中计？"

慕容宝听后仍是有些疑虑，乃召来信使问之，那信使一见到昙猛，便立即高兴起来，说道："这不是昙猛大师吗？怎么会不认识？前几天我们还见过一面呢，我不是给你捎过一封信吗？"

昙猛笑着说："这真是天大的笑话！我什么时候让你给捎过信了？岂非胡编乱造？"

可是那信使叮死昙猛，咬住不放，非说与昙猛见过面，并且捎过信，慕容宝命侍卫砍下那信使一根手指，那信使仍咬紧牙关说："大丈夫做事敢作敢当，岂可反复无常？大师乃是得道的高僧，难道还不如我一个无名的小卒吗？"说罢咬舌自尽而死。

慕容宝见状怒不可遏："大胆昙猛！无耻至极！竟敢里勾外连，坏我朝廷大事，来人哪！给我拿下，回去交给父王发落！"话音未落，几个侍卫冲上前来，就想动手。

昙猛唰的一下抽出宝剑，大喝一声："尚方宝剑在此，谁敢乱来？"

慕容宝鄙夷地一笑："你以为我就那么蠢吗？你眼见父王年岁大了，魏王年轻有为，又视我等弟兄为无用之辈，就想趁机出卖国家，投靠外敌，以博取一生的荣华，何其无耻？真给佛门丢脸！你拿着父王的尚方宝剑，难道是想用来杀他的儿子吗？"

昙猛持剑对天盟誓："我若背燕，天打雷劈！元帅你中了魏人的奸计了！我可怎么向燕王交代呀？"

慕容宝下令命三弟慕容农夺下昙猛的尚方宝剑，昙猛大呼曰："使不得呀！如此一来，燕军必败，燕国危矣！"慕容农听后有些迟疑。

慕容宝愤怒地高声大喊："如此背主求荣，还敢危言耸听，军中不是我为帅吗？给我拿下，绑喽！"

三燕王朝

186

慕容农和十几个侍卫一拥而上，夺下昙猛的尚方宝剑，将其五花大绑，押往后营去了。昙猛仰天长叹："庸才误国，庸才误国呀！大燕国休矣！"他一边走一边流泪，本来凭他的身手，慕容农和那十几个侍卫是抓不住他的，但他明白不能那样做，如果真的动起手来，万一伤了自家的将士，那可真就跳进黄河也洗不清了！

慕容宝囚禁了昙猛，自认为清除了一大隐患，大军不再有后顾之忧了，跟前也不再有人絮絮叨叨、说三道四了，今后这十万人马的行动完全由自己说了算了，他感到一种从未有过的得意和轻松。他和几个弟弟率领着燕军，又在五原一带与魏军周旋了一个多月，始终没有找到决战的机会，有几次小胜，也只是俘虏了几十个老弱病残的兵士，捡到了一些旌旗和衣甲，战事没有丝毫的进展。中间燕王慕容垂两次派人来打听前方的消息，慕容宝都诚惶诚恐，无话可说。而此时由于大军长驱直入，时日已久，粮草的运输越来越难，加之魏人实行坚壁清野，草原上别说粮食了，连头牛马都找不到，在当地根本无法补给，因此燕军的大队人马已经开始挨饿了。慕容宝感到进退两难，几个弟弟也均无计可施。

一日慕容宝正在帐中焦急地徘徊，忽有军士进来跪报，战战兢兢地半晌不说话，慕容宝诧异地问这是何故，那军士才抽泣着说："燕王驾崩了！"慕容宝闻之如晴天霹雳，立即大惊失色，忙问消息来自何方。那军士吞吞吐吐地说，是听过路的商人们传的，还说这两天魏国的牧民们已经扶老携幼陆续回来了，问其何故，那些牧民都说，燕王慕容垂死了，燕军很快就要撤兵了！我们听到了不敢隐瞒，就急忙跑来告诉元帅。

慕容宝听了脸色煞白、六神无主，半晌才缓过一口气来，急召几位兄弟过来商议。三弟慕容农、四弟慕容隆认为道听途说未必是实，应该马上派人回去打听，然后才可行动。赵王慕容麟却说："还打听什么呀？宁可信其有，不可信其无，反正我们在这里也没有任何进展，正好趁机撤军。如果再派人回去打听，那得多长时间哪！说不定早让别人继了位了！"

慕容宝虽然仍是半信半疑，但慕容麟的话说到了他的痛处，他是太子，他不能让别人趁机夺去大燕国的皇位，没有什么比这个更重要的事了。他感到多少天来如同糨糊一般的脑袋突然清醒起来，他要立即赶回去继承皇位，于是他毫不犹豫，毅然决然地下达了撤军的命令。

退兵的消息一经传出，大燕国的将士们一片欢腾，三个多月的瞎转悠，已经弄得全军人困马乏，度日如年，士气一天比一天低落，所有的人都盼着早点儿回家了。军师昙猛虽然囚禁在后营军中，但仍时刻关注着部队的动向，突然听到了这个消息，立刻预感到是遭人暗算，大祸将临，急忙挣开了身上的绳索，摆脱了看守他的士兵，飞也似的闯入中军大营，对慕容宝和他的几个弟弟说："不能撤军哪！小心中了魏人的圈套哇！"

慕容农告诉他说："有消息传父王驾崩了，我们不回去怎么可以？"

昙猛冲动地说："这样的谣言你们也信？来之前燕王春秋正盛，精力十足，怎么会突然驾崩？即使真的生病，也会派人告知，怎么会音信皆无？何况元帅身为太子，又统十万大军，退一万步说，如果朝中真的有变，继位也是理所当然，名正言顺，谁又能奈何得了？怎么会有别的可能呢？"

慕容宝听后有些犹疑，这时慕容麟接过来说："范阳王慕容德身为丞相，威望甚高，乃我等叔辈，掌控京都，皇太孙慕容会深得父王宠爱，镇守龙城，手下兵多将广，朝中大臣们都趋炎附势，看风使舵，拥戴哪位群臣劝进，也不是没有可能，到时候再想回去，可就晚了。你一个和尚，倒没你什么事，可就耽误了二哥的大事了。"

昙猛悲愤地大呼："这明明是魏人的奸计呀！你们怎么能当真呢？你们为了可怜的欲望，宁可相信敌人的谣传，相信自己的父王会死，你们就不怕遭天谴、不怕造孽吗？真是可悲呀！"

但是不管昙猛怎么说，元帅慕容宝什么话也听不进去了，他回去继位的事情不能动摇，他挥挥手让侍卫把昙猛轰出中军大营。昙猛见自己已经无力回天，跪下来哭泣着说："我军一退，敌必追之，而且前边一定给咱们布好了口袋，所以一定要派铁骑断后，徐徐撤兵，前方也要派一军全面搜索，并马上请朝廷派兵接应，方保平安无事，否则一旦大意，后果不堪设想啊！"说时以头触地，流血不止。

可惜的是元帅慕容宝不仅连一句也没听进去，而且极为自信地说："今天已是十月二十五日，黄河尚未结冰，我们追敌数日，已知其主力必在河南，我们退兵之后，他们暂时也无法渡河，怎么能追上我们？待等到黄河结冻，我们也该到家了，怕他怎的？"遂不听昙猛之言，前方既不派兵搜索，后边也不派兵断后，只是一路溜溜达达，像在秋游狩猎，又像在随意玩耍，一路毫无防备地向中原退去。

其实魏王拓跋珪一直派人严密地监视着燕军的动向，慕容宝大军的行踪和举措，全都在他们的掌控之中。按照长史张衮的谋划，先使用疲兵计拖得燕军人困马乏，士气低落，又花重金买下死士，扮作信使，行使离间计，囚禁了昙猛，赶走了燕军决策层中唯一的一个明白人，然后又派出士兵，假扮作牧民和商人，到处散布流言蜚语，说燕王慕容垂已经死亡，迫使慕容宝下令撤军。

事情发展到这一步，前边的过程已经都按计划实现了，下一步应该怎么办？张衮又给拓跋珪献上两计，他说："我观这几日北风骤起，黄河上游冰凌早现，估计不出七日，即可封河，我们可派两万铁骑，多绕些路，到参合陂（今内蒙古自治区凉城县附近）两侧设伏，我料燕兵到此地时因为离家已不是太远，必定十分松懈，此是设伏的极佳地点，大军主力再从后边尾追，以期最后形成夹击之势，置燕军于绝境，这为一计；第二是派千余名士兵扮作牧民，多炒些带盐的黄豆，提前漫撒在参合陂以西二十里左右的草地上，那里是燕军的必经之路，到时候会收到意想不到的效果。"

拓跋珪听后有些不解，问是何意，张衮近其身边附耳告之，拓跋珪闻言大喜，遂一一依计而行。

且说燕国这十万大军在慕容宝的带领下，一路上松松垮垮地向中原进发，完全不知道死亡已经向他们走来。这一日巳时，队伍来到参合陂以西，正在行进中的战马忽然陆续都停步不前，不约而同地低下头来，啃食着地上的野草。将士们在马上观看，并没有发现这些野草有什么特别，以为战马可能是有些饿了，于是纷纷跳下马来小憩。慕容宝见状，就势下令队伍稍事休息。

不一会儿，忽然有一个士兵大叫起来："哎呀！怪了！地下咋这么多黄豆呢？"将士们蹲下身来细看，果见草丛中有许多炒熟的黄豆，在微风中发出诱人的咸香，诱使许多战马停下脚步争相舔食。慕容宝闻报大惊，疑是有人故意撒下的毒豆，命令将士们赶快打马起程。可是这些战马别看平时俯首帖耳，现在遇到了难得的美食，便有些桀骜不驯，任凭主人们怎么着急，它们也不走。何况这几个月在草原上已经熬苦坏了，它们宁可多挨些鞭子，也要把这些美食吃完，以不枉本次出征一场。

燕军的将士们又惊又惧，生怕此时有魏兵杀来，那可就倒霉了。可是什么事

三燕王朝

也没有，四周围平坦开阔，根本不像有魏国伏兵的样子，而且这些战马吃完了黄豆以后，个个精神抖擞，打着响鼻，顺顺当当地健步上路了，并没有什么中毒的症状，但是将士们仍然心惊胆战，一边留心四外观望，一边策马谨慎前行。

大约走出有十多里路，队伍来到一座土坡之上，路旁一块巨大的岩石上，镌刻着三个大字"参合陂"。参合陂的下面有个很大的池塘，清清的池水倒映出另一个同样的天空，池塘的南北两面生长着茂密的树林，斑斓的树叶正在随风飘落，正东方则是一条弯弯曲曲的大路，大路的前面是中原那片明朗的天空。

燕国的大军本来是要通过参合陂池边的道路，直接走向东方去的，没有在这里停留的打算，但这些战马可能是因为吃了加盐的黄豆，一个个渴得实在受不了了，不由自主地纷纷拐到池塘边上去喝水，将士们强拉硬拽都控制不住，顷刻间一支行进的队伍全都麇聚在池塘边上了。这些马不喝水还好，喝了水以后肚子迅速胀起来，一个个都趴在地上起不来了。前边的喝完水还没走，后边的紧接着又跟上来，十来万人马挤在参合陂下的池塘旁边，人喊马嘶，吵吵嚷嚷，拉拉扯扯，乱成一团。慕容宝和他的将领们急得拼命大喊，但是也无可奈何。

正在参合陂边乱成一团糟的时候，忽然间南风骤起，远远地就见有一股黑气或黑雾一样的东西迎面飘来，刹那竟然沙尘蔽空，不见天日，隐隐间似乎有无数幽灵和魔鬼在游荡，耳边传来一阵阵可怕的叫声，燕军将士们茫然回顾，一个个吓得惊慌失措。军师昙猛虽被押在军中，但见此时天象有变，情知大事不好，急忙挣脱绳索，踹坏囚车，飞奔至慕容宝身边大声说："贼兵将至，厄运来临，赶快上马，准备搏斗！"但是他的话等于白说，一是慕容宝根本没当回事，二是那些战马根本起不来了，任凭主人如何抽打，它们也只能肚子疼得在地上翻滚。

正当慕容宝和他的将士们急得手足无措的时候，突然号角震天，杀声四起，成群结队的魏军将士如神兵天降，从四面八方飞驰而来，他们骑着彪悍的战马，挥舞着雪亮的大刀，一下子将燕军的队伍冲得七零八落。毫无准备的燕军将士们手边没有兵器，胯下没有马骑，一个个如同插标卖首，不明不白地纷纷做了刀下之鬼。

混乱中燕军主帅慕容宝不仅已无法号令全军，连自己都自顾不暇了，他被突然发生的变故吓得手足无措，像一只没头苍蝇一样乱跑乱撞，竟然鬼使神差地跑到了魏军大将拓跋琼的马前，被拓跋琼一刀斜劈下去，砍掉了他的勒甲丝绦，砍碎了他的护心宝镜，吓得他接连几个翻滚，又被大刀按在脖子上，自知厄运难逃，只好闭目等死。就在拓跋琼的大刀即将劈下来的时候，拓跋珪在不远处大呼曰："不要杀他，放他回去！他是个废物，留着还有用！"拓跋琼闻言略一迟疑，刀在空中未落，恰好此时昙猛凌空飞来，一脚将拓跋琼踹落马下，顺手夺过他的

189

用错人劳师伤旅　中毒计损将折兵

战马，又用右手轻轻一拎，把慕容宝放在马鞍桥上，风一般向东边跑去。拓跋珪见这和尚的动作如此之快，一时看得呆了，这时见他要跑，急忙大喊："射死这个和尚，不能放他走！"魏军的将士们闻听此言，万箭齐发，一时如暴风骤雨又如满天飞蝗，但是却偏偏都伤不了昙猛。原来昙猛早已脱下他那宽大的僧衣拎在手中，站在马背上挥舞起来，竟如一片彩云在飘荡，所有的飞箭碰到它纷纷落地。拓跋珪见状并不死心，又急命十几名将官从侧面拦截，企图置昙猛于死地，但昙猛如一只飞鹰，飞起又落下，落下又飞起，灵活无比，勇猛异常，顷刻间将十几名将官纷纷打落马下，而且没有伤害他们的性命，吓得魏军的将士们远远地望着，再也不敢上前。昙猛则从容地保护着慕容宝，向东逃走了。魏王拓跋珪见之感叹地说："这个和尚真神人也！可惜不能为我用也。慕容宝如果听信此人之言，那么今天惨败的就是我了。"

慕容宝和昙猛只带三万多人马冲出重围，其余的六万多除去阵亡的，有四万多名将士做了俘虏，这些人由于战马腹胀，不能行走，都被围在池塘旁边生擒活捉，参合陂下黑压压地站着一大片。魏王拓跋珪转身请教左长史张衮："这些降卒该如何处置呀？"

张衮微微一笑："不知大王是想得天下，还是想得人心？"

拓跋珪有些不解地问道："此话怎讲？不是说得民心者得天下吗？难道二者不是一回事吗？"

张衮微微摇摇头说："万事万物皆有所指，此时此地不尽一样。这五营铁骑乃是燕军的主力，是燕王慕容垂多年打造出来的精兵，可以说是他心血的结晶，如果把他们彻底除掉，一可以断其臂，二可以夺其志，令燕人以后闻风丧胆，自此军力大损，再也无法与我军抗衡，大王则可以寻机出兵，击溃燕国，而由此统一北方，或可以一鼓而得天下矣！但必因此而骂名千载，从此失去人心，亦恐生成循环报应，还请大王深思！"

拓跋珪仰天大笑曰："死生由命，有何惧哉？我宁可骂名千载，也要成就霸业！管它什么报应不报应的，顾不了那么多了！我看这位舅爷爷能把我怎么样？"随即下令将燕军俘虏全部活埋。这些燕军俘虏都被绳索捆着，早已完全失去了反抗的能力，他们成排成队地被推进坡下的池塘里，一时哀声遍野，骂声震天："拓跋珪灭绝人性，禽兽不如！""伤天害理，不得好死！""杀害降卒，必遭报应！""变成厉鬼，也要杀你！""燕王为我们报仇哇！"嘶叫之声百里相闻，怨气直冲九霄云外。

魏军的将士们不由分说，把燕国的俘虏全部推进池塘，然后又用柴草和沙土埋起来，偌大的一个池塘不但被填平，而且隆起一个巨大的沙丘，形成一个山一样的坟茔。拓跋珪还有意识地命人刻下一块石碑，立在坟茔之旁，上书六个大字："燕国降卒之墓"，用以宣扬他的赫赫战功和燕国的奇耻大辱。

后来当地的牧民们说，死去的燕军将士阴魂不散，凝成一块巨大的乌云，使参合陂一带总是冷气飕飕，阴风飒飒，大白天常听到哭号之声，夜晚则是人喊马嘶，鬼火映天，吓得多少年以后，都没有人敢夜晚从这里走过。

第十七回　再伐魏燕王患病　复入梦英主归天

　　前方兵败的消息传来，正在朝堂上议事的燕王慕容垂一下子晕了过去，经过大臣们好一阵呼叫才苏醒过来，但已经是面如土色，嘴唇青紫，半晌也说不出话来。待等太子慕容宝等人走进朝堂，看到他们那一副副丢盔卸甲的狼狈相，更让他气冲斗牛，怒火万丈，他一把抢过武士手中的金瓜，向慕容宝狠狠地砸去，吓得慕容宝连滚带爬，连连磕头跪地求饶，大臣们也都跪下来相劝。慕容垂跳脚大骂："你这个没用的东西，慕容家的脸面都让你给丢尽了！我十三年多含冤受辱，十年来苦心经营，积下的这点家底，一下子就让你给败光了！你这个窝囊废！败家子！你怎么还有脸回来？拿我的尚方宝剑来，我要杀了他！"

　　军师昙猛听完燕王慕容垂之言，急忙上前跪拜说："燕王息怒！我军遭此大败，大王心痛至极，乃是人之常情，世之常理。元帅虽是有责，贫僧也是有错，还请手下留情，饶了太子性命，不要让他没死在战场上，倒死在了大王您的手里。"

　　慕容农、慕容隆和慕容麟三兄弟及众将也一齐跪着说："我等也是有错，不能全怪元帅，您就一齐杀了我们吧！"说罢大哭不止。

　　太子慕容宝此时磕头如捣蒜，已是语无伦次，哭泣不止。

　　燕王慕容垂转过身来问昙猛："你还有脸求情？临行前我是怎么和你说的？让你出谋划策，处处小心，怎么就酿成了如此大错？真是辜负了我的一片苦心哪！"

　　昙猛见燕王如此说，只是频频行礼，哑口无言。

　　太子慕容宝大哭着说："不是军师的过错，都是我不听劝告！军师数次提醒过我，可是我自以为是，中了人家的疲兵计、离间计和造谣惑众计，到参合陂又中了人家的四面埋伏，这些都是我的错呀！父王您就杀了我吧！我现在悔死了！"

慕容垂又问昙猛说："我赐给你尚方宝剑是干什么用的？不就是让你在关键时刻约束他，避免他犯下大错吗？你为什么不听我的嘱咐？"

三子慕容农哭着说道："是二哥中了拓跋珪的离间计，怀疑军师暗投魏国，把您赐予的尚方宝剑给收了，还把军师囚禁在后营中，说回来让您发落，这些事确实与军师无关，都是我们兄弟的错呀！"

燕王慕容垂这回全部听明白了，怒火不但未消，而且烧得更旺。他知道都是太子这个蠢材坏了大事，于是从武士手中要过朝堂上的静殿皮鞭，对跪在地下的慕容宝说："我今天虽然可以不杀你，但是也要让你记住这个血的教训，我要抽你三百皮鞭，替死去的将士们出气！你这个废物！"说罢抢起皮鞭一顿猛抽，一口气打了一百多下，疼得慕容宝抱头翻滚，鬼哭狼嚎，惨叫不止，吓得文武百官一齐跪下求饶："别打了！别打了！再打就打死了！"燕王慕容垂这才停下手来，但是仍然余怒未消，大声说道："给我把他扔进大牢，让他彻底反省！"随即宣布散朝，但是心犹在痛，气得他两餐未用，一夜无眠。

次日早朝，燕王慕容垂执意要伐魏，说一定要给死去的将士们报仇雪恨，群臣纷纷劝阻，但他一概不听，已经下诏调集军马，征运粮草，准备近日出发。

范阳王慕容德闻讯，星夜从邺城赶回中山，对燕王慕容垂说："此番伐魏失利，皇兄心如刀绞，臣弟何尝不知？说句不中听的话，错处虽然主要在太子身上，但你我岂无用人之责？我们事先不是已经料到了吗？应该有接受打败仗的思想准备。何况胜败乃是兵家常事，哪有永远不败的常胜将军？十几年来，也就是皇兄逐鹿中原，所向披靡，天下英雄谁能如此？五营铁骑损失殆尽，五万精兵全被坑杀，是令人痛心疾首、怒不可遏，但气有何用？恨有何用？我们不是可以再建立起来吗？回忆十一年前中兴举事的时候，我们的身边不是什么都没有吗？何况大燕国已经今非昔比，一切都会好起来的。报仇雪恨那是一定的！但此时用兵却不是时候，一是天寒地冻，大雪飘飞，别说行军打仗了，运送粮草都相当困难，一旦供应不上，大军就非常危险；二是人心不齐，我方新败，将士们士气低落，心有余悸，未战先怯三分，怎么能克敌制胜？三是如果意气用事，就容易失去理智，如果再酿成一次大错，那么大燕国可真的就无法收拾了。当年刘玄德一世英雄，竟然惨败在东吴陆逊之手，教训还不够深刻吗？请皇兄三思啊！"

燕王慕容垂历来器重小弟慕容德，这不仅在于慕容德忠诚勤勉，而且在于他才智超群，兄弟俩的感情一直极好。特别是四哥慕容恪去世以后，慕容垂更是把他引为知己，视为左膀右臂，十分倚重。听了慕容德的一番话，燕王慕容垂深思良久，仍然愤愤地说："丞相说得都有道理，愚兄何尝不知？但这口气实在咽不下去！我虽然不是刘玄德，他拓跋珪也不是陆逊，他充其量是一只恶狼，一只狡猾的恶狼！这一次我一定要御驾亲征，你也和我一同去，我就不信擒不住他！"

范阳王慕容德说："皇兄御驾亲征，拓跋珪当然不是对手，不过眼下寒冬季节，数九将至，以皇兄七十余岁的高龄，还要遭受这征战之苦，说什么我也不同意！如果实在非要出兵，小弟愿意代劳！"说罢含泪跪下相劝，感情极为真挚。

燕王慕容垂双手扶起慕容德，长叹一声："那就听从丞相的话，让拓跋珪多蹦跶几天吧！"

建兴十一年（396）三月，春暖花开，七十一岁的燕王慕容垂前愿未了，再次提出伐魏，这时候丞相慕容德和文武大臣们知道再劝也无用了，于是遵从圣谕，各司其职，积极做着伐魏的准备。燕王慕容垂命丞相慕容德带领群臣留守中山，稳住后方，确保粮草的供应，又命皇太孙慕容会派出数支队伍，往来巡视，密切关注北部邦国的动向，然后自己带领诸子率十万大军又出发了。

此时五营铁骑已经恢复，十万大军精神饱满，将士们听说跟着燕王去打仗，一个个信心百倍、斗志昂扬。燕王慕容垂听从昙猛的建议，不再重复行走上次出征的路线，而是秘密出中山、越青岭、过天门，一路逢山开道，遇水搭桥，出其不意地直扑云中（在今内蒙古自治区托克托县东北）。云中留守魏国大将韩休德闻风丧胆，弃城逃跑。燕军顺利地拿下云中，旋风一般向北魏国都平城扑去。

尽管燕国出兵神速诡秘，但是魏王拓跋珪还是很快就得到了消息，接到云中失守的战报，拓跋珪急忙与群臣商议对策。左长史张衮似乎觉得上一次他出谋划策立下大功，因而又首先出班进言，建议还是先与燕军周旋，然后再打一仗，借机消灭燕国，一统北方。

右司马许谦谏曰："左长史之言不妥，我们现在还灭不了燕国，且不说燕王慕容垂乃关公再世，武勇谋略天下尽知，就是说现在的民心军心，也非别人可比，我们可不能因为上一次侥幸战胜了慕容宝，就得意忘形啊！"

左长史张衮有些不悦，"去年参合陂一战，我军大获全胜，大燕国五营铁骑尽失，慕容宝身上的伤势尚未痊愈，将士们也都心有余悸，今虽挟仇带恨而来，但是缺乏严格的训练，貌似气势汹汹，实则不堪一击。今我主魏王英明天纵，帐下又有几十万精兵良将，怕他怎的？别看慕容垂英雄盖世，但他毕竟年过七旬，老迈的苍鹰还能飞得那么高吗？"

魏王拓跋珪摇摇头说："非也！燕王慕容垂乃天下英雄，论文韬武略，我自知都不是他的对手，我们这点儿小伎俩瞒不了他。去年那一仗若是他来，失败的肯定是我们，是他用错了人，才让我们捡了个大便宜。这一次恐怕就没有那么幸运了，如果要对阵硬拼，至少是两败俱伤，这对我们魏国是大不利的。你别看他们去年败了一仗，五营铁骑也确实损失殆尽，但你们必须知道，慕容垂是燕国的军魂，有他在，那帮将士就生死不惧、勇往直前。他这次来，就是要与我军决战的，借以削弱我们的实力，我们无论如何也不能给他这个机会，上他的当，中他的计。他都七十多岁了，看他还能撑几年？等到有一天他不在了，收拾他的那几个儿子就容易了。因此，我们现在还不是与燕国硬拼的时候，应该避其锋芒，见机行事。"

于是魏王拓跋珪做出如下部署：主动放弃平城，由许谦和公孙嵩等人组织百姓撤离，自己则又率领主力十几万大军，连夜迁回，悄悄地撤到河南（在今内蒙古自治区鄂尔多斯市附近）去了，同时撒下许多密探，偷偷监视着燕军的动向，给燕王慕容垂留下一座空城。

且说燕军轻取平城，没有遇到魏军的主力，官员和百姓也大多不知躲到哪里去了。燕王慕容垂急忙派出人马四处打探，希望侦察到魏军的大队，与之打一仗，一为报仇雪恨，二为削弱魏军的实力。但是一连多日，毫无消息，只抓到了一些逃难的百姓。燕王慕容垂不予加害，一律好言抚慰，真心相助，送其回乡。燕军在平城待了一个多月，仍然找不到魏军的动向，遂顺势夺取了平城周围十几个州县，却还是没有魏军的动静。燕王慕容垂估料拓跋珪已经远遁，考虑到大军长驱直入，粮草运输负担很重，不可能长期在这里驻扎下去，于是晓谕各营，准备撤军。

正当燕国的大军即将开拔的时候，有一位当地的牧民送来一封信，这封信是魏王拓跋珪写给燕王慕容垂的，信中说："舅爷爷在上，请受孙儿拓跋珪一拜。孙儿自小敬重您如海中蛟龙，空中皓月，素知您乃天下豪杰，攻无不克，战无不胜，自知根本不是您的对手，不敢与您对阵较量，只好带着人马到陇上春游去了，就不在平城陪您了，有些失掉地主之谊，希望您千万不要生气。其实参合陂那一仗，也怪不得我，要怪得首先怪您自己，两家本是至亲，多年友好相处，一直待得好好的，为什么要起刺？魏国无意攻燕，汝何擅自动兵？岂非汝野心膨胀，贪得无厌？说一句以小犯上的话，你是自作自受，咎由自取！再怪，要怪你用错了人，选错了元帅，你那个废物儿子不听军师之言，险些全军覆没。还真多亏了崇猛了，可叹他那一身的本事和耿耿的忠心哪！至于坑杀降卒，我是做过了点，也知道那是造孽，但是如果不那么做，不废掉了您的有生力量，孙儿什么时候能赶上您或者超过您哪？古语说，人不为己，天诛地灭，天生我材，各为自己，还请舅爷爷休怪。平城百姓多已撤离，您已驻扎多日，想必食物短缺，送去鹿肉百斤，驼蹄八只，河套美酒五百坛，中卫枸杞一百袋，聊表相敬之意，请慢用。如果您不嫌弃，就请在平城多住些时日，不急。另外春寒料峭，恐您身体欠佳，捎去皮袍一件，敬请笑纳。孙儿拓跋珪顿首。"

　　燕王慕容垂览毕微微一笑，"跟我玩这套小把戏，想是跟司马懿学的吧？我可不像诸葛亮那样容易上火生病。你让我待，我偏不待，整天烟气笼罩，以为是什么好地方啊？对不起，爷爷我要回家了！"于是下令撤军，顺便把城内外三万多户鲜卑族人带回中山。其实燕王慕容垂不知不觉之间，又上了拓跋珪的当了，拓跋珪深知燕军撤走之时，一定会带走本部族之人，于是悄悄安插了一百多名奸细混在百姓之中，到燕都中山去做卧底，一是可以经常为魏国提供情报，二是随时准备里应外合，攻破中山，可谓城府极深，用心良苦。

　　燕王慕容垂在率领大军班师的途中，根据大多数将士的请求，绕道参合陂，去悼念被坑杀的五万将士的英灵。时值五月盛夏，万里无云，风和日丽，草原上繁花似锦，香风阵阵，令人心旷神怡。但参合陂一带却迥然不同，远远地就见天空中轻烟笼罩，黑气弥漫，耳畔中不断传来越来越强的号啕之声，空气中游荡着一种呛人的腥臭的味道。及至赶到跟前，又看到有数百老汉及老妇，甚至还有一些半大的孩童，跪在地上一边烧纸一边失声痛哭，其哀怨之音，悲不忍闻，凄苦之情，惨不忍睹。

　　燕王慕容垂见状忙翻身下马，四处查看，见虽然已经时过半年，但因只历一个冬春，尸首尚未完全腐烂，两场春雨过后，尸骸裸露，堆积如山，臭气熏天，令人作呕。燕军将士们多有父兄亲友在此遇难，因此见之无不落泪，人人痛哭失声，纷纷下马行礼祭拜，一时哀声遍野，此起彼伏，如利刃穿胸，令人心碎。一老妇拉着燕王慕容垂的手说："我的两个儿子都在铁骑营，自打邺城起事，跟着你有十多年了，不承想死在这里，我的心痛啊！从清明前我就起身了，一个多月了才走到这里，我得来陪陪两个孩子呀！他们在这里多想家呀！"

　　燕王慕容垂眼望苍天，泪如雨下，大呼曰："都是我不好，是我害了你们哪！""噗"的一声，一大口鲜血吐出，立刻昏倒在草地之上，众将慌忙救起。

　　其实这出老百姓哭灵的好戏也是拓跋珪所为，他深知燕王慕容垂素来忠义，回军途中必会去祭奠将士亡灵，于是便用金钱收买当地老者数百人，扮作死亡将士的家属，提前到这里来装模作样，烧香祭拜，既乱燕人的军心，又坏燕王的心智，不由慕容垂不上道，真可谓用心何其毒也！他这一招，让燕国十几万大军皆哀伤不已，斗志全无，想起来就心惊胆战，一路上皆唉声叹气，愁眉不展，从这一点上看来，这一仗拓跋珪又打赢了。

　　燕王慕容垂苏醒过来，即刻下令全军停止前进，在此守灵三天，并广募草袋和车辆，亲自带领将士们捡拾尸骨，装进草袋，同时捉来九九八十一只公鸡引灵，他要把这些将士的游魂领回故乡。一路上走走停停，凄凄惨惨，啼哭之声不止，哀叹之音不绝，好像这不是一支班师的大军，而是一支宏大的送葬的队伍。

本来自去年伐魏失利之后，燕王慕容垂就因为气大伤肝，食欲不振，失眠严重，日见消瘦，此番出征又受些风寒，加上在参合陂过度悲伤，回到都城中山后便一病不起。他除了叮嘱安葬好死亡将士的遗骨，给他们的家人发双份抚恤金以外，什么事情都没管，一连两个多月没上朝，令他的亲人和臣子们十分忧虑。

这一日稍见好转，刚说要次日上朝，傍晚时有个侍女送来一封书信，说是宫廷侍卫早晨从门缝中捡到的，还有一包东西，因皇上一直沉睡，故而才送来御览。

燕王慕容垂一看封面上的字迹，就明白是拓跋珪写的，信中说："得知燕王途中染病，甚是惦念，今派人送去上等人参、鹿茸若干，请好生煎服，保养身体，长寿百年。如果过早归天，您的那几个宝贝儿子，怕不是我的对手哇！切记按时吃药，否则死得更快！孙儿拓跋珪叩上。"

燕王慕容垂看完书信火往上撞，气往上涌，眼前一黑，又一次昏了过去。他的身体和精神已受不起强烈的刺激了。以后虽然经太医多方调治，时而苏醒过来，但又时而昏迷过去，再也没有能够坐起来。他的亲人和重臣们一直守护在他的身边，范阳王慕容德也从邺城赶来，一边料理朝中的政事，一边照料着燕王的病情，心下十分忧虑。

一日傍晚在服过汤药之后，恢复了清醒的慕容垂甜美地睡着了。他感到身心特别舒畅，肢体特别轻松，朦胧中，他觉得自己忽忽悠悠，好像来到了一座青山之上，这山上绿树葱茏，鲜花盛开，百鸟争鸣，蜂蝶起舞，一条碧水从山上蜿蜒而下，像一条弯弯曲曲的玉带，无数只彩凤在天空翱翔，如同东方绚丽的早霞，清凉的晨风送来阵阵馨香，空气中弥漫着一股他特别熟悉的亲情。

他不由自主地循着这股香风走，似乎是来到了一个很大的院子，门前是一片宽阔的桃林，桃林的后面是几栋白墙青瓦的房子，房子的墙壁上爬满了绿色的藤萝，房子的后面是一个秀美的花园，花园的后面是青翠的群山。啊！慕容垂想起来了，这里好像是鲜卑山，是自己童年时候住过的院子，他清楚地记得，正房的台阶前有两棵高大的香椿树，那树的形状像两把巨大的伞，给房前带来两大片难得的阴凉，树下还有几只小石凳，小的时候他与四哥常常坐在树下读书。

嗬！今天这是怎么了，树下竟然这么热闹，有这么多的人聚在这里？他看到了父王、母后、祖父和祖母，甚至还有先祖乾罗和白翎儿，大家都在高高兴兴地攀谈。慕容垂看到四哥慕容恪向他迎面走来，领着他与大家见面，但大家好像都不太愿意搭理他。他喊了好多声，祖父和父王都背过脸去，不和他说话，只有母亲心疼地拉着他的手，抚摸着他的头，虽然也没有吱声，但双眼中已经噙满了泪水。他连忙跪下来，给先祖和长辈们行礼，诉说着他这些年来的痛苦，别人都没有搭茬，只有祖母段太后对他说："你怎么还有脸回家来？你做了那么多的错事，祖宗的大业都让你给葬送了！"

慕容垂痛苦而诧异地说："祖母说我有错，我心服口服，我是做过许多错事，每天都让我后悔难过，但说我把祖宗大业都葬送了，我真是有些不太明白。"

段太后有些生气地说："到现在你怎么还不明白？你本来是个很有天分的孩子，小的时候我就看你与众不同，五六岁时就送你去龙山跟黑羽儿师太学艺，先祖和长辈们都对你寄予很大的希望，慕容氏家族振兴祖业的重责，就寄托在你的身上，盼望你能一统天下，造福万民，建万世之伟业，谁知道你这样不争气！"

段太后越说越气，浑身颤抖，慕容垂发现母亲扶着她坐下来，给她端上一碗清茶，段太后喝下一口，接着说道："当初你二哥慕容俊去世之前，你父王曾经明确托梦给你们，让你继承王位，弘扬大业，你为什么不听话？反倒对你那个二哥唯命是从！那个心胸狭隘、私心极大的家伙，明知自己的儿子年幼无用，还要让你去辅佐他，还把你的名字给改了，你的名字是你的父王给起的，他有什么资格更改？你说你，还有你那个四哥，恪守什么三纲五常，忠孝节义，让那几个败家的东西胡作非为，葬送了大燕国的万里江山，弄得家破人亡，百姓流离失所，这是多么大的罪孽呀！可倒是呀，他们自己也遭报应了，你二哥穷兵黩武，杀人过重，托生成一匹战马，驮着人家打仗去了，悲哀呀！慕容暐、慕容评、慕与根和可足浑氏等人更惨，都下地狱了，唉！自作自受哇！"

段太后喝下一口清茶，喘着粗气对慕容垂说："因为你不听话，耽误了二十多年宝贵的时光，害得你自己也到前秦避难十三年，连妻子段氏都让苻坚夺走了，这是多么大的耻辱哇！不然的话你若是接替你二哥为王，即使不能打平天下，至少也能统一北方，而你为顾及个人的名声，置天下百姓于水火而不顾，视大燕国社稷如浮萍，酿成了不可饶恕的、也是无法挽回的过错！"

父王慕容皝接过来说："黑羽儿师太感先祖之谊，助你脱难中兴，何其不易！你复国称帝以后，本应大展宏图，以天下苍生为重，怎么明知道慕容宝是个蠢材，还要立他为太子？既然立他为太子了，又为什么立慕容会为皇太孙？你以为这是对错误行为的一种弥补吗？这是在制造矛盾，将会产生无法预料的恶果。你把大燕国的未来交给自己不中用的儿子，这不是拿祖宗大业开玩笑吗？你知道你这种自私的行为，会使多少人人头落地、多少百姓流离失所吗？罪过呀！罪过！"

"还有，"祖母段太后又接着说，"你说你刚过上几天太平日子，就要伐魏，谁劝你都不听，你骄横得不得了，谁的话你都不放在心上，这哪行啊？话又说回来，要伐也可以，但这样天大的事情，你为什么不自己亲征啊？你不亲征也行，为什么不让慕容德去或是慕容会去呀？为什么非要让你那个废物儿子挂帅，又搭上一个昙猛，坏了人家一世的名声？更可气的是，让那么多的将士白白地送命，几十万人痛断肝肠，你说你造了多大的孽呀？你怎么变成这样了呢？你还是当年的慕容霸吗？"祖母段太后越说越气，一巴掌扇过来，狠狠地抽在慕容垂的脸上，疼得他"妈呀"一声大叫，一大口鲜血吐出，惊得他竟然一下子坐了起来，侍从们急忙上前扶住。慕容垂冷汗淋漓，浑身颤抖，睁开眼睛一看，原来是一场噩梦。

虽然只是一场噩梦，但梦中的场景记忆犹新，祖母和父王的话言犹在耳，让他的心灵受到了强烈的震撼。他也知道一生是犯过很多错，包括二哥慕容俊临终之时，曾经说让位给四哥，后来又说让给他，四哥也同意让他继位，但他碍于面子和情义，始终没有答应，尽管父王和祖母都曾经托梦给他，可他并没有真正当回事。现在看来他错了，好多事情人在做，天在看，做错了就是要付出代价，就要造成国破家亡，人民流离失所，许多无辜的人因此而丢掉了性命，自己是顾小义而丢大义，顾亲情而害国家，虽然对得起二哥，但是对不起祖宗，更对不起追随他的劳苦大众。

虽然立慕容宝为太子也算是一件错事，但是更让他痛心的是参合陂战役。由于他的失误，五万多将士惨死异乡，五万多家庭噩运来临，几十万人肝肠寸断，举国上下哀声不绝，真让他难过得痛不欲生。有许多将士跟了他十几年，跟着他一起出生入死，一起受冷挨饿，好不容易恢复了这大燕国的河山，他们本来是应该回到家乡，与亲人团聚安度晚年的，却由于他的过错，白白地丢掉了宝贵的生命，永远地离开了这个世界，这是多么大的罪孽呀！他感到不能饶恕自己，他要向死去的将士们谢罪，就是请他们每个人唾自己一口也好。

他心里这样想着，就突然看见了他们，看到了他们仍然成群结队地向他招手，向他呼喊，向他微笑，他感觉他们都处在一片黑暗之中，光线黯淡而迷蒙，空气腥臭而污浊，他们都在受苦，他不由自主地向他们走去，他感到自己的身体也在迅速地下沉，眼看着将要掉进那片无边的黑暗里，融入他的那群将士中间，他感到心灵无比的安慰，但肢体却有一种无法言状的阴冷。

忽然间有一只大手向他伸过来，一把抓住了他，让他感到非常温暖。他抬头一看，是师父，是黑羽儿师太把他拉了上来，才没有让他掉进那个阴森森的地狱里。他跪下来给师父行礼，哭着说："师父！我罪孽深重！我不可饶恕！我要去找他们，我要向他们谢罪！"

黑羽儿师太没有说话，稍一用力，拉着慕容垂脱离黑暗，走进光明，慕容垂立刻感到周身不再阴冷，好像沐浴在春日的暖阳里，十分舒服惬意。他揉揉眼睛一看，啊！原来这是龙山！眼前就是祥云古洞，是自己儿时学艺的地方。师父告诉他说："你看看谁来了？是圣母在那里等你呢！"

慕容垂抬头一看，立即喜不自禁，果然就是龙山圣母带着众多仙女站在洞口，正在望着他微笑，他连忙跨前一步，给圣母叩头行礼，流着泪说："圣母在上，慕容霸给您见礼了。我下山快六十年了，辜负了师父的教诲，也辜负了您的期望，做了许多的错事傻事，犯下了不可饶恕的罪过，请圣母责罚我！"

龙山圣母双手扶起他，仍然是一脸慈祥的笑容，轻轻地说："慕容霸，你起来吧！金无足赤，白玉有瑕，圣贤尚且有失，做人岂能无过？你下山这么多年，能以天下苍生为重，做得已经很好了。至于你犯下的那些过错，一方面是你那个要强的祖母，教你自小学习四书五经，钻研孔孟之道，没有悟到真谛，却把你引入了歧途，从而使你顾小义而丢大义，顾小家而丢大家，顾亲情而忘世情，顾自身而忘万民；另一方面是你那位先祖乾罗，当年为救我的白翎儿，一口气杀死了那么多的恶狼，如今这些恶狼纷纷转世。三界之中，生生死死，冤冤相报，无尽无休，也是必然，着落在你的身上，就不难理解了。"

说到这里，龙山圣母停顿了一下，接着告诉慕容垂："你要记住，生为万民才能成就伟业，心想百姓才能稳住江山。一旦徇私为己，立即善恶陡变，必为历史淘汰，遭到人民唾弃。谁当皇帝和国君并不重要，重要的是他必须遵从民众的意愿，否则很快就会垮台，百姓就会重新选择别人。你也不要太自责了，没有走出世俗的误区也能理解。你也算尽心了，尽心了就是圆满了。历史的长河无尽无休，儿孙们的事情顺其自然吧！何况在你们慕容氏的后人当中，也不都是无能之辈，冯跋不还是一个闪光的人吗！"

慕容垂向圣母叩头表示感谢，圣母接着说："你有两个选择，一个是到天堂去做神将，我已向玉帝举荐了你；一个是留下来做龙山的山神，再为你的家乡做点事，你自己决定吧！"

慕容垂望了望师父黑羽儿师太，还没等他说话，黑羽儿师太就抚摸着他的头，接过来说："一个人无论生前还是去后，都能为他的家乡和父老做些事，就是至高无上的追求，就会永远活在人们的心里。我看哪，图什么虚名去什么天堂啊！就顺其自然，留在龙山吧！你的四哥已经在这里了，不是很好吗？"

慕容垂抬头细看，果然见四哥慕容恪就在圣母的身后，于是他高兴地说："就遵照师父的教诲，听从圣母的安排，顺其自然，留在龙山吧！"

慕容垂如释重负，他终于得到了解脱，找到了归宿，于是他轻松地笑了，他感到了从来没有过的舒畅。围在他身边的亲人和臣子们也都笑了，燕王已经昏睡了七天，今天终于醒过来了，大家都非常高兴。范阳王慕容德拉着他的手，轻轻地说："皇兄一直昏迷不醒，可把我们急坏了！不知万一您驾鹤，后事如何安排呀？"

燕王慕容垂紧紧地握着范阳王慕容德的手，微笑着向他的亲人和臣子们看了最后一眼，嘴里喃喃地说："顺其自然吧，我要回龙山去了。"言罢瞑目而逝，众人随即哭成一团。

慕容垂生于东晋太宁三年（325），死于后燕建兴十一年，终年七十一岁，称帝在位十一年。

慕容垂一生光明磊落，忠义武勇，为大燕国的建立立下了汗马功劳，又为大燕国的中兴献出了毕生的精力，深受大燕国臣民的拥戴。晚年虽然犯下大错，但是百姓还是原谅了他，出殡之日，举国哀悼，千城挂孝，万民落泪。朝廷依其所嘱，把他葬在龙山脚下，让故国的绿水青山永远伴随着他。

遵照燕王慕容垂的遗嘱，范阳王慕容德率领群臣，一方面精心地办理后事，一方面拥戴太子慕容宝登基继位。东晋、北魏、后秦、扶余和高句丽等国均派遣使臣来到中山，一为悼念燕王去世，二为祝贺新皇登基，人来人往，十分繁忙，但是因为里里外外都有丞相慕容德操持着，一时倒也平安无事。

再伐魏燕王患病　复入梦英主归天

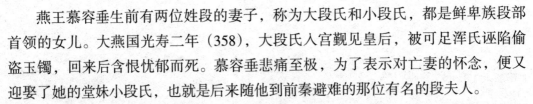

第十八回　承大位竖子乱政　无主见中原败兵

　　燕王慕容垂生前有两位姓段的妻子，称为大段氏和小段氏，都是鲜卑族段部首领的女儿。大燕国光寿二年（358），大段氏入宫觐见皇后，被可足浑氏诬陷偷盗玉镯，回来后含恨忧郁而死。慕容垂悲痛至极，为了表示对亡妻的怀念，便又迎娶了她的堂妹小段氏，也就是后来随他到前秦避难的那位有名的段夫人。

　　新皇帝慕容宝是大段氏所生，是慕容垂的第二个儿子，与嫡长子慕容令是亲兄弟，但是说不上什么原因，这个孩子的智慧、秉性和才能，既不随其父，又不随其母，从小就不学无术，游手好闲，胸无大志，喜欢玩乐，特别愿意听奉承话、恭维话，而且嫉妒心极强，文不能安邦，武不能定国，在慕容垂的七个儿子中，他是最平庸的一个。

　　大燕国建熙十年（369）秋，慕容宝随父到前秦避难，被苻坚封为太子洗马、万年令，官职不高也不低，生活优裕又平稳，让十六岁的慕容宝心生感激，觉得这个秦国皇帝真不错，甚至比他那个燕国的皇帝堂兄慕容暐还要好。一年以后，大燕国被前秦所灭，皇帝和百官都成了俘虏，他们和二十万百姓一起，被成群结队地押往长安。经受了这一场国破家亡的劫难，年轻的慕容宝好像一下子长大了，明白了许多事理，从此发誓要为族人报仇。

　　慕容宝跟着父亲在前秦活得很艰难，他们像坐在刀山上，随时都有生命危险。前秦军师王猛在世的时候，曾经连设五计，必欲置慕容垂于死地。先是收买燕国奸相慕容评，伙同太后可足浑氏阴谋杀害；接着是在接风酒中下毒，在长安郊外想要了他的性命；再就是偷袭西京驿馆，想把慕容垂一行烧死；随后又在出走的路上设伏，准备了上千名的弓箭手，幸而被苻坚闻讯赶来救下。王猛见这四计都没有得逞，又设下圈套，诱使苻坚霸占了小段氏，企图逼反慕容垂借机杀了他，但是慕容垂夫妇忍辱求生韬光养晦，终使王猛的诡计全部落空。王猛见慕容垂有苻坚保护，已经轻易杀不了他，于是生出第六条毒计，在他的儿子身上做起了文章。

王猛早看出慕容垂乃是天下英雄，早晚必将成就大业，其长子慕容令亦是文武双全，智勇兼备，如果他们父子异日壮志得酬，必为前秦大患。眼下除不掉慕容垂，可以想办法先毁掉他的下一代。于是当王猛得知慕容令好酒豪饮，经常去长安街上一家汉京羊杂馆饮酒的时候，便立即心生一计，他用重金收买了酒馆的店掌柜，暗使人在酒菜中下毒，使慕容令得上了慢性肝病，一天比一天黄瘦无力，于一年以后莫名其妙地死亡了。

害死慕容令之后，王猛又在慕容垂的另几个儿子身上打起了主意。当他打听到慕容令去世以后，次子慕容宝成为嫡长兄，并且是个庸才笨蛋的时候，不禁心中暗喜。他又用金钱收买了一个江湖术士郭攸之，在慕容宝回家经常路过的一条小街上开设了一个卦摊，专门守株待兔，诱骗慕容宝上钩。

一日傍晚慕容宝在这条小街上经过，那位江湖术士郭攸之假装大呼曰："哎呀！真奇人也！奇人也！"慕容宝开始时不知道在叫谁，后来见那术士直对着他喊，便不由自主地走了过去。

"这位仙长，您是在说我吗？"慕容宝拱手一礼，客气地问道。

"哎呀！真奇人也！奇人也！"那位江湖术士郭攸之还是重复着这句话，而且目不转睛地看着慕容宝，轻声地说，"我郭某人闯荡江湖阅人无数，还是第一次见到将军这种相貌和体魄之人，真是贵不可言哪！"

慕容宝有些惊奇地问："怎么就贵不可言了？请仙长不妨直言。"

那位江湖术士郭攸之见卦摊周围聚有几人，乃故作神秘地说："此地不是讲话之处，将军请随我到屋里来！"随即领着慕容宝推开房门，走进一间小屋，未及说话，那术士纳头便拜。慕容宝连忙双手扶起："仙长这是何故？快请起来！"

郭攸之请慕容宝落座，然后恭恭敬敬地说道："天机不可泄露，此话不能对外人言，故请将军到舍内叙话。将军之相，尊贵无比，当为人上之人，天下之主。"

慕容宝虽是半信半疑，但仍按捺不住心中的狂喜，于是故作惊奇地问道："此话怎讲？还请仙长明示。"

郭攸之缓缓地说："将军鼻直口阔，颧高额突，二目如电，五柱通天，且耳大有轮，两臂奇长，龙行虎步，头罩祥云，蕴移山填海之神，藏日月星辰之韵，将来必会执掌乾坤，大富大贵，威加天下，名扬四海。"

慕容宝闻听大喜过望，顺手掏出一锭五十两大银赠予那位术士，高兴地说：

"愿借仙长吉言，以成今生梦想，一锭小银聊表相谢之意！"

郭攸之一边嘴上说着："贫道怎敢收将军的卦资？岂非天大罪过？"一边伸手接过那锭白银，急忙塞进自己的衣袋，然后故弄玄虚地说，"不过将军还须经历许多波折，还有不少竞争对手，尚须经过高人指点，方可破雾穿云，到达彼岸。"

慕容宝急忙说道："还有多少波折？须经何人指点？但请仙长尽说无妨。"情不自禁地又掏出一锭白银。

郭攸之赶忙又接过那锭银子，抑制不住心中的狂喜说："明日傍晚您再到这间屋子里来，自会有位高人赐教于您，不过您不可以告诉任何人，否则您的一切好运都会化为乌有。"

慕容宝点头称是，高兴而去，一路哼着小曲回到家中，好像他很快就会成为人王帝主，弄得家里人皆有些莫名其妙。

次日傍晚王猛易容换装而来，慕容宝早已在房中等候。慕容宝见这位仙长又非昨日卦师可比，只见他头戴云冠，脚穿麻履，体若古松，面如秋月，身着长袍，手执拂尘，两眉斑白，长髯飘飘，颇有超凡出世之姿，敬意便油然而生，慌忙起身施礼，复又急不可待地问道："卦师之言，想必您已尽知，不知仙长何以教我？"

王猛见慕容垂的这个儿子呆得这般可爱，不禁有些好笑，于是也一本正经地说："汝之命相，当为人主，虽属天意，尚须人为。你的父亲虽在避难，但早晚必会成就大业，为君为王，水到渠成。但是你的兄弟不少，论德才人品，继位都轮不到你的头上。"王猛说到这里，故意停顿了一下，他在观察慕容宝的反应。

果然慕容宝非常着急："那要我怎么做才算可以？请仙长赶快告诉我！"说着竟然俯下身来叩头施礼。

王猛心中暗笑，也低下头来，对慕容宝附耳低言良久。慕容宝则跪地聆听，频频点头。王猛最后说："只需如此如此，则将军心想能如愿，大事可成矣！"

慕容宝听了王猛的话，豁然开朗，从此牢记在心，深信不疑。

燕王慕容垂共有七个儿子，即慕容令、慕容宝、慕容农、慕容隆、慕容麟、慕容熙和慕容桓。除了慕容令已经死亡，慕容熙和慕容桓当时尚未出生，其余三兄弟均已随慕容垂征战数年，或谋或勇，各有所长，唯独老二慕容宝文不成、武不就，没有一点儿可人赞成的地方，但是自打他经王猛点拨以后，竟好像完全换了一个人，十分勤勉、周到和细致，又非常孝顺、谦虚和好学，令慕容垂和段夫人极为惊奇。慕容宝有几个明显的变化：

一是过去对父母漠不关心，不闻不问，如今晨昏定省，问寒问暖，体贴备至。

二是过去好酒懒惰，不学无术，如今是经常端茶送水，洒扫庭除，而且每天晚上都陪伴慕容垂秉烛夜读，还为慕容垂捶腿和洗脚。

三是过去家中谁有个小病小恙的，他历来麻木不仁，视而不见，如今则经常亲自煎汤熬药，有时甚至昼夜侍候，不辞辛苦。有一次慕容垂患风寒服汤药，听医官说"尿苦则病愈"，慕容宝则每天早起都为父亲尝尿，令慕容垂感动不已，在长安传为美谈。

四是过去一有战事，慕容宝都缩手缩脚往后跑，如今几次与晋军交战，他都一直守护在父亲的身边。慕容垂问他，为什么不像其他兄弟那样往前冲，他则憨厚地回答："我不图杀敌人立什么战功，我要随时准备为父亲拦枪挡箭。"这让慕容垂十分动情。

五是过去对下人颐指气使，动辄打骂，如今对他们均非常尊重，偶尔还施些小恩小惠。对父亲的谋臣和将军们更是极为恭敬，经常屈身请教，十分谦逊，使他们一提起慕容宝来，均异口同声地叫好不止。

慕容垂作为一个父亲，对儿子的变化看在眼里，喜在心上，他虽然也敏感到，慕容宝的转变有点太突然太快了一些，甚至也疑心，他是否受到了什么人的指点，产生了什么异志或者说野心，但是问起周边所有的人，大家又都不约而同地赞扬慕容宝为人之好，看来不像装出来的。于是他尽量往好处想，毕竟孩子大了嘛，会越来越懂事，越来越成熟，越来越进步的。因此虽然慕容宝依然那样平庸，却越来越受到父亲的信任。

在兄长慕容令病故之后，慕容宝作为嫡出的次子，自然而然地排在最前头，成为四兄弟的大哥，因此在前秦建元二十年（385），慕容垂称帝复国以后，三十岁的慕容宝名正言顺地被立为太子，作为皇位的继承人。但燕王慕容垂考虑到他才能平庸，怕他误了大事，又把聪明能干的慕容会立为皇太孙，希望能够固其位，安其心，也希望他们能够父子和谐，优势互补，把大燕国的江山一代一代平稳地传下去，可谓用心良苦。

但是人间的好多事情往往都同愿望背道而驰。在慕容宝挂帅伐魏失利之后，燕王慕容垂痛苦地证实了自己的判断，太子是个庸才，是个废物，是一堆涂不到墙上去的烂泥巴，是无论如何都历练不出来的，因此曾一度产生过废掉他的想法。皇后小段氏也多次说："太子平庸昏聩，又嫉妒狭隘，如若继承大位，会很快葬送掉大燕国的江山哪！"劝慕容垂早拿主意，换掉太子。但慕容垂左思右想，怕直接立皇太孙引起众怒，几个儿子一齐反对，改立别的儿子也未必好到哪里去，可能会乱得更惨，因此在他弥留之际，只无奈地说了句："顺其自然吧！"就瞑目而去。他是把希望寄托在小弟慕容德的辅佐上了，如果慕容宝能够听话，肯定会有一个不错的结局。

承大位竖子乱政 无主见中原败兵

但是燕王慕容垂的良好愿望很快就被打破了。慕容宝继位以后，马上改变了平日里温良恭顺的模样，露出了一副小人得志的嘴脸，完全违背了慕容垂的遗愿，干出了一系列为人不齿的错事和蠢事，使大燕国的实力和威望均一落千丈。

第一件事是挤走丞相慕容德，独揽朝政大权，以便于其为所欲为，胡作非为。范阳王慕容德既是慕容垂的小弟，又是他的连襟，身高八尺五寸，英气逼人，不但智勇双全，武艺超群，而且为人正直，胸襟开阔，很受群臣拥戴，素为燕王所倚重，大事小情都爱与之商量。因此燕王慕容垂在病重期间，曾多次当着群臣的面，把太子托付给慕容德，希望能重演一出姜尚或者孔明的好戏，慕容宝当时也涕泪交流，诺诺连声。但慕容宝继位不到十天，在父皇尸骨未寒的情况之下，即以"邺城重地，抑晋而抗魏，接河洛而贯中原，非皇叔而不能镇守，非丞相而社稷不安"的托词，把丞相慕容德挤出权力中枢，让他为大燕国戍边去了。慕容德离朝以后，慕容宝竟当着群臣的面说："我都四十二岁了，用不着谁再给我当什么奶娘，父皇也是多余操这份心！"足见其狼心狗肺，愚蠢至极。群臣听后皆愕然。

第二件事是逼死太后小段氏。慕容宝为大段氏所生，太后小段氏既是他的庶母，又是他的姨娘。小段氏貌美高洁，知书达理，待人恭谨有致，办事稳重沉着，很有政治远见，又极具亲和力。在前秦避难期间，曾经舍弃清名以成大义，保全慕容垂的性命，帮助他渡过难关，是天下少有的奇女子，也是慕容垂的红颜知己。邺城起事以后，慕容垂就一直把她带在身边，帮助出谋划策，赞襄军务，被誉为女诸葛，在群臣和军队中都有较高的威望。

当初她看出慕容宝变化之快似乎有假，曾经对慕容垂说："太子单是平庸并不可怕，若是太平盛世有贤臣辅佐，兴许还能当个好皇帝；但如果不仅平庸而且存在政治野心，那就非常可怕甚至是令国人忧虑了。适逢如今这个动乱的年代，是不应该让他主政的，否则会葬送整个国家，还会搭上他自己的性命。"

她还曾经对慕容垂说："赵王慕容麟虽然作战英勇，但是两面三刀，阴狠毒辣，连父兄和亲友都能出卖，这样的人是靠不住的！"慕容垂听后颔首频频，深以为然，对小段氏犀利的眼光极为赞赏。没想到这番话被一个侍女听到，很快就偷偷地告诉了慕容宝。慕容宝当时不动声色，却已经怀恨在心，因此在继位以后的第三天，就打发赵王慕容麟来到后宫，对小段氏说："你不是说太子平庸还有野心，当不了皇帝吗？如今二哥已经继位，你还有什么话说？你还说我阴狠毒辣如何如何，当初你就没想到会报应吗？你现在是准备自我了断呢，还是等候查抄、祸灭九族呢？"

小段氏闻听此言，愤怒地说："你们的父皇才去世几天，你就敢来我这里讨命？你们就不怕天打雷劈？你们除了能逼死你的老娘，还有什么本事？其实我并不怕死，怕的是先帝创下的一片家业，就要毁在你们这些人的手上了。"说完自缢身亡。

第三件事是撤换太子慕容会。慕容会是慕容宝的嫡长子，从小聪明伶俐，长大文武双全，深受先帝慕容垂的喜爱，在慕容宝被立为太子不久，即被立为皇太孙，十几岁就能带兵打仗，独当一面，是一位难得的将才，八年来一直身负重任，镇守龙城，为稳定大燕国的北部边陲做出了很大的贡献，很得军心和民心。燕王慕容垂在世的时候，经常在群臣面前夸奖他，这让慕容宝心里感到很不是滋味。对立慕容会为皇太孙一事，他虽然有一肚子的想法，但慑于父皇强大的权威，表面上并不敢说什么。慕容垂去世以后，慕容宝自己做了皇帝，便想随心所欲，改弦更张，与几个弟弟商量起改立太子的事情。

三弟慕容农说："皇太孙是父皇所立，是本朝理所当然的太子，这件事是天下尽知，如今父皇归天不久，你就想改变父命，恐怕会引起朝野震动，对稳定社稷不利呀！"

慕容宝有些生气地说："我也觉得父皇尸骨未寒，就议论这件事有些不合适，但我的心里就像插着一根刺，不拔出来总是难受得很！慕容会虽然是我的亲生骨肉，但我实在看不惯他那套做派。说我是庸才，我这个庸才现在不也当皇帝了吗？难道没有他这个皇太孙，大燕国的江山就不能延续下去吗？"

赵王慕容麟历来心术不正，他揣摩到了慕容宝企图撤换太子的意图，为了获取皇帝的信任，从而得到更大的权力，于是便顺着慕容宝的意思说："这件事本来就是父皇的不对，哪有自己当着皇帝，还要替自己的儿子立太子的道理？我看慕容会过于张扬，不太合适，既然皇帝本人不中意，完全应该重新考虑。"

四弟慕容隆接过来说："皇太孙多年来镇守龙城，颇得部下拥戴，是我朝事实上的皇太子，如今未见有什么闪失或过错，就要改立别人，恐怕于情于理都说不过去呀！"

兄弟几个议论一番没有形成统一的意见。晚上慕容宝回到后宫，与皇妃段氏说起此事，立即引发起段氏的私念，她说："父皇立下的太孙只会感恩于父皇，陛下自立的太子才会效忠于陛下，孰轻孰重，请陛下自酌。我们不是有自己的儿子吗？"言下之意，是想立她的儿子慕容策。慕容策当时只有十一岁，呆吧唧、傻乎乎的，并不十分灵通，但是却很受慕容宝的喜爱，也许是因为这个孩子太像他自己了吧！

慕容宝在段妃那里似乎受到了一些启发，转而又去征询爱妃丁氏的看法。丁氏是个十分风流而又爱慕虚荣的女人，过去皇太孙对她正眼不搭，从来没有进宫拜访过她，因而她对慕容会一直存有反感，如今见慕容宝来问她，便阴阳怪气地说："父皇为别人立太子，本来就是错的嘛！是错的就应该纠正过来！陛下贵为天子，难道连这点小事都定不下来吗？那还是个皇帝吗？"一句话彻底点醒了慕容宝，让他下定了最后的决心。

次日早朝，在处理完其他政事之后，慕容宝便提出改立慕容策为皇太子，征求群臣的意见。赵王慕容麟和长史刘玄等十几个大臣看风使舵，陆续发言赞成，太尉封懿和中山尹苻谟等一班老臣虽然心存不满，但见木已成舟，说也无用，又见慕容宝和慕容麟眼露凶光，杀气腾腾，便谁也不吱声了。

第四件事是拒绝回都龙城，不遵父皇遗命，结怨于文武百官。先帝慕容垂在病重期间，多次提出在他去世以后，立即回都龙城，恪守祖宗遗训，当时许多文武大臣都在，慕容宝也连连点头答应，但在他继位以后，却绝口不提此事。半年多以后，右司马宋珪在朝议时就此发问，慕容宝生气地说："我们为什么非要回到龙城去？那是一个多么偏僻而又寒冷的地方？！"宋珪大着胆子说道："那不是祖宗的遗训、先帝的遗愿吗？"

慕容宝啪地一拍御案，粗声大气地说："现在不我是皇帝吗？请不要搬出别人来压我！"

封懿、宋珪等群臣一齐跪下请命，恳求慕容宝以社稷为重，不要意气用事，慕容宝冷笑数声："你们这是威胁我吗？大燕国缺钱缺米，可就是不缺大臣哪！"说完拂袖而去，令群臣瞠目结舌，义愤填膺。

第五件事是激怒了鲜卑贵族，造成人心动荡。慕容宝在继位不久，就轻信了大臣左连的奏议，过早地像王猛那样，清理豪强荫户，清查全国的户数和人口，意在平均分配土地，增加国库收入。这虽然是一件好事，但由于燕国政权尚未巩固，人心还在浮动，这件事做得时机不对，立即招致了全国鲜卑贵族的一致反对。许多人带着部族人口和车马，跑回草原去了，还有的人恨得咬牙切齿，积蓄力量，蠢蠢欲动。

慕容宝继位以后的一系列倒行逆施，造成了朝野上下怨声载道，重臣亲友皆离心离德，许多人乘机闹事，企图乱中取利。这种状态通过中山城里的暗探，很快传到魏王拓跋珪的耳中，他由此认为伐燕的时机已经成熟。

北魏太元二十一年（396）七月，魏王拓跋珪在盛乐称帝，改元皇始。八月，得到中山内线拓跋融的密报，立即亲率四十万大军伐燕，军容极盛，千里旌旗不断，士气高昂，一路势如破竹。九月，攻下后燕边城并州（今山西省太原市西南），十月，出井陉关（今河北省井陉县附近）直插河北，沿途州县的燕国官吏望风而逃，魏军几乎一仗未打，就顺利地占据了燕国在山西、河北的大片土地，只剩下邺城、信都和中山三座孤城，还掌握在燕国的手中，形势已是相当危急。

燕国皇帝慕容宝得知魏军来攻，立即吓出一身冷汗，当年参合陂一战留下的伤痕，似乎仍隐隐发疼，那场被坑杀五万燕卒的惨剧，至今让他心有余悸，想起来就浑身发抖。这一次听说是拓跋珪御驾亲征，一下子来了四十万人马，更加手足无措，急召群臣商议对策。

中山尹苻谟乃氐族良将，曾经跟随先帝慕容垂征战多年，是唯一一个从前秦过来的前朝老臣，具有比较丰富的作战经验。他说："敌军势力强大，我军兵微将寡，若一旦进入平原，必将势不可当。因此我军应集中优势兵力，舍弃中山、信都等几座孤城，将敌军阻滞于崇山峻岭之间，与其进行周旋，令其失去优势，粮草难以为继，日久生息，士气必减，我军再寻机歼其一路或两路，则魏军必乱，如此中原可保，战事可胜矣！"

中书令睦邃是个文官，不懂得行军打仗却争着说："北魏大军长驱直入，我方可实行坚壁清野，他们不出两月，粮草吃光，自然会撤军西归，不足为虑。"他把作战视同儿戏，引来不少鄙夷的目光。

太尉封懿忧心忡忡地说："北魏拓跋珪有备而来，几十万大军如洪水猛兽，如不全力堵住，将有亡国的危险，当用中山尹苻谟之谋，奋力一搏呀！"

赵王慕容麟与魏军多次打过交道，在参合陂吃过败仗，死里逃生，这时候心虚地说："以我们大燕国目前的军力，是拼也拼不过，挡也挡不住的，不如就坚守中山，以逸待劳，伺机突围吧！"

皇帝慕容宝本来就是一个庸才，平时处理正经的政事都没有什么主意，搞歪门邪道却有自己的一套，而且十分执拗，但是遇到目前这种复杂的局面，那就一筹莫展、束手无策了。急得他如热锅上的蚂蚁，与文武大臣们吵吵嚷嚷，议论了两三天，也没有拿出什么好办法，白白地耽误了宝贵的时间。等群臣一致要求请回丞相慕容德来主持大局的时候，为时已晚，魏国的大军已将中山团团围住，慕容宝无奈只好下令坚守。

北魏皇帝拓跋珪率领四十万大军如摧枯拉朽，很快地扫清了外围州县，迅速地包围了中山、信都和邺城三座孤城，志在必得，意在速决，因而昼夜攻打，千方百计，但是效果并不理想。原因是自大燕国复兴以来，燕王慕容垂在此经营多年，深知此地无战略依托，没有回旋余地，一旦发生战事，随时都可能兵临城下，将至壕边，因此很早之前就有准备，不但仓廪众多，粮草储备丰厚，而且城高墙固，壕宽水深，军事设施十分完备。再加上燕王慕容垂去世不久，燕军将士的余威还在，中山尹苻谟指挥有方，全城军民同仇敌忾，因而致魏军的进攻屡屡受挫，城墙下的死尸已经堆积如山，魏军还是打不进来。

承大位竖子乱政　无主见中原败兵

魏国大军从当年的十月中旬围到年末，中山城仍旧巍然屹立，但魏军的粮草供应已经出现了困难，有的将领见急切难下，建议撤军。拓跋珪咬咬牙说："我们必须摧毁他们，占领中原，否则等他们缓过气来，慕容德与慕容会南北夹击，我军必将功败垂成。这也就是赶上慕容宝这个笨蛋了，若是我那位舅爷爷还在世，那我们这一回就死定了。"他下令晒打当地的庄稼，在民间筹集军粮，决心一鼓作气攻下中山。一晃又围困了半年多。

到东晋隆安元年（397）九月，中山城已经被围困一年了，所积蓄的粮草大部分已经用完，但魏军仍没有退兵的意思。城内的慕容宝像圈里待宰的羔羊，成天心惊胆战，寝食不安。城外的拓跋珪也如输光的赌徒，两眼通红，无计可施，也感到进退两难。左长史张衮见机说道："如此耗费时日，劳师伤旅，虽然我军最终能胜，但燕人狗急跳墙，做困兽之斗，我军亦必损失惨重，不如仍用离间之计，使其产生内乱，我军乘乱击之，则中山可破，大燕国可灭矣！"

拓跋珪闻言觉得有理，忙问计将安出，张衮附耳低言曰："只需如此如此……"拓跋珪听后大喜，遂依计而行。

且说魏国密探拓跋融自打去年潜入中山，开办了一间山货店掩人耳目，背地里广泛结交官府中人，已经对燕国的朝野大事了如指掌。这一日收到左长史张衮借进城议和之机捎来的密信，立即找到大燕国殿前将军慕与皓，向他传达了魏国皇帝拓跋珪的旨意，说只要联手除掉慕容宝，魏国同意立赵王慕容麟为帝，并且立即撤兵，两家永结盟好。

慕与皓是赵王慕容麟的部将，多年来与之关系极好，立即把这个消息报告给慕容麟并与之密谋。不想被慕容麟的一个侍女听到，偷偷地透露给侍卫苏泥。苏泥本是慕与皓的舅兄，但为了谋取金钱权力、升官发财，急急忙忙地向皇帝慕容宝去告密。

慕容宝闻报大惊失色，急命义子高云率侍卫数百人去捉拿慕容麟和慕与皓。慕容麟得知以后狗急跳墙，决定公开反叛，急召昔日部将、如今的护卫将军慕容精入府，命其杀掉慕容宝献城投降，事成以后封其为太尉，被慕容精严词拒绝。慕容麟恼羞成怒，命侍卫杀掉慕容精，取下其身上所带的令牌，伙同慕与皓和拓跋融，假说出城和谈骗开西门，魏国大军遂一拥而入，中山城陷落。皇帝慕容宝惊慌失措，在侍卫的保护下从北门逃跑。

赵王慕容麟见魏军入城，大喜过望，刚想去城外大营找拓跋珪邀功，不料拓跋融率人将他团团围住，大喊着"诛逆贼""杀恶狼"向他扑来。气得他嗷嗷怪叫，又羞又恼，自己白白被魏人利用了一回，落了个卖国不能求荣的下场，几乎悲痛欲绝。幸亏他的那些侍卫跟随多年，比较忠实，护持着他砍翻十几个魏兵，趁着混乱逃出城，到丁零部避难去了。

　　慕与皓投降了北魏，领着魏兵到处搜捕文武大臣，挖掘金银财宝，被拓跋珪封为殿前将军，仍然留守中山。

　　且说大燕国丞相慕容德见五哥慕容垂已死，慕容宝继位当了皇帝，便明白大燕国已经日薄西山，气息奄奄，衰落之势已不可避免，真心不愿意再辅佐这位昏君笨蛋，也不愿意留在朝中再蹚这汪浑水，早就想寻个借口调到外任，谋求自我发展，至少是眼不见心不烦。所以当慕容宝提出让他镇守邺城的时候，着实让他高兴了好些天。他知道大战不会太久了，魏军必定来袭，因此在他到达邺城以后，立即招兵买马，聚草屯粮，整训队伍，加固城防，做好迎战的一切准备，并派出多路人马出去打探消息。

　　皇太孙慕容会在龙城得知慕容宝已经另立太子，心中大怒，一时拿不定主意当如何动作，便与身边可靠之人商议，最后决定派大将冯跋携书信，到邺城去向范阳王慕容德当面讨教，希望这位德高望重的老丞相、老王爷能够给他指点迷津，助他渡过难关。冯跋率其弟冯弘等一行五人来到邺城，刚刚递上皇太孙慕容会的书信，还没等与范阳王慕容德叙话，就有探马来报，魏国十万大军飞驰而来，离此不超过三十里了。慕容德高兴地说："来了正好！我早想会会他们了。冯跋将军来到邺城，真是老天助我！你们先帮我打一仗，打胜了再谈。"说罢立即调兵遣将，准备迎敌。

　　临近傍晚时分，忽见城外烟尘四起，耳畔传来蹄声隆隆，如同一阵阵闷雷滚过，北魏国领兵元帅、东平公拓跋仪率领的十万大军，顷刻间将邺城团团围住，并立即选择有利地形，离城门不过三里扎下营寨。那无边无沿的军帐像连绵的群山，茂密的旌旗飘动起来如沸腾的大海，军容极盛。

　　范阳王慕容德趁魏军远来乍到，立足未稳，正在埋锅造饭之机，亲率冯跋兄弟带领三千名勇士，突然打开西门，向魏军的营帐冲去。拓跋仪做梦也没有想到，城中不到三万守军，防御尚且捉襟见肘，怎么还敢主动发起攻击？由于距离太近，事发突然，让他和他的将士们措手不及，一下子被冲得七零八落。这些冲进来的燕军虽然人数不多，但一个个如狼似虎，骁勇异常，他们往来驰骋，喊声震天，遇帐就烧，见人就砍，使不少疲惫不堪又饿得打晃儿的魏军官兵，不明不白地就做了刀下之鬼。拓跋仪急忙下令后撤，离城三十里外再扎营，到夜半时一经清点，发现竟然损失了一万多人马，令拓跋仪恼恨至极。

　　次日天明，拓跋仪命令四门一齐发起进攻，但是城头上礌石如雨，箭似飞蝗，魏军多次登城，均被打退，一连几日毫无进展，拓跋仪不禁有些焦躁。第六日上午刚交巳时，他正在西门外不远处的一座小土山上指挥作战，忽然间城门大

第十八回　承大位竖子乱政　无主见中原败兵

开，一标人马飞驰而出，为首一将银盔银甲素罗袍，持银枪，骑白马，疾如轻风，快若闪电，真好比龙出大海，虎下深山，威风凛凛，勇不可当，魏军的将士们沾之者死，碰之者亡，几千名弓箭手射他不着，上百员战将拦他不住，他带的这支队伍像滔天巨浪，直接向拓跋仪扑来，转眼间已经来到土山之前。

还没等拓跋仪下达堵截合围的命令，耳边只听得"噗噗噗"一阵细微的声响，身边的十几名侍卫就不知被什么武器击中，纷纷扑通、扑通倒在地上。接着有一股白光嗖地向他袭来，吓得他本能地在马上一侧身，一阵疾风扫过，他发现自己的头盔已被人用长枪挑了下来，惊得他浑身一抖，披头散发地从马上滚了下去，被身后的十几名侍卫舍命救走，向西方跑去。围困在西门外的魏军见主帅有难，立刻像潮水般地撤了下来，保护着拓跋仪且战且走。那位燕国的白马将军并不追赶，转眼间领着他的那支人马回城去了。站在城楼上观战的慕容德兴奋地说："冯跋将军英勇无敌，真好比当年的赵子龙也！"

魏军主帅、东平公拓跋仪捡条性命，跑回大营，好半天仍然气喘吁吁，心神不定。这回他才知道，范阳王慕容德不仅善于用兵极有胆略，而且帐下确有精兵良将，刚才这位白马将军简直就是一个奇人，在万马军中取上将之首直如探囊取物。过去他只是听人这样说，今天他算是亲眼见了，那人的动作简直太快了，令人防不胜防，稍不留意就会丢掉性命。因此他再也不敢疏忽大意、贸然进攻，一边抓紧催运粮草，一边将主力退至成安，一连两个多月过去，战事毫无进展。

这年十二月，魏国皇帝拓跋珪见邺城战况不佳，派遣辽西公贺铁卢率两万骑兵前来增援，希望能尽快拿下邺城。贺铁卢是拓跋珪的亲娘舅，本来就依仗皇亲贵戚盛气凌人，如今见拓跋仪劳师日久，损兵折将，打法保守又毫无进展，便有些瞧不起他，口中亦常冷嘲热讽，更不愿事事接受拓跋仪的指挥和节制，二人常因兵力部署等事发生分歧，甚至口角。这件事被拓跋仪的行军司马丁建看在眼里，记在心上。

丁建与慕容德既是同窗，又是好友，两人虽各事其主，但是心灵相通。丁建派人进城，悄悄地把魏军主帅之间的这种矛盾状态报告给慕容德，并伺机从中挑唆，使二人矛盾日深。

慕容德得到丁建的密报，高兴异常，认为有机可乘，遂于一个月黑风高之夜，忽出奇兵单袭北门的贺铁卢部。他们一边四处放火，一边发动袭击，风大火猛，杀声震天，魏兵一时弄不清来了多少人马，有些蒙头转向。冯跋将军率三千名勇士，一马当先，杀入敌阵，如虎入羊群，势不可当。贺铁卢情况不明，仓促应战，被冯跋赶上，以枪为棒，一下子砸在他的后背之上，砸得他晃了几晃，几乎跌下马来，急忙抱鞍吐血而逃。魏军主帅受伤，将士们四散奔走，一口气跑出三十多里，仍然不敢停步。

　　驻扎在邺城西门外的拓跋仪闻报惊醒，起来观看，见城北贺铁卢部扎营的地方，到处燃起冲天大火，但人马已经不知去向，更无人前来报信，气得拓跋仪大骂连声，正欲动兵相救，这时忽然西门大开，慕容德亲率两万大军，举着火把，冲杀而来。而冯跋带领的三千勇士，像一条蠕动的火龙，从西北面包抄而至。鼓声阵阵，杀声震天，黑暗中似有无数鬼神也来相助，吓得拓跋仪头皮发麻，胆战心惊。丁建乘机对他说："贺铁卢率部已经逃跑，生死不明，剩下主帅孤军在此，恐遭不测，还是及早撤退的好！"

　　丁建的这句话提醒了拓跋仪，他现在想起土山之战还在后怕，他觉得那个白马将军可能就在附近，于是马头一掉，下令撤退，匆匆逃命去了。丁建乘机率领部分士兵一边放火，一边大喊，魏兵不战自乱，仓皇逃遁，丁建遂入城投奔慕容德。范阳王慕容德率众获胜，取得邺城大捷。

　　哪知时隔不久，信都和中山相继陷落，皇帝慕容宝据说已逃往龙城去了。邺城一花独放，成为大燕国留在中原的唯一一面旗帜，乐浪王慕容惠、中山侍郎韩范、员外郎段宏和太史令刘启等名臣，一时皆归附在范阳王慕容德的帐下。这时，派往后秦姚兴处求援的使臣刘藻也已归来，还带来了后秦太史令高鲁送给范阳王的一块传国玉玺，让全城军民为之一振。十月，皇帝慕容宝的诏书到了，命丞相慕容德统辖南部军务，可以自行封赏，任命官吏，代行燕王事。一时军心、民心大顺，使散落在中原的燕国官吏和将士纷纷来投，让邺城实力大增，令慕容德成为扶燕抗魏的中流砥柱，威望空前高涨。

　　范阳王慕容德与众人计议去向，大家一致认为，眼下邺城虽然民心顺，士气足，人才济济，粮草丰厚，但毕竟只是一座孤城，处在魏军的重重包围之中，随时都有城破的危险，只有另寻出路，才是上策。根据绝大多数军民的意见，慕容德于大燕国永康三年（398）正月，率领士兵五万人、居民四万户，战车两万七千多辆渡过黄河，到达滑台（今河南省滑县），不久在滑台建立政权，设置百官，史称南燕。次年迁都广固（今山东省淄博市），自称皇帝，雄踞齐鲁，极得民心。慕容德在南燕建平七年（405）病故，其侄慕容超继位，但超才能平庸，心胸狭隘，弄得内部分崩离析。五年后，南燕被南朝刘宋政权的开国皇帝刘裕所灭。慕容氏的这一支脉，以后就在黄河中下游和长江流域定居下来，逐渐融入中华民族这个大家庭里了。

第十九回 诛太孙社稷生危 信狼舅江山易主

且说赵王慕容麟趁北魏大军围困中山之际，通过殿前将军慕与皓，与北魏密探拓跋融密谋，企图杀害慕容宝，献城投降，以换取拓跋珪立他为帝。不想弄巧成拙，白白被魏人利用了一回，弄得个鸡飞蛋打，不仅愿望没有实现，还落了个卖国求荣的骂名，灰溜溜地逃出中山，投奔丁零部避难去了。燕国皇帝慕容宝得到这个消息，怕在逃跑的路上巧遇慕容会，生出什么意外，再闹出谋反的大事来，于是急带其弟慕容农、慕容隆和长子慕容盛，率领一万多人马急匆匆离开中山，奔龙城而去，把中山的这一堆乱摊子，留给了开封公慕容详。

城破以后，拓跋珪率领北魏大军进入中山，为了安抚投降的官兵和当地百姓，没有杀害慕容详，而是仍旧让他在此留守。魏军撤后不久，慕容详被将士和百姓们拥立为王，不过只有两个多月，没用魏国动手，就被赵王慕容麟阴谋杀害，此是后话了。

慕容宝一行逃出中山，一路上惊慌失措，如丧家之犬，匆匆来到蓟南，正好与从龙城赶来勤王的皇太孙慕容会相遇。慕容会当即下令在路边扎营，为父皇及大臣们压惊洗尘，席间除寒暄问候之外，也问起下一步的进兵之策，因为慕容会此行带来五万骑兵，全是大燕国的精锐之师，他很想到中原与丞相慕容德会合，干一番大事业。

不料慕容宝对儿子的满腔热情并不买账，表面上虚与委蛇，内心里咬牙切齿。他对自己的这个嫡生长子早已恨得牙根痒痒，就是因为他，自己在父皇面前总是挨骂，也是因为他，自己险些不能继位，更是因为他，自己至今仍威权不稳，大臣们都在帮着他说话。慕容宝感到魏军虽然凶狠，但如果同意纳贡称臣，他仍旧可以当他的太平皇帝。而这个皇太孙却不一样，他能够夺走自己的万里江山，甚至让自己死于非命，历史上为了皇权父子相残、兄弟互伤的事情比比皆是。由此他认为不能给慕容会任何机会，于是毫不犹豫地说："你的年龄还小，不宜去打仗冒险，所带来的五万骑兵，就交给你的两个叔父指挥吧！我们马上还要返回中山，进兵之事你就不要管了，还是回去镇守龙城吧！"

慕容会一听勃然大怒，本来他对改立太子一事已经怀恨在心，希望能通过带兵救驾、解围中山这件事冰释前嫌，讨好父皇，以便给自己的处境带来转机。没想到热脸蛋贴了个冷屁股，慕容宝不但不买账，还夺了他的兵权！他再也控制不住满腔的激愤，于是摔杯而起，怒目而去，令在场之人均一片愕然。

这一场酒宴不欢而散，让慕容宝心绪难平，他留下慕容农、慕容隆和慕容盛，对三人说："慕容会不忠不孝，目无君父，真是狼心狗肺，禽兽不如！如今摔杯而去，必然会生祸端，不如马上除之，留着后患无穷。"

三弟慕容农首先劝道："慕容会乃陛下亲子，虽然一时有些怨气，也在情理之中，他不还是个孩子吗？请不必介意，找个机会教训一下也就是了，何必要真生气、动杀机？"

慕容盛虽是慕容宝的长子，但因为是庶出，立谁为太子都难有他的份儿，因此心中极不平衡，早些年对慕容会被立为皇太孙耿耿于怀，近日来又对慕容策被立为太子心存不满。他不怕把事情闹大，他希望越乱越好，乱大了他才能在乱中取利，于是他挑拨地说："慕容会目无父皇，无法无天，把谁都不放在眼里，这还是大燕国的臣子吗？朝廷的权威何在呀？"

慕容隆一听慕容盛是在拱火，生怕事情闹大，于是急忙对慕容宝说："陛下日前改立太子，他本来就心中有气，这一次率军勤王而来，又拿掉了他的兵权，自然产生怨恨，负气而走也属正常。眼下魏国大兵压境，中原危在旦夕，我们不宜在内部生乱，望皇兄三思呀！"

就在慕容宝怒气未消，还在与人商议的时候，慕容会被解除兵权的消息风一样传开，他的部下立刻就炸了锅。大将冯跋此时虽然出使邺城，不在军中，但其父冯安却是众将之首，他率领着几千人吵吵嚷嚷，舞枪弄刀地围住行宫请愿。冯安挑头对慕容宝说："皇太孙天资聪颖，勇略过人，我们多年来与他共同镇守龙城，情愿与他同生共死。恳请陛下与群臣留在蓟城行营，小住几日，待我们随皇太孙兵发中原，与范阳王合兵一处，解救中山，收复失地，再迎请陛下回都龙城，岂不甚好？我们这股劲儿憋了很久了！"

冯安这一番话说得情真意切，义正词严，令在场之人皆为之振奋，唯独慕容宝听了惊惧交织，愈加害怕。他见慕容会如此得军心、有威望，如果真的进兵中

第十九回

215

诛太孙社稷生危　信狼舅江山易主

原，得到慕容德的帮助，那还不是如虎添翼？倘若真的战胜了魏军，那时人心所向，他还能拥有大燕国的天下吗？他还能当得成皇帝吗？想到这里，他假惺惺地对将士们说："慕容会还很年轻，没有打过什么大仗，我怕耽误了国家大事，才把人马分给了他的两个叔叔，这也是一番好意，你们既是为了国家，可以跟着农、隆二王干嘛！不要随着慕容会瞎起哄！"

将士们见慕容宝虚情假意，没有真话，吵吵嚷嚷闹了一阵，又回去商量对策了。

等众将士走了以后，慕容宝愤愤地对两个弟弟说："你们都看见了吧？这还了得！这不是逼宫吗？如果让他们得逞，我们兄弟还有活路吗？我必须马上杀了他！"

慕容农、慕容隆齐声劝道："大敌当前，魏军肆虐，中山已经城破，邺城危在旦夕，慕容会带来的这五万劲旅，正可以解燃眉之急，即使不能全部收复中原，最起码能够保全关东，千万不能太冲动，而酿成兵变哪！"

没想到兄弟三人的谈话，被帐外的侍御史仇尼归听得一清二楚。仇尼归恨透了慕容宝的阴毒虚伪，十分怀念跟随燕王慕容垂的那些岁月，于是立即跑出去向慕容会告密，请他务必小心，恐有杀身之祸。慕容会恨得咬牙切齿，误认为两个叔父也是害他的同党，而且夺走了他的五万人马，决心首先除掉二人。为了免遭不测，他悄悄地逃进山林躲藏起来，夜晚却派仇尼归带十人潜入军营，杀死了正在熟睡的慕容隆，刺伤了毫无准备的慕容农，使这两个正直的人惨遭不幸，命也乎？运也乎？

次日清晨，慕容会带着人马，风一样闯进中军大帐，"啪嚓"一声，把慕容隆的人头扔在御案上，笑嘻嘻地对慕容宝说："两位叔叔密谋杀我，企图谋反，已被我处置了，不知父皇有何感想？"

慕容宝见一下子来了这么多的将士，人人怒目而视，杀气腾腾，又看一眼慕容隆那血淋淋的人头，吓得心惊胆战，不知所措，表面上却假装大喜，鼓掌而言曰："皇儿铲除叛逆，正合我心，不仅顺乎民意，而且功在国家，应予重赏。"当即颁旨，赐黄金千两、锦缎千匹，厚赏有功将士，并归还慕容隆统率的两万军马，弄得慕容会有些出乎意料，带着满腹的狐疑领着将士们走了。

待慕容会率领众将士离开以后，慕容宝马上召来心腹之人，向后卫将军慕与腾密授机宜，令他前去立即除掉慕容会。慕与腾只带两名侍卫，手里捧着朝廷的圣旨，假借传诏的机会，趁慕容会并未防备，突然拔剑向慕容会刺去，身后的两名侍卫也迅速出击，将毫无防备的两个护兵杀死。但慕容会手疾眼快，动作敏捷，一个侧翻躲过宝剑，复飞起一脚，踢中慕与腾的手腕，宝剑"当啷"一声掉在地上，两名侍卫同时扑来，慕容会绕帐奔跑，大喊着："有刺客！有刺客！"十几名护兵一拥而入，顷刻间将三人砍成了肉泥。

慕容会见父皇两面三刀，凶狠毒辣，必欲置自己于死地，再也忍无可忍，于是怒火冲天，撕破脸皮，率领数万名将士冲向蓟城行营，吓得慕容宝面如土色，口不能言，只带着一百余骑从后门逃跑。

慕容宝带着人在前边跑，慕容会领着人在后面追，父子俩在大燕国的土地上，带着千军万马，进行了一场前所未有的骑马大赛。慕容宝舍命地逃跑，慕容会拼命地追赶，两支人马始终相距不远。慕容宝马不停蹄，一口气跑回龙城，急令守将关上城门。入得后宫来刚刚坐下，有军士来报，慕容会大军已经将龙城团团围住。

龙城虽然是燕国故都，但慕容宝已经多年未归，侍卫和宫人们知道他是皇帝，却都是皇太孙慕容会的下属，与慕容会已经相处多年，因此慕容宝知道这里也不安全。吓得他龟缩在内宫不敢出来，整天战战兢兢如末日来临，连吃饭喝水都让别人先尝一下。两个弟弟如今死的死、伤的伤，再也无人商量，他感到一筹莫展，连自己的生命也快要终结了。

慕容会虽然命令将士们围住龙城，但是他并不想真正地进攻，因为他深知龙城是燕国的故都，百姓们热盼着朝廷归来，他不能让军民们好愿未成，先遭涂炭。他相信自己在此经营多年，人脉深厚，城中都是自己的旧部，时间一久会不攻自破，用不着兵戈相加，伤及将士，故而只在城外安营扎寨，等待时机，每日里只是饮酒玩乐，将士们见此也松弛下来。

一日傍晚，慕容宝正在宫中呆坐，望着西方的落日出神，侍卫高云闻其叹息之声，凑近前来说道："我知陛下所虑何事，如能信得过我，趁城外军心懈怠、毫无防备之机，今晚可带百骑偷营，摸进中军帐，活捉慕容会，则围兵可退，陛下无忧矣！"慕容宝见现下身边已经无人可用，无计可施，只能死马当活马、放手搏一回了！尽管他认为此行凶多吉少，很难成功，但还是对高云褒奖有加，拍其后背好生勉励一番，令高云十分感动。

高云，字子雨，是慕容宝的养子。高云的祖父高和本是高句丽的一位贵族，因为与国王有隙，在燕军东征时，跟随燕王慕容皝来到辽西，遂在此定居下来。高和本姓盖卢，为了讨个好的门第，便自称是高阳氏的后裔，从此以高为姓。高云从小生在龙城，喜欢读书习字，性格沉默寡言，不善与别人交往，总爱自己独处，但却生得身材高挑，手脚奇大，练武极为专注，功夫亦是不凡，尤以轻功为最，因此常与冯跋切磋交流。

慕容宝当太子的时候，听说其武功出众，将其选为侍卫，长期带在身边，在

诛太孙社稷生危　信狼舅江山易主

许多紧要关头，数次救过慕容宝的性命。慕容宝当了皇帝以后，就将其收为义子，并将一贴身侍女珠儿赐嫁与他，他因此也对慕容宝益发忠实，慕容宝也更加信任他，将其封为侍御郎。虽然官职并不显赫，但却宠信无比，连朝中许多重臣都很羡慕。如今高云见慕容宝已经无计可施，到了极为困难的时刻，只好自己挺身而出，献身一搏了，不成功便成仁，他抱定了必死的决心。

当夜丑时，轻风习习，繁星满天，正是人困马乏的时候，城外军营一片寂静，连平日巡更的梆子声也听不到了。高云带上短兵器，穿上夜行衣，如同幽灵一样飞下城墙，毫不费力地就摸进了慕容会的中军大帐。

慕容会此时正在酣睡，帐中的残烛还在摇摇晃晃地亮着，喝完的酒坛乱七八糟地扔在桌案之上，帐内并无卫兵守护，而帐外的那两个家伙也许正在梦中，嘴里还在咬牙并说着梦话。高云见时机难得，毫不犹豫地飞身来到睡榻之前，举起短刀就向慕容会的前胸刺去。睡梦中的慕容会不知是听到了动静还是基于某种感觉，睁眼一看，一声惊叫："是你？高云？"顺势一滚，被高云刺中左肩，慕容会大叫一声，滚落床下，又飞身跃起，顺手抓起酒坛，向高云掷去。高云闪身躲过，举刀又追，两个人隔着桌案，转圈奔跑。慕容会一边扔酒坛，一边大喊："有刺客！有刺客！"一连四五个酒坛摔得粉碎，外边的侍卫们可能是昨晚喝得太多了，听到动静后跟跟跄跄地过来几位，不但没帮上慕容会的忙，反倒被高云带来的同伙顺手杀死，不明不白地成了刀下之鬼。慕容会见状跑出帐外，高云一边追一边大喊："慕容会死了！快跑哇！慕容会被杀了！快逃哇！"慕容会身上带伤，被高云追得又太紧，根本顾不上招呼自己的队伍，手下的将士们又不明真相，只听到营中有上百人在喊"慕容会死了"，一时秩序大乱。冯安等十几名将领惊醒后来到大帐，除了看到睡榻上留下一摊鲜血，慕容会已经不知去向，这时又听到四外杀声阵阵，恐遭不测，于是领着将士们逃往山中去了。

慕容会虽然只在臂上中了一刀，但因为高云在短刀上喂有剧毒，他跑进山林之后便昏倒了。后来虽经一猎户父女精心救治，控制了病情的发展，使他能够恢复行走，并悄悄来到中山，但终因剧毒复发，含恨而死。

天明以后，龙城解围，各州郡官员看风使舵，纷纷派来勤王的队伍，各种金银礼品也源源涌来。慕容宝马上又抖起精神，登上大殿，召见百官，下达诏令，命全力搜捕反贼余党，抓住即杀，立斩不赦。一连几十日搜山不止，几千名将士和百姓无辜惨死，上万名亲属被株连丧命，一时间龙城血雨腥风，陷入恐怖之中。

侍御郎高云因为灭寇有功，被慕容宝封为武卫将军、夕阳公，统领所有宫中侍卫，掌控京城护卫大权，并从此赐姓慕容，称为慕容云，视同亲子对待，一时尊荣无比。

三燕王朝

218

至此，慕容宝终于一块石头落地，在龙城安下身来，他下诏把中原的战事全交给丞相慕容德署理，自己则躲在关东玩乐起来。经过这一番折腾，慕容宝更加怕死，除了念经打卦、拜佛信道以外，还整天寻方问药，拜神求仙，一时术士云集，乌烟瘴气，邪门歪道，纷至沓来。大臣们屡谏不听，百姓们怨声载道，京城秩序日见混乱，古都龙城败象频生，朝野上下均十分忧虑。

后燕永康三年（398）二月，一日早朝，慕容宝对大臣们说："我昨晚上偶得一梦，梦见自己骑一条白龙飞向南方，斩一只恶狼于长城脚下，三狼聚而围之，然后惊醒，不知何意？"

道士梁心之马上出班奏道："恭喜陛下，贺喜陛下！此乃大吉大利之兆也。陛下骑龙向南，乃带兵出征之意，而恶狼者，宿敌也！魏帝拓跋珪号称草原苍狼，是陛下的仇敌，此梦应在他的身上，是预兆陛下若是出征，当斩拓跋珪于长城脚下，报仇雪恨，他的那几个狼崽子当然要干瞪眼了！好梦啊好梦！"

慕容宝闻言大喜，决定趁此吉梦良言，兴兵伐魏。太尉封懿说："日有所思，夜有所梦，人之常情，何必多想？陛下本是帝王，乘龙而飞，遇狼而击，也是正理。何况梁道长之解析，未免有些牵强附会，岂可因获一梦而擅动刀兵，置万千将士生命于不顾，陷无辜百姓于水火乎？此举断断不可，请陛下三思啊！"

群臣也纷纷好言相劝，长子慕容盛则直截了当地说："我军中原新败，魏军气势正盛，论人数和实力，我们均不是人家的对手，为什么非要以卵击石？这不是自寻死路吗？"

但是不管别人怎么说，慕容宝此时已经鬼迷心窍，根本听不进去逆耳之言，他极其自信地说："天机所赐，不可或失，我军此战必胜，拓跋珪一定会死在长城脚下，众卿不必多言！"遂下令调兵出征。三月底，十万大军分三路向山西进发。

燕军过去在慕容恪和慕容垂的率领下，曾经是威震天下的雄师劲旅，铁弓营、长枪营、大刀营、骁骑营和火攻营等五营铁骑，曾经让敌人闻风丧胆而所向披靡，但是经过参合陂一战，就元气大伤，中原兵败以后更是士气低落，每况愈下。现在一提起与魏军作战，将士们都心有余悸，害怕得很，人人都知道交战必败，等于前去送死。你当皇帝的骑着快马，有人保护着转身跑了，当兵的怎么办？谁没有妻儿老小哇？因此大军出发时就不积极，一路上行动迟缓，怨气冲天。

行至滦北时，将士们又饥又渴，停下休息，部将段速骨和宋赤眉乘机煽动叛乱，他们高呼着"杀死昏君，返回家园！""宁愿叛逆，不去送死！"的口号，围住了慕容宝的亲兵卫队，吓得慕容宝不敢露面，偷偷地跑到其弟慕容农的军中躲避。但慕容农帐下的将士们也极其厌战，他们要把慕容宝捉住交出去，吓得慕容宝几乎要死，慌忙中与一名士兵换了服装，只带领数骑没命地逃跑，段速骨和宋赤眉率领将士们紧追不舍，惊得慕容宝一行人如同做贼，白天隐藏，夜间赶路，一直向南边逃去。他们从无人小路摸到黄河边上，准备去投靠慕容德，后来从船夫口中得知，慕容德已经在滑台称制，建立了自己的政权，于是又只好灰溜溜地往北走。幸亏那个时候魏军已经撤兵，管辖尚不到位，慕容宝一行才得以顺利地返回辽西。

后燕永康三年（398）四月，从黄河边上悄悄逃回辽西的大燕国皇帝慕容宝，丢了十万大军，又没有找到归宿，惶惶如丧家之犬，茫茫如漏网之鱼，又恬不知耻地返回了龙城。此时他已经无路可走了，死活也要回到老家去。因为留守龙城的尚书令、顿丘王兰汗是他的小表舅，又是儿子慕容盛的岳父，算得上是双重亲戚，慕容宝认为应该可靠，但他的长子慕容盛却不这样看。慕容盛提醒他说："人在落难之时，切莫轻信他人，此时的亲情和人情几近为零。父皇可以先待在城外，等我去观察一番，再入城不迟。"但是慕容宝晃头不听，固执地认为不会有任何问题，而且还一定要打马走在最前面，他告诉慕容盛稍等一下再跟进，自己快马加鞭，头前走了。正所谓人若是作死，连鬼神都挡不住哇！

龙城的乡亲们听说燕王重回故里，多数人还是表示热烈欢迎，有的还在路边准备了吃食和茶水，三一群俩一伙地在耐心等候。但是担任留守的尚书令兰汗却惊恐万状，如坐针毡，因为在上个月那场兵变期间，他也是段速骨和宋赤眉的同党，两个人虽然后来被乱兵所杀，但许多人都知道这件事，如今见慕容宝返回龙城，以为是那件事情露馅儿了，皇帝是带着人回来问罪的，一时吓得惊慌失措，急召兄长兰堤和弟弟加难过来商议。

兰堤是个性格粗莽的人，他直率地说："那件事情人多嘴杂，早晚得露馅，露了就有杀身之祸，与其坐而待毙，不如及早下手，杀了个他娘的！有何不可？咱们自己坐天下，岂不甚好？"加难也表示赞同。

兰汗见事到如今，没有退路了，也只能如此，于是派弟弟加难带五百人出城，假装迎接，伺机下手，另派兄长兰堤率京城禁卫军登上城楼，观察动静，严阵以待。

兰汗的弟弟加难遵兄长之命，带着五百名亲兵卫队，打着七彩旌旗，抬着龙城玉液，出城五里到郊外迎接。他首先率众人给慕容宝行过大礼，然后敬过接风美酒，即带领二百人领头向城中走去，另拨三百人跟在慕容宝一行人的背后，把皇帝及其随从的车仗夹在中间。随同慕容宝逃难归来的余崇发现苗头有些不对，凑近慕容宝耳边低声说："我观加难目光游移，面露杀机，行动诡异，恐怕不怀好意，大祸就要临头了，陛下怎么还往前走啊？"

慕容宝听后不以为然地说："我是大燕国的皇帝，堂堂的万民之主，如今回到自己的家了，他能敢把我怎么样？"遂不听劝阻，继续前行，余崇心急如焚。

行进的队伍拐进一片小树林，前面离城已经不到三里了，加难怕距离太近了被百姓发现，于是停下脚步一声令下，迅速捉拿了余崇等所有随从之人。余崇破口大骂："乱臣贼子！大胆狂徒！大燕国皇帝在此，你想造反吗？"加难不由分说，唰唰两剑，将余崇斩为三段，其余随从亦全部被杀。

慕容宝吓得面如土色，跑也不知道跑，说也不知道说了，在几名亲兵的刀剑之下，哆哆嗦嗦地问道："兰汗……在哪……里？你……你们……为什……么要……杀、杀我？"说话间尿已流了下来，顺着袍襟滴滴答答地淌下。

加难冷笑一声："为什么要杀你？为了我活着！也是为你好！你活着也是受罪，不如死了的好！你这个窝囊废，还当什么皇帝？让老百姓跟你遭难？去吧，到那边享福去吧！"说罢一使眼色，几个亲兵一齐下手，将慕容宝乱刀砍死，尸首摔落马下。加难随即命士兵挖坑就地掩埋，上面盖上黄土，蒙上草皮树叶，做好伪装，然后若无其事地带着人马回城去了。

可怜慕容宝只当了三年皇帝，就落得个如此下场，既没了江山，又丢了性命，还害得妻子儿女兄弟亲友都跟着送死，怨人乎？怨己乎？

次日早朝时间，兰汗召来留守的文武百官，宣布鉴于皇帝下落不明，丞相东迁广固，国中不可一日无主，为稳定朝纲，万民乐业，决定自称大都督、大单于、大将军、昌黎王，改元青龙，代行燕王事，以兄长兰堤为太尉，统领百官并总督天下兵马，以弟弟加难为车骑将军，总领京城戍卫，并重新任命了文武百官。此时封懿等一班老臣已经先后去世，朝中的文武百官见兰汗兄弟面露凶光，杀气腾腾，因此尽管都是满腹狐疑，但谁也不想吱声了。

且说慕容宝在龙城郊外被杀时，他的长子慕容盛带领着车仗徐徐而行，就在后边不远，后来见迟迟没有动静，就派人前去打探，也没得到消息，便知道凶多吉少，没敢贸然进城。第二天听说兰汗已经自立为王，才明白父皇已经遇难，就要立即前往龙城，部将张真极力劝阻，说此去凶多吉少，应该从长计议。慕容盛说："我现在是既无兵又无权，落魄如丧家之犬，是穷途末路归来，当不会引起他们的怀疑。以兰汗生性愚浅的性格，很可能会顾及亲属关系，饶我性命，不忍加害于我。"

张真说道："即或兰汗会顾及亲情，然其兄兰堤、其弟加难皆是残忍之辈、人中禽兽，岂肯轻易就放过你？你此时进城不是自投罗网吗？应当另谋良策，东山再起。"

慕容盛朗声说道："男子汉大丈夫生于天地之间，该搏的时候就得搏了。像我这种庶出的人，在正常的情况下，好事能轮到我吗？现在赶上这种非常时期，也算上苍赐给我的一次机遇，我就豁出去了，韬光养晦，等待时机，夺回慕容家的大业，如果不成功，便成仁，我亦死而无憾！"张真等人见如此说，便不再劝他，随同慕容盛夫妇一起进城去拜见兰汗。

兰汗之妻是慕容盛的岳母，现已为昌黎王妃，见女儿女婿双双归来，高兴异常，娘儿两个说起来又哭又笑，亲热个没完。慕容盛十分恭敬地拜见了岳父大人，诚挚地说："父皇颠沛流离，杳无音信，乱世之中，在所难免。岳父大人顺天应人，执掌社稷，实为万民着想，又肥水不流外家，小婿感到十分欣喜。即便父皇在朝，什么好事也轮不到我，如今岳父大人为王，恐怕我倒要沾光了。"

慕容盛的妻子、兰汗的女儿兰竹又再三叩头向兰汗致谢，感激父王在危难之中收留了他们一家，致使兰汗不由得动了恻隐之心，前嫌顿释，疑心尽消，不但放过了慕容盛，还封其为侍中侍郎、左光禄大夫，并在次日的朝堂上宣布。散朝以后，兰堤和加难一起留了下来，异口同声地建议兰汗杀了慕容盛。兰堤说："古语有云，杀父之仇，不共戴天，慕容盛明知其父被害，岂肯与我们善罢甘休？留着早晚是个祸害，不如及早杀掉的好。"

加难立即接上来说："现在不杀他，恐怕将来后悔就晚了，我们都得死在他的手上。"

兰汗闻之生气地说："慕容盛现在就是光杆一个，他能干什么，把你们俩吓成这样？如果马上杀了他，我的女儿怎么过？我的外孙怎么过？王妃怎么会饶了我？你们怎么不替我想一想？何况我们兄弟现在已经得了江山，为什么还要再乱杀人？如果那样，将来谁还会跟着我们？两位大可不必多虑！"遂不听兰堤和加难之言。尽管二人以后又曾多次提议杀盛，但均遭到兰汗的拒绝。不仅如此，太昌王慕容奇也因为是兰汗的外孙，免遭杀害，还被封为征南将军。

兰汗篡位以后，朝廷的军政大权全掌握在兄弟三人手里，看似铁板一块，其实不然。兰汗之兄兰堤生性骄横跋扈，荒淫无耻，常不把兰汗放在眼里，不管在什么场合，说话都非常随便和粗野，多次在朝堂上顶撞兰汗，令兰汗十分尴尬；兰汗的弟弟加难阴狠毒辣，一肚子坏水，又贪得无厌，经常背着兰汗干些卖官鬻爵、杀人越货的事，并且总围着兰堤转，两个人鬼鬼祟祟，似有把兰汗架空之势。慕容盛敏锐地发现了这一苗头，就借着亲属关系暗中挑拨，先是跟着妻子、岳母说，后来又直接提醒兰汗，让他小心，防止暗算。他对兰汗说："别人都是外掰筋，我们才是一家人，享福受罪都得借您的光，兄弟之间那就另一回事了，比方说我同慕容会，还不是两股道上跑的车？您可千万别上他们的当，否则兰竹和我都要跟着倒霉了。"弄得兰汗开始时似信非信，到后来听得多了，就已经深信不疑，兄弟三人的矛盾日益加深。

后燕永康三年（398）六月，太昌王慕容奇找到慕容盛，密谋除掉兰氏兄弟，夺回政权。慕容盛胸有成竹地说：“以我现在的这种身份，作为内应比较合适，你却可以到城外去招兵买马，到时候里应外合，大事可成。”慕容奇依计而去，悄悄溜出龙城，很快在山林中聚集起几千人马，打起了反兰复慕的大旗，一时八方响应，人员日众。

兰汗闻报大怒，立即命太尉兰堤带兵征剿，可是慕容奇那帮人昼伏夜出，白天根本就看不到人影，夜晚不定从哪个地方钻出来，攻州打县，还骚扰京城。兰堤率十万大军搜索多日，不但没见着一个敌人，还被人家偷袭了多次，白白损失了三千多人马，气得兰堤暴跳如雷，整日喝酒打人，还几次要求增兵。慕容盛乘机对兰汗说：“慕容奇这孩子才十五岁，年轻人不懂事，很可能是受了别人的挑唆，过些日子会自消自灭，不足为虑。倒是兰太尉坐拥十万大军，对付几个毛贼，还一再要求增兵，恐怕别有用心，值得警惕呀！”

兰汗听后有些疑虑，问这是为何。慕容盛接着说：“如果打败了，把您的老本都搭进去了，慕容奇率兵攻城，您怎么办？假若打赢了，他就会功高盖主，眼睛里还会有谁吗？还不得把您给废了呀！”

兰汗听了慕容盛这番话，回想起兰堤多次顶撞自己，以及那种桀骜不驯的性格，立即惊出一身冷汗：“多谢贤婿提醒！险些误了大事。”急忙下诏命抚远将军仇尼慕为帅，将兰堤换回。

兰堤被换回以后，骂不绝口，怨气冲天，不仅不上朝，还成天在府里喝闷酒，耍酒疯，加难前去探望，两人疑虑加深。恰好这时候自六月以来天不降雨，龙城大旱，有民谣云：“人在做，天在看，鸠占鹊巢地大旱。跟着燕王有米饭，跟着兰家要遭难。”兰汗原本是燕国的皇陵守卫使，自小就非常迷信，十分崇拜佛道两教，极为相信因果报应之说，以为这场大旱是老天对他的惩罚，因此天天去佛寺上香、去河边求雨，除了烧香上供，还不断叨咕：“不怨我呀不怨咱，出谋是兰堤，下手是加难，佑我江山万万年！”这些话他说了多遍，最后终于传到了兰堤和加难的耳中，气得两人七窍生烟，怒从心起，反目成仇，恶意顿生，想立即进宫杀了兰汗。但因手边无兵，又怕被兰汗所杀，于是两人纠集了亲兵卫队去袭击仇尼慕，企图夺回兵权，公开造反。

不知是仇尼慕不禁打，还是二人有本事，反正还真的打败了仇尼慕，重新控制了两万大军，并且吵吵嚷嚷地向龙城奔来。兰汗闻报，得知二人兴兵作乱，方知慕容盛有先见之明，急令太子兰穆带兵讨伐。兰穆带兵来到城外，一战击溃兰堤和加难，两万人马一哄而散，二人逃往山林中去了。

兰穆得胜回城，对兰汗意味深长地说：“兰堤、加难二人兴兵作乱固然可恨，但那是您的话逼出来的，他们毕竟是您的同胞兄弟，又是您的同伙，你们三人之间有许多共同的利益，他们二人作乱是无奈之举，不会真正置您于死地。但慕容盛却不同，他才是您真正的仇人，早晚必为心腹大患，应当立即除之。"

兰穆的话说得兰汗频频点头，觉得有理，立即传令让慕容盛进宫议事，想在宫内埋伏刀斧手将其干掉。可惜兰汗父子的密谋被兰竹听到了，她急忙派侍女回去密报与慕容盛，使慕容盛有了准备，推说腹泻在床，无法出门。兰汗派人假借探望的名义前去观察，发现慕容盛在半个时辰内竟然如厕五次，便信以为真，由此蒙混过去，兰汗便再也没有把这件事放在心上。

太子兰穆用为心腹的李旱和张真等人，原来都是慕容盛的老部下，是慕容盛安插在兰穆身边的眼线，背地里与盛多次密谋推翻兰汗父子的统治。兰汗、兰穆父子始终蒙在鼓里，一点儿不知，仍然对二人信任有加。

一日兰汗在宫中设宴，庆贺兰穆出师报捷，击败兰堤和加难，为稳定社稷做出了贡献。父子二人一时高兴，均喝得酩酊大醉，被侍卫扶进内宫睡觉去了。张真、李旱见机会难得，立即告知了慕容盛。慕容盛当机立断，即刻率猛士几十人翻入东宫，与张真、李旱合兵一处，先将熟睡中的太子兰穆杀死，使其将士无帅，侍卫无主，然后又进入坤宁宫杀了兰汗。父子俩都稀里糊涂地做了刀下之鬼，真可谓醉生梦死。

未及天明，慕容盛又连夜派张真和李旱分别去令支、白狼两地，假传兰汗的手谕，将驻扎在那里的兰汗之子兰和、兰扬骗杀，控制了两地的军权。天亮以后，慕容盛在朝堂上宣布，兰汗兄弟谋害先帝，罪大恶极，现兰汗父子已经伏诛，命大军出城搜索兰堤和加难，为死难之人报仇雪恨。

慕容盛率文武百官来到城外小树林，亲手挖出父皇的遗体，在龙山脚下予以厚葬。不久，兰堤和加难均被抓获，慕容盛命割下兄弟三人的头颅，到陵前祭奠慕容宝。典礼举行之时，盛妃兰竹在宫中自缢而死。

至此，兰汗兄弟这一场闹剧，历时四个多月，就以家破人亡告终。慕容盛被群臣拥立为皇帝，大燕国的江山又回到慕容氏的手中，但宫中的明争暗斗仍然没有停止。

三燕王朝

224

第二十回　矫遗诏暴君登基　乱杀人昏王纵欲

　　慕容盛设计除掉了兰汗父子，又捕杀了兰堤和加难，清除了所有的叛贼逆党，如愿以偿地报了杀父之仇，并登上了皇帝的宝座，不禁喜出望外。他一改兰汗兄弟独揽朝纲、飞扬跋扈的作风，而是虚心求教、勤勤恳恳，凡事都认真听取大臣们的意见，还经常深入州县访贫问苦，为百姓排忧解难，同时大胆惩治贪官污吏，任用贤德能干的人才，朝政为之焕然一新，大燕国上下也逐渐走出了那种混乱不堪的局面。

　　慕容盛是慕容宝的庶长子，从小就善于学习，头脑灵活，长大后武艺出众，很有谋略。后燕元年（384）四月，慕容冲起兵反对前秦，带兵围攻长安，当时前燕皇帝慕容暐被困在城内，企图里应外合，除掉苻坚，结果事泄，慕容暐和城里的一千多名鲜卑贵族全被杀死，只有慕容盛胆大心细，与其叔慕容柔扮作秦兵模样，混出长安，投奔了城外的慕容冲。次年一月，慕容冲在阿房称帝，任命百官，当时慕容盛只有十三岁，就看出慕容冲目光短浅，赏罚失当，才能低下，不会用人。他对慕容柔说："慕容冲志大才疏，胸无韬略，而且自以为是，太好玩乐，绝对成就不了大事，我们还是投慕容垂去吧！那是个顶天立地的人。"于是叔侄二人踏上了东归的路。

　　二人行至山西长子附近，适逢此处正在打仗，路上遇到了一伙秦国的败兵，这伙人凶神恶煞，见人就劫，把慕容盛和慕容柔一行七人堵在了一条小河边上。兵士们翻完包袱，又要搜身，意在拿走所有的钱财，刀就架在每个人的脖子上，慕容柔和其他几个人都有些蒙了。慕容盛却沉着冷静地说："列位有什么本事，敢在这里横行霸道？"

一个将官模样的人接着说道："没什么本事，就凭这把刀、这壶箭，怎么的，小孩伢子，你还有什么不服的吗？"

慕容盛毫不在乎地说："我跳进水里不会淹死，有蛟龙救我，我投入火中不会烧坏，有金刚护身，你这把破刀根本伤不到我，你这把破弓更射不着我，不信你就试试看？"

那将官冷笑着说："瞧你人不大，倒挺会吹牛，我就不信这把刀砍不死你！反正老子已经杀人无数，也不差你这一个了！"说完噌的一步跳过来，挥刀就砍，慕容盛闪身躲过。

那位将官还真的有些本事，把那口刀使得白光闪烁，冷气森森，招招致人要害，令人眼花缭乱，吓得慕容柔等人一个个连大气都不敢出，心想这回完了，慕容盛这孩子算没命了，这一起从长安出来的，半路上却让他死在这儿了，可怎么向燕王交代呀？但人人都目瞪口呆，无可奈何。

那一伙二十几个败兵可乐坏了，他们一个个抱着双胛，像看猫抓老鼠一样，一边起哄，一边哈哈大笑，他们觉得这种杀人的游戏，比当时一刀砍死要好玩得多。

不过不大一会儿，他们就都笑不出来了。原来那位将官尽管使尽了浑身的解数，直累得气喘吁吁，大汗淋漓，竟然伤不到那少年的一根毫毛。只见慕容盛腾挪闪跳，忽躲忽藏，时而站在那将官的面前"嘿嘿"冷笑，时而跑到那将官的身后频出冷拳。两个人周旋了好一阵子，那将官已是红头涨脸，臭屁嘟嘟，令人讪笑不止，而慕容盛则是脸不变色、气不长出，如同在家中游玩，气得那将官恼羞成怒，杀心顿起，一扬手，将掌中紧握的腰刀甩出，"唰"的一声，直奔慕容盛的胸膛飞去，随即又拈弓搭箭，"嗖"的一下，向慕容盛的面门射来。众败兵见之，不由得都"啊呀"一声，心想这刀里夹箭，是校尉张真的独门绝技，这少年此番死定了！而慕容柔此时已吓得面如土色，"扑通"一声坐在地上，背过脸去，连看都不敢看了。

就在众人都在为慕容盛暗暗担心的时候，慕容盛也在心中暗暗地赞美："这位将官是真的有些本事，没想到败兵中竟还有这样的人才！自己若不是从小就练，说不定今天就真的撂在这儿了！"他后悔自己开头那几句话是有些说大了，但是那也算没有办法呀！

原来慕容盛之所以敢说那些大话，是因为他觉得心中有底。他虽然是庶出，却是慕容宝的长子，是慕容垂的爱孙，爷爷从他降生那天起，就非常喜欢他，从他懂事的时候开始，就教他习文练武。对于寄人篱下的慕容垂来说，他权当作是一边带孙子玩，一边排解心中的苦闷；而对于慕容盛来说，却是千载难逢的学习机会，他跟着爷爷读了很多的书，也跟着爷爷学会了黑羽儿师太的超凡妙法——轻功绝技。因此在他从小跟别的孩子玩的时候，就从来没有人抓住过他，在他长大后偶尔与人过招的时候，就从来没有人能伤到他，他成了一位不为人知的轻功高手。

因此在那位将官舞刀向他袭来的时候，他一点也不惊慌，只当作是跟着逢场作戏，玩一玩，后来见那位将官较了真，还把腰刀甩了过来，觉得不能等闲视之了，于是一个青松顺山倒，一瞬间笔直地仰躺在地上，随后一个飞脚，看准那柄腰刀的刀把，"唰啦啦"，把那柄腰刀踢向半空，又奇异地画了一个半圆，竟鬼使神差地向那位将官飞去。慕容盛随即一个鲤鱼打挺站起来，还没等他站稳，一支箭又嗖地飞了过来，慕容盛就势一歪头，顺手一绰，把那支箭抓在手中，连想都没想，一扬手，又把那支箭掷了回去。

那将官甩出腰刀，又射出羽箭，自觉十拿九稳，必胜无疑，这少年是死定了！没想到他正在沾沾自喜的时候，一把腰刀从天而降，直奔他的面门劈来，吓得他猛地一偏头，头上那顶牛皮头盔唰地被砍下，惊得他魂飞天外，还没等他站稳，一支羽箭又嗖地飞来，竟一下子射在他的弓背之上，将那把老藤做成的弓背断成两截。那张跟随了他十几年的祖传硬弓，像中了箭的大雁一样，"啪嚓"一声，掉在地上不动了。

那将官自认为天下无敌的刀里夹箭这一独门绝技，如今竟都自作自受地招呼到自己的身上了，令他惊出一身冷汗，吓得魂飞魄散，呆呆地站在那里，半晌说不出话来。那些个败兵此时也都瞠目结舌，鸦雀无声，他们都感到不可理喻，"怎么会是这样？"

慕容柔和那几个随从全乐了，他们先是以为慕容盛在开玩笑，吹大牛，想蒙混过关，接着看见打起来了，又一个个担心至极，吓得要死，如今见慕容盛不仅打赢了，而且明显武艺高超，又全都乐得合不拢嘴。但慕容柔担心败兵人多，一旦蜂拥而上，猛虎难胜群狼，于是拉住慕容盛的手说："孩子，快点走吧！我们还得赶路呢！"说罢转身就走。

那将官急忙喊道："且慢！小爷如此身手，应是当世奇人！我等戎马半生，从未见过。乱世之中，好人难遇，张真从此就跟定你了。"说着立即跪了下来，连连磕头。那二十几个败兵见状，转眼间跪了一地，一齐喊道："张将军说得是，小爷，你就带上我们吧！"

慕容柔还在迟疑，慕容盛倒是大度地一挥手，"好吧！既然尔等如此诚恳，我就不嫌弃你们了，不过以后可要听我的话，否则……"慕容盛的话还没有说完，张真等人忙叩头说："舍命相随，小爷您就放心吧！"慕容盛听罢双手扶起，带领这一支小小的队伍继续东归。

到达邺城以后，慕容盛、慕容柔率领众人拜见慕容垂，说起路上的情况，慕容垂见孙儿不仅平安东归，而且还带来了一队人马，十分高兴，盛情款待慕容盛一行。席间慕容垂问起秦国和西燕内部的情况，慕容柔和其他人都说不清楚，但慕容盛却对答如流，而且在饭后很快绘制了一张西燕的地图，并附有详细的文字说明。慕容垂见他小小年纪就有如此心计和才能，极为欣喜，当即封他为长乐公。

慕容宝被立为太子以后，不久嫡长子慕容会也被立为皇太孙，这让慕容盛的心里极为不平衡，他认为自己的学识和武功都超过慕容会，为什么好事轮不到自己，不就因为是庶出吗？你嫡生的有什么了不起？你也出息不到哪里去，咱们走着瞧！不过慕容盛很有心计，他虽然嫉妒慕容会，但他从不在别人面前说慕容会的坏话，而是在父亲慕容宝的面前，不断地讲慕容策的好话，在群臣和众将之中推崇慕容策，他宁可让十岁的傻兄弟当上太子，也不愿看到慕容会心想事成、飞黄腾达。后来果然慕容策被立为太子，让他切实高兴了一阵子，他知道慕容策不可能当上皇帝，自己还有机会。

慕容会出事以后，他感到机会来了，因此他一直跟随在父亲慕容宝的身边，成为慕容宝在后期最信赖的人，并且由于他的胆略和机智，在逆境中得以生存并抓住机遇，最终在张真、李旱等人的帮助下如愿以偿，足见其志向、胸怀、谋略和手段绝非一般。

慕容盛身为庶出的长子，半生随慕容宝颠沛流离，如今能登上皇帝的宝座，深知大位来之不易。他清楚地记得，父皇是被兰汗兄弟暗算而亡，而兰汗父子也中了自己的暗算而死，这朝堂之中的阴险、狡诈、血腥和残酷，真是让人不寒而栗，也让人防不胜防。正是因为他知道皇位来之不易，所以他十分珍惜，生怕别人用同样的方法来算计自己，因此处处小心谨慎，事事疑虑重重，甚至觉得谁都不可靠，对谁都不信任。他吃饭与喝水的时候，都要让别人先尝，晚上睡觉的时候，一宿要换好几个地方。他广布眼线，安插卧底，经常刺探臣下们的行踪和消息，令朝野上下皆惶恐不安，同时也让他自己彻夜难眠。

辽西太守李朗治理辽西十几年，勤勤恳恳，政绩卓著，很受属地人民的拥戴，在大燕国也很有声望。就是因为有一次在喝酒的时候说："我手下这三万铁骑是精锐中的精锐，我们兄弟俩（指他和李旱）是重臣中的重臣，在大燕国，我们想干什么就干什么，就没有办不成的事！"此话不几天就传到了慕容盛的耳朵里，他听后顿觉心中一惊：李朗手握重兵，靠近北魏，是燕国的守边大将，而其弟李旱呢，驻扎京畿，执掌禁军，乃朝廷重臣，这兄弟俩如果里应外合，说不定哪天，自己也落个兰汗父子的下场。他越想越害怕，于是决定设计铲除李朗，解除

三燕王朝

后顾之忧。

慕容盛先是放出风去，说有人弹劾李朗谋反，但他绝不相信，还通过李旱传话，好言安慰李朗，让其安心，暗中却派人在边境上设卡监视。

李朗听说此事非常害怕，他深知慕容盛的性格，被怀疑就有杀头的危险，但他的妻子儿女都在龙城，如果公开谋反，全家人会立刻被害，可他又不愿坐以待毙，于是一方面与北魏拓跋珪联系，称愿做内应，合兵灭燕，另一方面请求朝廷出兵攻打北魏，他好暗中谋反，实现个人野心，并派人暗中去接应家人，李朗以为自己的谋划够周密的了。

慕容盛通过眼线和卧底，把李朗的心思和安排摸得清清楚楚，于是派张真、李旱共同为帅带兵伐魏，大军行至青龙附近时，慕容盛又突然下令调大军返回。李朗听到兵退的消息，以为燕国的朝廷发生了什么突然的变故，于是率兵离开令支，亲自到北平去迎接魏国的军队，想联合起来，向燕国发动进攻，这就让慕容盛抓住了他反叛的把柄，突然下令张真率军进攻令支，引李朗回军去救，半路上设伏兵将李朗活捉。魏军闻讯，见燕军有充分准备，随即悄悄撤走。

慕容盛在朝堂上历数李朗、李旱兄弟反叛罪行，下令处死二人并株连家属，共五百多人被杀，连婴儿都没有放过。朝中许多大臣都明白，李朗、李旱兄弟被杀，是慕容盛疑心过重，最后弄假成真。此事导致朝野上下人人自危，不知何时就做了刀下之鬼，朝政清新的局面急转直下。

长乐三年（401），左将军慕容国又遭到了慕容盛的怀疑，吓得不敢上朝，与其好友殿中将军秦舆和段瓒在家中密谋，准备杀掉慕容盛，不幸被慕容盛的眼线偷听，立即密报上去。三人还没有出屋，正在喝酒，就遭到朝廷侍卫的连夜捕杀，同时被害的还有一千多人。

段瓒的儿子段泰和秦舆的儿子秦兴那天在山中打猎，两个人一时兴起，就住在山中，幸免于难。天亮以后尚未入城，便得知家人已经全部遇难，遂发誓报仇雪恨。两个人深知慕容盛武功高强，内宫防卫严密，轻易不会得手，于是密谋多日，做了周密的部署。

在一个月黑风高的夜晚，段泰和秦兴带领几名本领高超的死士，化装成巡更的禁卫混入后宫。段泰先带着人放起几处大火，并敲起锣来大声呼喊："着火啦！着火啦！快救火呀！"内宫的侍卫们闻声而聚，大家都跑过去救火，同时四处呼叫找人。慕容盛在宫中听到呼喊，急忙披上衣服，带着侍卫们出去察看，并没有发现刺客来袭，却只见火势越来越大，以为没有什么大事，便命令侍卫们速去救火，自己提着宝剑走回寝宫。刚到门口，一只脚还没有迈进门槛，就被隐藏在黑影中的秦兴上去一剑，力透腹腔，慕容盛大叫一声，本能地左手抓住宝剑，右手挥剑刺去，正中秦兴的左臂，吓得秦兴丢下宝剑，忍痛望风而逃，一边跑还一边喊："有刺客呀！皇帝被杀了！"

当内宫的侍卫们听见慕容盛和段兴的喊声，急忙跑回的时候，慕容盛已经抓着宝剑，十分艰难地回到寝宫，侍卫们见状，急欲上前帮助慕容盛拔出宝剑，去请医官来救。慕容盛咬着牙摇了摇头，一摆手，命大家都出去了。

慕容盛见宝剑已经穿透其身，而且剑身还喂有剧毒，自己一阵骤冷，一阵急热，呼吸已经十分困难，知道必死无疑，于是从容地对身边的内宫总管裴井说道："赶快拟诏，由慕容定继位。"

裴井正在动笔，这时丁太后闻讯走了进来，见慕容盛已经成了这个样子，急忙上前扶住，关切地问："陛下，你说什么？"

慕容盛瞅了她一眼，最后艰难地说："由……慕……容……定……继……位！"言罢，"扑通"一声跌倒在地，瞑目而逝。

三燕王朝

230

由于慕容盛死得太过突然，当时只有丁太后和裴井及四个侍女在场，他的几个儿子及妃嫔们一无所知，因此在裴井依照皇帝的遗命拟好诏书，准备用印的时候，丁太后已把她的侄儿丁信叫进屋来。丁信是朝廷内宫的禁卫校尉，这一晚正在当值，刚才就守候在门外，丁太后也是接到他报的信儿才赶来的。丁信进屋以后，丁太后把裴井扯到一边，对他说："慕容定还是个儿童，怎么继位？这动乱之秋，他干得了什么？不如让慕容熙为帝，我看比较合适。"

裴井有些为难地说："让慕容定继位是皇帝的遗命，你也听见了，怎么能随便更改，那不是砍头之罪吗？"

丁太后坚定地说："一个六岁的孩子怎么当皇帝？还不耽误了国家大事？皇帝的遗命我是听到了，可是我们不应该为万民着想吗？何况皇帝的遗命不就是你我知道吗？为了天下百姓，改一下又有何妨？"

裴井大着胆子说："即使不立慕容定，在朝中要论威望和才能，那也应该是先帝慕容宝的第四子慕容元啊！慕容熙是燕王慕容垂的小儿子，是皇帝慕容盛的叔父，辈分太高，古往今来，哪有侄子去世，指定叔父继位的道理呀！这也说不过去呀！"

丁太后见裴井如此说，有些急了，两眼一瞪："有什么说不过去的？让你写你就写，装什么糊涂？难道你就不怕掉脑袋吗？"

裴井见丁太后突然变脸，又见丁信在一旁按剑而立，脸露狞笑，吓得再也不敢说什么了，乖乖地按照丁太后的意思，写好了慕容盛的遗命，并且立即盖上了御印。

丁太后拿过遗命诏书，冷笑着对裴井说："这件事天知地知，你知我知，你若管不住自己那张嘴，你知道后果。"说罢差人去找慕容熙，商讨如何继位的事情去了。

裴井站在那里目瞪口呆，吓出一身冷汗，他似乎觉得自己不论怎么做，脑袋长在身上的日子也不会太久了。

那么丁太后与慕容熙是什么关系呢？她为什么非要立慕容熙呢？事情还须从头说起。

丁太后小名叫兰儿，大名丁兰香，乃河北信都商贾大户丁广阳之女，幼年时家庭遭盗匪洗劫，全家三百多口人一夜被杀。丁兰香当时只有七岁，一个盗匪头目见她生得娇美可爱，就将她抢走，卖给了青楼。兰香从此在鸨母身边长大，出落得肤白如雪，貌美如花，体态妖娆，二目如钩，可谓千般丽质，万种风流，更兼身上带有一种奇香，闻之令人陶醉。兰香从十三岁便开始接客，练得琴棋书画，样样通晓，娇嗔痴媚，尤为擅长，十六岁时，又得一终南山道士传授房中秘技，深谙素女采战之法，从此令许多豪门贵客闻风而至，去而复来，一时名震中原大地，门前车马如潮。

丁兰香十七岁那年遇到了慕容令，立刻迷得慕容令神魂颠倒，不能释怀，如获至宝，决心据为己有。丁兰香也觉得眼下虽然名噪一时，身价百倍，但以后难免人老珠黄，下场可悲，不如另觅高枝，找个依靠，说不定能博个金玉满堂、尊贵无比。两个人如胶似漆，一拍即合，慕容令不惜万金为其赎身，立誓一定要娶她为妻，遭到慕容垂和段氏夫人的强烈反对，但后来慕容令以死相要挟，终于如愿以偿，把丁兰香娶回家门。待等到完婚之后，拜见公婆的时候，慕容垂一见，即忽地跳起，大惊曰："此女面露轻狂，眼若流星，绝非安分之辈，日后必坏我大事也！"拔出佩剑要当场杀了她，是慕容令长跪不起，叩头滴血，涕泪交流，哀求不止，让慕容垂终不忍下手，但叮嘱慕容令一定要严加管教，否则随时都可取她的性命。

兰香初嫁到慕容家的时候，还算安分守己，恪守妇德，不久慕容令就因病去世，慕容垂夫妇因为想念儿子，因此对她也格外怜爱，十分体贴、关怀和照顾她。但是年轻美丽的丁兰香过惯了那种无拘无束、男欢女爱的生活，她耐不住寂寞，开始勾引二小叔慕容宝。慕容宝早就对这个风骚迷人的年轻寡嫂垂涎三尺，两人眉来眼去，如烈火干柴，很快共赴巫山，情同爱侣。慕容宝在被立为太子以后，就向燕王夫妇请求，把她娶为妻室，因为鲜卑人有兄亡娶嫂的旧俗，朝野之中不会有人说什么。燕王慕容垂夫妇考虑儿子早丧，丁兰香这些年跟着颠沛流离，也是不易，能够嫁给慕容宝，也算有个归宿，因此也就答应下来。

丁兰香嫁给慕容宝以后，也确实过了一段平稳的日子，那个时期大燕国正在进行着中兴大业，慕容宝跟着父王南征北战，东讨西杀，十分繁忙，燕王慕容垂内修仁德，外加武力，国家蒸蒸日上，威望如日中天。王后段夫人精明睿智，统御后宫，内严妃嫔，外助夫君，因而风气很正，丁兰香也不敢擅动非分之想。

燕王慕容垂去世以后，慕容宝继位为帝，丁兰香妻以夫荣，晋为皇后。作为一个女人，在取得一人之下、万人之上的尊贵地位，又过上金玉满堂的生活之后，她隐隐觉得还缺少一点什么，每每顾影自怜，看到自己虽然人到中年，但仍然风情万种，貌美如花，那种对异性爱恋的渴望就益发强烈。她虽然已经跟随慕容宝多年，但她深知慕容宝还有那么多年轻美丽的妃嫔，哪能天天夜夜都陪着她呀？所以每当深宫冷月，自己独自饮酒浇愁，这种情感就益发炽热，于是她把目光投向了那个比自己年龄小三十来岁的小叔子慕容熙，想起他那威武雄壮、可亲可爱的模样，不知不觉竟掉下泪来。

前面我们已经说过，慕容熙是燕王慕容垂的小儿子，生得身高八尺，仪表堂堂，体格健壮，气势威猛，极具男人的魅力。据说慕容熙降生的时候，是趴着从娘胎里出来的，落草以后，无论是找人抱着，还是放床上躺着，一直号哭不止，只有让他趴着，不管是趴在怀里，还是趴在炕上，不但不哭，还会咯咯笑个不停。燕王慕容垂和王后段氏均感到非常奇怪，便去请教昙猛大师。昙猛正色地说：“此子将来必好女色，恐因此而生祸端，于国家社稷大不利也！”燕王慕容垂闻之，马上抱起来就要摔死，其母依罗氏死命护之，哭泣着说：“虎毒尚不食子，燕王何故如此狠心？”慕容垂举了几举，终不忍心杀之，慕容熙得以生存下来。昙猛摇摇头长叹一声：“定数哇！定数！天意不可违也。”

慕容熙的生母依罗氏乃燕王慕容垂的小妾，是当年慕容垂在前秦避难时，由皇帝苻坚赐给他的一个氏族少女，来的时候只有十三岁，常给慕容垂温床叠被，端茶送水，后来又洗脚捶背，侍候食宿。时间长了，慕容垂见依罗氏不仅面貌俊美，而且心地善良，非常勤勉朴实，从不过问军政之事，是个比较本分的女子，因而逐渐喜欢上她，并把她纳为小妾。依罗氏哪点都好，唯独一件事令慕容垂既烦且喜，那就是性欲太强，每日必须同慕容垂一齐歇卧，每在一起又从不放过，就是夜晚没捞着机会，白天也要设法补回来。因为她几年来只生育了慕容熙一个孩子，燕王慕容垂最终动了恻隐之心，没有将其摔死，从而给大燕国留下了祸根，导致国破家亡，此是后话了。

慕容熙生于后燕元年，那一年正是慕容垂称王复国之时，后来有人评论说，燕王慕容垂立业的开头，也是败家的开始，指的就是这件事。后燕永康三年（398），慕容宝出兵伐魏时，部将段速骨、宋赤眉率众半路哗变，又杀回龙城，几乎灭掉了所有住在龙城的王公贵族。慕容熙当时只有十四岁，由于受到慕容崇的说情保护，幸免于难。兰汗称王以后，慕容熙被封为辽东公。

慕容熙虽然从小不爱读书，但他愿意习武，而且极为专注刻苦，又因为生在燕王之家，经常受到指点，所以当他十几岁时，已经练就了一身好武艺。慕容熙生性刚烈，不惧生死，上阵打仗时往往身先士卒，极其勇猛，颇有点乃父吴王的风采。他曾经跟随慕容盛征战过契丹和高句丽，是一员战无不胜的勇将，立下许多大功。慕容盛曾经赞之曰："小叔的勇猛无敌，真好比当年的世祖（指慕容垂）啊！"因之在军中有些威望。

还是在慕容宝刚刚去世的时候，丁太后就借一次酒宴的机会，在酒中暗下春药，勾引了年仅十五岁的慕容熙。慕容熙虽然年少，但生得长大威猛，精力旺盛，丁太后与之欢愉，感觉不知比慕容宝要强过多少倍，因之抓住不放，如获至宝。而丁太后虽已徐娘半老，但仍然妖冶风流，姣如少女，慕容熙初尝美色，亦觉趣味无穷，不能自拔，两人明铺暗盖，如胶似漆，已到了难舍难离的地步。"老牛吃嫩草，幼叔占老嫂"，后宫中一时议论纷纷，传为趣谈。

且说丁太后逼裴井矫诏以后，立即连夜召来了慕容熙，与丁信三人密谋以后，于次日早朝，丁太后临朝听政，当着文武百官的面，公布了慕容盛被害的消息，并说刺客已经乘夜逃遁，着令丁信率京城侍卫搜查擒拿，抓住立斩不赦。对于这一条消息，大臣们既惊讶又不惊讶，因为慕容盛疑心太重，杀人如麻，大家已经预料到这一天是迟早的事。

但是当裴井奉命宣读遗诏，说皇帝慕容盛临终遗命，着令慕容熙继承帝位的时候，满朝文武立刻就炸了锅了，整个朝堂如一座巨大的蜂房，乱哄哄的嗡嗡声响成一片，大家都对皇帝的这道遗命感到不可理解，都投来怀疑和询问的目光，但是没有人抻头奏议。丁太后见状一拍御案，大声说道："皇帝昨夜突然遇难，国家不可一日无君，如今诏书已经宣布，谁还有什么不同意见吗？请大声说出来，别背后乱议论！"说罢站起身来四下巡视。大臣们见丁太后怒目而视，丁信在一旁杀气腾腾，数百名侍卫按剑而立，围在朝堂四周，均吓得不敢说话了，朝堂上一时鸦雀无声。

站在西排武臣班中的慕容熙出班奏道："先皇荐我为帝，微臣不胜感激，但臣以为，安平公慕容元胸襟开阔，才智超群，弟承兄业，堪登大位，众臣还是推举他吧！恳请恩准。"

慕容熙的这一番话是丁太后昨晚教的，意在试探一下慕容元和群臣的反应。慕容元当然不傻，从今天早晨一上朝，他就明白皇帝被谋杀了，而且这个遗诏也是假的，皇兄不可能让慕容熙继位，当然也不会让自己继位，若说有遗命，也只能是推出自己六岁的儿子慕容定。如今慕容熙这样说，不过是虚情假意地推辞而已，自己岂能上套，自己找死？于是他也出班奏道："先帝英明，高瞻远瞩，老叔勇武绝伦，威震天下，谁人不知，哪个不晓？方今动乱之秋，非您老人家不能胜任，岂是我辈及六岁小儿能担纲乎？侄儿恳请老叔登基！"随即跪了下来，叩头不止。群臣见状，明白事到如今，也只能如此，于是一起跪了下来，山呼万岁，拥戴慕容熙继位。慕容熙遂在群臣的欢呼声中登上了皇帝的宝座，他向丁太后投去极为感激的目光。

慕容熙继位以后，不知是受到了哪方高人的指点，还是听信了丁太后的枕边邪风，反正他认为前三任帝王之所以家破人亡、惨遭杀害都是因为心不硬、手太软，于是登位不几天便大开杀戒，弄得朝野上下又是一片惊慌，人人自危，家家害怕。

慕容熙按照丁太后教给他的办法，首先贴出告示，假意历数先皇慕容盛诛杀李朗、李旱、慕容国和段瓒、秦舆等人的罪行，表示要惩恶扬善，大赦天下，诱使段泰和秦兴等人投案自首，一举诛杀涉案人员一千多人，并在龙城街头暴尸三日，令人惨不忍睹。

接着慕容熙亲自来到慕容元家，以"贤侄若是活着，就是朝廷隐患，我则寝食不安"为由，逼迫慕容元自裁。慕容元笑着说："自打你当上皇帝，我已知命不长久，早就做好了归天的准备，因此已经服毒药六天了，明天必死，但你也好不到哪里去，用不了几年，你会比我死得更惨！"说完含笑吞下最后一杯毒药，躺在床上不动了，第二天清晨瞑目而逝，并无痛苦之状。慕容熙派侍卫过来验看，命人予以厚葬，同时捕杀其家属二百多人。

中领将军慕容提和步兵校尉张佛，都是内宫总管裴井的密友，二人从一开始就怀疑遗诏有诈，后来从裴井的口中果然得到了证实，不禁怒从心起、义愤填膺。两人与张真、李旱一样，都是慕容盛的老部下，如今见丁太后篡改遗诏，慕容熙杀人如麻，同时淫乱后宫，朝政日下，遂决定举事谋反，拥戴慕容定为帝，并准备趁丁太后与慕容熙为慕容盛出城送葬之机，在城内兴兵造反。三人自以为谋划周密，万无一失，不想被侍卫周游告密。慕容熙遂亲自带兵，连夜查抄了慕容提和张佛的家，将慕容提、张佛和一千二百多人当场杀死。慕容熙觉得这样还不解恨，又马不停蹄地赶到慕容定的家，亲自端上一杯毒酒让慕容定喝。慕容定的母亲百般哀求，已经哭成了一个泪人，哽咽着说："这可是先帝留下的唯一的一条根哪！你就这么狠心吗？你不是已经当上皇帝了吗？为什么非要逼着六岁的孩子去死？他知道什么呀！"

慕容熙冷笑着说："我是当上皇帝了，但我并不感谢先帝，六岁的孩子是可能什么都不知道，但是他活着，大臣们就不死心，有人就会打着他的旗号造我的反，所以慕容定必须得死！"

六岁的慕容定并不害怕，他从容地接过毒酒，对母亲说："母亲不要求他，豺狼怎么能听懂人在说话？慕容熙！你枉为长辈，心同禽兽，你早晚不得好死！我在黄泉路上等你了！"说完扬起手，一饮而尽，不一会儿肝肠寸断，吐血挣扎而死。

慕容熙毒死了慕容定，又下令诛杀府中一百多人，先皇后黑柳氏悲痛欲绝，自缢身亡。

害死了慕容定母子，慕容熙又去内宫抓裴井，上去一剑，先砍下他的左臂，然后大声骂道："你既然成全了我，为什么又来坏我，像你这样反复无常之人，千刀万剐也不解恨！"遂命刽子手把裴井拖至内宫大门口，当着全体宫女和侍卫的面，一刀一刀地剐，然后一把火，把裴井的尸身烧成灰烬。

经过了这一系列的事情，慕容熙觉得谁都靠不住，因此有点儿怀疑就杀，稍不满意也杀。发现大臣们仨一群俩一伙地议论着什么，不问情由就杀，侍女、卫士们答应慢了，马上就杀，杀人成了他日常生活中的一件主要事情，每天不杀几个人手心就痒痒。

慕容熙非常喜欢游猎，常常乔装打扮成一个民间阔少出去游玩。有一次他带人到北原打猎，休息的时候想到附近的石城去用茶。石城令高和是三朝老臣，乃左卫将军高云的祖父，由于年老眼花，没认出是皇帝，慕容熙的随从又没人报告说皇上驾到，因此高和根据燕律，拒绝放入，竟被慕容熙率领侍卫杀入城门，当场将高和乱刀砍死，并将石城守军五百多人全部杀害。其荒唐做法，令人啼哭皆非，其残忍手段，让人惨不忍睹。

慕容熙即位以后，为感谢丁太后提携之恩，遂主动投怀送抱，与这位老相好日日狂欢，夜夜云雨，及至双宿双飞，不避宫人侍卫。按说兄亡娶嫂，按照当时北方五胡的民族风俗，也无可非议，但二人并非明媒正娶，而是胡媾乱合，肆无忌惮，这就在朝野内外产生了极坏的影响。

第二十一回　纳新欢太后惨死　遇蟒龙昭仪丧生

　　且说皇帝慕容熙初登位时，由于感谢丁太后的拥立之恩，夜夜与之欢愉，天天与之鬼混。后来由于时间长了，慕容熙逐渐大权独揽，不再依赖丁太后与丁信姑侄，再加上后宫佳丽无数，每日里天天尝鲜都品之不完，因此他对这个人老珠黄的女人慢慢地失去了兴趣，丁太后若是不派侍女来请，他自己已经很少过去。丁太后由此怨气顿生，常常当面指责慕容熙薄情寡义，令慕容熙心中极为不快，所以即使欢会时也是敷衍了事，再无昔日的浓情蜜意，丁太后的不满日益增长。

　　慕容熙玩厌了丁太后，同时也玩厌了后宫的多数妃嫔，一日正在后宫郁郁寡欢，寻思着准备向民间征集美女，充填后宫。老太监段随献媚地说："后宫佳丽虽然不少，但多数已为陛下所临幸过；有的虽然有些姿色，但已徐娘半老；有的虽然是豆蔻年华，但都是干糙活的宫女，怎配得上陛下的金躯玉体？岂不浪费了万岁爷的龙马精神？也难怪陛下闷闷不乐。我这里倒是有一个让您高兴的事，不知陛下愿否一闻？"

　　慕容熙眼睛一瞪："别废话了！卖什么关子？快说，有什么高兴的事，让我听听。"

　　段随嘿嘿一笑，诡秘地说："我听说中山尹苻谟有两个女儿，都是绝色，貌美如花，名震河北，目前因为年龄还小，尚且待字闺中，难道陛下不知吗？"

　　慕容熙有些生气地说："国中真有这样的美女？我怎么一点都不知道？他们怎么都不跟我说呀？"

　　段随接过来说："这也难怪，陛下忙在深宫，日理万机，外边的事情怎么会知道？别人知道了又怎么会跟您说？太后是不会跟您说的，说了怕您不再对她好，妃嫔们也是不会对您说的，说了怕以后在宫中失宠，大臣们更不会对您说了，说了怕落下个不贤的罪名。谁像我心眼这么善良啊？我是看陛下太苦了，身为一国之主，天天就守着这几头烂蒜，岂不厌倦？也该换换口味了。"

老太监段随的这一番话，虽然明显是溜须拍马，阿谀奉承，但却说得慕容熙心里头痒痒的、甜甜的，十分惬意和舒服，也非常迫切和着急，在他的一再追问之下，老太监段随不慌不忙，说出了这件事情的来历。

原来中山尹苻谟早年跟随燕王慕容垂南征北战，曾经打到贝加尔湖畔，击败了巴尔虎人建立的高车部，俘获并迎娶了美丽的索伊素公主，婚后生下了两个女儿，从小就极为娇美可爱，被夫妇俩视为掌上明珠。可能因为是混血儿，稍大以后，两个孩子都出落得国色天香，美丽无比。如今大的十七岁，叫作娥娥，小的十五岁，叫作训英，姐妹俩诗词歌赋无所不学，琴棋书画无所不晓，八方慕名者趋之若鹜，登门求亲者络绎不绝。苻谟因为暂时还没有看中的，皆以孩子年龄尚小为借口，一概回绝了。因此虽然遐迩闻名，但仍待字闺中。

慕容熙闻之大喜，必欲求之而后快，但他想先看看长什么模样，于是便以出城游猎为名，急匆匆地赶到河北燕山，拜谒中山尹苻谟的府第。苻谟见皇帝驾到，大吃一惊，不知是福是祸，有些手足无措，于是战战兢兢地说："微臣不知圣上驾到，有失远迎，罪过，罪过！"一时吓得不敢起来。

慕容熙进前一步双手扶起，笑着说："爱卿不必拘礼，我也是出来游猎，正好路过此处，听说将军家中藏有奇珍异宝，故冒昧过来以求一阅。"

苻谟听后一脸的诧异：家中有什么珍宝被皇帝听说了？自己怎么不知道？太监段随见苻谟没有听明白，于是附耳低言几句。苻谟即刻红着脸说："微臣愚钝，尚请陛下见谅。"乃一边命仆人献果上茶，一边唤两个女儿出来相见。

门帘一挑，两个妙龄少女一前一后，从内室走了出来。慕容熙眼睛一亮，立刻就惊呆了，他长这么大，还从来没见过这么美丽的女人！他都当了两年的皇帝了，没想到在自己的国家，还有这样超凡的绝色，他揉了又揉，有点不敢相信自己的眼睛。前些年丁太后称得上是个美女，眼下有几个妃子也算俊俏，但若是与这两位少女比起来，那简直就没法提了！

慕容熙定睛细看，这位大一点的肯定就是娥娥了，她生得体态修长，秀发如瀑，眉清目秀，唇红齿白，肤如凝脂，面似满月，一举一动，如芙蓉颔首，白衣素裙，显落落大方，真好比水中的洛神和月宫的嫦娥，有一种娴雅和静态的美；那位小一点的，无疑就是训英了，她生得金发碧眼，体态丰腴，眉如远山，眼若秋水，鼻翼小巧，秀口桃腮，一颦一笑，流光溢彩，走动起来，杨柳飘摇，有一种活脱热辣的美。两个女孩两样打扮，两种风格，两个韵味，但同样美若天人，超凡脱俗，无与伦比，无可挑剔，往厅里一站，立刻让小屋蓬荜生辉，清香四溢。看得皇帝慕容熙目瞪口呆，直如傻了一般，看得老太监段随也目不转睛，啧啧称奇。

两个少女给皇帝见过礼就回屋去了，但慕容熙仍然沉醉其中，半晌不语。佳人虽去，但留下满厅馨香，玉女不在，然脑中倩影犹存，他依然紧盯着两位少女离去的门口，尽管那里已经没有人影。

中山尹苻谟忙递上一碗新茶，老太监段随则扯着衣袖一再努嘴。良久，慕容熙才如梦方醒，说明来意，他要迎娶苻谟的这两个女儿，一齐把她们接到宫中，与她们共同过神仙般的日子。中山尹苻谟虽然知道慕容熙不是一个明君，是一个无所作为、荒淫无耻的家伙，他与丁太后和宫中的那些丑事天下皆知，他是怎么上来的，上来之后又干了些什么，苻谟也都清清楚楚。他实在不愿意让自己的两颗掌上明珠落入魔窟，他宁可让她们嫁给平民百姓，过那种平安而又殷实的生活，但他不能也不敢这样做，他无法拒绝慕容熙的要求，因为人家是皇帝呀，可以轻易要了你的命。如果现在不答应，也许马上就有灭门之祸，自己已经年过半百，倒也无所谓了，但是两个孩子才多大呀？她们是两个尚未绽放的花蕾，他实在不忍心让她们过早地凋谢，于是他假作欢欣，装出笑脸，一口答应下来，但请求必须明媒正娶，一定要举行朝会大典。慕容熙满心高兴，愉快应允，并决定要在近日内完婚。

隔日早朝，慕容熙早早就坐在龙椅之上，让文武百官喜不自禁，喊堂太监刚刚亮过一嗓子，就有许多大臣高举着笏板，纷纷说有大事要奏。慕容熙开口打断群臣的话："你们的大事先放放吧！我有个天大的事情要办，要比你们急得多！"接着他宣布要迎娶苻谟的两个女儿，责成光禄大夫左良一手承办，十五日之内必须完婚。群臣听完后还想再说点什么，慕容熙已经拂袖而去，喊堂太监宣布散朝，众皆目瞪口呆，气愤不已。

十五日以后，朝廷举行了隆重的婚庆大典，皇帝迎亲，举国尽知，许多临近的国家和部落也来道贺。对这些繁文缛节和应酬琐事，慕容熙一概充耳不闻、视而不见，他急不可耐，望眼欲穿，恨不得马上红轮西坠，玉兔东升，盼着与两位新人共度良宵。

洞房花烛之夜，大苻女娀娥脱去外衣，身着一身素装，可见她酥胸微露，玉体修长，那洁白的身躯如同冰雕玉塑，让慕容熙爱不释手，心慕神仪。而训英那丰满的腰肢、粉红的面颊和热辣辣的目光，则更让他热血沸腾，心驰神往。

慕容熙迎娶了娀娥与训英，每日里如鱼得水，欢愉无限，越发吃喝玩乐，不想上朝，不仅荒废了国家大事，连后宫的妃嫔们也正眼不搭了，丁太后就更捞不着见面了。起初听说慕容熙要迎娶二苻女，丁太后心里就酸酸的，感到很不是滋味，但她尽管有气，也是无可奈何，因为古往今来，当皇帝的要娶妃纳妾是极为正常的事，她不能干预也无法干预。但是慕容熙自从娶了新人，就更把她这个老友忘到九霄云外去了，竟然一连多日不来见她，这让她十分生气、恼火和愤慨。于是她施展起惯用的手段，备下丰盛的酒菜，请慕容熙过来赴宴，企图借此重温旧情，再续前缘。但是丁太后想错了，慕容熙的心早已不在她的身上，他的人虽然来了，他的魂儿却留在那边，所以尽管丁太后百般温存，不惜动用一切手段，想撩拨起皇帝的兴趣，但慕容熙始终无动于衷。在慕容熙看来，丁太后与两位少女相比，如果二女是两朵鲜花，那她只算一片枯叶；如果二女是刚刚成熟的蜜桃，那她只是一块别人啃过的瓜皮。将到花甲之年的一介老妇，还在那里忸怩作态，卖弄风骚，真有点让人欲呕还吐，头晕目眩。慕容熙喝过两杯酒之后，便起身拂袖而去。丁太后恼羞成怒，气愤满腔。

不久慕容熙封娥娥为贵人，训英为贵嫔，中山尹苻谟也父以女贵，被封为燕山公，享受亲王俸禄。慕容熙每日里带着两位宠妃，不是在宫中饮酒歌舞，就是到城外打猎游玩。丁太后派侍女屡请不来，便亲自进宫去找，却被侍卫挡驾，说皇帝正与二妃玩乐，任何人不许觐见。丁太后伤心至极，拿出她珍藏的当年两人相好之时，由慕容熙亲自绘画，经她自己一针一线，精心绣有并蒂莲花的香帕，派侍女转送给慕容熙，希望能唤起那段美好的回忆，让他回心转意。没想到慕容熙一点也不动情，竟然顺手把那方香帕赏给了训英，然后解下自己的裹脚布，命侍女送给丁太后。丁太后见后彻底绝望了，残存的一点念想立即化为乌有，顿时由爱生恨，大骂不绝："这个忘恩负义、狼心狗肺的东西！没老娘我当初提携你，你今天当什么皇帝？娶什么美姬？算我瞎了眼了！如今你不仁，休怪我不义！我能拥立你，也能废了你，不信你就试试看！"

丁太后立即找来了丁信商量，两个人密议在夜半时候动手，除掉慕容熙，改立慕容渊为帝。丁信此时已晋升为禁卫军总管，主掌京城的守卫大权，自觉此事小菜一碟，万无一失，没想到在他部署任务时，不经意间流露出来的一句话，却让他和许多部下死于非命。那天傍晚亮瓦晴天，没风没雨，他却诡异地说："哎呀！北风起来了，今晚上兴许变天哪！"部下褚猪儿听后觉得话中有话，立刻密报给慕容熙。慕容熙联想到白天丁太后与他之间的事情，当时就明白了，叮嘱褚猪儿只需如此如此，表面上不动声色，暗地里却做好了充分的准备。

当晚夜半时分，丁信借巡逻查岗之机，率数百名侍卫进入皇宫内院，到达慕容熙的寝宫门口，刚想破门而入，忽然间院子四周火把齐明，大墙上几千名士兵拈弓搭箭，蓄势待发。寝宫大门一开，慕容熙全副铠甲，挺丈八长矛几步跨出，大声喝道："深更半夜，何人闯宫？你们要干什么？"

丁信趋步向前，刚想说句什么，被立在他身后的褚猪儿上去一刀，劈为两半，同来的侍卫们不明真相，见此情景，一齐跪下求饶，被慕容熙一声令下，全部射死。尸体连夜运走，并清除血迹，铺上黄土。天亮以后，好像什么事情也没发生一样，只有丁信从此不见了，褚猪儿代替他做了京城禁卫军的总管。

慕容熙一怒之下，下令把丁太后打入冷宫，永远不许她出来。他虽然恨她，但他实在不忍心杀她，因为毕竟是这个老女人在关键时刻想起了他，并一手把他扶上帝位；同样是这个老女人，第一次让他偷尝禁果，教会了他怎样做男人，给了他许多销魂的时刻和甜蜜。但丁太后在冷宫中又哭又笑，大吵大闹，疯疯癫癫，骂声不绝，把慕容熙那些丑事抖搂个底朝天。慕容熙恼羞成怒，气愤至极，命侍卫将其勒死，弃尸于山野之中，不得葬入慕容家祖宗的陵墓。

除掉了丁太后，等于搬掉了压在心上的石头，慕容熙顿觉轻松无比，长长地吐出了一口恶气，从此他再也不用担心有人说三道四，可以与两位美人肆意玩乐，无所顾忌了。那些后宫的妃嫔虽然有气，但只能憋在心里，大臣们听说了，也都敢怒而不敢言。慕容熙根本不与任何人商量，就自作主张，封小苻女训英为皇后，大苻女娀娥为昭仪，并由此引出了祸端。

慕容熙此举虽然让训英如愿以偿，成为母仪天下的皇后，由此尊荣无比，欣喜异常，但却深深地伤害了大苻女娀娥的心，她虽然不哭不闹，不言不语，但一连几天食宿俱废，已经气得躺在床上起不来了。她不明白自己与妹妹一同进宫，是自己模样长得不好，还是啥地方做得不对，为什么自己本是姐姐，理应在先，却反而让妹妹做了皇后，自己仍旧做什么昭仪，难道以后见了训英，自己还要参拜她吗？她越想越委屈，越想越难受，她觉得自打入宫以后，自己把全部身心都给了慕容熙，他凭什么呀？他为什么这样做？他怎么能这样做？她觉得他就是个无情无义的东西。"既然你对我不公平，就别怪我不仁义了！我要回燕山，从此嫁个别人也好。"她想。

慕容熙后悔自己一念之差做错了事，当初他只是觉得训英活泼热烈，开朗奔放，各方面都更讨自己的喜欢，就把她封作了皇后，没想到娀娥反应如此强烈，这位冰清玉洁的美人平常看似不声不响，但是心气很高，欲望很盛，并由此郁郁寡欢，一病不起。

慕容熙为了弥补自己的过失，千方百计去讨娀娥的欢心，不仅日夜陪护，煎汤熬药，侍候起居，喂水喂饭，而且领着娀娥，恣意取乐，皇城内外，到处游玩，弄得娀娥心烦意乱，怨气顿生："玩什么呀？有什么玩的呀？这几座破房子不早就看过了吗？还不如我们家乡燕山哪，那里有山有水。"

大苻女娀娥看似不经意间的一句话，却让慕容熙眼睛一亮，好像立即找到了医好美人的良药，他轻松地说道："这有什么呀？太简单了！只要你喜欢，我让这里有山就有山，让这里有水就有水，不信你就试试看。"

大苻女娀娥听后赌气地说："别拿这种空头人情来欺骗我了，我要回房睡觉去了。"说罢不再理他，带着侍女转身就走。

慕容熙眼睛一瞪："我怎么会骗你？你就等着瞧吧！"

次日清晨，慕容熙把尚书令严直、龙城令高珉等四位大臣召进后宫，对他们说："龙城的宫观和御苑已经很陈旧了，与大国之都的形象已经很不匹配，因此我已下定决心要修建龙腾苑，改造御花园，筑起园中青山，引入白狼河水。具体如何布局，你们赶快拿个图样出来，工程要在一年之内完工，还要让我的两个爱妃满意，你们酌量着办，否则，你们知道后果！"吓得四人战战兢兢，诺诺而退。

建设方案几经修改，终于艰难通过，严直等人不敢怠慢，精心组织，快速施工，废寝忘食，夜以继日。两万多将士顶着烈日，挥汗如雨，前仆后继，昼夜不停，龙城百姓家家出钱，人人出力，连中下层官员都走上了建设工地，帮助抬土运石。慕容熙三天两头一巡查，尚书令等人一连半年未回家，有五千多将士因为食宿不济、劳累过度而当场死亡，尸体都葬在土山之下。到第二年夏天，凝聚着龙城人民鲜血的修建工程终于竣工。

新修成的龙腾苑，在和龙宫正北不到三里处，好像皇宫御苑的一个巨大的花园，方圆几十里，气势冲云天。四周的围墙用青色的条砖砌就，上面修有长城一样的垛口；中间的部位掘地为湖，堆土为山，形成一座三十几丈高的峰峦；峰峦之上青松茂密，翠柏依依，正顶修有一座九层的宝塔，巍峨高峻，直入白云；宝塔的东西两侧金碧辉煌，翘脊飞檐，分别修有逍遥宫和甘露殿，供有太上老君和嫦娥仙子的神像；开凿天河灌渠，引来白狼河水，与苑中湖水相连，同土山相映成趣；新挖的曲光海中有游船荡漾，刚修的清凉池里见莲花盛开；岸芷汀兰，有从各地移栽的奇花异草，亭旁榭畔，藏外邦进奉的怪石老松；楼台殿阁错落有致连成一片，隐隐有祥云缭绕，山光水色高低不同绿树环绕，常常有花香飘来，恍若人间仙境。

还是在龙腾苑工程修建之中的时候，慕容熙就常陪同大小苻女前来巡查。大苻女娀娥喜欢看上万名士兵挥汗如雨，为着她的一句话或者说一个愿望而拼死劳作，像一群不知疲倦的蚂蚁，她由此感受到一种心灵上的满足，一种从来没有过的驾驭别人的快感，她觉得这本身就是最美的一道风景线；而小苻女训英呢，更喜欢看着士兵们吃不上饭，睡不好觉，在工地上痛苦地挣扎而成批地死去，然后就又成堆地被埋在土山之下，同样是人，她感受到一种被称为人上之人和做皇后无比的尊荣；而皇帝慕容熙呢？他为此花掉了大燕国所有的库银，还因此横征暴敛，增加了老百姓三年的赋税和徭役，朝野上下的愤怒已经到了极点。

工程全部结束以后，慕容熙最先陪同大苻女娀娥到苑中去玩。他们登临景云塔，游览清凉池，瞻仰甘露殿，拜谒逍遥宫，玉辇也坐了，游船也乘了，莲花也赏了，胡笳也听了，尽管慕容熙千般讨好，百样逢迎，但也丝毫打动不了娀娥的芳心，换不来她那由衷的笑容。她因为没有当上皇后而产生的忧郁，如同一座巨大的冰山，压在她的胸口，让她不仅经常一阵一阵地发冷，而且一直就有些喘不过气来。

游过了大部分好玩的地方，他们坐在土山之旁一个凉亭内小憩，上午的阳光照着娀娥的愁容，让那花一样姣美的容貌显得有些悲戚。慕容熙有些爱怜地说："怎么样？我的小天使，我的冰美人，你看这龙腾苑，修得还好吗？你看了高兴吗？"

大苻女娀娥毫无兴趣地说："好什么呀？有什么好的？还说叫龙腾苑，我怎么没看见龙，龙在哪儿呢？"

慕容熙一听，顿时瞠目结舌，无言以对。他当时之所以起这个名字，是因为听说当年龙山之上有双龙出现，祖上慕容皝因之而修建了和龙宫，他现在主持修建了龙腾苑，有取双璧呈祥之意，没想到娀娥这么一问，倒真把他给问住了，"是啊，龙在哪儿啊？"他不由得大喊了一声，"龙在哪儿啊？！"

话音未落，忽然一阵风起，吹得树枝树叶哗哗作响，吹得凉亭之下湖波骤起，吹得小山边上播土扬沙。还没等众人回过神来，又有一道金光闪现，刺得人们睁不开眼睛。刹那，只见一条巨蟒伸出硕大的头颅，睁着两只灯一样明亮的眼睛，从土山上的一个柳树洞中爬出。这条巨蟒足有三丈多长，二盆粗细，鳞光闪闪，跳跃飞腾，嘴里发出呜呜的叫声，呼出的气体带来阵阵疾风，伸出的长芯像一柄利剑，"噌"的一声向凉亭扑来，吓得娀娥花容失色，面如黄土，立即瘫软在地，人事不知。慕容熙虽然有些勇力，但他从来没见过这么大的巨蟒，也不免胆战心惊，手足无措，慌乱中急拔佩剑击之，不料却被那巨蟒腾身一扫，一尾巴将他打翻在地，腰肋之处只听"咔嚓"一声，立刻感到奇痛无比，不能自制。再看娀娥时，已被巨蟒盘起，在中间缩成一团，不知死活。随从的宫女们都吓得昏倒在地，不省人事。待宫中的侍卫们闻声赶到之时，只见凉亭内紫雾弥漫，香气熏人，近之即眩，闻之欲倒，谁也不敢上前。不一会儿，只听"嗖"的一声，那巨蟒化作一条金龙，腾空而起，转眼间已不知去向。众人顿觉风来雾散，香气顿消，一切如常，侍卫们这才七手八脚，把慕容熙、大苻女娀娥二人抬进后宫，急找太医诊治。

慕容熙因为身体强健，年轻力壮，虽然肋骨被巨蟒击伤，疼痛难禁，但经内服汤剂，外敷良药，半日后就已经清醒过来，伤痛也有明显的减轻。可大苻女娀娥却依然脸色蜡黄，昏迷不醒，虽然脉搏在动，呼吸未停，但生命体征已十分微弱。皇后训英又喊又叫，又哭又闹，逼着慕容熙说，一定要把姐姐救过来，否则她也不活了，弄得慕容熙像二十五只老鼠入怀——百爪挠心，难受得要死，急命太医速来会诊。无奈经过十几个医官把脉诊治，用药调理，折腾了好几天，仍然不见一点好转，慕容熙已经怒斩医官八人，吓得谁也不敢再来看了。老太监段随建议贴出黄榜，召请民间高手来医，慕容熙见确实无计可施，只好点头应允。

龙城人孙珉世代行医，祖上曾师从华佗，精通医理，在关东一代极有名气。他本人心性慈善，医术精湛，胸怀开阔，修为高深，多年来扶贫助困，悬壶济世，深受当地百姓的拥戴，有着极好的口碑。这一日，听弟子说贴出黄榜，即闻讯赶来，诊脉之后，观察良久，乃谓熙曰："昭仪之疾，虽是因受怪蟒惊吓而发，但却是由于长期抑郁而起。此疾日久，遂成心结，忽然惊吓，意识失控，以致脉络拥塞，气行阻滞，随时都有生命危险。若能知晓心病之源，连呼数声，打开心结，此疾当可愈也！"

慕容熙闻听恍然大悟："昭仪一年来郁郁寡欢，皆因没有当上皇后，我悔之晚矣！"

孙珉笑着说："皇家富贵，妃嫔众多，为争名分而寻死觅活，皆是自寻烦恼；百姓贫穷，艰难度日，得一糟妻而乐伴终生，绝无此种忧伤。人活一世，迟早要去，名分就这么重要吗？你也是太过拘礼，封她一个不就活了吗？"

慕容熙听罢乃凑近娀娥耳边，大呼曰："昭仪醒来，不要生气，我封你为皇后！"连呼数声，果见娀娥眉头舒展，喉部蠕动，双目睁开，满眼泪水，长长地呼出一口气，从昏迷中醒来。慕容熙见之大喜，拿出千两黄金重谢孙珉："医官真仙人也！"复命献茶赐座。

孙珉连忙摆手，坚辞不受，笑而言曰："举手之劳，何必相谢？救死扶伤，医之天职。陛下如有此心，今后多想着点百姓就好了！"随即又叮嘱慕容熙说："皇后虽是醒来，然确是极度虚弱，如风中烛火，长夜微光，须平心静养，方保无虞，任何激动的情绪和剧烈的运动，随时都可能香消玉殒，请陛下慎记之。"说罢拜别而去。

且说慕容熙明白娀娥心疾是因他而起，自觉愧对于她，因此在娀娥醒来之后，即昼夜陪伴，精心照料，一粥一水，皆亲尝亲喂，煎汤熬药，必亲力亲为，一连许多天衣不解带，食不甘味，体贴备至，令大苻女娀娥十分感动，让小苻女训英羡慕至极。在慕容熙的悉心照顾下，娀娥的病体明显一天比一天好起来。

一日晚上，月华如水，清凉的银辉透过纱窗，射进屋内，形成一种神秘的朦胧感，摇曳的烛火，忽明忽暗，给人带来浪漫的遐想。床上的娀娥一袭白衣，满头秀发，面如美玉，唇若涂朱，修长的身体像冰雕玉塑，曼妙的卧姿似沉睡的女神，看得慕容熙目不转睛，如醉如痴，看得慕容熙心动神迷，血脉贲张，情不自禁地上前去偎体贴腮，动手动脚，继而脱衣解带，欲与娥娥交欢。

那娥娥虽大病未愈，身体欠安，但可能是因为当了皇后，一时心中高兴，因此并未拒绝，似有相迎之意。慕容熙在极度兴奋之中，欲火难耐，忘乎所以，早就把老神医的叮嘱抛到九霄云外去了。两度云雨之后，慕容熙心满意足，精神倍增，而大苻女娥娥却沉沉睡去，再未醒来。及至天明以后，才发现已是香消玉殒，魂归天国。慕容熙追悔莫及，如丧考妣，急找孙珉救治。孙珉观察后正色曰："陛下不听我嘱，致有此虞，此天意也？请记住，人若无度，即可亡身，君若无度，当可亡国！"

说完不再理会，转身就走。慕容熙恼羞成怒，命侍卫把孙珉绑缚于城内大街，欲等到午时三刻开刀问斩，围观的老百姓里三层外三层，成千上万，呼声不止。午时三刻一到，正当那监斩官一声断喝，刽子手的鬼头刀高高举起的时候，忽然晴空里一声炸雷，震耳欲聋，惊得行刑的人呆若木鸡，随后一阵大风刮起，将那帮行刑的人马掀翻在地。天空中一黑衣女侠如苍鹰飞来，一伸手将孙珉救起，转眼间已不知去向，乐得百姓们手舞足蹈，吓得侍卫们无人敢追。

慕容熙闻听后，默然不语，心中惊惧，如同傻了一般，一连三天不吃不喝，只是抱着娥娥的遗体昏睡。三天以后，才在众人的劝说下爬起来，但已经眼窝深陷，步履蹒跚，好像得了一场大病，强挺着参加完娥娥的葬礼，就倒下了。此时乃为后燕光始三年，慕容熙当皇帝还不到三年的时间，而娥娥入宫也仅仅一年多，就已经香消玉殒，让燕山公苻谟难过得痛不欲生，一病不起。

第二十二回　宠荡后昏王肆虐　乱朝纲后燕灭亡

　　大苻女娀娥之死，让慕容熙捶胸顿足，懊恼万分，食宿俱废，痛不欲生，一连病倒了两个多月，才勉强爬起来，但是仍然走路打晃儿，二目无神。小苻女训英失去了亲爱的姐姐，从此形单影只，郁郁寡欢，一改过去那种开朗奔放的性格，有的时候连续几天不吃不睡，有的时候没黑没夜胡吃海喝，有的时候突然无端发火，有的时候呆坐默默无言，好像有些精神失常和心理变态。

　　一日训英对慕容熙说："我们姐妹嫁给你算倒大霉了！姐姐进宫才一年多就去世了，剩下我自己成天在宫中傻坐，也没有什么意思了。都说你是天子，富有四海，到底你的天下是个什么样，我还不知道。趁我还活着，我得出去看看，不然哪天像姐姐一样，被你给气死了，岂不遗憾终生？"还没等慕容熙说话，接着就撒娇放泼，非去不可，闹得不可开交。

　　慕容熙觉得长时间出游不是一件小事，于是便召集一些大臣来商量。左司马肖望说："皇帝出游，巡视天下，可以彰皇权于州邑，布仁德于四海，古已有之，无可非议，乃太平盛世之壮举也。但如今战祸频发，边疆未稳，贼徒作乱，盗匪横行，非陛下巡游四方之机也。为陛下与皇后安危计，还是不去的好！"

　　尚书右仆射韦璆也说："朝中政事，堆积如山，魏与晋，虎视眈眈，陛下身负社稷大任，心连万民生死，岂可轻移圣驾，让举国担忧，合朝悬念？此事万万不可！"接着又有几位大臣表示反对，形成了明显的一边倒的意见。

　　慕容熙见大臣们均不赞成，感到自己无法向皇后训英交代，脸上便流露出有些不悦。禁卫军总管褚猪儿看风使舵，接过来说："五斗之家，小康之男，尚且说娶就娶，说玩就玩，无拘无束，乐享天年，今陛下贵为天子，乃万民之主，逢昭仪新丧，心情不快，想出去走一走，散散心，怎么了？有什么不可以？非这样说三道四！"

慕容熙闻言大喜，接过来说："猪儿之言，才合我意。国家大事，千头万绪，岂在一朝一夕？是无论如何也干不过来的，众卿不必过虑，你们费心去办就是了！我当去去就回。"说完，即命褚猪儿点齐一万军马，备足一应物品，择日启程。

三日后，这一支巡游的队伍浩浩荡荡，从龙城出发，一路上见山就登，见水就游，有神必拜，遇庙上香。他们从光始四年（404）春天开始，到光始五年（405）夏初回来，历时一年多的时间。一行人东临渤海，南抵泰山，北达草原瀚漠，西到青藏高原，沿途州县官吏远接近送，极尽阿谀逢迎之能事，所遇地方特产车载马驮，换取昏王荡后一声欢。尝遍美味佳肴可随意挥霍，游遍青山绿水致百姓遭殃。当时就有民谣曰："皇帝出游，百姓发愁，官军变匪随便抢，一年收成付水流，大燕江山已到头。"

游遍大燕国的山山水水，令训英眼界大开，她觉得外边的世界精彩得很，要比宫中强多了。因而回到龙城没过几天，她又有些坐不住了，并且想出了新的花样。她虽然生在武官之家，见过许多刀枪剑戟，斧钺钩叉，但她从来没有看过打仗，她觉得那一定非常刺激。成排的人冲上去，又有成片的人倒下来，刀枪挥舞，血肉横飞，那幅画面一定很美，她很想看一看怎样打仗，于是她屡次三番地怂恿慕容熙攻打高句丽。尚书左仆射皇甫兰力谏之曰："高句丽乃我大燕属国，臣服多年，岁岁纳贡，对我朝历来恭敬至极，两国人民亦亲密往来，和平相处，岂可无端以干戈相加？贸然以大兵压境？岂非失信于邻邦，又开罪于天下，恐给别人带来可乘之机，致后患无穷不可为也！"群臣亦纷纷力谏之。

慕容熙虽然是个昏君，但也觉得没有任何理由，就突然攻打高句丽，此事确实不妥，散朝后对皇后一说，训英就哭了："别人说什么都对，我说什么都不对，不如我也死了算了！"遂一头向柱子撞去，吓得慕容熙连忙拉住，一迭声地说："得！得！得！皇后不必生气，不就是打个高句丽吗？我依你就是了！"于是立即传旨，命大将军慕容腾点齐两万人马，随他去攻打高句丽，三日后就启程，训英这才破涕为笑。

光始五年（405）五月，清风徐徐，杨柳依依，正是一年中最好的季节，农夫们正在辛勤地耕耘，田野里不时传来清脆的鞭声和老牛的长叫。行进中的将士们听说去攻打高句丽，一个个义愤填膺，怒气冲天，而皇后训英则兴高采烈，欣喜若狂，一路上不停地哼着歌，好像去参加什么快乐的集会。

燕国大军到达丸都城下，令高句丽王非常震惊，急派使臣到城下军中询问，慕容腾没好气地说："皇后要看打仗，皇上御驾亲征，就是专门来打你们的，我有什么办法？"气得高句丽王勃然大怒："历代燕王待我们亲如手足，多有帮助，故令我等倍加尊重，视如君父。如今慕容熙拿我们不当人了，我又何必臣服于他！"随即调兵遣将，登城防守，双方大战一触即发。

皇后训英立身于黄罗伞下，一身戎装，坐骑红马，显得英姿飒爽，精神勃发。她见这高句丽都城依山而建，气势雄伟，楼高墙阔，极为壮观，两旁青松翠柏，一片碧绿，周围层峦叠嶂，虎踞龙盘，正中间敌楼高耸，烟云缭绕，垛口旁士兵林立，铠甲鲜明，觉得十分好玩，于是对慕容熙说："一会儿打起来，我们胜利了，我要到那高高的城楼上去，让那些王公大臣来跪拜我们，那多好哇！你不是天子，我不是皇后吗？"

在皇后训英的一再催促下，慕容熙无奈下令攻城。不料想燕军刚刚冲向前去，还未到吊桥边上，城头上便箭如飞蝗，顷刻间有几百名士兵中箭而死，将士们马上掉头撤了回来。慕容腾大呼曰："陛下！丸都城墙高水深，防守严密，我们进攻，就是送死，还是撤了吧！"还没等慕容熙答话，训英就接过来说："不嘛！我还没看够呢！他们不是属国吗？怎么还敢还手？真是反了天了！还要冲！我们一定要攻进去！"

慕容熙看到美人着急的样子，生怕她像娀娥那样真的气坏了，到那时候自己后悔可就晚了，于是马鞭一指，下令再冲，又一拨士兵中箭而亡。慕容腾急得长枪一挥，下令撤兵，但训英还是不依不饶，直到有一支流矢飞来，啪的一声射在黄罗伞盖上，吓得她"妈呀"一声，从马上摔了下来，这才撤退，但这时已有一千多名士兵丢掉了性命。高句丽王在城楼上一阵大笑："慕容熙！你知道烽火戏诸侯的故事吗？周幽王遭遇红颜祸水，我看你也离国破家亡不远了！"从此不再臣服于燕国，而且时常有窥伺之意。

慕容熙垂头丧气，灰溜溜地率大军返回龙城，一路上士兵们抬着同伴的尸首，失声痛哭，骂不绝口。皇后训英也默默无言，心情不快，她觉得泱泱大国，浩浩天兵，竟然拿不下一个小小的丸都，还让人家奚落了一场，感到十分遗憾，因此回到龙城以后，很长时间都高兴不起来，她要寻找机会，再饱眼福。

光始六年（406）一月，闲情难耐的训英再次鼓动慕容熙攻打契丹，慕容熙宠爱训英已经深入骨髓，不能自拔，因此百依百顺，言听计从，遂亲率三万大军到达陉北（今河北省平泉县附近）。契丹人闻讯引兵拒敌，两军在大黑山下摆开阵势。慕容熙见契丹人兵强马壮，军容极盛，不免心生畏惧，掉转马头想撤，被训英狠狠地奚落了一番："原以为我嫁的夫君贵为天子，是个了不起的大英雄，没想到也是个孬种！只有跟我们姐妹鏖战的功夫。罢了，算我瞎了眼了，我们回去吧!"吓得慕容熙不敢退兵,只好硬着头皮冲了上去,结果被契丹的骑兵杀得落花流水,一败涂地,跑出去一百多里仍然不敢回头,将士们死伤一万多人,丢掉车马辎重无数。训英虽然也累得气喘吁吁,花容失色,却高兴得不得了,喜悦地说:"这才叫打仗嘛!失败了也很好玩啊!"竟然在马上跳起舞来。

攻打契丹失败,令慕容熙后悔不及,让将士们怒火万丈,但训英却兴犹未尽,喜气洋洋。她说:"去年我军攻打丸都没有成功,是因为他们已有了准备,这次我们为什么不能偷袭一下,兵法上不是有句话,叫作'出其不意'吗?"

慕容熙闻言,二话没说,立即命令将士们丢掉所有辎重,一律轻装前进,连夜去偷袭高句丽的西边关。由于天寒地冻,路途很远,加之将士没吃喝,战马无草料,还没等到达高句丽地界,人马就已经垮掉了一多半。慕容熙无可奈何,只好领着训英半途而废,丢盔卸甲,垂头丧气地回到了龙城。

因为这几番出征打仗都没能尽兴,训英回到龙城以后,这口气始终不顺,便开始没事找事,捉弄慕容熙。吃饭的时候,山珍海味她不动筷,专挑没有什么要什么。大冷的冬天,她要吃鲜地黄、新荔枝;炎热的夏天,她要吃冰葫芦、冻鲜鱼。训英要什么,慕容熙就命人买什么,买不到,就杀头。喝水的时候,稍微热了点,她会一扬手,把一碗热水泼在侍女的脸上,大骂:"你们的良心都坏了!是不是想把我烫死呀?"如果水稍微温了一点,她又会一下子把碗摔在地上,气冲冲地说:"水都这么凉了,我可怎么喝呀?想坏我的肠胃吗?"因之不是剁手就是砍头,吓得侍女们都不敢上前了,训英一喊,侍女们就赶紧跪下,一齐说:"皇后你就先杀了我们吧!奴婢实在不知道怎么做才对!"

训英见状竟眼睛一瞪说:"你们是在威胁我吗?你们以为我不敢吗?拉下去!都给我砍了!"侍女们一片哀声震天,慕容熙看了竟然哈哈大笑。

光始六年(406)夏天,一日训英在龙腾苑游玩,乘小船轻漂曲光海,泛舟清凉池,与慕容熙在甘露殿上品茶,训英看着嫦娥仙子的雕像,忽然满脸不悦,一言不发。慕容熙惊问何故,训英只是摇头不语,后来见慕容熙急得几乎要哭了,她才叹口气说:"我现在才明白,你总说对我这么好那么好,原来一颗心都在姐姐的身上,什么时候想起过我了?你说这龙腾苑中的一切,哪个不是为姐姐修的?你又为我修过什么?"

慕容熙闻听方转忧为喜:"哎呀!我的仙姑,我以为什么事呢,把你气成这个样子,有话你是说呀!你想修什么?"

训英站起身子,伸手一指:"我要修承天门,建承天殿,要比这甘露殿和逍遥宫大得多,高得多,我要在台上承仙露,会仙人!"慕容熙大喜道:"皇后虽是异想天开,确是正合我意,这个主意好,马上就建!"

次日清晨，慕容熙召尚书右仆射韦璆入宫，令赶快找人绘制图样，皇后要修承天门，造承天殿。韦璆不敢怠慢，急召能工巧匠会商，设计图样，奉与慕容熙和训英审阅，折腾了数次都不满意，不是嫌矮了就是嫌小了，不是嫌狭了就是嫌窄了，再不然就是不宏伟、不壮观，弄得韦璆等人无所适从。每次不如训英的意，都要命韦璆等人跪在地下，以手掌嘴，连击百下，六十多岁的老臣，白发苍苍的丞相，一跪就是一个多时辰，眼含热泪，满嘴流血，连慕容熙都有些看不下去了，但训英却咯咯地笑个不停。

光始六年（406）秋天，承天门和承天殿工程正式开工，由于设计过于高大宏伟，需要土石方量极大，在龙腾苑内，甚至在龙山城内均无法满足施工要求，慕容熙便下令，命将士们到北门外用车拉，用人背。由于运距较远，天气又热，运土的代价很高，几乎与城内同等重量的米价相同，因此运土的速度缓慢。慕容熙万分着急，命所有城中百姓，包括州县官吏甚至朝中大臣都要参与背土，违令者斩，并委派褚猪儿率京城侍卫手持皮鞭，进行监督和催促，谁若偷懒，非打即杀，每天都有数十人累死或被打死。大臣们纷纷上书，慕容熙连看都不看，由此民怨沸腾，军心大乱，如烈火干柴，几欲造反。

典军校尉杜静因为从小与慕容熙一起长大，自恃有些近情，因而身穿缟素，抬棺进谏，他裸膝跪在石阶上说：“自圣上即位以来，不理朝政，专宠后妃，不惜得罪于邻国，失信于万民，已令大燕国江河日下，上百年社稷气息奄奄。前些年修建龙腾苑，已经掏空了国库，动摇了国家基石，而今又修建承天殿，直如病痛加皮鞭，伤口再撒盐，令百姓结怨致大厦将倾也！岂不闻王权如舟，百姓似水，水可载舟，亦可覆舟也！如今陛下一再倒行逆施，已令民怨沸腾，军心大乱，几同于烈火干柴，随时可能烧起冲天大火。难道陛下真的为了一个女人，连大燕国的江山都不要了吗？这与纣王还有什么两样？”

“够了！不要再危言耸听，大放厥词！”没等杜静说完，慕容熙就已经怒不可遏，“别以为从小在一起，你就有什么资格来教训我！我想做的事，谁也挡不了！你如今抬棺而来，不就是想死吗？好啊！我成全你！”说完命侍卫将其推出斩首。杜静气得大叫一声：“昏君哪！昏君！大燕国算毁在你的手里了！”言罢纵身一跳，撞死在棺材前。

慕容熙虽见杜静已死，但并不解恨，命侍卫割下其头颅，悬挂于城门之外，过往行人见之，无不痛心疾首，从此再也无人前来谏言。

光始七年（407）仲春，承天门和承天殿工程相继竣工，慕容熙陪着训英率领文武百官登临欣赏。到得殿堂之上，但见霞光笼罩金顶，白云缭绕殿中，龙山群峰如波浪跳跃，白狼河水似小蛇轻游。忽有长虹飞来，若彩桥悬挂眼前，不觉清风又到，花香盈怀。凡登临者无不心旷神怡，慕容熙更是眉飞色舞，喜笑颜开。忽然皇后训英手指前面空中大呼曰："那不是姐姐吗？是她来找我了！"

众人随其手指向前看去，果见一位白衣美女从天上飘来，远远望一袭纱裙满头秀发，衣带飘飘，脚踏轻云，转眼间就如一张纸片一般，栽落到龙山后面去了。训英见之大呼一声："姐姐，你去哪儿？等等我！"随之纵身一跳，跌倒在地。从此一病不起，水米不进，只是在昏迷中不断地喊着姐姐娥娥的名字，于七天后离开了人世。训英进宫不到六年，死时才二十岁。

皇后训英的去世，让皇帝慕容熙丧失理智，几同疯癫，白天黑夜不吃不睡，啥也不干，就是整天抱着训英的尸体哭哭啼啼，抽泣不停，并且曾经几度哭昏过去。侍女们趁着他不省人事的时候，将其轻轻地拉开，给训英换好上路的衣服，并把她搬到灵床上去，同时用一块青色的纱巾，盖上了训英那张俊俏的脸。

慕容熙醒来以后，发现训英的身体已被绫罗绸缎紧紧地裹住，面孔也被一块纱巾盖上，想到从此以后，他再也看不到那张如花似玉的脸，再也抚摸不到那美玉一般洁白无瑕的躯体，便情不自禁又失声痛哭。他要看他的皇后最后一眼，于是一层一层地剥去训英身上的衣服，揭去她头上的纱巾，把她剥得精光，一丝不挂，像一个刚刚出生不久的婴儿。慕容熙注视良久，情动神迷，不由自主地弯下身来，吻遍她身上的每一寸皮肤，随后失魂落魄地猛扑上去，与她完成了最后一次交合，然后才起身离去。

停灵之日，慕容熙命所有文武官员、侍卫和宫女，都要到皇后灵前拜祭，同时号啕大哭，以示追念，谁若是不哭或是假哭者，一律处斩。众人惧怕慕容熙的淫威，凡是去祭拜的人皆大声啼哭不止。尚书左仆射皇甫兰直哭得捶胸顿足，昏天黑地，尚书令严直问之曰："丞相何故悲哀之甚？"

皇甫兰回答说："我哭乃是真悲也！但非为皇后去世而悲，乃觉得自己遭遇可悲，大燕国的万里江山可悲也！"

慕容熙尽管悲痛至极，昏头涨脑，但他考虑得仍然十分周到，他怕皇后训英死后寂寞，无人侍候，于是便亲手毒死八名宫女，让她们为训英陪葬。这还不算，他见嫂子张氏生得眉清目秀，早有觊觎之心，便以训英生前与其关系较好为借口，将其召入宫中，先行奸污数次，然后勒死，让她给训英做伴去了。吓得韦璆等几个平素与训英熟悉的大臣魂不附体，一个个皆早早沐浴熏香，随时做好去殉葬的准备。

尚书左仆射皇甫兰见慕容熙神经兮兮，似乎有些蒙头转向，于是提醒他说："皇后已死，不能复生，安葬要紧，哭有何用？应该及早修墓，让其灵魂早安。"慕容熙一听恍然大悟，急令将士一万人，民夫两万人，加上龙城附近的州县官吏，全去修墓。此墓叫作徽陵，周长有几里，规模宏伟，工程浩大。修建之时，慕容熙头顶烈日，与众人一样搬石运土，而且边干边哭，令众人哑然失笑，讥讽之曰："这个大昏君，倒是个真情种！他如果爱江山有爱美人的一半，也就好了！可惜呀！这样的人，怎么能当皇帝呢？"

训英出殡之日，仪式隆重，声势浩大，送葬的队伍长达十几里，车辆有上千之多，人员有十几万之众，撒下的纸花如漫天飞雪，奏响的哀乐逾十里相闻。由于灵车扎得过于高大，从和龙宫的北门根本无法出去，有人建议把灵车的上边拆掉。慕容熙愤怒地说："绝对不可！怎么能委屈了我的皇后？"乃命人立即拆除皇宫北门，灵车才顺利通过。此时龙翔佛寺的长老昙猛大师在旁观之，乃长叹一声说："活人让死人，灵车拆宫门，大燕国的龙脉守不住了！当年慕容皝是从北方而来，遇龙而兴，如今拆掉了龙门，向北归去，大燕国的江山不会太久了。"

就在慕容熙披头散发，光着两只脚丫，踩着满地碎石，跟着灵车出城以后，一件他意想不到的事情发生了，由此改变了大燕国乃至关东的历史，也结束了慕容熙七年来魔鬼一般的统治。

原来后燕前将军冯跋自从奉命出使邺城，协助范阳王慕容德击溃魏军，取得震惊中原的邺城大捷之后，便辞别慕容德返回龙城，他要向皇太孙慕容会复命，把慕容德嘱其韬光养晦、等待时机的话及亲笔书信转呈上去，没想到接连发生了一系列的内乱，让他的打算成了泡影。先是回来后听说慕容会进京勤王，结果被其父派人杀害；接着是兰汗兄弟又杀了皇帝慕容宝，自立为王，篡夺了朝政大权；不久慕容盛又设计除掉了兰汗父子，当上了皇帝；可惜好景不长，不到三年，慕容盛又因多疑擅杀惹下仇人，被杀死在内宫门口，莫名其妙地让慕容熙继承了皇位，后来听说是因为丁太后矫诏所致。这一连串的变故都发生在短短的九年之内，让冯跋有些眼花缭乱，无所适从。

慕容盛当上皇帝不久，知他才干超群，敕封他为中卫将军，希望他能真心辅佐，以成大事。但他知道慕容盛心胸狭隘，生性多疑，绝非可托之人。慕容熙上台以后，胡作非为，淫乱后宫，倒行逆施，败坏朝纲，把一个好端端的大燕国已经折腾得不成样子，他都看在眼里，记在心上。他认为在这样的乱世之秋，不如暂避是非，销声匿迹，蛰伏起来，等待时机。因此，除了正常上朝应付差事之外，他什么人都不接触，什么事情都不参与，散朝以后就在家中读书、习武和饮酒，暗中与继父冯安的旧部、如今啸聚山林的那伙兄弟保持联系。冯安和拓跋红柳此时虽已去世，但冯家的亲友子侄及同僚故旧，如今都留在昌黎的山中，平时行侠仗义，杀富济贫，有一股很大的势力。冯跋决心借助他们匡扶燕国，以成大业。

所以当慕容熙带着大队人马倾巢而出前去送葬，龙城基本上变成一座空城的

251

宠荡后昏王肆虐　乱朝纲后燕灭亡

时候，冯跋感到良机已到，一方面迅速派人去昌黎送信，令那些队伍向龙城集结，一方面急忙找到武友高云，与之商议。前面我们已经说过，高云乃慕容宝的养子，又叫慕容云，此时正担任着左卫将军、禁军校尉，与褚猪儿共同掌管着京城禁卫军。如今褚猪儿已随慕容熙出城送葬，城里现有的将士都归他统管，若想举事成功，冯跋必得要先找他商量。

冯跋坐下来对高云说："大丈夫生于天地之间，当提三尺长剑，纵横天下，救万民于水火，成一番大事业。今慕容熙荒淫无道，祸国殃民，其凶狠残暴，比商纣有过之无不及。凡忠臣孝子，无不盼其速死，贤人义士，人人得而诛之。夕阳公本为名门之后，昭武帝亲收的螟蛉子，当乘此良机担纲大事，不知意下如何？"

高云听罢连连摇头，迟疑地说："乱世之中，皇帝难做，龙椅虽好，几同火山，岂是轻易坐得？又有几个坐得久的？不坐还能多活几年，坐上必会死于非命。将军愿举大事，我当全力助之，让我出头，断断不可也！"

冯跋笑着说："皇族虽多，英雄几何？乱世之中，非汝不可！汝为慕容家人，举事理所当然，如若振臂一呼，必然从者甚众，请将军不必推辞，即刻就登王位！"说完向门外一招手，高云的部下们蜂拥而至，大家对慕容熙的残暴统治早就深恶痛绝，方才已听见冯跋说要拥戴高云举事，谁不想当个开国功臣？因之一个个喜笑颜开，踊跃向前，不由分说地帮助高云穿上龙袍，扶上御座，然后一齐跪在地下山呼万岁，拥立高云即天王位，意为受命于天，拯救万民，替天行道，诛桀灭纣，匡扶大燕社稷，造福天下百姓。随即众人一齐动手，关闭城门，贴出告示，晓谕百姓，登城守卫。龙城的乡亲们早就盼着这一天了，一个个欢呼雀跃，奔走相告，敲锣打鼓，走上街头，不少人义愤填膺，持枪带棒，参加到护城的队伍之中，一时民心大顺，众志成城。

且说中黄门赵洛生奉命留守后宫，闻听朝中生变，忙乘快马向城外疾驰，在训英的墓地找到了慕容熙，向他报告了城中兵变的消息。慕容熙听说高云称天王了，有点儿不屑一顾地说："不就是二哥手下的那个干儿子吗？算个什么东西，能整出什么大事来！"

赵洛生着急地说："不光是高云，还有冯跋，那可不是等闲之辈呀！"

慕容熙闻听心里咯噔一下子，不由得倒吸一口凉气，心想这么多年，咋就把他给忘了呢？怎么不早杀了他呢？他隐藏得也太深了呀！自己早知冯跋雄才大略，武功卓绝，非常人可比，绝不是一般的对手，但事已至此，已经无可奈何了，凭天由命吧！于是强打起精神说："几条小鱼小虾，能掀起多大浪来？不必担心，等我葬完了皇后，再去轻取二人的脑袋！"说完急匆匆搞完仪式，行过大礼，即刻披挂上马，提起丈八长矛，率领三万多禁卫军将士向龙城杀来。

及至赶到龙城西门，只见城门紧闭，吊桥拉起，城墙上人头攒动，刀光闪烁，垛口旁呼声阵阵，士气高昂，上万名守城将士拈弓搭箭，严阵以待，数千个龙城百姓手握礌石，怒目而视。敌楼正中帅旗招展，主墙两侧彩旌飘飘，几十名将领如众星捧月，簇拥着一员大将，只见他银盔银甲，素色丝绦，面如满月，长髯飘飘，神情朗朗，二目如电，站在城楼上如人中龙凤，气质不凡，众人视之，正是中卫将军冯跋。

慕容熙见之怒不可遏，正欲说话，禁卫军总管褚猪儿很想卖乖逞能，在皇帝面前露一手，于是纵马向前，大声喝道："冯跋小儿，无耻之徒！竟敢借陛下出城之机，聚众闹事，图谋不轨，如今圣驾在此，还不赶快打开城门，磕头谢罪，难道你想找死吗？"

冯跋闻听一声冷笑："你名字叫猪儿，就是头蠢猪！你背主求荣，害死多少侍卫？你为虎作伥，屠杀多少无辜？昏王误国，你给添多少罪孽？暴君害民，你制造多少冤魂？你个狼心狗肺，禽兽不如的东西！就该吃口饭噎死，撒泡尿淹死，你还有啥脸活着？"

褚猪儿一听，气得黑脸变红，红脸变白，浑身发抖，牙齿打战，干嘎巴嘴说不出话来，只是用手指着城墙上的冯跋，瞪大眼睛喊着："你……你……你……怎么？"

冯跋接着骂道："你个见利忘义，背宗叛祖的败类！如若得点好处，你谁都能出卖，说不定哪天得俩脏钱，连你爹都能给卖了！如今昏王死期已到，你还跟着狐假虎威，装腔作势，还要上前说上几句，真不识时务，混账透顶！你就是一头蠢猪，一只笨狗，一只挨天杀的哈巴狗，你去死吧！"

褚猪儿听到此处，气往上涌，血往上撞，浑身发抖，在马上摇晃，忽然"噗"的一大口鲜血吐出，摔落在草地之上，众急视之，见已气息全无，魂归地府，侍卫们不禁毛骨悚然。

慕容熙气得脸色煞白，颤声叫道："冯跋小儿，无耻叛逆！真是伶牙俐齿，可恶至极！我是大燕皇帝，万民之主，你算个什么东西，在此指手画脚，污言秽语，还气死我一员大将？这里有你说话的份儿吗？快快滚下城来，到我马前受死！尚可留你全尸，否则千刀万剐，杀你全家，一个不留！"

冯跋哈哈大笑："慕容熙！你个无知的蠢货，可耻的骚驴！你竟然恬不知耻，大言不惭，还敢说自己是皇帝？你这个皇帝是怎么当的？没有丁太后那个老娼妇，你当什么皇帝？你一个十几岁的小孩伢子，钻人家五十多岁老太婆的裤裆，侥幸当了几年皇帝，怎么还有脸说？你就不知道人间有羞耻事吗？你说说除了祸国殃民淫乱后宫，你还干了些什么？你还有脸说自己是万民之主，看把天下老百姓给害的，几乎如进地狱，成天生活在水深火热之中。你拍拍良心，你对得起他们吗？"冯跋回手一指身边的百姓，气得他不禁浑身发抖。

城墙上百姓们不约而同，立即高呼："杀死昏君，报仇雪恨！""祸国殃民，罪该万死！"将士们与之振臂齐呼，群山回应，气冲云天。

慕容熙理屈词穷，无言以对，手执长矛向城上一指："冯跋高云乃狐朋狗党，起兵反叛为篡位夺权，你们都是我的臣民，难道要跟他们一起造反吗？就不怕我杀了你们吗？"

冯跋冷笑一声说道："慕容熙！你个不知死活、不知深浅的东西！你个趴着下生，只知淫乱的禽兽，当初燕王咋没把你摔死，留下了你这个孽种，断送了大燕国的江山！你就是个人渣，是堆粪土，你说你除了会玩女人，会杀好人，你还会干什么？为了你那个皇后荡妇，多少士兵无辜地丢掉了宝贵的生命？他们的冤魂是不会放过你的，到了地府也会一起掐死你。"

冯跋说到此处，用马鞭一指城下的将士，激愤地说："你们多少亲友、同伴惨死在昏王的刀下？如今天就要亮了，你们还要执迷不悟，跟着他去送死吗？赶快扔下武器，回归家乡去吧！"

城下的将士们闻听冯跋之言，你看看我，我看看你，噼里啪啦，扔下武器，发一声喊，立刻四散奔逃，转眼间跑掉一大半，只剩下百八十人依然围在慕容熙身边，多数是贴身侍卫和太监。

慕容熙一见勃然大怒，跃马挺枪冲向前去，竟然想率众攻城，被城头上一阵乱箭，又射死数十人，无奈带伤仓皇逃窜，钻进了城外的小树林。

次日清晨，冯跋邀来的几路人马陆续都到，加上城中的一万多名侍卫，几万大军一齐搜山，擒拿残匪。慕容熙吓得四处躲藏，最后在龙山东坡被一个砍柴的樵夫发现。愤怒的山民们一拥而上，将其生擒活捉，押往龙城献与朝廷。高云历数其十大罪状，然后命侍卫将其勒死，并布告天下。慕容熙在位七年，死时才二十三岁。

从西晋太康十年（289），慕容廆被任命为鲜卑都督、辽东公、大单于占领辽西开始，到后燕光始七年（407）慕容熙被杀，后燕灭亡，在这一百二十年的漫长岁月里，关东大地可谓刀光剑影、风云激荡，鲜卑族慕容氏在这场大潮中脱颖而出，涌现了许多文武双全的豪杰和叱咤风云的英雄人物，比如说慕容廆、慕容皝、慕容恪、慕容俊、慕容垂和慕容德，他们依靠自己的超凡勇略和文治武功，得民心、顺潮流，乘势而起，创造了大燕帝国无比的灿烂与辉煌，从而也使自己成为耀眼的巨星而载入史册。

与此同时，慕容�、慕容宝、慕容评、慕与根、慕容熙以及可足浑氏与丁兰香等一批社会渣滓和民族败类，也因为他们的昏庸、贪婪和腐败，两度断送了大燕国的大好河山，给人民带来了深重的灾难，最终也随着国破家亡，把自己永远钉在了历史的耻辱柱上，教训是极其深刻的。因此，在后燕灭亡以后，龙城东庠书院的大儒独孤寻礼，在与昙猛大师饮茶时，曾深有感触，奏胡笳而作歌曰：

吴王威德兮美名传扬，

大燕中兴兮频现祯祥。

忠义武勇兮胜过云长，

卧薪尝胆兮堪比越王。

容宝不肖兮自乱三纲，

丁后淫恶兮败坏五常。

二符红颜兮祸水流觞，

暴君昏庸兮败家儿郎。

百年基业兮瓦片秋霜，

一朝衰落兮黯淡无光。

慕容子孙兮泪洒八方，

泪洒八方。

此歌不久即在关东大地广泛传唱，慕容氏后人闻之皆痛哭失声。

第二十三回　宠侍卫高云亡身　诛叛逆冯跋立国

　　且说高云当了天王，改元更始，立即开始整顿朝纲，颁布诏令，恢复秩序，收拢人心。他首先重新任命了文武百官，发檄传至各州、府、县，并布告黎民百姓周知，宣布废除慕容熙当政时期强加的赋税和徭役，同时下令兴修水利，鼓励农耕，广开街肆，发展经济。接着又派钦差到各地巡察，严惩贪官污吏，打击恶霸豪强，自己又多次拜访龙城东庠，倡导兴儒办学，在全国开设粥棚一百多处，救济无家可归的灾民，一时朝政焕然一新，受到百姓一致的好评。

　　高云十分清楚，他当的这个天王，坐的这把龙椅，是冯跋硬给推上来的，因此心存无限感激。即位以后，立刻任命冯跋为征北大将军、武邑公，掌管内外诸军事，同时任命其弟冯弘为龙城令，兼京城禁卫军校尉，任命其堂弟冯万泥为平州刺史，堂侄冯乳陈为幽州刺史，小弟冯素弗为青州刺史。一时冯家满门权贵，可谓尊荣无比。

　　但高云心里也明白得很，当这个天王有很大的风险，他一连许多天都喜忧参半，寝食难安。喜的是自己一步登天，一个流落到辽西的高句丽人，竟然飞黄腾达地当了皇帝，可谓光宗耀祖，天上掉下来的好事；忧的是他亲眼看到了这些皇帝的下场，真是十分可怕而又可悲。从慕容宝到兰汗，从兰汗到慕容盛，再从慕容盛到慕容熙，不到十年的时间，这四任皇帝都相继被杀，竟没有一个是好死善终的，这让他想起来就不寒而栗。

　　他知道，冯跋有能力让他当上天王，也有能力送他走进地狱，即使冯跋不想这样做，难保他的兄弟子侄们不这样做，自己不就是被部下硬推上来的吗？他当初怕当皇帝，就是担心有一天糊里糊涂地被杀，脑袋没了还不知道是怎么掉的，那么这个皇帝还不如不当的好。可是现在身不由己，阴错阳差地就当上了，巨大的危险也就随之而来，他感到死亡的幽灵好像就在他身边游荡。想着想着，常常就憋出一身冷汗，或在梦里惊醒。

他虽然自信武功高强，一般的刺客都不是他的对手，想杀他并不是一件容易的事，但他也知道，冯家兄弟个个身怀绝技，冯跋就更不用说了，功夫远远在自己之上。他仔细地挨个分析了前几任皇帝的死因，觉得慕容宝和兰汗武功不行，否则也不会死得那么窝囊，让几个侍卫就轻易地给解决了。但慕容盛可谓武功高超，慕容熙也并非寻常之辈，他们俩之所以家破人亡，是因为身边没有可靠的亲兵和护卫，这一点对于慕容盛来说尤为明显。因此高云认为，只要拥有一支忠实于他的队伍来当侍卫，再加上自己处处谨慎小心，悲剧是完全能够避免的。他经过许多天的深思熟虑之后，认为这个主意简直天衣无缝，他甚至为自己的聪明有些沾沾自喜。

主意打定之后，高云马上行动，他不通过任何人，自己直接从全国各地选拔了一千名武林高手，作为天王府的亲兵卫队，这支队伍由他自己亲自训练、亲自指挥、亲自管理、亲自调动，不听命于任何人。然后他又从一千名武林高手当中，通过比武竞赛优中选优，精选出一百名一流的高手，作为自己的内宫侍卫，其中又挑出十名跟他昼夜相随，他以为这样就可以完全放心高枕无忧了。做完了这件事，他好像搬掉了心中的一块巨石，感到十分轻松和愉快，并为此连续高兴了好多天。

但是世间的好多事情，往往都是聪明反被聪明误，搬起石头想打别人，却往往伤害了自己的脚，甚至把自己砸死。高云就是自己配药自己喝，反而把自己给害死了。

原来高云在选拔侍卫的时候，因为自己本身就是练武的出身，而且是位武林高手，所以他偏重了人员的武术与功夫，而忽略了他们的人品和修养，至于文化和知识方面，就更加视而不问，根本未加考察。他认为只要武功出众，听从命令就行，这就为后来留下了巨大的隐患，从而也把他自己送上了断头台。

问题出在高云选拔的这一百名内宫侍卫当中，这里边有两个领头的顶尖高手，一名桃仁，一名离班，都是当时大燕国绝无仅有的武功好手，名震关东的翘楚人物。这位桃仁生得身高九尺，瘦如竹竿，眼大额突，掌若鹰钩，来自于漠北草原，多年来往返于北地与中原之间，贩卖马匹，轻功卓绝，犹如云中飞燕，暗器更精，让人防不胜防。那位离班生得身高丈二，壮如铁塔，天生神力，硬功超群，虽然长得魁伟，但却非常灵巧敏捷，是科尔沁草原上的第一勇士，能够横推八匹马，倒曳九牛回。高云见二人武功精绝，十分喜爱，把他们视为至宝，破格重用，皆封为禁卫军统领，职同将军，随时随地都带在身边。

高云对他的这些侍卫可谓精心培养，宠幸有加。他亲手遴选的这一千名侍卫，每个人皆锦衣玉食，相当于二十个普通士兵的待遇。至于那一百名内宫侍卫，每个人皆封为侍御郎，领取相当于一个县令的俸禄。对于桃仁和离班，那简直等于捧到了天上，与他俩食则同席，寝则同室，还不时赏赐大把的金银财物。高云上朝的时候，他们就站在御座的两侧，如同哼哈二将，地位比大臣还要高一级。平素大臣们有什么事情需要觐见，必须先征得桃仁、离班二人的同意，否则连宫门都进不去。二人出入朝堂如履平地，参与决策如唠家常，这让冯跋和大臣们极为反感，许多人上奏折表示非议，提醒高云说这样做违反朝中惯例。冯跋则诚恳地说："国家有法，朝堂有律，尊卑有序，处之有度，凡事皆不可过之与偏废也！陛下宠爱侍卫，无可厚非，乃是亡羊补牢，明智之举，但若爱之过溺，宠之过度，则会让其产生懒惰之心，滋长傲慢之气，置皇权威严于不顾也。况桃仁、离班二人，生性粗鄙，不读诗书，久在江湖，劣习成癖，虽武艺高超，其心难料，恐怕欲壑难填，陡生祸端，无异于弄蛇为宠、养虎遗患，请陛下当心哪！"

高云听罢微微一笑："凡事有利，也会有弊，贤弟担心，不无道理，但我自会把控，心中有数，请大将军不必多虑！"

如果桃仁、离班是良善之辈，那对高云来说，未尝不是一件好事，他们自会感恩戴德，鞠躬尽瘁，忠心耿耿，以死相报。但不幸的是，二人的秉性被冯跋看透了，他们皆出身于绿林之中，一身江湖习气，那种言而无信、见利忘义的恶习根深蒂固，一为不好驾驭，二为贪得无厌。他们多年来混迹于社会底层，对皇帝和王公大臣们极为崇拜，能够被选为侍卫，已感到无上光荣，无比自豪。及至进得深宫内院，初来乍到之时情况不明，尚能小心谨慎，时间一长，自觉司空见惯，习以为常，后来见皇帝与他们同起同卧，视若手足，渐渐趾高气扬，威风起来，说话办事变得颐指气使，大臣们根本就不在话下了。

他们开始时背着高云，偷吃御膳，偷喝御酒，悄悄地坐过龙椅，睡过龙床，还试着穿过高云的蟒龙袍，蹬过高云的无忧履，后来见平安无事，胆子便越来越大，竟然公开强奸宫女、勾引妃嫔。高云本来就是个爱习武的人，对女色方面没有浓厚的兴趣，平素很少去妃嫔们的屋子里歇脚，这让那些不甘寂寞的妃嫔们感到失望，也给桃仁、离班二人提供了可乘之机。这两个家伙见后宫里有这么多美女，早就垂涎欲滴，抓耳挠腮，与那些寂寞难耐的妃嫔一拍即合，很快成就了苟且之事，而且越发不可收拾，开始时还偷偷摸摸，后来简直就肆无忌惮。其他的那些侍卫见二人得手，纷纷效仿，一时后宫里淫恶成风，乱成一团。起初高云还睁一只眼闭一只眼，装作看不见，后来发现已经公开化了，索性哈哈一笑，干脆把那些妃嫔赏赐给他们，让他们在后宫恣意取乐。他以为这样做，这些人自会对他感恩戴德，忠心耿耿。

但遗憾的是，高云想错了！他干了一件古往今来最糊涂无比的事。桃仁和离班认为，与其这样仰人鼻息，看人眼色，受人支使，盼人恩赐，充其量还是一个奴才，甚至可以说还是一条狗，说什么也不如名正言顺，自己称王。与高云接触时间长了，他们发现高云也没有什么了不起，论武功，论能力，论学识，论心术，高云也比他们强不到哪里去，这个大燕国的天王，高云能干，他们也能干，而且机会就在眼前，他们为什么还不乘势而上，那不是傻子吗？

于是有一天桃仁对离班说："与其这样伺候他，还不如咱俩当皇帝！这些内宫侍卫都是咱们的人，只要咱俩一声招呼，杀了他还不容易？到时候这大燕国就是咱们的了！这三宫六院，上千的妃嫔，这天下的美女，全国的钱财，还不都归咱俩支配？"

离班一听，两眼放光，心里痒痒，急不可待地说："我早就盼着这一天了，快拿个主意吧！"两个人密谋良久，计议已定，便开始付诸实施，决定先下毒，再行刺。

更始三年（409）十月的一天，高云散朝以后，正端坐内宫的东堂批阅奏折，抬头见桃仁和离班走了进来，二人常跟随在他的身边，高云习以为常，挥挥手让他们坐下。桃仁手里拿着一沓奏折，递与高云说："这是大臣们新呈上来的，请陛下御览。"高云不知是计，顺手接了过来，正待翻阅，这时桃仁又端来一碗茶水，放在御案之上，对高云说："请陛下用茶。"

高云头也没抬地说："好的，就放在这里吧！"不一会儿，似乎觉得有点渴，便顺手端起茶碗来喝了两口，又放下了。

桃仁一直盯着那个茶碗，见状对高云说："天挺热的，陛下再喝点吧！待会儿茶就凉了！"他怕毒力不够，因此又多说了一句。

高云听了这句话，似觉有异，感到桃仁从来没有这样殷勤过，今天这是怎么了？他抬起头来向桃仁望去，觉得有些眼皮发沉，头脑发晕，浑身没劲儿，脚下不稳，他感到有些奇怪："难道是因为天热？"他这么想着，便使劲揉了揉眼睛，抖了抖肩膀，这种感觉越发严重，他突然意识到情况不妙，刚说了句："难道……你们……这茶……"桃仁在一旁趁他不注意的时候，上来就是一剑，向高云的胸膛刺去。

此时高云虽已中毒，有些头昏眼花，四肢无力，但他武功深厚，动作敏捷，还是唰地侧身躲过，并顺手抄起案上的烛台，将桃仁的宝剑击落在地，正待拔刀向前砍去，被身后的离班猛力一剑，刺穿后背，剑尖从前胸透出。高云手撑御案，直立未倒，两眼瞪着桃仁、离班二人说道："你……你……你们……狼……"

一句话没有说完，就已经上气不接下气，数口鲜血吐出，但仍捡起案上砚台奋力掷出，将桃仁右臂砸伤。院内的侍卫们闻声而至，见高云身体倚在御案之上，二目圆睁，手指桃仁、离班而死。

桃仁、离班二人见高云已经气绝，急召内宫侍卫们一齐进院，商议如何召集群臣，宣布二人并立为王，侍卫们皆封为将军和重臣，每人各赏赐黄金万两等事。侍卫们一听欢呼雀跃，欣喜异常。桃、离二人即派出十人去召集群臣，十人去召集妃嫔。不一会儿，人们已经陆续走了进来。

约莫半个时辰，百官和妃嫔们都到齐了，就在桃仁和离班二人得意扬扬，欲宣布代高云而自立时，就听冯跋大喝一声："无耻之徒，狼心狗肺，不思以死报恩，却敢阴谋弑主，真是罪大恶极，狠如蛇蝎，应当千刀万剐！"

桃仁和离班闻听皆哈哈大笑，桃仁讥讽地说："大将军武功盖世，天下无双，知道你是把硬手！但你一龙兴风，又能起多大波浪？"说着用手向四周一指，骄横地笑道："这百名侍卫都在，皆是一流高手，你若是敢妄动，我就将大臣们全部杀掉！"群臣见这些侍卫人人举刀在手，个个凶神恶煞，吓得全部面如土色，谁也不敢吱声，有几个老臣和大部分妃嫔，已经瘫软在地上了。

冯跋闻听冷笑一声："真是盲人瞎马，痴人说梦！死到眼前了还大言不惭！你们睁眼看着，那是什么？"说罢右手一挥，只听"唰"的一声，宫墙外突然站起成千上万的士兵，人人拈弓搭箭，怒目而视，把整个东堂小院围得水泄不通。

桃仁和离班见了，不由得大吃一惊，二人互相交换了一下眼神，然后由桃仁赔着笑脸，对冯跋说："既然大将军早有准备，我们也就无话可说。实话告诉你吧，我二人与高云有杀父之仇，夺妻之恨，我们应召进宫，就是为了报仇雪恨。如今高云已死，我们仇怨两清，自当回归江湖，乐享天年。大将军你做你的高官，我去我的绿林，我们井水不犯河水，你看怎样？我们走了！"说完一使眼色，上百名侍卫舞刀向前，就想从中间夺路而走。群臣吓得如潮水般退向两边，一个个战战兢兢，手足无措。

冯跋虽然轻声慢语，但是落地有声："杀了天王，罪恶滔天！还想逃跑，白日做梦！来人哪！给我砍喽！"

一言未毕，只听"嚓嚓"两声，好像厨师切菜，众人视之，桃仁、离班二人已经人头落地，高大的尸身扑通扑通倒在地上，像两个巨型的油瓶，咕噜咕噜冒出红色的液体来，强烈的血腥味立刻呛得妃嫔们呕吐不止。

那百名侍卫一见大惊，忽然"嗷"的一声扑向前来，急欲逃走。冯跋大喝一声，如同炸雷："把刀放下！乱动者死！谁敢上前一步，叫他变成刺猬！"那帮侍卫一时都怔住了，有两个人刚想往前蹿，就听"嗖嗖嗖嗖"飞来数箭，两个人立即应声而倒，像被穿成串的糖葫芦，吓得其他侍卫噼里啪啦，纷纷把兵器丢在地上，转眼间跪倒了一大片，一个劲儿地磕头求饶。只有两名侍卫仍旧昂然站在那里，面带微笑，他们手中的宝剑还在滴着鲜血，桃仁和离班的尸体就躺在他们的脚下。

原来自高云当上天王的那一天起，冯跋就明白，高云肯定对自己不放心，因此处处小心谨慎，凡事都毕恭毕敬，全力维护和扶持高云，希望以诚心诚意来换取高云对自己的信任。后来看到高云亲自招募了一大批武林高手，直接安排他们去做内宫侍卫，便暗暗地多了一个心眼。他通过多次的观察、品味和了解，发现在这百名内宫侍卫当中，樊平和张泰与众不同，两人虽是高云召来的，但从不去青楼楚馆，也不去酗酒赌钱，而是经常在一起饮茶闲聊，切磋武艺，为人也少言寡语，比较正直，从不与那些淫乱后宫的人为伍。

通过暗中查访，冯跋还知道了樊平、张泰都是燕山人，与自己算是同乡，于是便将二人邀入府中，满腔热情，以诚相待，一边喝酒，一边交谈。二人早慕冯跋大名，十分钦佩他的武艺和人品，因之与冯跋一见如故，相见恨晚，三人谈得十分投机。冯跋对二人说："天王招募武士，以防不测，于情于理，无不正常。但我观桃仁、离班等人品质恶劣，语言粗俗，性格乖戾，心术不正，虽说武艺高强，但恐心生歹意，对陛下不利，烦请汝二人暗中观察，知其动向，若有异常，立即向我报告。"二人点头应允，自此暗中成为冯跋的眼线和心腹，高云和桃、离二人却浑然不知。所以，桃仁和离班等人在宫中为非作歹，尽在冯跋的掌握之中。

当桃仁和离班二人杀了高云，让侍卫们去召集大臣的时候，樊平、张泰乘机首先把消息报告给冯跋。冯跋当即命其弟冯弘点三千名弓箭手，悄悄包围了皇宫内院，同时密嘱樊、张二人马上回去，不露声色，关键时听他号令，只需如此如此，二人领命而去。这才演出了方才那一场临危除害的好戏。

樊平、张泰走向前来，向冯跋和众位大臣行礼。冯跋即命二人当众揭露桃仁和离班的罪行，向众人说明他们谋害高云的过程，群臣听后皆咬牙切齿，怒不可遏，知这些侍卫都是其同伙，平日里作威作福，祸乱后宫，皆属罪大恶极，理应一齐处死，因此一致要求把他们杀掉，吓得这些侍卫磕头如捣蒜，百般求饶。冯跋朗声说道："谋害天王，罪无可赦，一同斩首，理所当然。但桃仁、离班已经正法，其余侍卫皆属胁从之人，虽然该死，但情节有异，就命你们画押具保，承诺一生不准再做恶事，否则数罪并罚，立斩不赦！我随时去取你们的脑袋！"众侍卫闻听，感动得叩谢不迭，一个个具保画押而去。待众侍卫皆走出之后，冯跋感叹地对大臣们说："非是我徒具妇人之仁，不听诸公提议，大燕国实在是折腾不起了！我们再也不能干滥杀无度的事了！暂时放过他们，得教育多少人哪！"众皆叹服。

处理完这一起谋逆事件，冯跋当即与大臣们一起，举行隆重的祭奠大典，为高云送葬，并妥善安置了他的妻儿老小，同时布告天下百姓周知。这时候朝野上下才晓得高云被自己的侍卫所杀，不免人人嗟叹不已。时龙翔佛寺的长老昙猛大师感叹地说："世间虽有蛇吞大象之说，但从未见蛇吞大象之实。今日高云之死，让我们看到了什么是永不知足之人，知道了什么是永不知足之心，这才是真正的毒蛇呀！"

次日早朝，群臣以尚书左仆射皇甫兰为首，恭请冯跋即皇帝位。冯跋急忙推辞说："大燕国的万里江山延续至今，已有一百二十多年的历史，中间虽遭灭国之祸，但十三年后又改元中兴，这里边凝结着慕容廆、慕容皝和慕容垂等几代燕王的智慧和心血，是他们率领着鲜卑族的勇士们，一枪一刀拼出来的，这皇帝还是应该从慕容氏家族中推选，别人怎么可以做得？"

皇甫兰接过来说："非也！大燕国开基立业，中兴复国，慕容氏是立下过丰功伟绩、汗马功劳，为关东百姓做过很多好事，所以人们对那些开国之君、中兴之帝，至今念念不忘，歌而颂之。但他们的那些继任者声色犬马，昏庸腐败，穷奢极欲，祸国殃民，也给国家和人民带来了深重的灾难，多少人多少家庭因之无辜被害，令人想起来就欲哭无泪而痛心疾首。况且现在慕容氏的王公贵族们历经几次劫难，几乎已经被斩尽杀绝，哪还有什么雄才大略可以继位之人？高云是个高句丽人，尚能担任天王，他能做得，大将军怎么就做不得了？"

冯跋又摇摇头说："丞相说得不无道理，慕容氏家族建立燕国，立下大功，但统治燕国也犯下大错，目前后继乏人也是事实，但高云毕竟是成武帝的养子，他也算是慕容家的人哪！"

左长史封玄忍不住了，大声说道："要说高云算是慕容家的人，那大将军就更是慕容家的人了！而且是老燕王慕容皝嫡传的宗室，谁不知道您本来叫慕容跋，是太原王慕容恪的嫡孙，只是因为躲避战乱和灾难，才改姓冯氏而已。要叫我说呀，您就应该把姓氏改回来，仍旧叫作慕容跋，名正言顺地做起大燕国的皇帝，这才叫上应天心、下合民意呀！"

群臣闻听，觉得有理，一齐跪下劝进："请大将军即位为帝，吾皇万岁！万岁！万万岁！"并三拜九叩，长跪不起。

冯跋为难地说："如今天下，乱象丛生，谁当皇帝便有杀身之祸，大燕国又处在水深火热之中，我若过分推辞，好像不管百姓死活，只顾自己性命。罢！罢！罢！为了国家社稷，为了天下百姓，我就暂且主政，但绝不可以为帝，因为天下只能有一个燕国，燕国也只能有一个皇帝，如今慕容德部雄踞齐鲁，已经称帝九年了，范阳王慕容德虽已去世，但他的侄儿还在，因此我们只能会集在他的旗帜之下，完成大燕国未来的伟业。诸公既然有此美意，我就遵从大家的意愿，继位天王，把朝中的事情担当起来吧！"

皇甫兰、封玄等大臣见冯跋如此说，感到目前也只能这样，遂拥立冯跋在昌黎继天王位，因为考虑有南燕存在，因此未立国号，只是改年号为太平，立其妻孙氏为王后，立其子冯永为太子。封皇甫兰为辽东公，仍任尚书左仆射，封其弟冯弘为征东大将军，任城禁卫军总管，封内侄孙护为殿前将军，任京城禁卫军校尉兼内宫侍卫统领。冯跋仍自任大将军，都督内外诸军事。

做出以上这样的考虑和安排，有冯跋自己的想法，也有恩师黑羽儿师太的意图。原来在平定了桃仁、离班的叛乱之后，冯跋就责成皇甫兰和封玄等人筹办高云的后事，自己则悄悄地赶往龙山去了。到了祥云古洞，他首先拜见了龙山圣母，然后把朝廷发生的变故一五一十地向黑羽儿师太诉说了一遍。末了他有些激动地说："自建兴十一年（396）燕王慕容垂去世以后，燕国内乱频发，宫廷刀光剑影，十二年间换了五个皇帝，朝政日非一日，民众苦不堪言，国家已经到了崩溃的边缘，如今高云一死，国内无主，群臣推我，势在必行，我欲乘势而上，临危受命，顺乎民心，恢宏祖业，不知妥否，恳请恩师指教。"

黑羽儿师太沉吟良久，缓缓地说："慕容氏虽是天神后裔，但多年来杀戮太重，积怨甚多，遭遇坎坷，也属必然。十几年来燕国内乱，自相残杀，也是道业不听规劝，自作主张结下的苦果。如今大燕南飞，运转时来，政权复归你手，但愿你能汲取教训，广施仁政，还利于民，造福百姓。至于皇帝嘛，你现在还做不得，山东不是有个南燕，慕容超不是还活着吗？都是一脉相承，别再标新立异，暂时拥戴于他，对你好处多多。姓氏我看也不要改了，慕容这个姓氏，现在也好不到哪里去，有慕容熙折腾这几年，顶风臭十里，姓冯呢，也没有什么不好，还可以促进胡汉和谐，吸收汉族人才，推广儒家文化，这未尝不是一件好事啊！记住，姓好的也不一定就不是坏人，关键是看你干些什么。为师之言，也是一孔之见，你自己酌量着办吧！"冯跋听罢连连点头，磕头致谢，下得山来。

且说冯跋即位天王，坐镇昌黎，不但没有住进龙城的和龙宫，而且次日就派老臣韦璆去山东广固，当面向慕容超表奏情由，并捎去自己的亲笔书信。慕容超此时虽然已在病中，但闻冯跋被推为天王之后，仍然尊奉自己为帝，极为高兴，盛宴招待并重赏韦璆，感叹地说："冯跋审时度势，文武全才，兴慕容氏大业者，必此人也！"北魏、东晋和高句丽等国家见南北两燕联在一起，势力强大，俱无人敢于小觑，一时边境安定，社会和谐，经济和文化得到恢复和发展。

冯跋坐镇昌黎，不进龙城，还有一个方面的考虑，那就是当年他在皇太孙慕容会帐下为将之时，父亲冯安及其自己的兄弟子侄等一班亲族，一直都带兵驻扎在昌黎。慕容会被杀以后，慕容宝派大军进剿昌黎，企图斩草除根，父亲及兄弟们即逃聚山林，落草为寇，多年来一直在此打家劫舍，杀富济贫，在昌黎人民心目中有着很好的口碑。慕容熙死去以后，冯氏家族乘势而起，昌黎就成了他们可靠的后方，因此，冯跋住在这里，既清静又安全，还显得清廉俭朴，得到燕国朝野上下一致的赞许。

冯跋当了天王以后，重用了一大批汉族官员，对自己的兄弟子侄基本没有升迁，这让他们很不满意。堂弟冯万泥、堂侄冯乳陈等人尤为愤愤不平，认为自己是冯家的亲门近支，为除掉慕容熙立过大功，应当到朝中担任要职。冯跋心思缜密，了解到他们的情绪之后，亲自把他们召集到昌黎，语重心长地说："我们冯家世代猎户，如今都成为皇族贵胄，实乃是上天的垂怜，万民的拥戴，非是我们的祖上有什么仁德，我们的家族有什么才能也！如今得此际遇，理当鞠躬尽瘁，报效国家，为天下苍生谋福祉，岂可计较个人得失，置社稷安危于不顾乎？今国家初定，稳定地方州县乃大势之所需，汝等坐镇一方，为一州刺史，不比当个京官重要得多吗？"说完乃封二人为燕山公和涿郡公，以安其心，令其仍回平州和幽州任职。

但冯万泥、冯乳陈二人心口不一，私欲膨胀，终于在太平二年（410）十二月起兵反叛，欲打进龙城，夺取天下。但此时冯跋的地位已经稳固，国力也得到了恢复，便派内侄孙护率军讨伐。冯万泥、冯乳陈一战大败于令支，二人羞愧自杀而死，国内遂安。

太平三年一月，鉴于南燕政权已亡，国家日趋稳定和强大，冯跋听从大臣皇甫兰等人的建议，才从昌黎回到龙城，住进和龙宫，立国称帝，史称北燕，仍然使用太平这个年号，开始了一个新的和平发展时期。

第二十四回　施仁政北燕复兴　祛灾祸关东稳定

　　冯跋继位天王以后，虽然呕心沥血，千方百计，采取了一系列的有力措施，但由于大燕国历经多年内乱，朝政荒废日久，可谓百孔千疮，积弊如山，国库极度空虚，百姓非常贫困，一时竟无明显起色，这令他寝食不安，十分忧虑，昼思夜想，图谋良策。太平三年（411）六月，他发动群臣，展开议政辩论，就如何治国理政献计献策。一时仁者见仁，智者见智，各抒己见，畅所欲言，虽说对他的思路大有启发，但仍觉得头绪散乱，不甚明了，于是他驱车直奔龙翔佛寺，去拜访昙猛大师，希望这位世外高人能够给他指点迷津。

　　果然冯跋不虚此行，大师好像与他心有灵犀，当他的车驾刚刚来到山门之前，昙猛已率五部知事立在阶前，笑吟吟地在那里迎候了。大师虽已年过七旬，但仍然身板笔直，耳聪目明，步履矫健，思维敏捷，说起话来声音朗朗，言语之间理智诙谐，让人肃然起敬。他走上前来双手合十，对冯跋说："贫僧这几日心潮起伏，打坐终不能很快入定，就觉得朝中可能有事，大概是有人在念叨我了。今早起来鹊上松枝，欢叫不止，我就知道是您来了，故已在这里等候多时。"

　　冯跋近前合十一礼："大师真乃活佛也！我这几日就想过来讨教，今早起见天晴日朗，故而冒昧前来叨扰，不会耽误了佛门的大事吧？"

　　昙猛大师边走边说："陛下光临，蓬荜生辉，必给宝刹增光，大庙添彩，实乃佛门之福，众生之幸。朝廷所虑之事，皆关万民生死，与我等所发宏愿乃殊途同归也！贫僧当知无不言，竭尽绵薄之力。"

　　冯跋随着昙猛大师一边走一边聊，一边观察寺内的景色，及至走进寮房落座以后，僧人献上苦茶，冯跋喝了一口，有些不解地问道："我在龙城多年，这龙翔佛寺也来过数次，今日方细细地看了一回，不禁有些感慨，请问大师，这大殿修得这般恢宏，佛塔建得这般高峻，而寮房却显得这般简陋，僧人们穿得这般俭朴，不知是何道理？难道是开支拮据、银两不足吗？"

昙猛大师也喝下一口苦茶，笑着说道："大殿修得宏伟，是为了彰显佛门的广大，佛塔建得高峻，是为了看清众生的苦难，寮房简陋一些，能够磨炼僧人修行的意志，吃穿用的俭朴一些，可以让我们记住百姓的不易。其实朝廷的许多事情，也都是这个道理。当年老燕王慕容皝见双龙显圣而定都龙城，把和龙宫修得十分俭朴平常，却把龙翔佛寺建得无比辉煌壮丽，才有了大燕国一百多年的天下。民脂民膏，滴滴血汗，用在何处，大有讲究哇！"

冯跋听罢，感悟颇深，十分诚恳地说："每与大师交谈，必能振聋发聩，令我如拨云见日，茅塞顿开，真吾良师益友也！今日我来，倒是真有些琐事缠绕，就烦请大师不吝赐教。"于是向昙猛说明了来意。

昙猛喝下一碗苦茶，拈着雪白的长髯说道："陛下临危受命，实乃万民之福，几年来殚精竭虑，救民水火，赤子之心举国尽知。近日来合朝辩议，探求救国之道，废寝忘食，八方百姓皆闻。贫僧虽为佛门中人，但也是大燕国一介平民，众生苦难时刻在心，须臾不敢忘怀也。故针对时弊，已草拟数言，虽属孤陋寡闻之粗知鄙见，若能为陛下御览，给拯救众生尽些微薄之力，贫僧心里将无限欣喜。"说完从衣袖中取出一沓草纸，双手呈与冯跋，样子十分虔诚。

冯跋闻言喜不自禁，急忙双手接过，立即如饥似渴地拜读起来，只见上面写道：

治吏须用重典，严厉惩处贪官，朝廷方可还政治于清明，国策才能清淤塞而畅通，皇权才可彰显于天下，君王方能取信于万民，然其中的重中之重，是陛下必须以身作则，视天下百姓为父母，而不是高居庙堂自诩为君父也。

待民须施仁政，让其休养生息，轻徭役而薄赋税，兴水利而助农耕，使之宿之有屋，食之有粟，老有所养，幼有所学，遭天灾有朝廷赈救，遇人祸得官府相帮，使之安居乐业，稳定数年，则必致民富国强，民安国泰，大燕国必振兴也！

养兵须成精锐，治军务必严明，裁减冗繁人员，皇帝必掌兵权，方能保国家不致生乱，使百姓减负不会成灾。屯雄师于边塞之内，藏精兵在百姓之中，平时生产，战时打仗，聚而成铁拳，散而无踪影，可成百胜之军也。

学风须倡儒家，广泛推行汉化，多办学堂而少兴土木，尊重知识而广揽贤才，让家家仓廪实而懂礼仪，人人慕孔孟而知进取，乃内固国本外扬邦威之良策也！

冯跋手不释卷一口气读了三遍，不禁拍案叫绝："大师高明，远在千里，真字字珠玑，句句金石，让我读之如登龙山而观沧海，顿时头清眼亮，视野大开，这下子我的心中就有数了！"高兴得他执手相谢，与昙猛续茶再聊，食宿俱废，彻夜未停，至天明方才载兴而归。

冯跋回宫以后，一连几日不朝，他反复揣摩昙猛的四条奏议，越发觉得深刻无比，他细细玩味昙猛送他的两句话，"君若正则臣必贤，上能清则下不浊也"，认为是为君之本，治国良言，他觉得此番去龙山真是感悟深深，收获多多。

六日之后的早朝之上，经过深思熟虑的冯跋胸有成竹，不再与群臣磋商辩议，而是直接口述诏书，颁布了他为帝以来最为著名的"治政六疏"，其具体内容为六条二十五款：

第一条，宫中厉行节俭，杜绝奢靡之风，由皇帝和皇后率先垂范，要做好五件事：

1. 裁撤宫人五分之三，释放五千多名侍卫和宫女，让他们回归故里，择偶成家，朝廷发给他们路费，分给他们土地，借给他们种子和耕牛，还他们自由和平等，让他们过普通百姓的生活。

2. 后宫不论侍卫、宫女、妃嫔，甚至包括皇帝和皇后，一律粗衣布履，不穿丝绸，不戴饰物，用具俭朴，不使用金银玉器，宫中原有的贵重物品皆入市折价，以充国库。

3. 将龙腾苑和御花园辟为菜地和果园，在曲光海、清凉池和天河渠里面栽莲养鱼，同时对民间开放，百姓可随便入内游览。

4. 宫廷宴会最多不超过八样菜肴，酒品只喝"龙城玉液"，饮料只喝龙山苦茶，朝廷和官府不到南方采购名酒和名茶，不去专门购买反季蔬菜和水果，席间不听不看歌舞表演。

5. 后宫中从妃嫔到宫女，人人都要学会种菜、栽果、纺线、织布和饲养畜禽，并自己负责洒扫庭院，栽花种草，美化环境，宫中不再专门使用园丁和杂役。

第二条，官吏务须清廉，严惩贪赃枉法，倡导清明之风，要做好三件事：

1. 明确规定不论哪一级官员，除应得俸禄以外，不得贪污或挪用国家公款和公物，不得卖官鬻爵，不得勒索百姓，违者立斩不赦。

2. 各州、府、县治下，都要有官衙自己的粮田和菜田，平时与民同耕，由官吏们自己劳作，所得收获用以补贴必要的公务接待之需。

3. 朝廷设置兰台，兰台御史为最高长官，职衔等同于尚书令，直接对皇帝负责。兰台负责对全国各级官员的考察和监督，内部设有十个督官，督官都称为钦差大臣，常年分十路下去巡视，带有朝廷的谕旨和尚方宝剑，急难时可以先斩后奏，拥有很大的权力，但如督官犯罪，处罚则加重一等。

第三条，全面奖励农耕，大力发展经济，要做好五件事：

1.清理全国的户籍和人口，裁除贵族和豪强家中的奴隶和荫户，把他们解放出来，让他们成为"自由人"，与宫中被释放出来的宫人一样，同农民同等待遇，平均分配土地和树木，当地官府和原来的主人要共同出力，帮助他们建好住房，并解决好耕牛、种子和农具，让他们定居下来。

2.明确规定每户农民都要在自己分得的土地上，栽活一百棵桑树或者柘树，每户至少要养五头牛、十只羊、二十只家禽。

3.鼓励农民开垦荒地、荒山和荒滩，国家在五年之内借给种子、农具和耕牛，并免征五年的赋税。

4.国家与各州、府、县一起，统一规划开河挖渠，修堤筑堰，治理荒山野岭和边境造林，力争涝年不发大水，旱年有水灌溉。

5.维修道路，开通街肆，取消关卡，鼓励流通，国家对大宗商品的运销予以保护。

第四条，削减军队，实行屯田养兵，做到全民备战，藏兵于百姓之中，要做好五件事：

1.将全国军队的五十万人裁减为二十万人，放三十万士兵回乡务农，与家人团聚。

2.在留下的二十万军队中，国家只留下五万常备军，由皇帝直接管理、直接训练、直接指挥和直接调动，不听命于任何人。

3.恢复组建"五营铁骑"，打造一支战无不胜的铁军，"铁弓营""飞镖营""长枪营""大刀营"和"火攻营"各由一名将军率领，直接由皇帝任命，并直接对皇帝负责。

4.余下的十五万军队称为"屯田军"，分别驻扎在各军事要塞，每个屯田区内有一万名士兵，十万亩耕地，由一名将军和两名部将负责统辖，下边设有十个屯田都尉，每个都尉负责统率一千名士兵，管理一万亩土地，每个都尉的下面设有十个屯田长，每个屯田长带领一百名士兵，耕种一千亩土地，将军、都尉和屯田长都是朝廷命官，由皇帝直接任命。

5.屯田区内的士兵，在服役期间，家中同样分有土地，同时在屯田区内，每人还可以耕种土地十亩，其收获与朝廷六四分成，由士兵占大头，官府收取的那部分，主要用来养兵。屯田区内的士兵平素种田，战时打仗，在戍边的过程中，吃饭、穿衣、住宿都不花钱，每年种田还可以得到一笔可观的收入，以此保证军心稳定，士气高昂。

第五条，全面兴学办教，倡导尊儒礼佛，普及中原文化，也要做好五件事：

1. 唯贤是举，唯才是用，不论出身于哪个民族，无论年龄大小，无论是男是女，只要是优秀的人才，一定要破格录用，充实他们到朝中或各州、府、县任职。聘名儒郝越、周习、裴诚、封禅等人为侍郎，入朝听用。

2. 在龙城兴办太学，任刘轩、张炽、翟虔、何篡等人为博士郎中，到太学执教，同时扩大龙城东庠，增加入读人数，要求各州、府至少要兴办一所公庠，各县至少也要办起两所私塾。

3. 以四书五经、史学和兵法等经典为教材，大力弘扬汉族文化，宣传孔孟之道，建设文明礼仪之邦。

4. 礼佛敬禅，尊师重教，彰表"真、善、美"，摒弃"假、丑、恶"，树立一代新学风、新政风和新民风。

5. 从皇帝到群臣，也包括那些将军，每年都要分批到太学或者东庠去听课和讲课，参与时政辨析，提高文化素养和执政水平，朝廷每年要举办两次时政辨析活动，以在朝野上下形成良好的学习风气。

第六条，秉承以邻为善，实行信义外交，尽量避免战争，实行和平相处，让人民休养生息，让国家恢复元气，要做好两件事：

1. 国家不主动对外发动战争，不恃强凌弱，不随意扩张，不无端侵犯邻国或者邻邦的利益。

2. 对于外敌的骚扰和入侵等挑衅活动，首先寻求和平的方法去解决，实在万不得已，也要尽量把战争打赢在国门之外，避免给国家和人民带来巨大的损失。

冯跋在朝堂上侃侃而谈，头头是道，让大臣们佩服得五体投地，也让百姓们听到后赞不绝口。他的"治政六疏"一经公布，立刻赢得了广大官员、全国民众和军队将士的一致拥护。在此基础上，冯跋以身作则，率先垂范，首先带头惩治了一大批贪官污吏，甚至是亲朋好友也毫不留情，给"治政六疏"的落实创造了一个良好的开端。

当年冯跋在皇太孙慕容会帐下任职时，有一个同僚好友名叫李训，在慕容熙当政的时候，担任过典库吏，借机从国家的银库里盗窃了大量的金银珠宝，都密藏在自家的地窖里。

冯跋当上天王以后，他曾经多次以访友的名义前去行贿，企图谋取一个更高的官职，但被冯跋严词拒绝。李训见这条道走不通了，又通过冯跋的弟弟冯素弗介绍，给尚书令马弗勤送金送物，终于如愿以偿，被马弗勤秘密提拔为方略令。冯跋知道以后，立即查清案情，诏告天下，将李训公开处斩，把马弗勤贬为庶人，并夺去冯素弗的长乐公封号，收缴李训全部家财为国有。到太平三年十月，从"治政六疏"发布后，仅短短四个月左右的时间，冯跋就亲自主持处斩贪官五百多人，让大燕国多年腐朽的士风为之一振。

冯跋因为实行和平外交，与周边国家主动结好，取得了大部分邻邦的尊重和赞同，也令许多边远部落慕名而来。太平三年七月，居住在今内蒙古大草原西北部的柔然部落可汗斛律向北燕求亲，派使臣送来许多珍贵的礼品和一封热情洋溢的信。许多大臣都认为柔然地处边远，把一个宗室的女儿嫁给他就可以了。冯跋却说："柔然虽然偏僻，但也是个国家，斛律尽管粗莽，他也是个君主，他能隔山越水向我国求亲，是在向我们示好，表达对我国的尊重，我们为什么不能以诚相待，反而去敷衍和应付他呢？我决定把我的女儿乐浪公主嫁给他，让大燕国和柔然结下百年之好，不知众卿意下如何？"

尚书左仆射皇甫兰担心地说："陛下说得虽有道理，但柔然部落地处高原，风沙较大，天气寒冷，恐怕乐浪公主不能适应啊！何况乐浪公主只有十七岁，比斛律可汗整整小了二十岁，年龄差距这样大，公主自己能同意吗？"

没想到冯跋把这件事情跟女儿一说，乐浪公主通情达理地说："我虽然热爱自己的家乡，也愿意找一个遂心如意的郎君，但我是父皇的女儿，我就要为国家着想，父皇能够为百姓舍生忘死，我为什么不能够为国家献身？汉代的王昭君能够做到，您的女儿我也能够做到。"

冯跋听完女儿的话，当时就哭了："多么懂事的孩子呀！就让我们为国家的复兴而付出吧！"他亲自跋涉千里，把女儿送到柔然。冯跋父女的这种高尚情操和坦荡胸怀，受到国内外民众的普遍赞誉。

高句丽王素知冯跋的才略和武功，早已佩服得五体投地，听说冯跋当了天王以后，立即派使臣前来道贺，同时暗地里放出密探潜入北燕，到民间秘密察访，得知冯跋施政清明，大得人心，乃愈加佩服，即与扶余王一起，携重礼亲自来拜见冯跋，主动向燕国表示臣服，恢复了由于慕容熙胡作非为而中断了五年多的纳贡之举。冯跋盛情接待数日，亲自陪同他们游览龙山，拜谒佛寺，走的时候又馈赠了许多礼品，并亲自送到国门之外，令这两个国王感动不已，至此与北燕的关系进入了最好的时期。

此时北魏虽然势力强大，已经统一了大半个中国，但是到了冯跋当上天王的时候，已经当了二十多年皇帝的拓跋珪早就今非昔比，每况愈下了。他由于疑心太重，杀人如麻，连拓跋仪这样功高盖世的丞相都不能幸免，因此群臣人人自危，无心虑事，朝政一片混乱，也就无人再提起对北燕用兵的事了。

拓跋珪到了晚年，为了能够长寿成仙，长期服用"寒食散"和"寒食金丹"，这种以朱砂和石英为主要原料的丹药，服用后虽然能够令人兴奋异常，但长期服用会造成慢性中毒和性格变态。拓跋珪因之有时几天不吃饭，几夜不睡觉，狂躁不止，专依靠杀人取乐。他喜欢一种人力龙辇，坐的时候，车夫在前面跑路，他在后面用木棍敲击车夫的头部，敲死一个车夫马上又换一个，有的时候一天就杀死几十人。

北魏天赐六年（409）六月，拓跋珪忽然精神失常，有时对着墙壁喃喃自语，有时跪在地下磕头求饶，有时大喊着说四万燕卒前来索命，冤魂就围在他的身边，吓得他倒地大哭，四处躲藏，有的时候一宿要换好几个地方。大臣们谁也不知道他在哪里睡觉，只有他的宠妃万人迷知道，偏偏万人迷又与拓跋珪的二儿子拓跋绍私通，拓跋绍见父亲已经到了这种程度，便勾结万人迷阴谋弑君自立，在当年九月的一个深夜，将其父拓跋珪活活勒死，并把他的头颅割下来扔进山林，应了他当年在参合陂所说的"不得好死"的预言。

拓跋珪死去以后，其长子拓跋嗣除掉了万人迷和拓跋绍，继承了皇位，但由于忙着稳定内部，收拢人心，故无暇考虑对外扩张。冯跋趁此良机励精图治，发展经济，训练士卒，稳定国防，北燕国的实力在迅速增长。

北燕太平六年（414），位于今内蒙古草原南部和山西北部的邻邦契丹和库莫奚两大部落的酋长会于龙城，拜会冯跋，向北燕纳贡称臣，这让北魏皇帝拓跋嗣感到大丢脸面，极为恼火。他愤怒地说："同为毗邻之国，他们为什么选择燕国而不选择我们？他们怎么敢这么做？冯跋又怎么敢接受？这分明是不把我们放在眼里！这还了得？"遂派左司马于什门出使燕国，名为探访，实为问罪。

那于什门生得骨瘦如柴，尖嘴猴腮，贼眉鼠眼，一脸麻坑，走进朝堂倒背着双手，立而不跪，一副盛气凌人的样子，群臣见了不禁哈哈大笑。于什门尖声细气地问道："笑什么？有什么好笑的？难道你们就是这样对待客人的吗？你们就没见过外来的客人吗？"

尚书令韦璆接过来说："外国的使节我们见得多了，他们都非常庄重沉稳而有礼貌，显示出非凡的气质和诚意，但是像您这种长相、这般做派的并不多见，因此不禁觉得好笑，还请魏使见谅！"

于什门冷笑一声说："人不可貌相，海水不可斗量，这有什么好笑的？不行礼怎么了？不行礼也没有错！岂不闻'大国使臣，不拜小邦之主'，我有参拜的必要吗？"

韦璆似在解释地说："我不是笑您的长相，魏王既能派你来，您就能代表那个国家，相信您是来进行友好访问的，而不是来恶心我们的，长得好坏无可非议，我是笑您不懂礼节，见了我们大燕国的皇帝为何不跪？还在这里妄自尊大，强词夺理，成何体统？"

于什门有些火了，立即反唇相讥："我闻古往今来，为人者当有三拜，一拜君父，二拜长辈，三拜神灵。来到你们燕国这里，一无我的君父，二无我的长辈，三无过往的神灵，我凭什么要拜？你一个老杂毛，装什么明白人？我以为你给小苻女陪葬去了呢！怎么还活着？我咋听说你死了呢？"

韦瑶也有些生气了："你目无尊长，没大没小的东西！我这把年纪，至少也应该算作你的父辈了，你在家里也是这样说话的吗？"

于什门不屑一顾地说："你年岁大怎么了？乌龟还有活几千年上万年的呢！那它能算人吗？"

韦瑶气得浑身发抖："你……你……你怎么……骂人？你怎么说话呢?！"

尚书左仆射皇甫兰接过来说道："韦兄不必生气，魏国那个地方我知道，历来不讲礼仪，没有家教，他们对长辈不但敢骂，而且还敢杀呢！你没听说过五年前，拓跋绍私通他的庶母，杀了他的父亲拓跋珪吗？皇帝皇子们都是这个样子，大臣们还能好到哪里去？所以粗蛮无礼，家常便饭，没大没小，已成自然，我们不必计较。请问魏使，你来燕国到底何事？难道就是来示强做大的吗？"

于什门仰着头说："当然不是！我是奉大魏国皇帝之命，向你们讨个说法来的！听说契丹和库莫奚两家归顺了你们，要向你们称臣纳贡，你们也不想想，这种做法对吗？这两个部落同样在魏国的边境上，也是魏国的近邻，他们到这里来，你们就敢接受，这不是胆大包天吗？你们燕国也不称二两棉花好好纺纺，自己多大分量不知道吗？"

说到这里，于什门把面孔转向冯跋："大魏国皇帝让我问问你，是你们自己知趣些，主动吐出来呢，还是我们自己派兵来拿呢？"

皇甫兰大笑着说："魏使说得越发可笑，倒好像一个三岁的孩童。契丹和库莫奚固然是燕魏两国的邻邦，但他们选择跟谁友好，那是他们的自由。我们大燕国皇帝英明神武，仁义布满天下，信誉传遍四海，自然有慕名者纷至沓来。至于这两家为什么不投魏国，我建议你们君臣好好查找一下，是不是有什么失礼和缺德的地方？哪有自己不争气，反倒来责怪别人的道理？这不是强盗逻辑吗？"

于什门趾高气扬地说："大话好说，硬仗难打。你们可要放聪明些，不然后悔就晚了！当年参合陂的教训，还不够深刻吗？"

冯跋一听勃然大怒："大胆魏使，无知小儿！上朝不懂礼仪，说话没大没小，还敢危言耸听，恫吓邻邦，真是强词夺理，无耻至极！你不提参合陂便罢，若提起来，我便怒火万丈，早想痛歼魏贼，报仇雪恨！我倒要看看拓跋嗣有什么本事，敢如此狂妄？大燕国乃礼仪之邦，岂容尔等粗鄙蠢材横行霸道，肆无忌惮？你既不懂礼节，不会说话，有损魏国国格，贻误魏国大事，魏国皇帝不管束你，我却来教教你。来人哪！送他去东庠上学，什么时候会说话、会行礼了，再让他回国吧！"

于什门一听就傻了，吓得赶忙跪下求饶。冯跋说："这是何苦？我以为你不会跪呢？太给魏国人掉价了，一点骨气都没有，还是去上学吧！多学点孔孟之道，就知道如何做人了！"两个武士闻声上前，把于什门架了出去。

冯跋随即修书一封，交给于什门的侍从带回去。魏国皇帝拓跋嗣见冯跋口气强硬，又扣留使臣，气得咬牙切齿，浑身发抖，恨不得立即捣毁龙城，出了这口恶气，但碍于眼下国内尚不稳定，不能轻易动兵，只得咬牙往肚里咽，于是一拳砸在御案之上，震得朝堂四外回响："冯跋，你等着！早晚我要跟你算这笔账！"惊得群臣面面相觑，一片悚然。

且说冯跋主政十年，内修仁政，外睦邻邦，感得风调雨顺，国泰民安，百姓有口皆碑，国家蒸蒸日上。但天有不测风云，人有旦夕祸福，太平九年（417），辽西地区灾害频发，先旱后涝。春夏之交，蝗虫袭来，遮天盖地，几天之间就将禾苗几乎全部吃光。有游方术士说，蝗者，皇也，乃天之神虫，不可碰之，否则大难临头，故而百姓吓得不敢捕捉，一任蝗虫肆虐，眼睁睁地看着庄稼被毁掉。冯跋知道以后，率领着朝中大臣及各级官员带头捕而食之，或捉而烧之，令全国百姓恍然大悟，争相效仿，才终于把蝗虫捕灭，使土地补种成功。

当年秋天，又有大雨滂沱，形成涝灾，十月，龙城发生了地震，白狼河发了大水，接着瘟疫蔓延，毒蛇猛兽肆虐，盗贼趁机作乱，百姓苦不堪言。冯跋闻讯而起，连夜朝议动员，没等到次日天明，即带领文武百官出城救灾。全国各州、府、县吏，全军二十万官兵，都走上救灾前线，与百姓一起修堤筑坝，疏浚河道，排除洪涝，重建家园。冯跋还下令各级官府开仓放粮，同时与皇后一起，带头捐钱捐物，赈济灾民，使大燕国很快在重灾面前恢复了秩序，稳定了民心。当时参加救灾的昙猛大师由衷地赞道："如此罕见的天灾人祸，大燕国能够稳如泰山，秩序井然，冯跋调御有方，真天人也！"

此时燕国在冯跋的主持下，君正臣忠，政通人和，国势渐强，威望日重，进入全盛时期。其版图东至大海，北据草原，南临幽燕，西达青海，疆域数千里，人口逾千万，社会比较稳定，经济十分繁荣。国都龙城，方圆几十里，城高墙阔，街道整齐，塔楼高大宏伟，殿宇金碧辉煌，酒肆商家鳞次栉比，各方游人纷至沓来，比当时的长安和洛阳还要热闹，是十六国和南北朝时期北方最为发达的大国之都。

第二十五回　拒魏王词严义正　擒敌将马到功成

北魏太常三年（418）春，已经当了九年皇帝的拓跋嗣自觉内部稳定，国力强盛，于是便想对外扩张，讨伐北燕，统一中国北方。一日早朝，他对大臣们说："燕国自从冯跋即位以来，根本不把我们放在眼里，几年来不断蚕食我们周围的部落，扩大自己的势力范围，四年前还无理地扣留我国使者于什门，至今拒不放还，简直是嚣张到了极点，若不打掉他们这股气焰，还真以为我们老实可欺呀！老虎不发威，人家就当你是个病猫，因此我决定近日出兵，讨伐北燕，不知众卿意下如何？"

太尉穆观奏道："陛下所言极是！早就应该好好地教训他们一下了，不然那些北方的小国，全都变成了墙头草，几乎都随到他们那边去了，谁还把我们放在眼里？这对我国的周边环境是极为不利的！特别是柔然，竟敢同他们联姻来对付我们，真是可恨到了极点！因此，打一仗彰显国威，提振我们的影响力，是极为必要的。"南平公长孙嵩、散骑常侍丘堆等一班武官，也都赞成立即伐燕。

博士祭酒兼尚书令崔浩冷静地说："去年燕国遭受了严重的自然灾害，许多国家都伸出了援助之手，如今灾荒虽已过去，但百姓生活仍然十分困难，我们此时出兵，有乘人危难之嫌，必陷入不仁不义之境地，从而成为不义之师，在各国之中造成不利的影响。何况北燕既然敢于扣留于什门，表面上是说他言语失当，不懂礼仪，冒犯燕王，有辱国格，实际上是冯跋在向我们示强，换句话来说，也是在挑衅，表明他已早有准备，胸有成竹，希望与我们打一仗。所以我们这个时候出兵，一为时机尚不成熟，二来也无必胜的把握，请陛下三思啊！"

散骑常侍丘堆不赞成崔浩的看法，他说："燕国历来是我军的手下败将，参合陂打伏击和中山城围歼战，至今让他们心有余悸。如今我军十几年养精蓄锐，有铁骑百万，上将千员，天下谁是我们的对手？我听说北燕只有二十万军马，其中还有十五万在屯田，一时半会儿也召集不起来，他们的常备军只有五万，我军如果发动突然袭击，我敢说，一举必获全胜，一月可下龙城，到端午节的时候，我们就可以设宴和龙宫，饮马白狼河了！"北新公安同也赞成丘堆的意见。

　　崔浩接过来说："不然，丘堆大人的话我不敢苟同。古人云，兵在精而不在多，将在谋而不在勇。昔日三国时期孙刘联盟，两家人马加一块不到二十万，却战胜了曹兵的八十三万之众。官渡一战，袁本初七十万大军，被五万曹兵杀得大败亏输，元气大伤。今日燕主冯跋，文武全才，智略过人，与管仲、乐毅和孔明、周瑜相比，毫不逊色，甚至比他们还要可怕。诸君还记得当年的邺城大战吗？当时北面的中山和信都都已经陷落，燕国皇帝慕容宝早已逃跑，邺城变成了一座孤岛，被我十二万大军团团围住，而城中此时只有三万人马，正是此人助慕容德用良谋，出奇兵，击败了东平公拓跋仪和辽西公贺铁卢，从而使慕容德取得邺城大捷，威名大震，势力骤强，而终于东据齐鲁成为燕主。现在燕国虽然兵少，但是据我所知，他们的五营铁骑均是冯跋亲自训练、直接指挥的，战斗力十分强悍，分为铁弓营、大刀营、飞镖营、长枪营和火攻营，不仅各怀绝技，打法奇特，而且均能够以一当十，陛下绝不可小觑也！"

　　拓跋嗣听罢仰天大笑："尚书令何故长他人志气灭自家威风？你若不如此说，我还真不想打了，如今听你说冯跋这般厉害，倒勾起了我的好奇心，一定要会他一会，看他有没有三头六臂，他能把我怎么样？穆太尉，你马上给我调集二十万人马，带足粮草和相关物品，然后择日起程，我们要打他一个措手不及。我还真就不信了，拿不下这个冯跋？我要把他连根拔掉。"

　　崔浩闻言长叹一声："蝎子掉磨眼，一蜇对一磨，骄兵必败呀！参合陂的那场悲剧，怕是要在魏国重演了。"

　　且说魏国皇帝拓跋嗣率领二十万大军，悄无声息地东出太行山，到达华北平原，名义上是去河北巡视，实际上是趁机伐燕。他们自以为行动诡秘，无人知晓，却早被燕国的守边将士察觉，立即飞马奏报朝廷。尚书左仆射皇甫兰闻讯星夜进宫，急忙向冯跋禀报。冯跋不慌不忙地笑着说："不要紧，该来的一定会来的，我料他们也该到了。如果不来乘人之危，他们怎么配做草原苍狼的后人？没关系，来了就同他们打一仗，我也很长时间没有打仗了。"

　　皇甫兰担心地说："去秋我国遭受大灾，如今荒年尚未过去，百姓生活困难，粮草也很缺乏，何况我们兵微将寡，魏军可是二十万虎狼之师啊！如此力量悬殊，如何抵敌？"

冯跋不屑一顾地说："你看他们是虎狼之师，我观他们是待宰的牛羊，乌合之众，不足虑也！"

次日早朝，尚书左仆射皇甫兰通报了边关的敌情，告诉群臣魏国的二十万人马已经大兵压境，随时都可能突入内地，打到龙城。百官们一听，立即议论纷纷，面露惧色。太史令张玄出班奏道："魏国强大，我国弱小，魏军如狼，我军如羊，小不应与大争斗，羊不可与狼共舞，实在不堪与之匹敌也。何况我国灾荒未过，国力羸弱，更无法与之抗衡矣。不如送回于什门，再派人与之和谈，以免丢城失地，徒受刀兵之苦。二十年前的中原大战，教训不为不深刻也！"不少文官随声附和，赞同张玄的看法。

征东大将军、京城禁卫军校尉冯弘，当年跟随冯跋参加过邺城保卫战，这时站出来说："都说魏军是虎狼之师，我看也没什么了不起，充其量是一群没有头脑的怪兽，打胜不打败，一败就逃跑，只要我们在士气上压倒他，一战先胜，魏军可退也！"樊平、张泰等一班武将一起附和之。

尚书右仆射封玄站起来生气地说："强敌一来，就想议和，敌军未到，就想逃跑，这样的想法怎能立国？如此的气节何以为臣？试想魏军虎视眈眈，灭我之心已久，这样的情势之下怎么谈判？难道要我们称臣纳贡、割地求和吗？那样我们不成了圈中待宰的羔羊，厨房里欲烹的鱼肉吗？那不是丧权辱国、危害百姓吗？和谈绝对不妥，大战在所难免，我建议举国一搏，为参合陂的将士们报仇！"

冯跋听罢大家的发言，手捻长髯走下丹墀，一字一句地对大臣们说："二十多年前的那场耻辱，让我们大燕国元气大伤，四万多将士无辜惨死，提醒我们要记住仇恨。十年多来的韬光养晦，让我们的愤怒早憋成了一座火山，这口气非出不可！四年前我扣下于什门，就是想和他们打一仗，杀一杀这帮恶狼的威风，也让他们知道燕国人的厉害。上次他们没敢打，这回却主动送上门来，我看这是件好事，我们求之不得。首先，他们趁我国灾荒未去，民心未稳，就来兴兵入侵，趁火打劫，此为不仁不义之师，必为天下之人所耻笑，因而不占天时；其次，他们到我国边境来打，地形地物没有我们熟悉，粮草供应没有我们方便，又失掉了地利；第三，魏军人数虽多，但将士未必同心，我军人数虽少，但上下同仇敌忾，所以他们又不占人和。综上分析，这一仗我们赢定了！皇甫丞相替我留守龙城，封玄丞相为我督运粮草，所有文官均到州县，去安抚百姓，稳定民心，支援作战，全体武将都要随我出征，与士兵们一起冲锋陷阵，斩将夺旗。"

说到这里，冯跋用手一指右侧那一班武将说："古人云，养兵千日，用在一时，这一仗就看你们的了！不过也非常简单，只要你们听指挥，不怕死，能够跟紧我就行了，我进，你们则进，我退，你们也退，下面的将士们跟着你们，也是

三燕王朝

276

如此，这样全军就形成了一个声音、一种意志，就没有打不胜的道理。如果这样仍然失败，我绝对不会怪罪你们，那是我的责任了，如果战场上不听号令，或者贪生怕死，那就别怪我翻脸无情，我当时就劈了他。"

众将闻听冯跋之言，一起跪下发誓："请陛下放心，我等愿随您赴汤蹈火，在所不辞，同心协力，保卫家园！"

这时长史李桑提出，大敌当前，我们除了出兵拒敌之外，还应该派人出使江南的晋国和关中的夏国，用以牵制魏国，使其产生后顾之忧。因为晋与魏素有边界之争，大将军刘裕曾几度带兵北伐，此时魏兵攻燕，对他们也是良机。而崛起于陇西的匈奴人赫连勃勃，如今雄踞关中，定都统万（今陕西省靖边县北白城子），建立了夏国，拥兵数十万之众，早就准备向东扩张，进攻魏国。如果此时与这两家联手，则必令拓跋嗣首尾不能相顾，极有可能致其仓皇撤军也。

冯跋立即赞同地说："李桑之言完全正确，此计可以使用，就派左司马徐车出使夏国，右司马封宏出使晋国，带去礼品和我的亲笔书信，希望他们能够审时度势，见机行事。但我们绝对不能产生依赖心理，要依靠自己的力量战胜强敌。请记住，世界上的一切往来都是利益在驱动，谁会真心助你而做无谓的牺牲呢？你如果打胜了，他会要求分一杯羹，你若是打败了，他一定会趁火打劫，所以我们拜会这两国的期望值不高，只要他们稍微牵制一下就可以了！"

冯跋说完这一番话，等于统一了群臣的思想，然后重新回到座位之上，胸有成竹地说："这一仗如何打赢，我已经深思熟虑，具体如何部署，各位将军听令！"

朝堂上右侧那一班武将齐声回应："末将在此，愿听差遣！"

冯跋如在中军为帅，手执一枚金牌高声叫道："征东大将军冯弘听令！"

冯弘急忙出班跪倒，冯跋接着说道："命你率三千人马，连夜启程，利用山林和夜色的掩护，绕到魏军身后，专门烧其粮草，断其粮道，扰其后背，让他们不得安宁，但切忌深入敌后太远，只宜在边境一带活动，以保存自己的实力，注意经常与我联系，随时派人报告情况！"冯弘叩头领命而去。

冯跋又高声叫道："前将军冯邈、冯朗听令！"二人忙出班跪倒，冯跋接着说："命你二人各带五千人马，自备七到十天的粮草，去密云西南一百里外的云水潭两侧山林中埋伏，切记要偃旗息鼓，注意封锁消息，切不可让魏人发现行踪，到时候再见机行事。"并递给二人每人一只锦囊，嘱其只需如此如此，二人领命而去。

"樊平，张泰听令！"二人忙出班跪倒，冯跋对他们说："汝二人祖籍燕山，家乡就在附近，地形较为熟悉，可各带百人左右，化装成砍柴的樵夫或过路的商贾，时刻观察魏军的动向，有情况随时派人向我报告。"二人遵命而去。

冯跋接着吩咐："其余各将官明日皆随我去无终（今天津市蓟州区附近），在其城北十里的松树坡迎敌。为保此战完胜，每名将士均须各带两匹战马和七天干粮，做好长途进击的准备。"众将领一齐应答。

分拨已定，冯跋严肃地对群臣说："此一战非同小可，事关社稷安危，国家存亡，人民祸福和各位的前程，因此必须上下同心，竭尽全力，周密考虑，万无一失。我们虽然有必胜的把握，但也要做好万一失败的准备，如果此战中我有不测，请众卿扶助太子继位，据守辽西，保卫龙城，暂且委曲求全，以求东山再起。"群臣皆跪而泣之曰："陛下知遇之恩，此生报之不尽，臣等当破釜沉舟，誓死效命！"

冯跋感动地说："众卿若能视死如归，此战必可大获全胜！众位将军回府以后，也要把家人安顿好，与我做好决一死战的准备。"

为了不惊扰百姓，次日天还没亮，冯跋就率领五万大军悄悄出城，很快就行至长城脚下，秘密潜入山林之中。傍晚有樊平部下的密探送来消息，说魏军二十万人马趾高气扬，烟尘蔽天，已行至蓟南三十里下寨。冯跋下令再探，务必等魏军进入无终以北，那一带山深林密，部队无法迂回前进，魏军只能集聚成一路人马，循序前行，只有到了松树坡以后，前面的路才相对平坦宽阔，就在那里以逸待劳，等候他们。

待到第三日的后晌，魏军在无终用过午饭，一路浩浩荡荡向北奔驰而来，前部先锋拓跋玑一马当先，走在前面，见眼前地势开阔，道路平坦，看路碑已进入燕国地界，但是不仅看不到守边的将士，而且周围连一点动静都没有，顿时感到有些奇怪，于是赶紧命令队伍停止前进，待请示皇帝拓跋嗣以后再做定夺。不大一会儿，拓跋嗣率千员战将、上万铁骑奔驰而来，果然见燕国境内一片安静，大路上偶尔有商贾和樵夫走过，天空中时而见成群的鸟儿飞翔，看不到一点儿有重兵埋伏的迹象。拓跋嗣有些不解："难道冯跋不晓得我军到来，不然为什么如此寂静？"

散骑常侍丘堆久经沙场，是一员有二十多年作战经验的老将，他摇摇头说："二十万大军出行，风尨雷吼，地动山摇，燕人岂能不知？这一带山路狭窄，而冯跋又奸诈狡猾，诡计多端，恐有埋伏，也未可知，我军应该小心谨慎才是！"

拓跋嗣闻听丘堆之言，认为说得有理，随即命令先锋拓跋玑率领三千骑兵搜索前进，与大队拉开一定距离，以防遭遇不测。

三人计议停当，皇帝拓跋嗣的最后一句话还没有说完，忽见前边山口处烟尘顿起，霎时间一面面红旗飞出，一队队燕国的骑兵蹿出山林，顷刻间整整齐齐，在魏军的对面排好了阵势，一个个甲胄鲜明，一片片刀枪闪亮，一阵阵号角声声，一面面旗旄飞动，简直如神兵天降，迅速得令人目不暇接，麻利得让人难以置信，看得拓跋嗣暗暗称奇，看得魏军将士目瞪口呆。

拓跋嗣在惊异中揉揉双眼，定睛细看，只见对面五十丈开外，燕军数万军马精神抖擞，严阵以待。高高飘扬的帅字旗下，一群虎背熊腰的辽西战将簇拥着一人，直如绿叶衬红花，众星捧明月，煞是威武，极为好看。中间那人银盔银甲银色丝绦，穿白袍，骑白马，手执一杆银色丈八点钢枪，两眼目光如炬，五绺长髯飘飘，满脸的正气，一身的威严，看似三军统帅，常有八方护卫，实乃大国之君，独得天地精华。

拓跋嗣没有见过冯跋，以为对面之人是燕军元帅或者是一员主将，不然怎么没有帝王的标志？丘堆在一旁告诉他说："此人就是冯跋，有万夫不当之勇，其轻功高妙，天下无双。当年邺城鏖战，我军几十员大将都挡不住他，东平公拓跋仪险些被捉，因而吃了败仗，陛下可千万要当心哪！"

拓跋嗣听后笑道："汉高祖刘邦谋不如张良、陈平，武不及韩信和英布，却能够击败项羽，取得天下。纵有霸王之勇，又怎能逃过乌江厄运？匹夫之勇，有何惧哉?！我有千员战将，怎会怕他？笑话！"

且说燕军排好阵势，摆上木栅，列好队形，压住阵脚，一阵鼓声响过，冯跋立身于门旗之下，举目观看，只见对面魏军，人强马壮，精神抖擞，军容极盛，一队队山西大汉，怒目而视，如凶神下凡，一群群草原健儿，凶相毕露，似恶狼出山，整个队伍多数骑黑马穿皂衣，像一大片乌云从南方飘至，压得人们有些喘不过气来，在那片黑云的中间，有一抹金黄的亮色，像是黑夜里面的烛光，对比鲜明，相映成趣。

冯跋定睛细看，才见那顶黄罗伞下，一人金盔金甲赭黄袍，头戴黄绸金冠，系着黄色玉带，顶插两根金色的雉鸡翎，下垂两条黄色的狐狸尾，金面黄须，坐骑黄马，手提一条黄色马鞭，远远望去一片黄色，就像一块黄色的大蜡坨或一锭闪亮的大元宝，就知道肯定是魏国皇帝拓跋嗣了，不禁有些好笑，于是他纵马向前，高声喝道："对面黄脸之人，想必就是拓跋嗣吧！你威风凛凛，派头十足，不会是到这里来摆谱的吧？请问你兴师动众，跋涉而来，到我们大燕国来干什么？请到前面来叙话。"说完出列十几丈远，坐在马上等候。

魏国皇帝拓跋嗣见状，便欲催马上前搭话，丘堆赶忙拦住马头说："冯跋诡计多端，陛下不可上当，皇上本是万乘之尊，岂可轻蹈阵前涉险？待我上前回他几句。"说罢飞马而出。

冯跋厉声喝道："来者何人，敢替魏王答话？"

丘堆勒马在冯跋对面十丈远处站定，回答说："我在大魏国皇帝殿前为将，散骑常侍丘堆是也！难道冯将军就不认识我了吗？我们不是在邺城郊外见过的吗？"

冯跋闻之哈哈大笑，震得山林回响，和声阵阵："原来是丘堆将军，多年不见，你还健在呢？上次若不是你跑得快，我们今天就见不着了。不知你是来感谢我的，还是想说点什么，感谢我就不必了，上次是你侥幸，这次定然不饶，想说点什么，也就别说了，与我对话，你还不够资格。如果拓跋嗣不敢出来，那就算了，我们直接用刀枪说话。"

丘堆闻听冯跋之言，立在那里，面红耳赤，哑口无言，进退两难。燕军将士们见了立刻七嘴八舌，议论纷纷："什么狗屁皇帝，真是胆小如鼠！""这样一个熊货，你还上阵干啥？""哎哟哟，还兴许尿裤子了呢！"一边说着一边哈哈大笑。

对面魏军的将士们听了以后，气得咬牙切齿，人人摩拳擦掌，个个义愤填膺，都想冲上来与冯跋拼命。拓跋嗣见两国交兵，众目睽睽，自己作为万乘之君，岂能给大魏国丢了面子？于是不顾众将劝阻，纵马向前，站在冯跋的对面，笑着问道："燕王想说点什么？趁早说了吧，不然一会儿打起来，你可就不一定有命说了。"

冯跋在马上施礼，随即爽朗地一笑，"魏王不必紧张，想是你没经过什么大阵仗，有些害怕，放心吧！我冯跋堂堂大燕国皇帝，是绝对不会在阵前暗算你的。我就问你，两国和平相处多年，何故突然发兵入侵？我国刚受严重灾害，百姓苦不堪言，汝便乘人之危，率领虎狼之师，欲兴灭国之祸，难道就没有一点正义之心、良善之念吗？你的良心让狗吃了吗？"

拓跋嗣听了冯跋的话，不紧不慢地回答说："燕国遭受自然灾害，黎民百姓蒙受苦难，是你这个当皇帝的无德无能，获罪于天，乃自作自受，与我何干？你口口声声说要和平，却已扣我使者四年之久，分明就是挑衅，为何至今不还？我此番就是要兴师问罪，让你说个明白！"

冯跋闻言冷笑说："大家都听听，这就是你大魏国皇帝该说的话吗？哪个国家还不兴有个风雹虫涝，你们大魏国就能保证永远平安无事吗？难道去年你们平城地震，是你作孽造成的吗？你这种毒如蛇蝎毫无怜悯之心的人，怎配为万民之主、大国之君？无怪乎于什门张口大骂闭口大骂，满嘴的污言秽语，一点儿礼貌都不懂，原来都是跟你这个当皇帝的学来的，他污蔑大燕国的群臣都是猪狗，我不杀他就不错了，留他几年让他去上学，练练如何说话有什么不好？这不是帮助你在管教他吗？怎么就成了挑衅了？真是不识好人之心！"

拓跋嗣并不生气，仍然一字一句地说："你冯跋伶牙俐齿，又武艺高强，说话和打斗我都不是你的对手，但这是两国交兵，两军开战，比的是两国的实力和军力，靠嘴皮子硬有什么用？别忘了当年的参合陂和中原大战你的先人们是怎么死的？我现在大军一动，马上同样能踏平了你！"

冯跋有些愤怒地说："亏你还有脸说起参合陂之战，你怎么不知道害臊？你们是怎么得手的？那么阴毒的手段也使得出来！你的狼爹才死几年，难道你就忘了吗？他不是号称'草原苍狼'吗？真是名副其实的狼心狗肺，一下子活埋了四万多燕国的将士，作孽呀！要不然怎么应了他自己的预言，不得好死呢？竟然让自己的小妾出卖，让亲生儿子砍了自己的脑袋，羞不羞哇？丑不丑哇？中原大战你也敢提，当时你在哪儿穿活裆裤呢？你可知道个啥呀！你问问这位丘堆将军，邺城大捷是怎么回事，他是怎么侥幸捡条命活下来的，无知啊！太可怕了！"

冯跋的这一番话，直气得拓跋嗣几欲发疯，不觉勒住马缰在原地转了好几圈，想要发作，但转念一想，自己是大国皇帝，万乘之君，岂能连一点气度都没有？于是强压怒火，装作毫不在意的样子对冯跋说："我来这里不是跟你斗嘴的，我们要真刀真枪地打一仗，要靠军力说话，你跟我扯这些陈糠烂谷有什么用？快下马投降吧！我现在还能饶你不死，否则若是晚了，我会杀你个片甲不留，怎么样？好好考虑考虑？"

冯跋听完笑着说道："我当然知道魏王是来打仗的，但不知你会不会打仗？懂不懂打仗？是想文打还是想武打？"

拓跋嗣有些不解地问："何谓文打？何谓武打？"样子有些紧张。

冯跋笑着说："你且不必害怕，不是咱俩对打。文打就是咱们两军对打三阵，第一阵，双方各出十位将军对阵厮杀，你方若有一将不输，就算你赢；第二阵，你攻我守，你方出千名骑兵冲我阵脚，若有一骑冲入我阵十丈之内，也算你赢；第三阵，我单挑你们大魏国的所有将领，连战五将，如果有一人不败，也算你赢。你只要赢了一阵，我马上收兵回京，纳贡称臣，迎请你到龙城称孤坐殿。你若是输了，就说明与我军差距太大了，别在这里装模作样，丢人现眼了，赶紧撤兵回军吧！放心，我不会乘势追你。"

散骑常侍丘堆深知冯跋的厉害，连忙对拓跋嗣说："陛下，切不可跟他文打，我们肯定打不过他们，千万别上了冯跋的当。"

冯跋接过来说："还是丘堆将军聪明识相！还是别文打了。别看你们大魏国来了精兵二十万，上将过千员，只不过是一群乌合之众，还真就不是我军的对手，我看文打就算了吧！你们也没有人敢上阵，还是武打吧！武打就是两军对阵，肆意冲杀，决一死战，再分胜负。怎么样？你不是想踏平辽西吗？我看你的马蹄子够不够硬？"

拓跋嗣有些拿不定主意，但回头一看本阵将官，见人人跃跃欲试，个个摩拳擦掌，有的显然已经气冲斗牛，按捺不住，于是便信心百倍地对冯跋说："我大魏国二十多年来，以百万雄师纵横天下，你打听打听，我们怕过谁？管你什么文打武打，你说怎么打，我就怎么陪，反正你也活不了几天了，就当在你临死之前再陪你玩玩！说过的话，你可不许反悔！"

冯跋笑着说："你就放心吧！我不会食言的。双方以击鼓为进，鸣锣为退，你们就听我那边的号令，两军一起出阵，怎么样？"说罢打马回归本阵，对身边大将冯崇轻声交代了几句，冯崇匆匆去了。

燕魏两军相距不过五十丈远，大点声说话都能听得清清楚楚，别说是敲锣打鼓了。那时候军中打鼓是前进的号令，能听出去十里路远，而敲锣则是撤退的信号，听到锣响就要收兵，用重槌击之，也能听出去五百丈远。

这时就听燕阵中大将冯崇高声喊道："两军准备——开始！"随着咚咚咚几声鼓响，只见双方阵中各有十骑飞出。魏军中飞出的十人，皆是身材魁梧的山西大汉，一个个舞枪弄棒地嗷嗷叫着，气势汹汹，极其威猛，好像一群饿虎迎面扑来。而燕军这边呢，是十匹红马，十员女将，一律裹着红头巾，披着红战袍，如一片燃烧的火焰般喷射而出，她们一个个皆在镫里藏身，乍眼看马上无人，也看不清她们拿的是什么武器。

对面冲过来的魏军将领们抬头一看，有些纳闷儿，就在他们一愣神的工夫，那些红色的火焰已经呼地烧到跟前，十员女将唰地翻身上马，迅速地甩出长长的套马杆，一下子将那些魏将一个个套住，可怜那些魏国的大将刀枪太短，根本够不着对方的女将，而且在一瞬间全都措手不及，糊里糊涂地就被套下马来拖回燕阵，迷迷糊糊地就当了俘虏，不一会儿，一个个被五花大绑地押到阵前。燕军将士们一阵欢呼，一阵喝彩，而魏军的将士们则怒不可遏，义愤填膺，恨不得立刻冲上前来，将那些红衣女将生吞活剥。

第一阵文打瞬间结束，冯跋向拓跋嗣高声喊道："怎么样，魏王陛下，你的将领们也太无用了！竟然斗不过这些放马的女子，这一阵是你输了，还要打下去吗？"

"打！当然打！"拓跋嗣也气呼呼地喊道，"你这种雕虫小技能算什么？无非是出其不意，投机取巧！这回我出一千铁骑冲你阵脚，你若顶得住才算有本事！"说完转过头来嘱咐丘堆："命令拓跋玑率一千铁骑打头阵，冲垮他们的阵脚正中，接着你率大军随后掩杀，一鼓作气，打烂他们，不给他们喘息的机会！跟他们守什么规矩？搞什么文打？见他娘的鬼去吧！"丘堆领命而去。

冯跋笑着对冯崇说："这次魏军必会破除规矩，一拥而上，想一举成功，打败我们，那我们就成全他们一次，依照原计划行事，不得有误。"

冯崇下去吩咐停当，又立马阵前，高声喊道："双方准备，开始！"又是一阵鼓响，魏军中喊声大作，上千名骑兵如狂飙般呼啸而来，转眼间已经快到跟前，那卷起的烟尘已飘落到燕军阵上。拓跋嗣见之一阵冷笑，我看你冯跋怎么办？回头一招手，丘堆坐在马上令旗一摆，后面的大队骑兵又蜂拥而来，一瞬间马蹄声惊天动地，喊杀声气吞山河，其势如排山倒海，不可阻挡。

但是燕军这边丝毫都没有惊慌，以皇帝冯跋为首，一个个镇定自若，稳如泰山，好像这些奔来的铁骑与他们无关，他们就像一排排石雕的神像，岿然屹立而又无所畏惧。刹那魏军的骑兵已经冲上前来，距离不到二十丈了，忽听得燕军齐声呐喊，如同炸雷，随之千万颗鸡蛋大的石头如疾风暴雨，倾泻而出，打得跑在前面的魏军将士嗷嗷怪叫，人仰马翻，后面的骑兵刚冲过来，同样纷纷被弹雨击中，又一片将士齐齐倒下。燕阵中的将士们像玩游戏，站在第一排的兵士们把石弹抛出，马上蹲下，站在第二排的兵士们随即跟上，接着投掷，第二排的兵士们投完了，又蹲下来，由第三排的兵士们甩出去，如此这般，排成十排，此伏彼起，抛掷不停，如风吹麦浪，井然有序，顷刻间飞镖营的一万名将士，平均每人甩出石弹十余颗，不但一点不累，而且一个人未伤。

再看看魏军这边，就惨透了！由于前面的战马刚倒下，后面的就冲上来，一时收势不住，自相践踏，不但被打得人仰马翻，鼻青脸肿，而且被踩得骨断筋折，鬼哭狼嚎，乱成一片。气得拓跋嗣破口大骂："不要击鼓了，快停下来！"丘堆急摆令旗命停止进攻，但还是一时控制不住，折腾了好半天才稳定下来，匆忙间一清点人数，竟伤亡了一万多军马。气得先锋官拓跋玑仰天大叫："冯跋鼠辈，气死我也！看我拿你，抽筋扒皮！"一没等魏国皇帝拓跋嗣下令，二没等宣布第三阵文打开始，就张牙舞爪地冲上前来，那种穷凶极恶、不顾一切的样子，极像一头被激怒的恶狼。

这拓跋玑乃北魏老将军拓跋仪之子，生得身高九尺，虎背熊腰，手使一柄开山大斧，足有一百多斤重量，有万夫不当之勇，据说是北魏第一勇士，战场上从未遭遇过敌手，部下一万铁骑横行天下，所向无敌，曾令东晋官兵闻风丧胆，也曾把匈奴刘卫辰部打得落荒而逃，在关中和陇西一带威名大震。今天这一万铁骑没等接敌，就被一顿石雨打得损失过半，让他怒火冲天，实在按捺不住了，他恨不得立即冲上前去，把冯跋撕为两半。

冯跋见来将身材魁梧，斧大力沉，知必是一员力举千钧的猛将，乃微微一笑，决定智取。他纵马向前，双手持枪，两腿一磕战马两肋，嗖的一下飞出，眼见得拓跋玑的开山大斧已经凌空劈了下来，但他并不躲闪，一挺丈八长矛，雪亮的枪尖直逼拓跋玑的咽喉，令拓跋玑陡然心中一惊。须知拓跋玑的开山大斧虽然有一百多斤重，但它头重杆轻，交战时多是以力取胜；而冯跋的那杆银长枪，通体都是精钢打造，不但细而且长，十分柔韧灵巧，因此俗称丈八长矛，在打斗的时候具有占先的优势。冯跋的这种打法，拓跋玑也从未见过，这不是同归于尽吗？这一闪念的工夫，求生的欲望让拓跋玑半路收势，改立劈为横扫，意在磕开长枪，保护咽喉，二马一错镫，只听当的一声巨响，谁也没打着谁，但手掌都已震得发麻。

拓跋玑不由得暗中思忖，以冯跋这样的身材和面貌，他哪来的这么大的力气呢？一般的战将，自己的一斧磕出，兵器早就震飞了，看来冯跋绝不简单，自己可得小心应对呀！他一边这样想着，还没等拨转马头，那边冯跋早已把长枪交到左手，右手摸出一颗龙山飞石，回手一下，打在拓跋玑的后背之上，拓跋玑立时抱鞍吐血，跌落马下，被燕军钩杆铁尺，活捉而去。

冯跋立马提枪，站在离拓跋嗣十几丈远的地方，朗声大笑。"魏王陛下，你的先锋官火气也太大了！怎么不按照规矩打呀？这回去你可得好好地管教一下。"冯跋手握石弹，对着拓跋嗣说，"方才我们打了两阵，你都没有赢着，接着又急三火四地折了一将，怎么样？这第三阵还要打下去吗？我看太阳即将落山，不如暂时收兵吧！我们明日再战如何？"

依照拓跋嗣目前的心情，他真想就坡下驴，鸣金收兵，因为他已看出来，自己这三阵都赢不了，与其把脸丢尽，不如及早收场，明天再考虑别的打法。但下边这班将领不干了，他们实在咽不下这口气，尤其是大将拓跋珉，他是先锋官拓跋玑的胞弟，见兄长已被生擒活捉，早气得咬牙切齿，七窍生烟，又是一个不等皇帝下令，就一马飞出，舞着狼牙大棒向冯跋冲来。

冯跋立马大呼曰："来将通名！你们魏国的将领都这般无礼吗？"这一声断喝，底气浑厚，如同炸雷，震得两军将士为之一怔，震得附近山林嗡嗡回响，使得拓跋珉不由自主地一勒马缰，顺口答道："末将拓跋珉，替我哥哥报仇，我要活捉了你！"

冯跋闻之哈哈大笑："原来是东平公拓跋仪的又一个宝贝儿子！早有耳闻，也算是一员勇将，不过怎么一点也不像你爹呀？东平公那可是文武双全、足智多谋，是北魏国的第一帅才呀！可惜被拓跋珪害死了，你们哥儿俩咋一点脑筋都没有，还给他们卖命啊?! 可惜了！可惜了！"

冯跋一边说着话一边瞥着魏营笑道："我知道有不少人箭在弦上，想暗算我，但我一石飞出，随时能打烂魏王的脑袋，你们信不信？"说着又摸出一颗石弹，戏弄地说："现在我打那根旗杆。"一扬手，只听"啪嚓""嘎巴"两声，帅字大旗的旗杆应声而断，又顺势倒了下来。冯跋则手里攥着另一颗石弹，向着拓跋嗣微笑。魏阵中丘堆等人见状，悄悄地把搭好的弓箭放了下来，一时面面相觑，鸦雀无声。

冯跋又笑着对拓跋嗣说："魏王陛下，我们还是按照规矩实行文打，你说是吗？"

拓跋嗣经过方才这一场面，不觉有些心惊肉跳，但还是硬撑着精神说："魏乃中原大国，朕乃大国之君，既能赢得起，也能输得起，这两场打斗，又算什么？有什么必要沾沾自喜？我言既出，君命如山，燕王不必胆怯，何须担心暗算？何况现在并未比完，你可是说了，输一阵也算是输，对吗？"

冯跋说："当然！我比你年长十几岁，自然说话算数，岂可儿戏？"

冯跋随即很随便地对拓跋珉说："来吧，你既出阵了，也别傻呵呵地站着了，出手吧！放心，我有分寸，不会要了你的命的。"

这时，站了半天的拓跋珉才如梦方醒，纵马向前，大棒带着风声向冯跋砸来，但已没有刚上来时的那股气势了。冯跋在马上闪身躲过，用枪尖去挑拓跋珉的右肋，吓得拓跋珉急忙收转大棒，去挡冯跋的长枪，一瞬间，二马相交，冯跋迅速地把长枪交到左手，右手抽出竹节钢鞭，嗖的一声，一鞭砸去，正中拓跋珉的右臂，痛得他大叫一声，"啪嚓"一声，狼牙大棒掉在地上，自己也一侧歪摔下马来，那匹战马嘶叫着向燕阵跑去，后来可能发觉有些不对，又"咴咴"叫着趔回魏阵去了。魏军将士们一阵惊呼，正欲抢上前来搭救，却见冯跋伸出长枪，挑起拓跋珉的甲环，双臂叫力，"嗨"的一声，竟然把拓跋珉凌空挑起，甩过头顶，啪的一下，丢到燕军阵中去了。拓跋珉立刻被摔得人事不知，被燕军兵士救起。

转眼之间被冯跋连胜两将，眼见得燕阵中士气大振，鼓声咚咚，呼声阵阵，"万岁！万岁！"此伏彼起，气得魏军将士咬牙切齿，怒火冲天，但气归气，人人都知道，拓跋玑和拓跋珉兄弟俩乃军中虎将，与冯跋交手尚且不堪一击，别人不免心生胆怯，好半天也无人吱声，令拓跋嗣感到非常难堪。

正在魏国君臣面面相觑，寻思如何应对之时，忽听后面传来一声断喝："冯跋休要猖狂，看我前来擒你！"声音十分悦耳好听，好像一串银铃响起。众人回头一看，乃是一员女将，只见她骑青马，着绿裙，披金甲，裹蓝巾，面如满月，手执长枪，朝气蓬勃，英姿飒爽，让众人眼睛一亮，不觉纷纷露出了笑容。

冯跋见对面来了一员女将，好像有十七八岁的样子，乃微微一笑，对拓跋嗣说："魏王陛下脸皮真厚，难道魏国的男人都上不了阵吗？却让一个女孩子出来抛头露面？我是不会与她交手的，你们换个人吧！"

拓跋嗣也笑着说："燕王该不是胆怯了吧？这可不是一般的女孩子，这是舍妹拓跋秋雪，大魏国的武状元，一等一的高手，你是不是担心打不过她呀？"

冯跋闻听也是一笑，"啊！原来是秋雪公主，早就听说大魏国有一位德才兼备、武艺超群而又貌美如花的武状元，今日一见，果然不凡，确是女中鸾凤，远

285

胜须眉，不过也没有必要与我过招，她若是能够战胜我的女儿慕容冬柳，也算你赢。"

冯跋话音未落，只见燕阵中帅旗一摆，一匹白马如一片白光唰地飞出，马上之人一袭白裙，一身银甲，头裹白色纱巾，手挽白色长鞭，而且肤白如雪，面若桃花，真如月里嫦娥，从天而降，水中龙女，破浪而出，令魏营中的将士们皆睁大眼睛，赞羡不已，议论纷纷："原来以为咱们的秋雪公主就美若天仙，没承想这个更美了！""哎呀，这个女子可真是天人！不知道武艺咋样？""咋样？错不了！人家冯跋的女儿肯定是高手！""名师出高徒哇！秋雪公主危险了！"也有人说："冯跋的女儿咋姓慕容呢？""干女儿呗！"又一个人说。

魏国皇帝拓跋嗣见了慕容冬柳，也不觉心中一动，天下竟有如此美妙之人！为什么不生在魏国呢？自己那些后宫美女，咋就没有一个能赶得上她呢？今生若是能娶她为妻，那可就……拓跋嗣有些想入非非，把眼前的情景都有些忘了！

拓跋秋雪公主立马魏阵之前，见来将也是个女人，而且是个绝色美女，又听到本阵中将士们议论纷纷，赞不绝口，不禁妒火中烧，气从心起，心想别看你长得貌美如花，等一会儿让我拿住你，叫你比这还要好看！拿住你我再拿冯跋，将你们爷儿俩一起擒住！想着想着，不觉大叫一声："嗨！看枪！"拍马冲上前去，举枪便刺，那边的慕容冬柳也手挽长鞭，截住厮杀，两员女将顷刻间战在一起。

这位拓跋秋雪不愧是位女状元，这杆枪使得出神入化，令人眼花缭乱，目不暇接。出枪时如蛟龙闹海，一招三变，摆动时似怪蟒出山，左右盘旋，横扫时像猛虎摇尾，风驰电掣，砸下时若泰山压顶，石破天惊。招招不离冬柳的前胸、后背和咽喉，看状态似是十分凶险。枪枪围着对手的前后、上下和左右，从心情上就想要对方的性命。魏军将士们见公主的攻势凌厉，一直占先，不觉大受鼓舞，一阵阵拍手叫好。燕国将士们不免十分担心，一个个大气儿也不敢出，人人的心都跳在了嗓子眼上。冯跋端坐马上，并不惊慌，偶尔手抚长髯，微微一笑。

众人见冬柳只是防守，并不进攻，她的白色长鞭挽在手上，一直未用，尽管秋雪招招紧逼，枪枪致命，但冬柳好像胸有成竹，一点不慌，只是左躲右闪，前仰后合，一个身子像粘在马背上一样，看着像危急万分，实则是有惊无险。两个人就这样相持了二十几个回合，仍然没有分出胜败。拓跋秋雪不免有些着急，于是在她使枪的同时，悄悄地用右手掏出红绒套索，趁着冬柳躲枪不注意的当口，手一抖，如一片红色的彩云飞出，自上而下向冬柳罩去。

燕军的将士们见状，不约而同地大叫一声："哎呀，坏了！"一个个都紧张得不得了，而魏军的将士们却乐了，一齐大呼："好哇！好！"眼见得红绒套索落在白马之上，那慕容冬柳被活捉无疑，魏军的将士们已拿起钩杆铁尺和绳索，做好了上前去捆人的准备。拓跋秋雪也以为必然得手，高兴得坐在马上打算收索。

魏国皇帝拓跋嗣看在眼里，乐在心上，就在秋雪的红绒套索罩住白马的那一刹那，他高兴得几乎要跳起来，刚随着将士们大喊了一声，觉得有失体面，又悄没声地稳下来，但他那喜悦的心情却再也抑制不住了。经过一天来的苦战，终于艰难地赢了一阵，可是赢了这一阵，就算全赢了！他从此将兵不血刃地进入龙城，毫不费力地占领燕国。隐约间，他好像看到自己高高地坐在和龙宫的宝殿之上，接受冯跋和臣民们的朝拜。大燕国的金银财宝，源源不断地流进自己的国库，又好像看到自己成为北方唯一的君主，那位叫作慕容冬柳的白衣美人，就坐在自己的怀里，向自己的嘴里送着鲜荔枝，嘴里头那个甜哪！

就在所有的人都认为本阵大局已定，拓跋秋雪稳操胜券，慕容冬柳必输无疑，魏国皇帝拓跋嗣大喜过望、想入非非的时候，殊不知，就在拓跋秋雪撒出红绒套索的那一刹那，敏捷无比的慕容冬柳早已镫里藏身，并从斜刺里并双足用力一蹬马的侧背，嗖的一声斜向飞出，像一朵白云，飘然落在秋雪身后的马鞍桥上，顺势伸出手指轻轻一点，正在拉扯红绒套索的秋雪顿觉脖颈一酸，被冬柳点中了颈上麻穴，立时觉得浑身无力，软绵绵地伏在马背上，被冬柳一拍战马，瞬间蹿回本阵，把拓跋秋雪生擒活捉去了！

这一切发生得也太快了，完全出乎人们的意料，把两军将士都有些看傻了，好半天，燕军这边才欢呼起来，而魏军那边则大惊失色，不知所措。拓跋嗣在马上歪了几歪，险些昏了过去，他觉得眼前发黑，金星乱冒，一阵虚汗出过，身体就像一摊烂泥，几乎要掉下马来，幸好被身后的丘堆一把扶住。他气堵胸腔，血上喉咙，丢了公主，这还了得？回去如何向母后交代？于是语无伦次地一阵大喊："谁……谁……谁与我……夺……夺回公……公主，赏……赏黄金……万两！封……封……万户侯！"

话音未落，魏营中有姚荼、余穆二将飞出，二人均对公主垂慕已久，早就想托媒人求亲，但因公主心高气傲，迟迟没敢动作，如今见公主遇难，报效的机会来了，又听魏王召唤，立刻舍命向前，不料刚跑出没有二十丈远，即被冯跋手一扬，两颗铁莲子同时飞出，分别击中二将的面门，二人立刻血流如注，摔下马来，又被燕军兵士活捉了去。

魏军将士一见，顿时一齐火了，没等拓跋嗣下令，一齐"嗷"的一声大喊，又一齐冲上前来，看样子已经是怒不可遏，打算拼死一搏了。没承想被燕阵中的铁弓手们一阵箭雨，射得人仰马翻，狼嚎鬼叫，打个卷毛又退回来了。散骑常侍丘堆见状，急忙对拓跋嗣说："今日有失，明日再战！天色已晚，地形不熟，还是撤军吧！"拓跋嗣无奈，只好下令鸣金收兵。

287

拒魏王词严义正　擒敌将马到功成

第二十六回　设伏兵重创顽敌　施妙计追歼劲旅

　　第一天作战就大败亏输，脸面丢尽，不仅损失了一万多人马，还被捉去了十几员大将，连妹妹拓跋秋雪也当了俘虏，令魏国皇帝拓跋嗣懊恼不已，羞愧万分。鸣金收兵以后回到大营，他茶饭不思，坐立不宁，只在帐内走走停停，暗暗发呆。众将官围在中军帐外，要求觐见，被他一概拒绝。他的堂侄西平公拓跋绪走了进来，说是表达众将的意愿，打算今晚率军前去劫营，无论如何都要救出公主，击溃燕军。拓跋嗣没好气地说："你们前去劫营，是想让公主死吗？"吓得拓跋绪不敢言声，灰溜溜地走了出去。

　　散骑常侍丘堆进来奏报说："冯跋诡计多端，此处又属燕地，我军应提防他们劫营才是！"拓跋嗣认为丘堆说得有理，遂命大军呈三足鼎立之势重新扎寨，自己自率中军在高处依山而立，左右两侧各放五万人马前伸三里，成掎角之势，以便相互策应。安排停当，即命士兵埋锅造饭，早些休息，以便明日再战。

　　没想到冯跋根本不想让魏军休息，晚饭后不大一会儿，天刚放黑，就见附近山林中有火光燃起，不时有喊杀声传来。魏军将士们以为燕军前来劫营，急忙穿戴整齐，披挂上马，严阵以待，准备迎敌，但等鼓声响过以后，燕军并没有前来进攻。丘堆将军派出五千名骑兵，沿着营地周边搜索，也没有发现燕军的踪影。可是当他们刚刚回到营中，尚未坐定，四外山林中火光又现，喊杀之声又起，如此反复骚扰，时隐时现，弄得魏军将士心烦意乱，索性不予理睬。但那伙燕军竟然冲了进来，还烧坏了好几处帐篷，杀死了几十名士兵，然后在魏军的追击下逃跑。就这样折腾了大半夜，魏军将士个个人困马乏。

　　原来在魏军连败三阵，鸣金收兵之后，吃过晚饭，冯跋当即在松树坡边召开军事会议，部署明日的作战任务。这时大将冯崇走进来说："今日魏军大败，被我军捉住多人，必然恼羞成怒，恐今晚会来劫营，我们是否应该早做准备？比如说挖些陷马坑，布些荆棘阵，等等。"

冯跋听后摇摇头说："不必了，正是因为我们俘虏了十几员大将，特别是活捉了秋雪公主，魏军才不敢贸然劫营，此乃投鼠忌器之故也！"

冯崇又说："那我们何妨去偷他营寨，再杀他一阵，魏兵必然会大乱矣！说不定可以大获全胜！"

冯跋依然摇摇头说："汝没见魏军营寨是三足鼎立，成掎角之势，可以相互策应的吗？何况他们有二十万大军，军力胜我数倍，必不惧我偷他营地也。我们劫营的人去得少了，会被他们吃掉，如果去得多了，等于是去正面作战，这对我方是极其不利的。我们不去劫营，可以去骚扰他。让他们饭吃不好，觉睡不安，此为疲兵之计，就由你去办，有五百名士兵就可以了，但要多带些锣鼓，火把和火箭之类，只管放心地去折腾他们，料他们环境不熟，夜间也不敢出来追赶。"

冯崇领命而去，带着兵士们隐藏在山林里，时而发火箭，时而敲锣鼓，时而冲上去，时而撤回来，弄得魏军将士们一夜不安。

待冯崇领命走出去以后，冯跋接着分拨道："明天作战之时，魏军必然会与我方生死相搏，打拼实力，我们应当避其锋芒，诱敌深入，利用地形地物，打一场巧妙的伏击战。离我们这里往北走六十多里，有一处地方叫杀狼谷，南边入口宽阔而北面比较狭窄，南边是草坡而北面是山林，两侧山势虽缓，但是森林茂密，极易藏兵，是个打伏击的好地方。我早就看过了，现已调幽、平、并、青四路屯田兵马在此设伏，目前许猛、范宁、周恒达和慕容顺四位将军率领四万精兵，已在此严阵以待，就埋伏在两侧的山林之中。明日天亮，樊平、张泰两位将军随我出阵诱敌，我们只带两万骑兵，且战且退，李桑、李柘兄弟俩带三万人马，先藏在杀狼谷南面的两侧山林之中，待魏军全部进入谷口以后，即把东西两面封死，只留南边出口，让他们在此处逃跑。"

李桑有些不解地问："微臣心里想不明白，为什么我们不堵住南口，关门打狗，把他们彻底歼灭，反而留个出口让他们在南边逃跑？"

冯跋笑着解释说："魏国来了二十万大军，即或今天折损了一些，也仍然是我军兵力的两倍多，如果我们关门打狗，敌必死拼，即或最后我们打赢了，也必然落个鱼死网破，损失过于惨重，这是一着险棋，我是最不愿意看到的。我们留个出口，敌必争相而逃，我军乘势追之，损失轻微，却可以歼敌大半也！"众皆叹服。

大将李桑乃冯跋老友，曾与其共同在皇太孙慕容会帐下为将，有二十多年的友谊，感情很深，他听了冯跋的部署，有些担忧地说："让陛下去亲自诱敌，风险实在太大，您乃一国之君，万一有个闪失，那还了得？莫若让微臣代您前去，我们也好放心些。"

冯跋笑着说："这个环节我也想过，但魏国君臣久经沙场，岂能不知兵法？怎会轻易上当，被诱入伏击圈？倘若让别人诱敌，拓跋嗣必然生疑，生疑则小心谨慎，畏首畏尾，反而会弄巧成拙，令我们前功尽弃。我去亲自诱敌，而且是殊死打拼，貌似决战，才能令魏军深信不疑，他们才会穷追不舍，一步一步地进入杀狼谷。安危问题嘛，你就不必担心，且不说他们那点儿本事还奈何不得我，我们的手中不是还有十多个俘虏吗？这就是我们的护身符！明日就由冯崇押着秋雪公主等人随着我们走，看谁敢乱放箭？"众人一听才如梦方醒，乃皆依计而去。

且说冯崇带着五百名士兵折腾了一宿，弄得魏营上下彻夜未得安宁，好容易盼着天亮了，用不着再担心燕军的骚扰了，刚刚躺下迷瞪一会儿，还没有完全睡实，忽然喊声大震，战鼓咚咚，一阵紧似一阵，把魏军将士们从梦中惊醒，当他们仍然觉得可能是被骚扰之时，忽见前面左右两营皆有大火烧起，燕军大队骑兵如排山倒海一般呼啸而来，转眼间深入魏营，挥刀就砍，一时血肉横飞，如同砍瓜切菜，杀得魏军将士猝不及防，哭爹喊娘，四散逃窜，立刻乱成一片。

魏国皇帝拓跋嗣在睡梦中惊醒，方知是燕军清晨劫营，毫不犹豫地立即传令，命封住寨门，不可出战，只让弓箭手伏于营内，凡有燕军冲来，只管用乱箭射回。这样一来，除前边两营损失一些人马，中军大营却岿然不动。少顷，众将急聚大营，向拓跋嗣报告敌情。有左将军贺铁胡说，燕军来冲营的人数不多，顶多一两万人马，但是十分凶猛，所向无敌，前两营已是损失不轻。拓跋嗣问是何人领军，贺铁胡说，似是燕王冯跋亲自带队，一直在前面率先冲杀，骁勇异常，因此我军有些抵挡不住。拓跋嗣一听勃然大怒："冯跋你个该死的杀才，你也太目中无人了！老虎不发威，你真拿我当病猫了！昨天小胜几阵，就不知道天高地厚了！来人哪！跟我披挂上马，抓住冯跋，给我剁了他！"众将闻听"嗷"的一声闯出营门，纵马而去。

拓跋嗣纵马向前，抬头北望，只见左前方一标人马，左冲右突，横冲直撞，见人就砍，遇帐就烧，吓得魏军四散奔走，简直如入无人之境。为首一将，白衣白甲，白马长枪，正是燕王冯跋。拓跋嗣一见，怒火中烧，马鞭一挥，率领几万铁骑猛扑过去，立即与燕军战在了一起。

冯跋见魏军终于倾巢而出，不觉心中大喜，乃谓身边两将樊平、张泰曰："我们再砍杀一阵，灭一下他们的威风，杀一下他们的锐气，把他们彻底惹急，然后再且战且走！"二人会意，左右护持着冯跋，在魏军阵中往来驰骋，随意砍杀，直如虎入羊群，挡之者死，碰之者伤。樊、张二人乃跋之同乡，自幼习武，功夫超群，身边所带上千名禁卫军铁骑，本来就是一等一的高手，又经过冯跋数年的亲自训练，个个身怀绝技，勇不可当，因此尽管魏军人多势众，前堵后截，眼见得成排成片的将士们被杀，就是无法靠近冯跋。这股燕军简直像一股铁流，冲到哪里，哪里就是一片灾难，气得魏军将领们眼冒金星，气得拓跋嗣哇哇大叫："今天就是杀到天黑，也要抓住冯跋，咱们轮番包围，接替进攻，我看他能撑多久！"乃挥鞭督阵，拼命进攻。

冯跋见魏军疯狂，几同拼命，知道火候已到，乃对樊、张二人说："我们该走了，你们随我撤！"说完手儿一扬，一颗龙山飞石带着好听的哨音，直奔拓跋嗣的面门而去。按说拓跋嗣距离冯跋在一百五十步开外，正站在外围观敌掠阵，指挥作战，安全应该是没有问题的，一般的弓箭都射不到，但冯跋的手劲实在不凡，那颗飞石势头强劲，直奔黄罗伞下而来，吓得身边的散骑常侍丘堆将军急忙大喊："陛下小心！"来不及使用武器拨打了，赶忙侧过身去替皇帝挡石，不幸啪的一声被击中左腮，石头直接打进脑袋，立时"扑通"一声栽下马去，血流如注而死。可怜六旬花甲老将，一瞬间魂归天国，难受得拓跋嗣痛不欲生，直气得拓跋嗣怒火万丈，立即拔出佩剑，大呼曰："杀死冯跋！杀死冯跋！"魏军闻声，与之同喊，刀枪并举，万箭齐发，但冯跋此时已跑出二百步开外，那些箭支纷纷落在身后，仿佛是在送行，连一个燕军士兵都没伤到，气得拓跋嗣接着大喊："给我追！一定要抓住他！"

冯跋率军打打停停，且战且走，早已跑过松树坡，拐进山间路，魏军紧追不舍，眼见得距离越来越近，看样子不会超过二百步了。魏军将士们一边呼喊着，一边皆拈弓搭箭，向前射去，可是由于道路曲折，转弯太多，竟然屡发不中，收效甚微。再看那些燕军骑兵，似是不慌不忙，不紧不慢，但他们地形熟悉，神出鬼没，有时候眼看着要追上了，转眼间又跑出去好远，这让魏军将士们虽然心急如火，但是也无可奈何。

魏国皇帝拓跋嗣有些纳闷，明明冯跋就在眼前，怎么会追不上呢？刚才山路弯曲屡射不中，现在路很直了，为什么不放箭呢？难道自己的将士都傻了吗？他紧甩几鞭催马向前，这才恍然大悟，原来己方被俘的那十几名将领，此刻皆被反绑着双手缚在马上，由一伙燕军士兵牵着跑在后面，给燕军挡弓箭，而这里面就有自己的妹妹秋雪公主，难怪将士们不敢放箭又不敢近前，气得拓跋嗣一股热血呼的一下涌上头顶，破口大骂："匪徒的孽种，流氓的手段！冯跋狗贼，无耻至极！"一边又关照身边的将士，"不要放箭了，给我抓活的，千万不要伤了公主！"遂率领众将士纵马飞奔，紧追不舍，但始终仍差一百五十步左右。

别看拓跋嗣心急如焚，但是冯跋心里有数，他一边奔跑一边观察，约莫已跑出有五十多里了，前面不远处就是杀狼谷。为了让魏军彻底上钩，他需要再给拓跋嗣添上一把火，于是趁着道路转弯时有大树掩映，拉开硬弓，搭上长箭，瞄准跑在前边的拓跋嗣，"嗖"的一箭射去。吓得正在全力追赶之中的拓跋嗣猛一低头，只听"嚓"的一声，像快刀切菜，他以为自己的脑袋掉了，待会儿摸摸还在，这一颗心才"扑通"一声放了下来。但低头一看，发现自己的镶金头盔被射落了，狼狈地躺在地上，像刚刚被斩落的头颅，众将皆吓得面如土色。拓跋嗣虽然也惊魂未定，但他已经气冲斗牛，身体里一阵阵风雷激荡，拓跋氏家族那股不服输的热血在往上涌，使得他血脉贲张，豪情万丈，马鞭一挥，大吼一声："抓住冯跋，碎尸万段！"一马当先，又冲了上去。

冯跋需要的就是这种效果，他一定要完全激怒拓跋嗣，让其丧失理智，不顾一切地向前追赶，于是又插空连发两箭，射翻两个跑在前边的魏军将领，然后哈哈大笑，拍马奔逃，气得后边追来的魏军将士们再也抑制不住了，只是一路穷追，已经忘乎所以，不知不觉地全部进入了杀狼谷之内。

拓跋嗣打马在前边跑着，见谷内草地平坦，视野开阔，故而并不在意，仍是全速追赶，及至转过一片树林，见前边道路越来越窄，山势越来越陡，追起来也越来越慢，拐过一个岔口，冯跋率领的队伍突然不见了。

拓跋嗣勒马站定，见前方山势陡峭，道路曲折，森林茂密，冷气森森，天空中有一片乌云遮在顶上，不远处突然传来一声可怕的鸟叫，像公鸡被宰时的哀鸣，吓得人们发梢倒竖，心惊肉跳。左前方一块巨石之上，"杀狼谷"三个大字赫然在目。

前将军柳下蹊对拓跋嗣说："陛下请看，此处地形奇特，环境险恶，山林中隐隐藏有杀机，空气中似有一种不祥的气息，我们还是撤退吧！再待下去可能不利呀！"

拓跋嗣观察良久，正在迟疑，忽见左上方旌旗飞动，喊声如雷，一群人拥着一将，银盔银甲，长髯飘飘，正是冯跋，他们高踞于崖顶之上，押着被俘的魏军将领，望着拓跋嗣哈哈大笑。被捉的将领们被绳子连成一串，一个个垂头丧气，一副无可奈何的样子，可怜的妹妹秋雪公主就被夹在中间，衣衫撕破，秀发散乱，头也不抬，似是十分羞愧。拓跋嗣一见，不禁热泪盈眶，愤怒地一声大喊："给我上！抓住他们，把公主抢回来！"魏军将士们立即奋不顾身，踊跃向前。

忽听"咚咚咚"一阵鼓响，接着如同地裂山崩，一块块滚木礌石从天而降，打得魏军将士非死即伤，一瞬间伤亡了好几百人，还一个人也没冲上去，燕军在上边哈哈大笑，气得拓跋嗣下令又冲，仍然无济于事，白白地丢下一大片尸体。

再抬头看时，冯跋那帮人又不知跑到哪里去了。

拓跋嗣蒙头转向，无可奈何，一腔怒气无处撒，一身狠劲无处使，真好比癞蛤蟆掉蒸锅，里外都是气，只好悻悻地掉转马头，率领着队伍往回走。约莫刚走出一里多远，忽然又听到一阵鼓响，左有许猛，右有范宁，两路燕军从两侧山上杀来，魏军猝不及防，立即被冲为两段。山阳侯奚斤、灞上侯秋猛等急忙护住拓跋嗣死命突围，向南逃走。许猛和范宁率军一阵砍杀，势如猛虎，魏军抵抗不住，猖狂逃窜，死伤惨重。

拓跋嗣在众将的保护下气喘吁吁，一口气跑出去好几里，听听身后已无喊杀之声，刚想停下来小憩，忽然又听到一阵鼓响，两边山上又有燕军杀来，左边周恒达，右边慕容顺，两员大将率领着两万多军马，先是下了一阵箭雨，接着又是一阵砍杀，弄得拓跋嗣不知道冯跋在此部署了多少人马，又因为地形不熟，所以不敢殊死抵抗，只能率众拼命逃窜。

及至跑出山林狭窄之处，见前边草地平坦，视野开阔，拓跋嗣稍微宽下心来，于是勒马立定，命令各部清点人数，整理队伍。话音刚落，忽然又听到身后边鼓声阵阵，似有无数燕军杀来，马蹄声震得山谷里产生回响。拓跋嗣沉着地说："众将莫慌，这是冯跋部署的疑兵之计，他可能又从北边杀回来了，不过这里平坦宽阔，可以展开军马，他若追来，我们便与他决一死战！"说罢列队等候，准备迎敌。

等了好一会儿，鼓声已息，喊声也停，竟然没有什么动静，拓跋嗣与魏军将士们立马草地，正在疑惑之间，两侧山林中喊声乍起，李桑、李柏两员大将各带一万多人马，突然从左右两边飞驰而来，他们跑到离魏军一百多步远时，不约而同地一起放出火箭，一时间万箭齐发，火苗乱蹿，烧起枯枝，燃起野草，顷刻间就变为熊熊烈火，凶猛的火舌燎得战马疾奔暴跳，飞起的浓烟呛得魏军涕泪交流，别说打仗了，连站都有些站不稳了，一个个连滚带爬，拼命地向南逃窜。早有准备的燕军人和马都戴有洇湿的纱布，飞跑上来一阵砍杀，吓得魏军将士不是求饶就是装死，少数腿快的没命地逃向谷口。

被呛得上气不接下气，烧得须发皆焦的拓跋嗣，在众将官的掩护下逃出谷口，此地有轻风吹来，不再呛得难耐，正想喘口气歇一会儿，考虑下一步如何进兵，忽然四周喊声又近，燕军仿佛又杀了过来。山阳侯奚斤乘机劝道："偶有小失，不足为虑，陛下不必挂怀，但此战地在燕国，我们地形不熟，冯跋早有准备，这个仗不能打下去了，不如我们及早撤兵吧！日后再寻找良机，兴兵报仇！"

拓跋嗣恨得咬牙切齿，并不甘心："我军虽然受挫，但仍比燕军人多，怕他什么？我们如今连吃败仗，又丢了公主和那些大将，怎么有脸回去？我看冯跋这点坏水也冒得差不多了，巴不得我们退兵，我偏不退！我要跟他拼个鱼死网破，看他能怎的？山阳侯，你马上给我去中山，再调五万人马来，我要直取龙城，踏平燕国，看谁笑到最后！"

且说冯跋率领燕军追出谷口，合兵一处，却发现前边魏军不走了，军马分梯次列成阵势，看样子好像要进行决战，诸将见之，无不摩拳擦掌，跃跃欲试，皆想乘胜将其歼灭。大将李桑说道："我军虽然已经连胜几仗，杀敌不少，挫败了他们的锐气，但依微臣看来，目前的兵力仍然是敌众我寡，如与他们死打硬拼，必然造成两败俱伤，于我军大不利也！"

冯跋大笑着说："李桑说得很对，搭本的生意我们是不做的，我们要的是纯挣全赢。我的将士们都是国家的财富，怎么舍得跟他们对命？不值！不过大家不用担心，魏军马上就要撤兵了，你们就全部轻装双马，准备跟着我追击吧！"

果然不大一会儿，拓跋嗣就接到探马送来的战报，说粮草全被燕军所烧，粮道已经彻底中断，燕将冯弘正率军从无终赶来，惊得拓跋嗣一股急火，脑袋"轰"的一下，险些从马上掉下来。他长叹一声，眼睛里溢满泪水，无奈地说："此番伐燕休矣！我们撤军吧！"说罢一摆手，命令大军走西路，抄近道，从密云奔长城，直接向武周山方向前进。

冯跋笑道："怎么样？撤了吧？他自恃人马众多，不紧不慢，我们就将计就计，来他个不弃不离。告诉将士们，每人带两匹马，备足粮草、食品和饮用水，人不歇鞍马不停蹄！瞅准机会再揍他一下，让他们彻底长长记性，今后还敢不敢来，一口气把他们攮出国门去。"众将军皆大笑着领命而去。

再说魏国大军一路西撤，饥困交加，士气低落，虽然仍有十几万之众，但是由于几天来都没吃饱，没睡好，显然已经人困马乏，有些走不动了。但后面的燕军还是紧紧追赶，咬住不放，偶尔还冲上来砍杀一阵，气得拓跋嗣七窍生烟，几次留下队伍阻截，企图迟滞追击的速度，掩护大队人马回撤，但均很快就被燕军吃掉。拓跋嗣无可奈何，只好强忍饥饿，舍命西逃，好在也没有多远的路了，过了长城隘口，就是自己的地界了，然后再好好地休息一下吧！拓跋嗣心想。

简断截说，拓跋嗣率领着十几万疲惫之军，辗转来到长城脚下，前面就是云水潭了，那里是两国的交界，没什么好担心的了，燕军再来追赶，前面已经是崇山峻岭，骑兵施展不开，何况他们岂敢深入魏国腹地，借冯跋一个胆子他也不敢。想到这里，拓跋嗣顿觉轻松，心中好像有一块石头落地，一下子泄了神了，从马上滑了下来，仰面朝天地躺在地上，一言不发。其他的将领们见皇帝情绪不佳，也都默默地停了下来，在此小憩。

开始的时候谁也没注意，将士们休息了，可战马们并没有休息，它们虽说也是疲惫不堪，但它们生性嗅觉灵敏，而且随时可以找到食物，这一点它们的适应性强于人类。它们一个个撑起疲惫的身子，嚼食着地上的野草，并循着来自于地下的香味，不由自主地顺着云水潭流出的溪水，慢慢地向前聚集而去，它们可能寻到了什么好吃的东西，又喝饱了水，不一会儿，竟然有几匹战马打起了响鼻，发出欢快的咴咴叫声。

战马的嘶鸣让山阳侯奚斤有些警觉，他坐起身来，发现所有的战马已经陆陆续续，成群结队地到云水潭那边去了，在宽大的水潭边形成了一个极为壮观的战马的军阵，它们麇集在水潭的周围，都在低着头啃食着什么，样子十分认真和专注，这让奚斤感到非常奇怪。他急忙推醒了瞌睡的皇帝，拓跋嗣睁开双眼一看，也感到十分惊奇。这时候，有些缓过乏的士兵由于又饥又渴，也纷纷爬起来，到潭边舀水喝，一时水潭边马匹摩肩擦背，士兵们熙熙攘攘，拥挤得简直有些下不去脚。拓跋嗣观察了一会儿，没有发现什么，就伸个懒腰，说："歇歇吧！人马都够疲乏的了，我们过一会儿再走。"

不一会儿，有位将官走过来，递给奚斤一只水囊，有些歉意地说："让陛下也解解渴吧，刚灌的潭中清水，是干净的，这地方没有什么，也只能这样了。"

山阳侯奚斤顺手接过水囊，正准备递与皇帝拓跋嗣，忽然大叫一声："不好，我们中计了！"原来他虽然手里接过水囊，眼睛却一直盯着潭边的动向，他突然发现，那些马匹方才还在站着，现在已经陆续都倒下了，士兵们虽然有的还在喝水，但大多数已经倒在潭边沉沉地睡去，吓得他一下子把水囊丢在地上。

叫声惊醒了皇帝拓跋嗣和身边的几位将领，大家都不知道究竟发生了什么，山阳侯奚斤却又发现了一桩怪事，原来在他捡起丢在地上的水囊的时候，突然看见在绿色的草棵之下，有些不知是哪来的麦粒和谷粒，用手一捻，就碎成了粉末，还散发出浓郁的香味。他顿感诧异，在这荒山野岭之中，怎么会有这种东西？难道是附近的猎人所为？他蹲下身来细心观察，发现山坡上，草地中，潭水边，到处都有这种煮熟的麦粒和谷粒，那些马匹一定是吃了这些东西中毒了，吓得他再一次大叫起来："别喝了！别喝了！快打马起来！"

将士们听到奚斤的呼喊，均抬起头来似有不解，当奚斤比画着说明原因的时候，众人这才恍然大悟，但是为时已晚，除少数因为疲乏过度，趴在地上未动的人以外，大多数人马均已中毒，战马怎么打、怎么牵都站不起来，兵士们虽然能够站起来，但均摇摇晃晃，东倒西歪，都像喝醉了酒的样子，连自己的兵器都拿不起来了。

拓跋嗣闻声而起，大惊失色，急命奚斤招呼能动的人马，赶快离开此地，但他话音未落，就听得战鼓咚咚，杀声四起，数不清多少燕军从两侧山林中杀出，为首二将立马大呼："燕将冯邈、冯朗在此，奉燕王之命已等候多时了，快下马投降吧！留你全尸！"声到人到，燕军已漫山遍野冲杀下来，眼瞅着已到跟前。拓跋嗣在慌忙之中冷眼观之，见燕军人数并不太多，尚可困兽犹斗，再做一搏，正准备下令迎敌，却又听到来路上金鼓齐鸣，马蹄隆隆，顷刻间燕国的大队骑兵如夏日的山洪，澎湃而来，只听得一人高喊："燕王冯跋在此，请魏王下马投降！"拓跋嗣急视之，见为首一将，银盔银甲，白马长枪，威风凛凛，长髯飘飘，宛如子龙再世，正是燕王冯跋，吓得拓跋嗣体如筛糠，魂飞天外，慌乱中急拨转马头，落荒而逃，奚斤、秋猛等几十员大将舍命保护，一起狼狈逃窜，少数残兵败将也追随其后，仓皇逃往魏国边境去了。

燕国将士急欲追赶，被冯跋挥手劝阻："穷寇莫追，给他留些脸面，让他知道厉害就是了！"

众将不解其意，冯跋说："以我们目前的国力，还没有可能灭掉魏国，那么即或是你俘虏了魏王，难道还杀了他不成？若放他回去，他还有脸面为君吗？若是不放，国内又立新君，必然会借机兴兵报仇，他们可以动员出几十万甚至上百万的兵力，将给我国造成多么大的压力？即便他们无法战胜，但两国的兵戈何时能息？百姓岂不又生活在水深火热之中了吗？"

说到这里，冯跋抬头眼望苍天，像对众将又像对自己说："放他回去吧！让他想起来就心有余悸，我们可以换来一段时间的和平啊！让百姓少受些战乱之苦，也值了！"众将士听了，方才恍然大悟。

在云水潭边，燕军轻而易举地就俘获了魏军八万余众，战马十万余匹，有许多将领提出要效法当年的魏国，把这些魏兵全部杀掉或者活埋，为参合陂死难的将士报仇雪恨。冯跋摇摇头说："我们大燕国是礼仪之邦，主张以仁德治国，绝对不会乱行杀戮，我也不做第二个拓跋珪，给子孙后代留下千秋骂名，让两国子民结下永久的仇恨。杀戮他们，是会给大燕国雪耻，让全国的军民出一口恶气，但也会燃起魏国人的复仇怒火，给我们的国家带来无穷的灾难，将会又有多少家破人亡、人头落地呀！相反，如果放了他们，可以乱其心志，夺其魂魄，使之民心生怨，军心涣散，对我大燕国从此不敢小觑也。"众人信服之。

原来自从这场大战开始，冯跋就精心策划，一步一步地把魏军引入圈套，让他们被自己牵着鼻子走，从而完全实现了自己的战略意图。因为粮草被烧，又道路遥远，冯跋料到魏军战败以后，一定会从西边的近路逃走，以求迅速撤回平城，因此暗使冯邈、冯朗二将率军来到这里，在必经之路云水潭附近的山林中隐藏起来。二人遵照冯跋的锦囊妙计，将煮熟后又拌有毒药的麦粒、谷粒遍撒于山坡和草地之中，特别是在云水潭周围，撒得更多，目的就是把魏国的战马都吸引到这里，并在潭水中提前投入大量的毒药。冯跋心细如发，特别写明不能用投毒即死的药，只要能毒倒、麻翻即可，而且在朝堂上并没有讲明，生怕走漏了风声，前功尽弃。

冯邈、冯朗二将来到这里以后，立刻严密布防，封锁消息，里不出，外不进，一旦有过往的行商或者砍柴的樵夫，一概暂时扣留，管吃管住。二将率领一万军马，在这里秘密隐藏了七天，终于守株待兔，大功告成，为这场战役的辉煌胜利画上了圆满的句号。众将士听完冯邈和冯朗的叙述，对冯跋佩服得五体投地，一齐跪下贺之曰："陛下神机妙算，胜于诸葛孔明，真天人也！是我大燕国万民之福哇！"

冯跋摆摆手笑着说："诸将请起，这有什么？我不过是把当年拓跋珪的战法又重复了一遍，没想到他们竟然毫无察觉，还真就上当了，这就是报应啊！"众将闻之一阵大笑，遂遵命放回所有被俘的人马，这些魏国的将士千恩万谢，跪伏很久，再三叩头方悄悄离去。

战后冯跋回到龙城，给拓跋嗣写了一封书信，派左长史拓跋昌出使魏国，来到平城。冯跋在信中说："日前一战，让魏王受惊了，但两国交战只能如此，若有冲撞，尚请见谅。所俘虏的八万军马，并无伤害，已悉数放还，烦请收纳。伏望日后两国罢兵，和睦相处，则国家幸甚！万民幸甚！"还随书送来白璧一双，以示结好。拓跋嗣本来在逃回以后，怒气未消，这几日正在处心积虑，想再寻机报复，见了冯跋的书信以后，有些迟疑。尚书令崔浩说："燕国于日前大捷，如今又先兵后礼，可谓仁至义尽，用心良善，冯跋把大国之君的气度亮足了，现在已经天下尽知，正义都在燕国一边，我们还是就坡下驴，罢兵休战吧！如有冯跋在日，燕国不可图也！"许多大臣也都赞同崔浩的看法，拓跋嗣无奈地长叹一声，极不情愿地说："事到如今，也只能如此了！"遂厚待拓跋昌一行，给冯跋写了一封回信，索要被俘将领和秋雪公主。若知后事如何，且听下回分解。

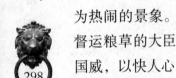

第二十七回　道情由公主生爱　遭骚扰姐妹离京

燕国军队得胜回京，龙城一片欢腾，百姓们皆奔走相告，夹道欢迎，一番颇为热闹的景象。燕王冯跋则在和龙宫大宴群臣，封赏有功将士，并对留守龙城，督运粮草的大臣们予以表彰。大将李桑提出，正好借此机会处斩魏国俘虏，以彰国威，以快人心，不少大臣亦随声附和，表示赞同。

冯跋闻言正色说道："非也！斩杀俘虏，有伤道义，必失信于天下，结怨于邻邦，此事断乎不可为也！我不但不杀他们，还要晓之以理，动之以情，让他们听得清楚，输得明白，这种效果，要比杀掉他们强百倍呀！"

次日上午，冯跋在奉和殿摆下盛宴，招待魏国所有被俘的将军，并让一些有功的将领作陪。酒过三巡菜过五味，冯跋笑着与将军们聊起前番打仗之事，似是无意之间问道："如今战事已过多日，不知诸位可否反思，晓得你们输在哪里吗？"

魏军大将、先锋官拓跋玑直人快语，抢先说道："无非我主忠直，燕王狡诈，岂有他哉？何况胜败乃兵家常事，燕王何故以此炫耀之？若是再打一仗，谁输谁赢就难说了，谁会再次上当？"魏国诸将皆随声附和之。

冯跋笑着说道："要说奸诈狡猾，谁能比得上你们大魏国的先皇拓跋珪？参合陂一战，先是谎称其舅爷已死，何其不仁不义？接着坑杀四万降卒，多么凶残歹毒？我不过是把他的有些办法重复了一下，尔等君臣却皆不能识，并非生性愚笨，此乃苍天报应也！"众皆大笑之。

魏国公主拓跋秋雪闻之柳眉倒竖，杏眼圆睁，抢过来说："我国二十万大军皆忠勇善战之士。被你步步设谋，层层陷害，杀死多少？如今都成了孤魂野鬼，即或被放回去的也都个个失魂落魄，无异于行尸走肉。我现在仍然痛悔，第一天跟你搞什么文打，贻误了多少战机？否则我军早已大获全胜，踏平龙城，这里早就成了魏国的天下，也用不着你在这里大言不惭地吹牛了。"

冯跋仍然微笑着说："听过公主方才之言，到现在你们也不明白为什么会失败，这正是我今天设宴，要款待各位的原因。我要让你们彻底明白，这一仗你们究竟输在哪里，这对你们这些年轻人来说，是大有益处的，也不枉你们与我交手一场。

"第一，你们败就败在乘人之危，不得人心，输在道义上。我国灾荒尚未过去，你们就悍然兴兵讨伐，让天下人觉得你们毫无怜悯之情，居心险恶至极，从而也让我们的国人同仇敌忾，更加团结。

"第二，你们败就败在入侵别国，地形不熟，输在地利上，你们魏军千里跋涉，长驱直入，进入我大燕国境内打仗，就如同聋子和瞎子一样，除了被动挨打，还能怎样？

"第三，你们败就败在敌情不明，轻敌冒进，输在骄傲自满上。古人云骄兵必败，知己知彼，方能百战百胜。你们只知道我国有五万军队，而你们大军二十万，在兵力上占有绝对优势。岂不知你们一旦进入我国，就遭到我们全国军民的抵抗，我们岂止有二十万的常备军，三天之内可动员出雄兵百万，击溃你们还不是轻而易举吗？

"第四，你们败就败在军纪败坏，烧杀抢劫，输在失掉民心上。做皇帝的只想着开疆拓土，将士们只想着抢劫发财，这样的军队能打胜仗吗？哪个老百姓不想杀了他们？

"第五，你们败就败在兵虽多而不精，将虽广而不谋，输在战略失误上。正如秋雪公主所讲，如果你们不与我们进行什么文打，而是稳步推进，步步为营，那胜负可真就难说了，可你们是大国呀，怎么能不要面子呢？这种可怕的自尊就是失败的开始。

"第六，你们败就败在争强好胜，缺乏清醒的头脑，输在我军有备，而你们无备上。试想三场文打，你们想赢之心太盛，但是竟然一场也没赢，知道这是怎么回事吗？是燕军有充分的准备而你们没有准备，以燕之长而击魏之短，魏军岂能不败？败了几阵不说，还使我们赢得了宝贵的时间，这样的教训还不够深刻吗？"

冯跋的一席话，不仅使燕国的将领们如梦方醒，也让魏国的俘虏们心服口服。秋雪公主说："你方才说的都有道理，我现在彻底服气了！没想到打仗还有这么多的学问哪！"

魏军先锋官拓跋玑接过来说："听君一席话，胜读十年书，我等自是受益匪浅。但燕王这次请我们来，不光是为了上堂课的吧？是不是喝完这顿送行酒，就请我们上路啊?"

冯跋听罢玩笑地说:"这顿酒是送行的酒,喝完之后也是请你们上路的,拓跋将军说的一点儿都不假。"十几个魏军俘虏听完呼地站起来,脸上勃然变色,有几个已经抄起酒碗,看样子想要搏斗一下。

冯跋摆摆手让俘虏们坐下来,仍然微笑着说道:"我说的送行和上路,与你们理解的意思不同,要是真想杀你们,还用留到现在吗?还用费这么多的话吗?说白了,这是饯行的酒,喝完这顿酒就放你们回去。作为一军之将,肩负王命在身,理当奋勇向前,有过也不在你们。我冯跋从小师从佛门,上天有好生之德,还希望你们回去劝告魏王,罢兵休战,两家和好,如此社稷幸甚,万民幸甚!"

众俘虏听完之后,一起跪而谢之曰:"燕王胸怀如长空皓月,眼光如旭日东升,我等佩服之至,多谢了!"

次日上午,冯跋派大将冯弘率兵护送俘虏回国,众俘虏皆千恩万谢,感燕王不杀之恩,表示愿为两国和好出力,随即与燕国君臣依依惜别。唯独公主执意不走,她感到有很多事情还没有搞明白,有不少话语还要同燕王说,因此只给母后和皇兄各写了一封信,向他们报个平安。

原来自打松树坡那一战被俘以后,秋雪公主当场就被冯跋派人送往龙城,由义女慕容冬柳陪同,每日里锦衣玉食,待如上宾。而在杀狼谷战役中,用作诱敌深入的那些俘虏,别人都是真的,唯有秋雪公主是别人穿了她的衣服假扮的,冯跋不想让她有一丁点儿的闪失,因为她的身份太特殊了。

冯跋早就听说过,拓跋秋雪是魏王拓跋嗣同父异母的胞妹,拓跋嗣是魏王拓跋珪的爱妃刘贵人所生,从小聪明伶俐,被父母视为掌上明珠。北魏皇始二年(397)九月,拓跋珪率兵攻下燕都中山,燕国皇帝慕容宝的女儿慕容闻樱被俘,因其长着一双格外迷人的眼睛,一下子被拓跋珪看重,当时就纳为妃子,时年慕容闻樱才十六岁,次年生下女儿拓跋秋雪,因为拓跋嗣生于北魏登国七年(392),因此秋雪比拓跋嗣小六岁。

北魏天兴三年(400)年初,拓跋珪根据大臣们的提议,准备册立皇后,统率后宫。在拓跋珪的所有妃嫔当中,刘贵人虽然备受尊重,但慕容闻樱更得新宠,立谁呢?拓跋珪有些拿不定主意,于是决定按照祖宗传下的规矩,两个人同时铸一个金人,谁若是铸成了,谁就为皇后。刘贵人运气不佳,手忙脚乱没有铸好,急得满头大汗,而此时慕容闻樱早已铸成,因而被立为皇后,刘贵人无奈,只好仍然做她的妃子。

但是往往福无双至,祸不单行,刘贵人的厄运并没有结束。就在慕容闻樱被立为皇后不久,拓跋嗣被荣幸地立为皇太子,根据祖宗传下来的规矩,宫中的后

三燕王朝

妃如果谁的儿子被立为太子，那么谁就要被处死，这条残忍的律令是北魏统治者跟着汉武帝学来的。当年汉武帝刘彻立刘弗陵为太子，就立即杀掉了他的母亲赵婕妤，怕的是自己一旦驾崩，儿子年幼，母后临朝，造成天下大乱。就这样，刘贵人被处死，九岁的拓跋嗣失去了母亲，悲痛欲绝。

皇后慕容闻樱虽然是慕容宝的女儿，但她天性善良慈爱，温婉贤淑，视拓跋嗣为亲生自养，她虽然仅比拓跋嗣大十一岁，但却像母亲对待自己的孩子一样，照顾他、呵护他。拓跋嗣童年的时候，便经常同妹妹秋雪一起玩、一起读书识字，大一点又一起习武。直到北魏天赐六年（409），拓跋嗣继位当了皇帝，兄妹俩在一起的时间才逐渐减少了。但秋雪对这个比她大六岁的哥哥十分依恋，拓跋嗣也非常喜爱这个聪明美丽的异母妹妹，对慕容太后更是十分孝顺。拓跋珪死后，拓跋嗣虽然很忙，但每日必坚持晨昏定省，问寒问暖，更加尊重这位庶母，是个比较孝顺的孩子。作为一国之君的冯跋，他对这一切早有耳闻，也十分钦佩。

秋雪被俘以后，孤寂难耐，想念亲人，懊恼万分，几欲寻死。作为一个大国的公主，从小娇生惯养，锦衣玉食，可谓尊荣无比，同时，作为大魏国的武状元，她功夫精到，身怀绝技，从未输与别人。可是就在前几天，她竟然一战被俘，成了燕国的阶下囚，这简直是一个天大的耻辱，这种落差实在太大了，让她吃不下睡不着，弄得身心疲惫，花容憔悴，折腾得已经不成样子。慕容冬柳奉冯跋之命，一直陪伴着她，见她这种状态，不断地耐心抚慰，好言相劝，但秋雪仍然怒火满腔，充满敌意："我既被捉，就不想活了，要杀要剐都随你们，但我对你的功夫就是不服，你不过是偶然得手，你敢再较量一番吗？"

慕容冬柳赔着笑说："两军交战，各为其国，伤及公主，于心不忍，其实这也不是我的本意。正如你所说，我不也是差点儿被你们捉去吗？只是偶然得手而已，为什么一定要记挂在心上？再说了，你现在不是已经被俘了吗？不服气可以理解，乃人之常情，但你现在不吃不喝不睡，一个劲儿地作践自己，这又有什么用？你说你想与我再较量一番，就这个状态，你能较量吗？你能较量得赢吗？依我看来，莫不如你现在吃好睡好，恢复体力，养足精神，振作起来，什么时候想较量一番，我都陪你，我倒真想好好领教一下公主的功夫呢！"

秋雪听了冬柳的话，觉得言之有理，对那日匆忙一战，她一直耿耿于怀，自己糊里糊涂地就当了俘虏，心中老大不服气，她很想再跟这位慕容冬柳真刀真枪地打一仗，瞧冬柳那副柔弱的样子，自己不相信打不过、斗不赢。于是她忽地站起来，梳头洗脸，喝水吃饭，然后睡觉休息，恢复体能，她一心盼着同冬柳再较量一番。

三天之后的一个上午，吃好睡足的秋雪自觉神清气爽，浑身有劲儿，她高高兴兴地随着冬柳来到后花园，并且很快地整理停当，冬柳屏退了园中的宫女，身边只留下一位贴身侍女雨萌陪同，为两位公主端茶倒水。

慕容冬柳笑着问秋雪："不知公主想如何较量，但说无妨。"

拓跋秋雪见冬柳如此说话，以为冬柳瞧不起她，根本不把她放在眼里，于是生气地说道："今天咱俩就比个到！先比拳脚再比刀枪，后比弓箭，先徒步，后马上，再比暗器，你看如何？"

冬柳说："一切全依公主，我来相陪就是。反正我们有的是工夫，权当是玩玩嘛！"

说着话的时候，急不可耐的秋雪便已拉开架势，挥拳捜腿，向冬柳打来。秋雪一个纵身跳起，左手挥拳虚晃面门，右手为爪似饿虎掏心，凶狠快疾地向冬柳抓来。冬柳见状一个白鹤亮翅，双脚足尖点地嗖地腾空而起，落在一丈多高的亭台之上，双手抱膀望着她笑。秋雪见之，也一个筋斗跳在空中，看得真切，双脚并力向冬柳踹去，冬柳一个白猿挠痒，然后以右手轻轻一拨，秋雪双脚蹬空，一翻身落在地上，复回身一个飞腿，右脚的足尖像把钢刀，直向冬柳的下颌踢去。刚刚落地的冬柳一个顺手牵羊，抓住秋雪的右脚掌，顺势一拉，一送，秋雪立即飞出去一丈多远，落在地上，幸亏体轻如燕，才毫发无损，但也把秋雪吓了一跳。

两位公主你攻我防，一来一往，斗了几十个回合，仍然不分胜败。秋雪求胜心切，招招紧逼，冬柳躲躲闪闪，暗觉好笑。一时拳来腿往，难解难分，一转眼的工夫，一百多个回合过去了，秋雪已累得香汗淋漓，桃腮似血，而冬柳却依然气不长出，飘若轻风。秋雪急了，暴风骤雨般一阵猛攻，拳脚招招不离冬柳的前胸、后颈和咽喉，发力十分刁钻凶狠，看样子不像在比武，倒好像是在拼命。冬柳感到再这样打下去，说不定双方谁稍不小心，就会发生意外，那么自己如何向父王交代？于是立即跳到圈外说："公主稍歇。我认输了，我们喝茶吧！"

雨萌及时地送上茶来，递给每人一碗，秋雪见状只好作罢，但她心知肚明，自己虽然占据上风，但是并没有获胜，那慕容冬柳一招没攻，只是防守，分明是在让着她，也是根本没瞧起她，没有把她放在眼里，于是越发生气，喝完水后把碗一扔，绷着脸说："来吧，比刀枪，你也别客气了！"冬柳依然很随意地说："你先拿吧，我随意！"说完慢慢把茶喝完，将茶碗放在桌上。

秋雪顺手捡起一杆长枪，掂了掂，分量够重，试着比画几下，却见冬柳走过来，手里只拿着一柄拂尘，秋雪诧异地说："你这是干什么，分明是戏耍于我，这拂尘也算是兵器吗？"冬柳笑道："公主说得很对，这拂尘本来不是兵器，乃是修行之人的随手之物，但若是用得熟了，贯通于心，凝之于气，融之于功，付之于力，自然能随心所欲，手到擒来，从而成为防身的利器。这柄拂尘是师父送给我的，连柄带尘，从头至尾，有八尺多长，并非凡间之物，公主尽管放胆攻来，不必介意才是。"

秋雪闻听冬柳之言，遂毫不客气地抖开长枪，展开套路，施平生之所学，一招一式向冬柳攻来。她是先慢后快，先松后紧，步步紧逼，招招相扣。时而如拨草寻蛇，攻其下摆；时而若泰山压顶，砸其上盘；时而似猛虎摆尾，扫其中路；时而同巨蟒出山，刺其咽喉。这杆长枪让秋雪使得是出神入化，炉火纯青，一招多变，枪枪夺命。

但是不管秋雪如何变换招式，那身穿一袭白衣，手执白色拂尘的慕容冬柳，真好比一只云中的白鹤，飞腾跳跃，闪、打、缠、击，快如闪电，疾若秋风，让秋雪捉摸不定。她时而飞在空中，双脚竟然站在枪杆之上，像在跳舞；时而一个侧旋，绕到秋雪的身后，轻抽一下她的后背，如在搔痒；时而抱着双胛，就站在秋雪的对面，看着她笑，左闪右躲，似在玩耍；时而手拿拂尘舞成一团，让秋雪根本看不到人影，又如同在捉迷藏。

两个人你来我往，大战了五十多个回合，输赢未见分晓。慕容冬柳见秋雪招式越来越密，出枪越来越快，打法越来越狠，真要取她的性命，于是侧身躲过一枪，右臂运力一抖，那柄白色的拂尘唰地展开，根根马尾陡然全部竖起，瞬间变成一杆多头的长枪，枪尖挓挲着齐向秋雪脸上刺来，吓得秋雪急歪身一躲，冬柳趁势胳膊一摇，那柄拂尘又化作一条绳索，瞬间紧紧缠住枪杆。冬柳大喝一声："走也！"右臂用力，只听"啪"的一声，将秋雪手中的长枪拽下又顺手甩出，一下子扎在凉亭的木柱之上，立时将凉亭的木柱刺穿，一头的枪杆还在微微地抖动，惊得秋雪两手挓挲，面红耳赤地愣在那里，有些不知所措。冬柳则若无其事地走上前来说："别打了，我们都累了，还是歇一会儿吧！"顿时让秋雪尴尬万分。

拓跋秋雪端起一碗茶，傻傻地站在那里，一言不发。她不明白自己从小习武，又得名师真传，十八般武艺样样精通，在大魏国也算是数一数二的高手，为什么这么容易地败在慕容冬柳的手上，而且她基本上没有进攻，只是防守，这是为什么呢？

慕容冬柳似乎看出了秋雪的心思，她十分诚恳地对秋雪说："公主拳脚刚猛，枪法精奇，恐怕天下没有几个人能敌，但常取攻势，往往会以自我为念，招招会按套路行走，看似绵密凶狠，其实纰漏很多，容易露出软肋，尤其当心情急躁，不能冷静之时，更是如此。我们女孩子相对于男人来说，体质较弱，比刚猛强大肯定吃亏，我们是打不过他们的，但我们也有自己的优势，就是比较灵巧柔软。因此我从习武开始，就扬长避短，多练守势，寻敌破绽，以柔克刚，虽然看不到我有几次进攻，但若是攻上就是致命的，这是许多男人都比不了的，也是大多数人想不到的。"

听完冬柳这一番话，秋雪沉吟着喝下一碗茶，似有所悟地说："那日在阵上打斗之时，我撒出红绒套索，你先镫里藏身，接着又迅速地飞到我的身后，是用什么办法把我打晕的呢？"

冬柳亲昵地拉住秋雪的手，用一根纤细的手指戳着她的手背说："就是用这一根手指，点了你的颈上麻穴，你当时就软了，任何身强力壮之人，甚至烈马和猛虎，你若是点中了其身上的麻穴，也是动弹不了的，但这要靠一身绝妙的轻功来完成，才能收到出其不意、一招制胜的效果，不然谁会老老实实地站在那里，让人家来点他的麻穴呢？"

秋雪听到这里，很想再检验一下冬柳的轻功，于是手一扬，将桌上的茶碗捡起，又迅速地向凉亭顶上抛去。冬柳见状，已经会意，"唰"的一下飞身跃起，一瞬间轻落在凉亭顶上，一点声音也没有，并且用右手稳稳地抓住茶碗，向着秋雪嫣然一笑，那动作快得简直让人难以置信，然后又轻轻跳回地上，面不改色，气不长出，倒好像多少有一点羞涩。

秋雪见状，嘴里不说，心早服了，她不想再比什么弓箭、暗器和马上的功夫了。她现在已经彻底明白，自己根本就不是冬柳的对手，于是坐在石凳上，似乎漫不经心地问道："看你的年纪也比我大不了多少，是怎么练出一身这么好的功夫呢？"

慕容冬柳也坐在石凳上，雨萌又送上两碗茶来，同时递上两块毛巾，让两位公主擦汗。冬柳一边端起茶碗，一边说："这件事情说起来话就长了，我们在这里凉快一会儿，喝完这碗茶水，再回到你的屋里慢慢地聊，其实你跟我有很深的渊源呢！"

过了一会儿，两个人手拉着手回到秋雪的房间，雨萌又及时地送上干果和瓜子，然后就退下了。秋雪坐在冬柳的对面，冬柳拉着秋雪的双手，向她讲起了自己的故事。

"我是慕容垂的亲曾孙女，皇太孙慕容会的独生女儿。父亲文武全才，很受曾祖父的喜爱，他十几岁时就被任命为大将军，镇守燕国的故都龙城，依曾祖父的意愿，原本是准备让他继位为帝的，后来曾祖父去世，祖父慕容宝篡改了先皇遗训，另立太子，引起宫廷内乱。北魏皇帝拓跋珪趁机入侵，占领中原，我父亲带兵去中山勤王，受到猜忌和陷害，后来在龙城郊外被高云所伤，毒发身死。那一年事发时我才四个月大，高云带着人马来捉杀我们全家，我幸亏被奶妈藏在灶房一侧的柴草堆里，才侥幸捡了一条活命，母亲和其他的家人都被杀了。

"那时候父亲的部将们死的死、逃的逃，只有如今的燕王，那时候的前将军冯跋还在邺城，帮助范阳王慕容德抵抗魏军作战，是唯一可以信赖的人。于是奶妈抱着我一路逃难，两个多月以后赶到邺城，那时候魏军刚退，战火未熄，邺城一片疮痍，等奶妈抱着我找到冯跋的时候，我已经饿得皮包骨头，只剩下一口气，眼看就要死了。"

冬柳说到这里，有些伤感，用毛巾擦了一下眼泪，接着说："听说我是皇太孙的骨血，冯跋当时就哭了，他立即跪在地上向天发誓，一定要把我当成自己的女儿，好好抚养成人，以不负故主厚恩和相知一场。从此，他不论走到哪里，都把奶妈和我带在身边，不断地请郎中给我看病，调换着法精心地喂养，终于把我从死亡线上夺了回来。当我学会说话，喊出第一声父亲的时候，义父终于笑了。他给我起了个名字叫作冬柳，他说在冬天的草原上，只有黑皮的柳树还活着，它的生命力是最旺盛的，他说他相信他的女儿一定会健康地成长起来。

"次年我们随义父回到龙城，在这里安顿下来，义父因为保卫邺城有功，被封为中卫将军，在朝中任职，负责训练禁卫军将士们习武。外人只知道他又添了一个小女儿，名叫冬柳，并不知道我的身世，我自己也不晓得，只知道自己是冯家的女儿，整天叽叽喳喳地围在父母身边，像一只快乐的小鸟。

"义父对我关怀备至，处处对我精心培养，从三四岁的时候起，就专门请人教我读书识字，自己则亲自利用早晚的时间，给我抻胳膊拽腿，教我练功习武。到七八岁的时候，我已经学会了各种拳脚和器械，也读了不少儒家的书。那时候朝廷很乱，几乎每两三年就换一个皇帝，街上每天都在杀人，义父无意参与朝政，因而有大量的时间在家，不是自己喝闷酒就是教我习文练武。

"光始四年（404），在我八岁的时候，义父亲自送我到龙山古佛洞，跟随黑羽儿师太的几个弟子练习轻功身法，在那里一待就是九年，我也从孩童成长为一个少女。师太待我如同自己的曾孙女，既教我练功，也教我做人，后来我才知道，义父也是师太的弟子，他的武功大部分都是跟师太学的。"

"啊！原来是这样，我说你们父女的功夫怎么如此不凡呢？！"秋雪这才恍然大悟。

冬柳一口气喝下半碗苦茶，接着说："义父是河北燕山人，生于晋太元元年（376），祖上几辈均以打猎为生，因此他从小练功习武，身手矫健，尤善手发飞石，百发百中，七八岁时就经常随着父亲进山。一日时任秦京兆尹的曾祖慕容垂到燕山游猎，见他小小年纪就敢与金钱豹搏斗，甚奇其勇，乃收为侍卫带在身边，后来见他聪明好学，胆气超人，又送他到龙山跟随黑衣女侠习武。黑衣女侠是曾祖慕容垂和慕容恪的座师，武学造诣极高，尤以轻功见长，是一位住世的活神仙，黑衣女侠也就是后来的黑羽儿师太。义父在那里学习七年，又回到燕王慕

305

容垂的身边，不久被派到皇太孙，也就是我的父亲身边为将，协助他镇守龙城。

"义父当了燕王以后，才把我从山上接了回来。不久我的奶妈病危，在她离世之前，她才拉着我的手，流着泪告诉我说，她不是我的亲妈妈，只是我的奶娘，算是我的养母吧！而我的亲生父亲、生身母亲和家里所有的人，早就被害了。奶妈向我讲述了我们家里的一切，也讲述了关于义父的一切，我这才明白，为什么这么多年来，我的父亲和母亲关系这样好，他们却从不住在一起。我听了以后当时就哭了，我说您就是我的亲妈妈，我就是您的亲女儿，我不断地流着泪，磕着头，拉着奶妈的手，而我的奶妈，也是我的母亲，带着满腔的依恋和一丝满足，微笑着离开了人世。

"奶妈去世后不久，义父在有一天晚上也告诉我说，他并不是我的亲生父亲，只是我的养父，而我的生身父亲是慕容会，是曾经大名鼎鼎的皇太孙。我的身上流淌着慕容氏的热血，我是正宗皇族的后代，虽然我事先已听奶妈说过，但又经义父提起，我还是当时就蒙了。原来我是个无父无母的孤儿，是个早就失去双亲的苦孩子，因而一连哭了好多天，也抑郁了好多天。

"义父见我一直郁郁寡欢，就经常来陪着我，告诉我说，他虽然只是我的养父，但就是我的父亲，我虽然只是他的义女，但就是他的女儿，他会一直把我当成亲生骨肉，甚至胜过亲生骨肉对待。这一点我深信不疑，因为在冯家这么多年，我的地位一直高于冯永哥哥和冯翼弟弟，义父和义母一直最宠爱我，把我当成他们的掌上明珠。义父还把慕容家的历史讲给我听，告诉我说虽然是女孩儿，也应该胸怀大志，为这个国家和鲜卑人做点什么，才不会辱没祖宗的英名。在义父的开导下，我的心情渐渐开朗起来，但性格却变了，我变得喜欢安静，喜欢思考，喜欢独处，特别喜欢穿白色的衣裙，义父便称我为'白鹤公主'，后来在宫中就传开了。"

拓跋秋雪静静地听着冬柳的叙述，她终于全明白了，原来她与冬柳的关系可不一般，于是情不自禁地脱口而出："你知道吗，我俩是血肉至亲哪！"

冬柳回答："怎么不知？我俩是真正的姑舅亲表姐妹，打折骨头还连着筋哪！在送你回龙城的时候，义父就告诉我了，你是我的亲表妹呢！"

秋雪说："那太好了！从此你就是我的姐姐了，我们不要再公主公主地叫着，怪别扭的，你就叫我秋雪好了！"

冬柳说："那怎么可以呢？你是大国的公主啊！姐妹之称嘛，只有在没有别人的时候才行，你说呢？"

秋雪含笑答应了。

通过这一段与冬柳的朝夕相处，又听了关于燕王冯跋的奇特经历，一种异样

三燕王朝

的感觉在秋雪的心中油然而生，她觉得这位表姐姐待她有一种说不出来的亲密，而这位表姐的义父，燕王冯跋的身上，处处透着一种迷人的魅力，也包括这个国家，好像有许多令人神往的秘密。于是她决定暂时不回去了，她要在这里住些时日，她要好好地了解一下这里的风土和人情，好好地了解一下这里的经济和文化，好好地了解一下这里的百姓和君主。想到这里，她有些羞涩地笑了，自我解嘲地说，至少跟着冬柳多学点轻功也好。

冯跋听说秋雪暂时不想回国，也很高兴，他让冬柳和雨萌陪同，带着秋雪出去走走，让她领略一下燕国的大好河山，人民的生活状况，说不定回国以后，会对两家的友好往来，产生意想不到的收获。她们从东到西，从南到北，走过了许多名山大川，参观了许多宫观庙宇，会见了许多州县官吏，也拜访了许多的村镇居民。所到之处，令秋雪耳目一新，暗暗称奇，她觉得这里的官吏多数都勤勉朴实，这里的民风非常热情淳厚，虽然路上也可以看到饥寒交迫的现象，但随时都能遇到慷慨相助之人，所有的州县官吏，包括朝中大臣，多数都粗衣布履，轻车素食，并未见到穷奢极欲的现象，这一点与北魏大不相同。

所到之处，秋雪还惊奇地发现，燕王冯跋的威望极高。她从百姓的口中得知，每年一到春天，燕王都会下地种田，与百姓一起扶犁点种，引水灌溉，而一到秋天，又总会到村子里来，与百姓一起收割运粮。遇到洪涝虫灾，则必会带着文武百官和州县官吏，亲来赈灾。紧张忙碌之余，还常常到军营中去，与将士们一起餐风饮露，练功习武。有一位白发苍苍的百岁老人颤巍巍地说："自打有大燕国一百多年以来，天王是头一个明君啊！"

半年多的旅行，足迹几乎踏遍了燕国，让秋雪饱览了这里的大好河山，也使她的情感发生了巨大的变化，她爱上了这块古老的土地，爱上了这里淳朴的人民，也爱上了这块土地的主人。她对冯跋由敬仰变成了爱慕，由崇拜变成了依恋。在战场上，她看到了一个武功卓绝、叱咤风云的统帅，在民间，她看到了一个心地善良、爱民如子的君主，而在宫中，她又看到了一个伟岸挺拔，可以信赖的兄长。她由此决定永远不走了，她要留在这块土地上，她要嫁给燕王做妻子，她觉得冯跋才是她要找的顶天立地的男人，她觉得这次被俘简直是因祸得福。想到这里，她不由得偷偷地乐了。

在从白狼山回到龙城的路上，秋雪与冬柳并辔而行。秋雪兴高采烈，感慨良多，一路上滔滔不绝，兴犹未尽。她深有感触地对冬柳说："燕国是个好地方，冯跋是个好皇帝，妹妹我就不走了，永远同姐姐在一起，永远同燕王在一起，我要嫁给燕王做妃子，在这里生儿育女，了此一生！"这个鲜卑族的女孩子大胆地喊出了自己的心声，然后飞马向前方跑去，却不知不觉地刺痛了冬柳的心。

回到龙城以后，秋雪几次去找冯跋，均没有见到他，听侍卫说是到州县巡察去了，又去找冬柳，却见冬柳躺在床上，脸色苍白，二目无神，情绪低落，沉默不语。秋雪以为她是累了，或在路上遭了风寒，便让雨萌先找太医，再去抓药。雨萌跟着秋雪走出来说："公主没有病，她身体看似柔弱，其实一直很好的，是你路上那句话，触发了她的心病了！"

雨萌告诉秋雪，白鹤公主冬柳虽是燕王义女，但她从小就在燕王身边长大，十分崇拜和喜爱她的父亲，后来知道了自己的身世，便由喜爱变成了爱慕，这种恋父情结害得她一直郁郁寡欢，闷闷不乐。前几年接连有多人给她提亲，她说什么也不嫁，还以寻死相要挟，大家都不知道什么原因。后来孙皇后问急了，她才哭着说："义母你就别逼我了！我要嫁，就嫁像义父那样的人，否则我就宁可出家去当个尼姑，一辈子也不嫁人。"

燕王冯跋得知以后，曾多次与她长谈，极其耐心地开导她说，你是我故主的女儿，也等于就是我的女儿，不是生身之父，也是养身之父，天下哪有娶自己的女儿做妻子的道理？何况我现在虽然姓冯，但我实际是慕容家的后人，太原王慕容恪是我的爷爷，燕北公慕容绍是我的父亲，我同你的父亲慕容会是同一个太爷爷的堂兄弟，实际上我也是你的堂伯，哪有伯父娶自己的侄女做妻子的？你就断了这个念想吧，否则我们连父女也做不成了。但冬柳就是听不进去，她以为燕王是在编故事哄骗她，因此一直待字闺中，就是不嫁，如今听说你要嫁给燕王，就触到了她的痛处，这可是她的一块心病啊！

秋雪听完雨萌的话，沉吟良久，感慨万端，她非常理解冬柳的心曲，也极为同情冬柳的遭遇，作为一个年轻漂亮的女人，遇到燕王这样顶天立地而又有情有义的男人，谁不想嫁？谁不愿嫁？于是她来到冬柳的床前，爽朗地说："姐姐不必忧虑，等燕王回来后，我直接和他去说，我们俩就一起嫁给他。我们北方的民族，儿子娶庶母、叔父纳侄女这样的事情见得多了，有什么不可以？到时候我就问他几句，看他答应不答应？还美着他了，有什么了不起?!"弄得冬柳哭笑不得。

次日，冯跋从外地巡察归来，回朝议事，就在群臣奏报完毕，即将散朝的时候，忽然侍卫来报，说拓跋秋雪公主候在门外，有事要奏。冯跋不知何事，正待说下朝再议，秋雪公主已经闯入朝堂，立于丹墀之下。她先向冯跋行过君臣之礼，然后把脸转向文武大臣，坦然地说："我拓跋秋雪自从作战被俘，来到燕国，所见所闻，让我震撼，我不但看到了一个蓬勃向上的国家，还看到了一个顶天立地的君主。我决定不走了，我要嫁给燕王为妃，不知众位意下如何？"

一位大国的公主，二十来岁的少女，文武全才的女状元，天下少有的绝代佳人，用这种方式求婚，虽然说是在胡人北地，但是从来没人见过，也从来没有人听说过。群臣不由得暗暗称奇，多数人都投来赞佩的目光，也有人把脸转向燕王，想看看冯跋的态度。冯跋笑着说道："给公主赐座，请公主看茶！"待拓跋秋雪坐了下来，他才缓缓地说道："公主乃是燕国贵宾，来此已是半年有余，通过耳闻目睹，自是感慨颇深，能对大燕国有如此的好感，令冯跋及众卿欣慰之至，并不胜感激。我们也欢迎你在大燕国住下来，体味一下人间原来如此美好。但你所说的纳妃之事，是否有些尚欠考虑，烦请公主收回成命，此事断乎不可行也！"

拓跋秋雪站起身来正色说道："听说冬柳公主几次向你表明心迹，都被你婉言拒绝，你不觉得太冷酷无情了吗？那是一个多么美妙的人啊！可谓是万里挑一，人间难找，高雅如云中白鹤，俊秀似女中凤魁，你凭什么拒绝呀？如今我一个妙龄女子，大国的公主，在大庭广众之中，公开向你求婚，可你却寸心未动，冷言回绝，你不觉得严重地伤害了我们的自尊吗？是我们不美？还是我们不贤？古往今来，哪个帝王不是满院妃嫔，尚且嫌少，恨不得占尽天下美女，你且为何这样？难道你是人间另类吗？竟不食人间烟火！"

冯跋闻听此言，也在御座上站了起来，有些激动地说："秋雪公主说的此话不假，古往今来的帝王莫不如此，但他们是他们，我是我。不是你们姐妹不美，也不是你们姐妹不贤，乃是我心思不在此也。何况后宫早有三妻四妾，已是不少，何必还要再娶新人，徒增烦恼？目前国家多事之秋，百姓每天都在受难，令我寝食难安，忧心忡忡，哪有心情再去想儿女情长之事？再者说了，我已年近天命之人，你二人正青春年少，岂可因此而耽误你俩终身，岂非暴殄天物，愧领精华，此事断乎不可为也！"

尚书左仆射皇甫兰出班奏曰："秋雪姑娘剖明心迹，情深似海，义薄云天，其胆略勇气，殊为可嘉，令人敬佩，真天下一奇女子也！陛下若能立之为妃，必能夫唱妇随，光大皇门，于国家百姓大有利也！此旺夫之姻，如何不做？太可惜也！"群臣皆随声附和，一片赞同之声。

冯跋撂下脸来朗声说道："白鹤公主乃金枝玉叶，是慕容氏皇家的后裔，秋雪公主乃大国名姝、皇帝的胞妹，也是我的外甥女，她们的身上都流淌着慕容氏高贵的热血，都应该为鲜卑族建立的国家做出卓越的贡献，都应该为这一段历史写上浓墨重彩的一笔，都应该为苦难中的国家和子民做点什么，而不是给我来当什么妃子。何况此时若纳公主为妃，大有乘人危难之嫌，岂不为天下之人所耻笑？我冯跋必不为也。众卿不必多言，请勿再谏。"

群臣见冯跋如此说，均不再言。尚书右仆射封玄提出："陛下既无此意，大家不可再劝，但何不把秋雪许配给太子冯永，岂非两全其美，皆大欢喜？"不料还没等他把话说完，秋雪已经拂袖而去。

秋雪从朝堂上回到后宫，心情沮丧，闷闷不乐，思前想后，烦恼重重。百无聊赖之中，她不知怎么就信步来到冬柳的住处，两个人一见四目相对，悲从心起，不一会儿就喝得酩酊大醉。

次日冯跋去州县巡察，临行时只匆匆与冬柳见了一面，叮嘱她一定要好好陪伴秋雪，说完就急急忙忙地走了，连头都没有回一下。姐妹俩一直等到再也看不见冯跋的背影了，才转身走回宫去，没想到这一次竟然成了她们与冯跋的永别。

冯跋离朝以后，他的弟弟大将军冯弘带着重礼，进宫拜访，直言不讳地向秋雪公主求婚，遭到秋雪公主的严词拒绝。但冯弘并不死心，天天来送礼，日日来拜访，弄得秋雪公主躲闪不及，烦恼万分。一天傍晚他竟然借着酒醉，直接闯入后宫，来到秋雪公主的住处，袒胸露乳，出言污秽，动手动脚，百般调戏，最后索性脱衣解裤，欲抱住秋雪公主求欢，吓得宫女们皆退避三舍，却被秋雪一顿巴掌，扇得晕头转向，不知所言，被他的侍卫们匆匆抬走，回家睡觉去了。

冯弘被抬走以后，秋雪再也无法安静下来，她跑到冬柳的房间一阵大哭，抽泣不停，她长到这么大，还从来没有受过这样的委屈，她要拿起武器杀了他，以雪心头之恨。冬柳告诉她说，冯弘表面上人模狗样，在燕王面前俯首帖耳，其实他早就是个色狼。就在冬柳从龙山回到宫中以后，他见冬柳美貌绝伦，就多次来悄悄地骚扰她，调戏她，冬柳都念他是燕王的弟弟，是自己的皇叔，给他留足了面子，没有告诉燕王，也没有到处张扬。只是警告他说："这你已经是第三次了，希望你也是最后一次，否则我即或不告诉燕王，也会直接废了你！"吓得冯弘悻悻而归，但临走时还发着狠说："你等着，小奴才，还真拿自己当金枝玉叶了！早晚我要睡了你，再不然我就杀了你！"因此我才时刻提防着他。今天他被你打伤了，估计明晚就会来报复，你可一定要做好准备。弄得秋雪心里发慌，一定要冬柳和雨萌与她同睡。

果然在次日夜半时分，秋雪和冬柳因为聊得太晚尚未入眠，就听到窗外有人走动，不一会儿门被拨开，接着有十数个人闯了进来，杂乱的脚步声和粗重的喘气声令人胆寒，刀枪的闪亮和黑暗中的魔影让人头根发麻，浑身发抖，秋雪不免有些害怕，紧紧地依偎着慕容冬柳。冬柳却不慌不忙地穿上衣服，点燃蜡烛，见果然是冯弘带着一班人，凶神恶煞般站在地下。这时就听冯弘淫笑着说道："良宵长夜，佳人难耐，人生苦短，当效于飞，你们姐妹二人天生丽质，又皆过二八妙龄，当速求佳偶，以慰寂寥。既然皇兄并无此意，将军我却有意成全，不如今晚就顺从了我，做个一蜂二蕊，并蒂花开，岂非上天眷顾，人间佳话？！"说完竟然走上前来，嬉皮笑脸，动手动脚，俗不可耐，呼出的酒臭之气已经喷到秋雪的脸上，让她立即想吐。

冬柳正色说道："大将军请放尊重些！燕王今日虽不在家，但他日后也必归来，你带人擅闯后宫，夜扰女眷，就不怕他治你的罪吗？何况强扭的瓜不甜，秋雪公主既然已经拒绝了你，你何必死皮赖脸、纠缠不休？天下女子不少，你还怕找不着妻妾吗？还是悄悄地回去吧！否则一旦撕破脸皮，对谁都不好！"

冯弘厚颜无耻地说："有什么不好？燕王再正义，他也是我的亲哥哥，我们同生共死，他怎么会因为两个女人治我的罪？来吧！小美人，别不好意思了！今晚就与你们共度良宵！"说罢屏退侍卫，关上房门，脱衣解带，就想上前。

秋雪见之怒不可遏："你这个不知天高地厚的东西！你也不打盆水好好照照，自己是个什么德行？癫蛤蟆还想吃天鹅肉，痴心妄想！你做梦去吧！像你这样的，给我端洗脚水都不配！"

冯弘嬉皮笑脸地说："公主怎么能这样说？慢慢地你就能看上我了！来吧，就别客气了！"说完光着膀子，比比画画，眼睛里放着淫荡的光，连涎水都流了下来。

秋雪实在忍无可忍，上前一掌，将其打翻在地，冯弘恼羞成怒，拔剑来刺，二人在屋里立即打斗起来，门外的侍卫们闻声一拥而进，就来捉人。屋子里空间小，拳脚施展不开，冯弘带着侍卫们人多势众，工夫大了对两位公主十分不利。冬柳见情势危急，顾不得许多了，手一扬，一把铁莲子撒出，顷刻间将侍卫们击倒在地，秋雪乘势一个飞脚，将冯弘踢翻在地，用右脚踏住他的胸膛，拿起牛耳尖刀，"咔嚓"一声，割下冯弘的左耳，愤怒地说："让你长长记性吧！姑奶奶可不是好惹的！"说罢咬破中指，在白色绢巾上刷刷点点，给冯跋留下一封书信，然后与冬柳拎起包袱，双双出宫而去。

两位公主走出去以后，冯弘强忍着剧痛，不敢声张，悄悄地带着侍卫们跑回家中，治伤去了，从此他对两位公主恨之入骨。但由于冯跋尚未归来，后宫除了雨萌之外，此事外人谁也不知。

第二十八回　鞭色狼兄弟生隙　伐刘宋魏主征南

　　且说燕王冯跋此番巡视襄平，是因为听奏报说，辽河、沈水相继泛滥，辽东一带发了大水，因而心急如焚，匆匆赶去。及至来到襄平地界，见大片庄稼倒伏水中，村居民房坍塌无数，沿河田野一片汪洋，灾区百姓衣食无着，心中十分忧虑。又见太守衙门作为不力，并无有效救灾措施，于是在一怒之下，罢免了平州太守邢荃麟，任命左司马徐车暂代其职，令其组织百姓救灾，全力疏浚河道，排除田间积水，开仓赈济灾民，以缓解百姓的饥寒之苦，维护辽东地区的稳定。

　　冯跋由于连日来视察灾情，看着揪心，想着上火，又加上昼夜奔波劳累，因而茶饭不思，只是饮酒。他虽身在襄平，人在救灾，但仍惦念朝廷，心系龙城。他总觉得朝中有事，心里发慌，尽管在出发之前，他已再三叮嘱尚书左仆射皇甫兰，朝中有事要立即报告，这几天朝中一直没有信来，说明肯定是平安无事，但他还是放不下心来，冥冥中似乎有一种感觉，告诉他已经发生了什么，于是他匆匆处理完救灾事宜，就急忙赶回龙城去了。

　　回到龙城时天色已晚，夕阳中的和龙宫辉煌而又安静。冯跋刚一跨进宫门，就立即问孙皇后，近几日龙城可曾发生了什么事？孙皇后回答说，宫中一切平安，也没听说城里有什么事情发生。次日清晨早朝，听完群臣奏报，处理好一应国事之后，冯跋又问皇甫兰，皇甫兰也说龙城一切正常，陛下不在之日，大臣们比平时还要勤勉。

　　散朝之后，冯跋仍觉心中不安，于是信步踱入后宫，去找女儿慕容冬柳，冬柳不在，他忽然觉得怅然若失，又急忙去拓跋秋雪的寄居处，秋雪也不在，他顿时感到心中疑惑，便问冬柳的侍女雨萌："两位公主都到哪里去了？你知道吗？"

雨萌低着头轻声地说："奴婢不知道，两位公主走的时候也没跟我说呀！"说完退到一边，低着头不再吱声。

冯跋心中越发纳闷儿，暗自分析，这两个孩子能到哪里去呢？出什么意外是不可能的，若是那样，宫中早就传开了。出去游玩也是不可能的，因为她们早已经玩过了，那么只有两种可能了：

第一种可能是秋雪已经回国了，因为秋雪是个妙龄少女，又是一位大国的公主，在朝堂上遭到拒婚，可能会感到颜面无存，一怒之下返回魏国。但他转念一想，冬柳已跟随自己多年，一直当作亲生女儿，难道也会与秋雪一起，弃他而去吗？他不敢想下去。

第二种可能是两个人一起出走了。冯跋突然想起，冬柳也曾多次流露出要嫁他为妻，被他婉拒后始终郁郁寡欢，这次与秋雪同病相怜，产生共鸣，一时觉得心灰意冷，万念俱空，弃他而去也未可知。也是自己方式不对，太伤她们的自尊心了，但她们会到哪里去呢？

冯跋找不到两位公主，心痛欲裂，悔恨交加，陷入苦苦的分析和思索之中。二女出走，如摘心肝，尤其是冬柳，简直是自己的掌上明珠，令他一刻都不能忘怀。念着冬柳的名字，他突然就想起雨萌，雨萌是冬柳的贴身侍女，与冬柳情同姐妹，冬柳出走，她怎么会不知道？何况刚才问她的时候，她就躲躲闪闪，不敢抬头，好像有什么事情瞒着他，于是他又转身走向后宫，去寻找雨萌，他一定要问个明白。

雨萌见燕王冯跋去而复来，显得忧心忡忡，满脸焦虑，吓得不敢再隐瞒下去，于是忙双膝跪下，请燕王恕其欺君之罪。冯跋说："雨萌何出此言，难道你犯什么错了吗？"

雨萌声音有些颤抖地说："我方才没说真话，欺骗了陛下，自知有罪，愿受责罚，不是我不说，是中山公冯弘把刀架在我的脖子上，不让我说，说出去我就没命了，何况我觉得，说了以后恐怕对陛下您的兄弟关系不利，因此想一直隐瞒下去。"

冯跋安慰似的说道："雨萌不必顾虑，有我在没有人敢加害于你，我现在就赦你无罪，请你但说无妨。"

雨萌于是告诉冯跋，中山公虽为皇弟，但心地不善，品行不端，胡作非为，已非一日。咱家白鹤公主自长成以后，因其貌美娴雅，天下无双，朝野上下，无不称赞。中山公冯弘几年来曾多次到后宫骚扰，以言相戏，动手动脚，都被冬柳公主怒而斥之。有一次趁着酒醉，于夜半时分闯入后宫，用刀撬开公主寝宫的房门，欲行不轨之事，被公主飞镖击中手臂，伤痛而逃。

自打秋雪公主入宫居住以后，中山公已来过数次，其丑恶行径几乎肆无忌惮。日前陛下去辽东赈灾巡视，中山公见有机可乘，乃借酒醉之机，带数人夜闯禁宫，欲对秋雪公主施暴。恰好那几日秋雪公主心气不舒，冬柳带着我陪她同住，姐妹二人打败了中山公和他所带的侍从，中山公仓皇负伤逃走，秋雪公主则咬破中指，在白绢上留下一份血书，交给我以后就和冬柳匆匆出走了。我当时已吓得手足无措，口不能言，藏起血书，悄悄地躲在墙角里一直到天亮。第二天中山公酒醒了，进宫来把刀架在脖子上威吓我，说我如果把这件事讲出去，就杀了我。因为秋雪公主寄居的地方是偏后院，宫中其他人并不知晓。雨萌说到这里，从衣袖中取出一块素绢，递给冯跋，随即长长地出了一口气。

冯跋将这块素绢展开放在桌上，见白色的丝巾上用鲜血写着九句三十六个字："有心相守，无颜强留。燕王英雄，冯弘鬼祟。青山不老，绿水长流。今生无分，来世白头。"后署"秋雪再拜"四个字。冯跋睹物思人，感慨万端，心潮汹涌，泪如雨下，"秋雪真是一位奇女子也！是我辜负了她！"

雨萌流着泪说："恕奴婢直言，陛下何止是辜负了秋雪公主，也辜负了冬柳公主哇！她们姐妹是多么好的人哪！我听她们说过，即使陛下不娶她们，她们也是不想走的，她们想一辈子守着您，每天能听到您的声音，见着您的面就好。可是中山公这么一闹，两位公主心灰意冷，一时气愤，就出走了，究竟去了哪里，我也不知道。"

冯跋揣好血书，强忍悲愤，回到寝宫，默默无言，关起门来跟谁都不说话。皇后孙氏几次敲门，他都不应，他的思绪进入极度的痛苦和迷茫之中，他不知道自己是做对了还是做错了。说做对了，两位公主已经双双出走，自己不是把她们给害了吗？说做错了，又错在哪里呢？难道说自己真的应该娶她们吗？不应该呀！这两个孩子虽然性格迥异，但都是通情达理的呀！不应该不辞而别，一去不归呀！他突然想起雨萌的话，这两位公主本来是不想走的，都是冯弘这头色狼，这个成事不足败事有余的东西！都是他坏了大家的好事，想到这里，他抓起酒坛，"啪"的一声摔在地上，惊得门外的侍卫和宫女耳朵一夀，但谁也没敢上前。寝宫内浓郁的酒香弥散开来，和冯跋心中的怒火连在一起，他真想让它们燃成大火，把他和这座宫殿一起烧掉。

傍晚，冯跋推开房门，命侍卫召冯弘进宫议事，吓得冯弘如闻晴天霹雳，六神无主，体似筛糠，想编个理由推托不去，一时又想不好怎么说，急得如同热锅上的蚂蚁。小妾高氏讥讽说："平日里总吹嘘自己是男子汉大丈夫，敢作敢为，无所畏惧，事到临头就熊了，你那份能耐呢？我看你只有在我们女人身上用劲儿的本事！见到燕王吓个背猫鼠似的，难不成燕王真的会杀了你？你们可是一母所生的亲兄弟呀!"冯弘无奈,只好硬着头皮前往后宫。

跟着侍卫来到燕王的寝宫,冯弘一直心惊肉跳,忐忑不安。他跟冯跋虽然都是拓跋红柳所生,但只是同母异父的兄弟,他从小就十分惧怕这位一身正气、武功超群的哥哥,多少年来跟着哥哥冲锋陷阵,南征北战,他已经习惯了看着冯跋的眼色,听从冯跋的命令行事。他知道这次祸闯大了,生怕冯跋一怒之下砍了他,因此从一进门就小心翼翼,察言观色,后来见冯跋神态依旧,语气平和,并没看出有什么异常的样子,才稍稍放下心来。

冯跋命宫人布菜上酒,二人对面而坐,一人一坛,四目相对,边喝边谈,不一会儿一坛酒下去,冯弘渐渐地放松下来。他似乎感觉今天皇兄找他,好像没有追究那件事的意思,甚至有可能至今还不知道那件事,过去自己几次骚扰冬柳,皇兄不是都不知道吗?何况哪个女孩子愿意往外说这样的事?是自己心里有鬼,是自己多虑了。想到这里,冯弘完全放下心来,开怀畅饮。

不知不觉之中,二人已经各喝了两坛。这种"龙城玉液"虽然很香,但是酒劲很大,冯弘已经两眼蒙眬,有些醉了。此时冯跋目视着冯弘,突然"啪"的一声放下筷子,从衣袖中取出一物,递与冯弘:"中山公可曾认得?"

冯弘惊得一激灵,酒马上醒了一半,及至接过那张素绢看过,立刻吓得面如土色,"扑通"一声给冯跋跪下了,一边磕头一边说道:"是臣弟一时酒后失德,冒犯了公主,还望皇兄宽恕!"

"宽恕?"冯跋站起身来,浑身哆嗦,以手指点着冯弘,怒斥他说,"你我一母所生,同甘共苦,一路走来,何其不易?如今你高官得坐,骏马任骑,锦衣玉食,万人仰慕,本应该百倍珍惜,约束自己,居安思危,造福百姓,虽不一定能够流芳百世,却也能在辞世之时心地坦然。不承想你忘乎所以,穷奢极欲,肆无忌惮,胡作非为,成天想着寻欢作乐,难道你就没有想过后果吗?古往今来,多少王朝因之而亡,多少豪杰因之而死,慕容熙的教训就在昨天,这还不够深刻吗?你我皆出身草莽,自小受苦,如今金玉满堂,妻妾成群,缘何尚不知足,妄生邪念?你说,这是为什么呀?"

冯弘此时有酒壮胆,也呼地站起来说:"我们身为王公贵胄,吃喝玩乐皆属平常,有什么过分的吗?玩几个女子又怎么了?值得你为此跟我大喊大叫吗?"

冯跋怒不可遏地说:"这几年你居功自傲,目中无人,吃喝玩乐,无所不好,我说过你吗?你虽妻妾成群,却时常迎娶新妇,又不忘寻花问柳,常宿青楼,我说过你吗?各人有各人的活法,自当无可厚非,但你做得太过了吧?冬柳是我的义女,她是皇太孙的遗孤,也算是你的侄女,你为何三番五次前去骚扰,你当我不知道吗?难道你是畜生吗?"

冯弘也红头涨脸地嚷道:"冬柳不过是你的义女,你娶了她又能怎样?你自己不娶,我娶她还不行吗?你左拦右挡,一百个不行,她早晚不也得嫁出去吗?"

冯跋听到此处怒火冲天,抬手一掌,把冯弘打翻在地,"说出这种话来,真是禽兽不如!你还知道人间有忠孝节义,有礼义廉耻吗?秋雪是大魏国的公主,她若同意,嫁给你未尝不可,可她不情愿,你又何必夜闯女宅,妄图施暴,你想过后果吗?如果魏国借此兵戎相见,又有多少平民会无辜死于战火,给国家和子民会造成多大的灾难?如今两位公主皆负气出走,你叫我如何向魏国交代?又怎么有脸去见故主?"冯跋越说越气,顺手摘下墙上的皮鞭,劈头盖脸地向冯弘抽去,打得冯弘满地翻滚,皮开肉绽,连哭带号地趴地求饶,冯跋仍不罢手。

侍卫和宫女们闻声赶来,但见燕王冯跋在盛怒之下,谁也不敢上前,有人飞报给皇后孙氏,孙皇后匆匆赶来,这才算给冯弘解了围,但他此时已经遍体鳞伤,身上的衣服也不知跑到哪里去了,一片血肉模糊,一群侍卫七手八脚,把他抬回家治伤去了。冯跋则立即让孙皇后多给雨萌带些银两,让她赶快回家与亲人团聚。

冯跋在众人走后,仍然心绪难平,又喝下两坛烈酒,一夜无眠。次日早朝之上,一阵阵觉得精神恍惚,头疼,无力,回宫后传太医诊治,说他是因为饮酒过度,气大伤肝,引起周身不适,造成代谢失调,需要慢慢静养一个时期。皇甫兰等群臣前来探视,见冯跋身体如此,劝他安心休息,有事他们先找太子冯永商量,冯跋见这样也好,当即点头应允。

且说冯弘当晚被抬回家中,敷上药物,疼得他昼夜难眠,坐卧不安,恨得他咬牙切齿,肝肠寸断。他痛恨燕王冯跋翻脸无情,竟然为了两个女子,不顾兄弟之义,把他打成这样,这让冯弘极为伤心,他暗自发恨:"你若是不仁,就别怪我不义了!你不拿我当弟弟,我又何必拿你当兄长?咱们走着瞧!"从此兄弟二人生隙。

再说魏王拓跋嗣自打伐燕失败,妹妹秋雪公主一去不还,母后慕容氏思女成病,弄得拓跋嗣也郁郁寡欢,一面多次发信催公主回家,一面晨昏定省,陪伴母后,连朝政都懒得打理了。

北魏泰常七年(422)五月,一日早朝,有北新公安同奏报,说南朝宋国皇帝刘裕去世,太子刘义符即位。刘义符贪玩懒惰,不理政事,虽有庾亮、徐羡之、谢晦和檀道济四位顾命大臣辅佐,但朝野上下乱象迭起,正是伐宋的天赐良机,陛下不宜错过也。

博士祭酒、尚书令崔浩不同意安同的看法,他说:"刘宋自代晋立国以来,与我们大魏国互相尊重,十分友好,并无丧义失德之事。我闻古往今来欲取天下者，必先顺潮流，得民心，布仁德于四海。如今刘裕新丧，我军若在此时进攻，虽然可能一战得手，但必然会失信于天下，虽然可能拿下一些城池和土地，但必然会由此失掉民心，此非大国之君之所为也！对陛下的声名是极其不利的。更何况宋有长江天险，我们也很难一举就夺取江南，反而落下个伐丧不义的骂名。我建议陛下不如派人遣使吊丧，以德服人，则众望所归，天下早晚属于大魏矣！"

皇帝拓跋嗣说："朕自打天赐六年即位以来，已历一十三载，四年前伐燕失利，令我刻骨铭心，终生难忘，早想再率雄师，为国争气。如今征南机会难得，岂可再予错过？他刘裕可以借姚兴去世而消灭秦国，我为什么不能趁他刘裕新丧而击败刘宋？正所谓以其人之道还治其人之身，有何不可？何况人生本来就短，在位岂得永年？我为什么不能趁着年富力强，为祖宗的大业多做点事呢？"遂不听崔浩之言，决定兵出两路伐宋，一路由山阳公奚斤率领，带十万大军攻打滑台，另一路由他自己率领，带二十万大军出晋南，下河洛，兵锋直逼虎牢关。

当年九月，山阳公奚斤率军攻破滑台，与拓跋嗣合兵一处，如摧枯拉朽，席卷河南，很快攻破洛阳、嵩山等许多州县，将虎牢关团团围住。刘宋王朝的虎牢关守将毛德祖率众抵抗，拒不投降，这时天逢大旱，连日无雨，虎牢关城中饮水发生困难。原来这么多年，虎牢关的城中饮水，多半靠从城外河中拉运，如今城池被围，无法再从城外运来，只能从城头上垂绳取吊，取些护城河中的流水来用，但取水之绳屡屡被魏军射中，吊绳取水也无法进行了，城中人马的饮水已经无以为继。拓跋嗣又听从奚斤的建议，从城外挖地道通往城内，泄尽城中井水，致使城中守军无可奈何，只好乖乖地开门投降。

拔掉了虎牢关这颗大钉子，拓跋嗣立即将大军分为三路，分别向东、南、北三个方向进攻，很快将司、兖、豫三郡的土地和人口据为己有，大获全胜，留下大将周几镇守河南，自己率领大军凯旋。

魏国皇帝拓跋嗣此番伐宋成功，喜不自禁，自感兴犹未尽，壮志满怀，很想再寻机北进报四年前伐燕之仇，但因其攻打虎牢关时亲冒矢石，被宋将毛德祖一箭射中左臂，虽非喂毒之箭，但因伤及筋骨，疼痛难禁，一路上惨叫不止。待回到平城以后，虽经太医多方诊治，但因其长期服用寒食散等丹药，造成慢性中毒，伤口极难愈合，拓跋嗣因此召尚书令崔浩进宫议事。

崔浩说："陛下春秋正盛，国家旭日东升，正是方兴未艾大展宏图之时，岂可因一小疾而虑身后之事，岂非令朝野上下引起恐慌，此事恐不妥也！"

拓跋嗣道："不然，我观古今多少王朝，皆因前朝失策，安排失当，致使先皇逝去则宫廷大乱，或者未经历练，太子无才，徒使国家灭亡，社稷夭折，此教训不为不深刻也！我今虽患小疾，但等病重再虑已是晚矣。现下太子拓跋焘已经十五岁了，聪明果敢，足堪大任，可使他渐渐熟悉朝政，学会掌控大局，请尚书令等诸公悉心辅之，我只做个太上皇，大小事情均由焘儿和汝等酌定，这样历练几年，一旦我哪天去世了，也省得皇权接续不力，给国家和百姓带来灾难。"

崔浩闻之，赞不绝口："陛下深谋远虑，高屋建瓴，真当今尧舜之君，必为大魏国的兴旺发达埋下基石，立不世之功。"后来拓跋焘果然不负重托，励精图治，待机而动，终于统一了北部中国，创造了北魏历史上最辉煌的时期，此是不久以后的事了。

北魏泰常八年（423）一月，拓跋嗣因箭伤不愈，病死于平城西宫，终年三十二岁，在位仅十四年便魂归天国，朝野上下皆痛而悼之。尚书令崔浩感叹地说："人生在世，有失有得，急于求成必丢其正果。若陛下信我之言，不伐刘宋，焉有此祸？或可统一天下，成秦皇、汉祖之伟业。看来为人君者居庙堂之高，若能看清楚，想明白，顺潮流，得民心，而能壮志得酬者，何其难哉！"众皆嗟叹不已。

三燕王朝

第二十九回　发宿疾英主归天　害手足昏王篡位

　　燕王冯跋文武双全，足智多谋，为人正直善良，体恤民情，为君不爱钱财，不贪女色，可谓世之豪杰、一代明君。但是金无足赤，人无完人，冯跋也有一个致命的弱点，或者说叫作不良嗜好，那就是太贪酒，有时候简直是爱酒如命，最终使他的身体和事业全毁在无度的豪饮之上。

　　冯跋好酒有些家族遗传上的渊源，他原本就是个鲜卑人，这个民族可能生来就好酒，他们骑着快马，舞着长刀，背着弓箭和水袋，从草原上飞驰而来，无论男女老少，身上还携带着一件必不可少的东西，那就是酒囊。酒囊伴随着他们驰骋沙场，挺进中原，酒囊也伴随着他们立身龙城，雄踞北方。许多鲜卑族的首领如慕容庑、慕容鲩、慕容德和慕容垂等，都是闻名一时的酒家，他们的恣情豪饮和辉煌业绩一样，为人们广泛传诵并载入史册。

　　冯跋的祖父慕容恪本来是一代名将，就是因为嗜酒成癖，加上积劳成疾，四十三岁便英年早逝。他的父亲慕容绍也因为从小饮酒，长大成病，身体羸弱，一事无成。他的母亲拓跋红柳生于酿酒世家，其父拓跋醇是山西大烧锅"杏花村"的酿酒大师，红柳从小学酿酒，会品酒，常拿烈酒当水喝，从来不知道什么是醉。在母亲的影响下，冯跋从三四岁起便开始喝酒，到七八岁时，已经能一餐喝下一坛好酒，从而以能酒和会武闻名燕山。跟随黑羽儿师太练功习武那些年，冯跋曾经一度戒酒，但回到军营不久便又照喝不误。当上了燕王以后，师父黑羽儿师太恐其喝酒误事，便传授他一套"内功逼酒心法"，本来是好心好意，却被冯跋曲解乱用，有恃无恐，以至于喝酒更甚。

　　饮酒也确实给冯跋带来过巨大的好处，他仗义疏财，武艺高强，又襟怀坦荡，恣情豪饮，因而在朝廷和军中都很有人脉，在龙城和昌黎一带也有许多武林好友，高云便是他的好友之一，这也是冯跋能够振臂一呼夺取天下，又能够平定叛乱坐稳皇位的原因之一。因此，在他称帝之后，尽管政务繁忙，日理万机，他仍然每日必饮，一餐不落，走到哪里就喝到哪里。他的侍卫身上永远背着两只酒囊，而酒囊的里面永远装满他认为最好的酒"龙城玉液"。

说起冯跋饮酒与这"龙城玉液"，至今还流传着一段有趣的传说。原来这龙城街里有个老烧锅，据说在当时也有上千年的历史，酿出的美酒酱香醇厚，名扬塞外，为许多帝王将相和名人雅士所青睐。传说当年汉高祖刘邦北征匈奴，被困白登山（今山西省大同市东）七天七夜，曾经以此酒浇愁，并化险为夷。三国时期曹操北征乌桓，大获全胜，曾经以此酒犒劳有功将士。燕王慕容皝在即位之前，曾经在龙山之中看到黑白二龙，即以此酒祭之，并因之把柳城改称龙城，将此酒御赐为"龙城玉液"，从此这家烧锅越发香飘塞北，名闻天下。

黑白二龙闻其香，慕其名，盘桓许久不愿离去，夜晚竟悄悄飞抵龙城，潜入老烧锅的酒库之中，头从窗户伸入，尾巴就留在院子里。二龙共喝了二十缸好酒，一时醉卧在地，不能起飞。天亮之时，人们发现后不敢惊动，急忙焚香敬之，烧锅内外，人们跪了一地。不一会儿太阳升起，有九只凤凰从龙山飞来，一阵欢叫，才把黑白二龙唤醒，龙凤乃一齐飞走。天空顿时出现一片灿烂的彩霞，人们欢呼雀跃，礼拜不止。当时龙城大儒独孤仁至在场目睹，有感而发："玉液生香，龙凤呈祥，国家当兴，万民之福哇！"乃挥毫写下"醉龙居"三个大字，流传至今，是真是假，不得而知。但此酒品质上乘，色味俱佳，风传十里，入口生香确是名副其实。此酒取龙城特产麦、黍、谷、荞和粟米等为原料，用龙山天龙溪的泉水浸泡，在千年以上的泥窖中长期发酵，然后入蒸锅，用慢火，白天养气，夜间取酒，酿出来的原酒再装入木海，经过二十年以上的地下窖藏，方才装坛出售，因而醇香四溢，脍炙人口，多少年来就是朝廷的贡品，皇家的宝物，王公贵胄皆慕而珍藏，富商大贾俱争而购之，平民百姓是无福消受的。冯跋自打入龙城在皇太孙帐下为将，就常来此处饮酒，这"醉龙居"不但酒好，几道龙城小菜也做得十分清香洁净，地道可口。

北燕太平十八年（426）春夏之交，关东地区大旱，龙城连续三个月无雨，禾苗几近枯干，人畜饮水困难，白狼河已经快要断流，天龙溪也行将无水可滴，百姓心如汤煮。冯跋心如火焚，一方面下令官仓放粮济困，寻找水源，一方面到处求神拜佛，祈祷上天。一日临晌冯跋从白狼河边求雨归来，心中烦闷，便顺驾来到"醉龙居"，在门前遇到一位游方的道士，正在给人卜卦算命。冯跋心里一动，便信步走了过去，谦虚地说道："打扰道长了！你既然知人祸福，想必也晓得天机，请问可知何时有雨？算与不算，卦金照付。"

那道长闻听冯跋之言，抬起头来，注视良久，方闭上眼睛，手指捻动，双唇嗫嚅，长须抖动，好半天才大叫一声："上上吉呀！好卦！好卦！"说完故意戛然而止，缄默无言。

冯跋见之轻轻一笑，命侍卫递上一锭银子，方才急切地问道："敢问道长，此卦吉在何处？好在哪里？请速讲来。"

那道长接过银子，仔细地看了又看，小心谨慎地揣入怀中，才缓缓地对冯跋说："恭喜施主，贺喜施主！按照天庭的部署，本来近日无雨，不知是何人祈祷，感动了玉帝，格外开恩，明日天便有雨！"

冯跋一听，喜出望外，急不可待地问道："此事当真？能下多少？何时开始？何时结束？"

那道士又掐指算了一阵，才慢慢吞吞地说："当在午时三刻下起，未时一刻便停，降水为一寸一分一毫，雨量虽说不大，但这也是天恩了！"

冯跋听后有些遗憾地说："看来老天难遂人愿，旱到这种程度，下这点雨哪够用啊？真是神仙不吃粮，难知百姓苦哇！什么时候这位高高在上的玉皇大帝，能真正体会一下人间的民情呢？"

此时又有一位客人从街上走来，接过话茬儿笑着说道："这位道长看似知晓天机了？不然怎么知道就下这么一点雨？还只固定在那一个时辰，难道就不能提前或错后、下多或下少吗？"

那道长瞥了来人一眼，有些生气地说："雨量大小，时辰早晚，都是玉帝的旨意，御制的天条，交由雨神去办，责成龙王施行，岂可随意更改？那不是滔天大罪吗？"

那来人冷笑道："我看未必。上有旨意，下有主意，上天的律令不能贯通的还少吗？自作主张的事情我见得多了，玉帝怎么能管得那样细？他了解下界的情况吗？如此大旱，不降透雨，百姓怎么活下去？没有三界中的亿万生灵，苦难中的芸芸众生，他给谁去当玉皇大帝？无论做多大的官，掌多大的权，都不能忘了百姓，没有良心哪！"

冯跋听了脱口赞道："此话言之有理，说得正合我心，如今不但这样做的人很少，这样说的人也不多了，天上这帮神仙就更不用提了。仁兄能够仗义执言，为民说话，真世之贤人也！"随即拉起那人之手，邀其同席共饮。

冯跋本来就是海量，再加上听说明日有雨，又遇上如此极对脾性之人，心情高兴，一时开怀畅饮，喜上眉梢。那位客人看来也襟怀坦荡、性格爽朗，不但言来语去与冯跋聊得十分投机，而且频频端碗，来者不拒，同冯跋喝得相当融洽，能看出酒量也大得出奇，两个人不一会儿就已经喝下六坛。

那位客人喝下一碗酒后，咂着嘴对冯跋说："这个老烧锅的酒倒是真好，只是不该叫醉龙居，牛吹得有点儿太大了！"冯跋听后一笑，便把传说中的那些故事讲给他听。那来人也笑着说道："谁看见了？只不过是店家自编的瞎话而已，后来以讹传讹，流传至今，假的也变成真的了！三界中的许多事情都是这样，你眼睛看到的，耳朵听到的，都不一定是真的，现在真的东西和真的人，是越来越少了。今天真若是把我喝醉了，我才服它是真的醉龙居。多少年来我游遍天下，喝过无数样的美酒琼浆，不是我吹牛说大话，还没有一样酒值得我大醉，也没有一个人能喝得过我。今天你若是陪我喝透了，说不定明天还能多下点雨呢！怎么样？"

冯跋平生最爱喝酒，更喜欢与人拼酒，今天遇到这样一位对手，真是让他喜出望外，听了那位客人这样一番话，不禁有些相见恨晚的感觉，顿时好胜心起，兴趣大增，立即搬过酒坛，与那位客人对饮起来。两个人也不吃菜，只是就着话题下酒，不知不觉之间，两个时辰过去，两个人已喝下四十几坛。

那位客人虽是能喝，但此时也已经两眼蒙眬，额头上青筋暴起，嘴里头舌根发硬，端着碗时手有些发抖，说话与喝酒的速度都明显慢了下来。而冯跋由于使用了黑羽儿师太传授的"内功逼酒心法"，边喝边运功，弄得浑身热气腾腾，头上大汗淋漓，把酒液多从汗孔、脚心和手心逼了出来，所以仍显得神清气爽、斗志昂扬。

两个人喝至红轮西坠，那位客人终于抵挡不住冯跋的攻势，两手一摊败下阵来，双拳一拱，说了声："改日再喝！"便踉踉跄跄地走了出去。冯跋问他家在何处，想派侍卫去送他。那位客人笑道："酒是喝透了，送就不必了，我的住处你们找不着，找着了你们也进不去，回去吧，放心，我一定话兑前言，说到哪儿做到哪儿，明天下完雨我还来，咱们接着喝。"话说完转身就走，眨眼之间已不知去向，众人不由得暗暗称奇。

冯跋喝过这一场大酒，虽说酒精多已逼出，但因为他边喝酒边运功，回来后便觉得浑身疲乏，头昏脑涨，没等着孙皇后给他脱完衣服，一歪身就睡着了，一夜没翻身，到天亮也没醒，次日清晨的早朝也没去成，直到中午才勉强爬起来。

刚漱过口，洗过脸，接过侍女递过来的一碗粥，就有个侍卫从门外跑进来，大声嚷道："陛下大喜了！晴天下雨了！"冯跋闻言放下粥碗，三步并作两步跑出门外，果见外边虽然亮瓦晴天，却大雨滂沱，感到十分奇怪。他想起昨天那位道士的话，不是说午时三刻才开始下的吗？怎么现在午时一刻就下起来了？而且既无风，又无云，更无闪电和雷鸣，这是怎么回事呢？难道是那位道士在胡说吗？

及至回到屋内，吃过两碗粥，到了午时三刻左右，忽然间风声大作，雷声滚滚，黑云挟持着闪电遮天盖地，刹那倾盆大雨从天而降。这场雨一直下到未时三刻，冯跋命人一量，足足降水四寸四分四毫，直下得庄稼喝饱，土地灌透，河水猛涨，沟满壕平，彻底解除了关东的旱象。天晴之时，百姓们上街敲锣打鼓，一片欢腾。

雨停以后，冯跋遵照昨日之约，特意去了一趟"醉龙居"，见门外那位算卦的道长还在，可是足足等了一个多时辰，也未见那位客人再来，正想起驾回宫，门外那位道长走了进来，对他说："施主可是在等昨日那位酒友的吗？"

冯跋惊奇地问道："是啊！你怎么知道？"

那位道长说："您就别等了，他来不了了，他已经获罪了。"

冯跋大吃一惊："这是什么时候的事？获什么罪了？官府怎么会不知道？"

那位道长笑着说："就是今天午后的事，您当然不会知道。但您晓得他是谁吗？他是辽河龙王双辽真君，是这关东大地的雨神，他犯了天条了，被玉帝囚禁在锁龙台了，估计性命不保了。施主您这顿酒没白喝呀！您随心所愿救了万民，他却逆天行事要被砍头哇！"

冯跋闻之恍然大悟："啊！我说嘛，原来他是龙王，怪不得酒量那样大！"接着又似有不解地问道："他既是这关东的雨神，那今天的雨不是下得挺好的嘛！就是晚了一点，怎么就犯了天条了？"

那位道长说："施主有所不知，这什么时候下雨，下多大的雨，都是玉帝的旨意，上天的安排，因此这时辰和雨量都是事先定好了的，分别由风姨、云妹、雷公、电母和龙王五位神仙按程序施行。我昨天给你卜卦的时候，不是跟您说过了吗？这场雨应当在午时三刻下，未时一刻停，雨量为一寸一分一毫，可是您看这场雨下的，午时一刻刚过，风没刮，云没铺，电未闪，雷未鸣，那龙王倒先下起雨来了，而且又下得这么大、这样透，这不叫无法无天了吗？如此胆大妄为，越权行事，玉帝能轻饶了他吗？"

冯跋听到这里全明白了，立即着急地说："龙王越权行事，加大雨量固然不对，可他那是从旱情的实际出发呀，他即或犯了天条，那也是为了关东的百姓啊，难道玉帝就不能体恤民情，从轻发落，饶他一命吗？"

那位道士依然冷笑着说："加大雨量是为了救灾，解民之忧算是件功德，但做好事也不是该他说了算的呀！那应该由人家玉帝亲自决定，有功德也应该记在人家身上，他不过是喝多了酒一时逞能，想为个人买好，你想这样的事，玉帝会放过他吗？"

"下场雨有这么复杂吗？神仙怎么也会计较个人名利？玉皇大帝身为三界之主，那就更不应该了嘛！你既然知晓天机，那你说说，我们怎么做才能帮助他

323

呢？怎么说他也是为万民做了一件好事啊！"冯跋听完着急地说。

那道长沉吟良久，扳着手指头算计了好大一会儿，才看着冯跋缓缓地说道："双辽真君不肯认罪，说他是看到旱象严重，替上天给百姓做了一件该做的事，虽死而无憾。玉帝震怒，已定于三日后开斩，百官求情而均遭申斥。哎！看来只有人间的人王帝主携天下百姓，具万民折向玉帝求情，或可有一线希望。"说完头也不回，扬长而去。

冯跋在起驾回宫的路上暗自沉思：看来昨日与我喝酒之人，必是辽河龙王双辽真君了！他还真是一个有情有义的性情中人，为了天下苍生而不惜丢掉性命，算得上是一位大英雄，我一定要想办法救他的性命。于是在次日清晨，即率文武百官及龙城数万百姓，来到龙山云接寺，亲登十三层云接塔顶上香，焚烧万民折，表达苍生愿，请玉帝看在关东百姓的面上，宽恕龙王之罪。是时天晴日朗，万里无云，众人祈祷，群山回应，一缕缕轻烟直上天庭，一道道彩虹从东方升起。

祭拜结束以后，冯跋又令平州太守徐车在辽河边上，选一高阜之处修建龙王庙，塑金身，供香火，并在每年的此时此刻奉"龙城玉液"十坛以祭奠之。从此"醉龙居"名扬天下，流芳百世。

做完这件事，冯跋颇感欣慰，毕竟这场好雨大大地缓解了旱情，减轻了百姓的疾苦，巡视所到州县，百姓一片叫好之声，令他心情非常愉快。可是每当他一回到后宫，想起女儿慕容冬柳出走未归，至今音信皆无，不觉又让他忧上眉梢。次年（427）春天，太子冯永病死，这对年近花甲的冯跋来说，无异于当头一棒，冯跋虽有皇子十几人，但冯永文武全才，好学勤勉，颇似自己，冯跋甚慰之，这几年好多朝廷政事，多由太子主持处理，皆井井有条，件件平稳，群臣俱敬服之。太子一死，如摘心挖肝，令冯跋痛不欲生，皇后孙氏及群臣皆劝慰之。冯跋虽明白生死有命，世事无常，自然法则皆不可违背，但终是心结难开，不能释怀，每日里一闲下来，思念儿女之情愈甚，不免常常对月长叹，以酒浇愁，有时候一连几日食宿俱废，只是喝酒，终于有一天他病倒了。

太医诊断冯跋的病情，对孙皇后和大臣们说："陛下长期饮酒过度，本已肝肾受损，加上公主出走，太子病亡，食宿不济，代谢紊乱，又兼连日饮酒，忧思加重肝火，导致身体衰竭无力，间歇性神志不清，只要停下酒来，静心调养，不气不火，不急不躁，不惊不扰，不愁不忧，常食些粥糜，多补些水果，自然会慢慢地好起来。"冯跋颔首认可，孙皇后与众臣心方稍安。

且说冯跋依太医所嘱，把朝政托付给众位大臣，自己按时服药，又禁饮酒，每日除了读书习武，就是到园中散步，一个多月以后，果然身体明显好转，能够上朝理事了，令群臣欣喜不已。又过了一些日子，冯跋觉得体能已经基本恢复，精力也很充沛，好像又回到了原来的样子，于是禁不住酒的诱惑，又慢慢地捡起来。开始的时候每餐半小杯，一小杯到两小杯，后来见喝着没事，又把杯换成了碗，每餐由一碗，两碗到三碗，过了半年以后，又恢复到每餐喝一坛了。太医和群臣屡劝无效，孙皇后就带着妃嫔和子女们跪着相劝，但冯跋谁的话也听不进去了，他执拗地对众人说："你们谁也不要劝我了，我冯跋平生就好这一口，就是喝坏了身体我也无怨无悔，何况我已经年近六旬，喝酒这件事，无论如何我也戒不掉了。"

由于长期过量饮酒和心情忧郁，太平二十一年（429）夏，冯跋病势转重，虽仍能坚持上朝理事，但明显看身体日渐消瘦，面色越来越黄，食量减退，睡眠不实，体力越来越差，遂听从皇甫兰等群臣的建议，立次子冯翼为太子，替他上朝打理政事。冯翼虽不及冯永精明能干，但却忠厚老实，又得大臣们鼎力维护，却也让他放心，一晃又过去了一年多。

太平二十二年秋天，冯跋病势转危，不但无法进食，而且连酒也喝得很少了，他预感到自己来日无多，每天都亲召太子冯翼和皇甫兰叮嘱国事，其他人概不接见，连病情是什么样也封锁消息，寝宫里只留下侧妃宋氏和两个侍女照料，以免发生意外，可是意外竟然在这位侧妃宋氏的身上发生了。

侧妃宋氏是冯跋在太平十年领兵击魏时，在班师回朝的路上捡到的一个孤女，当时才十二岁，衣衫褴褛，瘦小枯干，但两只大眼睛很讨人喜欢。因为家里父母双亡，无处可去，冯跋把她带到宫中当个侍女，开始的时候为冯跋端茶倒水，温床洗脚，后来大点了，晚上陪冯跋喝酒吃夜宵。也不知是什么时候，在哪一次喝过酒之后，她睡到了冯跋的床上，成了冯跋年龄最小的妃子，不久又生了一个小儿子，取名受居。受居聪明伶俐，十分可爱，给晚年冯跋的后宫生活带来了很多乐趣，如今已经五岁了。宋妃这时见冯跋病重，说不定什么时候驾崩，只有自己在身边伺候，便陡生异念，想立自己的儿子受居为太子，在冯跋死后继承帝位。于是她找到自己的同乡、给事中胡福商议办法，二人决定在冯跋病逝的时候篡改遗诏，以便弄假成真，以冯跋的精明和威望，众人必会深信不疑，此计十拿九稳。

殊不知"若想人不知，除非己莫为"，胡福频繁地出入后宫，老实厚道的太子冯翼和皇甫兰并未察觉什么，但却被冯弘看在眼里、记在心上。原来在冯跋生病这一年多的时间里，冯弘曾多次去宫中探望，好像在观察动向，寻找机会，引起冯跋的警觉和怀疑，因此对他怀有戒心。这次见冯跋养病禁止众臣探望，只允许太子冯翼和尚书左仆射皇甫兰两个人出入，心中疑窦顿生，遂常假借巡营查哨的机会去后宫观察动静。冯弘此时仍任中卫将军，掌管京城禁军四万人马，大权在

325

握，因此他去后宫巡查，没有引起任何人的猜疑。这几日冯弘见胡福多次出入后宫，行动诡异，便乘其夜半出宫之机将其拿获，直接带到自己的府中询问。

看到凶神恶煞一般的冯弘，胡福吓得浑身哆嗦，冯弘的腰刀刚放在他的脖子上，未及问话，胡福就竹筒倒豆子，把宋氏和他策划的阴谋全部说了出来。冯弘闻听大吃一惊，当即把胡福押入地牢，便急忙与宠妾高氏商议对策。

高氏乃高云之妹，也是高句丽人，因为生得艳丽妖冶，一双眼睛勾人魂魄，在高云被杀时免受一死，被冯弘乘机抢来纳为小妾。高氏对冯跋恨之入骨，早欲为其兄高云报仇，这时候听冯弘说了胡福的供词，立时心中暗喜，表面上却不露声色地说道："陛下如今病危，眼见江山易手，与其看着别人为帝，岂如自己继位登基？将军也是陛下的手足，多少年来生死相随，刀光剑影，哪一场硬仗少下你了？难道你就眼看着让受居为帝，或者太子登基吗？何况你现在手握重兵，谁能奈何得你？不如一不做二不休！"高氏的玉手向下一劈，做了一个刀砍的动作，诡异地笑了。

冯弘听了如梦方醒，原来他还打算将胡福交给太子冯翼，在明天朝堂上揭穿宋妃的阴谋，然后再与群臣一起，扶持太子继位。看起来自己太幼稚可笑了！远不及自己这位娇妻高明果断，想到这里，他不由得在心里暗暗地叫了一声："陛下，我的兄长，对不起了！你是对我不错，但你为了两个女人，全然不顾兄弟情分，这一顿鞭子把我抽的，到现在心里还疼，你就要死了，皇帝谁当都是当，不如就由老弟我来当吧！管什么兄弟之情、君臣之义？顾不了那么多了！"

想到高兴之处，他仿佛感觉自己已经坐到了和龙宫的宝座之上，情不自禁地抱起高氏狠狠地亲了一口，然后带领数百名禁卫军向宫中进发了。

由于冯弘本是京城禁卫军总管，出入后宫谁也阻挡不了，他很容易地就来到了冯跋的寝宫之前。黑暗中有侍卫高声喝道："何人夜间惊扰圣驾？还不退下！"未及说完，冯弘走到跟前，一剑将其刺死，另一个侍卫刚想动手，被一拥而上的禁卫军们乱刀砍倒。冯弘率人忽地闯入寝宫，将宫中的蜡烛吹得一闪，几乎熄灭。一位侍女正好立在床前给冯跋喂水，轻声问道："谁呀，半夜三更的，切莫惊了皇上。"话未说完，冯弘顺手投出手中宝剑，将侍女穿了个透心凉，手中的水碗"当啷"一声掉在地上。冯跋此时躺在床上，手脚不能动，口亦不能言，只是用目光怒视着冯弘，嘴里似乎喊出一声："你……"吓得冯弘急忙跪在地上磕头，听冯跋半晌没有说话，仍然不敢上前。他深知兄长武功奇绝，说不定随时都会取他性命，直到有一侍卫大着胆子上前观看，发现冯跋早已气绝身亡，冯弘方敢站起身来。

按照宠妾高氏出的主意，冯弘决心一不做二不休，彻底斩草除根，他下令连夜捉拿后宫的所有后妃以及冯跋的子女，共一百多人，当场杀死，同时派兵去东宫捉拿太子冯翼。冯翼毫无准备，全家三十多口悉遭毒手。及至黎明，又派部将库斗擒拿冯跋的亲属二百多人，全部砍死。冯跋的侧妃宋氏因为长着一双好看的大眼睛，早被冯弘看中，当晚即被寻欢数次而暂免一死，其子受居不知去向，冯弘命人搜遍后宫，均未看见，只好作罢。

天明早朝，待百官分班站定，群臣没有看见太子冯翼，却见中山公冯弘凶神恶煞般立在丹墀之上，皆感到有些莫名其妙。冯弘命侍卫带上胡福，宣布太子冯翼与胡福合谋造反，害死陛下，意在抢班继位，被当场抓获，太子冯翼企图反抗，已为侍卫所杀，现在逆贼余党均已被诛，留下胡福，只为做个见证。胡福吓得磕头如捣蒜，按照冯弘教给他的话说了一遍，以为能够免死，没想到他的话刚说完，即被冯弘下令推出去砍了。群臣明知此事有异，但见朝堂两侧武士林立，杀气腾腾，尤见库斗手提腰刀，刀尖上似有鲜血在滴，一只手提着胡福的人头，"咣当"一声扔在地上，吓得再也无人敢说话了。冯弘见此，大模大样地坐在御椅之上，厚颜无耻地宣布继位为帝，改元太兴，所有文武百官暂时各司其职，不一会儿宣布散朝。

散朝之后，尚书左仆射皇甫兰，尚书右仆射封玄，前将军樊平、张泰和左司马李桑等冯跋的一班旧臣，齐聚在皇甫兰家商议对策。樊平、张泰主张举兵杀掉冯弘，为先帝雪恨。皇甫兰说，杀掉冯弘容易，但我们一是证据不足，二是先帝诸子皆亡，杀了冯弘以后，立谁为君呢？若立别人为帝，又违背先帝遗愿，我看大家还是暂时散了吧！大燕国没了先帝，气数已尽，也没有几天日出了。众人俱长叹而散，连夜走掉了六十多位大臣。次日早朝，朝堂上已经寥寥无几，冯弘惊得目瞪口呆。

第二十九回 发宿疾英主归天 害手足昏王篡位

第三十回　狸猫得道平塞北　猎狗失德弃龙城

燕王冯跋去世，令燕国上下悲痛万分，城乡到处举哀挂孝，百姓齐聚寺院宫观为之祈祷，许多国家和部落的使节纷纷前来吊唁，唯独魏国君臣兴奋万分。博士祭酒、尚书令崔浩对魏王拓跋焘说："我们耐心等待了十多年，复仇的机会终于来到了！"拓跋焘乃拊掌大笑："真是天助我也！父皇在九泉之下可以欣慰了！"

魏王拓跋焘生于北魏天赐四年（407），自幼得养母窦氏精心培养，聪明好学，勤奋刻苦，十分熟悉和热爱汉族文化，从小便师从崔浩学习儒学和兵法，因此精于骑射，胆识过人。少时与儿童玩耍，即活泼好动，鬼点子极多，是平城有名的"孩子王"。因为他表字佛狸，又喜欢穿白色的衣裤，小伙伴们便戏称他为"雪地狸猫"。长成后得父皇拓跋嗣悉心栽培和恩师崔浩全力辅佐，因此虽然年轻，但施政虑事等方面均显得十分成熟。

北魏泰常八年（423）一月，魏王拓跋嗣去世，十六岁的太子拓跋焘继位。当时天下动乱，危机四伏，北魏四面受敌，边疆不稳，拓跋焘由此请教于恩师崔浩。崔浩对他说："如今北燕在我东面，据有辽东、辽西，地域广阔，国势强大，且燕王冯跋雄才大略，英明神武，我们轻易不要碰它；刘宋据有长江天险，而且兵精粮足，他们若不北顾，我们也切不可与之争锋；只有北面的柔然和西边的夏国，时常骚扰我国的边境，是我们目前的心头大患，应当先剪除之，方能稳定后方，徐图大业。"拓跋焘闻之豁然开朗，于是积极准备兴兵讨伐。

北魏始光元年（424）春，各项准备工作基本就绪，还没等拓跋焘与群臣计议用兵之策，北部的柔然竟先打上门来了。柔然部首领大檀可汗亲率骑兵六万侵入云中（今内蒙古自治区托克托县附近），杀人放火，抢劫财物，气势汹汹，不可一世。拓跋焘闻报怒不可遏，拍案而起，不顾崔浩等群臣的劝阻，亲率两万大军日夜兼程，只用四天的时间就从平城赶到云中，人未卸甲，马未摘鞍，立即与柔然的骑兵战在了一起。魏国的骑兵由于长途跋涉，十分疲劳，人马又少，而柔然的骑兵以逸待劳，人马又多，不一会儿就将拓跋焘的军马团团围住。魏军将士见状皆面露惧色，一时情势十分危急。

　　但是少年拓跋焘却临危不乱，十分镇定。他见自己的人马被围在一片坡岗之中，四周平坦的草地上，左一层，右一层，都是柔然的骑兵，一时很难突围出去。而在西面不远的另一座土坡上，一面帅字大旗迎风飘扬，几十员将官簇拥着一人，红衣金甲，红马赤袍，肩搭狐狸尾，头插雉鸡翎，手执马鞭，比比画画，好像在说着什么。拓跋焘心想，这个家伙肯定就是大檀了。还记得小时候玩游戏，养母窦氏就告诉过他"擒贼要先擒王"，于是他毫不迟疑，飞马而下，直奔对面的土坡冲去。

　　柔然前部元帅迭木达哈见一队人马从山上猛冲下来，急忙率几百名骑兵迎上前去。及至快到跟前的时候，众将只见一匹快马飞驰而下，却没有看清人在哪里，正在迟疑之中，那来将忽然从马镫旁跃起，顺手"嗖"的一箭甩出，正中迭木达哈的面门，可怜迭木达哈猝不及防，立即翻身落马。众将见之一齐惊呼："迭木元帅死了！迭木元帅死了！"柔然兵一时阵脚大乱。拓跋焘乘势率领十几名骑兵飞驰而下，包围圈被撕开了一个缺口。

　　柔然部首领大檀可汗正立在土坡上观敌掠阵，指挥围攻北魏的军马，忽听有人喊："迭木元帅死了！"不觉一怔，正想询问怎么回事，却又听身边一将大声喊道："大汗不好！快闪开！"大檀闻听急勒马转身，就见一匹铁青马唰地冲上前来，马上一人如从天而降，一把蒙古长刀闪着寒光，嗖地从上面斜劈过来，吓得大檀可汗急中生智，一个侧旋滚落马下，双脚刚刚落地，就听"噗"的一声，一摊热血啪地喷在他的身上，可怜他那匹雪地神驹被活活劈死。

　　几名柔然将领过来相救，转眼间被砍翻了七八个，大檀乘机抢过一匹战马转身就跑，忽然又听到"啪"的一声，感觉到一阵疾风飞过，头上似乎又中了一刀，伸手一摸，感觉脑袋还在，但头盔上的雉鸡翎被齐齐割断，吓得大檀魂飞魄散，落荒而逃。他虽然身经百战，武功纯熟，但他从未见过动作这般快捷的高手，因此便顾不得什么体面了，逃命要紧。柔然的将士们见大汗先跑了，遂护持着主帅一路西逃。魏国的将士们则精神大振，乘势疾追，大获全胜。这一战杀得柔然的军马心惊胆战，再也不敢轻易进犯，同时也让魏军的将士们对拓跋焘肃然起敬，因而士气大增。

　　北魏始光二年的秋天，拓跋焘经过细心准备，第二次兴兵北击柔然。这次他出动了五路大军共五万人马，带足十五天的干粮和水轻骑突袭，穿过草原和沙漠，直捣柔然的老巢。大檀可汗猝不及防，率众仓皇向北逃窜，但实力并未受损。

为了彻底稳定北部边疆，北魏神麚二年（429）春天，尚书令崔浩建议再击柔然，肃清残部，在朝堂上就遭到了许多大臣的反对。太史令张渊和御史徐辩等人以天象不利为由，强烈谏议不能出兵。拓跋焘闻之拍案而起，朗声说道："大丈夫立于天地之间，当做一番惊天动地的大事业，岂能以日月星辰和山林草木有异而有所不为？那些东西不都是前人臆造的吗？我们为什么不能突破那些旧的观念？尚书令的提议高瞻远瞩，我完全赞同，众卿不必再谏。"遂以十万大军兵分三路，如风卷残云，日夜追剿，从东西五千里，南北三千里的大漠草原上，把柔然部的军马赶杀得七零八落，迫使大檀可汗一路向西，逃入青海。

至此，柔然部三十多万户人家，上千万头的牲畜牛马，以及这一片广阔丰腴的土地，全部划入了北魏的版图。多少年来一直受柔然辖制的高东部和敕勒部也有几十万人向魏军投降。这些被降服部落的人畜，全部被拓跋焘迁徙到漠南几千里长的魏国边境上，从此在魏国边防军队的监督下，从事农耕和畜牧业的生产。他们每年向北魏缴纳的粮食和畜产品堆积如山，极大地推动了北魏经济的发展，迅速地壮大了国家的实力。

在征服柔然的同时，北魏还取得了对夏国军事上的胜利，从而彻底解除了后顾之忧。夏国是匈奴人铁弗部建立的政权，由其首领赫连勃勃在北魏泰常三年（418）所建，定都统万（今陕西省靖边县北白城子），据有关中和陇西广大地区。北魏始光二年（425），夏国皇帝杀人恶魔赫连勃勃病死，夏国发生内讧，拓跋焘由此认为伐夏时机已经到来，遂于次年春天出动两路大军攻夏，一路攻统万，一路取长安。拓跋焘欲亲率轻骑三万突袭统万，北魏群臣争相劝之："夏都统万城池坚固，且有重兵把守，轻骑突袭无必胜把握，一旦攻城失败，则因孤军深入，又退无可守，必被夏国大军所包围，如此则我军危矣！不如派遣步兵数万，带上攻城器械，缓而图之，则胜算更大。"

拓跋焘摇摇头说："不然，用兵之道，全在于出其不意，攻其不备，扬我之长，避己之短。如果派步兵带上攻城器械，短时间内不能到达，敌人闻报后必有充分的准备，到时候急切难下，相持日久，我军粮草不济，久必生乱，如敌人乘势击之，则我军危矣！不若实行突袭，或可见机行事，顺利则一鼓拿下，不顺则与之周旋，反正我军是轻骑突进，一昼夜可驱千里之外，这是我们魏军的长处哇！如何不用？"众皆不语。

于是拓跋焘率三万轻骑昼夜疾驰，直抵统万，天亮之前到达城外十里多远的地方。他先命两万人马埋伏在山道两侧的密林里，然后自己只带一万轻骑，于日出之时突然出现在统万城下。夏国皇帝赫连昌闻报登城一看，见魏军人马不多，又在自己的家门口，于是率领三万大军出城迎敌，两军交战十分激烈。拓跋焘率军与夏国人马纠缠了一会儿，拈弓搭箭，射下赫连昌帽上盔缨，激怒他，然后领兵且战且走，将夏军引入事先伏兵的山谷。待等到赫连昌怒气冲冲，率大军冲入谷中，正在四下搜寻魏军行踪的时候，忽听得一阵鼓响，杀声震天，密林中埋伏的魏军骤然而至，逃跑在前边的魏军又反身杀来，一时将三万夏军围在谷中，但由于匈奴兵十分骁勇善战，又加上两家军力相当，战斗十分激烈，急切难分胜负。

激战中，拓跋焘的坐骑可能由于过度疲劳，突然马失前蹄，被夏军十几员战将困在垓心，情况相当危急。正当十几支刀枪一齐戳向他的时候，忽听得拓跋焘大喝一声，身子一纵，立身马上，一个弹跳，平地里跃起一丈多高，一刀将对面的一个敌将砍死，并顺势骑上他的战马，吓得周围的几员敌将目瞪口呆，正欲一齐下手，夏国皇帝赫连昌见状，暗中拈弓搭箭，一箭射中拓跋焘的左掌心。拓跋焘扭头一看，勃然大怒，一咬牙将左手掌中的箭拔出，又顺手向赫连昌猛掷过去，大喊一声：“还给你！”声若炸雷，吓得夏国将士均为之一怔，那支箭"嗖"的一声，带着巨大的功力，竟然飞出百步开外，一箭正中赫连昌的左臂，吓得赫连昌魂飞魄散，落荒而逃。夏国的将士们见皇帝受伤了，立刻士气大减，争相逃命，但来路已被魏军封死。统万城是回不去了，赫连昌只能率众夺路而走，向西逃往上邽（今甘肃省天水市），希望在那里休整一下。可是拓跋焘紧追不舍，令赫连昌等人无任何喘息之机，只好把上邽也丢给魏军，一口气跑到平凉去了。拓跋焘回军轻取统万，大获全胜。

另一路魏国大军在崔浩的带领下，也设计顺利地攻下长安，令夏国丢城失地，屡战屡败，元气大伤，其部众大多数都逃到陇西去了。

北魏神麚四年（431）秋天，拓跋焘又亲率轻骑五万直取平凉，一战而擒获夏国皇帝赫连昌，将陇西十几个部族收归己有。至此，魏国的西面和北面边疆得到稳固，他们的目光便迅速地转向东方，时刻寻找着可以下手的机会了。

且说北燕皇帝冯弘虽然与冯跋是一母所生，但他们却有天壤之别。冯跋雄才大略，英明神武，堪为当世豪杰、一代明君，而冯弘虽有几分勇力，但四肢发达，头脑简单，处事极为鲁莽，为人却又乖戾，属于那种缺谋少智、外强中干的草包。多年来跟随冯跋征战，貌似英勇无畏，实则狐假虎威，离开拐棍就瘸，没有冯跋的支使和调度，他什么事也干不了，因此被朝野上下戏称为"山林猎狗"。就是在谋兄篡位之后，内外大事也都是由宠妃高氏决断，他自己什么事也拿不定主意。正是这位高氏专权，不但把冯跋一家斩草除根，而且还挑起了另一场内乱，令冯弘众叛亲离，也给北魏带来了可乘之机。

原来冯弘虽有妻妾多人，为帝后又广选美女填充后宫，但只有王氏才是原配正妻，为冯弘生下冯崇、冯朗、冯邈三个儿子和一个女儿，在冯家可谓树大根深，枝繁叶茂。而爱妃慕容氏虽是个后来者，但她却是范阳王慕容德的小女儿，不仅门第高贵，在朝中也有很广的人脉。到底立谁为皇后，冯弘一时迟疑不决，于是便问计于宠妃高氏。高氏因为与慕容氏关系较好，又嫉妒王氏生有三个儿子，于是便暗中诋毁王氏，挑唆冯弘立慕容氏为后。冯弘历来对高氏言听计从，视为女诸葛，因此立即决定废王氏为侧妃，立慕容氏为皇后，立慕容氏之子冯王仁为太子，并把冯崇赶出京城去镇守肥如（今河北省卢龙县）。

冯崇非常崇拜冯跋，他本来对冯弘继位就心存疑惑，同时对冯弘向伯父一家大开杀戒极为不满，后来见冯弘事事都听宠妃高氏之言，根本不把他们兄弟放在眼里，早就对大燕国的前程担忧，同时感到心灰意冷。如今见冯弘废了母后，而且连自己也容不下了，一时怒从心起，哀上眉头，认为说不定哪日大祸临头，自己就性命不保了。于是他会同弟弟冯朗和冯邈，携带着北燕的地图和边防资料，投降了北魏。拓跋焘见之大喜，立即封冯崇为辽西王，冯朗为雍州刺史，冯邈为凉州刺史，所带随从皆委以重任。

冯弘得知三子投魏，勃然大怒，立即将原配夫人王氏赐死。王氏得知三子平安，在大骂了冯弘一番之后，含笑在冷宫用白绫自缢而死。

北魏君臣听说燕国发生了内乱，冯弘已经众叛亲离，不得人心，一致感到有机可乘，于是决定出兵伐燕。神麚五年（432）八月，拓跋焘趁秋高马肥之机，亲率十万大军伐燕，声言要报十四年前松树坡战败之仇，雪云水潭七万将士被俘之辱。拓跋焘听从尚书令崔浩的建议，首先避开龙城，不与燕国的五营铁骑死拼，而是从外围下手，实行蚕食战略，一个一个吃掉北燕的屯田兵马。由于魏军采取突袭的打法，令燕国的屯田将士们猝不及防，加上冯弘又指挥失误，调动无方，因此在北魏强大的攻势面前，每一处屯田防区几乎均一战即溃，有的则望风而降。至九月底，辽东、平郭、汶上、襄平、蓟城和玄菟等外围诸郡全被魏军攻克，北燕几乎就剩下辽西这一小块地区了。

魏国皇帝挟得胜大军挺进辽西，扬言要马上灭掉北燕，踏平龙城，吓得冯弘手足无措，情愿割地求和。拓跋焘担心冯弘言而无信，要求燕国太子冯王仁去做人质，冯弘无奈，只好忍痛答应了。但是回到后宫一说，慕容氏说什么也不同意，冯弘一时又没有了主意，只好派大将汤烛带十名美女和若干重礼，到魏国去做人质。拓跋焘因为魏军此番出师日久，将士们已经十分疲劳，因此决定暂时撤军。临走的时候，他望着龙城的方向恶狠狠地说："猎狗小儿！你等着，就让你再多活几天吧，迟早我要来取你的头！"

且说北燕自太兴三年（433）起，连续几年先大旱后大涝，龙山发生了地震，白狼河也发过几次大水，严重的天灾加上人祸，弄得百姓饥寒交迫，怨声载道，冯弘的小朝廷已经风雨飘摇，岌岌可危。魏国尚书令崔浩见灭燕的良机已经到来，于是亲自致信冯弘，要他速送太子王仁来魏国做人质，否则兵戎相见；同时暗派人携重金到龙城活动，对五营铁骑的将领们进行分化瓦解和劝降拉拢，承诺只要倒戈归魏，必能封侯拜将，无上荣光。

　　冯弘接到崔浩的书信，感到左右为难，只好又进宫去找皇后商量，可是慕容氏宁死不从，她说你亡不亡国我不管，我的儿子就是不能进狼窝。冯弘无奈，只能拒绝崔浩的要求，这一下正中魏人下怀，拓跋焘立即下令再次伐燕。消息传来，北燕朝廷立即慌作一团。

　　此时北燕的五营铁骑虽然建制还在，但是在冯跋去世以后，就已经多年不练，再加上冯弘继位以后，几乎撤换了所有的领军将领，现任的将军们多数都是京城禁卫军的校尉，他们虽然皆为冯弘的心腹之人，但是都没有见过什么大阵仗，缺乏实战经验，而且此时早已被北魏的重金所收买。所以当北魏的乐平王拓跋丕和镇东大将军屈垣，奉魏王拓跋焘之命，于太延二年（436）春天，率领八万大军兵进辽西的时候，这五营铁骑一经对阵，立即一哄而散，多数都投降魏军去了。魏国军队毫不费力就打到了龙城附近，急得冯弘如同热锅上的蚂蚁，连夜召集群臣到后宫商议对策。

　　爱妃高氏俨然以女诸葛自居，提出向高句丽借兵求救，以解一时之危，文武大臣们强烈反对，认为此举无异于引狼入室，断不可行；太尉封高认为龙城墙固壕深，粮草充足，可以发动民众上城御敌，再做良图；龙翔佛寺的昙真大师认为大敌当前，兵临城下，生死攸关，民心可用，龙城尚有数万军马和二十万民众，只要团结抗敌，同仇敌忾，则魏军可退，大燕国可救也！佛寺愿出两千僧兵助阵。但群臣和大师的意见均遭到高氏的冷言驳斥。君臣计议了半宿，冯弘仍是举棋不定，最后还是由宠妃高氏替他传旨，连夜派使臣速去丸都，请求高句丽王发兵相助。

　　高句丽的骑兵倒是进展神速，他们闻信后仅用两天就赶到了龙城。原来自从冯跋去世以后，高句丽王就对辽西动起了邪念，如今见有机可乘，不禁心中暗喜，急派玄菟部帅盖云龙率部前往。五万高句丽骑兵从东门进入龙城，按照计划好的部署，迅速占领了所有的库房、仓廪和财物重地，立即查封了较大的商号和店铺，并开始进入大户人家抢夺钱物，奸污妇女，龙城立即乌烟瘴气，陷入一片混乱之中。

　　城中百姓见高句丽贼兵胡作非为，形同盗匪，一个个均义愤填膺，怒不可遏，上万人齐聚和龙宫前，喊着要驱逐高句丽贼兵、我们自己守城的口号，向朝廷请愿。群臣也纷纷上书，要求答复百姓的意愿。冯弘览毕奏折，刚想表态，宠妃高氏一句："是你当皇帝还是百姓当皇帝？你若是听了百姓的话，就不怕高句丽王杀了你？"弄得冯弘又没主意了，只是在寝宫里转来转去，拿不出办法来。

此时北魏大军已经兵临城下，乐平王拓跋丕遵照崔浩的指令，为避免北燕军民背水一战，困兽犹斗，给魏国的得胜之师带来不必要的损失，因此围住西北南三面，留下东门让燕国君臣和高句丽兵逃走。同时由乐平王拓跋丕拈弓搭箭，把魏王拓跋焘的劝降诏书射入城中，保证不杀人，不抢劫，不损坏城中的一切。尚书令郭生在城头上看到诏书，与守城的将士们商议了一下，感叹地说："大燕国大势已去，像冯弘这样的昏王，我们还保他做什么？为了龙城的二十万百姓，我们还是开门投降吧！"说完命兵士放下吊桥，把魏军放了进来。

高句丽王派来的五万人马，与魏军一仗没打，却把龙城搜刮了三天三夜，掠夺了大量的金银财宝，这时见魏军已从西门进城，立即放起多把大火，然后仓皇从东门逃走。路过龙山的时候，部帅盖云龙和孟光两人想起昙真大师的话，怒从心起，又一把火烧了龙翔佛寺，屠杀僧众一千多人，连佛像上的金箔都给刮走了，然后扬长而去。熊熊的大火烧了七天七夜，龙城和佛寺均被烧成了一片废墟。龙城的百姓们携儿带女，逃往城外，不幸又有三万多户居民，被高句丽贼兵掠往平郭去了。

昏君冯弘此时惶惶如丧家之犬，被高句丽兵裹挟着逃往辽东，被盖云龙安置在平郭的一座大庙里。这座庙宇叫作"降龙寺"，相传是当年二郎神杨戬降服辽河水怪的地方，正殿供奉着杨戬和梅山六兄弟，侧殿供奉着杨戬的那只哮天犬。不知是盖云龙有意羞辱还是无心而为，竟然让冯弘住在侧殿，与二郎神的那只天狗睡在一起，而且每天还要给那只天狗上香，弄得燕国君臣自觉颜面扫地，啼笑皆非。

冯弘此番出逃，大多数臣子都跑散了，只有少数的十几个人还跟随着他，后宫的所有妃嫔和侍女，凡是姿色好一点的，都被高句丽将士抢走了，余者皆四散奔逃。那位随他同床多年，又给他出尽坏主意的宠妃高氏，从高句丽贼兵入城的那一天起，就以探视家乡亲友为名，迫不及待地投入了盖云龙的怀抱，现在也不知跑到哪里去了。

冯弘蜗居在寺庙中一筹莫展，每日里不是长吁短叹就是以酒浇愁，喝醉了就上街调戏民女，或让侍卫把美女抓来侍寝，气得同来落难的龙城乡亲们怒不可遏，大家群起而攻之，想一起揍死他，说他还真不如一只好狗。冯弘在平郭住不下去了，不久被高句丽王迁往北丰，安置在渔村的一间民房里。冯弘不甘寂寞，

三燕王朝

几次求见高句丽王被拒绝，于是便派人悄悄潜出辽东，暗中与南朝皇帝刘义符联系，妄图借鸡生蛋，东山再起，不幸回信被高句丽兵截获。高句丽王正琢磨如何处置他，恰好北魏使臣来到，要求杀掉冯弘并献上人头，否则魏国大军即刻踏平高句丽，吓得高句丽王二话没说，立刻下令把冯弘及其随从一百多人全部杀死，将首级交给北魏使者带走。

至此，北燕彻底灭亡。冯跋主政的二十年，是北燕历史上最辉煌的时期，北燕也是中国南北方最为强大的国家，短短六年间就毁于一旦，教训足以发人深省。

古老的关东宝地龙城，随着慕容氏鲜卑族的崛起，作为前燕、后燕和北燕的皇都，历时一百多年，曾经辉煌于天下，是各族人民都极为羡慕和向往的地方。如今被高句丽贼兵的一场大火，把昔日的繁华和高贵烧得一干二净，变成了一片令人揪心的瓦砾场。但在这里曾经发生的那些英雄的故事和美丽的传奇，却如同一首荡气回肠的史诗，永远在人们的心头回响。

第三十一回　平凉州北国一统　明正误大燕悲歌

灭掉北燕，等于除去了魏王拓跋焘的心头大患，让他连日来高兴异常，欣慰无比。他先是专程赶赴云中，拜谒金陵，告慰父皇拓跋嗣的在天之灵，然后急请恩师崔浩入宫，商议下一步的进兵之策。

踌躇满志的拓跋焘对崔浩说："此时我大魏兵强马壮，士气旺盛，正可挟得胜之师，一举而下江南，以成天下一统，不知恩师意下如何？"

崔浩不慌不忙地说："陛下雄心壮志，不唯列祖列宗甚为欣慰，亦乃我大魏臣民之福也！平定江南是迟早的事，天下一统也是必然，但就目前来说，刘宋国力强大，又据有长江天险，我军将士俱为北方骑兵，多数不习水战，况南征不仅需要大量的舟楫船只，还要经过较长时期的训练，方可进兵，急切之间难以取胜，这要好好地准备一番才可再议。为今之计，应当迅速地平定凉州，打通河西走廊，占领战略要地，恢复古代的丝绸之路，促进内地与西域各国的交流，这对于我大魏富国强兵，完成大业大有益也！"

魏王拓跋焘闻之，赞同地说："我的眼睛只顾盯着江南，却忽视了西北！对呀，大魏国周边，岂容他人鼾睡？只有平定了凉州，才算统一了北方。恩师高瞻远瞩，真当世之诸葛孔明也！"

南北朝时期的凉州，在我中华大国的西部，古称河西走廊，即如今甘肃省的大部分地区。此地东接关中可挺进中原，北连番绥能打通西域，是古代丝绸之路的必经之地，战略地位和经济价值均极为重要。十六国时期，这里诸侯割据，部落纷争，战乱频繁，兵戈不息，先后建立过前凉、后凉、南凉、西凉和北凉等许多国家，历时一百多年，社会极不稳定。

前凉是在西晋灭亡之时，由昭公张寔于公元314年所建，历八帝，于公元376年被前秦所灭，立国共六十二年。

后凉是前秦皇帝苻坚的旧部、大将吕光在公元387年所建，历四帝，于公元403年被后秦所灭，立国共一十六年。

南凉是河西部（今甘肃省西部）鲜卑族首领秃发乌孤于公元397年所建，历三帝，于公元413年被西秦所灭，立国共一十六年。

西凉是汉代李广将军的后裔、陕西狭道人李暠于公元401年所建，历三帝，于公元421年被北凉所灭，立国共二十年。

北凉是京兆（今陕西省西安市）人段业于公元397年所建。段业是个既无权谋、又无武功，只会写写画画的文人，年轻的时候由于家贫，从京兆流落到陇西，被后凉大臣杜近偶然看中，收作记室，做一些文字整理和卷籍修补之类的事，后来因为他学会了占卜算卦，为深信此道的后凉王吕光所赏识，破格提拔为建康（今甘肃省高台县西）太守。

后凉龙飞二年（397），卢水胡人沮渠蒙逊打着为伯父报仇的旗号，聚众反对吕光，企图推翻后凉政权，因为他资历浅薄，羽翼未丰，年少不足以服众，因此就把段业推举为凉州牧，与吕光的后凉政权形成对峙局面。两年以后，段业改称凉王，建元元玺，正式做起皇帝来。

段业虽然做了皇帝，但他只是一个牌位，北凉的军政大权都掌握在沮渠蒙逊的手中。元玺三年，（401）沮渠蒙逊设计杀死段业，自己做起了凉王。

沮渠蒙逊做了凉王以后，四外扩张，于公元412年击败南凉，公元419年击败西凉，从而占据了整个凉州地区，地域广阔，国势强大。

沮渠蒙逊是个卢水胡人，他很懂得韬光养晦，在他羽翼未丰的时候，一直都非常尊重北魏，在他取代段业刚刚成为凉王不久，就把自己的儿子沮渠安周送到北魏做人质，同时还经常主动贡奉皮张和良马，与北魏保持着亲密的关系。他后来在占领整个凉州地区以后，成了名副其实的"西凉王"，便渐渐傲慢自大起来。开始时不再贡奉皮张和良马，紧接着拒绝接受北魏的封号，不久又痛斥北魏使者李顺，同时还杀害了拓跋焘的好友昙无谶和尚，从而使凉州与北魏的关系剑拔弩张，但那时拓跋焘正在对东面的燕国作战，无暇顾及西面的北凉，两家才没有打起来。

北凉义和五年（433），凉王沮渠蒙逊病危，临死的时候不知是他突然明白了，还是觉得自己的儿子不是拓跋焘的对手，再三叮嘱太子沮渠牧健，一定要臣服北魏，才能生存，赶快与北魏联姻，把女儿兴平公主嫁给拓跋焘，千万不要得罪北魏，否则会有灭门之祸，言毕而亡。

沮渠蒙逊去世以后，没等丧事办完，沮渠牧健就遵父遗命，把妹妹兴平公主送到北魏，献给拓跋焘为妃。本来拓跋焘想趁蒙逊病死之机，灭掉北凉，但被崔浩阻止。崔浩说，魏国现在的主要敌人不是北凉，而是北燕，应该寻找机会各个击破，免得东西不能兼顾，造成被动的局面。现在既然沮渠牧健已经臣服，留他几日又有何妨？拓跋焘听从其计，乃纳兴平公主为妃，把她封为右昭仪，同时敕封沮渠牧健为河西王。

　　北魏太延三年（437），刚刚灭掉了北燕的拓跋焘又听从崔浩之言，让将士休整屯田，避免连年征战给百姓带来过重的负担，与周边各国也保持着睦邻友好的关系。为稳住西凉，还特意把妹妹武威公主嫁给沮渠牧健为妃，希望能维持西部边疆长期的安定。

　　但是许多事情往往都事与愿违。沮渠牧健虽然被封为河西王，表面上十分谦恭和顺，但内心却非常纠结与抵触。他一方面敷衍北魏，另一方面又与南朝刘宋交往，希望能通过脚踩两只船，从中得到好处。他表面上尊重和喜欢武威公主，暗地里却与其寡嫂李氏通奸。被武威公主发现之后，又恼羞成怒，滋生歹意，指使其姐姐会同李氏，请武威公主到家中赴宴，却暗暗在酒菜里下毒，企图把武威公主害死，杀人灭口。幸亏拓跋焘及时得报，派人乘快马送去解药，才救活了妹妹武威公主。拓跋焘因而勃然大怒，责令沮渠牧健速把李氏解送到平城治罪，遭到沮渠牧健拒绝，拓跋焘遂趁机举兵伐凉。

　　北魏太延五年（439）八月，怒不可遏的拓跋焘亲率五万铁骑讨伐北凉，尚书令崔浩随军到达姑臧（今甘肃省武威市）城下，亲书沮渠牧健十大罪状，勒令他三日内开城投降，否则大军将血洗姑臧，踏平凉州。此告示不但在城外广泛张贴，而且用弓箭射入城内多份，许多将士和百姓争而阅之，城内顿时乱成一团，牧健急忙派人向柔然求救。

　　但是柔然的敕连可汗早已被拓跋焘吓破了胆，根本不敢发兵来救。魏国大军围城三日，限令期限已到，牧健虽仍在犹疑，但他的侄儿沮渠周和沮渠万年见苗头不对，为避免杀身之祸，打开城门向魏军投降。拓跋焘兵不血刃就占据了姑臧，灭掉了北凉，收服凉州居民二十多万户，得牛马等牲畜上千万头，并将整个河西走廊纳入了北魏的版图。拓跋焘命乐平王拓跋丕及征西将军贺多罗镇守凉州，把牧健及其文武百官全部押往平城，不久又杀了沮渠牧健，从此西疆乃平。

　　至此，北魏才真正地统一了中国北方，结束了一百多年来纷乱复杂的局面，为黎民百姓赢得了一段较长时期的和平，也大大地促进了经济和社会的发展。

　　北魏太延五年的九月，秋高气爽，落叶纷飞，在龙山古佛洞前那十几棵古松之下，已经收拾停当换成便装的两位女尼，领着一个十多岁的小沙弥，三个人齐齐跪在洞口的石阶之下，向她们的师父黑羽儿师太做最后的告别。这两位女尼，一位是已故燕王冯跋的义女慕容冬柳，一位是当今魏王拓跋焘的姑母拓跋秋雪。虽然光阴辗转，岁月流逝，一晃十八年过去了，但两位公主不仅花容依旧，而且飘然欲仙。跪在他们身边的那位小沙弥，则是燕王冯跋幸存的儿子慕容受居。

原来在十八年前，慕容冬柳和拓跋秋雪姐妹俩，因为遭到冯跋拒绝，又多次受到冯弘的骚扰，一气之下从龙城出走，来到这龙山古佛洞中，投奔黑羽儿师太。师太对二人的情况尽知，曾问她们是否能真的斩断尘缘，出家为尼，二人均斩钉截铁，毫不迟疑，但师太终不忍心，未给二人剃度，只同意二人在山上带发修行。

不久，燕王冯跋派人来山上寻找她们，二人均避而未见。后来冯跋亲自来过两次，师太曾劝说二人随着冯跋下山，但冬柳和秋雪皆坚定地说："我们姐妹虽非须眉丈夫，但也是大国公主，岂可言而无信，朝秦暮楚？何况燕王既无娶我二人之意，又放不下他的兄弟之情，我们跟他回去做什么？岂非徒给世人留下笑柄？"遂强忍思念，没有出来相见。话虽如此说，但二人心中的那份情结始终不能忘怀，直到九年前冯跋去世，二人才真正剃度为尼，冬柳名为觉慧，秋雪名为觉缘，而受居的法名叫作无尘。

当年冯跋病危，冯弘谋兄篡位之时，冬柳和秋雪曾奉师太之命，把受居从宫中救了出来，给冯跋留下一条血脉。受居上山时年仅五岁，就跟着冬柳和秋雪练功习武。冯弘为帝后倒行逆施，冬柳和秋雪几次欲下山取他性命，为民除害，但终被黑羽儿师太制止。师太说："燕王冯跋的儿子们几乎全被杀害，只有受居尚在年幼，无法上朝执政，如果没有明主出现，行刺即便能够成功，江山也会落入别人之手，故而只会造成无辜者的流血，不可能改变朝政昏暗的局面，还是放一放吧！"因而一忍再忍，一拖就是九年。

如今受居已经十四岁了，成了一个面貌英俊、文武双全的少年，他一心想着手刃仇人报仇雪恨，整天嚷着要两位师父带他下山，共成大业。但此时冯弘已死，燕国已灭，北魏已经统一了北方，究竟下山以后如何动作，他们心中无数。不知是二人禁不住受居的一再请求，还是她们的尘缘未了，反正最终还是决定共同带受居下山，因此从清晨开始，三个人就早早地跪在这里，恳请黑羽儿师太开恩准许。

太阳升起，霞光万道，龙山之巅有数道彩虹悬挂，古佛洞前见阵阵紫气飞腾。黑羽儿师太左手捻着佛珠，右手提着拂尘，悄无声息地走出洞来，笑着对三人说："我知道你们跪有半个多时辰了，大清早的这是为什么呀？有话起来说嘛！"三个人依旧长跪不起，并一齐向师太叩首，一个个泪眼蒙眬。

黑羽儿师太依旧笑着说："起来吧！难道有什么难于启齿的事吗？"

冬柳和秋雪对望了一眼，依然没有吱声，受居有些忍不住了，哽咽着说："徒孙上山，已历九年，早晚得师太之教诲，如同沐日月之光华，情如曾祖，恩同再造，本应一直侍候在师太的身边，自有我永远学不完的东西，是我受居今生的造化。但徒孙国恨家仇已经深入骨髓，父皇罹难仿佛就在昨天，使我的人虽然待在山上，但心早已飞到龙城去了。因此徒孙斗胆，请求下山还俗，再兴大业，继承父皇没有完成的遗愿。"

黑羽儿师太听了受居的话，未置可否，转过头来问冬柳和秋雪："你们二人也是这么想的吗？"

慕容冬柳再拜叩首，流着泪说："弟子实话实说，还请师太宽恕。回想起来，光阴辗转，如今我此番上山已经十八年了，虽然每日里青灯古佛，晨钟暮鼓，除了读经诵卷，就是练功习武，但我真的一天也不曾忘怀在燕宫的日子，一刻也没有忘掉燕王待我的情分，一点也无法忘却大燕国当年的辉煌。我们的家族有多少英雄豪杰叱咤风云，名满华夏，留下多少骄人的业绩和美丽的传奇，难道就应该这样无声无息、销声匿迹了吗？我实在不甘心哪！过去大燕国不灭，我们心中还有一丝念想，希望有朝一日，扶持受居为帝，找回义父在时的感觉，实现心中的夙愿，但如今燕国已亡，魏已经统一了北方，我也感到有些心灰意冷。奈何受居每日吵着下山，时刻嚷着复仇，也牵动了我一丝未泯的尘缘，这些年来我一想起义父就心痛欲裂。为了报答义父生前对我的恩德，我感到有责任带着受居下山，帮助弟弟追求他的梦想，还望师太垂顾。"

慕容冬柳的语音刚落，拓跋秋雪就接过来说："如今虽然是大魏国统一了北方，是我们拓跋氏鲜卑人赢得了天下，但我却一丁点也高兴不起来，因为我的身上流有一半慕容氏的热血，从我在朝堂上当众求婚的那一天起，我的心就已经完全落在了冯跋的身上，我平生不会再钟情于第二个人。既然受居吵着下山，冬柳姐姐也助他而去，我当然会与之同行，怎么会单独留在山上？还请师太能够体谅。"

三个人相继说完，一齐跪在地上含着眼泪望着师太，一副副近乎哀求的神情。黑羽儿师太伸手扶起他们，让三人坐在大松树下的石鼓之上，然后笑着对他们说："受居不忘国恨家仇，一心想着下山复国，颇有点男子汉大英雄的气概，其心可赞，其志可嘉，虽然其想法并不可行，但其年龄还小，尚可原谅。你二人已届不惑之年，不说阅尽红尘，也算饱经沧桑，岂可也发此无根之语？出此无稽之谈？请问你们还俗下山，做何打算？奔哪里去？想怎样举事？有何种良策？"

黑羽儿师太的话刚刚说完，受居即愤然站起，激动地说："我们要回到鲜卑山下，回到大燕国崛起的地方，那里父皇的旧部很多，不少大臣还在，只要我们振臂一呼，必能从者如云，如此则大事可举，大业可成也！"

黑羽儿师太从石鼓上站起身来，面向着三人说道："且不说你们能否旗开得胜、事如所愿，也不说你们进展怎样、后果如何，我们不妨先回顾一下这一百多年的历史，梳理一下你们的先人们走过的路，对你们三人今后的人生会有很大的好处。大燕国雄踞北方，三起三落，你们知道它当年怎样迅速崛起，后来又如何很快消亡的吗？不了解这一点，怎么能保证你们不重蹈覆辙从而心想事成的呢？"

三个人齐声答道："愿听师太教诲！"

黑羽儿师太望着苍莽的群山，似有感触地说："一百多年来，慕容氏鲜卑人是出了不少的英雄豪杰，他们的名字会同其辉煌的业绩一样载入史册，从而永远星光灿烂。比方说慕容廆、慕容皝、慕容恪、慕容垂和慕容德，也包括冯跋和慕容俊，这样一批文武双全、雄才大略的明主，知道他们的事业是怎样成功的吗？当然一方面是他们有着超人的才能、超常的智慧，但更重要的是他们顺应了历史的潮流，他们的作为符合大众的意愿，因而得到了大多数百姓的支持。"

说到这里，黑羽儿师太停顿了一下："比方说慕容廆，开始继位的时候率性而动，一门心思想着复仇，结果屡战屡败，几乎灭亡。后来采纳段娴的建议，上尊朝廷，下顺民意，全力维护关东的稳定，才逐渐发展壮大，做了无冕之王，为大燕国的建立奠定了基础。慕容皝继位之后，得段娴悉心指导，事事顺时而动，处处造福黎民，受到关东大多数部族的拥戴，得到了绝大多数百姓的支持，仁政善举引来祯祥频现，一片赤诚终得天道循环，真龙翔于龙山，燕国得以建立，是得天时、地利与人和也！"

黑羽儿师太把目光从远方收了回来，望着三人说："吴王慕容垂，他也是我的弟子，当年被朝廷挤走以后，被迫流亡秦国，在那里卧薪尝胆一十三年，为什么后来会一举成功？是因为前秦苻坚野心膨胀，穷兵黩武，贸然伐晋，淝水兵败，人民饱受战乱之苦，百姓热盼国家稳定，所以慕容垂振臂一呼，半年而得百万人马，一年轻取北部天下，奇哉？异哉？非也！乃民间人心所向也！"

这时候师太把目光转向受居："又比如你的父亲冯跋，为什么能够诛奸除逆，一举成功？进而励精图治、振兴燕国？是因为大燕国长期宫廷内乱，人民痛恨慕容熙暴政已久，渴望有一个稳定和谐的环境，一位精明能干的君主，而你的父亲也正因为顺势而为，表达百姓的愿望，才受到朝野上下普遍的拥戴，从而把大燕国的事业推向了一个高峰，和平发展了二十多年，人民得以休养生息，各项事业一片兴旺，是潮流所向，民心所致呀！"

黑羽儿师太接着提高了声调，向三人正色说道："刚才你们三人说要下山，想报仇，要复国，请问你们为谁报仇？为谁复国？你们代表的是个人的心情，还是百姓的意愿？能够得到多少人的支持？实际上你们想没想过，大燕国的灭亡，又怨得了谁呢？要让我说呀，都是那些统治者咎由自取，其中就包括那些立国兴业的大英雄，他们在生前就犯下了不可饶恕的战略性错误，为这个国家的败亡埋下了伏笔。这一桩桩、一件件的教训是多么深刻呀！这些问题弄不明白，你们怎么可以下山？下山之后又能干成什么？让为师怎么能够放心？"三人一听目瞪口呆。

稍停片刻，黑羽儿师太感慨地说："比方说慕容廆，这位大燕国的开国之君，可谓雄才大略、业绩辉煌，可他明明知道四子慕容恪、五子慕容垂皆人中之龙，为什么偏要恪守立嫡立长的古训，把王位传给了心胸狭隘的慕容俊，从而因为这一念之差，葬送了大燕国夺取天下的绝好时机？试想如果当时他任人唯贤，立慕容恪为太子，慕容垂为元帅，天下谁是他们的对手？北方统一会提前多少年哪！"

黑羽儿师太喝下小沙弥送上来的一碗苦茶，接着说："后来慕容俊在他的四弟和五弟的帮助下，打下了大半个中国，使大燕国成为当时北方疆域最为辽阔的国家，此时他不但不能体恤民情，而且继续穷兵黩武，谁的话都听不进去，一意倒行逆施，结果怎么样？最后演出了一场自编自导的闹剧，弄得天怒人怨，一病不起。再说慕容俊去世前安排后事，明知道自己的儿子慕容暐平庸软弱，那就是个当世的阿斗，却威吓弟弟慕容垂和慕容恪，利用二人的朴实和忠义，遗命二人扶其弱子，其私心何其大、品质何其劣也！他心中装的是天下的百姓吗？是他自己那点儿狭隘和可怜的私欲，结果怎么样？在慕容恪去世后不到四年，他的傻儿子就听信奸人之言，挤走了擎天玉柱慕容垂，导致国破家亡，大燕国的君臣全成了人家前秦的俘虏，这样的耻辱和教训还不够深刻吗？"

"还有慕容垂，"师太接着说，"这是个武功超群而又雄才大略的人，其忍辱负重、韬光养晦的高深城府超过勾践，其卓绝武功和满腔忠义又胜于关王，他能振臂一呼而中兴燕国，其人格魅力令人钦佩，但他在立嗣这个问题上，优柔寡断，频出错棋，又使人觉得愚蠢、可笑和可悲。既然知道慕容宝是个笨蛋，为什么还要立他为太子？既然立他为太子了，又为什么立慕容会为皇太孙？这不是给父子俩造矛盾吗？哪里是什么双保险哪！后来慕容宝杀死了慕容会，造成了多年的宫廷内乱，能说慕容垂没有责任吗？再说出兵伐魏这件事，既然知道慕容宝不是帅才，为什么却偏又让他带兵？怎么就听不进范阳王慕容德的劝告？参合陂那一仗，不仅仅是活埋了四万燕卒，那是伤了大燕国的元气，夺走了大燕国的军魂哪！所以说慕容垂的罪过何其大也！"

黑羽儿师太抚摸着受居的头，爱抚地说："你父皇继位后体恤民情，励精图治，革除了不少朝廷的弊端，做了许多有利于百姓的好事，不愧为一代英主，作

三燕王朝

为他的师父，我的心里也曾经感到十分欣慰。但他在立储交班这个问题上，同样犯下了不可饶恕的错误。冯永固然是个好太子，但他病死以后，为什么迟迟不立冯翼，为什么不能及早交班、放手培养、让他历练、促其成熟？反而抓住大权不放，整日操劳又天天酗酒，不但伤了自身，同时也误了国事。另外，既然知道冯弘品行不端，多次骚扰并气走了两位公主，又怀有狼子野心，这是多么大的一件事啊！光抽一顿皮鞭有什么用？为什么还要留着他？既然不想杀他，为什么又要让他手握重兵，继续当他的禁卫军总管？这是多么大的失误哇！最终不仅断送了自己的性命，也害了整个国家，多少无辜的亲朋挚友跟着他惨死呀？想起这事我就气不打一处来！我是可怜冯跋满门被斩，才救下你一条性命，为冯跋留下一条根，但不是让你再去做无谓的牺牲啊！"

"除了兴国之君犯下的这些大错，继位之君的昏庸腐败，也是大燕国灭亡的主要原因，"师太接着痛心地说，"你们说慕容暐、慕容宝和冯弘，这三个第二代帝王，哪一个是有作为的人？他们的昏庸腐败和无能一个赛一个！那个慕容暐，有点儿大事，就吓得尿裤子了，这样的人怎么可以在乱世为君呢？可足浑太后与慕容评丞相，一个贪色，一个贪财，有这样的人专权揽政，国家焉有不亡之理？那个慕容宝既愚蠢又狭隘，而且极其阴毒和自以为是，派自己的干儿子去杀自己的亲儿子，不是天下第一大浑蛋又是什么？难道就没有别的办法了吗？参合陂那一战四万燕卒被坑杀，不就是因为他想回来争皇位吗？为了自己那点可怜的私利，可以什么都不顾，这样的人怎配做万民之主？而慕容熙与丁太后的狼狈为奸，娶二苻女而穷奢极欲，胡作非为，更是慕容氏家门的败类，直接把国家推向了崩溃的边缘。还有那个山林猎狗冯弘，除了一个心眼玩女人，他还能干点什么？没等上台就谋兄盗嫂，继位不久就赶走了三个儿子，弄得众叛亲离，怨声载道，后来又利令智昏，引狼入室，从而使一个强大的燕国在几年间就轰然倒塌，创业之难而败家之快，教训是何等沉痛而又深刻啊！难道还不足以让你们三人反省和深思吗？"

说到这里，黑羽儿师太长叹了一声，把目光转向拓跋秋雪："关东大地百年博弈，魏之所以能笑到最后，最终成为赢家，就是因为他们从拓跋珪立国开始，颇能够审时度势，顺时而动，连续三位国君都是聪明之主，而且都能够听信贤臣之言。在他们当政的时候，就精心选好太子而又悉心培养，让他们的继任者及早成熟，在这一点上，拓跋嗣简直就是天下的楷模。北魏这三朝的一些谋臣，比如说拓跋珪时期的左长史张衮，拓跋嗣和拓跋焘两朝的尚书令崔浩，都是当代有名的儒者，虽然未必有诸葛之智，但是起码有仲达之谋，他们的超人智慧和远见卓识，极大地丰富和影响了魏朝廷的决策，最终使魏国统一了北方，而大燕国终不能也！

　　"归根结底，先进的中华传统文化在其中发挥了重要的作用，"黑羽儿师太感慨地说，"依靠秣马厉兵虽然能逞一时之勇而夺取了天下，但是却不知道如何治理天下；迅速地建立起一个国家，却不懂得怎样去管好这个国家；任命了一大批朝廷和地方的官吏，却不晓得用什么办法去驾驭他们；即或当上了万民之主，却不知道怎样做才能顺应民心，这就是缺乏先进传统文化的可怕之处，也是全部问题的症结所在。没有先进传统文化的支撑，使人目光短浅，只看眼前，有了先进传统文化的武装，让人高瞻远瞩，抱负远大。缺乏先进的传统文化底蕴，不但一个国家不会长久，一个民族也会逐渐消亡。这也是大燕国之所以三起三落，三代王朝才维持一百余年的根本原因。"

　　黑羽儿师太最后总结似的说道："如今北方终于统一，老百姓好不容易从多年的战乱中解脱出来，得以安居乐业和休养生息，这是多么好的一件事啊！盼和平，求稳定，希望多过几年安生的日子，这是民心所向、大势所趋呀！不管是哪家的朝廷，还是谁做皇帝，只要顺应了这个潮流，老百姓就会拥护他，支持他，反之就会推翻他，打倒他。试想如果你们此时下山招兵买马，再起战端，重新把百姓推入战争的泥潭，符合历史的潮流、百姓的心愿吗？百姓会支持你们吗？百姓如果不支持，你们会成功吗？"

　　黑羽儿师太的这一番话，如醍醐灌顶，似拨云见日，令师徒三人有若春风入怀，心中郁结顿开，立刻头清眼亮，好像脑筋被圣水洗过一样。慕容冬柳和拓跋秋雪一齐叩头说道："聆听了师太这一番教诲，我们的心中全明白了，此时下山复国已不可行，但我们应该做些什么呢？愿闻师太明示。"

　　黑羽儿师太高兴地说："你们听明白了就好，也不枉我教导你们一场。如今战乱虽然停止，但国家百孔千疮，各业均须奋起，然文化教育却应当先。因为北方不比中原，本来就是传统文化的枯水区，多少年来五胡争霸，金戈铁马，学馆和书籍均遭到严重地破坏，急需迅速恢复和发展。因此，扩展书院，传播儒学，引进和推广先进的传统文化，唤起朝廷的仁政意识，树立良好的社会风尚，是北方民族的当务之急。我看你们三个下山还俗也好，就到龙城东庠去吧！帮助独孤大儒教书育人，为苦难的民族扎扎实实地做一点事，也强似在这古佛洞中闭门修行、读经诵卷。须知做成一件善事，比熟读万卷经书更重要哇！"三人闻之如梦方醒。

　　次日清晨，太阳升起，冬柳、秋雪和受居拜别黑羽儿师太，离开了修行多年的古佛洞，来到关东有名的书院——龙城东庠。此地因为远在郊外，因而幸免于那场大火，但这时由于燕国灭亡，龙城已非京都，所以书院也没有了往日繁华热

闹的兴旺景象，显得有些冷清和落寞。

　　冬柳呈上黑羽儿师太的书信，独孤大儒满心欢喜，高兴异常，特置龙山苦茶相待，并赐受居学名为郁松，让他入博士班学习。受居从此在书院苦读多年，终于学业有成，其学识武功名扬天下，并以书剑传家，门庭显赫，其后代子孙慕容绍宗和慕容延钊均为一代名将，此是后话。冬柳和秋雪也留了下来，在书院传授武功和兵法，光阴在不知不觉中度过。

　　又是一个落叶的季节，一日晚饭以后，夕阳西下，满天彩霞，受居和几名同窗在院内习武，冬柳和秋雪则信步走了出来。十月深秋，金风送爽，果香阵阵，落叶飘飞。二人旧地重游，似觉往事如烟，不禁触景伤情，一时感慨万端。不知不觉之间，竟然来到了龙山脚下的金塔寺旁，这里有已故燕王冯跋的陵寝。高大而略显陈旧的牌楼，挺拔但已经斑驳的殿宇，上百株老松在秋风中颤抖，一群群山雀从东方飞来，又打个趔儿，折向西边去了。脚下碎裂的青砖默默无言，墓旁疯长的野草随风摇曳，让人感到有些孤独和凄凉，心中隐隐生出无尽的忧思与惆怅。

　　这时从龙山那边传来阵阵忧伤的乐曲，不知是何人在伴着胡笳作歌曰：

> 白狼呜咽兮水流淙淙，
> 龙山肃立兮枫叶红红。
> 鸿鹄南飞兮哀声忡忡，
> 燕王西去兮热泪溶溶。
> 顺时而动兮跋乃英雄，
> 倒行逆施兮弘是狼虫。
> 鸾凤有情兮只栖梧桐，
> 九天重意兮常挂彩虹。
> 今生无分兮泪洒苍穹，
> 来世有缘兮魂伴飞龙。
> 故国虽去兮松柏犹荣，
> 英灵永生兮万人传颂，
> 万人传颂。

　　两人驻足听之，不觉心动神飞，泪如雨下。此时依稀之间，只见一群仙鹤从龙山飞来，在头顶上盘旋。朦胧中燕王冯跋忽从陵中站起，银盔银甲，长髯飘飘，音容笑貌，恍如昨日。二女见之情不自禁，思念之情如山洪暴发，立即飞身跳起，不顾一切地向前扑去，随即融入一片紫雾瑞霭之中，二女和冯跋都不见了。一阵神风过后，就听得墓园中一声响亮，金光骤现，三只仙鹤忽地从坟茔中

345

平凉州北国一统　明正误大燕悲歌

跃起，一前两后，欢叫着融入那群仙鹤之中，一起飞向龙山去了。

此时西天一片火红，晚霞之上，好像乾罗骑着白马，拿着银枪，领着白翎儿在向人间招手，鲜卑山下顿时一片欢腾。

后 记

七年准备，两年写作，凝聚着我大量心血和汗水的这部作品终于问世了。劳累之余，我感到一种由衷的欣慰。

给这本书取了这样一个名字，我要向读者说明三点：一是十六国时期那段历史太复杂了，内容太丰富了，故事太精彩了，就是用几十部长篇巨著，恐怕也容纳不下、书之不完，因此我也只能有所选择，述其最爱了；二是慕容氏鲜卑人这个大家族实在太神奇了、太典型了、太有代表性了，从他们崛起到兴旺以至于走向衰亡的过程，基本上可以展现那个时期北方少数民族的历史风貌，让人产生举一反三的联想；三是辽西乃为大燕国的发祥地，龙城是前燕、后燕和北燕三代王朝的故都，出自对于家乡的挚爱，我对这三代王朝的历史和传奇情有独钟，因之倾注了大量的笔墨，而对于同样是慕容氏鲜卑人建立的南燕和西燕，则一带而过了。说句实话，我并没有跟着罗贯中老先生那篇名著沾光的意思，只是觉得唯有这样，才能准确地表达本人对于家乡的赤子之心。

在本书的写作过程中，友人王根、韩耀刚和赵晓东曾给予全力支持，刘爽、曹爽、王雪、魏畅和马玲等几位小朋友也积极热诚相助，付出了许多艰辛的劳动，在此一并表示衷心的感谢！

作者2017年12月于辽西黑山